웨
딩

The Wedding
by Julie Garwood

웨딩

줄리 가우드

조지헌 옮김

Wedding

현대문화센타

프롤로그

1103년, 스코틀랜드 하일랜드

도널드 맥칼리스터는 쉽게 죽음을 맞이할 수 없었다. 아니, 노인은 살아남기 위해 기를 쓰고 있었다. 죽음과 함께 이 참을 수 없는 고통과 분노는 끝이 나겠지만, 눈을 감기 전에 아들에게 넘겨주어야 할 중요한 유산이 남아 있었다.

그가 남길 유산은 다름 아닌 증오였다. 영주는 적을 증오하는 데 모든 기운을 쏟아 부었다. 그는 아들의 눈 속에 타오르는 복수의 불길을 보고 싶었고, 아들이 오늘밤에 일어난 끔찍한 일들을 이해했다는 확신이 들 때까지는 죽을 수 없었다. 그래서 삶의 끈을, 그리고 아들의 작고 연약한 손을 악착같이 움켜잡고 있었다. 자신의 유일한 상속자인 아들에게 피를 부를지도 모를 중대한 의무에 대해 말하는 동안, 노인의 검은 눈동자는 아들의 눈을 깊이 응시하고 있었다.

「복수를 해다오, 코너 맥칼리스터. 내 마음속에 도사리고 있는 증오를 이제 네가 가져가거라. 그리고 그 증오를 더욱 불사르거라. 네가 좀더 자라서 힘을 기르면, 내 검으로 원수를 갚아다오. 그 악마 같은 자의 만행에 복수하겠다는 너의 맹세를 들어야 편안히 눈을 감겠구나.」

「네, 아버지, 반드시 원수를 갚겠어요.」

코너는 힘주어 맹세했다.

「복수의 마음을 불태워야 한다.」

「네.」

도널드는 만족스럽게 고개를 끄덕였다. 이제야 비로소 마음의 평정을 회복할 수 있었다. 아들에게 앞으로 해야 할 일을 모두 가르쳐줄 수 있을 만큼 살아 있을 수 있다면 더없이 좋으리라. 하지만 이번에 내쉬는 숨을 마지막으로 세상을 뜨게 될지라도 기꺼이 죽음을 받아들일 수 있었다. 아들은 무엇을 해야 하는지 잘 알고 있으니까. 코너는 영리한 아이였다. 그리고 아버지는 아들을 신뢰했다.

도널드 맥칼리스터는 아들이 자라는 모습을 오래도록 지켜볼 수 없어 서글펐다. 부러진 다리와 복부에 나 있는 깊은 상처는 희망이 사라졌다는 것을 의미했다.

어쨌든 신이 자비를 베풀었는지 시간이 흐르면서 통증은 사라지고, 발에서 무릎까지 신경이 마비되었다.

「아버지, 누가 아버지께 이런 짓을 했는지 말씀해주세요.」

「공격자는 캐른 일족이다. 그들은 북쪽에서 내려왔다. 항상 멀리서부터 우리 땅을 노리고 있었지. 맥네어와는 혈연 관계가 있는 일족이야. 아마도 그쪽 영주가 맥네어 그 악마와 손을 잡았을 거라는 의심이 들어. 맥네어는 탐욕스러운 놈이야. 만족을 모르는 놈이지. 그놈이 널 궁지에 몰아넣거나, 더 많은 땅을 노리고 쳐들어오기 전에 죽여야 한다. 그러나 서두르지는 말아라.」

그는 계속 말했다.

「캐른이나 맥네어 모두 이런 대담한 일을 꾸밀 만큼 교활한 놈들이다. 아마 서로 손을 잡고 공격했을 거야. 어느 쪽이 역적인지는 모르겠다. 그건 네가 밝혀낼 수 있을 거야. 이건 내 느낌인데…… 적은 내부에 있는 것 같다.」

「우리 중 누군가가 배신을 했다는 거예요?」

코너는 그럴지도 모른다는 생각에 온몸이 굳어졌다.

「어제 저녁 놈들이 공격한 이후로 나는 계속 그 부분을 생각하는 중이다. 캐른이 우리 일족만 아는 길을 통해서 공격했다는 건 첩자가 있다는 소리지. 그자를 색출해내는 게 네가 할 일이다. 분명히 우리들 가운데 있다, 코너. 확신할 수 있어. 어쩌면 지금 이 싸움터에서 죽어가고 있을지도 모르지. 하지만 네가 우리 일족을 이끌 수 있을 때까지는 때를 기다려라. 그때까지 그들이 살아 있다면 복수를 해라. 그 자식들까지 모조리 없애도록 해라, 아들아.」

「알겠습니다, 아버지. 완전히 파멸시키겠어요.」

도널드는 아들의 손을 꽉 움켜잡았다.

「이것이 이 아비의 마지막 가르침이다. 내 죽음을 지켜보거라. 그리고 전사는 어떻게 살아야 하는지를 배우거라. 내 곁을 떠나거든 곧장 숲으로 가거라. 앵거스가 거기서 기다리고 있다가 네가 무엇을 해야 할지 바로 가르쳐줄 것이다.」

영주는 아들이 알았다고 고개를 끄덕이자 다시 말을 이었다.

「주위를 둘러보거라. 뭐 좀 남아 있는 게 있니?」

코너는 모든 것이 파괴된 채 불타오르고 있는 주위를 응시했다. 그리고 분노에 가득 차 소리 없이 눈물을 흘렸다. 나무 타는 냄새와 피 냄새에 속이 뒤틀렸다.

「완전 폐허예요. 하지만 제가 복구하겠어요.」

「그래, 그래야지. 누구도 정복할 수 없는 요새로 만들거라. 아비의 실수를 타산지석으로 삼아서. 알았지, 코너?」

「네, 강력한 요새로 만들고 말겠어요.」

「내 동료들은 어떻게 됐지?」

「대부분 돌아가셨어요.」

실망이 배어 있는 소년의 목소리가 영주를 힘들게 했다. 그는 곧 아들을 위로했다.

「그 아들들이 돌아올 것이다. 그들은 너와 같은 색깔의 플래드를 입고, 네 이름을 일족명으로 삼을 것이다. 그들의 아버지가 나를 따랐듯이 그들 또한 너를 따를 것이다. 그때를 위해 넌 지금 떠나야 해. 옷을 단단히 입고, 움직이기 전에 상처를 꼭 싸매거라. 움직일 때마다 피가 더 흐를 것이다. 자, 내가 봐줄 때 하거라.」

코너는 아버지의 지시에 따랐다. 자신의 상처가 치료를 해야 할 만큼 심각한 건 아니었지만. 지금 자신에게 묻어 있는 피는 대부분 아버지의 상처에서 나온 것이었다.

「그 상처를 볼 때마다 오늘의 치욕을 기억해야 한다.」

「상처가 아니더라도 전 결코 오늘을 잊지 않겠어요.」

「그래, 꼭 기억하거라. 통증은 심하니?」

「아니오.」

도널드는 얕은 신음 소리로 만족을 표했다. 아들이 불평을 하지 않아서 기분이 좋았다. 이 아이는 최강의 전사가 될 거야.

「지금 몇 살이지?」

「아홉 살이나 열 살쯤 되었어요.」

「내 예상이 완전히 빗나갔구나. 넌 몸집은 어린아이 같은데 눈빛은 어른스럽거든. 네 눈에서는 불길이 느껴져. 아버지는 네가 정말 자랑스럽구나.」

「아버지를 모시고 가고 싶어요.」

「나를 어떻게 끌고 가겠다구…… . 난 됐다.」

「많이 아프세요?」

「사실, 아무런 느낌도 없어. 거의 마비 상태야. 이렇게 편안하게 죽음을 맞이할 수 있다니, 난 참 운이 좋구나.」

「아버지가 원하신다면, 제가 곁에서…… .」

「내가 떠나라면 두말 말고 떠나거라. 복수의 그날까지 넌 네 몸을 지켜야 해. 적들은 지금 떠났지만, 실수를 할 만한 놈들이 아니야. 모르긴

해도 아침이 오기 전에 우리를 죽이려고 다시 올 것이다.」

「아직 시간은 있어요, 아버지. 적들은 아버지가 보관해두신 포도주를 잔뜩 훔쳐갔거든요. 그걸 마시고 나가떨어졌으면 아침 전에 돌아오지는 못할 거예요.」

「떠날 시간은 좀 벌 수 있겠구나.」

「앵거스가 저를 유피미어에게 데리고 갈 건가요? 여기서 일어난 일을 그녀에게 다 말해주기 위해?」

「아니, 그건 아니다. 그 여자한테는 아무 말도 하지 말아라.」

「하지만 유피미어는 아버지 부인이잖아요?」

「두 번째 부인이지.」

도널드가 고쳐서 말을 받았다.

「여자를 믿지 말아라, 코너. 여자를 믿는 것은 아주 어리석은 짓이야. 유피미어는 라엔과 함께 여기로 돌아오기 전까지는 무슨 일이 있었는지 아무것도 모를 거다. 난 네가 그들과 떨어져서 여기에 머물렀으면 좋겠구나. 너와 유피미어의 친척들이 연결되는 건 영 내키지가 않아. 죄다 거머리 같은 족속들이거든.」

코너는 아버지의 말을 이해한다는 뜻으로 고개를 끄덕였다.

「제 어머니는 믿으셨어요?」

도널드는 걱정스럽게 묻는 아들의 질문에 어떤 대답이 좋을까 생각했다. 제 어머니에 대한 좋은 기억을 심어주는 것이 아비 된 자의 도리이리라. 하지만 진실은 알아야 하는 법, 그렇기 때문에 그는 다소 가라앉은 음성으로, 마음속에 숨겨두었던 이야기를 들려주었다.

「난 네 어머니를 믿었단다. 결혼은 고통뿐이었지만 그녀를 사랑했어. 내 유일한 사랑이었지. 사랑스런 이사벨라. 하지만 내 사랑의 대가가 어땠는지 아니? 이사벨라의 죽음은 내 심장을 찢어놓고 나를 고독 속으로 몰아넣었어. 너는 사랑일랑 하지 말아라. 이제 와서 깨달은 것이지만, 재혼을 하는 게 아니었어. 물론 나는 현실적인 사람이라 네게 무슨 일이 생길 경우를 대비해 또 다른 상속자를 만들어두려고 했던 거야. 그게 잘못이었어. 유피미어는 첫 남편의 아들을 낳아 키우고 있었고, 이미 그녀는 더 이상 아이를 낳을 수 없는 여자였어.」

도널드는 생각을 가다듬느라 잠시 말을 멈췄다.

「유피미어를 사랑할 수가 없었구나. 다른 어떤 여인이라 해도 마찬가지였을 거야. 이사벨라가 그렇게 떠났는데 어떻게 다른 여자를 사랑할 수 있었겠니? 난 아직도 네 의붓어머니를 보면 냉담해져. 하지만 너는 그녀에게 정중한 태도를 보여라. 그리고 그 응석받이 아들한테도 인내심을 가지고 다정하게 굴도록. 명심하거라! 고귀한 인품은 스스로 만들어 가야 하는 것이다.」

「네, 명심하겠어요. 그럼 앵거스는 저를 어디로 데리고 갈 건가요? 말씀해주세요.」

소년은 아버지와 함께 있을 시간을 벌기 위해 이것저것 자꾸 물어보았다.

「앵거스는 숲에 도착하기도 전에 죽을지 몰라요.」

「그건 염려 마라. 그런 중요한 명령을 단 한 사람에게만 지시해두었을 거 같니? 난 그렇게 어리석지 않아. 다른 사람들에게도 미리 지시를 내려두었다.」

「제게도 말씀해주세요.」

도널드는 너그럽게 말을 했다.

「내가 믿는 딱 한 사람이 있다. 가서 그 사람을 만나거라. 그리고 오늘 여기서 있었던 일을 말해주거라.」

「아버지께서 제게 말씀해주신 것도 모두요?」

「음.」

「저도 그 사람을 믿어야 하나요?」

「그래. 그 사람이라면 앞으로 어떻게 해야 할지 알 거다. 일단 그에게 너를 보호해달라고 요청해라. 그리고 너를 훈련시켜 달라고 해. 네 권리를 요구하거라. 대신 죽는 날까지 그의 형제가 되겠다는 맹세를 해라. 널 실망시키지 않을 사람이야. 자, 지금 떠나거라. 알렉 킨케이드에게로.」

코너는 아연실색했다.

「킨케이드는 아버지의 적입니다. 절 그에게 보내려는 건 아니겠죠?」

「그에게로 가라니까.」

단호한 어조였다.

「알렉 킨케이드는 하일랜드에서 가장 힘있는 자다. 명예를 아는 괜찮은 사람이야. 너에겐 그의 힘이 필요해.」

코너는 아버지의 말에 쉽게 수긍이 가지 않았다. 왜 이렇게 자꾸 거부감이 생기는 걸까.

「하지만 아버지는 그와 전쟁도 치르셨잖아요.」

빙긋 웃는 도널드를 보며 아들은 더욱 의아해했다.

「그랬지. 허나 내 마음은 그렇지 않았어. 킨케이드도 그걸 알고 있었고. 난 다만 그를 시험하면서, 내가 그를 성가시게 군다는 말을 듣는 게 기분 좋았을 뿐이야. 우리 영지가 동쪽으로 킨케이드의 영지와 맞닿아 있어서 자연스럽게 그쪽 영지를 침범하게 되었지. 물론 킨케이드는 그걸 두고만 볼 수가 없었던 거고. 하지만 적의는 없다는 걸 그도 잘 알고 있었다. 안 그랬다면 우린 둘 다 이미 죽었겠지.」

「그렇게 대단한 사람인가요?」

「그래. 킨케이드에게 내 검을 보여주거라. 그가 알아볼 수 있도록 검에 핏자국을 남겨놓거라.」

「아버지, 맥칼리스터 일족은 제가 적에게 간다고 하면 아무도 절 따라오지 않을 거예요.」

「내가 시키는 대로 하거라. 넌 아직 어리니까 아버지의 판단을 따라야해. 킨케이드에게 가겠다고 약속하거라.」

「알겠습니다, 아버지.」

도널드가 고개를 끄덕였다.

「작별인사를 해야겠구나, 코너. 너무 지체했어. 너와 얘기를 나누려고 생명의 끈을 너무 오래 붙잡아두었어. 이젠 졸음이 오는구나.」

코너는 아버지의 손을 꼭 잡고, 보내지 않으려 했다.

「보고 싶을 거예요, 아버지.」

「나도.」

「사랑해요, 아버지.」

「전사는 그런 감정을 말로 표현하지 않아. 나도 널 사랑한다, 아들아. 하지만 전사는 이런 말은 하지 않는 거야.」

아들의 손을 꼭 쥐고 온화하게 책망하며 죽음을 맞을 준비를 끝낸 아버지는, 아들의 눈에 이글이글 타오르는 불을 보았다. 잠시 후 도널드 맥칼리스터는 아들의 손을 움켜잡은 채 눈을 감았다. 살아 있을 때와 마찬가지로 명예롭고 위엄 있게 죽음을 장식했다.

코너는 오래도록 아버지 곁을 뜨지 못했다. 그때 문득 뒤쪽에서 속삭이는 소리가 들려 돌아보니, 젊은 병사가 몸을 일으키려고 애를 쓰고 있었다. 코너는 병사의 이름을 기억할 수 없었다. 멀리 떨어져 있어서 그의 부상이 얼마나 심한지도 알 수 없었다. 병사에게 그대로 있으라고 손짓을 한 후, 아버지를 돌아보았다. 아버지 가슴 위에 놓인 검을 집어든 코너는 잠시 묵념을 했다. 평안히 가소서……. 그리고 아버지의 검을 보물처럼 소중히 가슴에 품고 천천히 기어갔다.

자기를 부른 병사에게 다가가 보니, 그는 성인이 아니었다. 기껏해야 코너보다 두세 살이나 많을까. 다행스럽게도 코너는 그에게 가까이 다가가기 전에 이름을 기억해냈다.

「크리스핀, 난 네가 죽은 줄 알았어. 등을 보여줘. 내가 치료해주겠어. 그렇지 않으면 당장 죽을지도 몰라.」

「그럴 시간이 없어. 적들이 지금 너와 영주님을 죽이려고 몰려오고 있어, 코너. 그놈들이 노리는 건 바로 그거야! 어떤 놈 하나가 떠벌리는 소리를 들었어. 그 작자들이 돌아와서 자기들이 실패했다는 사실을 알기 전에 빨리 떠나.」

「적들은 지금 쉬고 있어. 술이 깨기 전에는 못 돌아올 거야. 자, 등 좀 보여줘.」

크리스핀은 통증 때문에 얼굴을 찌푸리면서 천천히 등을 돌렸다.

「아버님이 돌아가셨어?」

「응…… 아버지는 내가 해야 할 바를 다 일러주신 후에 평화롭게 눈을 감으셨어.」

「영주님이 돌아가시다니……」

크리스핀이 눈물을 흘렸다.

「아냐, 크리스핀. 네 영주는 지금 이렇게 앞에 있잖아.」

크리스핀은 코너가 한 말에 반박하지 않았다.

코너는 크리스핀에게 붕대를 감아주면서 병사의 의무에 대해 말했다. 적들의 만행에 보복코자 이를 가는 영주를 위해 병사는 어떻게 해야 하는지를. 코너가 붕대를 다 감았을 무렵, 크리스핀은 고통보다 강한 무엇인가가 가슴을 꽉 채우는 느낌이었다.

힘에 부쳤지만, 코너는 기어이 자기보다 몸집이 큰 크리스핀을 안전한 곳으로 옮겼다. 나뭇가지가 우거져 적들에게 들키지 않게 숲 속에 크리스핀을 숨긴 코너는 파괴된 건물 안으로 들어가서 두 명을 더 데리고 나왔다. 한 명은 도널드가 임무를 부여한 위대한 전사 앵거스였고, 또 한 명은 일주일 전에 병사 훈련을 받으려고 온 퀸란이라는, 코너 또래의 아이였다. 퀸란은 부상이 심했다. 자기를 그냥 두고 도망가라고 애원했지만 코너는 그 말을 못 들은 척했다.

「네가 죽을 때를 정할 자는 나지 네가 아냐, 퀸란.」

퀸란은 말싸움을 포기하고 일어서려고 애를 썼다.

코너는 한 번 더 안으로 들어가 생존자가 있나 확인하고 싶었다. 그러나 적들은 해시기 진에 분명히 돌아올 것이다. 더 이상 시간이 없었다. 흔적을 감출 시간이 필요했다. 부랴부랴 흔적을 지운 코너는 아까 구출한 세 명의 아군을 미리 숨겨놓길 잘했다고 생각했다. 코너는 그들에게 도와줄 사람을 불러오겠다는 약속을 한 후, 꼭 살아 있으라고 명령했다. 그건 코너가 영주로서 내린 첫 번째 명령이었다.

마침내 코너는 아버지와의 약속을 지키기 위해 킨케이드의 영지로 말을 몰았다. 반쯤 달려가다 보니 앞에 암벽이 가로막고 있었다. 직선 거리로 가야 목적지에 빨리 도달할 수 있다고 생각한 코너는 말에서 내려 암벽을 기어올랐다.

그는 날쌘 사슴처럼 빨랐다. 그러나 다리가 후들거리기 시작하자, 코너는 다시 달릴 힘이 생길 때까지 아버지의 검을 지팡이 삼아 천천히 걸었다. 그는 아직 어렸지만 의지 하나만은 성인 남자 열 명을 모아놓은 것보다 강했다. 결코 아버지를 실망시키지 않으리라.

코너는 아무것도 느낄 수가 없었다. 끔찍한 상실감이나 고통, 추위조차도. 그는 오로지 한 가지 생각뿐이었다.

'반드시 알렉 킨케이드를 만나야 한다.'

아버지 소망에 답해드리기 위해 가장 먼저 해야 할 일은, 알렉 킨케이드에게 충성을 맹세하는 것이었다.

걷는 동안 어둠이 빠르게 내려앉았다. 앞에 서 있는 두 그루의 소나무 뒤로 태양이 빠르게 가라앉는 동안, 하늘은 수백 개의 오렌지 빛 줄무늬로 밝게 물들었다. 그러나 얼마 후면 그 찬란한 빛도 곧 사그라지리라. 한 발짝 내디딜 때마다 절망도 불어났다.

'어두워지기 전에 킨케이드에게 가야 하는데. 어둠 속에서는 길을 찾을 수 없어.'

만약 어둠 속을 계속 간다면, 원을 그리며 제자리만 맴돌게 되리라. 최악의 경우, 왔던 길로 되돌아갈 위험도 있고.

실패할 수 없는 일, 코너는 다시 뛰었다. 아버지 영지와 킨케이드 영지 사이의 경계에 가까이 왔다는 생각은 들었지만 아직 확신할 수는 없었다.

그때 누군가가 멈추라고 소리치면서 달려왔다.

'적이 내 뒤를 밟았단 말인가.'

그건 아버지와의 약속을 지키기도 전에 죽음을 당한다는 의미였다. 코너는 걸음을 옮길 수 없을 때까지 계속해서 비틀거리며 걸어갔다.

'오, 주여, 실패하고 말았습니다. 시작도 하기 전에 저는 실패하고 말

있습니다.'

코너에게 킨케이드는 미래를 의미하는 존재였지만, 그가 있는 곳까지 갈 힘이 없었다.

「애야, 말을 할 수 있겠니? 어찌된 거지? 온몸이 피투성이구나.」

코너를 둘러싸고 있는 병사들은 킨케이드 일족의 플래드를 입고 있었다.

'잠시라도 좋으니 어디서 눈 좀 붙였으면…….'

그러나 아직은 그럴 때가 아니었다. 킨케이드에게 모든 정황을 알리기 전에는 결코 잠들 수 없었다.

긴장이 풀려 몽롱해진 코너는 문득 정신을 차리려고 머리를 흔들었다.

「내 형에게 데려다주겠어요?」

「누가 네 형이란 말이냐, 꼬마야?」

보초병이 물었다.

「아버지의 명령으로 오늘부터 알렉 킨케이드를 형이라 부르기로 했어요. 그는 내 제의를 무시하지 않을 거예요.」

'이제는 눈을 감고 쉬어도 되겠지. 아버지와의 첫 약속은 충실히 지킨 셈이야. 나머지 일은 킨케이드를 만나서 이야기하면 될 테고, 그에게 부상당한 병사들이 숨어 있는 곳을 말해서…… 데려와 달라고 부탁하고, 그리고 아버지의 원수를…… 갚아줄 거야.'

코너는 마음의 평정을 느끼면서 의식을 잃었다.

그리고 이야기는 그렇게 시작되었다.

1

1108년, 잉글랜드

그들이 첫눈에 사랑에 빠진 것은 아니었다.

브렌나는 오늘 사교 모임에 참석하고 싶지 않았다. 사실 그녀에게는 훨씬 중요한 일이 기다리고 있었다. 하지만 앞니가 튀어나온, 완고하게 생긴 유모는 하나님이 노하신다면서 그녀의 말을 들어보려고도 하지 않았다. 심술을 부리기로 맘먹은 유모는 브렌나를 구슬려보기도 하고 협박도 하면서 도망갈 틈도 주지 않고 이리저리 쫓아다니면서 잔소리를 해댔다.

「빠져나가려고 몸부림쳐봤자 헛수고예요, 브렌나 아가씨. 난 아가씨보다 힘이 세요. 제가 아가씨를 뇌줄 것 같아요? 또 신발을 잃어버린 거죠, 그렇죠? 숨기려고 하지 마세요. 스타킹이 다 보인단 말예요. 아니, 왜 말고삐는 그렇게 질질 끌고 다니는 거죠?」

브렌나가 어깨를 으쓱 하면서 대답했다.

「가져다놓는다는 것을 깜박했어.」

「자, 빨리 버리세요. 아가씬 늘 깜빡깜빡 잊어버리는 게 취미라니까요

16

도대체 왜 그러는지 말씀 좀 해보세요.」

「하는 일에 주의를 기울이지 않아서 그렇다며?」

「아가씬 제가 하는 말은 귓등으로도 듣지 않는다구요. 아가씨가 제일 말썽이에요. 아가씨 언니 오빠들은 제가 걱정할 만한 일을 하신 적이 없다구요. 아직 손가락 빨고 똥오줌 못 가리는 동생도 숙녀답게 행동할 줄 아는데, 아가씬 왜 그러세요? 경고하는데요, 브렌나 아가씨, 자꾸 이렇게 제멋대로 굴어서 아버지께 근심을 끼쳐드리면요, 하나님이 만사 제치시고 아가씨를 혼내러 오실 걸요! 그러면 기분 좋겠어요? 상상해보세요. 아가씨는 아버님께서 아가씨를 무릎에 앉히시고 아가씨의 수치스러운 행동을 꼬집는 것도 질색하시잖아요. 하지만 이번엔 아버지가 아니라 하나님이라구요! 그러고 싶으세요?」

「안 돼, 엘스페스. 그건 정말 싫어. 이젠 조심할게. 정말이야.」

브렌나는 유모가 자기 말을 믿는지 알아보려고 힐끗 위를 쳐다보았지만……. 아니었다.

「그 푸른 눈을 동그랗게 떠서 쳐다보면 뭘 어쩌겠다는 거예요, 꼬마 아가씨? 아가씨가 진실로 뉘우치는 게 아니란 걸 안다구요. 맙소사, 이게 무슨 냄새예요? 도대체 지금까지 어디 있다 오셨기에.」

브렌나는 고개를 숙인 채 입을 꾹 다물고 있었다. 그녀는 한 시간 전 무두장이가 어미돼지를 우리 안으로 집어넣기 전까지, 아기돼지를 잡으려고 쫓아다녔다. 돼지 새끼들이랑 어울려 놀았으니 몸에서 악취가 날 수밖에.

그러나 그에 따른 고통은 이제 시작에 불과했다. 목욕을 한 지 일주일도 채 안 됐는데 한낮에 목욕을 다시 해야 했다. 엘스페스가 머리부터 발끝까지 벅벅 문질러대자 브렌나는 비명을 지르며 울었다. 그러나 엘스페스는 울거나 말거나 달랠 생각도 하지 않았다. 브렌나도 곧 지쳤는지 울음을 그쳤다. 엘스페스는 브렌나의 완강한 저항을 무시하고 그녀에게 파란색 가운을 입히고 발에 꼭 맞는 덧신을 신겼다. 그리고 엉킨 머리카락을 빗어 동그랗게 말아주었다.

그러고 나서 브렌나는 다시 아래층의 넓은 방으로 끌려갔다. 엄마에게 검사를 받은 다음 그 방에 혼자 남겨져야 했다.

요리사와 엄마가 메뉴를 의논하는 동안, 큰언니 마틸다는 그 옆에 앉아 있었다.

「엄마, 전 오늘 연회에 나가고 싶지 않아요. 거기 있으면 따분해서 견딜 수가 없단 말이에요.」

엘스페스가 브렌나의 어깨를 꾹 찔렀다.

「자, 서두르세요. 그리고 불평 따윈 하지 마세요. 하나님께서 여자는 불평을 하는 게 아니라고 하셨어요.」

「아빠는 늘 불평을 늘어놓으셔도 하나님은 아빠를 좋아하셔. 그건 아빠가 너무 크시기 때문이야. 아빠보다 크신 분은 하나님뿐이거든.」

브렌나가 큰소리로 말했다.

「그런 말은 어디서 들었니?」

「아빠한테서요. 밖에 나가고 싶어요, 엄마. 돼지를 쫓아다니는 일은 다시 하지 않을게요. 약속해요.」

「여기 있어, 브렌나. 엄마가 볼 수 있는 곳에서 놀아라. 오늘은 예의바르게 행동해야 해. 안 그러면 어떻게 되는지 알지?」

브렌나가 바닥을 가리키며 대답했다.

「네, 저 아래로 내려가야 해요.」

말썽을 부릴 때마다 어른들이 겁주면서 했던 그 말을 브렌나는 앵무새처럼 웅얼거렸다. 어린 브렌나는 '저 아래로 내려간다'는 말이 무슨 의미인지 몰랐다. 단지 그것이 끔찍한 일이고, 자신이 원치 않는 일이라고 느낄 뿐이었다. 엘스페스는 브렌나가 나쁜 생활태도를 바꾸지 않는다면, 저 땅 밑 지옥으로 가야지, 하늘나라는 절대 갈 수가 없다고 했다. 천국은 누구나 가고 싶어하는 곳이 아니던가. 아버지가 가르쳐주신 적이 있어서, 브렌나는 천국이 어디에 있는지 알고 있었다. 천국은 하늘 반대편 오른쪽에 있다고 했다.

브렌나는 천국에 가고 싶다고 생각했지만, 별로 신경 쓰진 않았다. 지금 그녀에게 중요한 건 하나뿐이었다. 다시는 혼자 남겨지고 싶지 않다는 것! 그녀는 지금도 일주일에 한 번은, 엄마 말을 빌자면, '불행한' 사건에 관한 악몽을 꾸곤 했다. 마음 한구석에 숨어 있는 그 끔찍한 기억은 어둠 속에서 튀어나와 어린 브렌나를 놀라게 할 적절한 기회를 엿보고 있었다. 브렌나가 악몽을 꿀 때마다, 그녀의 비명에 깬 동생 페이스는 자지러지게 울었다. 엘스페스가 페이스를 달래는 동안 브렌나는 담요를 뒤집어쓰고 부모님의 침실로 기어 들어갔다. 왕실의 중요한 일 때문에 아버지가 집을 비울 때에는 침대 위로 올라가 엄마를 꼭 끌어안고 잠들었다. 하지만 아버지가 집에 있을 때는 은색 손잡이가 달린 아버지의 검 옆, 차가운 바닥에서 잤다. 그 검은 아이들을 사랑하는 만큼 아버지를 사랑하겠다는 엄마의 맹세가 담긴 '용기(Courage)'라는 이름의 검이었다. 브렌나는 아버지가 옆에 있으면 안전하다고 생각했다. 아버지의 코고는 소리는 브렌나를 다시 재워주는 자장가였다.

「어머니, 브렌나에게 손님들이 오시면 제발 입 좀 다물고 있으라고 해주세요. 아무 말이나 막 한단 말이에요. 도대체 그 버릇은 언제나 고쳐질지 원……」

마틸다가 어머니를 보며 당부했다.

「곧 나아질 거다, 애야.」

브렌나는 언니의 옆으로 가 앉았다. 마틸다는 천성적으로 대장 노릇하기를 좋아했다. 아버지처럼 왕에게 신임 받는 유력한 인사가 되기 위한 교육을 받으려고 오빠들이 집을 비운 지금, 마틸다는 한 술 더 떠 성화를 부려댔다. 엘스페스의 잔소리만으로도 성가셔 죽겠는데 마틸다까지 사람을 들들 볶아대니 브렌나는 죽을 맛이었다.

「언니하고 있으면 궁둥이가 옴찔거려 못살겠어, 정말.」

어머니가 브렌나를 꾸짖었다.

「브렌나, 그런 상스런 말은 쓰는 게 아냐, 알겠니?」

「네, 엄마. 하지만 아빠는 늘 궁둥이가 쑤신다는 말씀을 하시잖아요? 얼마나 고역인데요, 그게……」

어머니가 눈을 감으며 조용히 타일렀다.

「엄마한테 말대꾸하지 마라, 브렌나.」

브렌나의 어깨가 축 처졌다. 동정심을 얻어내고 싶었다.

「모두들 나만 갖고 이래라저래라하는 통에 피곤해 죽겠어요. 다들 내가 싫은 건가요?」

하지만 엄마는 딸을 달랠 기분이 아니었다. 엄마는 방 맞은편에 놓여 있는 의자들을 가리키며 말했다.

「저기 가서 앉아 있거라, 브렌나. 됐다고 할 때까지 아무 말도 하지 말고 있어, 어서!」

브렌나는 발을 질질 끌면서 그쪽으로 갔다.

「너무 오래 혼자 두진 마세요, 어머니. 그 불행한 사건 이후로는 애가 혼자 있으면 힘들어해요. 아버지는 브렌나가 그 기억에서 벗어나려면 시간이 좀 걸릴 거라고 하셨어요.」

매티(마틸다의 애칭)가 브렌나를 변호해주었다. 그러나 브렌나는 언니의 친절한 행동에도 덤덤하게만 앉아 있었다. 오빠들이 집에 없을 때 동생들을 돌보는 건 언니의 당연한 의무니까. 하지만 매티는 하지 말았어야 할 말을 했다. 그것이 브렌나를 화나게 했다. 그 불행한 사건을 상기하는 게 브렌나에게 얼마나 고통스러운 일인지 매티도 잘 알고 있는 터였다.

「그래, 시간을 두고 끈기 있게 기다리면 나아지겠지.」

어머니가 대답했다.

매티가 한숨을 쉬며 말했다.

「어머니, 어떻게 그렇게 침착하게 말씀하실 수가 있죠? 죄책감도 안 드세요? 그래요, 어쩌다 한 번 정도는 아이를 잊어버릴 수도 있겠죠. 그렇지만 두 번씩이나 그랬다는 건……. 어머니가 브렌나를 혼자 놔둬도 걔가 가만있었다는 게 정말 희한해요.」

엘스페스가 앞으로 나서며 한마디 거들었다.

「전 아가씨가 신랑감을 하나도 건지지 못할 것 같아 걱정이에요.」

브렌나는 귀를 꽉 막았다. 그녀는 '하나'라는 말이 듣기 싫었다. 내가 뭐 돼지 새끼인가. 하나가 뭐야, 하나가…….

「내가 직접 찾으면 될 거 아냐!」

때마침 방으로 들어오던 조안이 브렌나가 버럭 내지른 소리를 듣고 물었다.

「이번엔 또 무슨 짓을 저지른 거니, 브렌나?」

「별거 아냐.」

「그럼 왜 여기서 혼자 이러고 있어? 늘 옹알거리면서 어머니 곁에만 바짝 붙어 있으려는 애가. 자, 이제 그만 이실직고하시지? 절대 잔소리 하지 않겠다고 약속할게.」

「엄마한테 말대답을 했어. 언니, 아빠가 언니 남편감을 구하셨어?」

「남편감을 구했냐구?」

조안이 되물었다. 그녀는 감수성이 예민한 동생이 상심할까봐 큰소리로 웃지는 못하고, 빙그레 웃으면서 대답했다.

「그런 거 같아.」

「언니도 봤어?」

「아니. 난 결혼식 당일에야 신랑 얼굴을 보게 될 거 같아.」

「못생겼으면 어쩌나 걱정도 안 돼?」

「외모는 중요한 게 아니야. 아버지는 내가 그 사람과 결혼하면 아버지도 든든한 동지를 얻게 될 거라고 하셨어.」

「그게 좋아?」

「그럼. 왕께서도 우리 결혼을 허락하셨어.」

「레이첼이 그러는데, 언니는 남편을 지극 정성으로 사랑해야 한대.」

「그건 한낱 어리석은 바람일 뿐이야. 레이첼도 나이가 차면 맥네어란 사람하고 결혼하기로 약정돼 있어. 레이첼도 결혼 전에는 그 사람을 만나볼 수 없을 거야. 잉글랜드에 살지 않거든. 하지만 아버지께는 그게 별로 대수롭지 않나 봐. 아버지는 맥네어가 보내준 선물과 약정서를 보고 결정을 내리셨어.」

「엘스페스 말이, 아빠 내 신랑감은 구해놓지 않으셨대. 아빠 너무 바쁘셔서 날 위해 뭔가를 해주실 수가 없대. 그래서 말인데, 내 신랑감을 내가 직접 찾아볼까 해. 도와줄 거야, 조안?」

조안이 웃으며 대답했다.

「신경 쓰이나 보구나? 그래, 기꺼이 도와줘야지.」

「어떻게 신랑감을 찾지?」

조안은 대답하기 전에 한참 동안 뭔가를 생각하는 척했다.

「음…… 이렇게 하면 어떨까? 일단 네가 원하는 남자를 고른 다음 가서 결혼해달라고 부탁하는 거야. 만약 먼 데 사는 사람이라면 연락병을 보내면 되잖아. 그러나 브렌나, 너도 알다시피 아버지는 우리가 이런 얘기 나누는 걸 알면 싫어하실 거야. 네 상대를 선택해주시는 건 아버지의 의무야. 그건 그렇고, 우리 지금 왜 속삭이는 거니?」

「엄마가 나보고 입다물고 있으라고 했거든.」

조안은 박장대소했다.

엘스페스가 웃음소리를 듣고 잽싸게 달려왔다.

「제발 브렌나 아가씨를 자꾸 부추기지 마세요, 조안 아가씨. 브렌나 아가씨, 입다물고 얌전히 있으라는 어머니 말씀 벌써 잊으셨어요? 어쩜 그렇게 쉬지도 않고 조잘대세요?」

「미안해, 엘스페스.」

그러나 유모는 코웃음을 치며 대꾸했다.

「아니요, 아가씨는 전혀 미안해하고 있지 않아요.」

그러면서 유모는 브렌나의 얼굴에 손가락을 까딱거리며 말했다.

「제 말, 명심하세요. 언제고 하나님은 아가씨를 혼내시려고 여기에 오실 거예요. 하나님은 말대답하는 아이를 좋아하지 않으시니까요.」

엘스페스는 브렌나를 혼자 두고 나가버렸다. 연회가 시작되기를 기다리던 브렌나는 깜박 잠이 들었다. 레이첼이 흔들어 깨우자 브렌나는 언니들을 따라 줄을 섰다.

레이첼 뒤에 숨어 있던 브렌나가 자기 이름이 불리자 앞으로 나왔다.

사람들이 빤히 쳐다보고 있다고 생각하니 갑자기 수줍어졌다. 아버지의 딸 자랑이 끝나자 브렌나는 다시 언니 뒤로 숨어버렸다.

손님들 중 브렌나에게 주의를 기울이는 사람은 없었다. 브렌나는 아무도 눈치채지 못하는 틈을 타서 홀을 빠져나가리라 맘먹고는 돌아서서 입구 쪽으로 한 발 내딛다가 흠칫하고 걸음을 멈췄다.

웬 거인 세 명이 막 안으로 들어서는 게 아닌가. 브렌나는 그 자리에서 굳어버린 것처럼 서버렸다. 가운데 있는 사람은 다른 두 명보다 키가더 컸는데 워낙 커서 눈이 저절로 돌아갔다. 아버지가 새로 온 손님을맞이하러 그들 가까이 가서 섰을 때 보니, 세상에나, 그 남자는 아버지보다도 훨씬 컸다.

브렌나는 레이첼의 손을 움켜쥐고서 막 흔들었다.

「무슨 일이야?」

레이첼이 속삭이며 물었다.

「설마 저 사람이 하나님은 아니겠지, 그렇지?」

검은머리의 손님을 가리키면서 브렌나가 물었다.

레이첼이 하늘 쪽으로 눈동자를 굴리며 말했다.

「아냐, 저 사람이 하나님일 리 없어.」

「그럼 아빠가 나에게 거짓말을 했다는 거야? 아빠보다 크신 분은 하나님밖에 없다고 그러셨단 말야.」

「아냐, 아빠가 거짓말을 하신 게 아니고, 단지 널 놀려주려고 그러신거니까 무서워하지 마.」

브렌나는 이제 안심했다.

'아빠가 거짓말을 하신 거야. 나를 혼내러 하나님이 내려오신 게 아니었어. 휴……'

아버지가 큰소리로 웃음을 터뜨리는 바람에 브렌나는 그쪽으로 신경이 쏠렸다. 아버지가 즐거워하는 모습을 보니 브렌나도 기분이 좋았다. 그런데 웬일인지 그 키가 큰 사람에게 자꾸 눈길이 갔다. 다른 사람을 빤히 쳐다보는 건 좋지 않은 습관이라고 엄마가 늘 주의를 주었지만, 지금은 몸과 마음이 엄마의 가르침에 따라 움직이지 않았다. 브렌나는 그 남자에 관한 모든 것을 조목조목 기억 속에 담아두고 싶었다.

그 거인도 뚫어져라 쳐다보는 브렌나의 시선을 느꼈는지, 갑자기 획 돌아서서 브렌나를 똑바로 쳐다보았다.

브렌나는 아빠의 체면도 세워줄 겸, 예의 바른 숙녀처럼 행동하기로 마음먹고, 스커트 앞자락을 움켜잡아서 무릎께로 살짝 들어올렸다. 그러고 나서 몸을 굽혀 인사했다. 잠깐 균형을 잃고 머리를 바닥에 부딪힐 뻔했지만, 재빨리 일어나 균형을 잡았다.

똑바로 서서 치맛자락을 놓은 브렌나는 저 거구의 남자가 어떤 반응을 보일지 궁금해서 흘깃 쳐다보았다. 거인이 브렌나를 보며 웃었다.

그가 다시 돌아서자 브렌나는 레이첼의 등뒤로 숨으며 속삭였다.

「저 사람하고 결혼할 거야.」

레이첼이 슬며시 웃음을 지었다.

「그래? 그거 참 좋은 생각이다, 애!」

브렌나도 연신 고개를 끄덕이며 좋아했다.

얼마 후, 아버지가 딸들에게 나가도 좋다고 했다. 브렌나는 손님들이 아래층으로 내려갈 때까지 기다렸다가 밖으로 나갔다. 오늘은 반드시 새끼돼지를 잡아서 애완동물로 삼겠다고 별렀다. 강아지라면 더 좋겠지만, 아버지는 새로 태어난 강아지들을 언니 오빠들에게 모두 줘버렸다. 브렌나는 여봐란 듯이 새끼돼지를 애완동물로 삼아서 아버지의 불공평한 처사에 대항하고, 자신의 권리를 찾고 싶었다.

행운의 여신은 브렌나 편이었다. 때마침 어미돼지가 울타리 밖, 언덕 아래 있는 진흙탕에서 잠들어 있었다. 브렌나는 소리를 내지 않으려고 살금살금 다가갔지만, 그만 진흙 속에 미끄러져 흙탕물이 튀고 말았다. 이제 새끼들이 엄마를 찾아 소리를 지르겠군. 그러나 브렌나는 머리를 들지도, 눈을 뜨지도 않고 가만히 엎드려 있었다. 삐걱거리면서 앞문 열리는 소리가 들렸다. 누군가가 어서 나오라고 고함을 칠 줄 알았는데, 아니었다.

휴, 들키지 않았군.

새끼돼지들도 브렌나가 일을 쉽게 해치울 수 있도록, 모두들 몸을 동그랗게 말아 겹겹이 기댄 채 잠들어 있었다. 브렌나는 그 중에 한 마리를 치맛자락에 꼭 싸서 끌어안았다. 이제 승리의 노획물을 부엌에 숨겨 놓는 일만 남았다. 이놈의 새끼돼지가 소란을 피우지만 않는다면 대성공이었다.

울타리 근처에 다다를 때까지 브렌나는 다가올 위험을 눈치채지 못했다. 그러나 이내 끔찍한 비명이 들렸다. 돼지는 날 수 없다고 들었는데, 웬걸, 화가 난 어미돼지는 날고 있었다. 브렌나는 머리를 숙이고 번개처럼 움직였다. 비명 소리는 그녀를 잡아가려고 지옥에서 온 악마의 소리처럼 귀에 거슬렸다.

브렌나는 달려드는 어미돼지에 맞서서 크게 소리를 질렀다. 끔찍해서 미칠 지경이었다. 머리는 사방으로 헝클어졌고, 여기저기 흙탕물이 튀어 꼴이 말이 아니었다. 브렌나는 새끼돼지를 품에 안은 채 울타리 주변을 빙빙 돌면서 계속 비명을 질렀다. 아버지가 구세주처럼 나타나주기를 간절히 바라면서.

부모님이 이 모습을 보면 기절하고 말리라. 곱게 키운 어린 딸이 온몸에 진흙과 오물을 뒤집어쓰고, 머리를 푹 숙여 마치 암탉처럼 길길이 날뛰는 꼴이라니.

사람들이 모두 뛰어나왔다. 하지만 구세주는 아버지가 아니었다. 아버지는 그렇게 빠르거나 날랜 사람이 아니었다. 구세주는 아까 브렌나를 보며 웃어주었던 그 거인이었다.

눈 깜짝할 순간이었다. 큰 고를 벌름거리며 브렌나를 땅바닥에 곤두박질치려던 순간, 어미돼지는 공중으로 붕 떠올랐다. 그제야 눈을 뜨고 비명을 멈춘 브렌나는 주위를 둘러보았다. 그녀는 거인의 품에 안긴 채, 울타리 넘어 담 근처까지 와 있었다. 어떻게 이처럼 멀리 점프할 수 있는 건지 믿을 수가 없었다.

곧 주변이 소란스러워졌다. 가장 나중에 달려온 사람은 아버지였다.

아버지는 숨을 헐떡거리면서, 왜 저 괴팍한 돼지가 귀여운 자기 딸 페이스에게 달려들었냐고 손님들에게 물었다.

브렌나는 기분 나빠하지 않았다. 아빠가 딸들 이름을 헷갈려 부르는 게 어디 하루 이틀 일인가. 어슴푸레한 노을 속에서 아버지를 본 브렌나는 이제 죽었구나 생각했다. 아버지의 딱딱한 무릎 위에 붙잡혀 한참 동안 꾸중을 들어야 하리라.

'치마 속에 숨긴 돼지를 들키면 어떡하지.'

그런 생각을 하니 아찔했다.

자기를 구해준 거인 기사가 치마 속에서 꿈틀대는 돼지를 눈치챘을 거라고 생각한 브렌나는 용기를 내 거인의 눈을 쳐다보았다. 그리고 그가 어떻게 행동할지 숨죽여 기다렸다. 처음엔 놀란 듯한 거인이 돼지가 꿀꿀 소리를 내자 미소를 지었다.

거인이 화가 나지 않았음을 확인하자 기분이 좋아진 브렌나는 그를 보며 웃다가 갑자기 부끄러운 생각이 들었다.

거인의 친구가 울타리로 다가와 물었다.

「코너, 괜찮아?」

거인이 몸을 돌리려 하자, 브렌나는 거인의 얼굴을 꾹 찔러 다시 자기 쪽으로 향하게 했다. 그리고 속삭여 애원했다.

「말하지 말아요.」

속삭이는 말소리를 잘 알아듣지 못한 거인이 브렌나에게로 고개를 바짝 숙여 이마를 맞댔다.

「말하지 말라구요.」

브렌나가 다시 속삭였다. 비로소 브렌나의 말을 알아들은 거인은 머리를 젖혀가며 큰소리로 웃었다. 브렌나가 제발 조용해달라고 했지만 그는 더 크게 웃었다. 그리고 아무 말 없이 그녀를 바닥에 내려놓았다. 브렌나는 아버지한테 붙잡히지 않으려고 재빨리 도망쳤다.

「이리 와, 브렌나.」

브렌나는 못 들은 척, 계속 달렸다. 품안에 잠들어 있는 새끼돼지를 부엌에 숨겨놓기 전에는 결코 안전을 기대할 수 없는 노릇!

간신히 부엌까지 내뺀 브렌나에게 문득 스치는 생각이 있었다.

'아차, 그 거인에게 결혼해달라는 말을 못 했잖아!'

그러나 낙담하지 않았다. 내일 말하면 되니까. 만약 안 된다고 대답하면 다른 계획을 세우리라. 열 번 찍어 안 넘어가는 나무 없겠지. 어떻게 해서든 그 거인과 결혼해서 아버지 걱정거리를 하나 덜어드려야지.

2

1119년, 스코틀랜드

코너 맥칼리스터는 결혼식을 치르기 위해 전투화장을 했다.

기분은 얼굴과 팔에 바른 검푸른 칠만큼이나 불쾌했다. 코너 맥칼리스터 영주는 지금 자신이 치러야 하는 의무적인 행사가 즐겁지 않았다. 그러나 명예를 보존하고 정의를 얻기 위해서라면 어떤 일인들 마다할 처지가 아니었다.

코너는 몸과 마음을 바쳐 이뤄야 할 복수의 맹세를 간직하고 있었다. 복수의 의무에 이토록 집착하는 자신이 별나다고는 생각지 않았다. 하일랜드 사람들은 누구나 복수를 할 때, 자신의 검이 가장 가치 있게 쓰인다는 믿음을 가지고 있었다. 그것이 살아가는 방식이었다.

말을 탄 다섯 명의 병사가 영주를 따르고 있었다. 그들도 전투화장을 하고 있었지만 기분은 밝았다. 그들에게는 잉글랜드 여자를 일생의 반려자로 삼아야 할 이유가 없기 때문이었다.

지휘관인 퀸란이 영주와 나란히 말을 몰았다. 퀸란은 코너와 키가 비슷했지만 체격은 코너가 훨씬 다부졌기 때문에, 힘으로는 당할 수가 없었다. 그러나 퀸란이 맥칼리스터 일족에 남아 있는 이유는 다른 데 있었다. 병사들이 코너 곁을 떠나지 않으려는 이유는 코너의 지성과 정의에 대한 열망, 그리고 확고한 지도력을 신뢰하기 때문이었다. 충직한 부하 퀸란은 자기가 섬기는 영주의 안전을 위해서라면 목숨이라도 내놓을 수 있었다. 이미 영주가 자기 생명을 구해준 적이 있거니와, 앞으로 또 그런 위험이 닥칠지라도 부하들을 소중히 여기는 영주의 태도는 달라지지 않으리라는 것을 잘 알기 때문이었다. 코너가 부하들을 가족처럼 귀하게 여기고 있음을 부하들은 너나 할 것 없이 공통적으로 느꼈다.

코너에게 퀸란은 그저 단순히 충직한 부하가 아니라 가장 절친한 친구이기도 했다. 맥칼리스터 일족 사람이라면 누구나 그렇듯, 퀸란도 적들에 대한 코너의 원한을 나눠가졌다. 그러면서 적들이 코너와 코너의 가족에게 행한 만행에 보복하려면 어떤 방법이 가장 좋을지를 늘 신중하게 모색했다.

「코너, 지금이라도 마음을 바꿔. 꼭 이런 방법이 아니더라도 아버지를 그렇게 만든 맥네어 놈에게 보복할 방법은 얼마든지 있잖나?」

퀸란이 말했다.

「안 돼. 이미 새어머니에게 신붓감을 구했다는 소식을 보냈네. 자네가 어떤 말을 해도 내 마음은 바뀌지 않아.」

「자네는 유피미어가 돌아오실 거라고 생각하나?」

「아마도 안 돌아오겠지. 이젠 아버지마저 안 계시니 더욱 돌아오기 힘들 거야. 아직도 아버지를 못 잊나봐.」

「알렉은 뭐래? 자네 형은 더 이상 불화를 일으키지 말라고 했잖나. 그때 자네는 그러마고 대답하지 않았던가?」

「내 마지막 거짓말이었거니 생각해주게. 맥네어 놈, 이번 기회에 아주 매운 맛을 보여주겠어. 그 돼지 같은 자식이 잉글랜드와의 동맹에 얼마나 군침을 흘렸는지 자네도 알지? 그자의 탐욕을 역이용해보자구. 잊지 말게. 그자는 맥칼리스터를 욕보인 자란 말일세!」

「그자의 배반 행위에 대해서는 이미 전쟁을 치렀잖나.」

「그걸로는 충분치 않아.」

코너는 선언하듯 말했다.

「철저하게 보복을 해야 아버지가 저 세상에서라도 편안하게 눈을 감으시지 않겠나.」

퀸란이 갑작스럽게 웃으며 말했다.

「아무래도 하나님 뜻인가 보군. 우린 오늘 아침까지도 자네가 데려오려는 처자의 이름을 몰랐잖나. 아직도 그녀를 기억하나?」

「쉽게 잊혀지지가 않아. 게다가 알렉에게 댈 좋은 변명거리가 되잖나. 그게 중요하단 말일세.」

「그래도 자네 형은 화를 낼걸.」

「그렇지 않아. 잉글랜드 아가씨가 이미 오래 전에 나와 약혼했다는 말을 들으면 알렉도 기뻐할 거야.」

「어떻게 말할 참인데?」

「사실 그대로 말하지 뭐. 그 아가씨가 나한테 결혼해달라고 했던 거, 자네도 기억하지? 그때 자넨 일주일이나 배꼽을 잡고 웃었잖나.」

퀸란이 고개를 끄덕였다.

「그래 맞아. 한 번도 아니고 세 번이나 프로포즈를 했지. 하지만 너무 오래 전의 일이라 그녀가 기억이나 할 수 있을까?」

「그게 무슨 대순가?」

브렌나는 무엇인가 자기를 쳐다보고 있다는 생각에 무서워 벌떡 일어섰다. 개울가에서 얼굴과 손을 닦고 있는데 뒤에서 누군가가 있는 것만 같았다.

하지만 급하게 몸을 놀리면 안 되었다. 놀란 나머지 벌떡 일어나 막무가내로 달려가다가는 된통 당할지도 모를 일이었다. 혹시 멧돼지 같은 야생짐승이 그 소리에 놀라 달려들 수도 있기 때문이었다.

브렌나는 슬며시 단검을 빼어들고 천천히 돌아서서, 덤불 속에 숨어 있는 대상에 맞설 각오를 했다. 그러나 거기에는 아무것도 없었다. 자신을 위협한 대상이 모습을 드러낼 때까지 숨죽여 기다렸지만 아무런 움직임도 없었다. 놀라서 발딱발딱 뛰는 자신의 심장소리만 들렸다.

아버지의 야영지에서 멀리 떨어진 곳을 겁도 없이 혼자 왔으니 혹 무슨 일을 당하면 그것은 브렌나 자신의 탓이었다. 그녀는 혼자 있을 만한 장소를 찾다가 불가피하게 이렇게 멀리 나오게 되었던 것이다. 그렇다면 최소한 활과 화살은 가지고 왔어야 했다.

내 직감이 틀렸단 말이야? 분명히 누군가 보는 듯했는데…… 귀신이 곡할 노릇이군.

브렌나는 자기가 겁을 먹어서 그랬는가 보다라고 생각했다. 덤불 속에 뭐가 있었다면 벌써 그녀에게 접근하는 소리가 들렸으리라. 아버지는 브렌나가 유별나게 소리에 민감하다는 말을 가끔 했다. 아수라장 같은 전쟁터에서 낙엽 떨어지는 소리도 들을 수 있을 거라고 했다. 물론 과장이긴 했지만 아주 틀린 말은 아니었다. 브렌나는 정말 소리를 잘 들었다.

그런데 지금은 아무 소리도 들리지 않았다. 자신이 너무 긴장했고, 여행이 너무 힘들어 기운이 빠진 탓에 잠시 환청이 들렸었나 보다라고 생각했다.

맥네어 영주, 브렌나는 장차 남편이 될 그 사람이 생각났다. 구토가 났다. 오늘 먹은 게 없으니 망정이지 안 그랬으면 먹은 것의 두 배로 뱉어냈으리라. 그녀는 한번도 만나본 적 없는 미래의 남편에 대한 소문을 관대하게 해석하고 정반대로 상상하기로 했다.

'좋은 사람일 거야. 괴팍하다는 소문은 과장이겠지. 오, 하나님 제발……'

브렌나는 자기 생각이 맞기를 바랐다. 그렇게 잔인한 남자의 아내가 된다니, 상상도 하기 싫었다. 그런 남자와 살기 싫다고 아버지를 설득하려 얼마나 애썼던가. 오직 하나님만 아시리라. 그러나 아버지는 브렌나의 의견은 더 듣지도 않고 결정을 내렸다.

해도해도 너무했다. 아버지는 한밤중에 자고 있는 브렌나를 깨워 그 결정을 통보했고, 어머니와 유모를 도와 짐을 싸라고 명령했다. 브렌나는 첫새벽에 스코틀랜드의 로우랜드(스코틀랜드의 지대가 낮은 지방)로 떠나야 했다. 현관에서 아버지의 설명을 듣는 브렌나의 심경은 착잡했다. 아버지는 이번 혼인이 자기 세력을 스코틀랜드까지 넓힐 수 있는 기회라고 설명했다. 그리고 왕이 레이첼을 왕 자신이 총애하는 남작에게 시집보내겠다고 했기 때문에 아버지는 레이첼 대신 브렌나를 맥네어에게 보내기로 했다는 말을 덧붙였다.

'그럼 아버지는 나보다 힘과 권력을 더 사랑한다는 말이지!'

브렌나는 무엇보다도 그 사실이 견디기 힘들었다.

아버지는 틀림없이 맥네어가 바친 많은 보물에 마음이 녹았을 것이다. 운 좋게도 왕은 레이첼이 약혼했다는 사실을 모르고 있었다. 만약 알았다면 성을 내셨으리라. 그렇다고 해도 아버지는 별로 신경 쓰지 않을 테지만. 이미 탐욕에 사로잡힌 아버지는 뭘 걱정하거나 두려워할 여지가 없었다.

브렌나가 울음을 멈추자, 어머니가 충고를 해주었다. 모든 일이 잘 풀리겠지 하면서, 배운 대로 처신만 잘하면 행복한 결혼생활을 누릴 수 있다고 했다. 부모님 생각을 하니 고향이 그리웠다. 브렌나는 부모님이 왜 이런 불행한 결혼을 강요하는지 이해할 수 없었다. 집에 돌아가고 싶었고 가족들도 보고 싶었다. 들들 볶아대기만 하던 유모도 보고 싶었다.

세상에, 이 무슨 꼴사나운 자기 연민이란 말인가! 그래, 이런 나약한 생각이나 하고 있으면 점점 유치해질 뿐이야. 이미 주사위는 던져졌고, 신이 아니면 운명을 바꿀 수 없는 노릇인데, 뭘.

아버지의 부하들은 초조해 보였다. 일행이 이미 맥네어의 영지에 들어온 모양이었다. 그러나 그의 성에 도착하려면 말을 타고 족히 하룻길은 더 가야 했다.

좀 전에 허리를 굽혀 세수를 할 때 머리끈이 풀어졌기에 브렌나는 서둘러 머리를 매만졌다. 그러나 머리를 묶다가 문득 마음이 바뀌었다.

'왜 내가 남편에게 잘 보이려고 신경을 써야 하는 거지?'

그녀는 리본을 아무렇게나 풀고서 손가락으로 머리를 빗어 넘겼다. 리본과 단검이 땅에 떨어졌다.

그때 브렌나를 경호하던 해럴드의 돌연한 비명에 브렌나는 얼른 단검만 주워들고, 무슨 일인가 싶어 야영지로 달려갔다. 하지만 하녀 버트리스가 그녀를 가로막았다. 뚱뚱한 버트리스는 놀랄 만큼 빠른 속도로 달려들어 주인 아가씨의 팔을 붙잡았다. 버트리스의 눈에 비친 공포가 브렌나의 등골을 오싹하게 했다.

「브렌나 아가씨, 도망가세요.」

버트리스가 비명을 질렀다.

「악마들이 공격했어요. 늦기 전에 몸을 숨기셔야 해요. 야만인들이 병사들을 다 죽이려 한답니다. 아가씨를 노리고 있어요. 몸을 숨기세요, 어서요!」

「도대체 그자들이 누군데?」

브렌나가 두려움이 담긴 목소리로 물었다.

「아마 부랑자들이 아닌가 싶어요. 얼마나 많은지, 셀 수도 없어요. 하나같이 얼굴은 파랗고 눈은 꼭 악마 같다니까요. 사탄처럼 거대하구요. 그 중의 한 놈은 해럴드에게 아가씨가 어디 있는지 말하지 않으면 죽여 버리겠다고 으름장을 놓았어요.」

「해럴드는 아무 말도 하지 않을 거야.」

「아뇨, 해럴드가 불었어요. 제가 도망갈 기회를 엿보는 사이 그가 검을 내던지며 아가씨가 있는 곳을 말해버렸어요. 병사들은 죽게 될 거예요. 그 야만인들은 두목을 기다리고 있어요. 두목이 오면 살육이 시작될 서예요.」

버트리스가 신경질적으로 브렌나의 팔을 움켜잡았다. 빨리 도망갈 생각은 안 하고 이것저것 묻는 주인 아가씨가 답답했던 탓이었다. 팔을 너무 꽉 움켜쥐는 바람에 브렌나의 살갗이 하녀의 손톱에 찔려 피가 났다.

브렌나가 버트리스의 손을 떼어내면서 물었다.

「네가 도망칠 때 병사들은 아직 살아 있었어?」

「네, 아직 죽이기 전이었어요. 어서 도망칠 생각이나 하세요!」

「병사들을 저대로 두고 갈 순 없어. 먼저 가! 난 그들을 구하러 가야겠어.」

「아가씨, 미쳤어요?」

「만약 그 야만인들이 나를 원한다면, 나를 잡는 조건으로 병사들을 풀어달라고 애원하면 돼. 그렇게 좋은 협상은 아니지만, 한 사람의 목숨과 열두 사람의 목숨을 바꾸는 일이야! 우습긴 하지만 어쩔 수 없어.」

「아가씨는 그 어리석음 때문에 죽게 될 거예요.」

버트리스는 브렌나의 어리석음에 한탄하듯, 머리를 절레절레 흔들며 숲 쪽으로 뛰어갔다.

솔직히 브렌나도 무서웠다. 하녀를 따라 도망치고 싶었다. 하지만 그럴 수가 없었다.

하나님 아버지시여!

두려웠다. 죽는 것도 용기가 필요했다. 겁이 난 브렌나는 지금 자기가 집에 있었으면 하는 생각이 간절했다. 그러나 겁이 난다고 해서 해럴드와 병사들을 죽게 내버려둘 수는 없었다. 꼭 그런 이유가 아니더라도 그들을 악마의 손에 죽게 하고 싶지 않았다. 그들을 구해야 했다.

겁이 난다 어쩐다 엄살 부려서는 안 돼!

브렌나는 야영지로 서둘러 가면서 마지막 기도를 했다. 따로 시간을 내 회개하고 용서를 빌 겨를이 없었다. 여태까지의 잘못을 일일이 기억해 회개하려면 한 달은 족히 걸릴 것이다. 브렌나는 그 동안의 모든 잘못을 모아 용서해달라고 기도했다. 마지막으로, 살아날 방법을 가르쳐달라고 마음속으로 애원하면서 하나님을 불렀다.

오 주여, 오 주여, 오 주여!

브렌나는 야영지 바깥쪽으로 난 길에 다다랐다. 두려움에 몸이 떨렸고 앞을 똑바로 쳐다보기가 힘들었다. 오른손에 단검이 그대로 들려 있다는 사실을 깨닫고는 얼른 옷자락에 싸서 뒤로 숨겼다. 그런 뒤 깊게 숨을 들이쉬며 앞으로 나갔다.

어떻게 해야 저 야만인들이 여자의 말에 귀를 기울여줄지 막막했다. 만약 이편에서 말을 더듬거나 겁먹은 눈치를 보이면 기회를 놓칠 수도 있었다. 대담해야 했다.

마침내 마음의 준비를 마쳤다. 브렌나는 계속해서 도와달라고 기도했다. 도와주고 싶지 않다면 차라리 빨리 죽게 해달라고.

'제발 고통 없이……'

그러면서 계속 주여, 주여를 반복했다. 하나님은 브렌나에게 무엇이 필요한지 잘 아시리라는 믿음이 생겼다.

야만인들은 브렌나를 기다리고 있었다. 그녀는 그들을 본 순간, 차라리 기절해버리고 싶었다. 그들은 거친 숨소리를 내고 있었다. 표정은 별로 없었지만 그들도 브렌나를 보고 긴장한 듯했다.

그러나 셀 수 없을 만큼 많다는 버트리스의 말은 과장이었음을 알게 되었다. 병사들을 둘러싼 야만인은 다섯뿐이었다. 하지만 다섯만으로도 브렌나는 무릎이 덜덜거리고 심장이 조여왔다.

그녀는 야만인들을 힐끗 쳐다봤다. 우선은 병사들이 무사한지 궁금했다. 해럴드와 병사들은 무릎을 꿇고 두 손을 뒤로 묶인 채 고개를 숙이고 있었다. 가까이서 보니 모두들 살아 있었다.

브렌나는 다시 용기를 내 야만인들을 쳐다보았다.

아냐, 아냐, 저들은 악마가 아니야. 그저 남들보다 체구가 좀더 큰 인간일 뿐이야.

그렇게 생각하자 다소 마음이 놓였다.

버트리스가 그들을 야만인이라고 부른 것도 이해가 됐다. 야만인, 너무나 적절한 묘사였다. 그들은 얼굴에 푸른색 페인트를 칠하고 고대 의식에서나 봤음직한 이상한 모양의 치장을 하고 있었다. 브렌나는 사람을 제물로 바치는 것도 저들의 의식일까 하는 생각을 하다가, 오싹해져서 얼른 그 생각을 지워버렸다.

그들의 옷은 원시적이긴 했지만 왠지 친근하기도 했다. 그들은 빛 바랜 갈색, 노란색, 녹색의 플래드를 걸치고 있었다. 무릎은 맨살이었고,

종아리까지 올라오는 끈 달린 가죽부츠를 신고 있었다.

보아하니 스코틀랜드인들이었다. 맥네어 영주의 적들일까? 저들은 지금 맥네어의 영지에 침입했다. 그렇다면 저들은 장차 브렌나의 남편 될 사람에 대한 보복으로 그녀를 죽이려 한단 말인가?

한번도 만나보지 못한 사람을 위해 죽고 싶지는 않았다. 죽는다는 생각 자체가 싫었다. 그 이유야 어떻든 간에.

왜 저들은 말을 걸지 않지?

상대편은 아무 말 없이 브렌나를 쳐다보기만 했다. 실제로는 겨우 일이 분 정도 지났을 뿐이지만 그 시간이 한 시간처럼 길게 느껴졌다.

두려워하지 마. 두려워하면 안 돼.

스스로에게 타일렀다.

오 주여, 오 주여, 오 주여!

「난 브렌나라고 해요.」

누군가가 공격하기를 기다렸지만 아무도 움직이지 않았다. 원하는 게 뭐냐고 다급하게 묻자, 스코틀랜드인들은 그녀의 숨가쁜 물음에 놀라는 눈치였다. 곧 이어 그들은 일제히 무릎을 꿇고 손을 가슴에 얹더니, 그녀 앞에 머리를 숙였다. 너무나 뜻밖의 예우를 받은 브렌나는 어리벙벙해졌다.

설마…… 저들이 나에게 경의를 표하다니. 날 놀리는 걸까?

도무지 어찌된 노릇인지 알 수가 없었다.

그들이 몸을 일으켜 세울 때까지 기다렸다가 브렌나는 우두머리와 얘기를 나누고 싶다는 의사를 표했다. 그러나 아무도 말이 없었다. 멀뚱멀뚱 쳐다만 보는 파란 얼굴들이 브렌나를 당황케 했다. 마치 험상궂은 가면들을 뒤집어쓴 것 같았다. 그녀는 무리 중에서 가장 몸집이 크고, 머리카락이 검은 회색 눈동자의 전사에게 시선을 고정시켰다.

「왜 아무 말도 않지요?」

그 전사가 갑자기 브렌나를 보며 웃었다.

「기다리고 있었습니다, 아가씨.」

그가 깊고 힘있는 목소리로 말했다.

브렌나는 어중간한 대답에 얼굴을 찡그렸다. 남자가 게일어로 말했기 때문에 브렌나도 같은 언어를 쓰기로 했다. 브렌나는 아버지의 억지 때문에 자매들과 함께 게일어를 배웠다. 그걸 지금 유용하게 써먹게 되다니, 아버지가 고마웠다. 그들의 방언은 브렌나가 배운 것과 좀 차이가 나긴 했지만 의미는 충분히 파악할 수 있었다.

「기다리다뇨?」

브렌나가 게일어로 물었다.

그 물음에 놀란 스코틀랜드 남자는 재빨리 먼 곳으로 시선을 던졌다.

「아가씨 기도가 끝나기를 기다리고 있었습니다.」

「내 기도요?」

브렌나가 어리둥절해 물었다.

「찬송가를 부르시는 것 같았습니다, 아가씨. 뒷부분은 기억 나지 않으십니까?」

다른 병사가 되물었다.

「오 주여, 오 주여……」

「또 부르려나봐.」

또 다른 병사가 속삭이며 말했다.

전능하신 하나님 아버지시여…….

그녀는 큰소리로 기도했다.

「난 인내심을 달라고 기도하는 중이었어요.」

그녀는 배에 힘을 주며 위엄 있게 말했다.

「당신들은 누구죠?」

「저희는 맥칼리스터 일족입니다.」

「그런 이름 따위는 내게 아무 도움이 안 돼요. 맥칼리스터가 누군지 내가 어떻게 알겠어요?」

눈썹 아래 희미한 상처가 있고 코가 한쪽으로 내려앉은 전사가 앞으로 나섰다.

「아가씨, 당신은 저의 영주님을 잘 알고 계십니다.」

「당신이 뭔가 잘못 알고 계신 모양이군요.」

「이름을 불러주십시오, 아가씨. 오웬이라고 합니다. 이름을 불러주신다면 영광이겠습니다.」

브렌나는 끔찍한 상황을 만들어놓은 이 난폭한 사람들이 왜 이렇게 정중한 태도를 보이는지 도무지 이해가 안 됐다.

「오웬, 당신들은 내 아버지의 부하들과 나를 죽일 작정인가요?」

모두들 브렌나의 질문에 깜짝 놀랐다.

「아닙니다, 브렌나 아가씨. 절대로 아가씨를 해치지 않습니다. 저희는 목숨이 다할 때까지 아가씨를 보호하겠다고 맹세했습니다.」

다른 병사들도 동의의 표시로 고개를 끄덕였다.

그녀는 모두들 제정신이 아니라는 생각이 들었다.

「그럼 도대체 왜 우릴 공격한 거죠?」

「저희 영주님 때문에 그랬습니다.」

오웬이 대답했다. 브렌나가 자기들 말을 못 믿는 것 같아서, 그들은 자기네 영주가 얼마나 선량하고 좋은지를 설명했다.

브렌나는 안심이 됐다. 회색 눈동자 전사의 말이 사실이라면, 아무도 죽지 않을 것이며 두려워할 필요도 없었다.

그러나 기뻐하기에는 아직 일렀다. 침략자들은 아직도 왜 브렌나 일행을 공격했는지 말하지 않았기 때문이었다. 사교적인 목적으로 온 것 같지는 않았으므로, 브렌나는 이 자리를 벗어나기 위해서는 그들의 본래 의도를 알아내야 했다.

「당신들, 스코틀랜드 사람이죠?」

자신의 목소리가 너무 힘없게 들려, 그녀는 다시 한 번 물었다.

「스코틀랜드 어디에 살고 있죠?」

회색 눈동자의 남자가 섬뜩한 빛을 발하면서 대답했다.

「제 이름은 퀸란입니다, 아가씨. 그리고 우리는 스스로를 스코틀랜드인이라고 생각하지 않습니다. 우린 고지대에 사는 하일랜드인입니다.」

다른 사람들도 동의한다는 듯 고개를 끄덕였다.

브렌나는 흥미로운 사실을 발견했다. 하일랜드인들은 자기네 선조가 물려준 오래되고 낡은 관습을 버리려 하지 않는다는 것이었다. 이들의 복장이나 원시적인 태도가 그 사실을 말해주고 있었다. 그러나 브렌나는 그런 말을 할 용기가 나지 않았다.

시대에 뒤떨어진 그들의 행동을 이해할 수 없었지만, 괜한 말로 그들의 성질을 돋우고 싶지는 않았다. 미개인처럼 살겠다는 사람들한테 굳이 신경 써서 뭐하겠는가.

「아하, 하일랜드 사람들이군요. 가르쳐줘서 고마워요, 퀸란.」

퀸란이 브렌나에게 머리를 숙이면서 대답했다.

「천만의 말씀입니다, 아가씨. 부하인 제게 고맙다고 해주시니 오히려 감사할 따름입니다.」

브렌나가 한숨쉬듯 말했다.

「기분 나쁘게 듣지 말았으면 좋겠는데요, 전 당신들이 절 쫓아다니지 말았으면 좋겠어요.」

퀸란이 그녀를 보며 빙그레 웃었다.

「우리를 그냥 내버려두지 않으려는 참인가요, 그래요?」

브렌나가 걱정스러운 목소리로 물었다.

퀸란이 악마처럼 눈을 번뜩이며 대답했다.

「네, 아가씨. 절대 그냥 보내드리지 못합니다.」

「정말 저의 영주님을 기억하지 못하세요?」

오웬이 물었다.

「어떻게 기억하겠어요? 만난 적도 없는데.」

「아가씨는 영주님께 청혼을 하셨습니다.」

「잘못 아셨어요, 오웬. 전 그런 적 없어요」

「하지만 아가씨, 세 번이나 청혼하셨단 말씀을 들었습니다.」

「세 번? 제가요?」

말문이 막혔다. 세 번의 청혼이라니…… 맙소사, 설마 그 일을 말하는 건 아니겠지? 벌써 몇 년이 지났는데…….

그런 창피한 일을 그 남자가 여태까지 기억하고 있다니 믿을 수가 없었다.

남편을 찾겠다는 브렌나의 꿍꿍이를 아는 사람은 조안뿐이었다. 다른 식구한테는 한번도 말한 적이 없었다. 이제는 자신에게도 가물가물한 기억이었다. 그때 브렌나는 너무 어렸고 세월이 많이 흘렀다. 조안은 종종 그 사건을 들춰내며 마치 어제 일인 양 깔깔거리며 즐거워했다. 그때마다 조안은 브렌나가 화내는 모습을 보며 재미있어 했다. 특히 돼지 사건 얘기는 몇 번을 반복해도 웃음이 나왔다.

남편감을 구하겠다며 바보처럼 설쳐대질 않았나, 게다가 돼지를 애완동물로 삼겠다고 철없는 짓을 저질렀다니, 도무지 자기가 왜 그랬는지 브렌나는 이해할 수 없었다. 너무 어려서 그랬다는 것이 유일한 변명거리였다.

「아주 오래 전의 일입니다, 아가씨.」

저들이 다 알아버렸어. 어떻게 알았는지 몰라도, 저들이 그 일을 알고 있다는 사실에 브렌나는 매우 흥분했다. 그러나 간신히 정신을 차리며 말을 꺼냈다.

「그 사람은 내 제안을 거절했잖아요, 안 그런가요?」

퀸란이 고개를 저으며 대답했다.

「두 번은 거절 답장을 보냈지요. 하지만 세 번째 청혼에 대한 답장을 기다리고 계신 줄로 아는데요?」

「기다리지 않았어요!」

브렌나의 목소리가 커졌다.

「저희는 그런 줄만 알았습니다.」

장난 같지가 않았다. 오히려 그들은 너무나 진지했다. 대관절 어떡해야 할지 브렌나는 어안이 벙벙했다.

「전 당신들이 농담이라고 하면서 웃어주면 좋겠는데, 안 그럴 것 같네요. 그렇죠, 퀸란?」

퀸란은 귀찮아하지 않고 대답했다. 모두들 브렌나와 실랑이를 벌이면서도 불만스러워하지 않았다. 그들의 행동은 매우 특이했다. 꾸물거리며 시간 끌기를 좋아하지 않을 사람들 같은데, 지금 저들은 꾸물거리고 있었다.

뭔가를 기다리고 있어. 도대체 그게 뭘까?

브렌나는 마냥 기다리고 있을 수가 없었다. 단순히 수년 전의 청혼을 일깨워주려고 여기까지 쫓아왔을 리는 없었다.

설마 그 청혼에 대한 책임을 지라고 하진 않겠지?

그들은 자기들이 앞으로 브렌나를 모실 부하라고 했다. 브렌나는 그 말도 뚱딴지처럼 들렸다. 무모한 짓이 아닐까 싶었지만 브렌나는 병사들의 거짓말을 믿어보기로 작정했다.

「퀸란, 아까 당신이 말하기를 당신들이 제 부하가 될 거라고 하셨는데, 사실인가요?」

퀸란은 대답하기 전에 그녀의 머리 너머에 있는 숲으로 시선을 던졌다. 그가 웃고 있었다.

「그렇습니다, 아가씨. 저는 당신을 모시고자 이곳에 왔습니다. 여기 있는 이 친구들도 마찬가지고요.」

브렌나가 웃으며 물었다.

「그럼 제 명령을 따르겠네요?」

「당연하죠.」

「그럼 좋아요. 당장 저희들 곁을 떠나주세요.」

퀸란은 움직이지 않았다.

「왜 계속 거기 서 있어요, 퀸란? 제 말을 못 알아들으셨나요?」

거인이 웃음을 참으며 대답했다.

「그러면 제가 아가씨를 모실 수가 없게 됩니다. 아직도 모르시겠습니까?」

브렌나는 정말 이해할 수가 없었다. 그녀는 제발 그냥 떠나달라고 다시 한 번 부탁하려고 했다. 그때 오웬이 끼여들었다.

「아가씨, 그 청혼 말씀인데요……」

「또 그 얘긴가요?」

오웬이 고개를 끄덕이며 물었다.

「아가씨가 청혼하신 거 맞죠?」

정말 끈질기군!

「그래요, 했어요! 하지만 그후에 마음을 바꿨단 말이에요. 그 사람 아직 살아 있기나 해요? 그렇다면 꽤 늙었겠군요. 그 사람이 당신들을 보냈나요?」

「네, 그러셨습니다.」

「지금 어디 있죠?」

퀸란이 다시 미소를 지었고, 다른 병사들도 씩 웃었다.

「내 뒤에 계시군요, 그렇죠?」

브렌나는 그가 가까이 있었는데도 눈치채지 못했나 하는 생각이 들었다. 모두들 그녀의 질문에 고개를 끄떡였다.

「줄곧 여기 계셨나요?」

「방금 오셨습니다.」

퀸란이 대답했다.

브렌나는 그들이 무엇을 기다리고 있었는지 이제 알 수 있었다. 퀸란 일행을 쫓아낼 방법을 궁리하느라 신경이 곤두서지 않았다면 브렌나도 그들이 대장을 기다리고 있었음을 눈치챘을 것이다.

그녀는 돌아보고 싶지 않았다. 그러나 자존심 때문에 도망칠 수도 없었다. 단도를 쥔 손에 힘을 주고 마음을 진정시켰다. 그러고는 마침내 몸을 돌렸다.

브렌나의 등뒤 오른쪽에 퀸란의 영주가 서 있었다. 어떻게 바로 뒤에 서 있는데 몰랐을까. 그는 소나무처럼 키가 크고 우람했다. 겨우 두세 발짝 뒤에 서 있었기 때문에 손을 내밀면 그를 꼬집을 수도 있었다. 그러나 넓은 가슴을 보자 두려워서 눈을 들 수조차 없었다. 브렌나의 키는 그의 턱에도 미치지 못했다. 그녀가 움찔 뒤로 물러서자 남자가 한 발짝 앞으로 다가왔다.

브렌나는 남자의 얼굴을 쳐다봐야 한다고 마음속으로 말했다. 안 그러면 저 남자는 자신을 겁쟁이라 여길 것이다. 그녀는 당당하게 맞설 자신이 있었다. 단지 마음을 진정시킬 시간이 좀 필요했다.

코너는 인내심이 바닥나고 있음을 느끼면서도 브렌나가 눈을 들어 자신을 쳐다볼 때까지 기다렸다. 그녀는 너무 아름다웠다. 개울가에서 리본을 풀어 머리를 흔들면서 중얼거리는 브렌나를 처음 보았을 때도 예쁘다는 생각을 했지만, 이토록 아름다운 줄은 몰랐다.

브렌나는 굉장히 매력적인 여인이었다. 코너는 그녀에게서 시선을 뗄 수가 없었다. 마음을 빼앗긴 코너는 문득 자신이 병사들보다 나을 게 없다는 생각을 했다. 병사들이 여자들한테 마음을 빼앗겨 정신을 못 차릴 때마다 호통을 쳤는데 지금 자신이 꼭 그 꼴이었기 때문이었다.

이렇게 아름다운 줄 그때는 왜 몰랐을까?

매끄러운 피부, 푸른빛이 도는 눈동자, 도톰한 장밋빛 입술은 관능적인 즐거움을 선사했다. 문득 자신이 지금 엉뚱한 생각을 하고 있음을 깨달은 코너는 시선을 브렌나의 이마로 옮기면서 정신을 차렸다.

코너는 호흡을 가다듬으면서 자기가 여기에 와 있는 목적을 떠올렸다. 감질나는 여인의 매력에 마음이 흔들리면 위험하다고 느끼면서도 코너는 브렌나의 아름다움에 취했다. 돼지 같은 맥네어는 잉글랜드의 헤이네스워스의 딸을 신부로 맞이해 엄청난 이득을 취하려 했지만, 이제 그녀는 코너의 손아귀에 있었다. 그 생각을 하니 코너는 맥네어에게 당한 모욕을 다 갚은 듯 통쾌했다.

계획은 생각 외로 쉽게 진행됐다. 그녀의 부하들은 아무도 저항하지 않았다. 주먹을 쓸 필요조차 없었다. 야영지 안으로 끌고 가 무릎을 꿇으라고 명령한 게 전부였다. 그들은 순한 양처럼 무릎을 꿇었고, 겁쟁이들처럼 행동했으며, 어떤 자들은 자기 검을 멀리 내던져버리기도 했다.

부하 한 명이 여주인에게 도망가라고 소리치려는 몸짓을 보였으나 그것도 잠시, 퀸란이 그 병사를 입다물게 했다. 브렌나도 그 소리를 듣고는 곧바로 옷과 리본을 떨어뜨리고 야영지로 내달았다. 무슨 일인지 알아보려고 서두르는 그녀의 팔을 하녀 버트리스가 붙들고는 악마가 어쩌고저쩌고 하면서 겁을 줬다. 그럼에도 불구하고 끝내 야영지로 달려갔던 것은 정말 대단한 용기였다.

브렌나는 자신이 죽음을 향해 달려들고 있다고 생각했다. 코너도 두려워하는 그녀의 얼굴을 보고 그런 마음을 읽을 수 있었다. 한 생명과 열두 생명의 맞바꿈이라고 했던가. 코너는 그녀의 행동이 너무나 당황스러웠다. 브렌나는 헤이네스워스의 딸이 아니던가. 그런데도 그녀는 코너가 알고 있던 잉글랜드인들과는 달랐다. 수년간 전쟁터를 누비면서도 그는 잉글랜드인에게서 진정한 용기를 목격한 적이 없었다. 오늘날까지 단 한 번도 말이다. 브렌나에게 그런 말을 해줄까 하다가 코너는 마음을 바꾸었다. 아직은 그런 말을 할 때가 아니라는 생각이 들었다. 우선 코너에 대한 브렌나의 두려움을 없애주어야 했다.

그는 뒷짐을 진 두 손에 힘을 주었다. 그리고 브렌나가 자신을 쳐다보기를 기다리며 생각했다.

'아직도 저 여자는 나를 악마라고 생각하는 걸까.'

브렌나의 눈빛을 보니 그럴지도 모른다는 생각이 들었다. 그녀는 웃지 않으려고 애쓰면서 가소롭다는 듯이 코너를 쳐다보고 있었다.

'빌어먹을, 오늘밤 함께 자려고 했는데……'

코너는 동침을 하려던 자기 계획을 나중에 말해야겠다고 생각했다. 브렌나가 신부 앞에서 혼인서약에 동의하기까지 얼마나 오랜 시간이 필요할지 모르지만, 반드시 그녀를 아내로 삼을 생각이었다. 필요하다면, 브렌나가 마음을 진정시키고 자기 말을 들어줄 때까지 꼬박 하루를 기다려줄 수도 있었다.

겁먹은 티를 내지 않기로 다짐했던 브렌나는 지금까지 자기가 그 다짐을 잘 지키고 있다고 생각했다. 그녀는 코너가 잘생긴 악마인지, 아니면 형편없이 추한 악마인지 분별할 수가 없었다. 얼굴에 칠한 푸른 화장 탓이었다. 그러나 온정이 있어 보이는 검정 눈동자는 확실하게 알아볼 수 있었다. 그는 완벽한 골격을 갖춘 사람이었다. 곧은 콧날과 높이 솟은 광대뼈, 굳게 다문 입술, 그리고 어깨까지 닿은 긴 머리…….

얼마나 오랫동안 그를 쳐다보고 있었던 걸까. 브렌나는 아무런 움직임도 눈치채지 못했는데, 문득 정신을 차리고 보니 그의 손이 자기 손 위에 얹혀 있었다. 코너가 등뒤에서 가만히 손을 잡아 끌어당겼던 것이다. 그리고 그 손에 쥐어진 단검을 슬며시 빼냈다.

브렌나는 코너가 신체적인 우위를 과시하면서 그녀의 단검을 압수하거나 멀리 던져버릴 것이라 생각했는데, 코너가 그 단검을 브렌나의 가죽 칼집에 도로 집어넣자 놀랄 수밖에 없었다.

「고맙습니다.」

브렌나는 자기도 모르게 속삭였다.

'도대체 일이 어떻게 돌아가는 거야? 왜 내가 저 남자한테 고맙다고 하는 거지? 방금 전까지도 저 남자 때문에 무서워서 머리카락이 곤두설 지경이었는데, 악을 쓰며 따끔하게 욕은 못 하고 되려 고맙다고 해야 하다니…….'

만약 그녀가 코너에게 성을 냈다면 그건 아마 제정신이 아니어서였을 것이다. 자기가 무슨 말을 하는지도 모를 정도로 얼이 나간 여자가 무슨 악을 쓸 수 있겠는가? 그 거인에게서 발산되는 힘은 브렌나가 아무리 덤벼들어 봤자 당할 수 없으리라는 암시를 주었다.

그렇다고 해도 저 거인은 신이나 악마가 아니었다. 그저 사람이었다. 원시적이고 위협적이긴 했지만 사람이 분명했다.

상식이 있는 사람이라면 여자가 남자보다 총명하다는 사실을 알리라. 어머니는 종종, 비록 아버지가 안 계실 때 일이기는 했지만, 딸들에게 그런 이야기를 해주곤 했다. 어머니는 항상 정직했다. 때때로 잘못을 저지르기도 했지만 항상 친절했던 어머니는 남자에게 상처를 입히는 말은 하지 않았다.

그러나 브렌나는 어머니의 본을 따르지 않기로 했다. 물론 친절은 보이겠지만 솔직하게 말하지는 않을 생각이었다. 만약 진실만을 말해야 한다면 이 혼란에서 결코 벗어날 수 없으리라.

「전 당신을 기억하지 못해요!」

브렌나의 선언에 코너는 어깨만 으쓱해 보였다. 기억하건 못 하건 별 상관이 없다는 투였다.

「약간의 오해가 있었던 것 같아 드리는 말씀인데요……, 전 제 청혼에 대한 당신의 답장을 기다리지 않았어요」

조금 더 힘이 들어간 목소리였다.

「그때 전 어린아이였고, 당신도 지난 수년간 그 청혼에 대해서는 깡그리 잊고 계셨으리라 믿어요. 당신 부하들이 농담을 하고 있는 거예요, 그렇죠?」

거인 남자가 고개를 저었다.

그를 올려다보며 큰소리로 말하느라 브렌나는 목이 아팠다.

이 남자도 자기 부하들처럼 완전히 돌았군! 어떡해야 이 미치광이들에게서 벗어날 수 있담? 아버지는 당신 딸이 누군가에게 청혼했다는 사실을 알면 죽이려고 달려들 텐데.

브렌나는 이런 상황에서 그런 걱정을 하는 자신이 우스웠다.

아버지는 맥네어를 사위 삼아서 든든한 동맹관계를 맺고 싶어하셨는데……. 맙소사! 그러고 보니 이제까지 맥네어 영주를 잊고 있었다. 맥네어도 자기와 결혼하기로 한 여자가 과거에 뻔뻔스럽게 다른 남자에게 청혼했다는 사실을 알면 분명히 화를 낼 것이다.

방법이 없었다. 어떡해서라도 야만인을 설득해야 했다.

「전 지금 떠나야 해요! 제가 늦으면 맥네어 영주가 화를 낼 거예요. 다른 경호인들을 보낼지도 몰라요. 아무것도 아닌 오해 때문에 당신과 그분 사이에 불화가 생기면 안 좋잖아요」

거인 남자가 갑자기 아무 말 없이 다가와 브렌나의 어깨에 커다란 손을 얹었다. 순간 브렌나는 그가 놔주지 않는 한 꼼짝도 할 수 없다는 생각을 했다. 하지만 이제까지 보여준 신사적인 행동을 봐서는 해를 입힐 남자는 아니었다.

브렌나는 광기와도 같은 이 분위기에서 벗어나고 싶었다.

「당신이 여기에 온 목적과 제 청혼은 아무런 상관이 없어요, 그렇죠? 당신 마음속에는 다른 목적이 있는 거라구요.」

아무런 반응이 없었다. 고개를 끄덕여 알아들었다는 표시를 해주지도 않았고, 심지어 눈도 깜빡이지 않았다.

브렌나는 얼굴이 확 달아올랐다. 좌절감을 느낀 그녀는 땅이 꺼져라 한숨을 내쉬며 말했다.

「좋아요. 당신이 제 청혼 때문에 여기까지 오셨다고 생각할게요. 잠시 설명할 시간을 주세요. 전 언니에게 어떻게 남편감을 구할까 하는 근심을 털어놓았죠. 물론 제가 그때 남편이 뭔지나 제대로 알고 있었는지 의심스럽지만요. 조안 언니가 방법을 말해줬어요. 물론 언니는 제가 정말 그 방법대로 하리라고는 믿지 않았을 테죠. 지금 생각해보면 모두가 아버지 잘못이에요. 아버지는 항상 누가 나 같은 아이를 감당할 수 있겠냐고 놀리셨어요. 한편으로는 당신 잘못이기도 하죠, 뭐. 절 보며 웃었잖아요. 그때 당신이 보여준 미소 말고는 아무것도 기억 나지 않아요. 그 미소가 늘 떠오르곤 했죠. 당신이 알아두셔야 할 게 있는데요, 잉글랜드에서는 숙녀가 신사에게 먼저 청혼하는 법은 없답니다. 이게 사건의 전말이에요.」

그녀가 외치듯 덧붙였다.

「하나님이 증인이에요. 두 번 설명하게 하진 마세요. 기운 없으니까.」

「아가씨, 편지에는 뭐라고 쓰셨습니까? 마지막에 보내신 편지에 쓴 내용을 기억하십니까?」

퀸란의 목소리였다.

기억하느냐고? 이 무식한 남자 같으니! 도대체 입 아프게 설명할 때는 뭘 들은 거야!

코너가 브렌나를 꽉 잡고 있었기 때문에 그녀는 퀸란을 향해 고개를 돌릴 수가 없었다. 그는 팔을 놔줄 마음이 없는 듯 보였다.

「아마 저랑 결혼해주실 수 있겠냐고 묻는 내용이었겠죠.」

브렌나가 마지못해 대답하자 코너는 별안간 그녀를 자기 쪽으로 끌어당겨 키스를 했다. 한참만에 입술을 뗀 그는 어안이 벙벙해진 브렌나의 눈을 쳐다보며 말했다.

　「그렇소, 브렌나. 난 당신과 결혼할 것이오!」

3

이 사람은 분명히 미쳤어!

브렌나는 코너가 결혼을 대수롭지 않게 여긴다고 생각했다. 그녀는 그가 제정신을 찾을 수 있게 해줘야겠다며 폭력을 제외한 온갖 수단을 동원해 설득하고, 애원하고, 협박도 해보았다.

그러나 다 헛수고였다. 어쩔 수 없이 숙녀답지 않은 방법에 의지해야겠다고 마음먹은 브렌나는 코너의 발등을 사정없이 짓밟았다. 그러나 코너는 눈썹 하나 까딱하지 않았다. 오히려 그 반대로 브렌나의 몸이 휘청거렸다. 넘어져서 창피를 당하기 전에, 그녀는 재빨리 코너의 팔을 붙잡고 곧 균형을 잡았지만, 코너의 손에서 벗어나려는 계획은 수포로 돌아갔다. 모든 게 처음으로 돌아간 셈이었다.

브렌나는 자기가 왜 코너와 결혼할 수 없는지에 대한 이유를 조목조목 설명하면서도 목소리 한 번 높이지 않았다는 사실에 스스로 대견해했다. 뿐만 아니라 상냥한 태도를 보이려고 최선을 다했다. 그럼에도 불구하고 이 야만인은 전혀 흔들림이 없었다. 숨은 쉬고 있는지 의아할 지경이었다. 그는 팔짱을 낀 채 '당신은 지금 나를 따분하게 만들고 있소'라는 표정으로 그녀의 말을 듣고 있었다.

마침내 그는 조용히 브렌나의 손을 잡고 자기 말이 있는 곳으로 데려갔다.

브렌나는 어떻게 해야 이 혼란스러운 상황에서 탈출할 수 있을지 난감했다. 뭐 좋은 방법이 없을까 생각하고 있는데 퀸란이 영주를 부르는 소리가 들렸다.

「이자들은 어떡하지?」

퀸란이 병사들을 가리키며 물었다.

시간을 끌어 일을 망치고 싶지 않은 하일랜드 영주가 어깨 너머로 끔찍한 명령을 내렸다.

「죽여!」

「안 돼요!」

소름이 끼친 브렌나가 머리를 세차게 저으며 소리질렀다.

그녀의 반응에 놀란 코너가 물었다.

「안 된다니?」

「안 돼요!」

「왜 안 된다는 거요?」

맙소사, 어떻게 이런 질문을 할 수 있지?

어쨌든 브렌나는 그의 관심을 자기에게로 돌려 병사들의 목숨은 보존한 셈이었다. 코너는 그녀에게 돌아서서 참을성 있게 대답을 기다리고 있었다.

「저 사람들은 방어할 능력이 없어요. 당신이 무기를 모두 빼앗아버렸잖아요.」

「빼앗은 게 아니오. 우리가 야영지로 들어서자 저들이 자진해서 버렸던 거요. 자, 말해보시오. 왜 저들을 죽이면 안 되는지.」

그는 상황이 재미있게 돌아간다는 듯한 목소리로 물었다.

「저들의 임무가 뭐지? 살아서 반드시 지켜야 하는 신성한 임무라도 있는 거요?」

코너는 슬슬 화가 나는지, 질문을 던지는 그의 목소리가 딱딱하게 굳어 있었다.

「저들의 임무는 경호예요」

코너는 그녀를 잡고 있던 손에 힘을 빼며 물었다.

「누구를 경호한다는 거요?」

「물론 왕이 최우선이겠죠. 다음으로는 그들이 충성을 맹세한 영주이고요」

「그리고?」

그가 재촉하듯 물었다.

브렌나는 코너가 의도하는 대답이 무엇인지를 뒤늦게야 깨달았다.

「저예요」

「그래, 저들이 임무대로 당신을 경호했던가?」

「그거야 어찌됐든 당신이 상관할 바가 아니에요.」

「아니, 상관해야겠소. 저들은 명예롭지 못하게 행동했소. 그러니 죽어 마땅하오.」

「그건 당신이 내려야 할 결정이 아니에요.」

「난 결정을 내릴 자격이 있소. 당신은 곧 내 아내가 될 테니까.」

「당신 생각일 뿐이에요.」

「어쨌든 난 그렇게 믿고 있소. 그리고 저런 겁쟁이들은 살려둘 수가 없소.」

「당신이 그들을 죽일 수 없는 이유가…… 또, 또 있어요.」

브렌나가 더듬거리며 말했다.

'하나님 제발 한가지 이유만이라도 생각나게 해주세요.'

그를 설득할 만한 이유를 떠올리려고 안간힘을 쓰면서, 브렌나는 땅을 내려다봤다.

「어서 말해보시오. 기다리고 있으니.」

기다리기는 브렌나도 마찬가지였다. 하나님이 뭐라고 해주시기를 기다 렸지만 가능성이 없어 보였다.

「이해 못 하시나 보군요.」

그녀가 속삭이듯 말했다.

「내가 뭘 이해 못 한다는 거요?」

「만약 당신이 내 아버지의 부하들을 죽인다면, 난 결코 당신하고 결혼 할 수 없어요.」

「그렇소?」

그는 애써 웃음을 참는 듯한 목소리로 대답했다. 그가 웃고 있나 싶어 브렌나는 눈을 들었지만 그는 더욱 침울하고 냉혹해 보였다.

「네, 그래요. 만약 당신이 이교도라면…….」

「난 이교도가 아니오.」

브렌나는 믿을 수 없었다. 온몸에 전투화장을 하는 불경한 관습은 이 교도들이 따르는 전통이었다.

그런 문제로 시간을 낭비하고 싶지 않았던 코너가 퀸란에게 병사들을 풀어주자는 눈빛을 보냈다. 브렌나의 어수룩한 변명 때문에 마음이 바뀐 건 아니었다. 단지 브렌나에게 두려움을 주기가 싫었던 것이었다. 두려 움은 적들에게나 안겨주어야 했다. 아내로 하여금 남편을 두려워하게 만 들다니, 옳지 못한 일이었다.

코너가 관대함을 보이려는 찰나, 브렌나가 큰소리로 물었다.

「잠깐만요! 저와 결혼하는 게 당신에게 중요한 일인가요?」

「당신에게 그걸 설명해야 할 필요는 없소」

「하지만 왜 제가 당신과 결혼할 수 없는지 이제 설명할 수 있을 것 같아요. 이번에는 당신도 납득하실 거예요. 방금 이교도가 아니라고 하 셨는데, 그렇다면 어떤 식으로 저와 결혼식을 올릴 참이죠? 단순하게 식 구들과 친구들 앞에서 아내가 될 사람을 데리고 왔다고 소개시킬 생각 이세요? 아니면 신부님 앞에서 혼인서약을 하고 축복을 받는 정식 절차 를 따를 참이세요?」

「맥칼리스터 일족에도 신부님이 있소.」

브렌나가 얼굴을 찌푸리며 다시 물었다.

「교회에 헌신하는 훌륭한 신부님이신가요?」

코너는 절로 웃음이 나왔지만 미소로 대신했다. 그녀는 너무나 의심이 많았다.

「그렇소. 훌륭한 사람이오.」

브렌나는 승리의 순간이 목전에 왔음을 느끼면서 쾌재를 불렀다.

'오, 주여, 감사합니다. 제 소원을 들어주시는군요. 섣부르게 주님을 원망했던 저를 용서해주시옵소서.'

그녀는 차후에 무릎을 꿇고 회개하겠다는 맹세를 하면서 코너에게 물었다.

「제가 신부님 앞에서 혼인서약에 동의하리라 생각하세요?」

「그렇소!」

「동의할 거라구요? 제가요?」

결혼식장에서 신부가 뭐라 하든, 또 브렌나가 거기서 어떤 반응을 보이든 그건 코너에게 문제가 되지 않았다. 필요하다면 신부와 브렌나를 협박해 굴복하게 만들면 그만이었다. 문제는 알렉 킨케이드였다. 코너는 알렉 킨케이드 생각만 해도 온몸에 전율이 일었다. 만약 브렌나가 자신은 혼인에 동의하지 않았다고 알렉에게 일러바친다면 그후의 일은 불을 보듯 뻔했다. 그러나 코너는 알렉이 그 돼지 같은 맥네어에게 브렌나를 돌려보내라고 한다면 한사코 반대할 작정이었다.

브렌나는 코너의 얼굴에서 웃음이 사라지자 기분이 좋았다.

「이제 당신도 이해하셨으리라 믿어요. 그러니 저들이 우리 아버지에게 가든 맥네어에게 가든 그만 살려서 돌려보내 주세요.」

이 순진한 여인은 이제 병사들의 목숨을 건졌다고 생각하고 있으리라. 그러나 만약 코너가 브렌나의 병사들을 살려서 보낸다고 하더라도 맥네어는 자기 명예를 더럽힌 자들이라며 그들을 모두 죽이고 말 것이다. 코너는 그런 사실을 잘 알고 있었다.

「당신의 무리한 요구를 들어준다면 나와 결혼하겠소? 난 당신이 혼인 서약에 동의하길 바라오.」

「그렇다고 뭐가 달라지지요?」

「그렇소. 때가 되면 당신도 이해할 거요.」

「약속의 취지가 뭔지도 모르겠는데, 제가 그렇다고 대답하리라 기대하시나요?」

「그럼 내 숨통을 막고 있는 저 열두 명의 겁쟁이를 풀어줄 것 같소?」

그가 인상을 찌푸렸지만 브렌나는 그의 마음이 돌아설지도 모른다는 염려는 하지 않았다. 그리고 더 이상 억지 운을 바라지 말자고 결심했다. 아까 결정적인 승리를 얻어내지 않았던가. 하지만 선뜻 자축할 마음이 생기지 않았다.

「동의할게요. 당신 요구를 받아들이겠어요.」

「당신은 동정심이 많은 사람이오.」

브렌나는 그의 칭찬에 깜짝 놀랐지만 침착하게 대답했다.

「고맙군요.」

「칭찬이 아니오. 난 당신이 그런 여린 마음을 버렸으면 좋겠소.」

코너가 브렌나의 대꾸를 가로막으며 말했다.

브렌나는 할말을 잃었다. 대체 뭐라고 반박한단 말인가?

그의 부하들도 별난 사람들이었다. 그들은 병사들을 풀어주라는 명령을 받았을 때 실망한 기색을 겉으로 드러내면서 마치 어린아이들처럼 토라진 얼굴을 했다. 브렌나는 코너에게 끌려가면서 퀸란을 쳐다보았는데 뻔뻔스럽게도 그는 미소를 짓고 있었다.

브렌나의 결혼 동의를 얻어낸 남자는 다른 사람들에게서 멀리 떨어져서야 다시 입을 열었다.

「브렌나?」

「네?」

「난 늘 이렇게 친절하고 유쾌한 사람은 아니오.」

심각한 말투였다. 그러나 브렌나는 웃으려고 애썼다. 안 그러면 울음이 터질 것만 같았다. 자제력이 급속도로 흔들리자 그녀는 억지로 마음을 진정시키려고 했다. 이 악몽 속에서 빠져나갈 길을 찾으려면 정신을 바짝 차려야 했다.

　오, 주여, 어쩌다 이 지경에 이르렀단 말입니까. 잘못도 없는데…….

　그녀는 사태의 진상을 알고 있었다. 하지만 가족들, 특히 아버지는 이해해주지 않을 것 같았다. 맥네어에게 가기 위해 성을 나서면서 그녀는 아버지에게, 제 맘대로 할 테니 두고보라며 으름장을 놓았다. 아버지는 딸이 맘먹었던 대로 일을 저질렀다고 확신할 게 분명했다.

　「만약 이 결혼 때문에 아버지가 저를 호통치시면 당신이 소상히 설명해드려야 해요. 제가 계획적으로 일을 저지른 게 아니라구요. 그렇게 하겠다고 약속해주세요.」

　대답이 없었다. 브렌나가 수치심을 잊은 채 큰소리로 말했기 때문에 분명히 그는 알아들었을 것이다.

　「약속해요!」

　브렌나가 다시 요구했다.

　코너가 그녀를 말 등에 올려 앉혔다. 친절한 배려였지만 그녀는 감사하다는 말을 하지 않았다.

　브렌나는 자기 허리를 놓는 그의 손을 잡으며 다시 물었다.

　「약속할 수 있죠?」

　「당신이 가족들을 다시 볼 수 있을지조차 불확실한데 그런 걱정부터 한다는 건 어리석은 일이오.」

　코너는 자기의 충고가 이성적이라고 생각했다.

　브렌나는 그가 일부러 잔인하게 말한다고 생각했지만, 다시는 가족을 볼 수 없을지도 모른다는 말에 눈물이 났다.

　「난 가족들을 다시 만날 거예요. 당신도 그건 막을 수 없……, 당신 어머니는 숙녀가 말하고 있는데 딴청을 부리는 것은 무례한 행동이라고 가르쳐주지 않던가요?」

코너는 자신의 귀를 의심했다. 브렌나는 지금 감히 자신을 비난하고 있었다. 지금껏 코너 앞에서 대놓고 반박하는 사람은 아무도 없었다.

솔직히 그는 그녀의 반박을 어떻게 반응해야 좋을지 종잡을 수가 없었다. 브렌나가 남자라면 아무 문제가 없었을 것이다. 그러나 그녀는 여자였다. 그 때문에 코너는 이러지도 저러지도 못하고 있었다. 브렌나는 코너가 알고 있던 여자들과는 달랐다. 대부분의 여자들은 그를 피했다. 좀 대담하다 싶은 여자들도 코너 앞에서는 고개를 수그렸다. 그녀를 보면 코너는 웃고 싶었다. 그녀가 찡그리고 있을 때도 마찬가지였다. 다른 여자들과 다른 무언가를 느낄 수 있었다.

코너는 브렌나가 자기 앞에서 당연하다는 듯이 반박하게 한 것은 실수였음을 인정했다. 자신은 브렌나의 영주가 될 사람이었다. 그것이 무엇을 의미하는지 브렌나에게 분명히 이해시킬 필요가 있었다.

코너는 그녀의 허벅지 위에 손을 얹어 살며시 움켜잡았다. 그리고 그녀의 눈을 쳐다보며 말했다.

「당신이 아직 잘 몰라서 그러는 것일 테니 내가 참겠소.」

「모르다니, 뭘요?」

「내 집에서 당신이 누릴 지위. 당신이 나와 결혼함으로써 얻게 될 부와 영예를 곧 알게 될 거요.」

그녀의 푸른 눈동자에 짙은 보랏빛이 감돌았다. 브렌나는 화가 났을 때도 아름다웠다.

「제가 그걸 알아야 하나요?」

「그렇소.」

그녀는 코너의 손등을 꽉 눌러버렸다.

「잘 알 만한 사람한테 그 좋은 영예를 안겨주시면 되겠네요.」

코너는 그녀의 대꾸를 무시하고 계속 말했다.

「당신이 내게 감사해야 한다는 사실을 깨닫고 나면 내게 함부로 대드는 태도도 고칠 수 있을 거라 믿소. 난 무례함은 참지 못하는 사람이오. 앞으로 무례하게 굴지 않겠다고 약속하시오.」

결국 여자가 참아야 한다는 말인가. 브렌나는 인내심이 한계에 달하는 듯했다. 어쨌든 이 악몽에서 벗어나야 했다.

「의견을 말하면 안 된다는 건가요?」

「다른 사람들이 있을 때는 그렇소. 단, 우리 둘이 있을 때는 하고 싶은 말을 해도 좋소.」

「집에 가고 싶어요.」

「그럴 수 없소.」

브렌나는 한숨을 쉬었다. 집에 가면 아버지와의 대면이 불가피하다는 것을 알고 있었다. 솔직한 심정으로는, 누군가가 브렌나를 대신해 아버지에게 모든 사실을 설명해주기 전에는 마주치고 싶지 않았다.

「당신이 아버지를 만나 모든 것을 설명하겠다고 약속하기 전에는 저도 당신 요구를 들어드릴 수 없겠어요.」

「난 그런 약속을 할 수 없소.」

「그럼 저도 마찬가지예요.」

코너는 그녀가 맞서 말을 하는 것을 무시하며 말했다.

「어쨌든 당신은 날 무서워하거나 앞날을 걱정할 필요가 없소. 이번 한 번만 예외를 두고 당신의 주장을 따르기로 하리다. 당신 아버지를 만나게 된다면 내가 사건 정황을 설명하겠소.」

브렌나는 약조를 분명히 해두고 싶었다.

「하지만 제가 당신께 청혼했다는 말은 하지 말아주세요. 아무리 철이 없어 그랬다고 해도 아버지는 이해하려 들지 않으실 거예요.」

「잘 알았소.」

브렌나가 눈부시게 웃으며 말했다.

「고마워요.」

코너는 그녀의 한쪽 손을 물끄러미 쳐다보았다. 브렌나는 감사의 뜻으로 그의 손등을 쓰다듬고 있었다.

「잉글랜드 병사들 앞에서 나에게 애정 표현을 하는 것은 좋은 일이 아닐 텐데.」

그녀는 재빨리 손을 거두며 대꾸했다.

「애정 표시를 한 게 아니에요」

「꼭 그렇던데, 뭘.」

코너는 마지막 대화가 마음에 들었다.

브렌나는 돌아서는 그의 얼굴에 번지는 미소를 보며 생각했다.

'비비 꼬인 유머감각을 가진 남자군. 설마 하일랜드 사람들 유머감각이 다 그런 건 아니겠지?'

브렌나는 제발 그러지 않기를 바랐다. 어떻게 그런 별난 사람들과 어울려 산단 말인가.

맙소사, 벌써 야만인과 생활할 문제를 놓고 걱정하고 있다니! 지금 고민해야 할 것은 함께 사는 문제가 아니라 어떡하면 그에게서 빠져나갈 수 있을까 하는 것이었다.

브렌나는 코너를 향한 자신의 마음을 종잡을 수 없었다. 아버지에게 모든 것을 설명해주겠다고 약속할 때는 안심과 함께 순수한 감사의 마음을 느꼈으면서도, 그가 약속을 지켜주리라고 믿을 만한 아무런 근거가 없지 않나 하는 의심이 들었다.

'그가 나를 혼란스럽게 만들었어, 버트리스처럼……. 아 참, 버트리스는 어떻게 된 거지?'

브렌나는 하녀에 대해 까마득히 잊고 있었다. 불쌍한 여인, 어딘가 나무 아래서 벌벌 떨고 있을 텐데.

그녀는 말에서 내려 아버지의 병사들이 있는 곳으로 달려갔다. 그들은 묵묵히 서서 무기를 돌려 받고 있었다. 브렌나가 그들을 불렀지만 아무도 쳐다보지 않자 더 가까이 가보기로 했다.

그러자 퀸란이 가로막았다. 그녀에게서 좀 떨어져 있긴 했지만 길을 막고 있었다. 나머지 하일랜드 사람들도 앞으로 나오더니 브렌나와 병사들 사이를 가로막았다.

진작 눈치채지 못했다면 브렌나는 병사들이 자신을 해칠까봐 저러나 보다고 생각했을지도 몰랐다. 생각만 해도 어이없는 일이었다. 그래서 그녀는 단순히 저들이 미개해서 그런 거라고 생각하기로 했다.

「아버지의 병사들하고 이야기를 해야겠어요.」

퀸란이 고개를 흔들며 말했다.

「아가씨의 영주님이 좋아하지 않을 겁니다.」

그는 내 영주가 아니란 말이야!

그녀는 하나님과 왕을 사랑하는 잉글랜드인이었다. 하지만 그들과 다툰다면 바라는 대로 될 수가 없음을 잘 알고 있었다. 그녀에게 필요한 건 분노가 아니라 타협이었다.

「전 당신네 영주께서 싫어하지 않으시리라 생각해요. 잠깐이면 돼요. 잠깐만 얘기를 나누게 해줘요.」

마지못해 길을 열어준 퀸란이 그녀의 옆으로 물러서면서 열중쉬어 자세를 취했다.

「그럼 여기서 얘기를 나누십시오.」

그녀는 시간이 없었다.

「해럴드, 버트리스를 잊지 마세요. 아마 개울 근처에 숨어 있을 거예요. 그녀를 집으로 데려다주셨으면 해요.」

해럴드가 그녀를 쳐다보지는 않았지만, 알아들었다는 표시로 고개를 끄덕였다.

「아버지에게도 걱정 마시라고 전해주세요.」

그가 한숨과 함께 무슨 말을 중얼거렸지만 브렌나는 알아듣지 못했다. 중얼거림을 듣기 위해 앞으로 몸을 굽혔으나 퀸란이 움직이지 못하게 팔을 뻗었다.

그녀는 퀸란에게 언짢은 표정을 지어 보이고는 다시 해럴드에게 몸을 돌렸다.

「방금 뭐라고 했죠? 알아듣지 못했어요.」

마침내 해럴드가 그녀를 보며 말했다.

「아가씨 아버님께서 이런 포악한 행위에 대해 들으시면 전쟁을 선포하실 거라는 말이었습니다.」

브렌나는 심장이 내려앉는 듯했다.

「안 돼요! 저 때문에 전쟁이 일어나서는 안 돼요. 해럴드, 당신이 아버지를 설득해주세요, 네?」

자신의 목소리가 공포에 가득 차 있음을 깨달은 브렌나는 호흡을 가다듬으며 속삭이듯 말했다.

「분쟁을 일으키고 싶지 않아요. 아버지께 제가 이 결혼을 원한다고 말씀 드리세요. 제가 자진해서 하일랜드인에게 이곳으로 와달라고 했다고 하세요.」

「아가씨는 맥네어와 결혼하고 싶어하셨잖아요?」

해럴드가 혼란스러운 듯이 물었다.

「아니, 아니에요. 맥네어와 결혼하고 싶지 않아요. 전…….」

맙소사, 브렌나는 당황했다. 코너의 이름이 생각나지 않았다.

「저는…….」

그녀는 혼란스러운 표정으로 퀸란을 향해 속삭이며 물었다.

「영주님 성함이 뭐였죠?」

「코너 맥칼리스터!」

「맥칼리스터, 난 맥칼리스터와 결혼할 거예요. 오래 전에 남편 될 사람을 만났다고 아버지께 말씀 드려주세요.」

「이제 떠날 시간입니다, 아가씨.」

코너가 야영지 한구석에서 쳐다보고 있음을 의식한 퀸란이 재촉했다. 영주가 이 광경을 보고 기분 나빠할 것 같아서였다.

「마지막 부탁이에요.」

브렌나는 퀸란에게 더 이상 말할 틈을 주지 않고 간절한 투로 계속 말했다.

「해럴드, 아버지께 내 뒤를 추격하지 말라고 해주세요. 그저 축복해달라고 하세요. 제가…… 행복하기를요.」

그러고 나서 브렌나는 코너 옆에 서 있는 자기 말에게 갔다. 코너는 우람한 검정색 종마 위에 앉아 있었다. 그 말이 주인과 같은 눈빛으로 브렌나를 쳐다보고 있었다.

코너의 눈을 쳐다본 브렌나는 괜히 쳐다봤다는 생각이 들었다. 성난 그의 눈빛 때문에 그녀는 고삐를 떨어뜨리고 말았다. 말 위에서 편안한 자세를 취하느라 바쁜 척했다.

코너는 브렌나의 그런 행동을 모른 체할 수가 없었다. 그는 그런 태도가 오히려 자기를 모욕하는 것 같았고 가소롭게 여겨졌다. 그는 말을 몰아 브렌나에게 바짝 다가섰다. 그리고 그녀의 턱을 들어올려 눈을 쳐다보면서 말했다.

「왜 그런 거요?」

「전쟁은 죽음을 의미해요!」

코너가 어깨를 으쓱하며 동의한다는 듯 말했다.

「일부 사람들에게는 그렇겠지.」

「단지 한 사람에게만 그렇다고 해도 그건 중대한 거예요. 전 누구도 저 때문에 싸우는 일이 없기를 바래요. 아버지는 굉장히 많은 군사를 거느리고 계셔요. 그렇다고 해도 절 추격해 오는 것은 아버지로서는 굉장히 힘들고 성가신 일이에요. 아버지가 군대를 이끌고 오시면 전 걱정하지 않을 수 없어요. 당신이……」

「내가 뭘?」

「아버지를 죽일 거예요.」

브렌나는 바짝 다가서 있는 코너의 말을 밀어낼 힘이 있었으면 좋겠다고 생각했다. 그는 자존심이 강하고 오만한 사람이었다. 브렌나는 자기가 그를 강하고 뛰어난 전사라 믿는다고 넌지시 암시함으로써 그의 화를 가라앉힌 것이다. 신체적으로 그가 우수하다는 것은 사실이었다. 젊고 체격이 남들보다 뛰어나고 힘도 분명 남들보다 셌으므로.

브렌나의 아버지는 분명 수로 맞서려 할 것이다. 그렇게 되면 대량 학살이 발생할 테고, 코너도 전사자의 명단에 끼게 될지 모를 일이었다.

그렇다면 왜 브렌나는 해럴드에게 거짓말을 했을까? 솔직히 그녀 자신도 왜 그랬는지 알 수 없었다. 그녀의 운명은 아버지에게 달려 있었다. 부하들로부터 딸의 전갈을 전해들은 아버지가 얼마나 격노할지는 불을 보듯 뻔했다.

「전 아버지께 폐를 끼치고 싶지 않아요. 어쨌든 이번 일로 인해 다른 문제가 생기지 말았으면 하는 게 유일한 바람이에요. 맥네어가 병사들을 풀어 나를 호위하게 할 거예요. 그들은 당신들을 죽이려 들 거예요. 얼마 안 있어 그들이 도착할 텐데…….」

「아니, 당신을 호위할 사람들은 오지 않소!」

코너가 냉혹하리만큼 단호하게 말했다. 브렌나는 더 이상 그에게 따질 기운도 없었다. 가족들을 보고 싶은 마음을 억누르며 터지려는 울음을 간신히 참고 있었다.

너무 오래 자기 연민에 빠져 있었나? 일행이 야영지를 빠져나온 지도 꽤 오래된 것 같았고, 브렌나의 옆에는 병사 두 명이 나란히 돌처럼 굳은 얼굴로 말을 몰고 있었다. 브렌나의 온화한 암말 질리는 바짝 붙어 있는 다른 말들을 주인보다 더 싫어하는 듯했다.

코너의 모습은 보이지 않았다. 일행의 앞쪽으로 사라진 그는 한 시간이 넘게 지났는데도 돌아오지 않았다.

단조로운 분위기를 깨기 위해 대화를 나눠보고 싶었지만 브렌나에게 시선을 주는 사람이 아무도 없었다. 브렌나는 잠시 동안 그들을 유심히 살펴보았는데 그들은 어두운 숲 속에서 갑작스럽게 튀어나올지도 모를 적을 경계하느라 온 신경을 집중하고 있다는 것을 깨달았다.

이상한 일이었지만, 브렌나는 그들의 신중한 태도에 오히려 마음이 놓였다. 등이 너무 아팠다. 하지만 그녀는 길을 잃고 헤매는 불쌍한 영혼들을 천국으로 보내기 위해서는 불행을 감내해야 한다던 어머니의 가르침을 떠올렸다. 물론 어떻게 자신의 고통이 남들의 영혼에 도움이 되는지 이해할 수는 없었다. 하지만 교훈은 어디까지나 교훈이었으므로 어머니의 가르침을 따르기로 했다.

그랬다, 그녀는 불편을 감내하고 있었다. 과거의 죄에 대한 참회는 영혼에 힘을 주리라. 질리도 힘들어하고 있으리라. 브렌나의 암말은 난생 처음으로 높고 가파른 언덕을 오르느라 걸음이 느려졌다. 질리는 한번도 이렇게 멀고 험한 여행을 해본 적이 없었다. 가엾게도 말은 너무나 지쳐 기운이 한계에 달한 듯했다.

브렌나는 멈춰달라는 요청을 누구에게 해야 할지 몰랐다. 코너에게 하는 것이 최선이겠지만 그는 보이지 않았다. 그렇다고 큰소리로 그를 부를 수도 없는 노릇이었다.

병사들의 심각한 표정과 확연히 드러난 긴장감이 지금은 적지를 지나고 있음을 가르쳐주었으므로 지금은 소리를 내면 안 좋은 상황이라고 생각했다.

브렌나는 코너에게도 친구가 있을지 잠시 생각해보다가 그에게는 친구가 없을 거라고 결론을 지었다. 물론 그의 탓이리라. 대신 그는 상처입은 곰이 적을 공격하여 승리를 쟁취하는 방법을 알고 있으리라.

코너와 성난 곰의 비유를 생각하며 웃던 브렌나는 다시 불쌍한 질리를 떠올렸다. 퀸란에게 질리가 힘들어한다는 말을 해야겠다고 맘먹고 그에게로 다가가 팔을 잡아당겼다.

퀸란이 성가시다는 듯 얼굴을 찌푸리며 그녀를 쳐다봤다. 그는 브렌나가 근심을 말하기도 전에 손가락을 입술에 대면서 조용히 하라는 표시를 했다. 그녀는 재빨리 질리를 가리켰다.

퀸란은 장님이 아니었으므로 질리가 얼마나 헉헉대고 있는지 금방 알 수 있었다. 하지만 퀸란은 아무 말도 하지 않았다. 단지 빠른 속도로 말을 몰아 앞쪽으로 달려갔다. 브렌나는 그가 숲 속으로 사라질 때까지 계속 쳐다보았다.

그러나 그들은 잠시도 브렌나를 혼자 두지 않았다. 퀸란이 자리를 뜨자마자 다른 병사가 앞으로 나와 그의 자리를 지켰다.

계속되는 여정에 그녀는 지쳐가고 있었다. 그런데 잠시 눈을 감았다가 다시 뜬 순간, 코너가 어느새 옆에 와 있었다. 그는 브렌나를 들어올려 자기 무릎에 앉혔다. 너무 지쳐 그를 밀어낼 힘도 없었기 때문에 브렌나는 그에게 기대 다시 잠들었다.

깨어보니 브렌나는 코너에게로 돌아앉아 허리에 팔을 두르고 얼굴은 그의 목 아래 파묻은 채 그의 무릎 위에서 흔들거리고 있었다. 코너의 체온이 여러 겹의 이불을 덮은 것처럼 브렌나를 따뜻하게 해주어 기분이 좋았다.

하지만 그에게 달라붙어 입을 벌린 채 침을 흘리며 자고 있었다니, 흉하기 짝이 없었다. 때마침 질리 생각이 났기에 망정이지 안 그랬으면 브렌나는 창피해서 쥐구멍이라도 찾아야 했다. 질리가 더 힘들어하기 전에 쉬게 해달라는 요청을 하려고 몸을 일으키려 하자 코너가 그녀의 허리에 팔을 두르며 그대로 있으라는 듯 몸을 압착했다.

브렌나는 미친 여자처럼 소리라도 질러야겠다고 마음먹었다. 그러나 때마침 코너가 날이 샐 때까지 쉬어 가자는 결정을 내림으로써 그녀는 아슬아슬하게 망신을 모면했다. 고마운 생각이 들었지만 가여운 질리를 지금까지 방치했다는 사실 때문에 아무 말도 하지 않기로 했다.

말에서 먼저 내려온 코너가 브렌나를 거들어주려고 손을 내밀었지만 그녀는 혼자서 종마의 등을 미끄러져 내려왔다.

「왜 안장을 사용하지 않죠?」

「우리 중에는 안장을 쓰는 사람이 없소」

브렌나는 그를 비켜 말에게 달려갔다. 한 발 내딛을 때마다 다리에 통증이 느껴졌지만 머릿속은 질리가 어떻게 되었을까 하는 걱정으로 가득 차 있었다. 자신의 안장이 없어졌음을 알고 그녀는 코너의 부하 중 누군가가 치웠으려니 생각하면서 그런 배려에 새삼 고마움을 느꼈다.

코너는 그녀가 질리를 돌보도록 허락지 않았다. 그는 얼굴에 흉터가 있는 병사 오웬에게 그 일을 맡겼다. 브렌나는 오웬의 미소가 참으로 매력적이라고 생각했다. 어떻게 질리를 돌봐야 하는지를 한참 설명한 뒤, 그녀는 오웬에게 감사하다는 말을 했다. 질리는 오웬의 말을 잘 들었지만, 과거에 몇 번인가 믿고 맡긴 마구간지기에게 덤벼들어 깨물었던 적이 있었기 때문에 브렌나는 오웬에게 조심하라고 주의를 주면서 가방을 찾으러 갔다.

코너가 쉬어 가기로 결정한 곳은 숲이 울창한 계곡이었다. 나무들은 갈색과 녹색이 선명한 빛을 발하며 우거져 있었고, 여기저기 막 겨울잠에서 깨어난 듯한 자줏빛 꽃들이 피어 있었다. 황금빛이 일렁이는 짙푸른 가지들이 하늘을 가리고 있었고, 햇빛에 반사되어 반짝이는 개울은 울창한 나무 사이를 흘러 몇 발짝 떨어진 곳에서 호수를 이루고 있었다. 퀸란이 남쪽으로 가로지르는 호수라고 설명을 해주었다.

충분한 시간이 지났다고 생각한 코너는 브렌나에게 다가갔다. 그녀는 작은 가방 앞에 무릎을 꿇고 중얼거리면서 소지품 속에서 무언가를 찾고 있었는데, 주변에 갖가지 물건들이 널려 있었다.

사실 브렌나는 물건 찾는 일에 정신을 집중하고 있지 않았다. 그녀의 마음은 이 상황에서 벗어날 방법을 찾느라 여념이 없었다. 고맙게도 시간은 그녀 편이어서 다시 정신을 차리고 사태를 정리해볼 수 있었다.

코너는 그녀에게 다가가 자신이 왔음을 눈치챌 때까지 기다렸다. 시간이 흘러도 아무 반응이 없자 기다리기를 포기하고 그녀가 얼마 전에 떨어뜨리고 간 수건을 건네주며 말을 걸었다.

「이걸 찾고 있소?」

「아, 네…… 고마워요.」

그녀는 거의 얼빠진 사람처럼 대답했다.

「바로 얼마 전에 떨어뜨린 거예요. 떨어뜨린 지 오래되었다면 벌써 알아챘을 텐데. 전 물건을 잘 잃어버리지 않거든요.」

코너는 브렌나가 물건을 잘 잃어버리는 것 같다는 말을 하려다가 참고, 몇 시간 전에 그녀가 개울가에 흘린 푸른 리본을 돌려주지 않기로 마음먹었다. 그는 자기에게 아내가 생겼다는 사실을 상기하기 위해 그 리본을 조금만 더 오래 가지고 있기로 했다. 그렇지 않으면 아내라는 사소한 존재에 대해 세세하게 기억하지 못할 테니까.

「얼굴을 씻으시오, 브렌나. 당신 입술에 파란 칠이 묻었소.」

브렌나는 성급히 몸을 똑바로 하려다가 너무 뒤로 등을 펴는 바람에 기우뚱했다.

「난 얼굴에 칠을 한 적이 없어요.」

그녀는 생각만으로도 끔찍하다는 듯이 말을 했다. 그런 끔찍한 일은 이교도 여자들이나 하는 짓이었다.

「내 칠이 당신에게 묻은 것이오.」

「어떻게 제 얼굴에 칠이…… 아, 기억 나요. 당신이 제게 묻지도 않고 키스했죠?」

「그렇소.」

코너는 아니라고 하면 브렌나가 실망할 것 같아 그냥 동의해버렸다. 그의 생각에는 입술을 살며시 댔을 뿐이지 키스라고 할 정도는 아니었다.

「신부님이 기다리고 계시니 서둘러 정리하시오.」

브렌나는 자기가 방금 무슨 말을 들은 건지 믿을 수가 없어 벌떡 일어서며 물었다.

「지금요? 신부님이 기다리고 계시다고요? 왜 그분이 우리를 기다리시죠?」

코너는 브렌나의 행동을 종잡을 수 없었다. 마치 아무것도 모른다는 사람처럼 행동하고 있었다.

「일을 치러주시려고 오셨소.」

브렌나는 자세히 알고 싶어 다시 질문했다.

「무슨 일이요?」

「당신은 뭐든지 빨리 잊어버리는군.」

코너가 화를 내며 대답했다.

「결혼식 말이오.」

「지금요?」

브렌나가 소리를 지르며 물었다.

「지금 당장 결혼하잔 말씀이세요?」

그녀는 머리를 쥐어뜯다가 두 손을 꽉 쥐었다.

이런, 세상에! 브렌나는 자신이 코너에게 소리를 지르고 있다는 사실을 깨달았지만 도저히 참을 수가 없었다.

「그럼 당신은 뭘 바랐던 거요?」

브렌나는 황당해서 뭐라 대답해야 할지 몰랐다.

「뭘 바랐냐구요? 전 시간이 필요했단 말이에요.」

「무슨 시간 말이오?」

'이 악몽에서 벗어날 수 있는 시간 말이에요.'

「당신이…… 절 당신 집으로 데리고 갈 시간 말이에요. 네, 전 그런 시간이 필요했어요. 결혼식 준비를 할 시간이 필요하다구요.」

「결혼식 준비를 따로 하지 않아도 됐으니 내가 골치 아픈 문제를 덜어준 셈이잖소. 그런데도 고맙다는 말은 나중에 가서야 할 참인가?」

「당신도 정신을 차리려면 시간이 필요해요.」

브렌나가 갑작스럽게 내뱉었다.

「난 내가 무슨 일을 하는지 잘 알고 있소.」

그녀는 갑자기 머릿속이 하얗게 비는 느낌이었고, 난생 처음으로 기절할 지경이라는 말의 의미를 실감할 수 있었다. 돌아서서 호수 가장자리에 앉은 그녀는 세상이 빙글빙글 도는 것 같아 눈을 감았다.

지금 그녀에게는 계획이 필요했다. 그러나 너무 놀란 탓인지 머리가 마음을 따라 민첩하게 움직여주지 못했다. 우선 신부님께 인사를 드려야 하리라. 물론 공손하게 인사를 드릴 것이다. 그런 뒤에는 오늘밤 식사를 같이하면 좋겠다는 말을 건네야 할 것이며 쉴 시간도 드려야 하리라. 혼인서약은 매우 신성하고 중요한 의식이므로 만약 브렌나가 강하게 주장한다면 신부님은 결혼식을 한두 달 혹은 열 달까지도 미뤄줄지 모를 일이었다. 그런 후에도 코너가 잘못을 깨닫지 못한다면 그때는 브렌나도 더 이상 어쩔 도리 없이 결혼 예복을 준비해야 하리라.

코너의 인내심은 극에 달해 있었다. 지금 이 여자가 뭘 하고 있는 거지? 실랑이는 이쯤에서 끝내야겠다고 결심한 코너는 브렌나의 수건에 손수 물을 적신 뒤 그녀 앞에 웅크리고 앉았다. 재빨리 피하려고 하는 브렌나를 붙잡아 앉히고는 한 손으로 턱을 잡고 다른 한 손으로는 그녀의 얼굴을 벅벅 문질렀다. 얼마나 거칠게 문질렀는지 얼굴이 빨개졌다.

「그만 갑시다.」

코너가 명령하듯 말했다.

그는 브렌나를 일으켜 세우더니 말 그대로 질질 끌고 갔다.

「이제 깨달았어요. 전 죽은 목숨이나 다름없어요, 그렇죠? 당신을 처음 봤을 때 무서워서 이미 죽었던 거고, 지금은 죄값을 치르느라 고통을 당하고 있어요. 오, 하나님! 제가 그렇게 많은 잘못을 저질렀나요?」

코너는 그녀의 재잘거림을 무시하며 웃음을 감췄다. 정말 감정적인 여자였다. 하지만 잘 울지 않았다. 만약 브렌나가 결혼식장에서 눈물을 보인다면 신부는 그녀가 억지 결혼을 한다고 생각할 것이다. 물론 강요에 의한 결혼이긴 했지만 코너는 신부가 그 사실을 모르기를 바랐다. 게다가 울보 여자와 살고 싶지 않았다.

결혼식……, 브렌나가 바느질을 배우면서부터 상상해왔던 결혼식은 이런 게 아니었다. 예배당에서 가족과 친구들에게 둘러싸여 치르는 행복한 결혼식을 꿈꿔왔다. 야만적인 병사들에게 둘러싸여 수련이나 제대로 마쳤을지조차 의심스러운 신부 앞에서 결혼식을 치르게 되리라고는 상상도 하지 못했다.

브렌나는 자존심 때문에 참기로 했다. 모두가 자신을 쳐다보고 있었기 때문에 그녀는 앞으로 나가 코너 옆에 서서 걸었다. 신부 앞에 다가선 브렌나는 곧바로 가볍게 치마를 들어올려 공손하게 절했다.

「시작할까요?」

신부가 코너를 향해 걱정스러운 눈길을 던진 후에 물었다.

「지금요?」

그녀가 비명을 지르듯 물었다.

코너가 큰 한숨을 쉬며 대꾸했다.

「그럼 멈추라고 말할 작정이오?」

「무슨 문제가 있습니까?」

신부가 혼란스러운 표정으로 묻고는 겁도 없이 인상을 쓰며 코너에게 다시 말했다.

「말씀을 드려야겠는데요, 영주님, 영주님이 이런 전투화장을 한 채 예식을 치르시는 게 영 찜찜합니다. 전 다른 신부님과 알렉 킨케이드 영주님에게 이번 결혼식에 대한 보고를 올려야 하는데, 어떻게 고해야 할지…….」

「뭐든지 말씀하시고 싶은 대로 하십시오, 신부님. 다른 사람이라면 몰라도 알렉은 이해해주실 겁니다.」

신부가 고개를 끄덕이며 브렌나에게 물었다.

「좋습니다. 아가씨, 아가씨께서는 이곳에 자발적으로 오셨습니까? 코너 맥칼리스터 영주님과의 결혼에 동의하셨습니까?」

브렌나가 어떻게 대답해야 할까 생각하는 동안 모두들 그녀를 빤히 쳐다보고 있었다. 그녀는 코너와 약속한 바가 있었다. 그 약속대로 아버지의 부하들은 모두들 살아서 돌아갔다. 코너가 자기 몫의 약속을 지킨 셈이니 이제는 그녀가 지킬 차례였다.

「브렌나, 신부님이 당신 대답을 기다리고 있잖소?」

코너가 위협적인 목소리로 말했다.

「그렇습니다, 아가씨.」

무심결에 나온 퀸란의 목소리가 그녀에게 침착하게 행동하라고 충고하듯 사려 깊게 들렸다.

브렌나가 마침내 입을 열었다.

「네, 신부님. 물론 동의해요. 하지만…….」

「그럼 서약을 하셔야 합니다. 아가씨가 스스로의 의지로 코너 맥칼리스터님과 결혼하려 헌다는 사실을 교회의 이름으로 맹세해야 합니다.」

「지금요?」

「브렌나! 분명히 말해두겠는데, 한번만 더 그 말을 듣게 되면…….」

코너가 화를 내려는 순간, 브렌나는 초라한 작전을 떠올렸다.

「신부님, 그러고 보니 아직 우리 두 사람은 서로 소개도 하지 않았네요. 신부님 성함조차 전 모르고 있어요, 그렇죠? 우선 저녁식사를 먼저 해야 할 것 같은데…… 식사를 하면서 서로에 대해 많은 것을 알 수 있을 거예요. 충분히 휴식도 취하시면서요. 내일 신부님께서 일하시는 교회로 가요. 신부님의 교회가 없으시다면, 다른 교회를 물색하는 동안 제게 신성한 결혼식을 위해 준비해야 할 것들을 가르쳐주셔도 되잖아요. 그러면 저는…….」

브렌나가 부동자세를 취하며 소리쳤다.

「전투화장이라고요? 신부님, 좀 전에 분명히 전투화장이라고 하셨나요? 코너 맥칼리스터가 결혼식에 전투화장을 하고 나왔다는 말씀이신가요?」

브렌나는 신부님 앞에서 그렇게 소리지를 의도는 없었다. 그러나 인내심이 극에 달해 더 이상 참을 수가 없었다. 누가 죽게 되든 상관없었다. 설령 자기가 죽게 된다고 하더라도 지금 그녀에게 문제가 되는 것은 오직 한가지였다. 전투화장이라니…….

그녀는 분노의 화살을 코너에게로 돌렸다. 화가 나서 소리지르는 브렌나의 눈에 눈물이 고여 있었다.

「더 이상 참을 수 없어요」

신부는 입이 딱 벌어졌다. 감히 코너 맥칼리스터 앞에서 이런 식으로 대든 사람이 있었다는 소문은 한번도 들어본 적이 없었다. 물론 알렉 킨케이드만은 제외하고. 킨케이드는 누구에게든 마음 내키는 대로 말할 수 있는 사람이었으니까. 그러니 가냘프게만 보이는 여인이 코너를 비난하는 대담함은 놀랍기도 하고 용맹스럽기도 했다. 만약 이 난감한 상황을 살아서 빠져나간다면 이 기상천외한 사건을 동료들에게 빠짐없이 들려주어야겠다는 생각이 들었다.

코너는 그러면 하나님이 노하신다고 말해서 브렌나를 달래려고 했다. 그러나 그녀의 눈에 가득 고인 눈물을 보고는 마음이 요동쳤다. 전투화장이 왜 그녀를 화나게 만들었는지는 도저히 이해할 수 없었지만, 브렌나가 협조하지 않는 한 결혼식은 성공적으로 이뤄질 수 없었다.

「브렌나, 내게 언성을 높이면 안 되오」

그는 애써 이성적으로 말하려고 했다.

「전투화장을 한 채 결혼식을 올려서도 안 되죠.」

브렌나는 코너와 똑같은 방식으로 말했다.

「지금 당장 지우고 오셨으면 좋겠어요. 그 동안 기다릴게요.」

「당신이……..」

「그러면 더 이상 아무것도 요구하지 않겠어요.」

이런, 세상에! 코너는 기가 막혔다. 브렌나는 코너의 아내가 된다는 사실이 무엇을 의미하는지 깨닫지 못하는 걸까? 그것은 사형선고가 아니라 명예로운 일이었다.

「전투화장이 당신에게는 그렇게도 문제가 되는 거요?」

브렌나는 너무나 당연한 질문을 하는 코너를 보는 순간, 어이가 없었다. 신성한 혼인서약을 앞둔 마당에, 전투화장을 하고 선다는 것은 교회와 신부님에 대한 모독일 뿐 아니라 브렌나 자신에게도 치욕이었다.

「네, 제게는 매우 중요해요.」

「좋소. 늦기는 했지만 당신의 요구대로 하리다.」

코너가 동료들에게 얼굴을 돌리자, 그들은 동의의 표시로 고개를 끄덕였다. 코너가 말썽 많은 자기 신부에게 몸을 돌리며 물었다.

「화장을 지워줬으면 좋겠다고 했소?」

「네, 그래주시면 고맙겠어요.」

브렌나는 이내 기분이 좋아지면서 웃음이 나오려고 했다. 하지만 코너가 멀리 갈 때까지 심각한 표정을 유지했다. 코너가 투덜거리면서 크게 한숨을 쉬자 웃음이 나왔다. 코너는 매우 협조적이었다. 그것은 그가 아주 야만적인 사람은 아니라는 것을 의미했다. 하지만 그런 사실만으로 결혼을 위한 기본 조건이 성립되지는 않았다. 일생을 남편과 부대끼며 살아야 할 브렌나로서는 한줄기 희망이라도 잡고 싶은 심정이었다.

브렌나는 코너와 똑같이 얼굴에 파란 칠을 한 병사들을 보고 화가 나서 얼굴을 찌푸렸다.

「결혼식에 참가할 예정인가요?」

그리고 더 이상 아무런 말도 하지 않았다. 퀸란과 병사들은 몸을 굽혀 그녀에게 절을 하고는 서둘러 영주를 뒤쫓아갔다.

그들은 코너와 브렌나를 훼방하지 않으려고 가만히 지켜보다가, 몇 차례인가 실소를 참지 못해 얼굴을 뒤로 돌리곤 했다. 그들도 브렌나의 별난 행동에 적응하려고 애쓰는 눈치였다.

브렌나는 야만적인 하일랜드 병사들에게 믿음이 가지는 않았지만, 끝까지 자기 말에 따르게 하려면 친하게 지내야 한다고 스스로에게 충고했다. 코너의 병사들이 강 언저리에 줄지어 잡담을 나누며 늑장부리는 것을 보고 얼굴의 칠을 다 지웠나 보다라고 생각했다.

그녀는 딴 생각을 하느라, 병사들이 옷을 벗고 물 속에 뛰어들기 전까지만 해도 무슨 일이 벌어지는지 깨닫지 못했다. 사실 브렌나는 지나치게 승리감에 취해 있어서 다른 데 신경을 쓰지 못했다.

병사들의 허리띠가 흘러내리자 브렌나는 딱 멈춰 서서 눈을 질끈 감았다. 그러나 이미 한 발 늦은 탓에 물 속으로 들어가는 병사들의 뒷모습을 뚜렷이 보고 말았다.

뒤이어 병사들의 웃음소리가 터졌다. 브렌나가 서 있는 위치가 병사들의 눈에 띄는 곳이었으므로 그녀는 자기를 보고 웃고 있음을 알아챘으나 애써 모른 척했다.

신부가 브렌나의 뒤로 다가와 말했다.

「아가씨, 우린 아직 서로를 소개하지 않았지요? 나는 케빈 싱클레어 신부입니다. 앵거스 싱클레어의 아들이지요.」

「뵙게 되어 반갑습니다, 신부님. 제 이름은 브렌나입니다. 아버지는 헤이네스워스 남작이고요. 물론 아버지의 성함을 들어보신 적은 없으시겠지만. 전 잉글랜드에서 왔거든요.」

「알고 있었습니다.」

「제 복장과 말투에서 표가 나나 보죠?」

「네, 그렇습니다.」

싱클레어 신부가 미소지으며 대답했다. 그의 미소는 그의 사투리만큼이나 브렌나의 마음을 끌었다. 싱클레어 신부는 따뜻하고 친절한 사람이었기 때문에 브렌나는 금세 편안함을 느꼈다.

「칭찬을 해드려야겠어요, 브렌나 아가씨. 우리말로 사람들에게 명령을 하다니, 초보자치고는 대단한 수준인데요?」

「전 게일어를 꽤 오랫동안 배워왔어요.」

싱클레어 신부가 황급히 더듬거리며 사과했다.

「용서하세요, 아가씨. 난 단지 칭찬을 하고 싶었을 뿐, 비난하려는 뜻은 없었어요.」

「오, 전 괜찮아요. 조금 놀랐을 뿐이에요.」

「아가씨는 화가 나면 두 가지 언어를 번갈아 사용한다는 거, 아십니까?」

「그래요? 몰랐어요. 언제 그런 것까지 눈치채셨어요?」

「전투화장 문제로 화를 내실 때요. 나도 화가 나긴 했지만 오래 왈가왈부하지는 못했습니다. 아가씨가 맥칼리스터 영주님을 똑바로 쳐다보며 말하던 모습이 얼마나 인상적이었는지 모릅니다. 다른 누구도 영주님 앞에서 그렇게 열정과 분노에 차서 자기 생각을 말하지는 못하지요. 하여간에 정말 대단했습니다.」

「별로 대단치 않은 일인데요, 뭘. 그렇지만 숙녀다운 행동은 아니었어요. 더 나은 방법이 있었을 텐데…… 기어이 제 성질이 문제를 일으키고 말았어요. 전 성질이 고약해서 탈이라니까요. 결혼식을 올리기 전에 고해성사를 하고 싶은데, 신부님 시간이 괜찮으시겠어요?」

「기꺼이 시간을 내드리지요.」

「근처에 예배낭이 있을까요?」

「하일랜드에는 교회가 많지 않아요. 서로 얼굴을 쳐다보지 않고 고해성사를 한다면 꼭 예배당을 찾을 필요는 없을 텐데요.」

신부는 이미 고해성사에 맞는 예복을 입고 있었고, 술 달린 천을 어깨에 걸치고 있었다. 숲 속 공터에 이르자 신부는 갈색 겉옷에 맨 허리띠를 느슨하게 풀고는 적당한 자리를 잡기 위해 이리저리 둘러보았다.

나무 둥치에 자리를 잡은 싱클레어 신부는 브렌나에게 무릎을 꿇고 옆에 앉으라고 지시했다.

브렌나가 고개를 숙이고 눈을 감자, 신부는 공터를 쓱 한번 둘러보고는 손을 뻗어 성호를 그었다. 그러고는 브렌나에게 고해를 시작해도 좋다고 말했다.

자신의 죄를 빠르게 열거한 그녀는 신부님이 무슨 말씀을 하실까 염려되어 여러 가지 질문을 시작했다.

「미래를 두려워하는 것이 죄가 되나요? 전 코너를 잘 몰라요. 그는 절 두렵게 해요. 신부님, 제가 어리석은 걸까요?」

신부는 자기도 코너가 두렵다는 말은 하지 않기로 했다. 사실이긴 했지만 부끄럽지는 않았다. 코너를 두려워하는 것은 대부분의 사람들이 느끼는 감정이기 때문이었다. 브렌나에게 위안을 주어야겠다고 생각했지만 신부가 하는 말은 오히려 그녀를 더욱 두렵게 만들었다.

「나도 그분에 대해 잘은 모릅니다. 하지만 그분의 성장 배경을 듣고 나니 왜 그렇게 냉혹한 사람이 되었는지 이해가 됐습니다. 영주님의 부친은 그분이 어렸을 때 돌아가셨지요. 그후로는 알렉 킨케이드 영주님께서 그분을 돌보시며 아버님이 하시던 대로 계속 훈련을 시키셨어요. 그래서 두 분은 서로 형제처럼 지내고 있답니다.」

「그의 형은 좋은 분이실 것 같아요.」

브렌나는 정말 그러기를 바랐다.

싱클레어 신부는 브렌나가 알렉 킨케이드를 보면 겁을 먹게 되리라는 확신이 들었지만, 그런 말은 그녀에게 좋지 않으리라 생각했다.

「알렉 영주님 앞에서는 입 조심을 해야 한다거나, 늘 20보 이상 뒤로 처져서 걷는다거나 해야 할 필요를 느낀 적은 없었지요. 나이가 들면서 킨케이드 영주님은 악을 갚기 전에 남의 말에 귀를 기울이게 되었다는 말을 들었지요. 그래서 그분은 제가 무슨 말씀을 드려도 어느 분처럼 겁을 주시거나 하진 않지요.」

「코너처럼요?」

「아가씨, 내가 하려는 말을 지레짐작하지는 마세요. 코너 영주님도 잘 못하면 질책하고 협박도 하시지만, 그분은 적어도 상대방의 이유를 먼저 듣고 나서 그러십니다. 하나님이 지켜보고 계시다는 사실을 잊지 마세요. 종종 그분의 섭리는 우리가 이해할 수 없는 방식으로 이뤄지기도 하니까요.」

신부는 그런 말이 브렌나의 마음을 편안하게 해준다고 생각하는 것일까?

「여기 있으면 전 혼자일 뿐이에요, 신부님.」

「아닙니다, 아가씨. 하나님이 항상 함께 계시잖아요. 그리고 나도 늘 곁에 있을 거구요. 킨케이드 영주님의 고해 신부님이 석 달 전에 돌아가셨기 때문에 내가 그분의 영지에서 생활하고 있지요. 그곳에는 내가 할 일이 많습니다. 언제든 필요하다면 부르기만 하세요. 바로 달려가겠습니다.」

마음의 위로를 얻은 브렌나는 재빨리 싱클레어 신부의 우정 어린 약속과 조언에 감사드린다는 말을 했다.

코너와 그의 부하들은 약간 떨어진 곳에 서 있었다. 퀸란이 기다리는 데 지쳤다는 표정을 지었고, 코너는 팔짱을 끼고 등을 나무에 기댄 채 인상을 쓰고 있었다.

「금방 끝날 성싶지 않은데? 식사를 먼저 하는 것이 어떨까? 오늘은 꽤 길고 힘든 하루였잖아.」

「안 돼, 기다려야 해. 오래 걸리지 않을 거야. 나도 기다리는 데 진력이 나긴 했지만, 설마 고해할 죄를 그렇게 많이 짓지는 않았겠지. 그럴 만큼 오래 살지도 않았잖아.」

「자네의 죄를 대신 고해하느라 시간이 걸리는 건지도 모르지. 그게 맞다면 우린 여기서 한 달은 족히 기다려야 할 테고.」

퀸란이 농담 삼아 말하면서 큰소리로 웃었다. 그 소리에 싱클레어 신부가 불쾌한 듯 얼굴을 찡그렸다.

「영주님, 브렌나 아가씨가 혹 딴 생각을 품고 있진 않을까요? 왠지 일부러 시간을 끌고 있는 것 같지 않습니까?」

오웬이 물었다.

퀸란이 눈동자를 위로 굴리며 대답했다.

「당연히 시간을 끌고 있겠지.」

얼마 후 싱클레어 신부가 고해성사를 마쳤다.

「한가지 질문을 더 해도 될까요?」

싱클레어 신부는 브렌나가 자기의 대답을 기다리며 손가락을 비트는 모습을 보고 재빨리 대답했다.

「원하시면 얼마든지 물어봐도 좋습니다. 난 급하지 않으니까요.」

「저 사람들이 우리를 쳐다보고 있죠, 그렇죠?」

「네, 쳐다보고 있습니다.」

「신부님이 하라는 대로 눈을 감고 있어서 보이지는 않지만 코너가 얼굴을 찌푸리고 있을 것 같은데, 어떤가요? 제 말이 맞나요?」

「아닙니다. 그냥 우릴 쳐다보고만 있습니다.」

싱클레어 신부가 거짓말로 대답했다.

브렌나는 한숨을 쉬며 말했다.

「전 최선을 다할 거예요. 좋은 아내가 되기로 마음먹었거든요. 여러 가지로 고맙습니다, 신부님. 그리고 제게 시간을 내주셔서 정말 감사해요. 자, 이제 끝났네요.」

싱클레어 신부가 술의 끝을 다시 잡아매고 벨트를 제자리로 돌리며 자리에서 일어섰다. 그런 후에 브렌나를 거들어주려고 돌아섰으나 그럴 필요는 없었다. 어느새 코너가 다가와 브렌나를 자기 쪽으로 잡아끌고 있었다.

「영주님도 고해성사를 하시지요?」

「난 됐소.」

코너의 찌푸린 얼굴이 싱클레어 신부를 주춤거리게 만들었다. 신부는 다른 사람들에게 인사하는 척하면서 서둘러 앞으로 걸어갔다.

자신의 목소리가 얼마나 당돌하게 들렸는지 알지 못하는 코너는 브렌나가 쳐다보기를 기다렸다. 자기 때문에 그녀가 겁을 먹었나 보다고 생각했다. 오직 하나님만이 아시리라. 그녀가 그런 놀란 표정을 짓지만 않았다면 분통을 터뜨리고 말았으리란 사실을.

「코너, 당신은 가정적인 남자가 아니군요」

「내가 그런 말을 듣고 있어야 할 이유가 있는 거요?」

「이유야 없지만 그런 말이 하고 싶어지네요. 물론 당신이 가정적이건 그렇지 않건 상관없어요. 여전히 당신과 결혼할 생각이니까요. 약속을 하면, 전 지키거든요. 저랑 약속해주셨으면 하는 게 있어요」

「싫소」

믿어지지 않는 듯한 표정으로 브렌나가 눈을 크게 뜨며 말했다.

「제 부탁이 뭔지 아직 들어보지도 않으셨잖아요. 그런데 어떻게 싫다는 말을 먼저 할 수가 있는 거죠?」

「신부님이 기다리고 계시오」

브렌나는 마음속으로 참아야 한다고 말했다. 중요한 말을 해야 할 지금 화부터 내서는 안 된다는 생각이 들어서였다.

「그럼 신부님이 우리 결혼을 축복해주시고 나면, 왜 당신은 다른 사람이 아닌 저와 결혼을 해야겠다고 마음먹었는지 말씀해주시겠어요?」

코너는 그녀의 궁금증을 풀어준다는 이유로 그녀에게 마음의 상처를 입히고 싶지는 않았지만, 그녀가 결혼의 이유에 대해 관심을 보인다는 사실이 묘하게 느껴졌다.

「좋소, 대답을 해주리다. 그런데 당신은 늘 그렇게 고집부리며 제멋대로만 굴 작정이오?」

「제가 그런 줄은 몰랐어요」

브렌나는 코너의 입에서 무슨 말이 더 나올까 싶어 얼른 주제를 바꾸며 말했다.

「신부님께 고해성사를 할 시간을 내줘서 정말 고마워요. 끝날 때까지 기다려주신 것도 고맙고요」

「신부님들은 하일랜드에서 가장 유력한 분들이오. 그러니 그분들이 하시는 일을 내가 싫다고 해서 방해할 수는 없소.」

싱클레어 신부가 그들을 향해 손짓을 했다.

「이제 시작하시려나봐요. 준비는 됐죠? 긴장되는군요.」

「긴장할 필요 없소. 당장 긴장을 푸시오.」

「긴장을 풀라고요?」

브렌나는 도대체 어떻게 하면 이 아슬아슬한 순간을 참아낼 수 있을지 궁금해하며 그에게 물었다.

「그렇소. 긴장을 푸시오. 결국 당신은 나와 결혼하는 게 당신에게 훨씬 좋은 일임을 알게 될 거요. 제정신을 지닌 여자 중에 대체 누가 그 돼지 같은 맥네어와 결혼하고 싶겠소?」

코너는 자기가 무슨 말을 하고 있는지 분명히 알고 있다는 어조로 단호하게 말했다. 브렌나는 선택의 여지가 없겠다는 생각이 들어 코너를 믿기로 마음먹었다. 그녀는 자기에게도 코너 같은 자신감이 있었으면 하고 바랐으나, 또 한편으로는 그의 힘에 기대고 싶다는 생각도 들었다. 하지만 브렌나는 그런 충동에 굴복하지 않았다. 코너에게 약하다는 인상을 심어주고 싶지 않았기 때문이었다. 그녀는 약하지 않았다. 단지 조금 불안해졌을 뿐이었다.

모두가 자신을 쳐다보고 있음을 깨달은 브렌나는 미소를 지어 보이며 몸을 곧게 폈다.

「정신이 혼란한 상태에서 서약을 하고 싶지 않아요. 어떤 서약을 해야 할지 생각을 정리할 시간이 필요해요. 제가 궁금한 건…….」

「안 되오. 기다릴 수 없소. 그냥 서약하면 되는 거요.」

「하지만 전…….」

코너는 브렌나의 목소리에 배어 있는 불안을 느끼고 그녀가 또다시 흥분하기 전에 안심시키려고 입을 열었다.

「눈 깜짝할 사이에 식이 끝날 테니 걱정 마시오.」

코너는 브렌나가 결혼식에 대해 말하려는 줄로 생각한 모양이었다. 하지만 브렌나는 그게 아니라는 말을 하지 않았다. 혼인서약에서 실수를 하면 어쩌나 신경이 쓰이긴 했지만, 그런 것이야 이러저러하게 해내면 되었다. 정작 그녀가 우려하는 건 그 뒤의 일이었다. 혼인서약을 하고 나면 아무것도 돌이킬 수 없기 때문이었다. 더구나 코너가 어떤 남자인지도 아직 모르지 않은가. 하지만 그 점은 맥네어도 마찬가지였다. 브렌나는 맥네어와 결혼해야 한다는 말을 듣고 자기가 얼마나 불안해했던가를 떠올렸다.

브렌나는 아무 말도 하지 않고 앞을 똑바로 바라보면서 자기가 지금 하려는 일이 어떤 결과로 나타날지 다시 한 번 생각해 보았다.

결국 그녀는 자신의 운명을 하나님의 손에 맡기는 수밖에 없다고 결론지었다.

「이제 돌아갈 곳은 없어요, 코너 맥칼리스터.」

브렌나의 목소리에서 확고함을 읽어낸 코너가 만족스러운 듯 고개를 끄덕였다. 이제 브렌나의 마음이 결정되었음을 알 수 있었다.

「그렇소, 아가씨. 이제 다른 길은 없소」

브렌나는 머리를 꼿꼿이 들고 앞으로 걸어갔다.

「단순하게 생각하는 게 좋겠어요」

코너는 마침내 브렌나가 분별력을 갖고 이성적으로 행동하리라고 믿었다.

하지만 그건 속단이었다.

4

브렌나에게는 어떤 것도 단순하지가 않았다.

마침내 결혼식을 올리게 되었지만, 예식은 영원히 끝나지 않을 것만 같았다. 물론 전적으로 브렌나 때문이었다. 싱클레어 신부가 신성한 결혼서약이 지니는 가치에 대해 지루하게 연설하는 동안 마음이 산란해진 브렌나는 가만히 서 있을 수가 없었다. 코너는 억지로 화를 참으면서 불만스런 기색조차 보이지 않았다.

그러나 그는 현기증이 났고 다른 사람들 또한 마찬가지였다. 부하 두 명은 아예 눈을 감은 채 간신히 평정을 유지하고 있었고, 싱클레어 신부도 같은 상태였는데, 이 모두가 브렌나의 기분에 일일이 맞추려고 한 그의 잘못이었다.

시작은 더할 나위 없이 순탄했다. 신부가 서로 마주 보고 서라고 했을 때만 해도 브렌나는 코너 옆에 서서 그를 마주 보았다. 그녀가 협조적으로 행동하려고 노력하는 것 같았기 때문에 코너는 그녀도 자기처럼 빨리 예식을 마치고 싶어하는 것이리라 간주했다. 그러나 그건 속단일 뿐이었다.

「영주님, 부하들을 뒤에 빙 둘러 세우셔서 이 경사스런 행사의 증인이 되게 하면 어떻겠습니까?」

「그렇게 하지요.」

코너의 말에 부하들은 각자 자리를 잡고 섰다.

「브렌나 아가씨, 준비되셨습니까?」

「네, 신부님.」

신부가 미소를 지으며 살며시 속삭였다.

「굉장히 아름다워 보이십니다, 아가씨.」

싱클레어 신부는 브렌나를 위해 무심결에 한마디했을 뿐이지만, 곧 다른 사람들이 인상을 쓰며 불만스러워했다. 하일랜드인들은 어떤 경우든 다른 사람이 자기 여자에게 관심을 보이는 것을 불쾌하게 여겼다. 이미 엎질러진 물이었으므로 싱클레어 신부는 재빨리 하일랜드인에 대한 칭찬으로 말을 돌렸다.

「영주님의 신부께서는 자신이 얼마나 운 좋은 결혼을 하시는 건지 깨달으셨나 봅니다. 그러니 얼굴빛이 저렇게 환할 수밖에요. 그런 뜻으로 드린 말씀이었습니다.」

코너는 싱클레어 신부가 왜 별안간 저리도 쩔쩔매는지 의아해하면서, 이제 그만 예식을 진행하라는 듯 고개를 끄덕였다.

브렌나는 팔을 내려 편안하게 앞을 응시했고, 코너는 곧 신부의 말을 듣는 게 지겨워졌다. 브렌나는 꼼짝도 하지 않고 신부의 말에 귀를 기울이고 있었다. 잠시 후 그녀가 움직이기 시작하자, 코너는 그녀도 자기처럼 지루해하고 있구나 생각했다. 순간 브렌나가 두 손을 꼭 쥐었다. 그건 여지없이 뭔가 문제가 일어나리라는 징조였다.

「브렌나, 영주님께 돌아서서 서약하십시오.」

브렌나가 신부의 지시에 따라 천천히 몸을 돌리자 코너는 불안한 그녀의 눈빛을 보았다. 제발 결혼식이 끝날 때까지 브렌나가 기절하는 일이 없기만을 빌었다.

브렌나가 서약할 차례였지만 그녀는 침묵하고 있었다. 기다리던 코너가 일을 빨리 끝내고 싶어 먼저 서약했다. 브렌나를 보호하고 존중하는 의무를 다하겠다는 맹세였다.

몇몇 부하들이 영주의 맹세에 동의하는 듯 웅얼댔다.

코너의 서약은 간단히 끝났다. 이제 브렌나의 서약만 끝나면 휴식을 취할 수 있었다.

「이제 아가씨 차례입니다.」

싱클레어 신부가 브렌나의 침묵을 깨려고 달래듯 말했다.

「어서 서약하시지요. 결혼 의사를 바꾸고 싶어 주저하시는 분처럼 보입니다. 그런 건가요?」

브렌나가 재빨리 고개를 저으며 변명했다.

「아니에요. 코너와 결혼하겠어요, 신부님. 적절한 서약의 말을 찾지 못해 망설이고 있었을 뿐이에요. 혼인서약은 중요한 거니까요.」

브렌나가 했던 말 중 가장 그럴듯한 변명이었다. 그녀는 어떤 말로 서약을 해야 할까 근심하면서 천천히 걷기 시작했다. 싱클레어 신부의 주위를 원을 그리며 돌던 그녀는 병사들이 서 있는 곳까지 원을 넓혀가며 빙빙 돌았다. 브렌나가 뒤죽박죽 떠오르는 생각들을 큰소리로 웅얼대는 통에 주위에 있던 사람들은 그녀가 무슨 생각을 하고 있는지 알 수가 없었다.

브렌나는 싱클레어 신부가 자기에게 완전히 집중할 때까지 돌고 돌았다. 그녀는 자기도 코너를 보호하고 존중할 생각이라는 말은 했지만, 신랑 될 사람과는 달리 자기는 두 가지 맹세에 구체적인 조건을 달아야 한다고 느꼈다. 아직 그 조건을 하나도 생각해내지 못해 맴돌고 있던 것이다.

코너도 그녀의 행동을 방해하지 않고 편안히 팔짱을 낀 채 눈을 감고 있었다. 그는 브렌나가 하는 말이 재미있는 모양이었다.

마침내 브렌나가 동작을 멈췄다. 코너도 눈을 떴다. 솔직히 그는 웃음을 터뜨릴 뻔했다. 점잖은 집안의 규수인 브렌나는 만족스런 표정으로 싱클레어 신부 옆에 섰다.

「이제 끝나셨나요, 아가씨?」

「네, 신부님.」

싱클레어 신부가 영주에게 당황한 눈짓을 던지며 물었다.

「아가씨의 서약을 들으셨으니 이제 됐지요?」

「다시 한 번 서약할까요, 신부님?」

브렌나가 물었다.

코너를 제외한 모든 사람들이 동시에 아니라고 외쳤다. 그들의 반응에 놀란 브렌나는 동그랗게 눈을 뜨면서 뒤로 한 발 물러섰다.

브렌나에게 사과해야겠다고 느낀 사람은 싱클레어 신부뿐이었다.

「언성을 높여서 죄송합니다, 아가씨. 그럴 생각은 없었는데.」

코너는 브렌나에게 반박할 틈을 주지 않았다. 그는 브렌나를 뚫어지게 쳐다보면서 그녀가 했던 서약의 말을 요약했다.

「브렌나는 날 존중하고, 지켜주고, 내가 이성적이라고 믿어질 때만 내게 복종할 것이며, 그런 날이 오리라는 희망을 가져도 될지는 모르겠지만, 늙기 전에 날 사랑하려고 노력할 것이며, 내가 형편없는 사내처럼 행동하지 않는 한 날 존경할 것이다. 그리하면 하나님이 날 도우리라. 내가 빼먹은 게 있소, 브렌나?」

「아니에요, 코너. 저보다 더 정리를 잘 해주셨어요.」

싱클레어 신부는 이마에 흐르는 땀을 닦았다. 두 사람을 결혼시키는 일은 진땀을 빼는 고역이었다. 이제 그는 한 발짝 뒤에 서 있는 신부와 멀찍하니 앞에 서 있는 신랑을 이렇게 헤야 나란히 세워 축복을 빌어줄 수 있을지 진퇴양난에 빠졌다. 이런저런 궁리를 해보던 싱클레어 신부는 결국 생각을 포기하고 신랑 신부를 향해 활처럼 두 팔을 뻗어 축도를 끝냈다.

「이제 두 사람은 부부가 되었습니다.」

주위 사람들의 환호성이 그치기를 기다린 싱클레어 신부가 코너를 보며 신부에게 키스할 차례라고 말했다. 두 사람 중 누가 움직일지 궁금했다. 물론 신부가 신랑 곁으로 가서 서는 게 도리였다. 하지만 브렌나는 아직도 혼란스러워 보였기 때문에 싱클레어 신부는 그녀가 자기 도리를 제대로 알고나 있는지 의심스러웠다.

그러나 그것은 신부의 노파심에 지나지 않았다. 브렌나는 재빨리 코너 곁으로 간 것이다.

싱클레어 신부는 예식이 무사히 끝났다는 사실에 안도했다. 싱클레어 신부는 다시 한 번 두 사람을 축복했다.

코너가 키스를 하려고 브렌나의 허리를 잡아 끌어당겼다.

브렌나는 저항하지 않고 팔을 그의 목에 두르며 다가섰다.

코너는 어떻게 이런 극적인 반전이 일어났는지 의아해하며 브렌나의 눈을 바라봤다. 두 사람의 입술이 서로 맞닿았다. 코너는 잠깐 입을 맞춘 뒤 머리를 들어 부하들에게 저녁식사를 해도 좋다고 말했다.

달콤함을 느낀 브렌나는 한 번 더 입을 맞추고 싶었다. 코너가 여전히 허리를 잡고 있었기 때문에 브렌나는 그도 자기처럼 달콤함을 느끼고 있다고 생각했다.

하지만 착각이었나? 브렌나를 쳐다보던 코너가 엉뚱한 말을 했다.

「이제 모든 일이 간단하게 풀릴 것이오. 안 그렇소, 브렌나?」

브렌나는 그가 무슨 대답을 요구하는지 이해할 수 없었지만, 그를 기쁘게 해주고 싶어 동의했다.

「네, 그럴 거예요. 좋은 아내가 될게요, 코너.」

코너가 자기 말을 믿는 것 같지는 않았지만 브렌나는 기분 나빠하지 않았다. 때가 되면 코너도 그녀와 결혼한 것이 얼마나 행운인지 깨닫게 되리라.

「그럼 더 이상 다툴 일은 없는 거요?」

「네, 이젠 혼란을 일으키지 않을 거예요. 당신도 좋은 남편이 되실 거죠?」

코너가 대답 대신 어깨를 으쓱해 보였다.

「이제 뭘 하지요?」

「배고프지 않소?」

「네, 고파요.」

「그렇다면 저녁을 먹읍시다.」

두 사람은 함께 걸었다. 그녀는 신부에게 감사의 말을 하고, 저녁식사를 같이 하자고 초대했다. 그러나 싱클레어 신부는 그 제의를 사양했다. 그는 오늘같이 달이 밝은 날에는 말을 타고 아버지의 집에 가서 그와 밤을 보내는 것이 자신의 의무라고 설명했다.

브렌나는 오랜 친구와 헤어지는 느낌이었다. 그녀는 억지로 미소를 지으면서 다시 한 번 고맙다는 말을 하고, 그가 멀리 사라질 때까지 그대로 서 있었다.

코너 또한 그녀 곁에서 떠나지 않았다. 브렌나는 그에게로 돌아서면서 아직까지 그의 손을 잡고 있다는 사실을 깨달았다.

코너의 부하들은 두 사람을 기다리지 않았다. 그녀가 생각했던 적절한 결혼 피로연은 더욱더 아니었다. 하일랜드인들은 음식을 먹기 위해 자리에 앉을 생각조차 하지 않았고, 거친 돌을 한가운데 두고 둘러서서는 식사를 즐기면서 웃고 떠들었다. 그들 중의 한 사람이 돌 위에 거친 천을 깔고 식사를 얹어놓았다.

더군다나 지독할 정도로 음침한 분위기였다. 그녀는 그들과 어울리려고 노력했지만, 사람들 사이에는 무거운 침묵만이 감돌았다.

자신이 꼭 전염병 환자라도 된 기분이었다. 저녁식사를 위해 집으로 돌아갈 수 있다면 얼마나 좋을까. 그녀는 식구들이 긴 테이블에 앉아 있는 모습을 상상했다. 서로 음식을 나눠주면서 농담을 하고, 웃고……. 식탁 위에는 비둘기 요리와 생선, 그리고 맛있는 양고기 스튜 등이 풍부하게 놓여 있고, 여러 가지 과일 파이가 쌓여 있을 것이다.

자꾸 이런 식으로 나가다가는 자기 연민에 빠지리란 생각이 들었다. 이제 사랑하고 축복하는 사람들에 대한 생각을 그만두고 현실을 바라보아야 할 때였다. 그리고 지금은 배가 고팠다. 지금 식사를 못 한다면 분명 내일까지 아무것도 먹지 못할 것이다.

불행히도, 그녀가 선택해서 먹을 만큼 많은 종류의 음식이 있는 것도 아니었다. 단지 노란색 치즈와 갈색 빵 그리고 보리 케이크가 전부였다. 하일랜드인들은 그녀를 위해 자리를 양보할 생각조차 하지 않았다. 그래서 브렌나는 퀸란과 코너 사이를 비집고 들어갔다. 그녀의 남편은 사람들을 소개시키려고도 하지 않았다. 브렌나는 그들의 행동을 본받아 어떤 사람하고도 말을 하지 않았다.

보리 케이크는 매우 썼다. 그녀는 코를 찡그리며, 입에서 쓴맛을 없애기 위해 물을 마셨다. 먹던 음식을 남기는 것은 숙녀답지 않은 행동이기 때문에 그녀는 케이크를 계속 먹었다.

묘하게도 케이크는 먹을수록 점점 맛있게 느껴졌고, 그녀는 달콤한 빵 조각을 더 먹기 시작했다.

다른 사람들은 모두 식사를 마친 상태였지만 그녀는 그 사실을 깨닫지 못했다. 음식을 가득 쌓아서 네 접시나 먹고 나서야 겨우 허기를 달랠 수 있었다. 주변을 살펴보고 무슨 일이 일어나고 있는지 깨달은 것은 그 다음의 일이었다. 모두가 그녀를 흥미 있는 눈으로 쳐다보고 있었다.

그들에게 시선을 돌리자…… 그들은 미소를 지었다.

「뭐가 잘못되었어요?」

퀸란이 재빨리 고개를 흔들면서 대답했다.

「빵을 더 드시겠습니까? 여기 보리 케이크 한 조각이 더 남았습니다. 좋아하시는 것 같은데…….」

브렌나는 고개를 끄덕였다.

「드실 분이 더 안 계시다면요.」

브렌나는 남아 있는 빵과 케이크를 접시로 옮기고 반으로 잘라서 우선 코너에게 권했다. 그가 거절하자 다른 사람들에게도 권했다. 모든 사람들이 거절했다.

그들은 그녀가 먹는 동안 계속해서 쳐다보았다. 완벽하게 무시당하는 것 만큼이나 완벽하게 시선을 받는 것 또한 즐겁지 않았다.

「이 음식을 만드신 것을 누구에게 감사해야죠?」

그녀가 식사를 마치고 물었지만 아무도 대답하지 않았다. 단지 몇몇 사람들이 관심 없다는 듯 어깨를 들썩여 보였다. 그들의 미소가 점점 더 그녀를 불안하게 만들었다. 사람들이 재미있어 하는 농담을 자신만 이해하지 못하고 있다는 생각이 들었다.

브렌나는 그렇게 얼뜨기처럼 웃는 게 얼마나 빌어먹을 일인지 아느냐고 말하려다가 마음을 바꿨다. '빌어먹을'이나 '얼뜨기' 같은 단어는 숙녀가 사용해서는 안 될 말이었다.

「제발, 왜 웃고 있는지 말 좀 해주시겠어요?」

「당신이 사람들에게 깊은 인상을 심어주었소」

코너가 대답을 했다.

「제가 저 사람들에게 깊은 인상을 주었다고요?」

그녀는 되물으면서 코너가 마침내 말을 했다는 사실에 기뻐했다. 분명 칭찬일 것이다.

「당신은 퀸란보다도 더 많이 먹었소. 사실, 이들 중 당신보다 더 많이 먹은 사람은 없소」

그러나 그건 브렌나가 바라던 대답이 아니었다. 숙녀에게 병사들보다 더 많이 먹는다고 말하는 건 칭찬이 아니고 모욕이었기 때문이다.

「퀸란과 다른 사람들은 그렇게 배가 고프지 않았나 보죠. 게다가 난 다른 사람에게 깊은 인상을 심어줄 만큼 많이 먹지도, 또 다른 사람들이 그것을 알았을 리도……」

얼굴이 달아올랐다. 그들이 자신을 돼지나 대식가라고 생각하게 놔둘 수는 없지만, 그래도 솔직해지기로 마음먹었다. 계속해서 이 무례한 야만인들과 식사를 함께 해야 하기 때문이었다.

「나는 보통 때보다 많이 먹지도 않았어요」

그녀는 마침내 인정을 했다.

「그럼 가끔은 이보다 더 드신다는 말씀이십니까?」

한 병사가 물었다. 믿을 수 없다는 듯한 태도였다.

「사실을 말하는 거예요」

퀸란이 제일 먼저 웃음을 터뜨렸다. 다른 사람들도 재빨리 그의 끔찍한 행동에 동조했다. 브렌나는 더욱더 당황할 수밖에 없었다.

「오늘 날씨 참 좋지요? 완전한 봄이에요」

대화의 방향을 빨리 다른 곳으로 돌려야 했다.

「그럼 신경질이 나거나 걱정거리가 있으면 더 많이 드십니까?」

퀸란이 물었다. 굉장히 이상한 질문이었다.

「아니오」

병사들은 다시 웃기 시작했다. 그녀는 다시 한 번 주제를 바꾸기 위해 웃음이 멎기를 기다렸다.

「코너, 당신의 병사들을 제게 소개시켜 주시겠어요?」

「그들 스스로 자기 소개를 할 거요」

브렌나는 이미 오웬과 퀸란의 이름을 알고 있었다. 그리고 다른 세 명의 병사들을 쳐다보자 각자 자신의 이름을 말해주었다.

에이덴은 무리 중에서 가장 날씬한 사람이었다. 물론 잉글랜드 사람들과 비교하면 오히려 발육 상태는 더 좋았다. 도널드의 갈색 눈은 사슴을 생각나게 할 정도로 컸으며, 기릭은 무리 중에서 가장 수줍음을 타는 사람이었다. 그는 자신의 이름을 말할 때조차 브렌나를 쳐다보지 못했다.

「만나게 되어 반가워요」

브렌나는 그들이 자기 소개를 마치자 다시 한 번 인사를 했다.

「질문 하나 해도 되겠습니까?」

퀸란이 물었다.

「네, 그러세요」

「당신이 처음 우리를 보셨을 때 굉장히 두려워하는 눈치던데 그 이유가 궁금해서요」

「우리가 당신을 해칠 거라고 생각하셨습니까?」

에이덴이 물었다. 그는 재밌는 사실을 알아냈다는 듯 미소를 지었다.

「기도까지 했잖아요」

「네, 그랬지요. 여러분들이 절 해칠 거라고 믿었거든요」

「우리가 당신을 해치지 않으리라는 것을 알고 난 뒤에도 여전히 두려워했잖아요. 그렇죠? 그 이유가 궁금해요」

오웬이 말했다.

이 사람들은 거울도 안 보나? 그녀는 얼마나 그들이 이상하게 보이는지 말하지는 않기로 했다. 대신 아무 말도 하지 않겠다는 의미로 어깨를 으쓱해 보였다.

하지만 그 주제가 그렇게 쉽사리 끝나는 걸 원치 않는 모양이었다.

「우리의 화장이 당신을 겁나게 했습니까?」

「전 정말로 대답하지 않으려고 했는데요, 솔직히 당신들의 마음을 상하게 하고 싶지 않아요」

어떤 이유에선지 그녀의 솔직한 고백은 그들을 다시 웃게 만들었다. 그녀는 조금 더 무례하게 굴기로 마음먹었다.

「어쨌든 당신들의 분장이 절 위협했다는 건 인정하겠어요. 네, 그래요」

그녀는 고개를 끄덕여서 그 사실을 강조했다.

「그리고 당신들의 몸집, 복장, 매너, 심지어는 못마땅하다는 듯이 찡그린 얼굴까지요. 아버지의 호위병 스무 명이 당신들 다섯 명에게 겁을 먹었잖아요. 계속할까요?」

그들은 브렌나의 말을 칭찬으로 받아들이는 모양이었다.

「전 절대로 전투화장 같은 건 하지 않을 거예요. 이건 제 권리 중 하나예요. 그런 전통은 야만인이나 따르는 거예요, 코너. 절대 내게 그런 일을 시키지……」

그녀의 항변에 모든 사람들이 웃음을 멈췄다. 코너 또한 웃지 않았다. 앞서 그녀가 말하고 있는 동안에도 그만은 웃지 않았다. 코너의 이는 굉장히 하얗고 아름다웠다. 그들 모두가 그랬다. 그런데 왜 그렇게 추한 분장을 하는지 궁금했다. 정말로 특이한 점이 많은 사람들이었다. 이런 사람들을 이해하고 이 사람들과 조화를 이룰 수 있을까?

「여자는 그런 명예로운 일을 할 수 없소.」

브렌나는 그가 무슨 말을 하는지 알아들을 수가 없었다.

「무슨 명예요?」

「물감 말이오. 이 전통은 오직 전사들만의 것이오.」

농담을 하는 것처럼 보이지는 않았다.

「당신은 하일랜드인을 한번도 본 적이 없나 봅니다. 아가씨, 우리들에 대해 뭔가 아는 것이 있습니까?」

기릭이 속삭이듯 물었다. 그는 얼굴이 빨개져서 땅을 보고 질문을 던졌다.

「어렸을 적에는 여러분들에 대해 잘 안다고 생각했어요. 난 여러분들이 어디서 사는지까지 알고 있었는걸요.」

「우리가 어디에 산다고 생각하셨습니까?」

도널드가 여주인의 눈이 반짝거린다는 사실을 깨닫고 미소를 지으면서 물었다.

「제 침대 아래요. 당신들은 오직 밤에만 나타났거든요. 내가 잠든 다음에요. 물론 항상 비명과 함께 깨어나게 만들었잖아요. 물론 전 늘 아버지에게로 달려갔답니다.」

브렌나는 사람들이 그 농담에 웃으리라고 기대했다. 아니면 아주 작은 미소라도. 하지만 불행히도, 그들 중 세 명은 혼란스러워했고, 나머지 두 명은 화가 난 것처럼 보였다.

「지금 저희를 모욕하시는 겁니까?」

오웬이 물었다. 그의 목소리에는 감히 누가 그런 잔인한 짓을 저지를 수 있는지 궁금해하는 듯한 의심이 깔려 있었다.

「아니, 농담을 한 거예요. 안심하고 들어요. 어떻게 그렇게 생각할 수 있어요?」

모든 사람들이 고개를 흔들었고 퀸란은 웃음을 참기가 힘들었다.

「자네 신부는 아주 오래 전부터 자네에 대한 꿈을 꾸셨나 보네.」

그가 놀리듯이 말했다.

「나도 그렇게 생각하네.」

「코너, 그만 일어나도 될까요?」

그녀는 고개를 숙여 보이고 걸어 나갔다. 그녀는 머리 빗과 새 옷, 그리고 담요를 들고 코너가 허락하기 전에 이미 호숫가로 걸어갔다. 그녀는 소나무 사이의 공터를 찾아보다가 어깨 너머로 고개를 돌렸다.

「퀸란?」

「네?」

「그들은 꿈이 아니에요. 침대 밑에서 살던 사람들이 바로 악몽의 주인공들이에요.」

모두들 그녀가 시야에서 벗어나기 전까지 웃지 않았다. 그러나 그들의 웃음소리는 그녀가 호수 반대편에 다다랐을 때까지 들릴 정도로 컸다. 물론 그들이 그녀의 농담을 이해했다고 믿지는 않았다. 그 농담에 대한 반응치고는 너무 늦었으니까. 대신 그녀는 코너가 부하들을 웃길 만한 살인 얘기 따위를 언급했으리라 추측했다. 그들은 모두 삐뚤어진 유머 감각을 가지고 있었다.

브렌나는 즉시 그런 식의 생각을 그만두기로 했다. 코너를 계속해서 차갑게 판단해서는 안 되었다. 이젠 그녀의 남편이었다. 이제 그와 함께 남은 생을 보내게 되었으니 그를 좋아하려고 노력해야 했다.

오늘 침대를 같이 쓸 생각일까? 그녀는 곧 마음속에 떠오른 끔찍한 생각들을 지우려고 노력했다. 만약 코너가 자신을 건드린다면 공포에 빠질 것이다.

물론 자신의 반응이 이성적이지 못하다는 것 또한 알고 있었다. 그녀는 이제 어린아이가 아니라 다 큰 어른이었다. 따라서 자신에게 무슨 일이 있을지 알고 있었다. 어머니는 모든 신랑들은 결혼 축하연이 끝나고 나면 신부를 침대로 데려가기를 원한다고 차분히 설명해주었다. 어머니 덕에 브렌나는 기본적인 일들은 모두 알고 있었다. 아니, 알고 있다고 믿었다. 아직은 왜 그런 행위를 좋은 것이라 하는지 단지 추측만 할 뿐이었다. 그녀에게 그런 설명은 귀찮고, 어색한 일로만 들렸다.

브렌나는 걱정하지 않기로 다짐했다. 만일 하나님이 도와주신다면 코너가 침대에 와서 모든 일을 끝내는 동안 잠들어 있을 수도 있을 것이다.

브렌나는 옷을 벗으면서 그런 환상에 미소를 지었다. 마음이 바뀌기 전에 물 속으로 뛰어들었다. 물이 차가워 이가 덜덜 떨렸다. 잠시 후 누군가 다가오는 소리에 턱까지 몸을 담그고 누가 오는지 기다렸다.

일이 분이 지난 후, 코너가 나타났다. 그의 팔에는 플래드가 들려 있었다.

「이제 나올 시간이오.」

「난 혼자 있을 시간이 필요해요.」

「왜?」

그녀는 그런 질문이 정말로 필요한지 궁금했다.

「필요하니까요.」

「더 이상 그곳에 있으면 아마 얼어죽을 거요. 지금 당장 나오시오.」

그의 목소리에는 반박의 여지가 없었다.

「물론 나갈 거예요. 하지만 전 아무것도 입고 있지 않단 말이에요. 그러니까 잠시 혼자 있을 시간이 필요해요.」

코너는 그녀가 소리치는 것을 못 들은 척했다.

「이곳에는 아무도 없소.」

「당신이 있잖아요. 그리고 당신은 지금 달빛을 등에 지고 서 있잖아요. 전 당신이 떠나기 전까지 나갈 수 없어요.」

브렌나는 감히 또 소리를 치고 있었다.

「내게는 목소리를 높이지 마시오.」

그의 목소리는 이제 참을성의 한계에 다다른 모양이었다.

「좋아요. 그렇다면 소리치지 않을게요. 그럼 자리를 좀 비켜주실래요?」

「싫소.」

그녀의 남편은 타협이나 보답이라는 말 따위는 이해하지 못하는 것 같았다. 나중에 설명해주는 수밖에. 하지만 지금은 아니었다. 살갗이 말린 자두처럼 쭈그러들고 있는 마당에, 당장 나가지 않는다면 진짜로 얼어죽을지도 모를 일이었다.

「난 나갈 수 없어요.」

「이유가 뭐요? 지금 부끄러워하는 거요?」

그녀는 재빨리 눈을 감고 조금만 더 참을 수 있도록 도와달라고 기도했다.

「부끄러운 게 당연하죠.」

「부끄러움 따위는 우리 사이에 필요하지 않소. 내가 당신을 따라 물 속으로 들어가기를 원하오?」

「만약 당신이 그렇게 한다면 난 빠져 죽고 말겠어요.」

어이없는 협박에 코너는 웃음을 터뜨렸다.

「그럼 제 옷 좀 가져다주시겠어요?」

「싫소.」

그녀는 그가 놀리고 있다는 사실을 알지 못했다. 그는 지금 당장이라도 물 속으로 들어와 그녀를 끌고 나갈 사람처럼 보였다.

「코너, 그렇다면 적어도 내가 옷을 입는 동안 돌아서 계실래요?」

그의 커다란 한숨에 그녀는 호수 반대쪽으로 밀려날 것 같았다.

「당신은 지금 굉장히 어리석은 일들을 저지르는 거요.」

그의 비난 따위는 신경 쓰지도 않았다. 마침내 원하는 것을 얻어낸 것이다. 그가 마침내 몸을 돌리자 브렌나는 서둘러 둑으로 나와 가능한 한 빨리 몸을 말리기 시작했다. 참을성 없는 남편이 몸을 돌리기까지 얼마 남지 않았다는 두려움에 그녀는 슈미즈를 입을 생각 따위는 하지 않고, 하얀색 가운을 머리부터 집어넣었다.

허리 아래서부터 가슴 위까지 자리잡은 분홍색 리본이 가냘픈 몸을 가려줄 수 있을 것이다. 그러나 지금 그녀의 손가락에는 그 리본들이 수천 개의 핀처럼 콕콕 찌르면서 일을 더 끔찍하게 만들었고, 아무리 열심히 노력해도 그 아름다운 리본들은 절대로 매지지가 않았다.

그녀는 모든 작업을 포기했다. 가운 위에 덮으려고 생각했던 두터운 튜닉이라면 그녀의 맨가슴을 충분히 덮어줄 수 있겠지만 또 문제가 있었다. 겉옷을 더럽히지 않으려는 생각에 낮은 나뭇가지에 걸어놓았던 것이다. 지금 그 옷은 그를 돌아서 가지 않으면 가져올 수 없었다. 브렌나는 이런 꼴사나운 모습을 코너에게 보이고 싶지 않았기 때문에 손을 뻗어 옷을 건네달라고 했다.

하지만 그는 그 말과 동시에 몸을 돌렸다. 브렌나는 깜짝 놀라 한 발짝 뒤로 물러섰다. 그녀의 머릿속에는 단지 그에게서 약간 거리를 두어야겠다는 생각뿐이었지만 순간 발이 미끄러져서 진흙 속에 얼굴을 파묻을 뻔했다. 그때 코너가 그녀의 등을 잡아 안전하게 끌어당겼다.

만약 코너의 기분이 상한 것처럼 보이지 않았다면 그녀는 감사하다고 말해줄 생각이었다.

「당신이 날 두려워할 필요가 없다는 사실을 이해했으면 좋겠소. 당신을 해치려는 게 아니라 당신을 돌보는 게 내 의무요.」

「난 당신을 두려워하지 않아요.」

「당신은 방금 날 피해서 뒤로 물러났잖소.」

그는 건조한 목소리로 그녀의 행동을 상기시켰다.

「방금 전에는 분명히 날 위협했잖아요.」

그녀가 고개를 흔드는 바람에, 한쪽으로 모아서 위로 묶어놓았던 리본이 물 속으로 떨어졌다. 곱슬곱슬한 머리카락이 그녀의 어깨 위로 흩어졌다.

브렌나의 흐트러진 모습은 코너에게 커다란 즐거움을 가져다주었다. 그녀는 이제껏 그가 만났던 사람들 중에서 가장 도발적인 존재였다. 커다란 푸른 눈의 마법으로부터 벗어날 수 있는 사람은 없을 것이다.

도대체 뭐가 잘못된 거지? 브렌나가 자신에게 마법을 걸었을 리는 없었다. 그렇지만 자신이 그녀가 원하는 대로 말려드는 기분이었다. 그는 재빨리 정신을 차리려고 노력했다. 그녀가 자신의 규칙들을 빼앗아가게 내버려둘 수는 없었다. 그녀는 문제투성이였다. 그리고 요부였다.

코너는 단지 그녀의 찌푸린 얼굴을 펴주고 키스를 하고 뜨거운 사랑을 나누고 싶다는 생각만을 하고 있었다. 브렌나는 나체에 가까운 모습이 그에게 어떤 영향을 끼치는지 모르고 있었다.

「날 향해 그렇게 고개를 흔들지 마시오.」

그는 걸걸한 목소리로 말했다.

「난 단지 당신이 잘 알 수 있도록 강조하고 있는 것뿐이에요. 난 두려워하지 않아요. 단지 당신이 갑자기 돌아서리란 생각을 못 해서 놀랐을 뿐이에요. 그리고 당신의 예의범절이 날 더 우울하게 만들고 있어요.」

그가 미소를 짓자, 못 믿겠다는 듯 브렌나의 눈이 커졌다.

「예의범절이 당신에게는 중요하지 않은가요?」

「그렇소」

「그래요? 하지만 당신 또한 예의범절을 중요하게 여겨야 해요.」

「무슨 이유로?」

「무슨 이유냐고요?」

마음은 암담해졌고, 아주 작은 이유 하나도 생각해낼 수 없었다. 코너의 따뜻하고 애정 어린 눈길 때문에 그녀는 지금 무슨 이야기를 하고 있는지조차 잊어버렸다.

브렌나는 그에게 다가서서 자그맣게 속삭였다.

「당신은 매우 혼란스러운 사람이군요. 만약 내가 진정을 하고 약간의 휴식을 취할 수 있다면 당신을 이해시킬 수 있을 텐데요.」

한참의 시간이 흐른 뒤 그녀는 말을 이었다.

「이제 내가 갈 수 있도록 놔주셔야죠.」

그는 브렌나를 놔줄 생각이 없었다. 왜냐하면 자신이 무엇을 원하는지 정확히 알고 있었기 때문에 그녀의 희망을 무시할 생각이었다. 거칠고 못이 박여 있는 코너의 손과 달리, 달빛을 받은 브렌나의 피부는 백금처럼 창백하고 천사처럼 매끄러웠다.

어떻게 이런 보물이 다른 사람들의 손을 피할 수 있었을까?

「당신은 다른 남자들과 만난 적이 있소?」

「전 어떤 남작과 약혼을 했어요. 하지만 제가 다 자라서 결혼을 할 수 있는 나이가 되기 전에 돌아가셨지요. 난 결코 그를 만나본 적이 없었고, 다른 사람들과도 마찬가지였어요. 아버지는 다른 사람들이 딸들 곁에 얼쩡거리는 것을 싫어하셨어요. 특히 레이첼의 경우는 더요. 레이첼은 우리 중에서 가장 아름다웠거든요.」

「당신과 약혼했다는 남작은 전쟁에서 죽음을 맞는 특권을 누린 거요?」

「침대에서요.」

「침대 위에서 죽었다는 말이오?」

「네, 비극적인 일이었지요.」

그녀는 코너의 말을 가로챘다.

「이건 절대로 재미있는 일이 아니에요.」

「단지 잉글랜드인들만이 침대 위에서 죽으려 하는 거요.」

브렌나는 그의 의견이 논쟁의 가치조차 없다고 생각했다.

「쥐고 계시는 제 팔을 좀 놔주시겠어요?」

코너는 약간 힘을 풀었다.

「아직까지 수줍음을 타는 거요?」

「약간요.」

「난 당신이 수줍어하길 원하지 않소. 그러니 그러지 마시오.」

브렌나는 그가 굉장히 심각하다는 사실을 깨닫기도 전에 웃음을 터뜨렸다.

「당신 말투가 굉장히 오만하다는 사실을 아세요?」

그녀는 대답을 기다리지 않았다.

「난 점점 추워지고 있어요. 이제 손을 놔주신다면 마저 옷을 입을 수 있을 텐데요.」

「옷을 입을 필요는 없소. 이제 우리는 잠을 자러 갈 거요.」

브렌나를 두렵게 만든 건 말의 내용이 아니라 말하는 방식이었다. 그는 권위에 가득 찬 말을 했고, 누군가를 죽이러 가는 전사처럼 잔뜩 긴장한 채 말했다.

그녀는 살며시 자신의 궁금증에 대해 물었다.

「함께요?」

「물론이오.」

「지금요? 지금 당장 함께 자러 가자는 얘기예요?」

코너는 점점 지금이라는 말이 싫어졌다.

「그렇소, 지금.」

「별로 그러고 싶은 생각이 없는데요」

「난 그렇게 하고 싶소」

「어쩌면 내가 당신을 두려워한다고 생각할지도 모르겠네요, 코너. 하지만 이것만은 알아두세요. 당신 감정을 상하게 하고 싶지는 않지만, 하기 싫은 일을 강요당하는 건 당신도 싫을 거예요. 그런데 지, 지금 뭐하는 거예요?」

「플래드로 당신을 감싸려는 것뿐이오. 내가 손을 뻗을 때마다 그렇게 뒤로 물러나는 일은 이제 그만두지 않겠소? 이제는 지겨울 정도요. 자, 머리를 내 쪽으로 돌리시오.」

「난 당신이 날 혼자 놔두었으면 좋겠어요」

「지금 내 인내심을 시험하는 거요?」

「코너, 전 경험이 없어요」

더 이상의 설명 따위는 필요 없다고 확신했다. 분명 사려 깊은 남자라면, 목소리를 통해, 눈을 통해 여자의 불안을 눈치채고 달래주려 할 것이다.

「나도 그렇소.」

「정말요? 난 당신은 경험이 있어서 날 편안하게 만들어줄 수 있을 거라고 추측했단 말이에요」

그녀는 비명에 가까운 소리를 질렀다.

「내가 당신을 편안하게 만들어주길 바란단 말이오?」

코너의 반응은 그녀의 기대와 전혀 달랐다. 절망이 비명을 지르고 싶을 정도로 잔뜩 쌓여갔다. 도움이라고는 전혀 되지 않는 남자였다.

「난 당신이 날 편안하게 해주기를 원한단 말이에요」

코너는 도대체 브렌나가 무슨 생각을 하고 있는지 궁금했다. 그리고 난생 처음으로 오랫동안 할말을 잃었다. 다른 여자들은 그에게 이런 이상한 요구를 한 적이 없었다. 과거에도 늘 그에게 접근해 몸을 바치는 여자들이 있었다. 그런 여자들과 어울리고 싶은 기분일 때는―물론 대부분의 경우는 그런 기분이었지만―그 제안을 받아들였다. 그러나 그녀들 중에 처녀는 없었다. 물론 처녀들이라면 함께 침대로 가지도 않았을 것이다. 그녀들이 원하는 전부는 쾌락이었다.

앞에 서 있는 이 상냥한 숙녀는 이전에 그가 알던 여자들과는 완전히 달랐다. 브렌나는 자신의 이름을 같이 사용할, 그리고 자신의 아이들을 낳아서 키울 그의 신부였다. 솔직히 인정하자면 코너는 이런 감성적인 요구를 해오는 여자는 만난 적이 없었다. 단지 정신만 제대로 차리고 있으면, 과거의 경험을 가지고 이 상황을 잘 이끌어나갈 수 있을 거라 생각했다. 하지만 그의 생각은 틀렸다. 코너는 순간적으로 지금의 상황을 다시 점검했다. 그는 한번도 다른 사람들이 그들의 부인을 어떻게 다루는지 주의 깊게 본 적이 없었다. 심지어는 알렉의 경우도 그랬다.

어떻게 할까?

브렌나에게 운이 없다고 말하고 싶지는 않았다. 그런 말을 하면 그녀는 아마 울음을 터뜨릴 것이고 그렇게 된다면 눈물을 그치게 할 방법이 없었다. 알렉은 울고 있는 부인을 홀에다 내버려두고 나갔다가 그녀가 진정이 되고 난 다음 다시 돌아오곤 했다. 하지만 지금 알렉의 행동을 따라할 수는 없었다. 만약 지금 브렌나 곁을 떠난다면 다시는 그녀와 잠자리를 할 수 없을 것이다.

이 곤경에서 빠져나갈 수 있는 방법은 하나뿐이었다. 그녀에게 직접 물어보는 것이다.

「난 당신을 편안하게 해주기로 결심했소」

「당신이요?」

그녀가 부르르 몸을 떠는 걸 알 수 있었다.

「그렇소. 내가…… 어쨌든 당신이 내 첫 번째 의무를 어떻게 진행해야 할지 설명해주시오. 당신이 모든 것을 시작하면 될 거요.」

「농담하지 말아요.」

「농담이 아니오.」

「물론 당신은 항상 사실을 이야기하는 거겠죠. 당신은 영주님이시잖아요. 절대로 거짓말이라는 건 하지 않으실 테니까 말이죠.」

「당신이 그렇게 해주겠소?」

그녀는 고개를 끄덕였지만 아무런 말도 하지 않았다.

「브렌나…….」

「단지 생각을 좀 하는 중이에요. 당신의 그 부족한 인내심이 날 신경질적으로 만들어요. 어떻게 편안할 수 있는지 설명하는 건 어려운 일이란 말이에요.」

그녀는 다시 침묵 속으로 빠져들었다.

코너는 그녀에게 이처럼 어려운 수수께끼를 풀라고 말한 게 아니었다. 그녀를 건드리지 않고 얼마나 오랫동안 버틸 수 있을지 장담할 수 없었다. 브렌나는 자신이 코너를 어떻게 만드는지 전혀 모르는 것일까? 그녀는 편안함이라는 단어를 생각하느라 제정신이 아니었다. 지금 자신이 나체나 다름없다는 사실조차 잊은 모양이었다. 하지만 코너는 결코 잊을 수가 없었다. 앞섶 여미는 것을 잊어버리자 얇은 천 사이로 부드럽고 달콤해 보이는 가슴이 훤히 보였다. 그 광경은 코너를 거의 미치게 만들었다. 지금 옷을 매만져주지 않는다면, 자신이 모든 규칙들을 잊어버릴 거라는 생각이 들었다. 그는 브렌나의 매끄럽고 유혹적인 살갗에 살며시 손가락을 갖다 댔다. 그리고 천천히 공기처럼 가벼운 가운을 다시 여며주었다.

코너는 재빨리 그녀 주변에 담요를 폈다. 그리고 긴 한쪽 끝을 그녀의 어깨에 대고 주름을 잡아 감싼 뒤 넓은 쪽으로 가슴을 덮어서 가지고 온 벨트로 안전하게 묶었다. 손등에 브렌나의 맨살이 계속해서 살짝살짝

닿았다. 그녀를 감싸는 동안 뜨거운 열기 외에는 아무것도 느낄 수가 없었다.

브렌나를 감싸는 작업이 그의 원초적인 욕망을 가라앉히지는 않았다. 지금 그는 플래드를 찢어버리고 그녀를 바닥에 눕히고 싶었다.

「난 당신이 이 주제를 생각해보았으면 좋겠어요. 그럴 수 있어요?」

「정확히 내가 무엇을 생각해야 하는 거요?」

「편안함이요.」

코너는 웃을 수만은 없었다. 그녀는 왜 그가 재미있어 하지 않는지 이해할 수 없었다.

「당신은 아직까지 내게 무엇을 원하는지 설명하지 않았소.」

「당신이 아기일 때 당신 어머니는…….」

「그녀는 그 전에 돌아가셨소.」

「미안해요. 정말 유감이에요.」

「뭐가 말이오?」

「왜냐하면 어머니께서 돌아가셨으니까요. 그럼 당신 아버지께서는 당신을 편안하게 해주신 적이 없나요?」

「없었소.」

「어떻게 그럴 수 있죠?」

「그 또한 돌아가셨으니까. 그게 이유요.」

「코너, 어렸을 적에 당신을 돌봐준 사람이 아무도 없었어요?」

그는 어깨를 으쓱해 보였다.

「내 형인 알렉이 날 돌봐주었소.」

「그가 당신을 편안하게 해줬나요?」

「젠장, 아니오.」

「그럼 당신을 돌봐줄 사람은 아무도 없었단 말이에요?」

그는 무관심하게 말했다.

「계모인 유피미어가 있었소. 하지만 그녀는 나나 그녀의 아들을 편안하게 해줄 그런 상황이 아니었소. 내 아버지의 갑작스러운 죽음이 그녀를 파멸시켰고, 지금까지도 그녀는 아버지의 죽음을 슬퍼하고 있소. 심지어 내 땅에 들어오는 것조차 못 견뎌 하고 있소. 그녀에게는 아직도 끔찍한 고통이니까.」

「그녀는 당신 아버지를 굉장히 사랑하셨나봐요.」

「물론 그랬겠지. 그건 그렇고 계속 편안함에 대해 이야기해야 하오?」

브렌나는 그 질문에 어떻게 대답해야 할지 난감했다.

「아니, 이젠 괜찮아요. 몇몇 남편들은 부인의 어깨를 애무하고는 해요. 아버지께서는 항상 그렇게 하셨는데, 지금 와서는 그 행동이 어머니에게 편안함이나 애정을 보여주었는지 확신할 수 없네요.」

그녀는 어깨를 살짝 들어올렸다. 코너를 이해시킨다는 것은 예상했던 것보다 더 어려운 일이었다. 그녀는 또 다른 예를 들어보기로 했다.

「아마 다른 남편들은 팔을 부인의 허리에 얹고…….」

「어느 쪽을 원하는 거요?」

「네? 뭐라고 하셨죠?」

「어느 쪽이냔 말이오? 당신은 내가 애무하기를 원하는 거요, 아니면 감싸 안기를 바라는 거요?」

그는 전혀 희망이라고는 없는 사람이었다. 편안함이라는 것은 마음에서 우러나와야 하고 마음으로 느껴야 하는 문제였다.

「이건 검으로 싸우는 기술이 아니에요. 당신의 진실한 마음과 자발적인…….」

그녀는 이어나갈 다른 말을 생각해낼 수 없었다.

「지금 무슨 이야기를 하는지 정확히 모르고 있는 거요?」

그녀는 커다랗게 한숨을 내쉬었다.

「네, 그런 것 같아요.」

그는 전혀 재미있어 하지 않았다.

「그렇다면 우리가 왜 이곳에 이렇게 서 있는 거요?」

「난 당신이 참을성이 없다는 걸 깨달았어요. 그리고 난…… 지금 뭐하는 거예요?」

「당신의 머리카락을 플래드 위로 꺼내는 거요.」

「왜요?」

「내가 원하니까.」

「당신은 항상 당신이 원하는 대로 행동하나요? 그런 거예요?」

「만약 내가 항상 원하는 대로 행동했다면 당신은 지금쯤 평평한 바닥에 누워 있을 거요.」

브렌나는 다시 그의 손을 치우려 했다. 어쨌든 그와 계속해서 이야기할 이유가 없었다. 솔직히 인정한다면, 그녀는 코너가 자신을 어루만지는 것을 그만두게 할 수 없었다.

브렌나의 목 주변을 더듬는 코너의 손길은 놀라울 정도로 부드러웠다. 등줄기로 즐거움의 떨림이 타고 흘러내렸다.

코너는 더 이상 기다릴 수 없었다. 그는 브렌나의 손을 잡고 미리 준비해놓은 잠자리로 걸어갔다. 브렌나가 전혀 반항하지 않아 약간은 놀랍기도 했다.

「당신에게 미리 경고하지만 전 그렇게 아름답지 않아요.」

「당신의 외모 따위는 문제가 되지 않소.」

「그래요?」

「당연한 거요.」

브렌나는 순간 그들이 야영지로 돌아가고 있다는 사실을 알 수 있었다.

「지금 어디로 가는 거죠?」

그녀의 목소리는 공포에 차 있었다.

맙소사! 코너는 더 이상 참을 수 없었다. 모든 처녀들이 이렇게 까다로운 것일까?

「어떻게 하면 내가 당신의 그 우스꽝스러운 공포를 없앨 수 있는 거요?」

「내 말을 가로채지 말아요. 그리고 이건 전혀 우스꽝스러운 일이 아니에요.」

「대답이나 하시오.」

「당신은 내게 뭔가를 알려주겠다고…… 즐겁고 뭔가 희망찬……」

「정사?」

코너는 그녀에게 수천 가지의 말로 대답해줄 수 있었지만 지금 그가 생각하고 있는 것은 단 한 가지뿐이었다.

「당신이 그렇게 서두르니까 전 더 걱정이 돼요.」

「당신을 죽이려는 게 아니오.」

「날 죽이는 게 아니라고요? 그건 또 무슨 말이에요?」

코너의 미소에 브렌나는 절대 믿을 수 없다며 그를 쳐다보았다.

「모든 게 참 번거로운 일이에요, 그렇죠?」

「전혀 그렇지 않소.」

「전 제가 이 일을 좋아할 수 있을지 의심스러워요.」

그녀는 목소리를 낮췄다. 병사들이 잠자리를 꾸며놓은 곳에 가까이 다가가고 있는 마당에, 브렌나는 병사들이 자신의 말을 듣기를 원하지 않았다.

「난 아이들을 원해요.」

「정확히 몇 명이나 원하는 거요?」

브렌나는 그의 비꼬는 듯한 목소리를 무시했다.

「아이들을 원해요?」

「물론이오. 안 그러면 내가 왜 결혼을 했겠소.」

「난 그 이유를 모르겠어요. 우리 결혼식이 끝난 뒤 당신이 말해주기로 약속했잖아요.」

「나중에.」

「어떤 여자든지 당신에게 아이들을 낳아주고 싶어했을 텐데…… 왜 날 선택한 거죠?」

그들은 대화를 멈추고 야영지 한가운데서 서로를 쳐다보았다. 브렌나는 주변을 쳐다보고는 병사들이 담요 위에서 자는 척하는 것을 알 수 있었다. 그리고 그 원 한가운데에 두 개의 플래드가 함께 겹쳐져 있는,

비어 있는 잠자리가 보였다.

모든 것이 끔찍스러웠다. 이곳에서 잠을 자야 하다니…… 다른 사람들 한가운데서……. 물론 그러고도 남을 사람이지. 여자들의 욕구에 대해서는 어떤 배려도 하지 않으니까.

만약 그녀가 영주에게 폭언이라도 하게 된다면 그의 부하들이 듣게 될 것이다. 그런 행동은 브렌나에게 수치스러운 일이었다.

그럼 이제 무슨 일을 해야 하는 거지? 다른 사람들이 2미터도 떨어지지 않은 곳에서 잠자는 척하고 있는데, 코너에게 자신의 몸을 맡길 수는 없었다. 어떻게 그를 멈추게 할 수 있을까? 코너는 더 이상 이성적으로 행동할 생각이 없는 것 같았다. 이미 그녀에게 마음을 진정할 수 있는 충분한 시간을 주었다는 표정이었다.

지금 그와 다투는 것은 현명한 행동이 아니었다. 만약 그녀가 충분히 영리하다면, 책략을 강구해야 했다. 그녀는 막 부츠를 벗으려는 코너의 손을 잡아 행동을 중지시키고 담요를 집어들었다. 그리고 속삭였다.

「절 따라오세요.」

「뭐가 또 잘못된 거요?」

그는 거의 고함치듯이 비난을 했다.

「신부는 항상 신혼 침대를 준비해요. 그게 잉글랜드 식 전통이에요.」

브렌나는 그가 불러 세우기 전에 야영지 가장자리로 갔다. 그리고 이쪽으로 오라는 듯한 유혹의 미소를 던진 뒤 계속 걸어갔다.

코너는 움직이지 않았다. 그는 허리에 손을 얹고 다리를 벌린 채 그녀를 노려보았다. 시선은 그녀가 움직일 때마다 같이 흔들리는 엉덩이를 주시하고 있었다. 그러고 나서 그는 천천히 열까지 셌다. 간신히 분을 삭인 그는 이 까다로운 여인이 원하는 대로 하게 놔둔 다음 그녀를 쫓아가 열정적으로 사랑을 나누겠다고 맹세했다.

「난 한번도 그런 전통에 대해서는 들어본 적이 없는걸.」

퀸란이 느리게 의사를 표시했다. 그 병사는 나무등걸에 어깨를 기대고 팔짱을 낀 채 앉아 있었다.

코너는 자신의 좌절감을 그에게 돌렸다.

「만약 한마디만 더 한다면 자네를 죽여버릴 거야.」

퀸란은 그 경고를 무시했다.

「해뜨기 전에 침대에 들어가야 한다는 생각은 안 드나?」

코너는 위협적으로 친구에게 한 발짝 다가섰다. 퀸란은 즉시 일어섰다.

「그녀는 단지 사적인 장소를 원하는 거라네, 코너. 그래서 담요를 들고 가버린 거라고.」

「나도 알고 있어.」

물론 코너는 그 사실을 깨닫지 못했지만 친구에게 그런 것까지 인정하고 싶지 않았다. 그는 아무 말도 하지 않고 걷다가 호수 근처에서 브렌나를 따라잡을 수 있었다. 야영지에서 벗어나 그들이 처음 있었던 장소 근처로 가고 있다는 사실이 마음에 들지 않았다.

「당신은 우리 신방을 잉글랜드에다 꾸밀 생각이오?」

5

「여기예요.」

그녀가 고른 장소는 소나무들 사이에 위치한 편편한 곳이었다. 그곳은 두 사람이 뒹굴 수 있을 만큼 충분히 넓었다. 그녀가 무슨 일을 하든 놔두겠다고 맹세했기에 코너는 브렌나 마음대로 하게 놔두었다. 그는 그녀 등뒤에 서서 부츠를 벗은 뒤 화를 참았다.

브렌나는 담요를 땅에 깔았다. 저런 단순한 일을 하는데도 어쩌면 한 시간이 넘게 걸릴지도 모른다고 생각했지만 놀랍게도 그녀는 재빠르게 작업을 끝냈다. 모든 일을 마치고 나서 그녀는 슬리퍼를 벗고, 그를 보고 섰다. 그리고 코너에게 다가와서는 숨을 고르면서 그가 자신을 만지기를 기다렸다.

코너는 움직이지 않았다. 긴장이 두 사람을 감싸고 있었다.

어둡고 수수께끼 같은 코너의 눈을 응시하면서 불쾌감을 표시하는지 확인하는 동안, 브렌나의 불안 또한 쌓여갔다.

「옷을 그냥 입고 있어야 할까요?」

코너는 천천히 고개를 흔들었다.

「그렇다면 옷을 벗어야겠군요」

그는 여전히 가만히 서 있었다. 자신의 말을 지키기 위해서 그녀가 먼저 행동해야 한다고 스스로에게 말했다.

브렌나는 떨리는 손으로 허리에 묶은 끈을 풀고 그가 어깨에 둘러준 천을 풀썩 땅으로 떨어뜨렸다. 그녀는 옷을 벗기 전에 옆으로 움직일까 잠시 생각했다. 그곳은 달빛이 나뭇가지에 가린 곳이라 그림자 속에 알몸을 가릴 수 있을 것 같았다. 그러나 그런 겁쟁이가 되지 말자고 스스로 다짐했다.

그녀의 심장은 미친 듯이 뛰었지만, 다른 걱정들은 이내 사라졌다. 코너는 그녀를 공격할 생각이 없는 것 같아 보였다. 마음이 혼란스러웠으나, 코너가 일부러 자신을 해칠 생각이 없음을 잘 알고 있었다. 자신이 왜 그렇게 생각하는지 알 수는 없었지만 말이다. 손도 더 이상 떨리지 않았다.

브렌나는 용기를 내 천천히 가운을 벗어 내리면서 조심스럽게 그를 쳐다보았다. 혹시 자신의 몸이 아름답지 못해 그가 혐오감이나 불쾌감을 느끼지는 않을까 걱정이 됐다. 브렌나는 자신의 결점들을 알고 있었다. 가슴이 너무 크고 엉덩이는 너무 가늘었다. 거기다 다리는 다른 부분에 비해 너무 길었다. 만약 코너가 불쾌감에 인상을 찌푸린다면 그녀는 눈은 꼭 감고 수치감에 죽어버릴 생각이었다.

코너는 그녀의 입술을 바라본 뒤 풍만한 가슴과 가냘픈 허리 그리고 갈색 수풀이 우거진 처녀지를 오랫동안 쳐다보았다. 이토록 아름다운 모습이리라고는 상상조차 하지 못했다. 그녀의 자태에 기절할 것만 같았다. 이렇게 아름다운 여인이 세상에 존재할 수 있을까. 그녀는 잉글랜드에서 온 맥네어의 신부가 아니라, 아버지의 복수를 도와주기 위해 찾아온 여신 같았다.

코너는 그녀의 몸 안으로 들어가고 싶은 생각에 조급했다. 하지만 조금 더 참으면서 그녀가 원하는 대로 일을 진행해나가기를 기다렸다. 어떤 이유에서인지 그녀는 오늘밤 스스로 모든 결정을 다 내리기로 마음먹은 것 같았다. 그는 이런 놀랄 만한 결론을 당연하게 받아들이고 그녀에게 빨리 옷을 벗어버리라고 명령하지 않았다. 단지 그녀가 물었을 때, 고개를 흔들어 옷을 입고 있는 것을 원치 않는다는 표시를 했다. 자신이 무엇을 원하고 있는지 설명하기도 전에 그녀는 코너가 원하는 대로 행동했다. 정확히 그가 원하는 대로였다.

붉어진 얼굴이 그녀가 지금 부끄러워하고 있음을 알려주었다. 그녀는 정말로 완벽했다.

그가 가만히 서 있기만 하자, 점차 그녀의 긴장도 풀렸다. 왜 그는 옷을 벗지 않는 거지? 브렌나는 잠시 동안 그런 걱정을 하다가 자신이 도와주기로 결심했다.

「당신도 옷을 벗어야 한다고 생각해요. 내가 도와주기를 원하는 모양이죠? 때때로 잉글랜드의 부인들은 남편들이 옷 벗는 것을 도와주거든요. 제가 당신 옷을 벗겨주기를 원해요, 코너?」

코너는 아까 했던 방식대로 간단하게 고개를 끄덕였다.

브렌나는 반드시 해야 할 일이라고 스스로 다짐한 뒤 숨을 내쉬고는 적극적으로 그의 벨트로 손을 뻗었다. 그의 플래드가 땅으로 떨어졌다. 그와 동시에 그녀는 뒤로 한 발짝 물러섰다. 놀랍게도 그는 속에 아무것도 입지 않았던 것이다. 너무 놀라서 눈길을 돌릴 수도 없었다. 겨우 정신을 차리고 시선을 돌리기 전, 브렌나는 코너의 허리 아래를 잠깐 볼 수 있었다. 다시 잉글랜드로 달아나고 싶다는 생각이 그토록 간절했던 적은 없었다.

「코너, 지금 우리가 제대로 하고 있는 거라고 확신하세요?」

브렌나의 거친 목소리가 그를 재미있게 만들었다. 그녀는 너무나 순수하고 어렸다. 그는 다정스럽게 그녀를 잡아당겨 꼭 끌어안았다.

「그렇소」

코너는 아직까지 자신이 한마디도 하지 않았다는 사실에 약간 놀랐으나 가슴을 누르고 있는 부드러운 가슴이 모든 생각을 앗아갔다. 참을 수 없는 기다림도 나름대로 가치가 있다는 생각이 들었다.

코너는 더 이상 기다릴 수 없었다. 몸뿐만 아니라 마음도 충동을 채우지 않고는 단 한순간도 견딜 수 없다고 아우성을 쳤다.

코너는 다시 한 번 놀랐다. 그녀는 고개를 묻고 얼굴을 숨기는 게 아니라 그가 키스할 수 있도록 고개를 비스듬히 들었다. 물론 그녀 자신은 무엇을 하는지 모르고 있었다.

브렌나의 입술은 꼭 닫혀 있었다. 하지만 곧 코너의 부드러운 목소리에 긴장을 풀었다. 코너는 오늘 낮, 처음으로 그녀를 만났을 때부터 상상해오던 대로 그녀에게 키스를 했다. 그의 혀가 재빠르게 달콤하고 따뜻한 입술 안쪽으로 들어갔다. 키스는 그가 상상했던 것보다 훨씬 더 좋았다.

마음에 들기는 브렌나 또한 마찬가지였다. 그녀는 코너의 목에 팔을 두르고 처음에는 수줍게 반응을 했다. 그리고 점점 더 대담하게, 이 관능적인 즐거움을 더 느끼고 싶은 생각에 그에게 매달렸다. 마침내 그녀는 신음 소리를 내면서 아무런 저항 없이 그에게 다가섰다.

브렌나의 유혹은 코너를 더욱더 달아오르게 했다. 지금 당장 그녀를 갖기를 원했다. 하지만 그는 애써 자신의 반응을 제어하려 노력했다. 지금 그녀 안으로 들어가면 그녀를 놀라게 할 것이고, 필요 이상으로 상처를 줄 게 틀림없었다. 고통이 자신을 죽일지라도 브렌나가 준비될 때까지 참기로 다짐했다.

그는 매우 사려 깊게 행동하고 있었다. 코너는 모든 수단을 다해 그녀를 공격하며, 무슨 일이 일어나고 있는지조차 생각하지 못하게 만들 작정이었다. 내부의 격렬한 욕망을 끄집어내 스스럼없이 자신의 욕구를 받아들이게 된다면 아무런 불편 없이 그의 침입을 받아들일 수 있게 될 것이다.

그의 입술은 계속해서 브렌나의 입술을 더듬었고, 다른 생각들로부터 그녀를 떼어내는 데에 열중하고 있었다.

코너는 저항할 시간을 주지 않고, 그녀를 들어 안아 잠자리로 데려가 눕히면서 오직 키스만 생각하게 만들었다. 자신의 몸이 브렌나를 짓누르지 않도록 팔로 온몸을 지탱하면서 그녀를 덮쳤다.

브렌나는 자신에게 일어나는 일들 때문에 기절할 것 같았다. 이 모든 상황이 순식간에 끝나고 끔찍한 고통이 밀려들면 어떻게 할까. 믿을 수 없는 일이었지만 자신은 지금 코너를 바라면서 신음 소리를 내고 있었다. 그도 지금 브렌나 자신의 애무 때문에 정신을 못 차리고 흔들리고 있었다.

다시 그의 몸이 밀착해왔다. 모든 일이 순조롭게 진행되는 느낌이었다. 코너의 손이 여기저기를 애무했다. 그가 가슴을 만지지 못하게 해야 한다고 생각했지만, 그만두라는 말 대신 그녀의 몸은 오히려 활처럼 휘어지면서 그의 손길을 더욱 갈구했다.

코너의 손이 다리 사이로 들어왔다. 하지만 그를 말리기에는 너무 늦었다.

코너는 브렌나가 준비되었는지 알고 싶었다. 다행히도 그녀의 몸은 촉촉이 젖어 있었다. 그는 브렌나의 두 다리 사이에 자리를 잡고, 단 한 번의 강한 힘으로 그녀 안으로 깊숙이 들어갈 수 있었다. 브렌나의 비명 소리가 소나무 사이에 메아리쳤다. 두 사람의 몸이 완전히 하나가 되는 순간, 코너는 잠시 움직임을 멈추고 그녀에게 고통을 삭일 수 있는 시간을 주었다. 사실 코너 자신도 만족에 가득 찬 비명을 숨길 수가 없었다. 어쩌면 소리를 질렀을지도 모를 일이었다. 그는 지금 자신이 그녀에게 어떤 일을 하고 있는지 정확히 알고 있었다. 그는 너무나 완벽하고 너무나 관능적인 기쁨을 느끼고 있었다. 수많은 여자들과 잠자리를 같이 했지만, 난생 처음으로 순수한 열정 속에 완전히 빠져들고 있었다.

브렌나는 고통 속에서 힘들어하며, 코너에게 그만두라고 요구했다. 그녀는 코너가 같은 자세를 유지하고 있는 동안 계속해서 눈물을 흘렸다. 코너는 자신의 행동으로 인해 그녀가 실망하거나 화가 난 것은 아닌지 확신할 수 없었다.

「괜찮소. 고통 또한 금세 사라질 거요.」

「어떻게 당신이 그걸 알죠?」

「난 알고 있소.」

그의 목소리는 너무나 끔찍하게 들렸다. 브렌나는 그를 믿고 자신을 맡기기로 했다. 여전히 이 상황이 마음에 들지 않고, 모든 일이 빨리 끝나기를 바랐지만. 그녀는 제발 빨리 끝내달라고 부탁했다. 그러나 그가 키스를 하자, 다시 흥분하기 시작하면서 키스를 되돌렸다.

마침내 그는 다시 움직이기 시작했다. 그는 브렌나가 자신을 받아들이고 적응할 수 있게 되기를 원했다.

코너는 팔을 펴 자신의 몸무게를 지탱하면서 몸을 들어올려 그녀의 눈을 바라보았다. 그녀의 눈에는 눈물이 맺혀 있었는데, 어쩌면 열정의 잔재가 남아 있는 것 같아 보이기도 했다. 아니, 그렇기를 희망했다. 그녀가 상처를 입는 것은 원하지 않았기 때문에 그녀가 계속해서 고통을 받는다면 빨리 자신의 씨를 브렌나에게 주고, 그녀를 더 이상 고통스럽게 하지 않을 생각이었다. 그러나 지금 당장 그녀에게서 떨어질 자제력이 있을지는 의심스러웠다.

「지금 내가 끝내기를 바라오?」

그의 목소리는 거칠었다.

브렌나는 고개를 들어 그의 얼굴을 바라보았다. 이마에 땀방울들이 맺혀 있었다. 자신이 그를 괴롭히고 있는 걸까? 이제 자신의 호흡도 가라앉았고, 솔직히 조금은 즐거움을 느낄 수 있었다. 그녀는 몸을 약간 들어올리고, 코너가 약간 더 깊이 들어올 수 있도록 무릎을 들어올렸다. 순간 브렌나는 이상하고도 순수한 기쁨을 느낄 수 있었다. 그리고 자꾸만 움직이고 싶은 자신을 제어할 수 없게 되었다.

「내가 당신을 화나게 했나요?」

그는 고개를 흔들어 보이고는 다시 한 번 물었다.

「지금 내가 멈추기를 바라는 거요?」

「아니, 아니에요」

그는 천천히 몸을 빼내면서 미소를 지었다. 그러자 그녀는 본능적으로 다리를 들어 그를 꼭 감싸 안았다. 코너는 조심스럽게 몸을 다시 움직이며 브렌나가 불편한 표정을 짓고 있는지 살펴보았다.

그녀는 눈을 꼭 감고 달콤한 신음 소리를 내면서, 그에게 다시 한 번 움직여보라는 듯한 몸짓을 하고 있었다. 그런 행동이 그에게는 힘이 되었다. 그는 계속 움직임을 더하면서 더 깊숙이 들어가기 위해 노력했다. 그는 그녀가 자신을 붙들고 있는 방법이나 그녀의 목을 통해 나오는 신음 소리가 좋았다.

그는 여전히 자신에게 자제력이 있다고 믿고 싶었다. 정확히 브렌나에게 무슨 일이 일어나고 있는지 알고 있었고, 그녀가 곧 몸과 마음을, 그리고 열정을 바칠 것이라는 사실 또한 알고 있었다. 그녀를 쾌락의 절정으로 몰고 가 클라이맥스에서 자신의 씨를 심을 것이다. 모든 일을 잘해낼 수 있을 것이다. 그리고 만족하게 될 것이다. 늘 그랬던 것처럼······.

몸놀림이 점점 빨라지자 그녀는 허리를 활처럼 구부리며, 그를 더욱더 애타게 찾았다. 코너의 등을 손톱으로 긁으면서 그리고 즐거움의 비명을 지르면서 그가 자신에게 하는 일을 얼마나 좋아하는지 성실하게 알리고 있었다.

「오, 하나님.」

「아니, 코너라고 해보시오.」

뜨거운 관능의 물결이 그녀를 휩쓸고 지나갔다. 그에게 그 사실을 말하고 싶었으나 목소리는 자신의 신음 소리에 묻히고 말았다.

브렌나는 그를 완전히 소유하고 싶은 생각에 더욱 대담한 동작으로 움직였다. 애무의 강도가 한층 강렬해졌다.

코너의 세계는 완전히 분리되었다. 그는 되풀이해서 거칠고 힘차게 움직였고, 몸짓 또한 자제력을 잃고 있었다. 그는 브렌나의 열정과 몸 속에 철저히 갇힌 상태였다. 순간 그는 자신의 모든 것을 브렌나의 몸 안에 뿌린 뒤, 그녀의 이름을 되풀이해서 외쳤다. 두 사람의 심장은 하나로 합쳐져서 뛰고 있었다.

브렌나는 자신의 모든 삶이 그에게 달려 있다는 듯 그를 끌어안았다. 코너가 자신의 이름을 불러대는 동안 그녀 또한 자신에게 들이닥친 쾌락의 전율 속에서 몸을 떨고 있었다. 절정은 끝이 없어 보였고, 모든 것들이 너무나 빨리 진행되었다. 믿을 수 없을 정도로 너무나 아름다운 경험이었다. 그녀는 지쳐 있었지만, 그의 어깨에 기대고 눈물을 흘리면서 스스로가 만족스럽고 자랑스러웠다.

그녀는 잠시 후 떨리는 몸을 진정시키고 숨을 고를 수 있었고, 코너도 깊게 숨을 쉬면서 호흡을 고르고 있었다. 이 굉장한 경험은 그녀보다 그를 더욱더 힘들게 한 것 같았다.

코너는 몸을 한 바퀴 굴려 그녀에게서 떨어지려고 했지만 그녀는 놓아주지 않았다. 그는 브렌나의 팔을 떼어놓으면 벗어날 수 있으리라 생각했다. 자신에게 지금 무슨 일이 일어났는지 이해할 수 있는 시간이 필요했다. 그러나 그 순간 브렌나의 눈물을 느끼고 조금만 더 기다리기로 마음먹었다.

이 모든 게 그녀에게는 상처였을 것이다. 그녀는 처녀였고, 그를 받아들이기 위해서는 어쩔 수 없는 일이었다. 하지만 자신을 받아들인 후에도 또다시 그녀에게 상처를 입힌 것 같았다. 어떻게 그럴 수 있는지 자신도 이해할 수 없었다. 내내 그녀를 거칠게 다루었다. 비록 그녀가 너무나 뜨겁게 자신을 꽉 조이기는 했지만, 그는 자제력을 잃지 않고 그녀를 대했어야 했다.

그녀는 완벽했다. 코너는 지금 자신이 무슨 생각을 하고 있는지 깨닫고, 그런 생각들을 지워버리려 노력했다. 도대체 뭐 하는 거야! 그는 지금 자신의 규칙과 마음의 평화를 빼앗아갔다고 그녀를 비난하려 하는 것이다. 솔직히 그는 그 두 가지 다 주고 싶지 않았다.

그에게는 모든 것들을 제대로 회복하기 위한 시간이 필요했다. 물론 브렌나가 지금 그런 시간을 허락할 것 같지는 않았지만 내일쯤이면 그의 자제력 또한 얼마만큼은 되돌아올 것이고, 그녀에게도 가르칠 수 있을 것이다.

그는 지금 상처받기 쉬운 상태였고, 만약 그녀가 혐오스러워한다면 무슨 일을 해야 할지 몰랐다. 너무나 지쳐서 다른 중요한 것을 생각할 여력이 없었다.

코너는 브렌나의 여성적인 체취를 맡다가, 지금 당장 잠을 청해 자신을 억제하지 않는다면 다시 그녀를 다치게 할 수 있다는 생각을 했다.

그러나 브렌나는 잠을 자고 싶은 생각이 전혀 없었다. 대신 코너로부터 애정 어린 말을 듣고 싶었고, 그래서 자신으로 인해 그가 즐거웠다는 사실을 확인하고 싶었다. 지금 당장 확인하고 싶었지만, 호흡을 고르던 그가 깊게 숨을 쉬자 그녀는 자신이 원하는 대답을 들을 수 없다는 사실을 깨달았다.

브렌나는 그의 품에서 빠져 나와 일어나 앉았다. 그리고 그를 꾹꾹 눌렀지만 코너는 눈조차 뜨지 않았다. 몇 분 전에 느꼈던 자부심 따위는 재빨리 사라져버렸다. 두 사람 사이에 일어난 놀라운 감정들이 계속되기를 원했지만 유감스럽게도 그렇지가 못했다. 코너는 그녀에게 기분이 어떠냐고 물어주지도 않았다.

물론 그렇겠지. 당연히 그런 건 모를 거야. 감수성이라고는 티끌만큼도 없는 사람이니까.

브렌나는 그에게 명예를 되찾을 기회를 한 번 더 주기로 마음먹고 그의 어깨를 세게 찔렀다. 자기와 함께 한 시간들이 즐거웠냐고 물어볼 생각이었다.

하지만 코너는 눈을 뜨지 않았고 대신 몸을 뒤척였다. 브렌나는 자신이 만들어놓은 상처를 본 순간 심장이 멎는 기분이었다. 자신이 할퀸 자국들이 등과 어깨 여기저기에 수없이 널려 있었다.

어떻게 저런 짓을 했을까! 그녀는 교육을 잘 받은 숙녀가 아니라 짐승처럼 행동한 것이다. 코너가 그녀를 무시하는 것도 당연했다. 다시는 코너의 얼굴을 볼 수 없을 것 같았다.

그래, 이게 마지막이야. 스스로에게 다짐한 뒤, 코너의 체취를 씻고 옷을 입기 위해 호숫가에 가기로 마음먹었다. 뭔가 할 일이 있다는 사실에 기분은 조금 나아졌다. 그녀는 아무 소리도 내지 않고 자리를 빠져 나왔다. 그는 여전히 잠들어 있었다. 다시 몸을 움직이다가 그녀는 고통에 얼굴을 찡그렸다. 그녀는 코너를 노려보면서 잠시 멈춰 서 있었다. 이 불편한 통증은 다 그의 책임이었다. 그리고 다시 그가 자신에게 주었던 플래드로 손을 뻗었다. 그 천에서 핏방울을 발견했지만 겁이 나지는 않았다. 그날이 되면 피가 나고, 고통스러울 거라는 말을 이미 어머니로부터 들었기 때문이었다. 브렌나는 고통의 일부분은 자신의 책임이라는 것을 인정했다. 그녀의 어머니는 모든 일이 끝날 때까지 전혀 움직이지 않고 가만있어야 한다고 가르쳐주고는 그렇게 하기로 그녀와 약속했다. 만약에 어머니가 시킨 대로 했다면 이렇게까지 끔찍하게 아프지는 않았을 것이다. 언제쯤 자신도 어른들의 말대로 살 수 있을지 궁금했다.

사실 그렇게까지 끔찍하지는 않았어. 그녀는 물 속으로 들어가면서 솔직하게 인정했다. 코너가 만졌던 곳을 씻어내면서 초조해지기 시작했다. 아예 완전하게 목욕을 하고 나서 옷을 입어야 할 것 같았다.

온몸을 짓누르는 피로에 하품을 하면서 그녀는 코너에게 돌려줄 생각으로 플래드를 사각형으로 접었다. 그러고 나서 발목까지 내려오는 깨끗한 상아색 슈미즈를 입고, 그 위에 짙은 남색 겉옷을 걸쳤다.

난 너무 감상적이야. 그녀는 혐오스럽다는 듯이 말했다.

그녀는 오른쪽 신발 안쪽에 조심스럽게 숨겨놓았던, 나무로 만든 목걸이를 꺼내서 조심스럽게 어루만졌다. 그녀는 그 목걸이를 왕관에 있는 그 어떤 보석보다도 더 소중하게 여겼다. 동그란 나무 메달이 달린 가죽 목걸이는 아버지가 준 선물이었는데 그 메달은 도둑들에게는 전혀 가치가 없는 물건이었다. 아버지가 목걸이를 나무로 만든 이유도 그런 의도였다. 브렌나에게는 그 어떤 물건보다 소중하고 값어치가 있었다. 왜냐하면 그 메달에 포함된 의미 때문이었다. 아버지는 아들이건 딸이건 구별하지 않고 모든 자식들을 위해, 나무에 서로 다른 모양들을 조각한 목걸이를 선물해주었다. 브렌나의 문양은 태양의 윤곽을 나타낸 것이었다. 모든 형제자매들은 서로의 문양을 잘 알고 있어야 했고, 아버지는 늘 모든 문양을 외우고 있어야 한다고 강조하곤 했다. 그리고 브렌나에게 메달을 줄 때도 다른 형제들에게 했던 말을 했다. 만약 곤경에 처하게 되면 그녀는 단지 오빠 언니들 중 한 사람에게 메달을 보내기만 하면 된다는 것이었다. 그러면 즉각 도움을 줄 것이라는 말이었다. 아버지는 당신과 어머니가 돌아가신 뒤에도 형제자매들이 서로를 돌보면서 살기를 간절히 원했던 것이다.

비록 다른 사람들에게는 절대로 인정하지 않겠지만, 브렌나는 물건을 잘 잃어버리고 다니는 타입이었다. 그런 이유로 밤이면 늘 메달을 신발 안에 넣어두었다. 아버지의 소중한 선물을 부주의하게 다룰 수는 없었으니까.

가족과의 소중한 연결 고리를 들고 있자, 다시 가족들이 그리워져 마음이 아프고 눈물이 났다. 너무나 피곤해 눈물을 멈추기조차 힘들었다. 비탈진 기슭에 앉아 끔찍했던 오늘 일들을 되새기면서 눈물이 마를 때까지 메달만 바라보고 있었다. 메달은 가죽끈으로 묶여 있었는데, 끈이 풀어져 목에서 미끄러지는 것을 막으려고 매듭을 여러 번 꼬아서 안전하게 묶어놓았다. 끈을 옷 안으로 집어넣자 목걸이는 가슴 사이의 심장 높이쯤에 위치하게 되었다.

놀랍게도 눈물이 위안이 되었다. 한참을 울고 나자 이성적으로 자신이 처해 있는 상황을 이해할 수 있게 되었다. 나무 목걸이가 그녀의 과거를 상징하는 것이라면 코너는 그녀의 미래였다.

그 일이 가능할지는 의심스러웠지만 그녀는 코너에게 충실하고 그를 믿어야만 했다. 사랑은 별로 중요한 게 아닐 것이다. 그녀의 어머니는 늘 그렇게 말했다. 왜 그녀가 아버지와 그렇게 오랫동안 같이 살면서도 진실로 사랑하지 못했는지 궁금했지만 어쨌든 어머니의 따뜻한 마음은 아버지의 어려운 여정에 힘이 되었고, 두 사람은 잘 지냈다.

코너는 친절한 사람이었다. 그녀를 만지는 방법이나 걱정하는 모습들이 충분히 그 사실을 증명해주었다. 그의 손은 굳은살이 박여 있고 딱딱했지만…… 애무할 때는 굉장히 조심스럽고 상냥했다.

하품이 나오고 졸렸다. 코너의 따뜻함이 필요했다. 애정 어린 위안의 말들은 이 둔한 남자가 자신이 얼마나 가치 있는 보물을 손에 넣었는지 깨달은 다음에 들으면 될 일이었다. 좋은 아내이자 훌륭한 어머니, 그건 바로 브렌나의 꿈이었다.

코너의 발소리를 듣고 그녀는 일어섰다. 비록 아주 작은 소리였지만 소리가 나는 방향이 어디인지 곧 알 수 있었다. 그녀는 서둘러 눈물 자국을 지우고 외모를 다듬은 다음 그를 향해 몸을 돌렸다.

코너는 나무들 사이의 빈 공간에 서 있었다. 하지만 그녀 곁으로 쉽사리 다가갈 수가 없었다. 그녀를 다시 끌어당겨 사랑을 나누고 싶은 충동 때문이었다. 그녀는 너무나 아름다웠다. 브렌나의 느낌과 향취를 사랑했다. 과거에는 한번도 경험하지 못했던 느낌이었다. 그녀의 외모만 봐도 그는 멍청한 소년처럼 끌려가고 있었다. 아니, 그 이상이었다. 브렌나는 너무나 관능적인 여인이었다. 우아한 움직임이며 환한 미소는 너무나 따뜻했다.

그러나 곧 그는 그녀에게서 벗어날 수 있는 위엄과 힘을 되찾았다. 그녀는 자신의 부인으로서 휘두를 수 있는 힘을 완벽하게 이해하고 있는 것 같았다.

코너를 쳐다보자마자 브렌나의 심장은 두근거렸다. 앞에 서 있는 남자는 그녀를 감탄하게 만들었다. 나무들 옆, 두꺼운 안개 장막 안에 서 있는 코너의 모습은 아버지가 잠자리에 들기 전에 그녀에게 들려준 이야기들을 생각나게 만들었다. 그는 자신의 선조들과 같은 위대함을 지니고 있었다. 몸 어디에도 지방질이라고는 없었다.

「난 당신이 자고 있다고 생각했어요.」

「당신이 옆에 없어서 쉴 수가 없었소.」

「왜요, 코너?」

그녀가 친숙하고 다정하게 자신의 이름을 부르는 소리가 마음에 들었다. 맙소사, 오늘밤 자신이 너무나 약해진 것만 같았다.

「난 당신을 책임져야 하는 사람이오. 그것이 이유요. 지금 뭐 하는 거요? 꽤 오랜 시간 혼자 있었소.」

물론 그는 그녀가 무엇을 하고 있었는지 알고 있었다. 눈가에 남아 있는 눈물 자국이 그 사실을 말해주었다. 그 질문을 던진 이유는 그녀가 자신의 약한 면을 인정할지가 궁금해서였다.

「아기처럼 울고 있었어요. 뭐가 그렇게 재미있는 거예요?」

「당신이 사실을 말하기에 웃은 거요.」

「난 항상 사실만을 이야기해요. 거짓말은 일을 복잡하게 만들 뿐이에요. 그런데 당신은 항상 그렇게 옷도 안 걸치고 돌아다니는 거예요?」

「단지 철없는 아내를 찾아 나설 때만 그렇소.」

그는 얼버무리는 듯한 목소리로 말했다.

「왜 나랑 결혼한 거죠?」

「내일 이야기해주겠소.」

코너는 그녀를 끌고 잠자리로 돌아갈 생각으로 몸을 돌렸다. 하지만 브렌나가 손을 잡아당겼다.

「당신은 정확하게 우리의 결혼이 이루어진 뒤에 설명해준다고 말했어요. 내가 진실을 듣고 싶어한다는 사실을 믿지 못하는 거예요? 그래서 자꾸 설명을 미루는 거예요?」

「잠자리로 갑시다. 그러면 설명해주겠소.」

「그 전에 잠들어버리고 말겠죠.」

갑자기 코너가 번쩍 들어올리자 브렌나는 말을 멈췄다. 그의 피부는 놀라울 정도로 따뜻했다.

「왜 운 거요?」

「가족을 생각했어요.」

「지금은 내가 당신의 가족이오.」

브렌나는 그의 퉁명스러운 목소리에 편안함을 느꼈다. 그런 이상한 반응이 생기는 이유가 다 피곤하고 지쳐서라고 생각했다. 자신의 불안한 마음과 걱정거리를 그에게 말할 생각은 없었다. 하지만 자신도 모르게, 어쩌면 그녀의 눈을 응시하는 코너의 눈길 때문인지는 몰라도 불쑥 생각하고 있던 것을 이야기했다.

「내게 실망했죠?」

「아니오.」

「아니에요?」

「당신은 날 실망시킨 적이 없소」

그녀는 좀더 구체적인 대답을 기다렸지만 그는 아무런 말도 하지 않았다. 하지만 그녀는 별로 놀라지 않았다. 이미 그가 자신의 말을 설명하거나 변명하는 그런 사람이 아니라는 것쯤은 알고 있었다. 그러한 결점은 가끔씩 칭찬이 될 수도 있었다.

코너는 그녀를 담요로 데리고 가 그녀의 발을 자신의 다리 위에 얹게 했다. 브렌나는 몸을 돌리려고 했지만 그는 팔에 힘을 주어 길게 키스를 했다.

몇 분 후 그녀는 다시 기운을 되찾을 수 있었다. 그가 담요 위에 누워 손을 뻗자 브렌나는 무릎으로 그를 밀쳐내고 벗어나려고 했다. 하지만 그는 아무런 영향도 받지 않은 채 그녀를 끌어안고, 팔로 어깨를 둘러 감싸 안았다.

코너는 그녀를 놔줄 생각은 전혀 없었다. 그녀는 곧 결혼한 이유를 말해주겠다는 약속 따위는 잊어버리리라. 그리고 모든 사실을 가르쳐주면 그녀가 어떤 식으로 반응할지 예상할 수 없었다. 여자들이란 사실과 전혀 상관없는 특이한 반응을 보이곤 했다. 또한 아주 단순한 일에 상처를 받곤 했다. 알렉의 아내 제이미만 해도 그랬다. 브렌나는 그녀보다도 더 감상적인 사람이었다.

코너는 브렌나에 자신의 위안과 확신이 필요하다는 사실을 알고 깜짝 놀랐다. 그녀는 자신의 약점을 전혀 숨기려 하지 않았다.

「코너, 당신은 말해주기로⋯⋯」

「난 아들을 원하오」

「그리고 딸들도요」

「그렇소, 딸들도⋯⋯. 이미 나는 이유를 말했소」

브렌나는 돌아서서 그를 쳐다보려고 했지만 어떤 움직임도 불가능했다. 그녀는 돌아눕는 것을 포기했다. 그리고 그의 팔에 얼굴을 대고 편하게 누웠다. 뺨에 닿는 감촉이 너무나 따뜻해서 웃음이 나왔다.

「하지만 왜 나랑 결혼한 거지요? 당신은 하일랜드에서 결혼할 여자를 구할 수 있었을 텐데요.」

「당신이 내게 청혼했잖소.」

「그런 변명은 하지 마세요. 우리 둘 다 당신이 그런 어린아이의 부탁을 들어줄 사람이 아니라는 것쯤은 알고 있어요.」

「아니오, 난 그렇게 하고 있는 거요.」

「당신은 그날의 일을 기억하고는 있어요? 확실히 당신은…….」

코너는 당연히 그녀의 아버지와 만났던 날 일어난 일들을 상세하게 기억하고 있었다.

「당신은 날 밤새 안 재울 작정이오?」

그가 짜증스럽다는 듯이 물었다.

「아니요, 물론 아니에요. 대화를 계속할 생각은 아니에요. 단지 당신이 나와 결혼한 이유가 내 아버지와 어떤 관계가 있어서 그런 건 아닐까 하는 궁금증 때문에 그래요. 내 말이 맞나요?」

「아니오. 난 맥네어와 원한이 있소. 그는 퀸란의 가족을 공격했고 그들의 집을 태우고, 가축들을 죽였소. 맥네어는 그 땅을 자신의 것으로 만들고 싶었던 거요.」

「그럼 당신 부하들이 당신에게 충실하기 때문에 그들을 돕기 위해 전쟁을 한 거예요?」

「그렇소.」

「그럼 또 다른 이유가 있을 것 같은데요. 과거에도 이러한 부당한 대우에 대한 이야기를 듣고 당신에게 온 사람들이 있을 텐데…… 만약 그럴 때마다 당신이 결혼을 했다면, 아마 지금쯤 아내가 열 명은 넘을 것 같은데요.」

「물론 또 다른 이유가 있소. 하지만 거기에 대해서는 지금은 말하고 싶지 않소」

「그럼 언젠가는 설명해줄래요?」

「좋소」

「그렇다면 좋아요. 그럼 우리의 결혼이 당신의 전쟁과 무슨 연관이 있는지 설명해줄래요?」

「그건 간단하오, 브렌나. 맥네어는 당신을 원하고 있소」

「그래서 당신은 날 그에게서 빼앗아가는 거로군요. 그럼 날 죽이면 되잖아요.」

「난 여자는 죽이지 않소」

「당신을 모욕하려는 건 아니었어요. 당신은 여자들을 죽이지 않는다고 했는데…… 그래도 여자들을 이용하는 것에는 아무런 죄의식이 없는 것 같네요.」

「필요할 때면…….」

「그럼 왜 계속해서 그와 싸우지 않는 거예요? 너무나 많은 손실을 입었나요?」

「만약 하일랜드인이 마음에 들게 복수를 하게 된다면, 손해 따위는 중요하지 않소. 그리고 나는 운이 좋은 편이오. 부상자들은 많이 생겼지만 내 부하들 중에 아무도 죽은 사람은 없소. 단지 내 형이 모든 불화를 끝내라고 명령했기 때문에 그렇게 한 거요. 알렉은 이 땅에서 소위 중재자라고 불리는 그런 존재가 되었소. 그래서 그가 원하는 대로 모든 일을 처리할 수 있는 힘을 갖게 되었소. 당신과의 결혼은 내 마지막…….」

「맥네어에게 모욕을 주는 방법이라고요?」

「그렇소. 그렇게 생각한다면 그런 말도 가능할 거요.」

「왜 모욕을 당했다고 느끼는 거죠?」

「그는 모든 곡식을 태우고, 훌륭한 말들을 죽였소. 이런 것들이 모욕이오. 만약 병사들이 죽는다면 그 이상의 보복이 필요하오. 난 당신이 결혼이라는 것에 많은 가치를 두고 있다는 걸 알고 있소. 당신도 다른 여자들과 똑같이 생각했으면 좋겠소.」

「그런 극단적인 말은 결코 들어본 적이 없군요」

「난 내 아버지의 아들이오. 현실적인 사람이란 의미요」

그녀의 질문에 대한 대답들은 갑자기 브렌나를 슬프게 만들었다. 어떻게 이런 일이 생길 수 있을까. 다른 사람에게 이용당하기는 싫었다.

「나도 앞으로 당신에게 현실적으로 사는 방법을 배워야겠어요」

더 이상 다른 말은 하지 않았다. 브렌나는 자신이 눈물을 흘리고 있다는 사실을 알았다. 자신의 꿈과 희망을 그가 어떻게 파괴했는지 알려주기 전에는 절대로 죽을 수 없다고 다짐했다. 다시는 그로 인해 상처 입지 않을 것이다. 비록 현실적이 된다는 게 감정과 마음을 포기하는 것일지라도 코너보다도 더 현실적인 사람이 되고 말리라 다짐했다.

하지만 곧 그러한 생각이 얼마나 어리석은지 깨달았다. 그녀는 사랑 없는 삶을 원하지 않았다. 다시 말하면 그 생각은 오히려 그녀가 코너의 태도를 바꾸어야 한다는 것을 의미했다. 그렇지만 그런 생각이 가능한 일이기는 할까?

그런 일은 맑은 날 비를 내리게 만드는 것만큼이나 불가능했다. 그녀는 자신이 얼마나 비관적인지 깨닫고 눈을 감아버렸다. 그리고 저녁기도를 위해 정신을 집중했다. 그건 어떤 계획을 떠올리려 할 때마다 습관적으로 하는 행동이었다.

코너는 그녀에게 우스꽝스러운 죄책감 따위는 아무런 관심도 없다고 말함으로써 그녀에게 상처를 주었다. 그러나 그녀의 상태를 봐서는 다른 설명을 한다고 해서 풀어질 것 같지 않았다.

맥네어에 대한 증오는 그의 내면에 커다란 구멍을 뚫어놓았다. 물론 아직도 그가 도널드 맥칼리스터의 죽음에 대한 원흉이라는 증거는 없었다. 그는 맥네어를 죽이기 전에 그가 수년 전의 도살극에 책임이 있다는 추측을 증명하기로 맹세했다. 그러니 그 증거를 찾기 전에는 그놈들을 화나게 만들 수 있는 미묘한 공격들에 만족할 수밖에 없었다.

물론 알렉은 그의 의무를 더더욱 어렵게 만들었다. 알렉은 도널드 맥칼리스터가 죽기 전에 무슨 말을 했는지 알고 있었고, 맥네어의 배반이라는 증거를 찾기 위해 노력했다. 그러나 아무것도 발견할 수 없게 되자 그는 모든 의심을 묻어버리기로 했다. 지금 그는 맥네어 일족에 대한 모든 공격을 중지하고자 했고, 일시적으로나마 형의 말에 따라야 했다. 그저 잠시 동안만 참으면, 알렉은 다시 이성을 찾을 것이다. 복수는 결코 잊어서는 안 되는 것이었고, 코너의 원한은 누그러지거나 사그라질 성질의 것이 아니었다. 그는 모든 면에서 도널드의 아들이었다.

「언제 나와 결혼하기로 마음먹은 거예요?」

그녀의 질문이 그를 다시 현실로 돌아오게 만들었다.

「맥네어가 헤이네스워스의 딸과 결혼한다는 사실을 알게 된 후 곧 바로요.」

「그렇다면 당신은 맥네어에게 보내지는 사람이 나라는 사실을 몰랐겠군요? 맙소사, 그렇죠? 코너, 맥네어와 결혼하기로 결정되어 있던 사람은 내가 아니라 레이첼이었어요. 그녀는 우리 중에서 가장 아름다워요.」

「그럼 왜 그녀가 오지 않은 거요?」

「왕이 그 사실을 아시고, 그만두라고 명령했어요. 왕은 레이첼을 자신이 총애하는 귀족과 결혼시키길 원하셨거든요.」

「그래서 당신의 아버지는 당신을 대신 보낸 거군.」

「네.」

그는 잉글랜드인들이 일을 처리하는 방법에 놀랐고, 헤이네스워스가 자신의 딸을 그렇게 무심하게 다룬다는 사실에 화가 났다.

「그럼 언제 당신이 결혼한다는 사실을 알게 된 거요, 브렌나?」

「그건 중요하지 않아요.」

「대답하시오.」

「내가 떠나던 날이요. 아버지는 내가 무엇을 해야 할지 설명해주셨고, 몇 시간 후 성을 따나게 되었어요. 따라서 내 청혼 때문에 당신이 날 찾아왔다는 말은 틀린 거예요.」

「아니오, 틀린 건 없소. 난 주의 깊게 모든 것들을 계획하고 있었소.」

「뭘요?」

「내 형 말이오. 그는 당신과 결혼하게 된 이유를 물어볼 거요.」

「그럼 내가 청혼했다고 대답할 거라 그 말이로군요. 하지만…….」

「형은 당신에게 청혼한 적이 있냐고 물어볼 거요.」

「만약 내가 대답을 거절한다면요?」

그녀의 대답은 그를 웃게 만들었다. 물론 킨케이드의 질문은 거부할 수 있는 사항이 아니었다.

「당신은 그러지 못할 거요?」

「당신은 나를 조금도 생각해주지 않는군요.」

「당신 아버지는 딸의 혼처를 마음대로 바꾸기까지 했소. 인정하시오, 브렌나. 당신 아버지의 행동은 죄악이오. 하지만 난 아니오. 하일랜드인은 딸들을 그렇게 무시하지 않소.」

「아버지도 이유가 있어서 하신 일이에요. 전 그분들이 중요한 이유 때문에 그렇게 하신 거라고 확신해요.」

「그럼 당신네 왕이 당신의 결혼을 허가했소?」

「그의 허가를 얻어낼 만한 충분한 시간이 없었어요. 물론 그분도 아셨다면 즐거워하셨을 거라고 확신해요.」

「난 그가 결코 즐거워하지 않을 거라 확신하오. 내 말을 비난하거나 더 많은 질문을 할 생각은 마시오, 부인. 난 당신의 남편이고 지금은 당신의 영주요. 그 사실을 잘 기억하고 있어야 할 거요. 난 악마와 함께 살아야 하는 그런 끔찍한 결혼생활에서 당신을 구한 거요.」

「네, 당신의 계획은 성공했죠. 그리고 다른 어떤 사람도 이제는 날 원하지 않게 되었어요. 이제 날 다시 집으로 돌려보내기만 하면 되겠죠. 안 그래요?」

「아들을 낳아주시오. 그러면 당신은 잉글랜드로 갈 수 있소.」

코너는 자신이 내뱉은 잔인한 말에 금방 후회했지만, 그 말을 다시 주워담을 수는 없는 노릇이었다. 또한 그녀를 놔줄 생각도 전혀 없었다.

6

브렌나는 다음날 정오까지 화가 풀리지 않았지만 현실적으로 생각해야 했다. 이 악당과 좋은 관계가 되도록 노력할 것이다. 못할 것도 없었다. 게다가 그녀는 오랫동안 절망 속에서 허우적거리는 성격이 아니었다. 아직 생각해야 할 흥미 있는 일들이 너무나 많았다. 솔직히 말해, 아들을 낳아주면 집으로 돌아갈 수 있다고 코너가 약속한 순간, 그녀는 너무나 화가 났다. 어떤 종류의 괴물이기에, 그녀가 아이를 놔두고 혼자 떠날 거라고 생각했을까?

아니, 그는 괴물이 아니었다. 단지 고집 세고, 철저하게 비상식적이고, 거만한 남자일 뿐이었다.

괴로운 마음을 치유할 만큼 충분한 시간이 지나지는 않았지만, 오후쯤 되자 적어도 처음보다는 덜 혐오스러운 눈빛으로 그를 쳐다볼 수 있었다. 짧은 시간 안에 모든 것을 극복했다고 믿지는 않았다. 하지만 더 이상 남편을 살해하겠다는 생각은 하지 않았다. 그리고 완전히 냉혹하고 무감각한 사람은 아닐 거라 생각했다. 코너는 그녀만큼이나 질리에 대해 걱정하는 것처럼 보였다. 그는 속도를 늦춰서 질리가 따라올 수 있도록 도와주면서, 브렌나 옆에서 말을 타고 있었다.

초록색 클로버와 자주색 히스 꽃이 만발한 넓은 목초지를 가로지르게 되자, 브렌나는 말발굽에 밟히기에는 이곳이 너무나 아름다운 장소라고 생각했다. 코너는 속도를 늦췄다. 잠시 후 숲 경계선에 도달하자 그는 멈추라는 신호를 보냈다.

「퀸란, 다른 사람들을 데리고 먼저 가게. 그리고 산꼭대기에서 우리를 기다리게.」

퀸란은 놀라는 눈치였다. 그는 영주에게 무엇인가 반박하려다가 동정하는 듯한 눈길을 브렌나에게 보내고 먼저 말을 몰았다.

브렌나는 왜 퀸란이 유감스러운 표정을 지었는지 생각하느라 여념이 없었다. 코너는 부하들이 사라질 때까지 기다린 다음 그녀에게 자신을 쳐다볼 것을 강요했다. 그녀는 코너의 눈 속에서 얼음 조각이라도 발견할 수 있을 거라 상상했다. 그만큼 그의 모습은 냉정해 보였다.

「지금부터 날 향해 얼굴을 찌푸리는 행동은 그만두시오.」

「내가 얼굴을 찌푸리고 있는지 몰랐어요. 그래서 멈춘 건가요?」

「아니오. 당신에게 물어볼 것이 있소.」

「네?」

「지금도 고통스러운 거요?」

브렌나는 부끄러움에 곧바로 시선을 내리깔았다. 피가 얼굴로 쏠리는 느낌이었다.

「대답을 기다리는 중이오.」

「꼭 이런 이야기를 해야 하는 거예요?」

「대답하시오.」

그는 다시 명령했지만 그 목소리에는 유쾌한 기운이 담겨 있었다.

「아니, 이제는 고통스럽지 않아요.」

「내가 너무 거칠었소? 그러니까 내가 당신에게…….」

「전 괜찮아요. 당신이나 걱정하세요.」

「브렌나, 당신의 그 수줍음을 곧 없앨 수 있겠소?」

「저도 그러길 바래요.」

코너는 여전히 그녀가 진실을 말했다고는 확신하지 못했다.

「만약 고통스럽지 않다면 왜 당신의 말 위에서 휴식을 취하지 못하는 거요?」

브렌나는 깜짝 놀랐다. 코너는 그녀 옆에서 말을 타는 동안에도 그녀에게 거의 시선을 주지 않았기 때문이었다.

「난 당신이 그렇게 훌륭한 관찰자인지 몰랐어요.」

「난 무슨 일이든지 다 보고 있소. 다른 사람들도 그렇소. 또 그들이 나와 같이 말을 타고 있지 않을 때도 그렇게 하고 있소. 그게 우리가 여전히 살아남아 있을 수 있는 이유 중 하나요.」

「그럼, 당신이 내 마음을 찢어버린 것 또한 알겠네요?」

「난 그런 짓은 하지 않소.」

「우리는 논쟁을 했어요.」

「논쟁하지 않았소.」

「그렇다면 뭘 한 거예요?」

「당신이 질문을 했고 내가 대답해주었소.」

그는 정말로 아무것도 이해하지 못하고 있었다. 그 사실에 브렌나는 기가 막히기는 했지만, 미래에 대한 희미한 희망이 엿보이기도 했다. 그는 잔인하거나 냉정한 사람은 아닐 것이다. 단지 무식할 뿐이었다.

「그럼 나에 대해서는 어떤 사실을 깨달았어요?」

「당신이 나를 볼 때마다 얼굴을 찡그린다는 사실을 알고 있소. 그런데 왜 당신은 말 위에서 쉬지를 못하는 거요?」

「약간의 애정 때문이에요. 내가 좀 불편하더라도 내 몸무게를 줄여주고 싶어요.」

그는 질리로부터 브렌나를 들어올려서 자신의 허벅지 위에 올려놓고 두 팔로 감싸 안았다. 그런 다음 그녀의 머리 위에 턱을 올려놓았다.

「이제 좀 괜찮소?」

「네, 고마워요.」

「오늘밤 당신과 사랑을 나누지 않을 예정이오. 그게 좋겠소?」

그의 목소리에 실망의 기색이 역력했다.

하지만 브렌나는 코너의 말을 믿을 수가 없었다. 농담을 하고 있을지도 모른다는 생각에 그를 올려다보았지만, 그의 표정은 어떠한 대답도 해주지 않았다.

「그럼 저를 또 만지고 싶은 거예요?」

「물론이오. 왜 그렇게 놀라는 거요? 당신이 날 실망시키지 않았다고 말했잖소. 그리고 난 가능한 한 빨리 아이를 가지고 싶소.」

「하지만…… 그러니까 그후에…… 내가 당신을 실망시키지 않았다고 말했지만, 난 당신이 행복하지 않다는 것 또한 알고 있어요.」

「왜 그렇게 생각한 거요?」

「당신은 돌아누워서 절 무시했잖아요. 괜히 제 기분을 풀어주려고 애쓸 필요는 없어요. 전 더 잘할 수 있을 거예요.」

「부인, 그렇게 된다면 당신은 날 죽일 거요.」

그녀의 얼굴이 새빨갛게 변했다.

「그렇다면 당신은 행복했어요? ……마지막에?」

그는 길게 한숨을 쉬었다.

「그렇소.」

「그럼 왜 당신이 어떻게 느꼈는지 말해주지 않는 거죠?」

「내가 그래야 하는 거요?」

이 남자는 여자들의 기분 따위는 무시하는 사람이야. 그녀는 화를 내지 않도록 스스로에게 상기시켰다.

「내게 한두 마디 칭찬의 말 정도는 할 수 있잖아요?」

코너는 놀랐다는 표정으로 브렌나를 쳐다보았다.

「난 당신이 무엇을 원하는지 추측할 수 없소. 그러니 당신이 미리 말해주어야 할 거요, 브렌나.」

그녀는 고개를 흔들었다.

「난 더 이상 칭찬을 원하지 않아요. 그러니 그렇게 섬뜩한 표정 좀 짓지 마세요. 그 일은 단지 내게 일어난 문제이고, 당신에게 불평하는 게 아니니까요. 난 확실하게 실망하지 않았어요.」

「그건 나도 알고 있소.」

브렌나는 그의 오만한 말투를 무시했다.

「난 우리가 다시 시작할 수 있다고 믿어요.」

그녀는 그렇게 결론을 지으면서 그 사실을 강조하기 위해 고개를 끄떡였다. 그리고 되풀이해 말했다.

「네, 그렇게 할 수 있을 거예요. 지금 이 시간부터, 우리 모든 것을 다시 시작해요.」

도대체 이 여자가 무슨 소리를 하는 거야? 뭘 시작해?

만약 브렌나가 그렇게 기뻐하는 표정을 짓고 있지 않았다면 아마도 그는 설명을 요구했을 것이다.

브렌나는 갑자기 그가 얼마나 사려 깊은 행동을 했는지 깨달았다. 그는 친밀한 질문을 하기 위해 사적인 장소를 만들어낸 것이다.

「나의 불편함에 대해 대화를 하기 위해 두 사람만의 시간을 만들어준 데 대해 감사드려요. 난 당신이 그렇게 사려 깊게 행동을 해서 기분이 더 좋아요.」

「우리가 멈춘 이유는 그게 아니오.」

브렌나가 너무 실망한 것처럼 보여서 코너는 진실을 왜곡하기로 결심했다.

「아니, 그건 단지 우리가 멈춰 선 이유 중 하나일 뿐이오. 나 또한 당신의 말에 대해 이야기하고 싶었소.」

「질리는 많이 지쳤어요, 그렇죠?」

「그렇소. 우리는 암말을 남겨두고 떠나야 하오. 질리는 마지막 산을 넘지 못할 거요.」

코너는 그녀가 필사적으로 고개를 흔들고 있음에도 불구하고 계속해서 말을 이어갔다. 그의 아내는 남편의 말에 반대해서는 안 되는 때가 있다는 사실을 모르고 있었다.

「질리는 지금이라도 쓰러질 거요.」

질리의 상태에 대한 그의 판단은 옳았지만, 코너가 제시한 방법은 있을 수 없는 일이었다.

「질리는 몇 년 전 오빠가 선물해준 말이에요. 내가 질리를 남겨두고 떠날 수 없다는 사실을 당신이 이해했으면 좋겠어요. 대신 질리가 약간의 힘을 얻을 때까지 여기에 머물면 안 될까요?」

「안 되오.」

「합리적으로 생각해보세요.」

「난 지금 굉장히 합리적이오. 저 말이 다시 건강해지는 것은 불가능하오. 질리는 참을성에 대해 훈련받은 말이 아니오.」

「그러니 우리가 아주 조금만…….」

「여기 머무는 건 너무나 위험하오. 말 대신 내 부하들의 목숨이 위험해져도 좋다는 말이오?」

브렌나의 어깨가 패배감으로 축 처졌다. 어떤 설명도 그의 결심을 흔들리게 할 수는 없었다.

「나도 당신이 옳다는 사실을 알아요. 당신 병사들에게 무슨 일이 생긴다면 너무나 끔찍할 거예요. 질리도 더 이상은 내 몸무게를 견디지 못할 거예요. 난 너무나 이기적이었어요. 이제야 깨달았어요. 그런데 어디에다가 남겨두죠?」

「여기가 그 어떤 장소보다 더 적당한 것 같소.」

브렌나는 대담하게도 그를 향해 다시 고개를 흔들었다. 코너는 다시한 번 그녀의 반대에 부딪힌 것이다. 적당한 때에 그녀는 그의 판단을 믿는 법을 배워야 했다.

그들이 처음 만난 후부터 그녀는 확실히 변해가고 있었다. 아니, 그녀의 마음이 돌아서고 있었다. 브렌나는 코너를 만난 순간부터 그를 논리적으로 설득하려고 했다. 솔직히 인정하자면, 코너는 그러한 변화에 유감스러움을 느꼈다. 브렌나도 그가 알던 다른 여자들과 다를 바 없다고 생각했지만 지금 생각해보면 그런 추측이 틀렸음을 알 수 있었다. 그녀는 다른 여자들과는 달랐다. 화를 잘 내고, 독특한 성격에 그의 마음의 평화를 앗아가는 여자…… 그러나 그녀는 대담하고 시원시원한 여자이기도 했지만, 코너는 사소한 일까지 일일이 그녀에게 설명해야 한다고는 생각지 않았다.

그녀의 말에 대해 다투고 있는 것이 그 예였다. 불행히도 이번에는 다른 방법이 없었다.

「질리는 아마도 스스로의 힘으로 살아갈 수 없을 거예요. 내 말에 좀 집중해요, 코너. 좀 이해하려고 노력해봐요. 다, 당신이 약간 무서워 보여요.」

그녀는 고개를 끄덕이면서 덧붙였다.

「내가 당신을 화나게 했나요?」

그는 대답하기 전에 화가 진정되도록 열까지 숫자를 셌다. 질문을 하는 그의 목소리는 눈치챌 수 있을 만큼 긴장해 있었다.

「당신 지금 집중하라고 말했소?」

그녀는 위엄 있게 어깨를 치켜 올렸다.

「네, 그랬어요. 그래서 화났어요? 턱이 꽉 다물어져 있네요. 나 때문에 그런 거라면 사과할게요.」

「잘 들으시오.」

그는 수상쩍을 만큼 부드러운 목소리로 명령했다.

「당신은 남편에게 집중하라는 식의 말을 해서는 안 되오.」

그는 말을 잇기 전에 브렌나가 고개를 끄덕일 때까지 기다렸다.

「난 화가 난 게 아니오. 솔직히 말하자면 당신은 내 인내심을 시험하고 있소.」

질리에 대해 그가 마음을 바꾸기를 원했기 때문에, 지금 당장 그의 말에 반대하는 건 좋은 방법이 아니었다. 답답했지만 그는 고집스러운 사람이고, 자기 마음대로 모든 일을 처리하려는 사람이었다. 또한 그녀의 남편이었다.

「설명해줘서 고마워요.」

브렌나의 목소리는 그다지 진지하게 들리지 않았다.

「난 단지 질리는 귀여움을 받으면서 컸다는 사실을 알리고 싶었던 것 뿐이에요. 그렇기에 질리는 어떻게 먹을 것을 구하는지 몰라요.」

코너는 그녀의 말에 굉장히 화가 났다. 지금 두 사람이 이야기하는 대상은 어린아이가 아니라 말이었다. 그런데 아내는 그 차이점을 알지 못하는 것 같았다.

브렌나가 코너의 뺨을 쓰다듬자 그는 더더욱 몸이 굳어졌다. 천사의 날개가 자신의 얼굴을 쓰다듬고 있다는 느낌이 들었다.

젠장!

순간 그는 브렌나의 애무가 모든 것들을 잊게 만들려는 계산된 행동이라는 사실을 알 수 있었다. 바로 그런 일이 일어난 것이다.

코너는 생각에 집중할 수 있도록 그녀의 양손을 잡아 쥐었다. 아내는 재미있는 사람이었다. 물론 브렌나에게 그런 말을 해서는 안 되었다. 그녀는 단지 지금 그의 마음을 흔들어보려고 애쓰는 것뿐이니까.

더 좋은 책략이 필요했지만, 불행히도 그에게는 다른 방법이 없었다.

「괜찮을 거요.」

「괜찮지 못해요. 금방 죽어버리고 말 거예요.」

「이제 논쟁은 그만두시오, 브렌나.」

「난 논쟁하는 게 아니에요. 난 단지 질리가 내게 얼마나 의미 있는 존재인지 설명하려는 것뿐이에요. 질리는 내게 가족과도 같은 존재예요. 심지어 이름조차도 오빠의 이름을 딴 거예요.」

「그가 굉장히 좋아했겠군.」

브렌나는 그의 비꼬는 말을 무시했다.

「아니요, 질리안은 전혀 좋아하지 않았어요. 그러나 오빠도 그렇게 부르곤 했어요. 질리를 돌볼 친절한 사람이나 좋은 방법이 없을까요?」

「지금 나에게 친절하고 사랑스러운 사람을 알고 있는지 묻는 거요?」

브렌나는 그가 아무리 화를 내게 만들어도 결코 화내지 말자고 스스로에게 다짐했다. 지금 중요한 것은 질리의 안전이었다.

「누군가 질리를 돌볼 수 있는 사람이 있는지 알고 싶어요」

브렌나가 제안했다.

「없소. 말을 다시 잉글랜드로 보낼 수는 없는 노릇이고, 퀸란의 가족은 여기서 멀리 떨어진 곳에 살고 있소. 그리고 난 이미 그들이 잃어버린 것들을 다 보상해주었소」

「당신이 그렇다고 말한다면 따르는 수밖에요. 하지만 마지막으로 결정을 내리기 전에 한 번 만 더 생각해주실래요?」

「난 비합리적인 사람이 아니오. 물론 생각은 해보겠소」

일이 분 정도의 시간이 흐른 뒤, 그는 퀸란의 아버지가 기꺼이 질리를 맡아줄 거란 사실을 인정했다.

브렌나는 그가 자신의 의견에 동의해주었다는 사실이 굉장히 기뻤다. 그래서 그의 목을 팔로 껴안고 키스를 했다. 그녀는 단지 가벼운 키스로 감사를 표시하고 싶었을 뿐이었다. 의도가 어쨌든 상황은 그녀의 생각과는 다르게 흘러갔다. 그건 모두 코너의 잘못이었다. 왜냐하면 그가 갑자기 키스가 얼마나 좋은 것인가를 가르쳐주었기 때문이었다. 그가 오랫동안 그녀의 입술 주위를 감도는 동안, 브렌나는 얼굴을 들거나 숨쉬는 일조차 할 수가 없었다. 그는 더 많은 것들을 요구했고, 그녀는 더욱더 정신을 차릴 수가 없었다. 자제심이 서서히 몸 속에서 빠져나갔다.

브렌나는 주변의 일들은 모두 잊어버렸다. 주변을 이교도 군대가 둘러싸고 있을지라도 상관하지 않았을 것이다. 자신을 안고 있는 전사를 제외하고는 아무것도 문제가 되지 않았다.

다행히, 코너는 정신을 잃지는 않았다. 그는 정신을 차리고 브렌나를 자신에게서 떨어지게 만들었다. 브렌나는 그녀의 키스가 그에게 어떤 영향을 끼쳤는지 모르는 모양이었다. 그는 완전하게 자제력을 회복할 때까지 그녀의 입술을 바라보지 않으리라 스스로 다짐했다.

「당신은 내가 지금 어디에 있는지 잊게 만들었소, 부인.」

자신만큼이나 코너도 이 아름다운 순간을 즐겼을 거라 생각한 브렌나는 그를 향해 미소를 지어 보였다.

그는 그 미소를 본 순간 화를 내고 말았다.

「도대체 뭘 하려 한 거요?」

그의 갑작스런 행동 변화에 브렌나는 숨을 들이쉬었다.

「나는⋯⋯.」

맙소사! 지금 무슨 일이 일어난 거지?

「뭐라고?」

「난 감사의 표시를 했을 뿐이에요.」

「만약 그게 감사의 표시라면, 당신이 결혼식 날 밤까지 순결할 수 있었던 이유가 궁금해지는군.」

어떻게 그런 말을⋯⋯ 감히 자신의 순수한 키스를 그런 악담으로 망쳐놓다니. 그녀의 분노가 폭발했다.

「네, 진짜로 기적 같은 일이죠. 아버지께서는 내가 남자들을 공격하려 할 때마다 끌어당기셨지요. 물론 그들 모두가 어쩔 줄 몰라 했어요. 당신처럼 말이에요. 그리고 다시는 내 근처에 올 생각을 하지 않았죠.」

그녀의 말은 너무나 재미있었고, 그녀가 결혼식 날 밤 왜 그렇게 두려워했는지를 알려주었다.

여전히 그의 의견에 이의를 제기하는 습관에 대해서는 가르쳐야 할 게 많았지만, 한편으로는 대담하게 자신의 의견을 표현하는 모습에 강한 인상을 받았다. 그렇게 부탁했는데도 불구하고, 그녀는 그의 허락 없이 자신의 의견을 말해서는 안 된다는 사실을 이해하지 못했다.

코너는 왜 자신이 그녀의 화를 돋우려 하는지조차 알 수 없었다. 아마도 분노에 찬 브렌나의 목소리가 듣고 싶어서는 아닐까 의심해볼 뿐이었다.

「감히 당신이 그 무식한 항변을 통해 날 달래려 하는 거요?」

「아니에요, 코너. 난 단지 당신이 원하는 대로 해주고 싶었어요. 당신이 교묘하게 날 화나게 만들려고 하는 게 분명했거든요. 난 당신이 성공

할 수 있도록 도와주었죠. 나중에는 당신이 내게 고마워할 거예요」

물론 그의 미소는 사라졌다.

「당신은 내가 왜 화났는지 모르는군. 그렇소?」

브렌나는 즐거워하는 듯한 코너의 모습에 기분이 좋지 않았다.

「네, 당연하지요. 하지만 당신이 곧 말해줄 것 같군요」

「내가 허락하기 전에 마음대로 키스하는 것은 적절한 행동이 아니오」

그녀는 아픔으로 척추가 뻣뻣하게 굳는 느낌이었다.

「그럼 앞으로 나는 당신에게 키스할 수 없는 거예요?」

「그렇소, 부인. 그럴 거요」

코너는 브렌나의 얼굴을 가슴으로 끌어당기면서 대화를 완전히 끝내려 했다.

「그만둬요. 이건 무례한 행동이에요」

그 뒤로 저녁 늦게까지 그들은 아무런 말도 하지 않았다.

자신에게 실망했을 브렌나에 대한 생각 때문에 코너는 저녁 내내 고통을 받았다. 한 시간 뒤 그는 마음을 바꾸었다. 브렌나가 암말을 너무나 좋아하기 때문에 이번 한 번만은 예외를 정해야겠다고 마음먹었다.

코너는 그녀가 물가에 혼자 앉아 있을 때를 기다려서 말을 걸었다.

「브렌나, 내가 당신을 속인 게 아니오. 지금은 질리를 위해 퀸란의 가족에게 누군가를 보낸다는 게 불가능하오」

「네, 이해해요」

그녀의 목소리에는 감정이 전혀 섞여 있지 않았다.

「아니, 당신은 이해하지 못하오」

「맥네어와 많은 수의 그의 일족 사람들이 우리를 따라오고 있소. 비록 내가 싸움을 좋아하지만 당신을 안전한 곳에 데려다두기 전까지는 그러한 즐거움을 참아야 하오. 난 당신을 위험하게 만들 수는 없소」

그는 그녀가 끼여들려고 하자, 손을 들어 보이고는 말을 계속 이었다.

「어쨌든 우리가 집에 도착하자마자 내가 병사를 보내 당신의 암말을 찾아서 퀸란의 아버지의 집으로 데려다주도록 명령하겠소」

「고마워요, 코너. 그런데 적들이 가까운 곳에 와 있나요?」

「아주 가까이 와 있소」

「난 그들이 접근하는 소리를 못 들었어요」

「들을 수 있을 만큼 가까운 거리는 아니오」

그는 대화를 끝내기로 하고 자리를 뜨기 위해 몸을 돌렸다.

하지만 그녀는 아니었다.

「코너?」

「음?」

브렌나는 자신이 얼마나 고마워하고 있는지 알려주기 위해 그의 뺨에
키스를 하고 싶었다. 하지만 지난번 그녀의 행동에 그가 어떻게 반응했
는지를 기억해냈다. 아직까지 그 기억은 브렌나에게 생생한 상처로 남아
있었다.

「내게 설명해줘서 고마워요」

「이러한 일을 다시는 바라지 마시오. 내가 하는 행동을 다른 사람에게
설명하는 건 내 규칙이 아니오. 아마 다시는 이런 일이 없을 거요」

그는 불쾌함을 표현해 모든 친절한 행동을 망쳐버리기로 결정한 모양
이었다. 그리고 사려심도 없고 짜증나는 듯한 걸음걸이로 그녀 곁을 떠
났다. 그 걸음걸이는 대화를 끝내고 싶을 때마다 나오는 버릇이었지만,
브렌나는 그의 곁을 따라 걸었다.

「지금 우리는 안전한 거예요?」

「그렇소」

그는 다른 상세한 설명은 하지 않았다. 예를 들자면 낮에는 그렇지 않
았는데 왜 지금은 안전한지 같은 것들을 말이다. 브렌나는 그의 뒤를 쫓
아가 코너를 달래면서 또 다른 정보를 얻기에는 너무나 지쳐 있었다.

그녀는 개울가로 가서 가능한 한 빨리 씻었다. 물은 지난밤에 목욕했
던 호수보다 더 차가웠다. 그녀가 미리 꺼내놓은 새 속옷을 입고 스타킹
을 신었을 때쯤에는 머리가 얼어서 마비된 듯한 느낌이었다. 그녀는 옷

을 가득 챙겨놓은 트렁크가 있는 곳을 알 수 없었다. 다행히도 작은 가방 속에는 비록 구겨지기는 했지만 깨끗한 옷이 두 벌 더 있었다.

쌀쌀한 저녁 공기는 남아 있던 힘마저 사라지게 만들었다. 그녀는 축축한 공기에 주름이 없어지도록 짧은 튜닉을 관목 위에 펼쳐놓았다. 그리고 머리를 빗어 땋으면서 저녁기도를 드렸다. 모든 일을 마치고 나자 신발을 신고 일어설 만큼 힘이 생겼다.

침대에 들어가 따뜻하게 잠을 청할 수 있다는 사실에 기분이 좋아졌으나, 갑자기 질리는 오늘밤 따뜻한 마구간에서 잘 수 없다는 생각에 죄책감이 들었다. 갑자기 낯선 소리에 그녀는 정신을 집중했다. 어둠 속에서 일상적인 풍경들 외에는 아무것도 볼 수 없었지만, 골짜기 반대편에서부터 희미한 휘파람 소리 같은 것이 들렸다. 나무들이 너무나 울창했고, 나뭇가지에 가려서 달빛은 거의 비치지 않았다. 그러나 분명 무엇인가가 있었다.

잠시 동안 눈을 꼭 감고 기다렸다. 이번에는 그 소리가 분명하게 들렸다. 강철 부딪히는 소리와 같이 굉장히 친숙했다.

무기를 가진 사람이 이쪽으로 오고 있는 것이다. 그들은 동료들이 아닐 것이다. 동료라면 그렇게 살며시 다가오진 않을 테니까.

상대의 수가 얼마나 되는지는 알 수 없었다.

브렌나는 두려움이 자신의 행동을 지배하게 내버려두지 않았다. 되도록 빨리 코너에게 달려가 위험이 다가오고 있다는 사실을 알려야 했다. 소리를 내지 않으려고 노력하면서 걸었다.

주님, 그녀는 너무나 두려웠다.

브렌나는 야영지 근처까지 다가가 가능한 한 낮은 소리로 코너를 부르면서 그가 있는 곳을 찾았다. 남편은 나무들이 울창한 곳에서 퀸란과 진지한 토론에 빠져 있었다. 두 사람은 비밀스런 이야기를 나누고 있는 게 분명했다. 왜냐하면 다른 병사들과는 멀찍이 떨어져 있었기 때문이었다. 또한 두 사람이 서 있는 자세에서 그들이 심각한 대화를 나누고 있음을 알 수 있었다. 코너는 퀸란의 말이 마음에 들지 않는지 계속해서 고개를 흔들고 있었다. 그녀는 서둘러 앞으로 걸어가면서 남편의 이름을 다시 한 번 불렀다. 하지만 그는 조용히 하라고 손을 들어 보일 뿐, 그녀에게 시선을 주지 않았다.

브렌나는 대화가 끝날 때까지 기다릴 수 없었다. 만일 그랬다간 그들 모두 죽게 될 것이다. 그녀는 비난을 무릅쓰고 코너의 손을 잡아당겼다.

불만에 가득 차 있던 코너의 모습은 그녀가 너무나 두려워하고 있다는 사실을 안 순간 사라졌다.

「무슨 일이오?」

「병사들이 우리 쪽으로 다가오고 있어요, 코너. 그들이 몇 명쯤 되는지는 모르겠지만, 분명히 다가오는 소리를 들었어요. 굉장히 조용하게 다가오고 있어요.」

그녀는 자신의 놀랄 만한 정보에 대해 기대했던 반응이 나오지 않자 너무나 혼란스러웠다.

코너는 미소를 지으며 물었다.

「당신이 그 소리를 들었단 말이오?」

그는 아직 무슨 일이 일어나고 있는지 모르는 게 분명했다.

「네, 똑똑히 들었어요. 난 그들이 동료라고 생각지 않아요. 만약 그들이 우리편이라면 그렇게 소리를 죽이며 다가올 필요가 없잖아요. 우리는 될 수 있는 대로 빨리 이곳을 떠나야 해요. 왜 웃는 거죠? 위험이 다가오고 있다는 사실을 모르는 거예요?」

코너는 그 즉시 움직이지 않았다. 그녀는 코너가 지금까지 미소를 짓고 있다는 사실을 눈치채지 못했고, 불행히도 그의 친구 또한 억지로 웃음을 참고 있다는 사실을 눈치채지 못했다. 그가 아직까지 이해를 못 하고 있는 것이라 생각했다. 마침내 퀸란이 웃음을 터뜨리고 말았다.

적이 다가오는데 웃다니 이해할 수 없었다. 그녀는 손을 들어 손가락들을 비틀기 시작했다.

「코너, 난…… 걱정스러워요」

「당신이 걱정할 만한 일은 없소」

코너는 일반적으로 여성들이 어떻게 보이는지에는 관심이 없었지만, 지금 아내의 머리 모양을 바라보는 일은 흥미로웠다. 도대체 어떤 형태를 만들려고 한 것인지 상상할 수 없었다. 솔직히 그런 머리형은 본 적이 없었다. 그는 자신이 둔한 사람이라는 것도, 브렌나가 지극히 예민한 신경의 소유자라는 사실 또한 알고 있었다. 그래서 그는 비난이 아닌 단순히 호기심이 섞여 있는 온화한 목소리로 조심하면서 그녀에게 설명을 요구했다.

「도대체 당신 머리는 어떻게 된 거요, 부인? 머리 곳곳에 매듭을 지어 놓은 것 말이오.」

「지금 머리를 꼬는 법에 대해 말하고 싶은 거예요?」

「아, 머리를 꼰 거군! 난 몰랐소.」

브렌나는 머리를 흔들면서 뒤로 물러섰다. 그녀가 움직일 때마다 매듭들이 풀어졌다.

「당신은 내가 지금 걱정하는 게 보이지 않나요?」

코너는 왜 그녀가 걱정을 하는지 이해할 수 없었다. 걱정할 필요가 없다고 말했을 때 집중해서 듣지 않았거나, 아니면 그를 믿지 않기로 결심한 모양이었다.

코너는 아무리 그녀가 화를 돋우더라도 설교할 생각은 없었다. 아니, 그는 그녀의 마음속에 있는 생각들을 버릴 수 있도록 도와줄 생각이었다. 지적인 여성이라면 이성적으로 돌아오는 데에 별로 시간이 걸리지 않을 것이다.

「정확히 뭘 걱정하는 거요?」

브렌나는 코너의 무감각에 기절할 지경이었다. 그 순간 아무 말도 할 수 없었다. 아무리 전투광이라 하더라도 이렇게 둔한 사람은 코너를 제외하고는 없을 것이다.

퀸란은 더 이상 침묵을 지키고 있을 수가 없었다. 자신이 코너보다는 여성에 대해 조금은 더 섬세하다고 느끼고 있었고, 따라서 그의 영주가 비상식적인 일을 저질러 예민한 숙녀의 마음을 상하게 하기 전에 약간의 조언을 해줄 수 있을 거라 생각했다.

「내 생각에 자네 부인은 병사들의 접근하는 소리 때문에 예민해져 있는 것 같군. 그녀는 지금 우리가 위험에 처해 있다고 생각하는 모양이야.」

브렌나는 코너가 그러한 가능성을 부인할 때까지 퀸란의 말에 열심히 고개를 끄덕였다.

「아니, 내 아내는 그러한 말로 감히 날 모욕하지 않을 걸세.」

그는 잠시 동안 브렌나에게 시선을 던진 다음 대답했다.

「내 아내는 내가 어떤 위험으로부터도 그녀를 보호하고 있다는 사실을 알고 있네. 그렇지 않소, 브렌나?」

물론 그렇지 않았다. 그가 다른 사람들을 보호할 능력이 있는지 아닌지 그녀가 어떻게 안단 말인가! 그가 지옥을 뚫고 나온 사람처럼 보인다고 해서 전사처럼 싸움을 잘한다는 것을 의미하지는 않았다. 물론 자신의 생각을 그에게 말하는 건 좋은 방법이 아니었다. 브렌나는 그를 달래기 위해 고개를 끄덕일 수밖에 없었다.

그러자 남아 있던 매듭이 모두 풀리고, 그녀의 머리는 다시 코너가 원하는 형태로 되었다. 부드럽고 곱슬곱슬한 머리카락들이 그녀의 어깨를 감싸고 있었다.

브렌나는 모든 진실이 밝혀지면 자리를 뜰 생각이었다.

「당신은 병사들이 거기에 있다는 사실을 알고 있었군요. 언제부터 알고 있었던 거지요?」

그녀는 대답을 요구했다.

「그들이 우리와 합류하게 된 이후로 계속.」

「그럼 적이 아니군요.」

「물론이오.」

「그럼 왜 내게 말해주지 않았죠? 당신은 그랬어야 해요.」

「내가?」

「당신은 당신의 아내에게 중요한 사항에 대해 말해주었어야 해요.」

그는 머리를 흔들었다. 어떻게 이런 어처구니없는 생각들을 하는지 알 수가 없었다.

「난 그렇게 생각하지 않소.」

「난 그렇게 생각해요.」

코너는 지금 그녀가 자신의 의견을 부인하고 있다는 사실을 믿을 수가 없었다. 그는 브렌나에게 엄한 시선을 보내면서 가슴 위에 팔짱을 끼었다.

퀸란은 코너의 행동이 무엇을 의미하는지 알고 있었다. 지금 영주는 화가 난 것이다. 뭔가 후회할 만한 말을 하게 되는 건 시간 문제였다. 퀸란은 그러한 일이 일어나게 그저 바라보고만 있을 수는 없었다.

「제가 플래드 입는 법을 가르쳐드려도 될까요? 남편께서는 당신이 추위에 떠는 것을 원하지 않을 겁니다.」

브렌나는 퀸란의 제안을 듣지 못한 것 같았다. 그녀의 시선은 단지 남편에게 고정되어 있었고, 두 사람 사이의 긴장은 계속해서 커져만 갔다. 누구도 먼저 시선을 떨굴 생각이 없어 보였다.

「오늘밤은 축축하군요.」

퀸란은 다시 끼여들면서 여주인의 주의를 끌려고 두 번째 시도를 했다.

「어쩌면 폭풍이 닥칠지도 모르겠군요.」

마지막 말은 약간의 속임수였다. 퀸란은 브렌나가 결국 그에게로 시선을 돌리자 안도의 숨을 쉬었다.

「비가 오는 게 당연해요. 끔찍했던 하루를 마치는 데는 완벽한 날씨 아니겠어요? 그건 그렇고, 퀸란, 내 트링크를 보셨나요? 난 두꺼운 코트가 필요해요.」

「당신은 내 플래드를 입으면 되오.」

코너가 말했다. 그가 언성을 높이지 않았지만 브렌나는 깜짝 놀란 듯 뒤로 물러났다.

「내 트렁크요, 퀸란!」

「당신의 안장과 함께 놔두었습니다.」

「그럼 가져다주실래요?」

퀸란은 브렌나의 요청에 대답하기 전에 코너의 반응을 살펴보았다.

그의 영주는 고개를 흔들면서 고집스럽게 침묵을 유지하고 있었고, 퀸란은 당황스러운 감정을 느끼면서 자신을 위로했다.

「지금 제가 그 물건들을 가져오기란 불가능합니다. 우리는 그 물건들을 몇 시간 전에 놓고 왔는걸요. 꽤 오랜 시간 거친 지역을 여행했습니다. 우리가 계곡을 떠난 뒤의 일을 기억해보십시오.」

그는 그녀의 눈을 쳐다보면서 재빨리 말을 이었다.

「마차는 그렇게 협소한 길은 다닐 수가 없습니다.」

「그럼 왜 내 의견을 먼저 구하지 않은 거죠?」

「영주님이 명령하셨습니다.」

퀸란은 그 한마디가 그들의 논쟁을 즉시 멈추게 할 수 있다고 믿었지만 그건 그의 착각이었다.

「당신들 중 그 누구도 내가 트렁크를 가지고 있으려는 데 특별한 이유가 있을 거라고는 생각지 않는군요.」

만약 그녀가 조금이라도 생각할 시간을 주었다면, 퀸란은 그녀를 기쁘게 할 어떤 이유를 생각해낼 수 있었을 것이다. 그러나 그녀는 그러지 않았다.

「내 언니 조안이 그 트렁크를 선물해주었을 때, 난 내 아이들의 옷을 그곳에 넣어둘 계획을 세웠어요. 그건 내 보물 중의 하나예요.」

퀸란은 다시 한 번 잉글랜드인들이란 매순간 거울을 보아야 한다고 생각하는 천박하고 비합리적인 사람들임을 느낄 수 있었다.

젠장! 비상식적인 여자와 결혼한 사람은 자신이 아니라 코너였다. 그러니 브렌나의 실망스러움에 의한 고통은 코너가 당해야 했다.

「그건 필요한 일이었습니다, 부인.」

퀸란은 고개를 돌려 이번에는 코너의 동의를 구했다.

「안 그런가?」

브렌나는 남편이 무슨 말을 하는지 특별히 관심을 두지 않았다. 그녀는 마음이 아파 다른 사람들이 하는 말을 더 이상 들을 수가 없었다. 지난 며칠 동안 그녀에게 일어났던 부당한 일들의 여파가 지금 그녀를 괴롭히고 있었다. 잠시라도 그에게서 떨어져 있지 않으면 비명을 지를 것 같았다.

그녀는 자신의 행동에 대해 변명할 생각이 없었다. 단순히 조금 멀리까지 걸을 생각이었는데 갑자기 한가지 생각이 그녀를 멈춰 서게 만들었다.

「내 안장! 퀸란, 당신이 아까 '안장하고 같이'라고 말한 거예요? 레이첼 언니가 내게 빌려준 그 안장 말이에요?」

「그거 말고 또 다른 안장을 가지고 있는 거요, 브렌나?」

코너가 건조하게 되물었다.

맙소사! 그녀는 잘난 척하고 합리적인 척하는 그의 말투가 싫었다.

「물론 아니에요.」

「부인! 당신 언니의 안장 또한 남겨둬야만 했습니다.」

퀸란이 불쑥 말했다.

「그것 또한 내 보물이었어요. 어떻게 내게 물어볼 생각을 하지 않았는지 의심스럽군요.」

퀸란의 어깨가 축 내려앉았다. 그리고 아무런 말도 하지 않기로 다짐했다. 퀸란은 영주를 쳐다보면서 그와 똑같이 팔짱을 끼고 기다렸다.

코너는 도움을 청하는 암시를 알아차리지 못했다.

「부인의 말에 대답하지 않을 건가?」

퀸린이 절망적인 표정으로 물었다.

코너는 브렌나에게 얼굴을 돌리기 전에 친구의 과장된 표정을 홀깃 쳐다보았다.

「내가 어떤 결정을 내리기 전에 누구에게 의견을 묻는다면 난 영주가 아니오. 특히 하찮은 물건들의 경우는 더 그렇소. 당신은 지금 그저 호기심을 가지고 궁금해하는 것이겠지? 부하들이 보고 있는 장소에서 남편을 비난하려는 게 아닐 거요, 안 그렇소?」

브렌나는 그의 의견에 동의를 표시해 그를 놀라게 했다.

「물론이요. 난 단순히 호기심이 생겼을 뿐이에요. 난 부하들 앞에서 당신을 비난할 생각은 추호도 없어요. 낭군님, 한 가지 질문을 더 해도 될까요?」

「뭐요?」

「언제쯤이면 날 버리실 생각이지요?」

코너의 기분은 뛰고 있는 맥박만큼이나 어두워졌다. 그는 위협적으로 다가서면서 그녀에게 자기 쪽으로 걸어오라고 명령했다. 퀸란은 하늘을 쳐다보면서 뒤로 한 발짝 물러섰다. 그리고 신에게 중재해달라고 기도를 했다. 브렌나는 코너가 화내는 모습을 한번도 본 적이 없을 것이다. 물론, 코너가 여자에게 신체적인 해를 가하지는 않겠지만.

코너는 그렇게 잔인한 사람이 아니었기 때문에, 퀸란은 두 사람의 문제에 끼여들지 않기로 마음먹었다. 불에 기름을 끼얹은 분위기였다.

코너는 브렌나가 지쳐 있다는 사실을 알고 있었기 때문에 화를 내고 싶지 않았다. 브렌나가 그렇게 된 데에는 그의 책임이 있었다. 이를 위한 유일한 해결책은 침대로 가서 쉬게 하는 것이었지만, 그녀를 침대로 데려가서 잠을 자게 만드는 일은 너무나 어려웠다.

「당신은 지금 비이성적으로 행동하고 있소, 브렌나.」

「난 지금 매우 이성적이라고 생각하는데요.」

「그렇소? 그렇다면 어떻게 내게 그런 질문을 할 수가 있는지 설명해 보시오! 당신의 그 위대하신 부모님들은 당신을 버린 적이 있다는 거요?」

물론 그는 그녀가 부정하리라 예상했다. 그러나 그녀의 대답은 의외였다.

「사실 그분들은 그런 적이 있어요.」

그 말을 하자마자, 브렌나는 사실대로 말한 것을 후회했다. 이제 코너는 그녀의 부모님에 대해 좋지 않은 인상을 갖게 될 것이다.

「고의적으로 그런 건 아니었어요. 단지 잠깐 잃어버렸을 뿐이죠. 그 차이쯤은 아실 거예요.」

「어떤 부모도 자식을 잃어버릴 수는 없는 거요, 심지어 잉글랜드인이라 해도 말이오!」

「자네 부인은 의미를 잘 전달하지 못하고 있는 거 같네.」

퀸란이 끼여들었다.

「그분들이 당신을 집에 남겨두고 떠난 적이 있다는 의미겠죠, 부인?」

그녀는 고개를 흔들었다.

「내가 너무 급하게 말을 했어요.」

「그럼 당신이 과장해서 말한 거요?」

코너는 그녀에게 거짓말을 한 거냐고 묻지 않은 자신이 너무나 사려 깊다고 생각하면서 다시 물었다.

「당신은 필요 이상으로 문제를 키우고 있어요. 난 이제 그 문제에 대해서 그만 말하고 싶어요. 계속해서 말한다면, 당신이 우리 부모님에 대해 나쁜 생각들을 하게 될 것 같아요. 이해를 못 하는 것 같은데, 그건 단지 두어 번 일어났던 일일뿐이에요. 그분들은 사랑하는 내 부모님이에요. 그리고 아이가 여덟이나 있는 걸요. 그렇게 많은 아이들이 있으니, 가끔씩 우리 중에 한 명 정도는 잃어버릴 수도 있는 거예요. 어쨌든 그건 다 내 잘못이었어요. 내가 다른 형제들과 함께 있어야 했는데 그러지 않았죠.」

「그들이 당신을 두 번이나 남겨두고 떠났다는 말이오?」

「당신은 지금 화가 난 사람처럼 보여요. 왜 그런지 이유를 모르겠어요. 낭신은 그렇게 남겨진 적이 없고, 난 있는 것뿐이에요. 그렇게 화낼 일이 아니잖아요!」

「당연히 화를 내야 할 일이오. 그럼 다른 형제들도 그렇게 잃어버리고 남겨진 적이 있다는 말이오?」

「아니요, 난 좀 싸돌아다니는 경향이 있어서…….」

그는 더 이상의 변명은 듣고 싶지 않았다.

「그들이 당신을 어디다 버려둔 거요?」

곰만큼 둔한 이 남자는 결코 이해할 생각을 하지 않고 있었고, 브렌나는 갑자기 자신의 모든 노력이 어리석게 느껴졌다. 도대체 대화가 통하지 않았다. 브렌나는 자리를 피하기로 마음먹었다.

「난 지금 대답을 기다리는 중이오.」

「난 이 주제에 대한 대화는 마쳤어요.」

그의 얼굴에 나타난 표정이 브렌나의 마음을 바꾸게 만들었다.

「코너, 솔직히 당신은 지금 사냥개를 쫓아다니는 벼룩 같아요. 부모님들은 날 시골 영지의 한가운데에 내버려두고 가셨어요. 이제 행복하세요? 아니면 내가 인정하길 원하는 또 다른 부끄러운 사건이라도 있는 거예요?」

브렌나는 그에게 대답할 충분한 시간을 주지 않았다. 그리고 그에게 자리를 떠도 되는지 허락을 구하고 싶지도 않았다. 그러나 자리를 뜨기 전에 두 사람에게 고개를 숙여 인사를 하는 것까지 그만둘 수는 없었다. 그녀는 속으로 자신에게 예절교육을 철저히 시킨 어머니에게 비난을 퍼부으면서 자리를 떴다.

오웬이 자신의 곁을 지나가는 여주인을 보고는 말은 건넸다.

「물가로 가기를 원하신다면 지금 정반대 쪽으로 가고 있는데요!」

그녀가 병사에게 뭐라고 대답했지만, 목소리가 너무 작아 야영지 반대쪽까지 들리지는 않았다.

「이제 또 뭐지?」

코너는 오웬이 깜짝 놀라는 모습을 쳐다보면서 중얼거렸다. 병사는 멍한 표정으로 그 길을 쳐다보다가 여주인을 쫓아갔다.

코너의 목소리에 깃들인, 주저하는 듯한 한숨이 너무나 재미있었지만 퀸란은 감히 웃을 수가 없었다.

「오웬이 깜짝 놀란 것처럼 보이는걸? 자네 부인이 또 뭔가로 그를 놀라게 한 것 같네!」

「물론 그랬겠지! 솔직히 퀸란, 브렌나는 너무나 성가신 존재 같네!」

퀸란도 그 생각에는 동의했지만, 그렇다 해도 브렌나는 여전히 완벽한 존재였다. 코너는 아직 그 사실을 깨닫지 못하는 것 같았지만, 코너의 표정에서 이미 그도 반해 있음을 알 수 있었다. 브렌나로 인해 그는 옛날의 어두운 분위기에서 변해가고 있었다. 물론 자신이 그 사실을 깨닫는다면 좋아하지 않겠지만.

「집으로 돌아가면, 그녀는 굉장한 문젯거리가 될 걸세!」

「그런 일이 벌어지지 않도록 할 것이네!」

「자네가 그런 일들은 막을 수 있을지 확신이 안 서는데? 하루 종일 자네 부인만 쳐다보면서 보낼 텐가? 그건 그렇고 자네는 아직 부인이 얼마나 아름다운지 깨닫지 못한 건가? 아니면 아직까지 깨달을 시간이 없었던 건가?」

「난 장님이 아니야! 물론 나도 그 사실을 알아. 브렌나의 외모는 완벽해. 난 그녀에게 만족하고 있어.」

「난 그런 줄 몰랐는걸?」

「자네야 주변을 보는 눈이 어둡지 않나! 그러니 그런 것들은 제대로 볼 수가 없지!」

퀸란은 그런 모욕적인 말을 사려 깊게 용서하기로 하고, 웃음을 지어 보였다.

「영주님?」

오웬이었다.

「저, 한 말씀 드려도 될까요? 매우 중요한 일입니다.」

그는 코너 곁으로 다가오기 전에 그의 허락을 먼저 기다렸다.

「지, 미님께서 제게 계곡으로 돌아가실 계획이라고 말씀하셨습니다. 트렁크를 찾으러 가신데요. 그리고 그 길로 잉글랜드까지 걸어가실 생각이라고 말씀하셨습니다. 바로 그렇게 말씀을 하시고는 제게 웃어 보이셨습니다. 그분을 설득하려고 했지만, 이유를 들으려 하지 않으십니다. 저기, 영주님, 마님이 정말로 그렇게 행동하실까요?」

코너는 대답하지 않았다. 자신이 대답을 하더라도 퀸란의 웃음소리가 너무 커서 오웬이 자신의 말을 들을 수 있을지 의심스러웠다. 그는 친구를 땅바닥에 밀어붙이고 지옥에나 가라고 소리쳐줄까 생각했지만, 이내 그만두기로 했다. 브렌나의 독단적인 행동이 재미있기는 코너도 마찬가지였다.

왜 그녀는 좀더 고분고분하지 못한 걸까? 그녀의 충동적인 행동들은 코너를 절망 속으로 집어넣고, 매번 깜짝 놀라게 만들었다. 그녀는 조금 더 예측 가능한 행동을 해야만 했다. 물론 만난 지 얼마 안 돼서 그렇긴 하겠지만 말이다. 그의 아내는 굉장히 독특한 여자였다.

브렌나의 마음이 어떻게 돌아가고 있는지는 결코 이해할 수 없을 것 같았다. 한순간 매우 부드럽고 순종적으로 행동하다가, 갑자기 고집 세고 까다로운 사람으로 변했다.

「난 브렌나가 틀린 길로 가고 있다는 사실을 깨달았는지 궁금한데?」

퀸란이 말을 이었다.

「만약 지금 그 길로 밤새 가면 오히려 킨케이드의 성문을 두드리게 될 텐데 말이야!」

「마님께서는 북쪽으로 가신다고 말씀하셨습니다. 제게 말씀하시기를, 아주 교묘하게 큰 원을 그리면서 간다면 절벽으로 가는 병사들과 부딪히지 않을 수 있다고 하셨습니다.」

퀸란은 코너 쪽으로 몸을 돌렸다.

「부인을 쫓아가야 하는 거 아닌가?」

「형의 부하들이 멀리 못 가도록 막을 거야!」

「내 생각에 그녀는 자네가 따라올 거라고 믿고 있을 텐데, 만…….」

「차라리 지옥으로 가지!」

코너는 잠시 후 자신의 결심을 번복할 수밖에 없었다. 옆에 있던 두 남자를 밀쳐내고 아내를 향해 성큼성큼 걸었다. 그는 예상보다 더 많이 걸어야 했다. 그녀는 야영지에서 꽤 멀리 떨어진 곳에 있는 나무에 기대 있었다. 매우 지쳐 있는 그녀의 모습이 마음에 들지 않았다. 특히 그러한 책임이 자신에게 있다는 사실을 깨달은 순간에는 더욱더 그랬다. 그래도 울고 있지 않다는 사실이 고마웠다.

브렌나는 팔을 들어 다가오지 말라는 표시를 했지만, 코너는 무시하고 다가가 그녀를 두 팔에 안았다.

코너는 그녀가 싸움을 걸어올 거라 생각했지만, 느닷없이 자신의 목에 팔을 두르고 어깨에 머리를 기대자 깜짝 놀랐다. 갑자기 순종적이고 부드러운 여자로 변해 있었다.

「내 형은 제정신을 가진 여자라면 나 같은 남자와 결혼하지 않을 거라고 말했소. 만약 당신이 정말로 트렁크를 찾으러 가기를 원한다면 내가 사람들을……」

「그 말은 내가 제정신이 아니라는 말이에요? 만약 내가 미쳤다면, 그건 다 당신 잘못이에요. 당신이 날 그런 상태로 만든 거예요, 코너.」

그는 슬며시 미소를 지었다. 아내는 이제야 왜 화가 났는지에 대해 말하려 하고 있었다.

「계속 걸어가게 놔뒀다고 말하는 거요?」

「아니요! 난 잠시 혼자 있고 싶었을 뿐이에요. 당신은 그 사실을 알고 있었죠?」

물론 그렇지 않았다. 그러나 그는 그런 척하기로 마음먹었다.

「그렇소!」

「난 혼자 있어본 적이 없어요. 그 사실 또한 당신은 알고 있었던 게 틀림없어요. 그래요?」

「그렇소!」

「지금 내 뒤를 따라다니는 두 명의 병사들은 누구죠?」

「내 형의 보초병이오. 당신은 지금 알렉의 땅에 들어와 있소. 아마 기억이 날 거요.」

브렌나는 그러한 것들을 기억할 수 없었다. 대신 그녀는 하품을 하며 더 중요한 문제로 관심을 돌렸다.

「신발을 잃어버렸어요. 도대체 어떻게 그런 일이 일어났는지 모르겠어요.」

코너는 그 이유를 이해하는 데 전혀 어려움이 없었다. 그녀는 끊임없이 물건을 떨어뜨리고 다녔다.

「내가 찾아주겠소. 그런데 브렌나, 왜 돌아가려고 한 거요? 그 이유를 말해줄 수 있소?」

「지금 내가 왜 화났는지 묻는 거예요?」

「그렇소.」

브렌나는 그를 이해시킬 수 있는 말을 생각하면서 코너의 목 뒤를 손가락으로 문질렀다. 코너는 그녀가 무슨 행동을 하고 있는지 알고 있을까 의심스러웠다. 하지만 그러한 애무는 그를 기쁘게 만들었다.

「난 무엇인가가 나를 화나게 했다는 사실을 알아요. 하지만 그 이유를 모르겠어요.」

코너는 눈을 들었다. 그녀에게 직선적인 대답을 얻는 일은 정말로 힘든 작업이었다.

「그리고?」

「그 트렁크와 안장과 암말은 다 가족들에게서 받은 선물이에요. 당신은 그 모든 것을 내게서 빼앗아버렸잖아요. 하지만 난 아직 그러한 것들을 버릴 준비가 되어 있지 않아요.」

「정확히 뭘 말이오?」

「내 가족 말이에요!」

「브렌나…….」

「당신이 그 모든 것들을 내게서 빼앗아갔잖아요. 안 그래요? 만약 그 모든 것들을 없애버린다면 내게는 뭐가 남죠?」

「내가 있소!」

아직까지 그 사실을 받아들이지 않으려고 저항하고 있었지만, 코너의 대답은 그녀에게 강한 인상을 남겼다.

「당신은 날 가지면 되오.」

브렌나는 그의 얼굴을 쳐다보았다. 그 순간 오래된 것들과 낯익은 것들에 대한 그녀의 집착과 유치한 소망들은 모두 그 중요성을 잃었다. 코너의 눈 속에 담긴 표정들은 그녀를 매혹시켰다.

「내가 당신을 가질 수 있을까요, 코너?」

「그렇소! 당신은 할 수 있을 거요.」

그녀는 미소를 지었다. 이제 모든 의심은 사라졌다. 그의 말은 진심에서 우러나는 것처럼 들렸고, 그녀는 그렇게 믿고 싶었다. 결혼식 날 밤, 코너의 품에 안겨 사랑을 나눌 때처럼 다시 그의 한쪽 자리를 차지하고 있는 기분이 들었다. 그 아름다운 시간 내내 그녀 옆에 있던 사람은 전사가 아니라 한 남자였고, 지금 그는 다시 그 아름다움을 주었다.

브렌나는 평화스러운 마음으로 모든 것을 인정한다는 듯 고개를 끄덕였다. 마침내 그녀 또한 모든 것을 이해할 수 있게 된 것이다. 처음 싱클레어 신부가 두 사람을 남편과 아내로 묶어줄 때 그녀는 자신의 환경에서 최선을 다하겠다고 맹세했지만, 실은 진심이 아니었다. 하지만 이제야 그 의식의 진정한 의미를 깨달을 수 있었다.

이제 더 이상 미래에 대해 두려워할 필요가 없었다. 그리고 그렇게 하기로 결심한 이상 모든 과거를 떨쳐버려야만 했다. 브렌나에게 경이로운 사건이 일어난 것이다.

「당신은 지금 이 순간부터 나를 소유하게 되었어요, 코너 맥칼리스터! 왜냐하면 내가 그렇게 결정했기 때문이에요.」

브렌나는 그 모든 약속을 봉인하는 의미로 그의 입술에 키스를 했다. 물론 그에게 허락을 받지 않고는 키스할 수 없다는 특별명령 따위는 모두 잊어버렸다. 그리고 나서는 코너의 턱 아래에 얼굴을 묻고는 눈을 감았다.

자기가 결정을 내렸다고? 분명 그녀는 그런 단어를 사용했다.

「당신과 난 이제 다시 시작하는 거예요.」

또 그 말이군! 코너는 속으로 중얼거렸다. 그녀가 하는 말들을 이해할 수 없었지만, 만약 동의하느냐고 묻는다면 그녀를 위해 그렇다고 거짓말을 할 생각이었다.

코너는 나무에 등을 기대고 서서 아내를 내려다보았다. 그녀는 지금 매우 편안해 보였다.

「코너?」

「무슨 일이오?」

「내가 당신을 돌봐줄게요.」

코너는 그녀의 맹세에 온몸이 경직되었다. 브렌나를 보호하고 돌보는 일은 그의 의무였기 때문에 그녀의 말은 모욕이나 다름없었다. 그러나 그녀의 말투가 너무 진지했다.

똑바로 세우기도 전에 그녀는 잠에 빠지고 말았다. 코너는 그녀가 자신의 품에서 잠들었다는 사실이 기뻤다. 그녀의 경계심이 없어지고, 매 시간마다 싸움을 하려는 시도를 포기한 채 다시 상냥하고 사랑스러운 여자로 변한 것이다. 그리고 이제 그를 신뢰하게 된 것이다.

코너는 자신이 얼마나 오랫동안 아내를 안고 숲 한가운데 서 있었는지 알 수 없었다. 멀리서 으르렁거리는 천둥소리가 그에게 현실로 돌아오라고 강요하고 있었다. 코너는 그녀가 잃어버린 신발을 집어들고 캠프로 돌아왔다.

다른 사람들이 있는 장소로 돌아올 때쯤 그의 기분은 더 나아졌다. 부하들은 남자 세 사람이 들어가도 될 만큼 큰 텐트를 만들어, 그 위에 가죽들을 덮어놓았다. 텐트의 입구는 숲 속으로 향했고 야영지에서 멀리 떨어지지 않은 곳에 자리잡고 있었다. 아마 브렌나가 깨어나면, 자신의 사생활이 보호되고 있다고 느낄 것 같았다.

텐트 한구석에는 브렌나가 계곡에서 떨어뜨리고 온 물건들이 놓여 있었다. 코너는 그녀의 신발과 스타킹을 그 위에 올려놓았다.

그녀는 매우 깊이 잠들어 있었다. 코너가 옷을 벗기는 동안에도 그녀는 전혀 뒤척이지 않았다. 속옷의 리본을 풀자 옷들은 허리 아래로 그냥 떨어져 내렸다. 풍만한 가슴이 형체를 드러냈다. 육체적인 반응을 보이지 않는다는 것은 이미 불가능한 일이었다. 아침 일찍 잠에서 깬 순간부터, 그는 또다시 그녀를 원하고 있었다. 한참 동안 그는 자신과의 싸움을 계속했다. 하지만 그녀가 잠결에 은근슬쩍 몸을 겹쳐오자, 상황은 금

세 뒤바뀌고 말았다. 순간 자신과의 전쟁은 끝난 셈이었다. 브렌나는 잠자는 동안에조차 조심성이라고는 전혀 없었다.

즉시 그녀의 몸 속으로 들어가고 싶다는 생각에, 코너는 브렌나를 쓰다듬었다. 그리고 자신이 무엇을 하고 있는지 깨닫는 순간 당장 모든 일을 그만두라고 스스로에게 명령을 내렸다. 그러던 중 브렌나가 깨고 말았다. 그녀는 옆자리에 앉아 텐트를 두드리는 빗소리에 조용히 귀를 기울였다.

「괜찮소, 브렌나. 다시 잠자리에 드시오.」

얇은 속옷의 한쪽이 팔꿈치까지 흘러 내려가 있었다. 코너는 모든 힘을 다해 슈미즈를 찢어버리고 싶은 유혹을 뿌리쳤다. 텐트 입구를 통해 가끔씩 번갯불이 들어오면 그때마다 브렌나의 아름다운 자태가 언뜻언뜻 드러나곤 했다.

그녀는 앉은 채로 잠들어 있었다. 만약 계속해서 그녀를 쳐다보고 있지 않았다면, 사람이 앉은 채로 그렇게 빨리 잠들 수 있다는 사실을 믿지 않았을 것이다.

「자, 누우시오.」

조용히 그녀를 흔들면서 명령했다.

다시 그녀가 가슴 위로 부딪히면서 몸을 얹었다.

「내게서 떨어지시오.」

갈라진 목소리가 그녀를 잠에서 깨웠다.

「싫어요.」

「싫다고?」

「네, 미안하지만 싫어요. 난 추워요. 뭔가 따뜻하게 할 수 있는 방법이 필요해요.」

맙소사! 그녀는 반쯤 잠든 상태에서도 그에게 뭔가를 요구하고 있었다.

「내가 뭘 해주기를 바라는 거요?」

「내 몸을 안고 감싸주세요.」

코너는 브렌나가 떠는 것을 느끼고, 즉각 그녀가 원하는 대로 안아주었다.

「내가 당신을 깨웠나요, 코너?」

「아니오.」

「지금 당신도 추워요?」

「아니오.」

　그녀는 자신의 손길이 그를 진정시킬 수 있기를 바라면서 그의 가슴을 토닥였다. 아마 조금 있으면 그 또한 냉정을 되찾고 왜 그렇게 퉁명스럽게 말했는지 설명해줄 수 있을 것이다.

「지금 뭐 하는 거요?」

「당신을 어루만지고 있잖아요.」

　지금 농담을 하자는 건가? 어루만지다니! 브렌나의 느릿느릿한 손놀림은 그를 미치기 일보 직전의 상태로 몰고 갔다.

「날 도발시키지 마시오.」

「뭐가 잘못된 거예요? 당신은 지금 곰처럼 행동하고 있다고요.」

「난 지금 당장 당신을 갖고 싶소. 지금 당신이 하는 일이 날 더 괴롭히고 있단 말이오.」

　그녀는 움직이지 않았다.

「내가 이 문제에 대해 뭔가 대답을 해야 하나요?」

「그렇소.」

「그러니까 당신은 내가 원하는 대로 해준다는 말이에요?」

「만약 당신이 싫다고 하면 난 당신을 건드리지 않을 거요.」

　브렌나는 그의 가슴에 손가락을 얹고 두드리기 시작했다. 코너는 즉각 손을 올려 그녀의 행동을 제지시켰다.

「당신은 신중하게 행동하는 법을 배워야겠소, 브렌나.」

　그녀는 코너의 지적에 아무런 반응을 보이지 않았다.

「잉글랜드에서는요, 부인들은 남편을 거부할 수 없어요. 어머니께서 그렇게 말씀하셨어요.」

「당신은 영주가 내린 명령을 거부할 수 없소.」

브렌나는 그의 성질을 돋울 생각은 없었지만, 그렇다고 해서 그의 삐뚤어진 생각을 바로잡는 일을 포기한 것은 아니었다.

「난 영주와 결혼한 게 아니에요. 단지 한 남자와 결혼한 거지.」

「마찬가지요.」

다른 사람들과 함께 있을 때라면 경우가 다르겠지만, 단둘이 있을 때 그는 단순히 그녀의 남편일 뿐이었다.

「만약 내가 싫다고 말하면 어제처럼 한마디 말도 없이 몸을 휙 돌려서 잘 건가요?」

「물론이오.」

「그렇다면 꿈도 꾸지 마세요.」

코너는 그녀의 거절에 온몸이 굳는 것 같았다.

브렌나는 몸을 떼고 눈을 꼭 감은 채, 인내심을 불어넣어 달라고 기도했다.

「당신에게 내가 실망하지 않았다고 말했잖소?」

「또 화가 났군요? 그렇죠?」

물론 그는 화가 나 있었다. 하지만 그 분노는 그녀를 향한 것이 아니라 자신을 향한 것이었다. 자신의 약한 면을 보호하기 위해 조개처럼 딱딱하게 행동하며 일부러 교묘하게 행동하고 있다는 사실을 깨닫고 화가 난 것이다.

「당신 내 말에 대답하지 않을 거예요?」

코너는 그녀의 귓불을 잘근잘근 깨물었다.

「뭐라고 물었소?」

브렌나는 질문을 다시 말하면서 주의를 집중하라는 의미로 그의 허리를 꾹 찔렀다.

「난 당신에게 화가 나지 않았소.」

브렌나는 그 말을 믿지 않는 눈치였다. 그의 아내는 더 많은 칭찬을 필요로 하고 있는 게 분명했다. 어떤 말을 해야 그녀가 기뻐할지 확신할 수가 없었다. 물론 그는 그녀에게 만족했다. 그 사실은 인정했다.

「당신은 나와 다시 사랑을 나누고 싶지 않은 거요?」

「지옥이 얼어붙은 뒤에나 가능할 걸요.」

소리를 치지는 않았지만, 그녀의 목소리는 부하들에게 들릴 만큼 여전히 크게 들렸다.

「당신은 내게 소리를 쳐선 안 되오. 알겠소?」

「네.」

「난 귀먹지 않았소. 난 정말로 당신과의 사랑에 만족했소.」

「내가 항상 나 자신에 대해 그렇게 불확실한 감정을 느끼는 것은 아니에요. 하지만 그건 내 첫 경험이었어요.」

그는 그녀의 목 아래로 입술을 옮겨 키스를 했다.

「왜 이러는 거죠?」

「난 당신에게 느껴지는 맛이 좋소.」

그녀는 어깨를 살며시 들어 그가 더 가까이 접근할 수 있도록 도와주었다.

「무슨 맛이 나는데요?」

「벌꿀 같소.」

어둠 속에서 그녀가 한숨을 내쉬었다. 강제로 그녀와 사랑을 나누는 건 무척 쉬운 일이었지만, 그는 그렇게 비겁한 남자가 아니었다.

「당신은 내가 지금 무슨 생각을 하고 있는지 아세요?」

「모르오. 하지만 당신이 내게 말해줄 거요. 안 그렇소?」

「당신이 그렇게 행동하는 것은…… 아니에요, 신경 쓰지 마세요. 난 당신에게…….」

그녀는 계속해서 말할 수가 없었다. 왜냐하면 코너의 입술이 가슴 사이의 골짜기에 닿았기 때문이었다.

「당신은 매우 부드럽소. 내 온몸을 불타오르게 만들고 있소.」

코너의 말은 너무나 낭만적으로 들렸다. 말수가 적은 남자치고는 그녀가 듣고 싶어하는 말들을 정확하게 표현했다.

「나한테 마음에 들지 않는 부분이 있나요?」

「물론 있소. 당신은 너무 말이 많소」

「당신의 그 유창한 말이 내 마음을 돌려놨어요. 낭군님, 지금 나와 사랑을 나눠요.」

「당신을 또 다치게 할 거요.」

하지만 그가 진심으로 걱정하는 것 같지는 않았다. 코너는 이미 그녀의 속옷을 허리 아래까지 끌어내리고 있었다.

그의 손이 브렌나의 몸 곳곳을 더듬었다. 종아리에서 허벅지로, 엉덩이로, 그리고 가슴으로 옮겨 다녔다. 그녀도 어루만지려는 순간 그가 가슴에 키스를 퍼부었다. 그녀는 곧 격렬한 쾌감에 이대로 죽는 게 아닌가 하는 생각을 했다. 그녀는 두 눈을 꼭 감고 흐느끼는 듯한 소리를 냈다.

그의 손은 점차 아래로 움직이고 있었다. 그의 손이 허벅지 사이로 들어갈 때까지 그녀는 그가 하려는 일을 상상할 수가 없었다. 곧 깜짝 놀라서 두 다리를 꼭 오므렸다. 코너는 다리가 떨어지도록 힘을 가하면서 천천히 자신이 원하는 장소로 손을 옮겼다. 곧 브렌나는 그의 입술과 혀가 만들어내는 소름끼치는 환희에 빠져 어쩔 줄 몰랐다.

그는 상상해본 적도 없는 방법으로 그녀를 사랑하고 있었다. 마침내 그의 몸 일부가 안으로 들어왔다. 브렌나는 다리를 들어올려 그를 끌어안으면서 소리를 질렀다.

코너는 브렌나의 허벅지 사이에 무릎을 꿇고 앉아 그녀의 엉덩이를 가볍게 들어올리고 단 한 번의 세찬 움직임으로 그녀의 안으로 들어갔다. 브렌나를 조심스럽게 다뤄야 한다고 스스로에게 다짐했지만 허사였다. 자제력은 사라진 지 이미 오래였고 되살리기에는 너무 늦었다. 오늘 밤에는 천천히 사랑을 나누고 싶었지만, 그녀가 가만 놔두지 않았다. 그녀는 달콤한 신음과 열정적인 키스로 그를 한계로 몰아가고 있었다. 그는 자신이 그녀에게 상처를 주는 건지 쾌락을 주는 건지조차 알 수가 없었다. 절정에 이른 브렌나의 모습을 보며, 그는 자신의 정액을 그녀의 몸 속에 쏟아 부었다. 그에게는 자신의 체중을 버틸 만한 힘조차 남아 있지 않았다.

브렌나 또한 비슷한 상황이었다. 호흡은 가파르고 심장은 미친 듯이 뛰고 있었다. 거친 호흡을 가다듬고 다시 정신을 차릴 수 있게 되기까지는 꽤 시간이 걸렸다.

브렌나는 경이로움 속에서 그를 꼭 붙들고 그가 어떤 반응을 보이든지 신경을 끄기로 결심했다.

「코너?」

아직까지도 그녀의 목소리는 떨리고 있었다.

「당신, 괜찮아요? 죽은 거예요?」

「아니오.」

「당신이 나를 다치게 했나요?」

그건 브렌나 자신이 듣기에도 애매한 질문이었다. 그녀는 단지 그가 자신을 다치게 하지 않았다는 사실을 알려주고 싶었을 뿐이었다.

「지금 우리에게 무슨 일이 일어났는지 아세요?」

브렌나는 그의 대답을 예상하면서 미소를 지었다. 분명히 그녀로 인해 만족스러웠다고 말해주리라 기대했다. 하지만 브렌나는 코너에 대해 좀 더 알아야 했다.

「방금 지옥이 얼어붙었소」

7

다음날 브렌나의 기분은 매우 좋았다. 비는 그쳤고, 태양이 밝게 내리 쬐고 있었다. 그 누구도 심지어 코너까지도 그녀의 행복한 기분을 망칠 수는 없었다.

그녀의 기분은 점점 더 좋아졌다. 비록 그녀가 아침식사를 하는 것을 보고 남자들이 미소를 짓기는 했지만, 그들은 그녀의 식욕에 대해 아무 런 말도 하지 않았다. 식사 후 그녀가 연못으로 맥칼리스터 일족의 플래 드를 걸치고 오자, 퀸란은 그녀가 완벽한 주름을 만들어서 플래드를 둘 렀다고 칭찬해주었다. 그는 그녀에게 예술적인 재능이 있다고 생각하는 것 같았다.

「제 아버지께서는 레이첼 언니가 맥네어 영주와 결혼할 계획이었기 때문에, 플래드 입는 법을 배워야 한다고 말씀하셨어요. 그러자 어머니 는 모든 딸들이 그 방법을 배워두는 게 좋겠다고 결정하셨죠. 부모님들 은 저희들의 교육을 위해 돈을 아끼시는 분이 아니셨거든요.」

「언니 되시는 분이 맥네어와 결혼하기로 되어 있었습니까?」

그녀는 고개를 끄덕였다.

「그랬어요. 운이 좋았다면 코너는 레이첼과 결혼할 수 있었을 텐데…… 그녀는 우리 자매 중에서 가장 아름다우니까요.」

퀸란은 자신의 여주인보다 더 아름다운 여자가 있다는 사실을 상상할 수 없었다.

「오늘도 말을 타고 힘든 여행을 계속해야 되겠네요.」

「아닙니다, 부인. 이미 집에 거의 다 왔습니다.」

그 소식은 그녀를 기쁘게 만들었다. 브렌나의 미소는 전염성을 가지고 있는 듯했다. 퀸란이 주위를 둘러보자 다른 전사들 모두가 그녀를 따라서 미소를 짓고 있었다.

코너가 야영지 반대쪽으로 들어와 말에서 내리는 순간, 브렌나는 병사들에게 실례한다고 말하고 그에게 달려갔다. 그리고 그의 목에 팔을 두르고 열정적인 키스를 퍼부었다. 입술을 떼고 나서야 그녀는 다른 사람들 앞에서는 그런 행동을 하면 안 된다는 사실을 기억해냈다. 하지만 놀랍게도 그는 비난을 하는 대신에 그녀를 끌어당겨서 키스를 되돌려주었다. 그런 뒤 당연하다는 듯이 그녀를 비난했다. 그건 그의 선천적인 습관 같았기 때문에, 브렌나는 별다른 반응을 보이지 않기로 결심했다.

「당신은 절제라는 게 전혀 없소.」

코너는 그녀를 말 등에 올려주고 자신도 그 뒤로 탔다. 그리고 허벅지 사이에 그녀를 앉혔다.

「오늘은 내 말에 반박할 생각이 없는 거요?」

「논쟁을 하기에는 너무나 좋은 날씨잖아요. 물론 당신이 틀렸어요. 나도 당신만큼의 절제와 규율을 지니고 있어요.」

「아직까지 그런 모습을 전혀 본 적이 없소. 제발 그만 좀 비틀고 내게 기대앉아 있으시오.」

「하지만 끈이 꼬였어요.」

그녀는 목걸이를 꺼내 끈을 똑바르게 풀었다. 그리고 나무 메달을 다시 망토 안으로 집어넣었다.

「도대체 그건 또 뭐요?」

「이제야 이 목걸이를 본 거예요?」

「아니오. 하지만 이제야 그 물건에 대해 물어보고 싶은 생각이 든 거요.」

「이 목걸이는 아버지로부터 받은 선물이에요. 여기에 이 목걸이가 내 소유라는 독특한 문양이 있어요. 만약 제게 무슨 일이 생기면 도와달라는 의미로 이 목걸이를 내 형제자매에게 보내면 돼요. 아버지는 다른 문양의 목걸이를 우리들 모두에게 만들어주셨어요.」

「그럼 버리시오.」

그녀의 헐떡거림은 종마를 불안하게 만들었다. 말은 목을 뒤로 돌리고 화가 났다는 표시로 콧김을 뿜어냈다. 그녀는 몸을 앞으로 숙여 말을 두드려주었다.

「난 그럴 생각이 없어요, 코너. 오히려 이런 문양을 하나 더 만들어서 당신에게 줄 계획이에요.」

「그렇게 할 수 없을 거요. 그런 행동은 날 모욕하는 거요, 부인.」

「집에 가서 이 문제를 다시 한 번 이야기하기로 하죠.」

「더 이상 그 문제에 대해 말하지 마시오.」

그녀는 그의 의견에 동의하지 않았다. 그는 또 한 번 틀린 것이다. 남자들은 결국 부인의 말을 따르게 마련이었다. 일주일 정도 시간을 두고 설득한다면 코너 또한 그렇게 될 것이다.

「왜 출발하지 않는 거죠? 뭘 기다리는 거예요?」

그녀는 교묘하게 주제를 바꾸려 하고 있었다. 하지만 코너 또한 그녀와 다투고 싶은 마음이 없었기 때문에 그녀의 행동에 아무런 말도 하지 않았다. 오늘은 그녀의 협조가 필요한 날이었다. 이제 곧 킨케이드를 만나야 했다. 그의 형은 자신이 만나는 모든 사람들을 불안하게 만드는 재주가 있었고, 그 사실 때문에 코너는 그를 더욱더 존경했다.

「오웬이 남겨진 물건이 없나 살피러 연못으로 갔소.」

「매우 생각이 깊은 행동이군요. 하지만 당신 부하들 스스로 물건을 챙기는 버릇을 키우면 좋을 텐데요.」

그는 브렌나가 농담을 하고 있다고 생각하고 그녀가 웃기를 기다렸다. 하지만 그녀는 웃지 않았다.

잠시 후, 오웬은 브렌나의 물건들을 들고 돌아와 작은 가방에 넣어 에이덴의 말에 묶어놓은 짐 위에 올려놓았다. 하지만 브렌나는 전혀 그런 사실을 눈치채지 못했다.

코너의 생각은 다시 알렉에게로 돌아갔다.

「오늘 당신은 내 형을 만나게 될 거요. 그가 당신을 아프게 하지는 않을 거요.」

브렌나는 그의 말투가 굉장히 특이하다는 생각을 했다.

「난 그런 걱정을 한 적이 없는 걸요!」

「당신은 그를 만날 때, 당신이 뽐내는 그 절제와 규율을 보여야 하오. 울거나 기절하거나 해서 날 실망시키지 마시오.」

그녀는 눈동자를 한 바퀴 굴렸다.

「난 당연히 그를 좋아하게 될 거예요. 왜냐하면 그는 당신의 형이니까요. 그리고 또한 당신 가족과 잘 지내는 것이 내 의무예요. 당연히 그는 날 위협하지 않을 거구요.」

「물론 그는 그러지 않을 거요. 하지만 그도 나만큼이나 유쾌한 사람이 아니오.」

브렌나가 웃음을 터뜨리자, 코너는 경고의 시선을 던진 다음 자신의 생각에 빠져들었다. 그녀가 다시 말을 꺼내기까지 한참 동안 두 사람은 침묵 속에서 말을 몰았다.

「코너?」

「무슨 일이오?」

「당신은 내가 울거나 기절하는 모습을 본 적이 있나요?」

「없소.」

「그렇다면 당신이 날 모욕한 이유를 설명해줄래요? 난 그 이유를 들고 싶어요.」

그는 대답하지 않았다.

만약 그가 대답할 생각이 없다면, 적어도 사과는 해야만 했다. 하지만 브렌나는 그가 그러지 않으리라는 사실을 알고 있었다. 왜냐하면 그녀의 남편은 자신이 잘못 판단했다는 사실을 인정하기에는 너무 고집이 셌다.

몇 분의 시간이 흐른 뒤, 성이 눈앞에 나타났다. 처음 성의 모습을 본 순간 그녀는 침을 꿀꺽 삼키고는 숨을 가다듬었다. 반세기 전에 지어진 듯 보이는 커다란 돌벽이 성을 감싸고 있었다. 그리고 그 커다란 벽처럼 차갑고 위협적인 표정의 병사 두 명이 도개교(跳開橋, 큰 배를 통과시키기 위하여 위로 열리는 구조로 된 다리)를 건너는 그들을 쳐다보고 있었다. 그녀는 그들이 코너에게 아무런 말도 하지 않자 기묘한 생각이 들었다.

낮은 담 아래에서는 백여 명이 넘는 전사들이 모여서 그들을 쳐다보고 있었으나 그들 중 아무도 코너를 반기는 것 같지 않았다.

「얼굴을 찡그리고 있는 사람들 중 한 사람이 당신의 형인가요?」

「아니오.」

「이곳은 항상 이렇게 조용한가요?」

「아니오.」

코너는 설명할 만한 기분이 아닌 것 같았다. 그녀는 아무 말도 하지 않기로 마음먹었다. 하지만 성 앞뜰에 이르러 아름다운 꽃밭을 보았을 때, 그녀는 너무나 놀라 자신의 결심을 모두 잊어버리고 말았다.

「여기는 너무나 아름다워요. 누가 이 꽃을 심은 거죠?」

「제이미요!」

그녀는 조용히 고개를 끄덕였다.

「나는 그가 자신의 노력에 대한 적절한 보상을 받았기를 바래요.」

「그가 아니라 그녀요.」

코너가 말을 바로잡아 주었다.

「꽃밭으로 들어갈 생각은 결코 하지 마시오. 그렇지 않으면 아마 죽은 목숨이 될 거요.」

「하인들 또한 자신의 의견을 말할 수 있는 거예요?」

「제이미는 하인이 아니오. 그녀는 이 성의 여주인이오.」

만약 코너가 그녀의 허리를 꽉 잡고 있지 않았다면 말에서 떨어졌을 것이다.

「여주인이라고요?」

「당신도 그녀를 좋아하게 될 거요.」

그녀는 더 이상 참을 수가 없었다.

「난 그녀를 좋아할 생각이 없어요. 코너, 당신은 그녀를 떠나보내야 해요. 이 집의 여주인은 단 한 명뿐이어야 해요. 그리고 그건 나예요.」

「제이미는 알렉의 부인이오.」

「아, 그래요? 그런데 왜 그녀가 당신을 위해 꽃을 심어놓은 거죠? 물론 그녀의 행동이 매우 사려 깊기는 하지만, 난 왜 그녀가 이런 일을 하느라고 고생했는지 궁금하군요.」

그는 드디어 브렌나가 이해하지 못한 부분을 알 수 있었다.

「이곳은 내 집이 아니오. 여긴 알렉의 성이오. 당신은 어떻게 여기가 내 성이라고 생각한 거요?」

그녀는 비명이라도 지르고 싶은 기분이었다. 하지만 그들을 매처럼 쳐다보고 있는 눈들이 너무나 많아서 곧 그 생각을 포기하고 속삭이듯 말했다.

「내가 왜 당신의 집이라고 생각했는지 그 이유를 말씀 드리죠. 난 우리가 집으로 갈 예정이라고 들었어요. 그리고 그 누구도 내게 우리가 당신의 형네 집을 방문할 생각이라는 말을 한 적이 없어요. 그러니 당연히 난 여기가 당신의 성이라고 생각했죠!」

「그렇지 않소.」

「네, 나도 지금은 이해했어요. 만약 당신이 우리의 행선지를 미리 말해주었다면 더욱 사려 깊은 행동이 되었을 텐데요.」

코너는 그녀의 악의에 찬 비난에 아무런 말도 하지 않았다.

앞뜰은 순식간에 사람들로 가득 차게 되었다. 그들 모두가 진흙 빛 플래드를 입고 있었는데, 코너의 플래드와 굉장히 비슷해서 만일 두 일족이 섞인다면, 그녀는 맥칼리스터의 색과 킨케이드의 색을 구별할 수 없을 것 같았다.

브렌나는 허리를 꼿꼿이 세우고 평화로운 표정을 지으면서 정면을 쳐다보았다. 그들의 손님맞이는 오히려 사람들의 용기를 꺾었다. 아마도 하일랜드 사람들은 모두 이런 식으로 기분 나쁘게 손님을 맞는 모양이었다. 그들의 행동 또한 수수께끼처럼 보였다. 코너는 알렉의 형제이지 그들의 적이 아니었다. 하지만 그들의 행동은 이교도를 대하는 것이나 마찬가지였다.

코너가 먼저 말에서 내려 그녀를 내려주기 위해 몸을 돌렸다. 그녀는 그의 눈동자를 쳐다보면서 모든 것이 제대로 돌아가니 걱정 말라는 신호를 찾으려 했다. 하지만 전혀 그런 기미는 보이지 않았다.

그녀는 두 손을 옆으로 내린 채 남편 뒤에서 고개를 똑바로 들고 걸었다. 퀸란과 에이덴이 양옆으로 나란히 서서 걸었고 도널드와 오웬, 기릭이 그녀의 뒤에 나란히 섰다. 일행이 홀 문 앞까지 걸어가자 코너는 그냥 들어갔지만 킨케이드의 부하들이 브렌나와 다른 사람들은 뒤에 남으라고 강요했다.

그의 형은 브렌나를 소개받기 전에 코너와 단둘이 하고 싶은 말이 있는 것 같았다. 그녀는 두 사람의 대화가 가능하면 길어지기를 바랐다. 지금 밖으로 들리는 소리만으로도 그녀는 알렉 킨케이드가 두려웠다. 아마도 형제 중 한 사람이 다른 사람을 때리고 있을지도 모른다는 생각이 머릿속에 떠올랐다. 그녀는 문 사이로 들리는 커다란 고함소리에 아무런 생각도 할 수가 없었다.

알렉이 먼저 소리를 질렀다. 그러나 코너가 곧 가세하고, 두 사람은 한동안 흥분과 분노에 찬 말들을 퍼부었다. 그녀는 좀더 집중해서 대화를 이해하려 했다. 하지만 두 사람의 말이 너무 빠르고, 서로에게 퍼붓는 비난의 소리가 너무 거칠었기 때문에 상황을 제대로 이해하기란 불가능했다.

뜨거운 논쟁은 15분 이상 계속되었다.

코너의 등뒤로 문이 닫히자 퀸란은 그녀의 팔을 붙잡아 무리들을 쳐다보지 않도록 몸을 돌려주었다. 하지만 브렌나는 에이덴과 함께 몸을 돌려 그들을 쳐다보았고 그 순간 후회를 하고 말았다. 왜냐하면 킨케이드 일족 병사들의 차가우면서도 조사하는 듯한 표정에 기분이 나빠졌기 때문이었다.

마침내 기다림이 끝나고 문이 열렸다. 그리고 그녀가 안으로 소환되었다. 브렌나는 가능한 빨리 반대 방향으로 도망치고 싶었지만 그럴 수는 없었다. 안으로 들어간 그녀는 너무 놀랐지만, 가까스로 주변을 살필 수 있었다. 그녀의 왼쪽에 커다란 홀이 있었다.

코너와 알렉 두 사람 다 그녀가 그곳에 서 있다는 사실을 깨닫지 못한 모양이었다. 그녀는 우선 남편을 쳐다보고 그가 괜찮은지 확인했다. 아무 데도 다치지 않았고 옷이 찢어지지도 않았다.

브렌나는 용기를 내 알렉 킨케이드에게 얼굴을 돌렸다. 알렉 킨케이드는 꿰뚫어 보는 듯한 회색 눈동자에 찌푸린 얼굴을 하고 있는, 아주 잔인해 보이는 전사였다. 사탄이라도 그를 보면 겁을 집어먹을 것 같았다.

「아직 다 끝난 게 아니다, 코너. 난 그 아가씨를 만나본 다음에 모든 일을 결정해야겠다.」

그의 목소리는 그의 외모만큼이나 야비하게 들렸다.

브렌나는 재빨리 고개를 숙여 절을 하고, 그가 자신의 표정을 보지 못했기를 빌었다. 어쨌든 미소를 짓기는 불가능했다. 비명을 지르지는 않았지만 그건 시간 문제라는 생각이 들었다.

알렉이 갑자기 거만한 걸음걸이로 그녀를 향해 다가왔다. 그녀는 어떻게 코너가 그런 모욕적이고 거만한 자세를 취할 수 있는지 이해할 수 있었다. 그의 형이 가르친 것이다.

「브렌나, 이리로 오시오.」

코너가 약간은 화가 난 듯한 목소리로 명령했다. 그녀는 즉시 고개를 들고 계단을 내려와 코너 옆에 섰다. 한 계단씩 내려오면서도 그녀의 시선은 여전히 알렉을 향하고 있었다.

덩치를 제외하고 형제는 전혀 닮은 데가 없었다. 코너는 검은머리인 데 비해 알렉은 잘 다듬어진 붉은색이었다. 아주 드문 경우이긴 했지만, 인상을 쓰고 있지 않을 때의 코너는 꽤 잘생긴 얼굴이었다. 하지만 알렉은 호의를 품게 하는 외모는 아니었다.

그렇다고 해도 두 사람이 하나의 가지에서 나온 형제라는 사실은 분명했다. 순진한 아가씨를 위협하는 방법은 두 사람이 일치했다.

브렌나는 자신의 머리가 하얗게 세지 않았는지 궁금했다. 여자들 중에는 너무나 두려운 일을 겪으면 종종 머리가 세는 여자가 있다고 했다.

알렉은 코너의 신부에게 실망했다. 만약 그녀가 자신이 추측한 대로 놀란 토끼와 같은 사람이라면, 코너와의 결혼에서 살아남을 가능성은 전혀 없었다. 코너는 항상 그녀를 짓밟고 괴롭히게 될 것이다.

「그녀와 직접 이야기하고 싶구나, 코너. 썩 비키거라. 그렇지 않으면 이 홀에서 나가라고 명령을 내리겠다.」

알렉이 으르렁거렸다.

하지만 코너는 꿈쩍도 하지 않았다. 브렌나는 형제끼리 서로에게 그렇게 끔찍한 톤으로 말한다는 사실을 이해할 수 없었다.

「물론 그녀와 이야기는 할 수 있어요. 하지만 그렇게 언성을 높이지는 마세요. 난 형이 내 아내를 위협하기를 바라지 않아요」

브렌나의 분노는 갑자기 남편에게로 방향이 바뀌었다. 지금 그는 알렉이 그녀를 위협했다고 말한 건가? 이제 알렉은 그녀를 약한 여자라고 생각할 것이다. 첫 대면치고는 너무나 끔찍한 상황이었다. 그녀는 코너의 발언에 대해 자신이 어떻게 생각하고 있는지 알려주기 위해 그의 등을 있는 힘껏 찔렀다.

그때 한 여인이 킨케이드 영주의 이름을 부르면서 안으로 들어왔다. 코너는 그녀를 쳐다보지도 않았다. 하지만 브렌나는 눈을 어디에다 두어야 할지 몰랐다. 그 여인은 한눈에 띌 만큼 훤칠하고 아름다웠다. 브렌나는 악몽 속에서 자신을 구해주기 위해 어떤 환영 같은 것이 날아왔나 싶어서 눈을 깜박거렸다. 하지만 그 여인은 사라지지 않았다. 그녀는 아름다울 뿐 아니라 용감했다. 왜냐하면 그녀는 알렉에게 말을 걸면서 거침없이 홀 안으로 들어왔으니까.

킨케이드 영주의 반응이 오히려 더 기적같이 보였다. 그녀에게 들어와도 좋다고 허락하는 알렉의 목소리는 벨벳과도 같이 부드럽게 바뀌어 있었다. 심지어 그는 그녀가 하는 말에 귀를 기울이면서 미소를 짓고 있었다. 하나님께 감사하게도 그 역시 인간이었다.

불행하게도 그러한 기적은 오래 지속되지 않았다. 브렌나는 그 여인이 자신들에게 인사를 하고 자리를 뜨는 장면을 그저 보고만 있었다. 브렌나는 뚫어져라 쳐다보는 일이 얼마나 무례한지 알고 있었다. 그러나 브렌나는 지난주부터 길을 떠나온 후로 가장 매력적인 느낌을 갖게 되자 그녀를 쳐다보는 일을 멈출 수가 있었다. 알렉은 이러한 고지대의 미인들을 놔두고 브렌나 같은 여자와 결혼한 코너를 미쳤다고 할 게 틀림없었다.

「코너, 네 아내는 소심한 성격이냐?」

「아마도요.」

그는 형이 무슨 생각으로 그런 말을 하는지 궁금해하면서 인정했다.

「당신께 몇 가지 질문을 드리고 싶소, 브렌나. 난 당신이 솔직하게 대답해주기를 바라고 있소. 날 두려워할 필요는 없소. 당신이 내 동생에게 결혼해달라고 부탁했소?」

그녀는 정말로 코너를 죽이고 싶다는 생각을 했다. 어떻게 알렉에게 그녀의 유치한 실수에 대해 이야기를 한 거지?

「네, 영주님. 제가 그에게 결혼해달라고 부탁했습니다.」

「그럼 나에게 더 하고 싶은 말이 있소?」

「네, 그래요.」

「그럼 말해보시오.」

「난 소심하지 않아요.」

그는 미소를 지었다. 자신을 변호하는 그녀의 목소리에는 도전하는 듯한 기색이 스며 있었다. 그녀는 알렉이 생각한 그런 여자가 아니었다.

「난 당신이 소심하다고 생각했소.」

「그럼 실수하셨네요.」

그는 고개를 끄덕였다.

「당신은 맥네어와 결혼 약속을 하기 전에 코너에게 청혼을 한 거요?」

「네.」

「알렉, 이미 다 끝난 이야기잖아요?」

코너가 끼여들었다.

「내가 몇 번이나 설명했지만, 그녀는 내게 세 번이나 청혼을 했다고요. 그러니 이 이야기는 그만 끝내죠!」

세 번이나? 그렇다면 그는 내가 한 행동 모든 것을 상세하게 설명한 건가?

「난 충분히 들은 뒤에 결정하겠다니까!」

「이제 그녀는 내게 속해 있어요.」

코너가 대답했다.

「하지만 그녀는 여전히 맥네어와 결혼 약속을 한 사람이다. 자꾸 억지 쓰지 말거라. 넌 그 결말을 좋아하지 않겠지만 말이다.」

「우리 결혼은 축복 받은 적절한 예식이었어요. 브렌나, 날 자꾸 찌르지 마시오.」

「아직 확인된 것은 아무것도 없다.」

「형은 우리의 교회에 대항할 생각은 아니겠죠?」

「아니, 그러지는 않을 거야! 하지만 그녀를 맥네어에게 돌려보내는 다른 방법이 있다.」

「그녀가 지금 내 아기를 가지고 있을지도 모르지! 젠장, 자꾸 날 성가시게 하지 마시오, 부인.」

「그녀가 네게서 자유로워질 수 있는 방법이 있다.」

「어떻게요?」

「내가 널 죽이면 끝이다.」

코너가 형의 위협에 차가운 미소를 지을 때, 브렌나가 갑자기 앞으로 나왔다.

「당신은 그를 죽일 수 없어요.」

그녀는 알렉을 향해 소리쳤다. 브렌나의 분노가 두 사람 모두를 놀라게 했다.

「하나님 맙소사, 브렌나.」

코너가 그녀를 다시 자신의 뒤로 숨기면서 중얼거렸다.

「그냥 여기에 가만히 있어요.」

「그녀가 말하게 놔두거라, 코너!」

알렉이 명령을 내렸을 때, 브렌나는 이미 코너 앞에 나와 서 있었다.

「왜 내가 그를 죽일 수 없다는 거요?」

「그는 당신의 형제니까요.」

「더 나은 이유를 대야 할 거요.」

그녀는 어떤 이유도 떠오르지가 않았다.

「당신은 최선을 다해 결정을 내려야 해요.」

알렉은 탁자에 기대고 팔짱을 낀 채 그녀를 쳐다보았다.

「어떤 최선을 말하는 거요?」

「코너요. 나 또한 영주님께서 왜 그를 죽이고 싶어하는지 잘 이해해요. 그를 아는 대부분의 사람들이 그렇게 생각할 테니까요. 하지만 그는 당신의 형제예요. 그리고 그의 미덕에 대해 생각해보세요. 그를 살려두는 것이 옳은 일이에요.」

「그의 미덕이라……」

「저 또한 당신이 그렇게 물어보실 줄 알았어요.」

그녀는 자신이 생각한 바를 아무 생각 없이 내뱉어버렸다는 사실을 뒤늦게 깨달았다. 그리고 서둘러서 코너를 옹호하려 노력했다.

「그는 아주 많은 미덕을 지니고 있어요.」

「예를 들면?」

「그는 매우 고귀한 사람이에요.」

「그리고?」

그녀는 또 다른 목록을 생각해내려 손가락을 머릿속에 집어넣고 돌돌 감았다.

「부하들은 다 그를 좋아해요.」

「당신도 그렇소?」

「이걸로 충분해요, 알렉. 브렌나, 당신이 계속 날 옹호해주려 한다면 형은 날 죽이기 전에 경멸하게 될 거요.」

「난 내가 할 수 있는 최선을 다하는 것뿐이에요.」

알렉이 갑자기 홀을 떠남으로 더 이상의 심의를 하지 않았다. 그것만 봐도 코너가 알렉에게서 모든 예의범절을 배운 것이 분명했다.

「도대체 무슨 짓을 하는 거요, 브렌나?」

「당신이 너무 지나쳤어요. 당신은 날 겁쟁이 숙맥으로 만들었어요. 난 집에 가고 싶어요.」

「우린 알렉이 돌아오기 전에 이 장소를 떠날 수 없소.」

「그가 당신을 정말 죽일까요? 그래요?」

「물론 그럴 수 없소. 난 당신이 정말로 그 일을 걱정하는지 몰랐소.」

그의 웃는 듯한 목소리가 그녀를 화나게 만들었다.

「걱정하지 않았어요.」

「그럼 왜 날 옹호해주려고 한 거요?」

그는 그녀에게 논리적인 설명을 요구하고 있었다.

「만일 누군가가 당신을 죽이려고 한다면, 그건 내가 되어야 해요. 맹세하는데요, 코너, 날 한 번만 더 당신 뒤로 숨기려 했다가는 내가 당신을 죽이고 말 거예요. 당신 더 있는 거 있어요?」

「뭐 말이오?」

「미덕 말이에요.」

「충분할 만큼 갖추고 있소.」

「난 거짓말을 하고 싶지 않아요. 그러니 보여주세요.」

「난 당신이 당신의 의견을 말하도록 허락했소」

「그건 미덕이 아니에요.」

그는 결국 그녀에게 자비를 베풀었다.

「이미 끝난 문제요, 브렌나. 그가 당신에게 상처를 주지 않을 거라고 말했잖소」

「그건 충분한 경고가 되지 않았어요.」

그녀가 말을 가로챘다.

「그가 돌아오고 있어요.」

갑자기 속삭이는 목소리로 그녀는 덧붙였다.

알렉은 혼자가 아니었다. 아까 그 미인이 홀 안으로 영주를 따라 들어와서, 영주가 브렌나에게 다가오라고 명령하는 동안 옆에 서서 기다리고 있었다.

코너가 나가라는 듯이 그녀의 옆구리를 꾹 찔렀다. 그녀는 영주를 향해 걸어가서 머리를 숙였다. 그리고 그가 다시 그녀를 지옥 속으로 집어넣고 괴롭힐 것을 기다렸다.

「가족이 된 것을 환영하오, 브렌나!」

8

제이미는 브렌나가 즐거운 시간을 보내야 한다면서 저녁을 먹고 가라고 붙잡았고, 코너는 출발해야 한다고 주장했다. 하지만 알렉은 아내가 실망하는 것을 원하지 않았다. 그래서 그는 초대를 명령으로 바꾸어 논의를 끝내버렸다.

브렌나가 그 문제에 대해 어떻게 생각하는지는 아무도 물어볼 생각조차 하지 않았다. 항상 그렇지만 그녀는 무척 배가 고팠다. 하지만 좋은 인상을 남기고 싶은 사람들 앞에서는 음식을 먹을 생각이 없었다. 또다시 음료수를 쏟는다든지 너무 많이 먹는다든지 하는 무서운 일을 저지를 것만 같았다.

그녀는 논쟁이 계속되는 동안, 코너 옆으로 자리를 옮겨서 꼭 붙어 있었다. 하지만 그가 형과 함께 밖으로 나가게 손을 놔달라고 하기 전까지, 자신이 그의 손을 꼭 붙들고 있었다는 사실을 알지 못했다.

코너가 몸을 숙이자, 브렌나는 그가 자리를 뜨기 전에 키스를 하려 한다고 생각했다. 아버지도 밖으로 나갈 때는 종종 어머니에게 키스를 해주곤 했다. 코너가 사려 깊은 행동을 하기로 결심했다는 사실에 기뻐하면서 브렌나는 적극적으로 그의 입술에 키스를 했다.

그러나 코너는 결코 그런 일을 예상하지 못했다. 그는 브렌나가 한두 번 입술을 가져다대고 난 후 키스를 마칠 때까지 그녀의 의도를 깨닫지 못해 당황했다. 브렌나는 자신의 행동에 기뻐하는 눈치였지만 그는 마치 번개라도 맞은 기분이었다.

브렌나의 행동을 이해할 수 없었지만 그대로 인정하고 더 이상 생각하지 말자고 다짐했다.

「그럼 이제 손을 빼주겠소?」

그의 요구대로 그녀는 손을 빼서 뒷짐 지는 자세를 했다.

알렉은 이미 계단 맨 위로 올라가서 벽난로 위에 걸려 있는 태피스트리를 보고 있었다. 그는 전혀 즐거워 보이지 않았다. 다행스럽게도 그의 분노는 아내를 향한 것 같았다.

「내가 이 그림을 눈치채지 못할 거라 생각한 거요, 제이미?」

그의 목소리는 굉장히 화난 것처럼 들렸다. 물론 제이미의 표정 또한 만만치 않았다. 그녀는 남편을 향해 인상을 쓴 채 소리를 질렀다.

「그럼 사랑스러운 윌리엄이 마구간에 걸려 있는 것을 내가 눈치채지 못할 줄 알았어요?」

코너는 브렌나의 허리를 찔러 그녀의 시선을 잡은 뒤 더 이상의 문제를 일으키지 말라고 말하고 알렉을 따라 밖으로 나갔다.

제이미는 브렌나에게 잠깐 기다리라고 사과를 했다.

「부엌에 가서 요리사와 저녁 식단에 대해 이야기를 하는 동안 편안하게 기다려요. 어두워지기 전에 집에 도착할 수 있도록, 보통 때보다 한 시간 일찍 식사를 하게 될 거예요. 곧 돌아올게요.」

잠시 동안 브렌나는 혼자 있을 수 있었다. 그녀는 조금이라도 깨끗해 보이려고 노력했다. 옷에 묻은 먼지를 털어내고, 플래드의 주름을 다시 잡고, 머리를 등뒤로 넘겨 찰랑거리도록 흔들었다. 그리고 붉은 빛이 돌도록 볼을 꼬집었으나 그 모든 노력에도, 전혀 나아진 것 같지 않았다.

지금 자신의 불안전한 심리상태는 모두 알렉 킨케이드의 탓이었다. 코너의 형에게 자기 소개를 한 순간부터 아직까지 손이 떨리고 있었다. 더구나 그와 같은 식탁에 앉아 식사를 한다는 것은 생각조차 할 수가 없었다.

브렌나는 그들의 시선을 끌고 싶지 않았다. 그래서 절대로 실수하지 않고 또한 그들이 원하지 않는 주제는 꺼내지 않기로 마음먹고, 피해야 할 주제의 목록을 정했다. 그러자 잉글랜드가 가장 먼저 떠올랐다. 알렉과 제이미는 브렌나의 사랑하는 조국에 대해 코너와 같은 반응을 보일 것이 분명했다. 물론 그런 반응은 너무나 무식하고 어리석었지만 지금은 그런 주제로 그들과 토의하고 싶은 생각이 없었다.

그들이 원하지 않는 주제의 목록을 나열하자, 그녀가 언급할 수 있는 주제는 점차 줄어갔다. 결국 가장 무난한 이야깃거리는 날씨밖에 없다는 사실을 깨달았다. 불가능하다는 사실을 알고 있었지만, 그녀는 완벽하게 보이고 싶었다. 입을 꾹 다물고 무릎 위에 손을 올려놓고 얌전히 앉아 있다가 물어보는 말에만 대답해야겠다고 결론을 내렸다.

또한 제이미와 나란히 서거나 그녀 옆에 앉는 일은 피하고 싶었다. 아마 코너나 알렉은 제이미의 완벽한 외모와 비교해서 브렌나가 얼마나 평범한지 깨닫게 될 것이다.

어떻게 알렉의 아내는 레이첼보다 더 아름다운 거지? 브렌나는 그런 일이 가능할 거라고 생각해본 적이 없었다.

브렌나는 새로운 친척들이 자신이 코너의 아내가 될 가치가 있다고 생각해주기를 바랐다. 물론 그들의 인정이 왜 중요한지는 정확히 이해할 수 없었다. 만일 지금처럼 예민하고 불안한 상태만 아니었다면, 그 이유를 추론해낼 수 있었겠지만.

킨케이드의 성안으로 들어오기 전까지 그녀는 코너를 양 한 마리의 가치밖에 없다고 생각했으나 그러한 의견을 알렉이나 제이미가 들어줄 리 없었다.

그녀는 이야기를 나눌 친구가 필요했다. 제이미의 눈에 비친 따스함과 친절 정도라면 서로 친구가 될 수 있을 것 같았다.

자신의 부족한 점들은 그녀를 비참하게 만들었다. 브렌나는 눈물을 흘리지 않기 위해 자신의 장점들을 떠올렸다. 그녀는 주님이 자신에게 주신 놀라운 선물들을 하나둘씩 생각해냈다. 그녀는 매우 깨끗하고 곧은 이, 똑바른 등과 지치지 않는 다리를 가지고 있었다. 보다 중요한 것은 이런 육체적인 장점이 아니라 내부에 숨겨져 있는 것들이었다. 어머니는 종종 그녀가 훌륭한 마음씨를 지니고 있다고 말했다. 또한 부지런한 일꾼이었고 꺾일 줄 모르는 굳센 의지의 소유자였다. 하지만 코너와의 여행이 계속되는 동안 그녀의 재치는 통하지 않았고, 그러한 장점들을 보일 만한 기회도 없었다.

그녀는 흥미를 가지고 홀을 둘러보았다. 그녀의 시선은 즉시 벽난로 위에 걸려 있는 태피스트리에 가 닿았다. 오랫동안 그림을 쳐다보면서 왜 알렉이 그 그림을 보고 화를 냈는지 이유를 찾아보았다. 그림은 너무 아름다웠다. 태피스트리의 가장자리는 오랜 시간이 흘러 닳은 상태였지만, 그림을 구성하고 있는 실들은 여전히 원색 그대로 빛나고 있었다.

그림에는 제이미가 윌리엄이라고 부른 사람이 짙은 푸른색 상의에 보석이 박힌 왕관을 쓰고 홀 건너편을 보고 있는 모습이 묘사되어 있었다. 윌리엄이 누구인지는 모르겠지만, 머리 위에 둥그렇게 후광이 빛나고 있는 것으로 보아 오래 전에 죽어 성인이 된 사람인 모양이었다. 그녀는 자신의 고해 신부님이 제안했던 것처럼 모든 성인들의 이름과 업적을 외워야겠다고 생각했다.

브렌나는 윌리엄이 누군지 어떤 일을 한 사람인지 알고 싶었지만 알렉이나 제이미에게 물어볼 생각은 전혀 없었다. 그런 질문을 한다면 그들은 브렌나를 무식하다고 생각할 것이다. 그녀는 기다렸다가 나중에 코너에게 넌지시 물어보기로 했다. 성인을 존경하는 의미에서 성호를 긋고는 홀의 나머지 부분을 둘러보기 위해 몸을 돌렸다.

입구 양쪽 벽에 걸려 있는 무기들이 시선을 끌었다. 커다란 벽 한가운

데에는 손잡이에 보석이 박힌, 커다란 검 두 자루가 걸려 있었다.

그곳에 있는 무기들은 다 인상적이었지만, 특히 아래쪽에 놓여 있는 것들은 더 독특했다. 왜 사람들은 벽에 무기를 걸어놓기를 원하는지 궁금했다.

그때 발코니의 문이 열리면서 작은 여자아이가 서둘러서 밖으로 나왔다. 아이는 방금 낮잠에서 깨어났는지 눈을 비비고 있었으며, 상아색 가운을 입고 플래드로 온몸을 감싸고 있었다. 아이는 아래층으로 내려오려고 서두르느라 난간을 걸을 때에는 발 아래에 끌리는 플래드를 조심해야 한다는 사실을 잊은 모양이었다. 브렌나가 그녀를 돕기 위해 계단을 올라서는 동안에도 아이는 미끄러질 뻔했다.

아이가 다시 한 번 넘어지려 하자 브렌나는 달리기 시작했다.

「플래드를 집어들고 기다려. 내가 올라가 계단을 내려올 수 있게 도와줄게.」

아이는 계단 쪽으로 놓인 난간 가로대에 서서 브렌나를 바라보며 미소를 지었다. 하지만 걸음을 멈추지는 않았다.

아이를 향해 큰소리로 말한 것이 실수라는 사실을 그녀는 너무 늦게 깨달았다. 왜냐하면 아이가 브렌나를 쳐다보느라 발 아래는 전혀 신경을 쓰지 않았기 때문이었다. 그리고 아이는 재앙 속으로 온몸을 집어던졌다. 브렌나는 아이를 지키기 위해 전속력으로 계단을 뛰어올랐다. 그러나 막을 수가 없었다. 어린아이는 계단 맨 꼭대기에 발을 디딘 순간 플래드를 밟고 미끄러져 마치 투석기로 쏘아 올린 조약돌처럼 허공으로 붕 떠올랐다.

브렌나는 앞으로 돌진하며 아이를 팔로 붙잡고, 온몸으로 아이를 감싸 안았다. 그러나 그 반발력으로 인해 브렌나는 발을 헛딛고 뒤로 굴러 떨어지고 말았다. 어깨를 돌려 머리가 아니라 엉덩이로 떨어지려고 했지만, 그녀의 의도대로 되지 않았다.

머리에서 불이 나는 것 같았지만, 우선 그녀는 아이가 무사한지 살펴보았다. 아이는 그녀가 팔로 안전하게 감싸 안고 있었다. 그러고 난 뒤,

자신의 불쌍한 모습에 미소를 지었다. 이마에서는 피가 흘렀고, 가운의 가장자리는 뜯겨 나갔으며, 그렇게 열심히 다듬어놓은 주름은 사라지고 없었다.

제이미는 공포 때문에 제정신이 아니었다. 그녀는 아무런 생각도 할 수 없었다. 그녀는 계단에 주저앉아 무릎에 아이를 앉히고 숨이 막힐 정도로 브렌나를 끌어안았다.

「세상에! 난 두 사람 다 죽는 줄 알았어요. 괜찮아요, 브렌나? 움직이지 마세요. 도대체…… 무슨 생각을 한 거니? 그레이스, 사람이 없을 때에는 아래층으로 내려올 수 없다고 했잖니! 우리들 중 누군가를 큰소리로 부르라고 아빠가 그렇게 여러 번 이야기했는데……. 괜찮아요, 브렌나? 대답 좀 해봐요!」

제이미는 눈물을 흘리고 있었다. 너무 흥분한 상태라 브렌나가 뭐라고 대답해도 듣지 못할 것 같았다. 그녀는 부서진 꽃병처럼 마룻바닥에 손발을 쭉 뻗고 누워 있는 자신이 바보같이 느껴졌다. 그래서 발에 힘을 주고 다시 한 번 일어서려고 애를 썼다.

「브렌나! 어디 부러진 데가 없는지 확인하기 전까지 움직이지 말아요」

「괜찮아요, 제이미.」

「오, 다행이에요」

「엄마, 우리가 이 일을 아빠한테 말해야 해요?」

「아니, 그레이스. 우리가 아니라 네가 말해야 한단다.」

그레이스는 엄마의 무릎 위에서 꿈틀거리기 시작했다.

「제가 준비가 되면요, 제발, 준비가 되면 할게요」

제이미는 고개를 끄덕여 허락했다.

「네가 준비가 되면 그때 말하렴. 하지만 오늘밤 잠자리에 들기 전에는 말해야 한다.」

「그냥 이 일을 잊어버리면 안 될까요? 제이미, 이건 우연한 사고였어요」

그레이스는 브렌나가 한 말을 조금은 이해한 것 같았다. 왜냐하면 그 아이는 브렌나에게로 다가오면서 고개를 끄덕끄덕해 보였기 때문이었다.

「난 너무나 두려워서 움직일 수가 없었어요. 아이가 공중으로 붕 떠오르는데…… 심장이 멈추는 것 같아서. 그 전에…… 아이를 잡을 수가 없었어요.」

너무나 흥분해서 제이미는 두 손으로 얼굴을 가리고는 다시 눈물을 흘렸다.

브렌나는 그녀를 진정시키려 했다.

「자, 이제 다 끝났어요. 당신의 딸은 이제 안전해요. 제이미, 긁힌 자국 하나 없잖아요.」

그녀는 제이미가 일어서도록 도와준 뒤, 그녀의 어깨에 팔을 두르고 홀 안으로 이끌었다.

털썩 소리와 함께 의자에 앉는 순간, 브렌나는 오른쪽 허벅지 뒤쪽에서 찌르는 듯한 고통을 느꼈다. 하지만 잘 훈련된 규율과 자제심으로 비명은 참을 수 있었다.

마침내 제이미가 브렌나의 이마에 난 상처를 보았다.

「오, 맙소사! 지금 피를 흘리고 있잖아요.」

「그냥 약간 긁힌 것뿐이에요. 제발 자리에 앉아서 숨을 가다듬어요. 지금 부들부들 떨고 있어요, 제이미.」

「아니에요. 난 당신이 편안하게 있을 수 있도록 도와야 해요. 하나님에게 맹세하건대, 그 상처는 거의 한 달 정도 치료를 받아야 해요. 당신은 계단에서 붕 날아올랐어요. 자, 좀 잘 보이게 이쪽으로 고개를 돌려봐요. 여기 말고 피가 흐르는 곳은 더 없어요? 맙소사! 내 손 떨리는 것 좀 봐요. 당신 상처에서 머리카락을 치우는 일도 힘드네요. 그레이스?」

「네, 엄마.」

아이는 플래드를 질질 끌면서 기다렸다는 듯이 홀 안으로 뛰어 들어왔다.

「가서 아빠를 불러오렴.」

그레이스는 플래드를 떨어뜨리고 브렌나의 무릎 위로 올라와 등을 기 댔다.

「엄마, 내가 준비가 되고 난 뒤에 아빠한테 가면 안 돼요?」

브렌나는 웃음을 터뜨렸다. 그 웃음소리는 제이미의 마음을 따뜻하게 감싸주고 다시 눈물이 나게 만들었다. 그녀는 브렌나의 손을 꼭 잡았다.

「정말 고마워요. 당신이 재빠르게 행동하지 않았다면, 내 딸은 목숨을 잃었을 거예요. 내 남편과 난 오늘 당신에게 큰 빚을 졌어요.」

브렌나의 얼굴이 부끄러움으로 붉어졌다.

「당신이 내게 빚진 것은 없어요. 당신은 내 친척이잖아요. 난 언제든지 당신이 원하는 것을 돕고 싶어요. 게다가 우리는 모두 아이들을 돌봐야 할 의무를 가지고 있잖아요, 안 그래요?」

「그래요.」

제이미도 그 말에 동의했다.

「이제 당신과 난 친척 이상이에요. 우리는 이제 자매예요. 그렇죠?」

그 순간 두 사람 사이에는 자매 이상으로 어떤 유대감 같은 것이 생겨났다. 그리고 브렌나의 모든 걱정과 불안은 사라져버렸다. 자매라…… 그 말은 곧 서로에게 좋은 인상을 주기 위해 더 이상 노력하지 않아도 된다는 의미였다.

「엄마, 울지 마세요. 난 우는 거 싫어요.」

그레이스가 떨리는 목소리로 끼여들었다.

「그래, 이제 안 울게.」

제이미는 브렌나의 손을 놓고 숨을 깊이 내쉰 다음, 볼에 남아 있는 눈물을 손등으로 닦아냈다.

「코너를 부르러 사람을 보내야겠어요. 그에게도 이 모습을 보여줘야 해요.」

브렌나는 알렉만큼이나 코너가 이 일을 알게 되는 것을 원하지 않았다. 만약 그가 이번 재앙을 보고 또 그녀를 비난한다면, 그녀도 분노를 터뜨리게 될 것이다. 반대로 동정심을 표시해준다면 그녀는 너무나 고마워서 울어버릴지도 몰랐다. 어찌됐든 두 가지 다 창피한 노릇이었다.

「당신은 이 일에 대해 비이성적으로 행동하고 있어요. 당신 남편은 당신의 모습을 보자마자 이유를 물어볼 거예요.」

「이 일에 대한 설명은 집에 가서 하고 싶어요.」

「그를 두려워하는 거예요?」

제이미가 놀라서 물었다.

브렌나는 머리를 흔들었다.

「물론 아니에요. 하지만 난 그가 하려는 말이나 내가 반박하게 될 말까지 분명히 다 알 수 있어요. 그렇게 되면, 알렉 앞에서 말다툼을 벌이게 되겠죠. 그건 적절한 행동이 아니에요. 난 그에게 좋은 인상을 심어주고 싶어요. 게다가 난 더 이상 시선을 끄는 일은 하지 않기로 맹세했어요.」

「당신은 내 딸의 목숨을 구했어요. 그 사실에 알렉이 감격할 거란 생각은 안 해요? 왜 그렇게 칭찬을 불편해 해요, 브렌나?」

「왜냐하면 난 칭찬 받을 일을 하지 않았으니까요. 단지 난 내가 해야 할 일을 한 것뿐이에요.」

「부끄러워하는군요. 알았어요, 우선 먼저 치료부터 하구요. 그레이스, 가서 깨끗한 물과 수건을 가져오라고 하인들에게 이야기해줄래?」

아이는 서둘러 나갔다.

브렌나의 이마에 난 상처는 왼쪽 눈썹 위까지 찢어져 있었다. 상처를 깨끗하게 닦고 나자, 브렌나는 제이미가 치료를 다 끝냈다고 생각하고는 어떻게 알렉 킨케이드와 결혼을 하게 되었는지 말해줄 수 있냐고 물어보았다. 제이미는 우선 실과 바늘을 가져와야겠다고 대답했다.

브렌나는 그런 말은 듣기가 싫었다.

「제발! 대단한 상처를 입은 것도 아닌데요, 뭘. 난 당신이 문제를 더 키우도록 가만히 있을 수가 없네요. 난 정말로 괜찮아요. 아프지도 않고요. 그레이스가 유일한 아이인가요?」

「아니요, 전부 넷이에요. 메리 캐슬린이 가장 큰 애구요, 그 애는 지금 결혼해서 여기서 좀 떨어진 곳에 살고 있어요. 일 년에 두 번 그 아이를 볼 수 있어요. 기드온은 10년 전에 태어났고, 딜런은 다섯 살이에요. 그리고 그레이스가 막내예요.」

「그레이스는 매우 예뻐요. 아기천사 같은 얼굴을 하고 있던데요.」

「네, 정말 예쁘죠. 하지만 이런 식으로 내 마음을 바꾸지는 못해요. 그냥 놔두기에는 상처가 너무나 깊어요. 상처를 꿰매야 하니까 아무렇지 않다는 듯이 우아하게 행동하는 일은 포기하는 게 좋아요. 우리 둘 다 당신이 고통을 참고 있다는 사실쯤은 잘 알고 있으니까요.」

「난 우아하게 행동하는 게 아니에요. 단지 전략적인 행동을 보이는 것뿐이지요.」

「그건 헛수고예요.」

「아마도 난 충분히 예의바르게 행동한 것 같네요. 만일 당신이 바늘을 들고 곁으로 다가오게 내가 그냥 가만있을 거라 생각한다면 그건 당신이 제정신이 아니라는 뜻이에요.」

「난 이미 마음을 먹은 걸요, 브렌나.」

「당신 미쳤군요, 제이미.」

논쟁이 계속되는 동안 그레이스의 눈이 점점 더 커졌다. 아이는 브렌나의 무릎으로 기어올라 두 여자가 서로를 향해 소리치는 모습을 홀린 듯이 쳐다보았다.

마침내 제이미가 전쟁에서 승리했다. 그녀는 나이가 더 많았고, 더 강했고, 그리고 두 하인이 그녀의 편을 들어주었다. 그레이스만이 브렌나 편이었지만 아이는 도움이 되기는커녕 엄마가 언성을 높일 때마다 킬킬거리고, 브렌나가 소리를 치면 귀를 막는 행동만 반복했다.

「그럼 코너와 알렉이 들어오기 전에 끝낼 수 있어요?」

「네.」

다행스럽게도 제이미는 약속을 지킬 수가 있었다.

제이미가 상처를 소독하고 찢어진 곳을 꿰매는 동안 브렌나는 아무런 소리도 내지 않았다.

「이마의 흉터는 없어지지 않을 거예요. 하지만 반 정도는 머리카락으로 가려져요. 마음에 안 들어요?」

「아니요, 그렇지 않아요. 그런데 당신은 날 화나게 만드는군요. 당신은 무슨 말을 꺼낼 때마다 손을 멈춰요. 제발 빨리 하고 끝내줘요.」

제이미는 한숨을 내쉬었다.

「왜 이렇게 까다롭게 구는지 이해가 안 가는군요.」

그녀는 일을 마친 뒤 깨끗한 수건에 물을 묻혀 머리에 묻은 피를 닦아냈다.

「코너는 내 상처를 곧바로 알아볼 거예요. 그러나 그는 집에 도착하기 전까지는 상처에 대해 먼저 말을 꺼내지 않을 거예요 그는 내일 아침까지 기다려줄지도 몰라요.」

조금 전에 그들에게 다가온 요리사가 한 가지 제안을 해도 되는지 물었다.

「왜, 아일린?」

「그럼 내기를 하시는 게 어때요?」

브렌나는 아일린의 생각에 흥분했다. 만약 코너가 상처를 무시하면, 코너의 집 앞뜰에도 제이미의 화단만큼이나 아름다운 화단을 만들어달라고 부탁했다. 그리고 만약 코너가 그녀의 상처에 대해 언급하면, 브렌나는 날씨나 계획에 상관없이 일주일에 한 번은 킨케이드 성을 방문하겠다고 했다.

그녀들 둘 중 누구도 승부를 결정지을 만한 말을 하지 않기로 약속하고, 아일린에게 중요한 임무를 맡겼다. 아일린은 복도에 숨어서 어떤 속 인수나 암시와 같은 방법으로 승부를 조작하는 일이 없도록 감시하기로 했다.

형제는 문을 열고 들어오다가 여자들의 웃음소리를 듣고 미소를 지었다. 알렉은 아내가 방문객을 맞아 즐거운 시간을 보낸다는 사실에 기분이 좋아졌고, 코너는 브렌나가 알렉과 있을 때와는 달리 편안해한다는 사실에 기분이 좋았다.

브렌나는 문이 열리는 소리가 나자 즉시 그레이스를 무릎에서 내려오게 한 뒤, 남편을 등지고 서서 그레이스가 놔두었던 플래드를 살피는 척했다.

그레이스는 아빠가 성큼성큼 안으로 들어와 자리에 앉자마자 그 자리에서 가장 먼 곳에 있는 의자로 가 앉았다. 알렉이 식탁 상석에 앉았고, 제이미는 그의 왼쪽에 자리를 잡았다. 브렌나는 코너가 제이미의 맞은편에 앉기를 기다렸다가 그의 옆에 앉았다. 그레이스는 제일 마지막에 자리에 앉았는데, 아이와 알렉은 여섯 자리 이상 떨어져서 앉게 되었다. 단 한번에 그레이스는 의자로 뛰어 올라가 식탁에 팔을 얹고 그 위에 턱을 고인 뒤 아버지를 빤히 쳐다보았다.

코너는 브렌나를 흘끗 쳐다보았으나 그녀에게 괜찮냐고 물어보지는 않았다.

「다른 아이들은 어디 있어요?」

브렌나가 제이미에게 물었다.

「알렉이 개빈 부부와 함께 밖에서 지내도 좋다고 허락했거든요」

제이미는 설명을 하고 나서 남편에게 몸을 돌렸다.

「코너에게 그 소식을 전했어요?」

「아니, 아직.」

알렉이 미소를 지으면서 대답했다.

「좋은 소식이에요?」

브렌나가 물었다.

「네, 물론이지요, 브렌나. 이건 굉장히 좋은 소식이에요.」

「나도 조금 전에 받았단다, 코너. 네 의붓어머니와 그녀의 아들이 네 성을 방문하려고 여행 중이라고 하더라. 오늘 늦게나 내일 아침 일찍 네 성에 도착할 거 같다.」

브렌나가 그녀의 남편보다 먼저 반응을 보였다. 그녀는 그 발표에 깜짝 놀라 펄쩍 뛰더니 의자에서 일어섰다.

「지금요? 당신 어머니가 지금 방문한다는 말이에요?」

코너는 다정하게 그녀를 앉히면서 정정해주었다.

「내 의붓어머니요.」

「네, 알아요. 당신 의붓어머니요. 그녀가 지금 방문한다는 말이에요?」

「그렇소. 알렉이 말해준 이야기에 따르면 지금이 맞소. 당신의 반응이 공포가 아니라는 건 알겠는데…… 그럼 화난 거요?」

「아니요, 당연히 아니죠. 단지 당신 어머니께서 지금 성에서 기다리고 계실지도 모른다는 생각에 놀란 것뿐이에요.」

「그녀는 아마 내일 아침까지는 도착하기 힘들 거요.」

알렉이 대답했다.

코너는 그의 아내에게 얼굴을 돌렸다.

「왜 그러는 거요? 좋은 소식이라 그러는 거요, 아니면 나쁜 소식이라 그러는 거요?」

「물론 좋은 소식이죠. 그리고 나는 그녀가 환영받는다고 느낄 수 있도록 최선을 다할 생각이에요.」

「그녀가 얼마나 오랫동안 집을 떠나 있었던 거죠?」

제이미가 물었다.

「17년이요. 아버지가 돌아가셨을 때, 그녀는 병든 삼촌을 돕기 위해 친척들의 집을 방문하고 있었죠.」

「그럼 그 동안 내내 본 적이 없다는 말인가요?」

브렌나가 물었다.

「그 이후로도 몇 번 만난 적이 있소. 3년 전인가…… 알렉과 나 사이의 오랜 논쟁이 절정에 이르게 되자, 그녀에게 안부를 물으러 가는 일은 그만두었소.」

「그녀는 여전히 상복을 입고 있더라구…….」

알렉이 말했다.

「그녀는 당신의 아버지를 너무나 사랑했었나봐요.」

브렌나가 속삭였다.

「물론 그랬겠지.」

「그녀는 마음을 돌려야 해. 죽은 사람에 대한 슬픔이 그들을 다시 돌아오게 만들지 않는다고…….」

알렉이 끼여들었다.

「그래도 당신은 내가 죽으면 애도를 표시하겠죠? 그렇죠, 알렉?」

제이미가 물었다.

「물론이지.」

「얼마나 오랫동안요?」

그는 그의 아내를 애도할 시간을 정하는 논쟁을 계속할 수가 없었다. 그녀를 잃는다는 생각을 하는 것만으로도 마음이 아팠다.

「당신은 나를 버리고 죽으면 안 되오. 알겠소?」

그는 딱딱하고 날이 선 목소리로 명령을 내렸다.

「당연히 난 당신을 놔두고 죽지 않아요. 그건 그렇고 당신은 코너에게 또 다른 흥미 있는 소식을 전하는 것을 잊고 있잖아요.」

알렉은 아내가 순순히 자신의 말에 응하자 기분이 좋아졌다. 그는 코너에게 고개를 돌려, 경계 지역에 살고 있는 한 영주가 보낸 심부름꾼으로부터 들은 이야기를 전했다. 코너는 흥미를 보이고, 여러 가지 질문을 던졌다. 한 가지 주제가 또 다른 주제로 이어지면서 브렌나와 제이미는 이미 그들에게는 잊혀진 존재가 된 것 같았다.

브렌나는 코너의 의붓어머니를 기쁘게 해줄 방법을 찾느라 신경을 곤두세우면서, 그녀가 자신보다 먼저 도착하는 일이 없도록 기도했다.

제이미가 딸에게 그들 쪽으로 오라고 달래는 소리에 그녀의 생각들은 죄다 사라졌다. 브렌나는 재빨리 제이미를 향해 고개를 흔들었다. 왜냐하면 두려움에 찬 그레이스가 순진하게 남자들의 호기심을 자극할 만한 말을 던질 수 있었고, 그렇게 되면 손쉽게 제이미는 원하는 바를 얻게 될 것이다. 그러면 브렌나는 내기에서 지게 될 테고, 형제들은 상처에 대해 물어보게 될 것이다. 그녀는 제이미에게 죄책감을 느끼게 할 만한 표정을 지어 보인 뒤 앞에 놓인 음식을 모두 먹어치웠다.

알렉은 접시가 다 빌 때까지 기다린 뒤에, 아내에게 몸을 돌렸다.

「아까부터 묻고 싶은 게 있었는데 왜……」

제이미의 웃음소리가 그의 말을 가로막았다. 알렉은 그녀가 웃음을 멈출 때까지 기다렸다.

「어떻게 듣지도 않고 내 질문이 재미있을 거라고 생각한 거요?」

「용서해요, 알렉. 무슨 질문을 하려는 건데요?」

「왜 내 딸이 식탁의 맨 끝자리에 앉아 있느냐는 거요. 여기서는 얼굴조차 보기가 힘든데……」

모든 사람의 시선이 그레이스에게로 향했다. 어린아이는 사람들이 모두 자신을 쳐다보는 것이 싫지 않은 모양이었다. 그레이스는 아빠의 관심에 미소를 보낸 뒤 그를 계속 응시했다.

「브렌나, 알렉의 질문에 대답할 수 있소?」

「싫어요」

「당신은 내 형의 말을 거부할 수 없소」

「그녀는 지금 막 알렉을 거부했어요」

제이미가 재차 확인해준 다음 다시 웃기 시작했다.

브렌나는 제이미의 그런 행동이 엄연히 규칙을 위반하는 거라고 생각했다. 왜냐하면 그녀는 지금 웃음을 가지고 교묘하게 남자들의 호기심을 자극하고 있었다.

「제이미, 난 당신이 부엌으로 가서 아일린에게 음식을 만들어준 데에 대한 감사 표시를 해야 한다고 생각해요」

「만약 내가 자리를 뜬다면 당신 또한 나와 같이 가려고요?」

「두 사람 다 자리를 뜰 필요가 없어요」

코녀가 끼여들었다.

「아일린과 다른 두 사람의 하인이 뒤쪽 복도에서 서성이고 있더군요. 그냥 여기서 아일린에게 인사를 하면 돼요」

「제발 정신 좀 차리시오」

제이미가 다시 웃기 시작하자 알렉이 명령했다.

브렌나는 자리에서 일어났다.

「이렇게 훌륭한 식사에 초대해주어서 고맙습니다. 그만 자리를 떠도 될까요?」

그녀는 허락을 기다리지 않았다. 제이미도 곧바로 일어서서 서둘러 브렌나를 따라 나섰다.

코너는 아내가 제이미에게 사기를 쳤다고 비난하는 소리를 들으면서 술잔을 떨어뜨릴 뻔했다. 그는 알렉이 그러한 비난을 듣지 못했기를 빌었다. 그 순간 브렌나가 벽난로 앞을 지나면서 존경의 표시로 성호를 긋고 지나가자 알렉은 분노에 찬 표정을 지으면서 빈 술잔을 톡톡 쳤다.

제이미는 브렌나의 행동을 재미있다는 듯이 쳐다보았다. 그녀의 웃음소리가 문 밖까지 들려왔다.

알렉은 하인들이 식탁에 있는 접시들을 모두 들고, 여주인을 따라 사라지자 코너를 향해 몸을 돌렸다.

「뭔가 대책이 필요하겠군.」

「그럴 것 같아요. 그런데 브렌나가 상처를 입은 것에 대해 어떻게 생각해요? 그리고 왜 두 여자 모두 아무 일도 없었다는 듯이 행동하는 걸까요?」

「그 사실을 알 수 있는 가장 빠른 방법이 있지.」

「어떻게?」

알렉이 미소를 지었다.

「그레이스?」

「네, 아빠?」

「이리 와서 아빠 옆에 앉거라.」

「제가 준비가 되면 아빠 옆에 가서 앉을래요.」

「넌 이미 준비가 되었단다, 그레이스.」

아이는 고개를 푹 숙이고 마치 목욕탕에 끌려가는 것처럼 걸음을 옮겼다. 코너는 아이가 자신의 옆을 지나가자 윙크를 했다.

알렉은 그녀를 안아 들고 이마에 키스를 해준 뒤, 식탁 가장자리에 앉혔다. 그리고 무슨 일이 일어났는지 말하라고 명령했다.

「새로 오신 분이 엄마를 비난했어요.」

「새로 오신 분의 이름은 브렌나란다. 자, 그레이스, 사실을 말하렴.」

「그레이스는 아마 사실을 말하고 있는 걸 거예요.」

코너가 끼여들었다.

「그럼 엄마는 뭘 했니?」

「울었어요.」

알렉은 코너를 쳐다보았다.

「넌 전혀 놀라지 않는구나?」

「네.」

「엄마도 막 비난을 했어요, 아빠.」

「그럼 넌 뭘 했니, 그레이스?」

「아무것도 안 했어요.」

알렉은 순간 말도 안 되는 상황 전개를 믿을 수가 없었다.

「더 이상 할말은 없는 거니?」

「아줌마는 엄마가 다시 울기 시작하자 웃음을 터뜨렸어요.」

「코너, 난 브렌나에게 내 아내에 대한 그 형편없는 예의와 존경의 부재에 대해 한마디 할 생각이다. 그녀에게 직접 말하겠어.」

「형은 그녀를 비난할 수 없어요.」

「엄마가 아줌마의 이마를 바늘로 꿰맸어요.」

「어떻게 브렌나가 상처를 입은 거지?」

코너가 물었다.

「계단에서 넘어졌어요.」

「도대체 계단에서 무슨 짓을 한 거야.」

「코너, 넌 내 딸에게 소리를 쳐선 안 돼. 그레이스는 어린애란 사실을 기억해야지.」

「난 형이 그런 방법이 가장 빠르다고 말한 걸 기억하는데…….」

「브렌나 아줌마는 엄마한테 미쳤다고 말했어요.」

「그녀가 계단에서 무엇을 했는지 말해주렴.」

알렉이 질문했다.

「아빠, 사랑해요.」

책략은 먹혀들지 않았다. 아이는 아버지의 팔에서 벗어나려고 발버둥을 쳤지만 그 또한 허사였다.

「대답하거라, 그레이스.」

「날 붙잡았어요.」

알렉은 정확히 무슨 일이 일어났는지 상상할 수 있었지만, 코너는 아직까지 이해가 되지 않았다. 왜냐하면 그는 그레이스가 태어나기 전에 알렉의 성을 떠났고, 따라서 아이가 일으킨 재앙의 역사에 대해서는 전혀 알지 못했다.

「난 아직도 브렌나가 왜 계단에서 넘어졌는지 이해가 되지 않아요.」

「그레이스, 삼촌에게 어떻게 그녀가 널 잡았는지 말하렴.」

어린아이는 공중으로 몸을 날리면서 일어났던 사건을 다시 한 번 재현했다.

알렉은 딸을 붙잡아 침착하게 다시 자리에 앉혔다.

「넌 날 죽이려고 작정했구나, 그레이스.」

그는 고개를 흔들면서 중얼거렸다.

「알아요, 아빠. 그 전에도 말씀하셨어요. 그것도 여러 번요.」

알렉은 부엌에서 돌아온 요리사에게 상황을 물었다.

「전 그 사건을 보지 못했어요, 영주님. 부인께서 말하시는 걸 들으니까 그레이스는 계단 맨 위에서 새처럼 날아올랐대요. 그리고 탑 꼭대기에서 떨어지는 돌과 같은 속도로 떨어졌대요. 브렌나 맥칼리스터 부인이 뛰어올라 그녀를 잡았다고 하더군요.」

「두 사람 다 목이 부러져서 죽을 뻔했잖아요.」

「그래, 코너. 그랬을 거야.」

알렉은 동의를 표하고 나서 충실한 하녀에게 몸을 돌렸다.

「그럼 왜 아내들이 우리가 아무 일도 없었다고 생각하도록 행동하는지 설명해주겠나?」

아일린은 영주의 명령을 거절할 수가 없어서, 내기에 대해 재빨리 설명했다.

형제는 아내들의 내기가 전혀 재미있지 않았다.

제이미와 브렌나가 잠시 후 다시 들어왔다. 알렉은 술잔에 와인을 따른 뒤 한 모금에 삼켜버렸다.

브렌나는 제이미에게 즉시 태피스트리를 떼어내라고 말했고, 제이미는 그 말에 격렬하게 반발했다.

「그럼 적어도 머리 뒤에 있는 노란색 후광만이라도 없애요. 당신이 정복자 윌리엄이 성인이 될 자격이 있다고 생각한다고 해서 그를 성인으로 만들 수는 없는 거예요. 그건 신성모독이에요.」

「교회가 그를 인정하는 즉시 윌리엄은 성인의 반열에 오를 거예요.」

브렌나는 고개를 흔들었다.

「어떻게 잉글랜드 전 왕의 그림을 하일랜드의 집에 걸어놓을 생각을 할 수 있죠? 심지어 나조차도 그가 여기에 어울리는 사람이 아니라는 걸 아는데 말이에요. 당신은 저걸 떼어내야 해요, 제이미. 하나님 맙소사. 난 그의 앞을 지나갈 때마다 성호를 그었단 말이에요. 그 행동이 신성모독이 아니었으면 좋겠네요. 난 이유를 모르겠어요. 당신네 나라에는 벽에 걸어놓을 만큼 훌륭한 왕이 없는 거예요?」

「왜 내가 그래야 하죠?」

「왜라뇨? 당신은 하일랜드인이잖아요. 그게 이유예요.」

「당신은 아무것도 모르고 있군요. 그렇죠? 브렌나, 난 잉글랜드에서 태어났고, 그곳에서 자랐어요.」

말할 필요도 없이 브렌나는 깜짝 놀랐다.

「당신은 하일랜드인처럼 말하잖아요. 그리고 아무도 내게……」

브렌나는 그녀의 남편에게 시선을 돌렸다.

「당신은 내게 그 사실을 말했어야 해요.」

「당연히 코너는 그 말을 하지 않았겠죠. 당신은 남편들이란 옆구리를 꾹꾹 찌르지 않는다면 그 어떤 일도 설명하지 않는다는 사실을 깨달아야 해요. 이 새로운 소식이 당신을 기쁘게 만들었군요. 화가 난 게 아니라……」

「난 무척 기뻐요. 내가 당신을 좋아하는 게 이상한 일이 아니군요.」

「당신은 메리 또한 좋아하게 될 거예요. 알렉, 당신은 내가 얼마나 축복 받았는지 깨달았겠죠? 난 내 영토의 두 쪽에 자매를 두고 있는 거예요.」

「그렇소. 당신은 행운아요.」

알렉이 동의했다.

「코너, 가능한 한 빨리 브렌나와 메리를 서로 만나게 해줘요.」

「집에 가는 길에 들를 수 있을까요?」

브렌나가 물었다.

「다른 장소에 들르기에는 너무 늦었소.」

하지만 그 결정이 브렌나의 열정을 꺾어놓지는 못했다. 그녀는 서둘러 식탁을 돌아서 그의 어깨에 손을 얹었다.

「그럼 다음 기회에 데려가요.」

「알겠소.」

브렌나는 그가 협조해준 데에 대한 고마움을 알리기 위해 그를 톡톡 건드렸다. 알렉이 브렌나의 뒤로 돌아섰기 때문에 그녀는 그가 미소짓는 것을 볼 수 없었다.

알렉은 브렌나가 자신의 동생에게 애정을 표현한다는 사실이 기뻤다. 하지만 정작 그가 웃은 이유는, 코너가 그 사실을 좋아하지 않으려고 노력하는 것이 눈에 보였기 때문이었다.

코너는 형에게 머리를 흔들어 보였다.

「이 이상 일을 벌이지 말아요.」

알렉이 고개를 끄덕였다.

「나 또한 그렇게 제안하려고 했지.」

브렌나는 두 남자가 무슨 말을 하려는 건지 알 수가 없었다. 알렉은 그녀가 설명을 요구하기 전에 갑작스럽게 주제를 바꾸었다.

「넌 집에 가는 길에 가능한 한 조심해야 한다.」

「코너는 항상 주의를 경계하는데요.」

「그건 그렇소.」

알렉은 그의 동생에게 두 번째 경고를 하기 전에 브렌나의 말에 동의를 표했다.

「그는 어쩌면 지금 이 순간에도 네 영지 한구석에서 기다리고 있을지 몰라.」

「오, 형이 내게 희망을 주는군요.」

「네 그 오만함이 언젠가는 널 죽이고 말 거다.」

브렌나는 형제가 대화하고 있는 내용을 이해할 수 있었다. 그녀는 코너의 팔에 매달려 속삭였다.

「돼지 맥네어?」

그녀의 남편은 미소를 지었다.

「그렇소, 돼지새끼 맥네어 말이오.」

「당신은 그러지 않을 거죠, 그렇죠?」

「뭘 말이오?」

「날 돌려보내는 거 말이에요.」

그의 미소가 사라졌다.

「도대체 무슨 생각을 하는 거요?」

「그러지 않을 거군요.」

코너의 격한 끄덕임이 그녀에게 올바른 추측을 했다는 사실을 알려주었다.

브렌나는 자신의 기쁨을 숨기려 노력했다. 그건 어려운 일이었다. 그리고 코너는 지금 그녀의 행동에 대해 옹호하려고 노력하는 중이었다.

「아내는 날 모욕하려는 게 아니에요. 형도 기억하고 있겠지만, 브렌나는 잉글랜드인이에요. 그러니 알 수가 없겠죠.」

「내가 뭘 모른다는 거죠?」

알렉이 그녀에게 대답했다.

「우리는 우리의 소유물을 지키오. 그리고 우린 아내들을 보호하오. 당신은 아직 자신의 가치를 잘 모르고 있소, 브렌나.」

「잉글랜드인들도 자기들의 소유물을 지켜요. 귀족들은 소유욕이 강한 사람들이에요.」

그녀는 명확하게 이해한 바를 말했다.

「그렇다면 왜 이곳에 있는 거요, 브렌나?」

알렉이 물었다.

「당신 아버지는 당신을 맥네어와 결혼시키는 일을 막았어야 했소. 안 그렇소?」

「그 문젠 별개예요, 영주님.」

「어떻게 다르오?」

만약 그녀가 사실대로 이유를 설명한다면, 두 형제는 그녀의 아버지를 탐욕스러운 사람이라고 생각하게 될 것이다.

「내가 여기에 있기 원하니까 여기에 있는 거예요 코너에게 날 보내지 않을 거냐고 물은 건 단지 그의 확답을 듣고 싶었을 뿐이라고요」

그녀가 의기양양하게 말했다.

「사제의 축복 속에서 교회의 승인을 받았기 때문에?」

알렉이 물었다.

「코너가 축복 받는 결혼식을 위해 신부님을 모셔왔어요. 많은 결혼이 축복 없이 시작되는데 그래서 더 많은 고해성사가 치러지는 거예요」

코너는 그녀가 전략적으로 논쟁하고 있다는 사실에 미소를 지었다.

알렉은 그녀의 찡그린 얼굴과 주저하는 듯한 대답을 즐기고 있었다.

「그렇다면 어떻게 코너가 당신을 돌려보내지 않을 거란 거요? 그렇게 그를 잘 이해하고 있는 거요?」

「아니, 그를 완전히 이해하는 건 아니에요. 물론 그가 고집스럽다는 사실은 이미 알고 있지만 말이에요. 어쨌든 내 부모님께서는 자식들에게 항상 스스로 일어서야 한다고 말씀하셨죠. 당신들도 알다시피 내 가족 은……」

코너가 그녀의 말허리를 잘랐다.

「지금 당신의 가족은 우리들이오.」

「네. 하지만 내 오빠들과 언니들은…….」

그가 다시 끼여들었다.

「제이미와 알렉이 당신의 언니며 오빠요.」

「그리고 라엔도.」

알렉이 다시 끼여들었다.

코너가 그 말에 고개를 끄덕였다.

「그렇지, 라엔. 그를 만나본 지가 너무 오래돼서 가끔씩 그에 대해서는 까먹는다니까.」

「코너, 왜 내가 내 가족들에 대해 말하게 놔두지 않는 거죠?」

「우리가 당신의 가족이오.」

그가 상냥하게 고쳐주었다.

알렉은 동생이 하는 일을 완전하게 이해하고 있었기 때문에 전적으로 그를 지지했다. 코너는 아내가 과거를 모두 지워버리고 그와 그의 일족 사람들에게 충실할 수 있도록 도와주려는 것이었다. 코너는 과거 제이미가 향수병에 걸려 고생하던 일을 생생하게 기억했다.

남편이 전혀 들을 생각이 없다는 사실을 깨달은 브렌나는 그녀의 가족에겐 아무런 문제도 없다는 듯이 행동했다. 그녀는 밖으로 나가 왜 그가 그렇게 잔인하게 행동하는지 생각해보기로 마음먹었다. 그녀는 자신의 어깨에 둘러진 코너의 팔에서 빠져 나오려고 애를 썼다.

그녀가 손을 빼내려고 애를 썼지만 코너는 손을 꽉 움켜쥐고 있었다. 그녀는 저항할 만한 힘이 없었고, 코너도 그 사실을 알고 있었다. 그녀는 재빨리 인상을 써서 자신의 생각을 전했다.

「아직 내 호기심을 채워주지 못했소, 브렌나.」

알렉이 그녀에게 말했다.

그녀는 영주에게 미소를 지어 보이면서, 그들이 하고 있던 대화 내용을 기억하려고 노력했다.

「브렌나, 형의 말에 대답해요.」

믿을 수 없게도, 그의 눈이 놀라울 정도로 따뜻한 느낌을 전해주었다. 왜 이렇게 잘생긴 전사가 항상 화난 표정을 짓고 있는지 궁금했다. 그녀는 한꺼번에 여러 생각들을 떠올리면서 한숨을 쉬었다.

「나 또한 당신 형님에게 기쁘게 대답할 생각이에요.」

알렉이 코너보다 먼저 그녀에게 자비를 베풀었다.

「방금 전, 코너가 부인을 맥네어에게 보내지 않을 거라는 사실을 어떻게 알고 있는지 설명하던 중이었소.」

「그건 단순해요. 내가 그렇게 하게 놔두지 않을 테니까요.」

「물론 그래야죠.」

제이미가 브렌나의 의견에 동조한다는 듯 끼여들었다.

알렉이 웃음을 터뜨렸다. 그의 반응이 브렌나를 혼란스럽게 했다. 코너는 크게 웃지는 않았지만 역시 미소를 지었다.

코너가 그녀를 잡아당겨 문 밖으로 끌고 나가자, 브렌나는 자신의 대답이 재미있었냐고 물었다.

「재미있었던 게 아니오. 단지 난 기뻤던 거요.」

「좋아요. 무엇이 당신을 기쁘게 한 거죠?」

「당신이 자신의 의견을 강요할 수 있을 만큼 강하다고 믿는다는 사실 때문이오.」

그의 의견이 틀렸다고 말하려는 순간, 제이미가 두 사람 앞으로 다가오면서 코너의 시선을 끌었다.

「자신의 의견을 내세울 수 있을 만큼 강하다고 믿는 게 아니에요. 브렌나에게는 원하는 것들을 얻을 수 있는 지혜가 있어요.」

「우리 아버지는 딸들을 무지하게 키우지는 않으셨어요. 그리고 그렇게 믿는 것은 당신의 실수예요.」

브렌나가 대답했다.

「물론 당신 말이 옳소.」

코너는 아내를 위해 한쪽 문을 연 채 기다리고 있었다. 제이미는 브렌나에게 작별인사를 하고는 코너를 두 팔로 감싸 안은 채 귀에 뭐라고 속삭인 뒤 볼에 키스를 했다.

「자주 놀러 와야 해요.」

그녀는 그들이 밖으로 나갈 수 있도록 문에서 물러서면서 말했다.

여주인을 본 순간 퀸란의 눈이 믿을 수 없다는 듯이 커졌다. 브렌나는 그의 관심을 알아챘지만 고개를 흔들어 보인 뒤 머리카락을 내려 상처를 가렸다. 퀸란은 아무 말도 하지 않았다.

코너는 상냥하게 그녀가 말에 오르는 일을 도왔지만, 그녀는 여전히 고통에 얼굴을 찡그리고 있었다.

코너와 알렉의 작별인사가 그녀의 고통을 잠시 잊게 만들었다. 그들의 행동에 큰소리로 웃음을 터뜨릴 뻔했다. 고개를 숙여 인사를 하거나 악수를 하는 대신, 코너는 형의 넓은 어깨를 손등으로 힘껏 쳤다. 알렉 또한 그를 쳤다. 야만인과 같은 애정 어린 인사가 끝나자, 코너는 브렌나의 뒤에 올라타 그녀의 허리에 팔을 둘렀다.

그는 그녀에게 비스듬히 기대고 귀에다 속삭였다.

「아주 조금만 더 가면 집에 도착할 거요.」

알렉은 자신의 아내가 브렌나에게 기나긴 작별인사를 하고 집안으로 들어갈 때까지 기다렸다가 브렌나를 향해 입을 열었다.

「내 딸은 자신의 플래드를 굉장히 좋아하오.」

「그래요?」

브렌나는 알렉이 지금 그레이스의 플래드에 대해 이야기하는 이유를 알지 못했다.

알렉은 고개를 끄덕였다.

「그레이스는 자신의 플래드를 독특한 냄새로 구별할 수 있다고 했소. 적어도 내 아내는 그렇게 믿고 있소. 제이미가 옳을 거요. 그 애는 자신의 플래드를 온몸에 말고 잠을 자니까. 아마 오늘밤도 그렇게 하고 자려 할 거요. 브렌나, 그렇지 않으면 오늘밤 우리 부부는 한숨도 자지 못할 거요.」

코너는 혼란스러워하는 아내의 표정을 보고 그녀가 알렉의 말을 이해하지 못한다는 사실을 깨달았다.

「그는 당신이 플래드를 돌려주었으면 하고 부탁하는 거요, 브렌나.」

그녀는 얼굴이 붉어진 채, 눈을 깜박거리기 시작했다. 브렌나는 팔꿈치 사이에 끼워두었던 플래드를 알렉에게 건네려다가 떨어뜨릴 뻔했다.

「난 의자 위에 플래드를 놓고 왔다고 생각했어요. 그렇게 하겠다고 생각하고 있었거든요. 우리의 논쟁에 신경을 집중하고 있는 바람에…… 난 놓아두었다고…….」

그녀는 알렉이 손을 잡자 논리적인 설명을 포기했다. 뭔가 중요한 말을 할 눈치였다.

「내 아내가 다음주 초에 꽃을 심으로 갈 거요, 브렌나.」

「고맙습니다, 영주님.」

「알렉은 당신에게 고맙다고 말하는 거요.」

「나도 알고 있어요.」

「그레이스를 도와준 데에 대한 고마움을 표시하고 싶었기 때문에, 코너와 난 당신의 상처를 못 알아챈 척했던 거요. 안 그랬다면 곧바로 그 이야기를 했을 거요. 우리는 처음부터 다 알고 있었소.」

「두 명의 지적인 여성 중에서, 당신이 우리를 잘못 판단한 거요, 브렌나.」

코너가 말했다.

「그렇소.」

알렉도 동의하고는 손을 놓고 뒤로 걸음을 옮겼다.

「당신이 내기에서 이길 수 있었던 건 다 우리가 그렇게 결정했기 때문이라는 사실을 알아야 하오. 그러나 그 일에 대해 고마워할 필요는 없소.」

그녀는 다시 웃음을 터뜨렸다.

「당신이 내가 이길 수 있도록 허락했다고요? 난 그렇게 생각하지 않아요, 영주님.」

그는 눈썹을 치켜 올렸다.

「우린 교묘하게 눈치채지 못한 척 행동했잖소.」

「그랬죠. 그리고 당신은 우리가 뭔가를 꾸미고 있다는 사실을 알아차리고 당신이 원하는 쪽으로 일을 처리하셨죠. 물론 제이미와 난 두 분다 눈치챌 거라는 사실을 알고 있었어요.」

「그럼 내기는 어떻게 된 거요?」

코너가 미소를 지으면서 물었다.

「제이미는 당신이 날 본 순간 무슨 일이 일어났는지 물어볼 거라고 확신했고, 난 내가 알고 있는 기억에 의해, 당신이 아무 말도 하지 않을 거라고 내기를 한 거예요. 그리고 난 정확히 어떤 일이 일어날지 알고 있었죠.」

「둘 다 같은 말 아니오?」

코너가 반박했다.

「그래요?」

브렌나는 순진해 보이는 미소를 지으면서 그의 생각이 틀렸다는 듯한 표정을 지었다.

「인정해, 코너. 결국 이긴 건 브렌나니까.」

「그건 그래요.」

코너도 동의했다.

「제이미가 꽃을 심으러 올 때, 그레이스도 함께 올 수 있나요?」

「아니, 난 아이들이 내 영지를 떠나는 것을 원하지 않소. 코너, 내가 아내와 같이 말을 타고 가겠다. 그때에는 너도 있었으면 좋겠구나.」

알렉은 애정을 표시하기 위해 다시 한 번 그를 툭 치고 난 뒤, 집을 향해 성큼성큼 걸음을 옮겼다. 그레이스는 문 바로 안쪽에서 기다렸던 게 틀림없었다. 그녀는 알렉이 문을 열자마자 달려와 그의 손에서 플래드를 낚아챘다.

브렌나와 코너는 다시 길을 출발했다. 브렌나는 그의 무릎 위에 자신의 몸을 편안하게 실었다.

「그레이스에게 작별인사를 못해서 유감이에요.」

「지금쯤이면 그레이스는 자신의 행동을 설명하기에 바쁠 거요.」

「알렉이 그 애에게 벌을 줄까요? 그건 사고였어요, 코너. 알렉이 그 아이에게 상처를 주지는 않겠죠?」

「그 애와 딜런은 혼자서는 아래층에 내려올 수 없게 교육을 받았소. 알렉은 그레이스에게 그 사실을 다시 한 번 상기시킬 거요.」

「다른 아이들도 그렇게 명랑해요?」

「아니오, 남자애들은 낯선 사람들 앞에서는 수줍어하는 편이오. 하늘이 돕는다면, 당신도 그 애들에게 금방 익숙해질 거요. 그래도 그레이스만큼 악마처럼 행동하지는 않소.」

「그래도 난 항상 그레이스를 사랑할 것 같아요.」

코너는 교묘하게 계속 느긋한 대화를 이어갔다. 킨케이드의 부하들이 그들을 호위하고 있다는 사실을 브렌나가 깨닫지 못하도록 하기 위해서였다. 그녀에게 알렉의 행동에 대해 설명하고 싶지 않았다. 형의 이런 철저한 경호 뒤에는 맥네어에 대한 경계가 숨어 있기 때문이었다. 불쾌하기는 하지만 형의 그러한 간섭을 참아낼 생각이었다. 하지만 퀸란은 그의 영주와 다르게 불쾌감을 숨기려 하지 않았다.

「난 내 아이들을 다 호감이 가는 아이들로 만들고 싶어요.」

코너는 그 의견에 대해 아무런 반응도 보이지 않았다. 그녀가 다시 한 번 무릎 위에서 자리를 옮기자 곧 그녀가 원하는 것이 무엇인지 깨달았다.

「난 딜런과 그레이스가 태어나기 전에 집을 떠났소. 난 다른 애들보다 메리 캐슬린과 사이가 좋고 가까운 편이오. 하지만 나 또한 그레이스에게 특별한 감정을 느끼고 있는 것은 인정하오. 그러나 그건 그레이스가 내게 다른 누군가를 상기시키기 때문이오.」

브렌나는 그의 얼굴을 올려다보려 했지만, 그가 그녀의 얼굴을 자신의 가슴에 밀어붙였기 때문에 볼 수가 없었다. 그녀는 그를 꼬집어 자신이 그런 행동을 싫어한다는 사실을 알린 뒤, 그레이스가 누구를 생각하게 만드는지 물었다.

「전에 내가 한번 안았던 어떤 아이요.」

더 이상 말하지는 않았지만, 그의 목소리에는 따뜻한 감정들이 묻어 있었다.

「당신은 유피미어가 집을 방문하셔서 즐거운가요?」

「그렇소. 당신도 그럴 거요.」

「당연하죠. 그냥 난 단지 약간…… 그녀를 만나기 전에 그녀에 대해 알고 싶어요. 그녀가 날 인정해주는 것이 내게는 중요한 일이거든요. 무엇보다 그녀는 당신의 어머니잖아요. 그녀가 날 인정해주지 않는다면 굉장히 실망하게 될 거예요.」

「왜 그런 생각을 하는 거요?」

그녀는 그런 질문을 할 수 있다는 사실을 믿을 수가 없었다.

「왜냐하면 집안 일을 꾸려나가는 데에는 조화가 필요하거든요. 그런 이유 때문에 그녀가 바라는 것들을 내가 알아야 해요. 집에 머무는 동안에는 그녀가 여주인이 되는 거라구요. 이제 알겠죠?」

「그런 것에 대해서는 걱정할 필요가 없소. 그녀는 당신을 좋아하게 될 거요.」

그녀는 코너만큼 확신을 가질 수가 없었다. 그러나 그녀는 유피미어의 사랑을 꼭 얻고야 말겠다고 맹세했다. 잠시 동안 그녀는 부인을 기쁘게 만들 수 있는 여러 가지 방법들을 생각해보았다. 그리고 그 걱정거리를 내려놓고 또 다른 생각을 했다. 허벅지에 느껴지는 고통을 덜 생각으로 제이미와의 즐거웠던 시간들을 생각하려고 노력했지만 그건 쉬운 일이 아니었다.

「걷기에 좋은 날씨예요, 안 그래요?」

그는 대답하지 않았다. 그러나 그녀는 단념하지 않았다.

「난 잠시 산책을 즐기는 것이 어떨까 생각하는데요. 그러면 다리를 쭉 펴고 잠시 쉴 수 있을 것 같은데.」

「안 되오.」

코너는 턱을 그녀의 머리 위에 얹고 가볍게 문지르면서 부드럽게 그녀의 제안을 거절했다.

「그렇게 힘들다면 내 무릎에 엎드리면 어떻겠소?」

그의 제안에 그녀는 몸서리를 쳤다. 그녀는 그의 무릎에 엎드려 머리는 종마의 한쪽 옆에서 흔들리고, 다른 쪽에는 다리가 흔들거리고 있는 자신의 모습을 그려보았다. 그런 치욕을 당하느니 차라리 그 자리에서 죽는 게 더 나았다.

그런 제안을 따른다면 코너의 부하들이 어떻게 생각할지 궁금했다.

「당신의 제안이 날 도와주겠다는 의미인지 의심스럽군요. 난 정말로 괜찮아요. 단지 이런 화창한 날에 산책을 즐기는 것이 기분을 상쾌하게 해줄 수 있을 거라고 생각했을 뿐이에요. 내가 했던 말들을 다 잊어주었으면 좋겠군요.」

생각보다 브렌나는 자존심이 강한 여자였다. 코너는 그녀의 생각을 받아들이기로 하고 손을 치마 아래로 집어넣어 상처가 어느 정도인지 만져보았다. 말을 세우고 살펴볼까 생각했지만 곧 그러한 생각은 지워버렸다. 그녀의 협조를 얻어내기란 하늘의 별 따기일 테니까.

코너의 손길은 애무 같았다. 하지만 브렌나는 그걸 즐기고 있을 수가 없었다. 그녀는 복잡한 얼굴로 속삭였다.

「손을 치워요.」

「꽤 크게 멍이 든 것 같은데…… 상처가 큰 거요?」

「상처는 전혀 없어요. 제발 손이나 좀 치워요. 날 부끄럽게 만들고 있잖아요.」

코너는 그녀의 말에 따랐다.

「잉글랜드인들은 그래도 아내에게 약간의 동정심을 보인다구요.」

「난 잉글랜드인이 아니오.」

「네, 그렇죠.」

그녀가 동의했다.

「당신의 집에 대해서 몇 가지 질문을 해도 될까요?」

「좋소.」

「우선, 언제쯤 우리가 당신의 영지에 도착할 수 있을까요?」

「얼굴을 들고 주변을 살펴보시오. 그럼 우리 일족의 보초병들이 보고 있다는 사실을 알 수 있을 거요.」

그녀는 즉시 자신의 외모를 다듬었다. 손가락을 머리에 집어넣어 엉킨 머리카락을 풀고, 뒤로 넘기면서 윤기가 생기도록 문질렀다. 또 만족스러울 때까지 플래드의 주름을 고친 뒤 볼을 꼬집기 시작했다.

「도대체 무슨 짓을 하는 거요?」

「날 꼬집고 있잖아요.」

그는 질문을 던지지 말자고 스스로에게 다짐했다. 그녀의 그런 행동은 전혀 이해할 수가 없었다.

「난 창백해 보이는 얼굴이 싫다고요.」

코너는 머리를 흔들었다. 이전에는 한번도 이렇게 상식에서 벗어난 얘기를 들어본 적이 없었다.

「그럼 언제쯤 당신의 성에 도착하는 거예요?」

「곧 도착할 거요.」

「그럼 우리가 알렉과 제이미의 집 근처에 살고 있다는 얘기예요?」

「그렇소.」

「그럼 내가 원할 때마다 제이미의 집을 방문할 수 있겠네요?」

「그렇소.」

그녀는 너무나 기뻐서 모든 고통을 다 잊을 수 있었다.

코너는 자신의 영지 한가운데 집을 짓지 않고 알렉의 영토와 가까운 곳에 집을 지었다. 그녀는 코너가 알렉을 기쁘게 해주기 위해 그랬을 거라 추측했다.

맥칼리스터 일족의 병사들은 그들의 영주가 손을 들자 반갑다는 듯이 환호성을 질렀다.

「저 사람들은 당신이 집에 돌아올 때마다 저렇게 환호성을 지르나요?」

「아니오. 단지 내가 오래 집을 비웠을 경우에만 그렇소」

「얼마나 오랫동안 집을 비웠는데요?」

「3주 정도」

그 동안 무슨 일을 하고 다닌 거지? 그녀는 질문을 던지려다가 그를 처음 만났을 때 그의 얼굴에 묻어 있던 푸른 분장을 떠올리고는 마음을 바꿨다. 만약 그가 그 전에 다른 곳을 쳐들어갔다는 사실을 알게 된다면 그녀의 좋은 기분은 다 망쳐질 게 분명했다. 그러면 그녀는 코너의 기분 또한 망쳐버릴 것이다.

「당신 부하들은 내가 맥네어와 결혼할 예정이었기 때문에 날 싫어하나요?」

「아니오」

「우리가 지나갈 때, 아무도 미소를 보내는 사람이 없어요」

「당연한 거요」

「왜 그렇죠?」

「왜냐하면 당신은 내 아내니까. 그들은 지금 당신에게 존경을 표시해 주는 거요」

「만일 내가 그들의 존경을 받을 만한 가치가 없다면요?」

「당신은 그럴 가치가 있소」

브렌나는 그 말이 그가 했던 어떤 말보다 가장 사려 깊고 친절한 말이라고 생각했다. 그러나 코너는 전혀 친절하거나 사려 깊은 사람이 아니었다. 그녀는 즉시 그 말의 진의를 의심했다.

「왜요?」

「내가 당신을 선택했으니까」

「내가 당신을 선택한 거예요. 기억해요?」

「당신은 나와 논쟁하는 게 재미있나 보군. 그렇지 않소?」

그녀는 대답할 가치가 없는 질문이라고 생각했다.

「내가 당신의 집을 좋아하게 될까요?」

「물론이오」

「난 기다릴 수가 없어요. 당신의 집도 알렉의 집처럼 매력적이에요? 그렇지 않다고 해도 실망하지 않을 거예요.」

그녀가 서둘러 덧붙였다.

「성이 꼭 웅장할 필요는 없다고 생각하니까요.」

브렌나의 열정적인 질문에 그가 미소를 지었다.

「그렇소. 형의 집처럼 매력적인 곳이오.」

「당신은 당신 요새를 자랑스럽게 여기는군요, 그렇죠? 당신 목소리에서 자부심을 느낄 수 있어요.」

「그렇다고 생각하오.」

「알렉의 집처럼 홀이 커요? 난 작아도 상관은 없어요.」

「홀이 클 필요가 없으니까?」

「네.」

「크다 또는 작다라고 확신할 수는 없소. 홀을 그렇게 생각해본 적이 없으니까.」

「그럼 어떤 면에서 당신의 집이 매력적이라는 거죠?」

「안전하오.」

안전함이 외관과 어떤 상관관계가 있을까?

「외견이 어떻게 보이냐고요?」

「견고하고 누구도 침입할 수 없는 곳이오.」

그에게 더 이상 얻을 수 있는 정보는 없었다. 그녀는 잠시 기다려 자신의 눈으로 직접 확인하기로 마음먹었다.

그는 브렌나가 원하는 모든 것을 말했다고 생각했다. 비록 집이 견고한 철옹성이라고 자부하고는 있었지만, 아직까지 고쳐야 할 곳은 많았다. 알렉의 의견에 따라 목재로 쌓아놓은 성벽을 돌로 강화시킬 예정이었고, 북쪽 꼭대기에 또 다른 감시초소를 세울 계획이었다.

성으로 다가감에 따라 브렌나는 점차 흥분하기 시작했다. 기분이 좋아지고, 미소를 멈출 수가 없었다.

아버지의 집이 시야에 들어오자 코너의 기분은 더욱더 어두워졌다.

「누가 살던 곳이에요?」

그녀는 거대한 구조물의 잿더미를 응시하면서 속삭였다.

「아버지.」

「이곳에서 돌아가셨나요?」

「그렇소.」

「당신도 그분과 함께 여기서 살았어요?」

「그렇소.」

코너의 목소리에 묻어 있는 냉혹함은 더 이상의 질문이 위험하다는 사실을 알려주었다.

브렌나는 남편과 관련된 모든 사실을 알고 싶었다. 그래야만 어떻게 이렇게 딱딱하고 엄격한 사람이 만들어졌는지 알 수 있을 테니까. 그러나 지금은 인내심이 필요한 시기였다. 우선 그에게 자신이 신뢰할 만한 여자라는 사실을 인식시켜야 했다. 그러면 점차 그의 태도도 부드러워지리라.

그녀는 폐허에서 눈을 뗄 수가 없었다. 심지어 그 장소를 지나친 후에도 코너에게 기대어 잔해들을 돌아보았다.

브렌나는 그 전에도 불에 탄 집을 본 적이 있었다. 그러나 맥칼리스터의 폐허에는 다른 무엇인가가 있었다. 잠시 동안의 숙고 끝에 그녀는 무엇이 다른지 깨달았다. 전에 보았던 불에 탄, 소작인의 오두막은 곧 잡초가 무성하게 되었다. 하지만 이 폐허는 달랐다. 폐허의 삼면은 숲이 울창했지만, 성이 있던 자리는 담쟁이덩굴조차 자라지 않았다. 인위적으로 그렇게 유지하고 있는 것이 분명했다. 그런 사실이 더욱 그녀를 무시무시하게 만들었다.

왜 코너는 폐허를 치우라고 명령하지 않는 걸까? 왜 그는 이러한 폐허를 자신과 그의 부하들에게 되새기게 만드는 걸까? 참아야 해! 그녀는 자신에게 상기시켰다. 시간이 모든 궁금증에 대답해줄 거야.

그녀는 몸을 돌려 자세를 바로 한 뒤 그의 아버지의 영혼을 위해 기도를 드렸다. 그리고 그의 친어머니를 위한 기도도 덧붙였다.

잠시 후 그녀의 새집이 눈에 들어왔다. 순간 브렌나는 눈을 꼭 감으면서 방금 본 것이 사실이 아니기를 빌었다. 그러나 다시 용기를 모아 눈을 떴을 때, 그 끔찍한 괴물은 여전히 그곳에 서 있었다. 언덕 맨 꼭대기에 어렴풋이 모습을 드러낸 성은 마치 성난 괴물처럼 보였다.

이런 흉측한 장소로 데려다주시다니, 신은 정말로 그녀에게 화가 나신 게 분명했다. 자신이 알고 있는 것보다 훨씬 더 업보가 큰 게 분명했다.

주님, 제게 자신감을 주세요. 하지만 이 성에 대한 책임은 주님에게 있지 않았다. 다 코너가 한 일이었다.

그녀는 깊이 숨을 들이마시고는 그녀의 새집에서 뭔가 좋은 것들을 찾아내려고 노력했다. 그녀는 성의 맨 아래부터 꼭대기까지 차근차근 살펴본 뒤에야 흥분에 찬 미소를 지을 수 있었다.

이건 정말 거대한 성이었다. 그건 좋은 점이었다. 만약에 거대하다는 것도 하나의 장점이 될 수 있다면 말이다. 또 성은 무척 높았다. 적어도 삼층 정도의 높이였다. 아니, 어쩌면 사층 높이일지도 몰랐다. 정확하게 몇 층인지 말할 수 없는 이유는 성에 표시가 될 만한 것이 없기 때문이었다. 정말로 성은 크고 높았다.

브렌나는 마침내 창문을 찾아내고 안도했다. 창문이 보인다는 사실에 감사의 눈물이 나올 것 같았다. 무덤 같은 곳에서 살 생각은 전혀 없었다. 창문들은 모두 괜찮아 보였지만, 그 위가 칙칙한 색깔의 흉측한 가죽으로 덮여 있어서 그나마 잘 보이지도 않았다. 그녀는 그러한 천을 원하지 않았다. 가능한 한 빨리 천들을 몽땅 떼어버릴 생각이었다.

물론 그것뿐이 아니었다. 꽃으로도 안 될 것 같았다. 이 장소를 집으로 바꾸기 위해서는 기적이 필요할 것이다.

브렌나는 단지 외관만을 중시하고 있는 자기 자신이 너무나 부끄러웠다. 어찌됐든 그녀는 이제 이 끔찍한 괴물을 집이라 불러야 했다.

「브렌나, 뭐가 잘못되었소?」

「왜 뭔가가 잘못되었다고 생각하는 거죠?」

「당신의 얼굴이 창백하오. 그리고 숨을 쉬지 않는 것처럼 보이는군.」

「당신의 집이 숨막히게 했어요.」

그는 자신의 요새를 자랑스러워하고 있었고, 훌륭한 아내라면 적어도 남편과 같은 생각을 하려고 노력해야 할 것이다.

「매우 크군요.」

그는 아무런 말도 하지 않았다.

「난 이전에는 이렇게 큰 성을 본 적이 없어요. 그리고 무척 높아요, 그렇죠?」

그 두 가지에 대해서도 그는 다른 말을 하지 않았다.

「모두 다 마친 거예요?」

「성을 다 지은 거냐고 묻는 거요?」

물론 그녀는 성 뒤쪽을 본 적이 없으니 그곳까지 생각한 건 아니었다.

「그래요.」

「그렇소.」

「성벽이 굉장히 인상적이에요. 안 그래요?」

「아마도 그럴 거요.」

「적어도 5미터는 되겠어요. 묘하게도 목재들이 모두 갈색을 띠고 있군요.」

그는 브렌나의 허리에 두른 팔에 힘을 주어 그녀를 가슴 쪽으로 잡아당겼다. 그리고 그녀의 귀에 얼굴을 가져다댔다.

「브렌나?」

「네, 코너.」

「다 잘될 거요.」

그녀가 동의의 뜻으로 고개를 끄덕이기까지 꽤 오랜 시간이 걸렸다. 그녀는 속으로 힘과 인내를 달라고 기도하며, 주변을 더 낮게 꾸미겠다는 맹세를 했다. 그녀는 어려운 일이라 해서 그냥 내버려둔 적이 없었다. 하나님이 도와주시리라 믿고 열심히 일한다면 불가능한 일도 다 이룰 수 있을 것이다.

마음속으로 그런 결정을 하자 기분이 한결 나아졌다. 그들은 도개교를 건너고 있었다. 브렌나는 자신의 새집을 바라보며 다시 흥분했다. 그녀는 코너의 부하들에게 미소를 지어 보였으나 경비병들과 마찬가지로 그들은 미소를 짓지 않았다. 그렇다고 그녀에게 인상을 쓰거나 얼굴을 돌리지도 않았다. 그들은 브렌나를 어떻게 대해야 하는지 모르는 것 같았다. 브렌나는 좋은 일들을 많이 해서 그들에게 존경받을 만한 사람이 되리라 다짐했다.

「당신의 성은 산으로 둘러싸여 있군요.」

「저건 산이 아니라 언덕이오, 부인.」

「낮은 담 아래 한 서른 개쯤 되는 저 오두막들은 뭐죠? 서른 채는 넘겠네……. 병사들은 성안에서 훈련을 받나요?」

「때때로.」

코너는 낮은 담 아래로 나 있는 길을 따라 말을 몰며 대답했다.

앞뜰에 도착하기도 전에 코너는 정지 명령을 내렸다. 그는 말에서 내려 브렌나가 내리는 것을 도와주면서 사람들의 질문에 대답했다.

사람들이 곁에 모여들자, 그는 아내의 손을 놓았다. 쥐고 있던 종마의 고삐를 다른 이에게 넘기고 경사진 언덕을 오르기 시작했다. 그는 브렌나가 자신의 오른쪽 뒤에서 따라오고 있다고 생각했고, 왼손에 잡고 있던 고삐는 퀸란이나 오웬이 받아서 마구간 책임자에게 가져다주리라 생각했다. 왜냐하면 그게 그들의 의무 중 하나였고 이 성질 사나운 종마는 그 두 사람만이 자신의 곁에 오는 것을 허락했기 때문이었다.

남자건 여자건 그들의 영주에게 말을 건네며 앞으로 나갔다. 브렌나는 짓밟히지 않기 위해 한 발짝 뒤로 물러서야 했다. 종마도 그녀만큼이나 사람들을 좋아하지 않는지 방어하려는 듯이 뒷발로 일어섰다. 그녀는 말이 다른 사람에게 상처를 주지 않도록 말고삐를 움켜쥐고는 자신과 함께 뒤로 움직이도록 끌어당겼다. 기분이 상한 말은 그녀에게 누가 책임자인지 알리기 위해 뒷걸음질쳤다. 오빠들이 가르쳐주었던 훈련은 지금 브렌나에게 굉장한 힘이 되었다. 그녀는 말이 제멋대로 행동하는 것을 막기 위해 말고삐를 잡아 말의 머리가 땅을 향하도록 움켜쥐었다. 격렬한 싸움 끝에 말은 그녀가 원하는 대로 따라 움직였다.

브렌나는 말을 쓰다듬어준 뒤 마구간으로 끌고 갔다.

한 전사가 성으로 들어가는 계단 입구에 서 있다가 영주의 손짓에 앞으로 달려왔다.

「모든 게 정상이네, 코너.」

그 즉시 군중들이 두 사람의 대화를 듣기 위해 몰려들었다.

「그럴 거라고 예상했네, 크리스펀. 그래서 내가 부재중일 때 자네를 총지휘관으로 세워두는 거야.」

두 전사가 앞뜰 한가운데서 서로의 눈을 쳐다보며 서 있었다.

「자네에게 좋은 소식이 있네. 자네의 의붓어머니가 지금 중앙 홀에서 자네를 맞이하기 위해 기다리고 계시네.」

코너가 미소를 지었다.

「그건 좋은 소식이군.」

「유피미어의 호기심이 마침내 다시 맥칼리스터 영지를 밟을 필요성을 만들어낸 거지.」

「나도 그렇게 생각해. 난 이 완벽한 성이 그녀가 되돌아오게 만드는 데 한몫 했다고 생각해. 그녀는 건강해 보이던가, 크리스펀?」

「좋아 보이던데. 코너, 그녀를 맥칼리스터 부인이라고 불러야 하나?」

「그래. 그녀는 아버지의 아내였고 재혼하지 않았으니까.」

「아직까지 그분은 애도하는 것 같던데. 그녀는 상복을 입었더군. 아, 자네에게 전해야 할 말이 하나 더 있다네.」

「조금 있다가 들을 수 있나?」

「지금 당장 듣고 싶어할 소식일세. 휴 영주가 그의 영지에 있던 뭔가를 보내는 모양이네. 그는 자네가 그걸 보고 싶어할 거라고 주장하고 있어. 그게 뭐가 됐든 곧 도착할 거야.」

「휴가 선물을 보냈다구?」

퀸란이 끼여들었다.

「선물이라기보다는 메시지인 모양이야. 더 이상은 나도 잘 모르네.」

「뭔가 문제가 있는 모양이군.」

「왜 정확하게 말해주지 않는 거지?」

「그들이 설명해주지 않아.」

크리스핀이 대답했다.

「그렇다면 우리가 기다렸다가 알아봐야지.」

코너는 자신의 친구에게 미소를 지어 보인 뒤 기분이 좋다는 표현으로 그의 어깨를 탕탕 두드리고는 안으로 들어섰다. 퀸란은 크리스핀이 균형을 잃기를 바라면서 슬쩍 밀었으나 크리스핀은 꿈쩍도 하지 않고 따분하다는 표정을 지어 보였다.

「게으르게 시간을 보낸 것 같군, 크리스핀. 자네는 거기에 서서 내가 검을 사용하는 모습을 쳐다보게. 그러면 배울 게 있을 거야.」

크리스핀이 웃으면서 말했다.

「난 검을 쓸 필요가 없네. 두 손이면 충분해. 게다가 내가 자네에게 모든 것을 가르쳤다는 사실을 잊지 말게. 안 그래, 코너?」

「날 그 어리석은 논쟁에 끼워 넣지 말라고. 난 자네들 둘 다 속이 텅텅 빈 채 허풍을 떨고 있는 것 같네. 솔직히 내가 자네들 둘 다 훈련시킨 것 아닌가?」

크리스핀은 영주의 공정함에 기분이 좋았다. 그는 코너가 천천히 일족 사람들 사이를 지나 계단을 향해 걸어가는 모습을 쳐다보았다. 크리스핀은 영주가 성벽을 따라 걸어오는 모습을 보았을 때부터 내내 혼란스러웠다. 분명 도개교를 건널 때는 혼자가 아니었는데, 왜 지금은……

퀸란은 미소를 잃지 않고 있었다. 그는 왜 영주가 혼자 있는지 정확하게 알고 있었다.

코너가 성안으로 들어가기 위해 계단을 오르기 시작했을 때, 결국 크리스핀은 그 문제를 언급했다.

「여행은 성공적으로 한 건가?」

「그래.」

코너가 고개를 돌렸다.

「그럼 결혼은?」

「물론 했지.」

「그럼 부인은 어디에 있는 건가?」

코너는 아내가 자신의 뒤를 따라오고 있다고 생각하고 있었다. 솔직히 크리스핀이 상황을 설명하기 시작한 후로 브렌나에 대한 생각은 전혀 하지 않았다. 그는 군중들은 훑어보면서 아내를 찾았다. 오웬이 여자들 속에 파묻혀 해골과 같은 미소를 짓고 있을 뿐, 브렌나는 어느 곳에도 없었다.

「내 말을 벌써 마구간에 데려다놓고 온 건가, 오웬?」

코너는 다시 앞뜰로 걸어 나오면서 고함을 치듯이 물었다.

「다른 사람이 저를 대신해 의무를 다하고 있는 줄 알았는데요, 영주님.」

그는 친구에게 시선을 던졌다.

「내 아내는 어디에 있는 거지, 퀸란?」

「난 자네가 그녀를 담 밑에다 남겨놓았다고 생각하는데…….」

영주가 길 아래로 성큼성큼 걷기 시작하자 사람들은 사방으로 흩어졌다. 코너의 표정이 더 이상 길을 늦추는 일은 허용하지 않겠다고 말하고 있었다. 크리스핀과 퀸란이 그의 뒤를 따랐지만 그들은 영주처럼 찌푸리고 있지는 않았다.

「퀸란, 어떻게 그 짧은 시간에 내 종마를 마구간에 데려다놓고 돌아올 수 있었던 건가?」

「난 자네의 말을 끌고 가지 않았네.」

퀸란이 대답했다.

「그럼 데이비스가 그랬나?」

그는 마구간 책임자가 자신의 의무를 수행하기 위해 미리 따라왔다고 확신하면서 물었다.

「아니.」

「그럼 누가…….」

「데이비스보다는 자네의 고집스런 야수를 더 잘 다룰 수 있는 사람이라네.」

코너는 퀸란의 목소리에 담겨 있는 웃음기를 눈치채고 그가 말하고 있는 것 이상의 무언가를 알고 있다고 확신했다.

「자네는 그녀를 잊고 있었어. 안 그런가, 코너?」

「난 그런 적 없어, 퀸란. 데이비스보다 더 나은 사람이 누구지? 더 이상 농담은 하지 말게. 난 그럴 기분이 아니라고.」

「농담하는 게 아냐. 자네는 아직도 날 못 믿는 건가? 자네 아내가 말을 끌고 갔다네.」

「믿을 수가 없어.」

퀸란이 크리스핀을 꾹꾹 찌르며 속삭였다.

「그는 부인을 잊고 있었다네.」

코너는 마구간에 도착하자마자 문을 활짝 열고 두 병사들 중 한 사람에게 말이 있는지 확인하라고 명령했다.

마구간 책임자가 달려 나왔다. 그는 영주에게 인사를 하고, 성으로 돌아온 것을 기쁘게 생각한다고 말했다.

「데이비스, 내 종마는 잘 있는 건가?」

「네, 그렇습니다, 영주님. 기분이 아주 좋아 보이는 걸요.」

「그렇다면 종마를 마구간에 집어넣는 데 별다른 어려움이 없었다는 건가?」

「전 영주님 부인의 도움을 받았습니다. 그녀는 동물 다루는 방법을 확실하게 알고 계시더군요. 영주님도 이미 다 알고 계시겠지만요. 그녀는 성난 야수를 달래는 데 전혀 시간을 낭비하지 않더라구요. 영주님의 종마는 그녀가 자신을 우리까지 데려다준 사실에 기뻐했구요.」

코너는 데이비스의 말을 믿기 어려웠으나 그가 거짓을 고할 리 없었다.

「지금 맥칼리스터 부인은 어디에 있는 거지?」

「이완의 아내가 아이에게 저녁 바람을 쐬게 하려고 나와 있었는데, 아마 그곳으로 방향을 잡으신 것 같습니다.」

코너는 고개를 끄덕이고 난 뒤 걸음을 옮기다가 데이비스가 소리를 치자 잠시 걸음을 멈췄다.

「잘 선택하셨습니다, 영주님.」

브렌나는 이미 이완의 오두막을 떠난 후였다. 얼굴이 붉어진 아기 엄마는 맥칼리스터 부인이 얼마나 친절하게 관심을 쏟아주는지에 대해 설명하는 동안 흥분으로 온몸을 떨었다. 그녀는 코너에게 브렌나가 있는 장소를 말하는 것보다 그녀를 칭송하는 데 더 많은 관심을 두었다.

「아기를 안아볼 수 있겠냐고 하시더군요. 아기가 아직 목욕을 하지 않았다는 사실을 전혀 신경 쓰지 않으시더라구요. 아기를 다루는 독특한 방법을 알고 있나봐요. 우리 아기는 낯선 사람을 따르지 않는데 부인은 너무나 좋아하더라구요. 영주님의 아내는 이상한 소문들이 가득한 잉글랜드에서 왔지만 무척 사려가 깊으시며 좋은 분이에요. 보카가 창문으로 쳐다보니까 서둘러서 보카를 만나러 가셨어요.」

마침내 브렌나를 따라잡았을 때, 코너의 인내심은 이미 바닥을 드러내고 있었다. 그녀는 이미 보카의 집을 떠나 또 다른 오두막을 두드리려 하고 있었다.

브렌나는 그를 보고도 전혀 기뻐하지 않았다. 그렇게 많은 문제를 일으키고 다니면서도 감히 그를 보고 얼굴을 찌푸리다니!

「당신은 날 잊어버렸어요, 안 그래요?」

그녀가 계속 인상을 쓴 채 팔짱을 끼면서 말했다.

코너는 그녀가 자신을 비난하려는 방식이 마음에 들지 않았다. 그는 브렌나 곁으로 다가가 그녀가 자신을 올려다보게 만든 뒤 말했다.

「내게 그런 말투는 쓰지 마시오.」

그녀는 그가 그런 말을 할 줄 예상하지 못했기 때문에, 조금은 부드러운 목소리로 말을 이었다.

「평범한 질문 하나 해도 될까요, 코너?」

「안 돼, 당신은 어떤 질문도 할 수 없소. 그저 내 뒤를 따라 성안으로 돌아가면 되는 거요.」

그는 몸을 돌려 걸음을 옮겼으나 브렌나는 꼿꼿이 선 채 그 자리에 버티고 있었다.

「지금 내 명령을 거부하는 거요?」

「아니오, 영주님. 당신을 거부하는 게 아니에요. 그냥 기다리고 있는 중이에요.」

「뭘 기다린다는 거요?」

「당신이 날 잊었다고 인정하기를요.」

「난 그런 적 없소」

「그럼 사과를 할 계획도 없겠군요」

브렌나는 회의적인 표정으로 코너의 얼굴을 살핀 뒤, 그가 결코 사과할 생각이 없다는 사실을 깨달았다. 아마도 코너를 야만인에서 사랑스런 남편으로 바꾸는 데에는 대단한 인내심이 필요할 것 같았다. 하지만 오늘은 이 정도로 충분했고, 또 다른 비난을 할 용기가 브렌나에게는 없었기 때문에 그의 기분이 좋아지기를 기다리기로 마음먹었다. 생각해보면 꽤 괜찮은 시작이었다.

코너는 브렌나를 살며시 끌어당긴 뒤, 그녀를 성안으로 데리고 가려고 했다. 그때 그녀가 미소를 지으며 그의 손을 잡았다. 브렌나가 왜 이런 갑작스러운 변화를 보이는지 이해할 수 없었지만, 더 이상 묻지 않기로 했다. 오늘 하루 동안 충분히 그녀를 닦달했다. 그녀에게 조금 더 나은 규율을 가르치는 데에는 시간이 오래 걸릴 거란 사실을 알고 있었지만 그래도 꽤 괜찮은 시작이라고 생각했다.

그가 성으로 향하는 큰길을 걷기 시작했을 때, 그녀는 퀴란 옆에 서 있는 또 다른 병사를 보았다.

「브렌나, 앞으로는 내가 당신을 찾아다니는 일이 없도록 주의하시오.」

남편의 표정이 동의를 하라는 듯해서, 브렌나는 고개를 끄덕여 보인 뒤 퀴란을 쳐다보았다.

「그는 나를 잊고 있었어요, 그렇죠?」

코너는 그녀의 손을 꽉 움켜쥐고 잡아당겨서 그 질문에 대해 자신이 어떻게 생각하는지를 알렸다.

「그런 것 같습니다, 부인.」

「그에게 상기시켜 주어서 고마워요.」

「제가 한 게 아닙니다. 크리스핀이 했죠.」

그녀는 병사를 향해 미소를 지었다.

「고마워요, 크리스핀.」

브렌나는 자신을 정식으로 소개했다. 크리스핀이 약간 당황해했으나 그녀는 그가 다른 일을 생각하느라 그러는 거라고 추측했다.

퀸란은 크리스핀의 표정을 보면서 웃음을 터뜨렸다. 친구는 꽤 놀랐는지 온몸이 굳은 것 같았다.

「그녀가 자네 숨을 앗아갔구먼. 안 그런가, 크리스핀?」

병사는 고개를 끄덕였다.

잠시 후 그들은 코너와 약간의 거리를 두고 걷게 되었다.

「난 코너가 그런 식으로 행동하는 것을 본 적이 없네. 어떤 여자도 그의 인내심을 잃게 만들지 못했잖아.」

「그녀는 아무 여자가 아니니까. 브렌나는 그의 아내라고.」

크리스핀이 미소를 지었다.

「그녀와 결혼했다면 나라도 그럴 것 같은데…… 안 그래? 저렇게 사랑스러운 여자는 처음이야.」

「코너는 아직 깨닫지 못한 것 같아.」

두 사람은 서로를 쳐다보면서 웃음을 터뜨렸다.

「우리의 여주인은 쉽게 겁먹는 스타일이 아니더군.」

그렇게 말하는 그의 목소리에는 존경심이 담겨 있었다.

「만약 그녀가 약간이라도 소심한 성격이라면, 코너는 그녀에게서 도망치려 했을 거야. 자네는 그가 이사벨라에 대해 말하는 것을 들은 적 있나?」

「가끔 이야기한 적이 있지. 하지만 그는 친어머니에 대해 별로 기억하는 게 없어.」

「하지만 그의 아버지가 돌아가시기 전에 한 말들을 모두 기억하고 있어.」

크리스핀이 고개를 끄덕였다.

「그의 아버지는 당신의 아내를 사랑스러운 이사벨라라고 부르셨지. 그녀를 사랑하셨어.」

「그렇겠지.」

「그러나 그는 아들에게 누군가를 사랑하는 실수는 하지 말라고 경고하셨지.」

「코너는 그 경고를 주의 깊게 되새기고 있잖아. 만약 브렌나와 코너가 처음 마주친 상황을 보았다면, 자네 또한 나와 같은 결론에 도달했을 거야.」

「어떤 결론인데?」

퀸란은 브렌나를 쳐다보면서 대답했다.

「그녀는 코너의 유일한 여인이 될 걸세.」

크리스핀은 퀸란이 한 말을 되새기며 허리 뒤로 손을 꽉 움켜쥐었다. 친구와 마찬가지로 그 또한 자신의 영주가 평화와 만족을 찾기를 바랐다. 그러나 사랑이라…… 코너가 그런 감정에 자신을 던질 수 있을지 의심스러웠다.

「난 자네가 그런 말을 하는 건 처음 듣네.」

「코너가 그런 식으로 행동하는 것을 처음 보았으니까!」

「어떻게 행동했기에?」

퀸란은 어깨를 으쓱해 보였다.

「처음부터 두 사람 사이에는 불꽃이 튀었어. 코너는 벼락이라도 맞은 사람 같았네. 그는 자신에게 일어나는 일을 인식하지 못한 채 자신의 모든 마음을 그녀에게 주고 있다네. 인상 그만 쓰라고, 크리스핀. 그녀는 따뜻한 마음을 지니고 있어.」

두 사람은 여유 있는 걸음걸이로 브렌나와 코너를 따라 발걸음을 옮겼다. 크리스펀은 퀸란이 전해준 새로운 소식을 되씹어보았다.

브렌나는 사람들의 대화에 자신이 주제라는 사실을 알지 못했고, 그렇게 자세하게 관찰되고 있다는 것을 깨닫지 못했다. 브렌나는 코너의 걸음걸이를 따라잡느라 거의 뛰다시피 하다가, 곧 충분히 노력했다는 생각에 그만 걸음을 멈췄다. 코너는 되돌아와 그녀를 질질 끌고 가든지 아니면 그녀와 함께 걸어가야 할 것이다. 선택은 그에게 맡길 생각이었다.

「왜 걸음을 멈춘 거요?」

「더 이상 달릴 수는 없으니까요.」

「그럼 왜 천천히 가라고 말하지 않은 거요?」

「난 따라잡을 수 있을 거라 생각했어요. 오늘 오후는 기운이 다 빠지고 난 뒤라는 걸 깨닫지 못했어요. 저녁식사를 하고 나면 조금은 회복이 되겠죠. 잠시 앉아서 쉴 수 있을까요?」

코너는 그녀 옆으로 걸음을 옮겼다.

「우리는 이미 저녁식사를 했소. 기억이 나지 않소? 그러니 배가 고프지는 않을 텐데…….」

그녀는 어깨를 들썩였다. 남편에게 식사를 한 적이 없다는 말을 할 생각은 없었다.

「네, 맛있는 음식을 먹기는 했죠. 하지만 그때는 알렉과의 만남 때문에 신경이 날카로워져 있었어요. 그러니 식탁에 앉아서도 먹는 일에 집중할 수가 없었지요. 거의 먹을 수가 없었으니까요. 왜 웃는지 이해가 되지 않는군요, 코너. 지금 농담을 하는 게 아니라고요.」

물론 그는 사과를 하지 않았다. 그가 단 한 번이라도 사과를 한 적이 있는지 의심스러웠다.

「당신을 성까지 데려다줘도 되겠소?」

코너의 제안은 그녀에게 적절한 대답이 아니었다.

「당신 부하들이 그런 모습을 보면 약한 여자와 결혼했다고 생각할 거예요. 처음부터 나쁜 인상을 주고 싶지 않아요.」

브렌나는 어깨를 펴고 그의 옆을 서둘러 지나갔다. 그러나 그리 멀리 가지는 못했다. 그가 허리를 잡아 세웠기 때문이었다. 브렌나는 싸울 힘이 없었다. 그녀는 코너에게 몸을 기대고 작게 한숨을 내쉬었다. 그러나 감히 눈을 감을 생각은 하지 못했다. 만약 눈을 감는다면 그 자리에 서서 잠이 들까 겁이 났던 것이다. 오직 신만 아는 일이지만 전에도 한 번 그런 적이 있었다.

「당신에게 힘든 하루였나 보군.」

「아니요, 그렇지 않아요.」

「당신은 내가 말하는 모든 것에 반대하는군. 안 그렇소?」

「난 단지 내 의견을 말하는 것뿐이에요. 우리는 아직 논쟁을 한 적이 없어요, 코너. 우리가 논쟁을 하게 되면 그 차이를 알게 될 거예요. 앞뜰에 도착하게 되면 나 혼자 걸을 수 있게 해줘요. 당신 동료들이 날 도움 없이는 서 있지도 못하는 사람이라고 생각하는 건 원치 않아요.」

브렌나는 절망스러운 듯 손가락으로 머리를 꼬다가 상처를 건드리고는 얼굴을 찌푸렸다.

「난 제대로 말하거나 행동한 적이 없는 것 같아요. 여기는 모든 것이 달라요. 난 혼란스러운 것이 싫은데…… 당신을 만난 후 내 인생은 완전히 혼란스러워졌어요. 난 평화롭게 살기를 원해요.」

「곧 모든 것이 쉬워질 거요.」

「약속해요?」

「약속하오.」

브렌나는 긴장을 풀고 미소를 되돌리려 노력했다. 코너는 그녀를 진정시킨 것이 자신의 침착한 목소리인지 아니면 자신의 약속 때문인지 알수가 없었다.

「그럼 어떻게 모든 것이 쉬워진다는 건지 설명해봐요.」

「날 기쁘게 하기 위해 걱정할 필요는 없소. 난 거의 여기에 머무르지 않을 테니까.」

「난 당신을 기쁘게 하려고 걱정하는 게 아니에요. 하지만 당신이 여기에 머무르지 않는다는 사실은 이해가 안 돼요. 여기가 당신 집이잖아요.」

「그렇소.」

「그리고 나도 여기에서 살구요.」

「나 또한 그 사실을 깨달았소. 우리는 가끔 얼굴을 보게 될 거요.」

두 사람은 마침내 앞뜰 근처에 도착했다. 그곳은 황폐하게 버려져 있었다.

「그러니까 당신은 이곳에 가끔씩만 들른다는 건가요?」

브렌나는 자신의 목소리가 긴장했다는 사실을 유감스러워하며 물었다.

코너의 마음속에는 더 복잡한 문제가 자리잡고 있었다. 크리스핀의 보고에 따르면 영지 남쪽의 동맹 일족이 그들의 영지에 남겨져 있던 무엇인가가 코너의 호기심을 자극할 거라며 그것을 보여주기를 원한다고 했다. 그는 그 물건이 무엇인지 추측해보았다. 많은 사람들을 보호하는 입장에서 그는 본능적으로 의심스러운 생각들을 했고, 이미 그 물건이 환영받을 만한 것이 아니리라는 결론을 내렸다. 그는 중요한 문제일수록 심사숙고할 줄 아는 사람이었다.

브렌나의 질문 덕에 코너는 자신의 생각에서 빠져 나올 수 있었다.

「가끔이 정확히 얼마 정도인지 말씀해주시겠어요?」

「한 달에 한두 번쯤이오.」

「지금 심각하게 하는 말인가요?」

「그렇소.」

그는 생각보다 많은 말을 했지만, 브렌나는 듣고 싶어하는 말을 다 듣지 못했다.

「남편은 적어도 아내가 사는 곳에 한 달에 한두 번 정도보다는 더 자주 들러야 해요.」

「내겐 그보다 더 중요한 의무가 많소.」

브렌나는 그가 자신을 버려 두려 한다고 느꼈다. 최악의 일은 그가 그렇게 하기를 갈망하는 사람처럼 보인다는 것이었다.

「아예 이곳에 오지 않는 건 어때요?」

「여러 가지 이유가 있소. 그리고 가장 중요한 이유는 당신이오.」

「나요?」

「난 아이를 원하오.」

순간 브렌나는 그를 죽이고 싶었다.

「당신이 전에 그렇게 말했죠.」

「당신이 기억하고 있다니 기쁘군.」

「난 당신이 했던 말을 다 기억하고 있어요. 맥네어에게 모욕을 주기 위해 나와 결혼했고, 내가 아기를 낳아주면 다시 잉글랜드로 보내줄 거라고 했죠. 나도 절대로 이 두 가지 일을 잊지 않을 테니 걱정하지 마세요. 그래도 당신 마음속에 내가 조금이나마 가치가 있는 존재라니 기쁘군요.」

「그럼 내가 당신에게 거짓말하기를 바라는 거요?」

그녀는 머리를 흔들었다.

「난 이 주제에 대해서는 다시는 이야기하지 말았으면 해요. 당신은 다음에 이 지역을 지날 때 잠시 들러 당신의 의무나 기대 같은 것들을 이야기할 수 있겠군요. 만약 괜찮다면 난 안으로 들어가고 싶어요.」

「난 도널드가 어린 병사들과 함께 오면 사람들을 모아놓고 당신을 내 아내로 소개하고 싶소.」

「괜한 일 하실 필요 없어요, 코너. 난 이미 이마에 나쁜 사람이라는 검은 딱지를 하나 가지고 있으니까요. 아니 두 개군요.」

「검은 딱지라니?」

그는 앞뜰 한가운데 서서 아내에게 온 신경을 집중시키고 있었다. 브렌나의 행동은 굉장히 산만해 보였다. 그녀는 서둘러 움직이고 있었지만, 성안으로 들어가는 계단을 향해 가고 있는 것이 아니었다. 아니, 그녀는 성벽 중앙으로 가서 성 앞쪽을 앞뒤로 밀어보면서 걸음을 옮기고 있었다.

그녀는 화가 난 게 분명했다. 그는 자신에게 모든 책임이 있다는 사실을 알았지만, 왜 화가 났는지는 알 수가 없었다. 그는 자신이 집에 잘 머무르지 않는다고 말하면, 그녀가 기뻐할 것이라고 믿었다. 하지만 그녀는 마치 코너가 배신이라도 한 것처럼 행동했다.

「그 검은 딱지라는 것에 대해 설명해보시오.」

「난 하나님이 사랑하시는 잉글랜드인이에요. 그리고 모든 사람들이 내가 맥네어와 결혼하러 가는 길이라는 사실을 알고 있어요. 난 그런 것들을 잊고 있었어요. 도대체 계단은 어디에 있는 거예요? 찾을 수가 없잖아요.」

「성 옆쪽에 있소.」

「난 알렉의 성 계단에서 넘어졌어요, 기억해요?」

크리스핀이 코너를 따라와 물었다.

「부인께서 계단에서 떨어지신 건가?」

「그렇다고 하더군.」

코너는 그 사실에 대해 설명하려 했지만, 브렌나가 반대 방향으로 도는 것을 보고는 말을 멈췄다.

「계단은 반대쪽에 있소, 브렌나.」

그녀는 재빨리 몸을 돌렸다.

「계단은 성의 앞, 그러니까 앞뜰의 정 중앙에 위치하고 있어야 해요. 모든 사람들이 그렇게 집을 지어요. 난 오늘 마룻바닥이 아닌 침대에서 잠을 자고 싶은데 성안에 침대가 있기는 한가요, 코너?」

그녀는 퀸란과 크리스핀이 남편 옆에 서 있다는 사실을 깨닫고는 재빨리 얼굴을 펴고 미소를 지었다. 그의 동료들이 얼마나 오랫동안 그녀가 미친 여자처럼 화를 내고 소리치는 것을 보았는지 알 수 없는 일이었다.

「참 좋은 밤이에요, 안 그래요?」

그녀가 아무런 일도 없었다는 듯 밝게 소리쳤다.

「그렇게 생각하신다면, 그렇죠.」

크리스핀이 대답했다.

「갑자기 왜 저러시는 거지?」

크리스핀이 퀸란에게 속삭였다.

「우리 때문이야. 내 생각에 그녀는 방금 전에야 우리를 보았고 지금 상황을 우리가 모르길 바라는 거야.」

「난 그녀의 감정을 상하게 하지 않았어.」

「내 눈에는 자네가 그렇게 한 것 같은데?」

코너는 그를 밀쳐내고는 아내를 향해 걸어갔다.

브렌나는 미소를 지은 상태로 돌계단 맨 위로 올라갔다. 마지막 계단 위에 문이 있었다. 하지만 그 계단에 서서는 문을 열 수 없다는 사실을 깨닫고는 한 계단 내려서서 입구 손잡이를 향해 손을 뻗었다.

문은 열리지 않았다. 안쪽에서 잠갔거나 철이나 쇠로 박아놓은 게 분명했다. 그녀는 양손으로 문을 힘껏 밀어보고는 온몸으로 다시 밀었다. 결국 문에 약간의 틈이 생겼다. 그러나 그녀가 들어갈 수 있을 정도의 틈은 아니었다.

코너가 그녀를 도우러 왔다. 그는 자신의 팔을 브렌나의 허리에 두른 뒤, 등을 자신에게 기대게 했다. 그리고 그녀의 어깨에 몸을 기대고는 팔뚝으로 문을 가볍게 밀었다.

브렌나는 코너의 힘에 놀랄 수밖에 없었다.

「난 문이 잠겨 있다고 생각해서 별로 힘을 주지 않았어요.」

브렌나는 약하게 보이기 싫어 그렇게 말했다.

「이제는 열렸소. 들어가서 성안을 보고 싶지 않소?」

「성안 또한 거대한가요?」

「그렇소. 지금 뭐 하는 거요?」

'용기를 불어넣고 있어요.' 하지만 정작 입 밖으로 튀어나온 말은 달랐다.

「어떤 모습일지 상상해보는 중이에요. 자, 이제 안으로 들어가 볼까요?」

그녀는 문지방을 넘어 입구 한가운데 서서 어둠에 익숙해지기 위해 잠시 기다렸다. 그녀는 왼쪽에 있는 커다란 두 쪽짜리 문 옆에 서 있는 병사 두 명을 보고, 그들에게 인사를 한 뒤 주변을 둘러보았다.

좋지는 않았지만 상상했던 것보다는 나았다. 정면에는 커다란 돌계단이 있었고, 오른쪽은 벽이었다. 침실은 위층에 있는 것 같았다. 그녀는 홀의 모습이 궁금해서 문으로 걸어갔다. 하지만 문에 도착하기도 전에 코너가 팔을 잡고 멈춰 세웠다.

「당신은 그곳에 들어갈 수 없소」

그가 설명을 하면서 계단 쪽으로 이끌었다.

「왜 난 안 되죠?」

「그곳에는 높은 계급의 병사들만이 들어갈 수 있소. 당신을 위층으로 데려다주겠소」

그는 브렌나에게 대답할 시간도 주지 않고 그녀를 팔에 안아 들고 계단 위에 있는 문으로 다가갔다.

계단 앞 난간에는 또 다른 두 명의 병사가 서 있었다.

그는 안으로 들어가기 전에 병사들에게 고개를 끄덕여 보였다. 그는 그녀를 입구에 내려준 뒤 물건들이 어디에 있는지 재빠르게 설명했다.

입구 왼쪽, 그러니까 정확하게 병사들 숙소 바로 위쪽에 커다란 홀이 있었다. 홀은 굉장히 컸고—물론 알렉의 홀만큼은 크지 않았지만—드문드문 가구가 놓여 있었다.

입구 반대쪽 커다란 벽난로에는 불이 피워져 있었지만, 그다지 효과가 있어 보이지는 않았다. 흉한 갈색 가죽으로 덮인 창문이 세 개 있었고, 옆으로 의자들이 나란히 놓여 있는 긴 식탁이 있었다.

홀은 무덤처럼 고요하고 싸늘했다. 브렌나는 가능한 한 빨리 홀을 변화시켜야겠다고 생각했다. 나무로 만든 바닥에 골풀을 깔고, 여러 개의 밝은 헝겊과 태피스트리를 황량한 벽에 걸 생각이었다. 그리고 예쁜 무늬의 천을 덮어 식탁의 흠집들을 가리고, 의자 위에 쿠션들을 올려놓아 앉기 편하게 만들 생각이었다.

홀이 어떻게 변할지 상상해보니, 갑자기 지금 당장 일을 시작하고 싶었다.

「내가 여기저기 손 좀 봐도 될까요, 코너?」

브렌나는 그의 허락을 기다리면서 흥분이 되는지 두 손을 꼭 움켜쥐었다.

「여기는 당신 집이오, 브렌나. 당신이 원하는 것은 뭐든지 해도 좋소」

「그럼 키스해도 될까요?」

그 질문이 그를 놀라게 만들었다.

「당신 나한테 화나 있었는데, 잊은 거요?」

「아니요, 잊지 않았어요. 하지만 내 분노는 모두 사라졌어요. 당신도 그 이유를 알 거예요.」

그녀의 목소리가 속삭이듯이 작아졌다.

「난 그 이유를 알지 못하오.」

「왜냐하면 지금은 우리들의 집에 최초로 함께 서 있는 순간이기 때문이에요. 난 우리가 다시 시작할 수 있는 적절한 기회라고 생각해요. 그러니 지금 내게 키스해요.」

「당신에게 어떤 기분이 들든 우리는 다시 시작하지 않을 거요.」

브렌나는 그의 머리로 손을 올려 감싼 뒤 그를 잡아당겨 키스를 했다. 그녀의 애무가 코너에게는 고문이었다. 브렌나는 그가 키스를 되돌리기를 원했으나 그는 협력해주지 않았다. 그녀는 다시 입술을 문질렀다.

「이건 새로운 시작이에요.」

그는 계속 저항했지만 솔직히 그녀가 무슨 말을 하든 모두 잊고 싶었다. 단지 아내가 자신을 흔들려고 사용하고 있는 방법들에 온몸을 맡기고 싶을 뿐이었다.

순간 그의 반응을 얻기 위해 그녀가 아랫입술을 살짝 잡아당기자 코너는 곧 그녀가 이기게 되리라는 사실을 깨달았다. 그는 브렌나를 잡아당기고는 몸을 누르면서 천천히 고개를 흔들었다.

「우린 다시 시작하는 것이 아니오.」

그녀의 눈동자가 악의를 품고 반짝였다.

「하지만 코너, 이미 우린 다시 시작했어요.」

그녀의 키스는 전혀 다른 방식으로 바뀌었다. 더 이상 장난하는 듯한 키스는 사라지고, 뭔가 간절히 애원하는 듯한 몸짓으로 변했다.

브렌나가 자발적으로 그를 유혹한 것은 이번이 처음이었다. 그녀는 아직까지 자신의 육체적인 힘을 깨닫지 못하고 있었다. 솔직히 그는 그녀가 그런 것을 영원히 깨닫지 못하기를 바랐다.

브렌나는 솔직했다. 속임수가 가득한 세상에서 사람들의 말과 행동이 다를 때가 많다는 그 중요한 사실을 깨닫지 못했다. 코너는 자신이 그런 브렌나에게 빨려들어 가고 있음을 발견했다.

코너는 순간 자신도 모르게 열정의 파도에 휩쓸렸다. 그의 내부에 타오르던 열정이 갑자기 고개를 들어 키스만으로는 만족할 수 없게 되었다. 그는 브렌나의 전부를 원했다. 그녀를 위층에 있는 침실로 데려가야겠다고 생각했다. 그때 브렌나가 갑자기 얼굴을 돌리고 키스를 끝냈다. 헐떡이는 목소리로 그의 귀에 속삭이듯이 설명했다.

「지금 우리 두 사람뿐이 아니에요.」

「아무도 허락 없이 이 안에 들어올 수 없소.」

그는 다시 그녀에게 키스를 하면서 대답했다.

「우리를 보고 있는 사람이 있어요, 코너. 제발 날 놔줘요.」

그는 브렌나를 놔주고 침입자를 대면하기 위해 몸을 돌렸다.

유피미어가 침실로 통하는 계단 위 난간에 서 있었다. 코너의 표정이 눈 깜짝할 순간에 변했다. 그는 진짜로 기쁨에 찬 미소를 지었다. 유피미어 또한 그를 따라 미소를 지었다.

「당신을 다시 보게 되니 정말로 기쁘군요, 유피미어.」

그의 목소리에는 깊은 애정이 담겨 있었다.

브렌나는 너무나 놀라 주저앉을 뻔했다. 지금 들은 말을 믿을 수가 없었다. 유피미어는 여기 있어서는 안 되었다. 그녀는 오늘이 아니라 내일 도착할 예정이었으니까. 그녀는 교양 없고 무분별한 브렌나가 자신의 의붓아들에게 몸을 던지는 모습을 모두 보았을 것이다.

브렌나는 그녀의 남편을 발로 차주고 싶었다. 유피미어가 이미 도착했다는 사실을 말해주지 않았기 때문이었다.

첫인상은 종종 달라질 수도 있어. 브렌나는 그 사실을 마음속에 되뇌면서 코너의 새어머니를 쳐다보았다. 유피미어는 소나무처럼 나이가 많아 보였다. 검은 드레스를 입고 계단 맨 위에 어깨를 앞으로 구부린 채서 있는 모습이 흡사 까마귀를 연상시켰다.

브렌나는 본능적으로 그녀에게 경계심을 느꼈으나 곧 나이 많은 숙녀의 외모를 가지고 무자비한 생각을 했던 자신을 꾸짖었다.

그 여인이 갑자기 자신의 몸을 똑바로 펴자, 코너만큼이나 키가 컸다. 그녀는 어깨를 꼿꼿이 세우고 우아하고 아름다운 모습으로 계단을 미끄러지듯 내려왔는데, 그 모습이 마치 여왕처럼 보였다. 코너에게 미소를 보내는 그녀의 눈가에는 잔주름들이 부드럽게 잡혀 있었다. 브렌나는 유피미어의 눈동자에서 순수함을 발견하고 매혹되었다.

그녀의 변화에 브렌나는 당황했다. 유피미어는 나이 많은 여인이기는 했지만, 실제 나이는 그녀의 어머니보다 많지 않을 것 같았다. 슬픔이 그녀의 얼굴에 그런 잔인한 자국을 새기고 실제 나이보다 더 들어 보이게 만든 것이다. 그녀가 얼마나 코너의 아버지를 사랑했는지, 그리고 그의 죽음이 얼마나 그녀를 황폐하게 만들었는지 보여주고 있었다. 회색 머리카락과 얼굴의 주름들은 이 불쌍한 여인이 참아온 고통의 증거였다.

브렌나의 마음은 동정심으로 가득 찼다. 그녀는 자신이 할 수 있는 모든 방법으로 유피미어의 슬픔을 덜어주고 싶었다.

코너가 브렌나의 이름을 부르자 그녀는 서둘러 다가갔다. 그녀는 유피미어에게 절을 하면서 만나게 되어서 얼마나 기쁜지 말했다. 유피미어의 미소는 약간 가식적이긴 했지만, 아직까지는 별다른 거부반응을 발견할 수 없었다.

「오히려 내가 더 기쁘단다.」

유피미어의 목소리는 브렌나를 한 번 더 놀라게 만들었다. 왜냐하면 목소리가 아주 젊은 여성같이 들렸기 때문이었다. 가까이에서 유피미어를 본 브렌나는 젊었을 적에는 그녀가 무척 아름다운 여인이었다는 사실을 알 수 있었다. 하지만 지금은 아니었다.

「내가 돌아오게 된 이유는 바로 아가씨 때문이야. 난 코너를 붙잡은 아가씨를 만나보고 싶었거든. 지난 수년 간 코너에게 아내를 맞이하라고 괴롭혀왔단다.」

그녀는 다시 코너에게로 몸을 돌렸다.

「이제 라엔만 결혼시키면 되겠구나. 그 애는 너보다 더 저항할 게 분명하지만, 난 그 애가 신부를 맞이하지 않은 채 늙어버릴까 봐 걱정이이란다.」

브렌나는 남편 옆에 서서, 두 사람이 라엔의 건강과 행복에 대해 이야기하는 것을 들었다. 코너는 라엔이 더 이상 퍼슨 영주의 지휘관으로 일하지 않는다는 사실을 들었기 때문에 지금은 누구 밑에서 일하고 있는지 궁금해했다. 하지만 유피미어는 그러한 문제는 라엔에게 직접 물어보라면서 대답을 피했다.

「라엔은 아직 도착하지 않은 겁니까?」

브렌나가 물었다.

「그래, 아들과는 내일 이곳에서 만나기로 했단다.」

코너가 식탁에 앉아서 이야기를 계속하자고 제안했다. 브렌나는 남편의 팔에 손을 얹은 유피미어에게 미소를 지어 보이고는, 사랑스러운 미소를 지으면서 남편의 뒤를 따라 걸었다.

유피미어는 그녀의 아들에 대한 이야기를 잠시 동안 하다, 무언인가를 바라는 얼굴로 브렌나를 쳐다보았다. 그녀는 갑자기 머릿속에 떠오른 생각을 불쑥 내뱉었다.

「그렇게 완벽한 사람을 어서 빨리 만나보고 싶네요.」

그녀는 자신의 목소리에 조롱하는 기색이 섞여 있음을 깨닫고, 몸을 떨었다.

「당신의 말투가 저의 어머님이랑 똑같으세요, 유피미어. 저의 어머니 또한 당신의 아들들이 다 놀라운 사람이라고 생각하셨죠. 물론 그녀의 생각이 옳았어요, 당신처럼 말이에요.」

유피미어가 고개를 끄덕였다.

「난 라엔을 만나길 고대하고 있단다. 지난번에 방문한 뒤로 거의 여섯 달이 지났거든. 라엔은 끔찍할 정도로 바쁘고 난 그 애의 일에 참견하지 않으려고 노력하고 있단다.」

「여기까지 오시는 길은 힘들지 않았어요?」

코너가 물었다.

「힘들지 않았다고 하면 거짓말이겠지. 그러나 생각했던 것보다 힘들지는 않았다.」

그녀가 브렌나를 똑바로 쳐다보면서 대답했다.

브렌나는 유피미어가 자신을 대화에 참가시키려는 것에 무척 고마움을 느꼈다.

「얼마나 오랫동안 이곳을 떠나 계신 건가요?」

「16년하고도 세 달. 하지만 어떤 날은 도널드가 바로 어제 내 곁을 떠났다는 생각이 들어서 눈물을 이길 수가 없었단다.」

브렌나는 남편의 옆자리에 앉아 이야기를 들을 수 있다는 사실이 행복했다. 하나의 이야기가 다른 이야기로 계속해서 바뀌는 동안 한 시간이 금방 지나갔다.

브렌나는 남편의 얼굴에서 평화로움을 볼 수 있다는 사실에 저녁 내내 행복했다. 그가 긴장을 풀거나 만족해하는 모습을 본 적이 없었다. 코너는 분명 이 여인을 사랑하고 존경하며 끔찍이 그리워했던 것이다.

브렌나의 생각은 자신의 친어머니에게 흘러갔고, 미래의 어느 날 다시 그녀와 만남을 그리며 눈물을 참았다. 가족들에 대한 생각을 지워버리고, 우울해지지 않도록 저녁에 무엇을 먹을지에 대해 생각했다.

유피미어가 그녀의 이름을 부르면서 대화 도중에 말을 끊었다.

「내가 너에게 약간의 양해를 구해야겠다. 여기까지 오는 동안 무척 피곤하고 약해진 것 같아서 말이야. 난 나이가 들어서 약간만 말을 타도 피곤해져. 그러니 괜찮다면 먼저 올라가서 휴식을 취하고 내일 다시 만나는 게 어떨까?」

코너는 즉시 일어나서 새어머니를 부축했다.

「침실 정리를 도와드릴까요, 맥칼리스터 부인?」

브렌나가 물었다.

「이미 코너의 하인이 그 일을 마쳤단다, 애야!」

브렌나는 그녀에게 고개를 숙여 보이면서 좋은 밤이 되기를 빌었다. 코너는 유피미어를 방으로 모셔다드리고 올 때까지 홀에서 그녀에게 기다리라고 말했다. 브렌나는 코너가 그의 새어머니와 사적인 시간을 갖기 원한다는 사실을 깨달았다.

그는 한참 동안 홀을 떠나 있었다. 그가 돌아왔을 때엔 그녀의 배에서 꼬르륵 소리가 났고, 너무 졸려서 머리를 들고 있기조차 힘든 상태였다.

「위층에는 네 개의 방이 있소, 브렌나. 부엌은 홀에서 분리된 다른 건물에 있고. 그곳에 가면 당신에게 필요한 것들은 모두 구할 수 있을 거요」

코너는 그녀의 팔을 움켜쥐고 난간을 따라 길을 안내했다. 그녀는 계단이 아래층 병사들의 숙소만큼 가파르지 않다는 사실에 고마움을 느꼈다.

「여기는 난간이 있는데 왜 아래층에는 없는 거죠? 무슨 특별한 이유라도 있나요?」

「그렇소. 정말로 배가 고픈 거요?」

「난 뭐든지 먹을 수 있을 것 같아요. 하지만 여전히 왜 난간을 만들지 않았는지 그 대답을 듣고 싶어요」

「그건 병사들을 아래로 밀기 쉽게 하기 위해서요. 그게 이유요」

브렌나는 그가 농담을 하고 있다고 생각했지만 그는 웃지 않았다.

「그건 매우 무례한 일이군요, 안 그래요?」

그는 그녀의 농담을 이해할 수 없었고, 질문에 대답해야 할 필요성도 느끼지 못했다.

그들은 층계참에 도착했다.

「저쪽에 세 개의 침실이 있고, 우리 침실은 층계참 반대쪽에 있소. 앞으로 쭉 가면 되오.」

브렌나는 그를 따라 움직일 수가 없었다. 그는 브렌나를 끌고 가 침실 문을 지나서야 걸음을 멈췄다. 문이 쿵 소리를 내면서 닫혔다. 완벽한 어둠이 방을 덮고 있었다. 코너가 방 한가운데를 가로질러 창문을 막아 놓은 헝겊을 떼고 빛이 안으로 들어오게 했다.

브렌나는 안도의 숨을 내쉬었다. 방은 그녀가 생각했던 것만큼 나쁘지 않았다. 방 한 끝에는 알맞은 크기의 벽난로가 놓여 있었고, 그 반대쪽 끝에 침대가 있었다. 두 개의 낮은 상자가 침대 옆에 하나씩 놓여 있었는데, 그 위에는 여러 개의 초가 놓여 있었다. 문 옆 벽에 여러 개의 못이 박혀 있을 뿐, 그 외에는 아무것도 없었다.

그녀는 밖의 풍경을 보기 위해 서둘러 창가로 다가갔다. 하지만 그 즉시 그러한 행동을 후회했다. 창 바로 아래는 앞뜰이었고, 그 앞에는 폐허가 음울한 그림을 만들어내고 있었다. 그녀는 과거 속에서 살고 싶지 않았다. 침대가 딱딱한지 부드러운지 알아보기 위해 침대로 다가갔다.

「침대가 무척 좋아요. 방 또한 마찬가지구요. 당신은 무척 쾌적한 분위기를 좋아하는군요. 안 그래요, 코너? 필요 없는 사치품은 전혀 눈에 띄지 않는군요.」

「그런 게 싫소?」

「아니요. 지금 목욕을 할 수 있을까요?」

「내일 내가 호수로 데리고 가겠소.」

「오늘밤에는 할 수 없어요?」

「당신이 원한다면야…….」

그의 태도가 누그러졌다.

「하인들에게 목욕통을 준비시키겠소. 부엌에서 물을 끓여 옮기는 동안 잠시 기다리시오.」

그녀는 머리를 흔들었다.

「당신의 아랫사람들을 그런 문제로 힘들게 만들고 싶지 않아요. 내가 부엌에 가서 목욕을 할 수 있겠죠, 괜찮죠?」

코너는 브렌나의 사려 깊은 마음에 전혀 놀라지 않았다. 이미 그녀가 자신보다는 다른 사람들에게 더 많은 관심을 쓰고 있음을 알았다. 자신의 불편 따위는 상관치 않았다. 그녀는 자신의 안전을 무시하고 그레이스의 생명을 구해냈다.

「그렇소, 부엌에서 목욕을 할 수 있을 거요.」

「거기서 식사도 할 수 있을까요?」

「당신이 원한다면.」

그는 자리를 뜨기 위해 문을 열었다. 하지만 그녀의 눈가에 있는 어두운 그림자를 보고는 눈살을 찌푸리고 문지방에 섰다. 희미한 불빛 속에서 그 모습은 더욱 어두워 보였다. 오늘 하루 동안 그녀를 너무 힘들게 한 것 같았다. 하지만 별다른 선택의 여지가 없었다. 맥네어와 그의 병사들이 뒤쫓고 있었으니, 그녀를 안전한 곳까지 데리고 오기 전에 휴식은 불가능했다.

「난 당신이 좀 쉬었으면 좋겠소.」

「그럼 내 옆에서 당신도 쉬어요?」

「그렇게 하겠소.」

「유피미어가 이곳에 계신 데도 당신은 내일 출발할 생각인가요?」

「그렇소.」

「그녀가 날 좋아한다고 생각해요?」

「물론, 그녀는 당신을 좋아하오. 그런 일에 내 확인을 구할 필요는 없소.」

「그녀는 오랫동안 머무를까요?」

「난 그러기를 바라고 있소.」

「코너?」

「음?」

「질리를 찾기 위해 병사들을 보내기로 한 약속 잊지 말아요.」

「잊지 않고 있소. 또 다른 질문 있소?」

그녀는 서둘러 문 쪽으로 다가가 그의 목을 끌어안고 발끝으로 서서 키스를 했다. 그는 팔을 브렌나의 허리에 두르고 그녀를 자신 쪽으로 잡아당겨 다시 키스를 했다. 그 키스는 의도보다 더 열정적이었지만, 그가 생각했던 것만큼 길지는 않았다. 그녀가 팔로 그를 밀어내 키스를 마쳤다. 브렌나가 그의 눈 속에서 화난 듯한 기색을 발견하고 몸을 돌렸기 때문에, 그는 그녀가 짓는 미소를 볼 수가 없었다. 그녀는 이제 떠나도 된다고 말했다.

그는 계단을 반쯤 내려가서야 자신이 정신을 놓고 있다는 사실을 깨달았다.

퀸란이 그에게 웃고 있다고 말했다. 병사는 왜 그의 영주가 그렇게 행복한지 알고 싶었지만 코너는 어떤 단서조차 주지 않았기 때문에 빈약한 상상만이 가능했다.

불가능한 일이지만, 코너의 아버지가 살던 폐허는 방 안 어디에서나 가까이 느껴졌다. 그리고 창 밖을 볼 때마다 그 폐허만 눈에 들어왔다. 브렌나는 자신도 모르게 그 우울한 풍경을 계속 쳐다보고 있었다. 그녀는 그의 아버지가 그 성에서 죽었다는 사실을 알고 있었다. 하지만 코너가 그 광경을 보았을까? 그녀는 그렇지 않았기를 빌었다.

문 두드리는 소리가 났다. 한 병사가 그녀의 짐을 들고 들어왔다. 그녀는 갈아입을 옷과 빗, 두 개의 리본을 꺼내들고는 서둘러 아래층으로 내려갔다.

로비에는 아무도 없었고, 밖에서는 아무런 소리도 들리지 않았다. 그녀는 침묵을 좋아하지 않았다. 늘 가족과 하인들, 그리고 방문객들에게 둘러싸여 살았다. 이제는 이곳에도 적절한 변화가 필요하다는 생각을 했다.

요리사가 그녀를 데리러 왔다. 브렌나가 문으로 다가가 손잡이를 잡으려는 순간, 요리사는 뒷문을 열었다. 그리고 깜짝 놀랐다. 놀라움이 가시는 데에는 잠시 시간이 걸렸다. 요리사는 계단을 내려와서는 절을 하고,

낮은 목소리로 자신을 소개했다. 그 목소리는 마치 신부님에게 고해성사를 하듯 가늘고 잘 들리지도 않았다.

요리사의 이름은 아다였는데, 몸집과 허리 둘레가 거의 브렌나의 두 배였다. 희끗희끗한 회색 머리는 그녀의 나이가 꽤 들었음을 알려주었다.

아다의 친절한 행동과 부드러운 목소리는 브렌나에게 어머니를 생각나게 했다. 브렌나는 아다가 마음에 들었다. 아다는 그녀의 어머니만큼이나 고집이 세고 두목 행세를 하는 그런 사람이었다. 아다는 일단 여주인을 뜨거운 물 속에 들어가게 도운 뒤에, 머리를 감지 않겠다는 약속을 받아낸 후에야 비누를 건네주었다.

두 여인은 게일어와 손짓을 사용해서 대화를 했다. 아다는 매우 빠르고 마음대로 변형이 된 게일 사투리를 쓰고 있어서 브렌나는 그녀의 길고 두서없는 설명 중에서 단 한두 마디만 알아들을 수 있었다. 그녀는 마침내 브렌나의 이마에 있는 상처를 가리키면서 인상을 쓴 채로 고개를 흔들었다.

아다는 브렌나가 나무 욕조에서 나오는 일을 돕다가 그녀의 허벅지 뒤에 있는 커다란 멍을 보았다. 나이 든 여인은 암탉처럼 브렌나 주변을 돌아다니면서 자신이 얼마나 가슴 아파 하는지 보여주려고 노력했다.

영주님의 신부를 담요로 감싸준 뒤, 아다는 상처가 생긴 이유를 듣고 싶어했다. 브렌나는 여러 번 상황을 설명하려고 했지만, 단지 그녀가 계단에서 떨어졌다는 사실 외에는 그 어떤 것도 이해시키지 못했다.

브렌나는 가방에서 가져온 옷가지들을 입으려고 했지만, 그 또한 아다가 방해했다. 그녀는 브렌나의 손에서 옷가지를 낚아챈 뒤 새 옷을 건네주었다. 브렌나는 코너가 주의 깊게 모든 것을 준비했다는 사실을 깨달았다. 왜냐하면 아다는 가끔 그녀에게 머리를 숙이면서 '맥칼리스터 부인'이라고 되풀이해서 말했기 때문이었다.

약 10분 후에 브렌나는 투명한 금색 가운 위에 맥칼리스터의 플래드를 걸쳐 입었다.

아다는 그녀가 부엌의 식탁에 앉는 것을 도와주겠다고 우겼다. 그녀는 어떤 도움도 필요 없다고 말했지만 증명할 길이 없었다. 아다는 이미 마음을 굳힌 상태였고, 그 이상의 논쟁은 쓸데없는 일이었다.

브렌나는 그녀가 먹게 될 음식에 대해 별다른 기대를 하지 않았다. 하지만 음식의 맛과 향취가 너무나 좋아서 한 접시를 더 비웠다. 맛있는 음식과 아다의 친절한 행동이 브렌나에게 활기를 주었다. 그녀는 아직 잠자리에 들 생각이 없었기 때문에 어두워지기 전까지 성밖을 탐험하기로 마음먹었다.

부엌문을 통해 밖으로 나오는 순간, 그녀는 사람들이 웅성거리는 소리를 들을 수 있었다. 그 소리는 앞뜰에서 났는데, 많은 사람들이 모여 있었다. 브렌나 또한 무슨 일이 일어났는지 궁금했다. 몇몇 사람들이 인상을 쓴 채 성 앞쪽으로 향하는 경사면을 향해 달려갔다. 본능적으로 더 큰 호기심이 그녀를 사로잡았다.

성 옆쪽으로 다가갔을 때까지, 앞뜰에서는 아무런 소리도 나지 않았다. 그녀는 병사들이 산꼭대기를 향해 올라가고 있다고 생각했다. 하지만 성 모퉁이를 돌아, 그들이 커다란 원을 이루며 서 있는 모습을 보고 즉시 걸음을 멈췄다.

마치 한 사람처럼, 병사들은 원 한가운데만을 쳐다보고 있었다. 그들의 시선은 한 곳에 고정되어 있었다. 그 원 안에 맥칼리스터의 색과는 다른 플래드를 입은 세 사람이 서 있었다. 그들은 전혀 움직이지 않았다. 남편을 쳐다보는 그들의 얼굴에 두려운 기색이 역력했다. 코너는 원 한쪽에 서 있었다. 사람들의 시선을 보면 뭔가 끔찍한 일이 일어난 게 틀림없었다.

그녀는 시선을 남편에게 고정하고 앞으로 걸어갔다. 남편이 자기에게 앞으로 오라든지 아니면 돌아서 가라든지 암시를 해주기를 바랐다.

브렌나는 두 명의 맥칼리스터 병사 사이에 작은 틈이 있는 것을 발견하고 가까이 다가갔다. 순간 앞에 있던 사람이 약간 옆으로 비켜서는 바람에 그녀는 바닥을 볼 수 있었다.

브렌나는 끈으로 목이 졸린, 피 묻은 짐승의 시체를 보았다. 처음 보았을 때 그녀는 그 광경을 이해할 수가 없었다. 하지만 곧 브렌나는 자신이 보고 있는 것이 분홍색 끈으로 매듭을 묶어놓은 탐스러운 갈기의 암말이라는 사실을 깨달았다. 브렌나는 휘청거렸다. 목구멍으로 쓴 물이 올라왔다.

브렌나는 지금 사랑스러운 질리를 내려다보고 있었다.

9

코너는 사람들 속에서 아내의 모습을 찾아내고는 그녀가 자신을 쳐다
보기만 기다렸다. 그녀가 질리를 알아보지 못하기를 빌었지만, 곧 부질
없는 희망이라는 사실을 깨달았다. 왜 말을 보는 순간에 저 빌어먹을 리
본을 없애지 않은 걸까. 그것만 없었다면 그녀가 질리를 알아볼 수 없었
을 텐데…….

브렌나 때문에 마음이 아팠다. 그녀의 눈에 비친 고통에 그는 자제력
을 잃을 뻔했다. 똑바로 서 있자니, 그의 모든 의지력이 동원되어야 했
다. 브렌나가 낮은 신음 소리를 내자, 휴의 부하들은 그 소리를 바람소
리로 생각했는지, 얼굴을 들어 하늘을 한 번 쳐다보았다.

브렌나는 뒤로 한 발짝 물러서서 필사적으로 코너를 찾았다.

코너는 그녀에게로 가고 싶었지만 움직일 수가 없었다. 그는 휴의 병
사들이 떠나기 전까지는 그녀에게 어떤 위로나 보상을 해줄 수가 없었
다. 휴의 부하들은 그들의 영주에게 맥칼리스터의 반응에 대해 보고할

것이다. 그는 아직까지 맥네어가 보낸 메시지에 대해 자신이 어떻게 생각하는지 전혀 반응을 보이지 않았다.

코너는 아내가 비명을 지르며 목격자들 앞에서 쓰러지지 않을까 걱정했다. 브렌나가 질리에게 얼마나 애정을 쏟았는지 잘 알기 때문에 그녀가 그렇게 행동한다고 해도 비난할 수 없었다. 그는 브렌나가 즉시 이 장소에서 벗어나기만을 기도했다. 막, 그가 마음을 굳히고 그녀에게 안으로 들어가라고 명령을 하려는 순간, 그녀의 팔이 아래로 떨어지며 혈색이 다시 돌아왔다. 그녀는 몸을 곧게 세우고 몸을 한 번 부르르 떤 뒤 오직 그만이 겨우 알아볼 수 있도록 몸을 움직였다.

브렌나는 그가 원했던 것 이상의 행동을 보여주었다. 그녀는 휴의 병사들을 쳐다보고는 방문을 환영한다는 미소를―솔직히 너무나 창백하고 아름다운 미소였지만―지어 보였다.

코너는 그녀가 너무나 자랑스러웠다. 브렌나는 그들을 살펴본 뒤 코너에게 절을 하고는 몸을 돌려 공주같이 위엄 있고 우아한 자태로 걸어나갔다.

모든 사람들이 그녀가 떠나는 모습을 지켜보았다. 여러 하인들이 성 안쪽에서 여주인을 기다리고 있다가 브렌나가 지나가자 소리쳐 물었다.

「마님, 사람들이 뭘 쳐다보고 있는 거죠?」

「단순히 죽은 말을 보고 있어요. 아무것도 아니에요.」

그녀가 여유 있는 걸음걸이로 성 한쪽으로 사라지자 휴의 병사들은 몸을 돌려 코너를 다시 쳐다보았다. 그들은 맥칼리스터 영주의 험악한 미소에 동요를 보였다.

전령들 중 가장 나이가 많은 병사가 말했다.

「휴 영주님은 아무런 관계가 없는 일입니다. 우리 영주님은 누가 이 메시지를 보냈는지 알고 계신다고 하셨습니다.」

「자네들은 심부름을 완벽하게 해냈네.」

퀸란이 소리쳤다.

「우리가 다른 중요한 일들을 처리할 수 있도록 지금 당장 떠나게.」

「제가 저의 영주님께 신경 써서 전해드려야 할말이라도 있습니까?」

「원하는 대로 말하게. 자네가 뭐라고 전하든, 내게는 별다른 문제가 되지 않을 테니까.」

코너가 말했다.

「우리가 이 말의 잔해를 가져가기를 원하십니까?」

「개 먹이로 쓰게 남겨두게.」

크리스핀이 제안했다.

전령들은 자신들이 본 광경을 절대 잊어버리지 않을 것이고, 영주에게 돌아가면 맥칼리스터 영주가 적의 메시지에 굉장히 재미있어 하더라고 만 보고할 것이다.

브렌나는 방 안으로 달려 들어와 구역질을 했다. 그녀는 깊이 숨을 들이쉬면서 뱃속에 든 음식물을 토하지 않으려고 애를 썼다.

구역질이 가라앉자, 침대 한쪽에 앉아 두 손을 모아 무릎 위에 얹어놓고 공포에서 벗어나려고 노력했다. 브렌나는 질리를 애도하기 위해 눈물을 흘리지 않았다. 애도라는 것은 사람을 위한 것이지 동물을 위한 것이 아니었다.

불쌍한 질리. 그녀의 충실한 암말은 그 어떤 사람에게도 해를 끼친 적이 없었다. 유순하고 순종적인 질리는 수년간 그녀에게 큰 기쁨을 주었다. 수명이 다하면 클로버가 덮여 있는 언덕에서 휴식을 취하다가 죽음을 맞이해야만 했다. 그러나 질리는 갈가리 찢긴 채 질질 끌려서 산을 너머 여기까지 온 것이다. 생각만으로도 끔찍한 일이었다.

그녀는 충실했던 자신의 말을 위해 기도를 드렸다. 잔인한 인간들이 질리를 도끼와 칼로 갈가리 찢었을 때, 아무런 고통 없이 빨리 죽었기만을 기도했다. 누가 그렇게 악의적이고 비열한 짓을 했을까? 어떤 괴물이 하나님의 사랑스러운 피조물에게 그렇게 악의 있는 행위를 저지를 수가 있었을까……

맥네어!

그가 이 모든 일의 배후에 있는 게 틀림없었다. 맥네어는 코너와 브렌나의 뒤를 쫓는 동안 내내 분노에 떨었을 것이다. 그러다 질리를 발견하자, 모든 분노를 말에게 쏟아 부은 것이다. 지금까지, 브렌나는 사람이 그렇게 잔인한 행동을 할 수 있으리라고는 생각지 못했다.

동물에게 그런 짓을 할 수 있는 사람이 사람에게라고 달라질까 의심스러웠다. 생각이 거기까지 미치자 그녀는 더욱 섬뜩한 생각이 들었다. 만약 코너가 그녀를 데리러 오지 않았다면, 그녀는 지금 악마와 결혼했을 것이다. 그러한 깨달음이 다시 구역질을 하게 만들었다.

브렌나는 그렇게 오랫동안 침대에 주저앉아 분을 삭였다. 코너가 안으로 들어왔을 때에는 이미 날이 어두워져 있었다. 코너는 그녀를 쳐다보거나 말을 걸지 않았다. 그의 침묵이 고마울 따름이었다. 왜냐하면 아직까지 질리에 대해 어떤 말도 해줄 수가 없기 때문이었다.

그녀를 재빨리 살펴보고 아무런 이상이 없다는 사실을 확인한 후, 코너는 문을 잠그고 벽난로에 불을 피웠다. 그녀가 자신을 향해 소리를 지를 것이라고 예상했는데 침묵을 유지하고 있자 더욱 걱정이 되었다. 분명 브렌나는 자신에게 화가 나 있을 것이다. 왜냐하면 질리를 남겨두고 오자고 주장한 사람은 바로 코너 자신이기 때문이었다. 그는 브렌나가 분노를 마음속에 묻어버리기를 원치 않았다. 마음을 빨리 열면 열수록 빨리 잠들 수 있을 테니까.

형이 말한 대로라면, 여자들에게는 생각만으로도 분을 삭일 수 있는 특이한 능력이 있다고 했다. 남자들은 그런 능력이 없었다. 분노가 종종 해를 거듭하면서 전사의 마음을 괴롭히는 경우는 있었지만.

「당신 지금 떨고 있소. 이리 와서 불을 쬐시오.」

브렌나는 순순히 코너의 말에 따랐다. 그녀가 침실을 가로질러 오자, 코너는 그녀를 잡아당긴 뒤 자신에게 소리쳐도 된다는 허락을 내렸다.

「난 소리치고 싶지 않아요.」

그녀가 당황하는 얼굴로 대답했다.

「당신이 나에게 화났다는 사실을 알고 있소. 그 일에 대해 지금 내게

다 말하고 화를 푸시오.」

「난 당신에게 화나지 않았어요.」

「내가 당신의 말을 남겨두고 와야 한다는 결정을 내렸잖소.」

「그러나 그 일은 반드시 필요했어요.」

그녀는 몸을 돌리고 불을 응시했다.

「맥네어의 책임이에요.」

「그렇소.」

「그는 질리를 그렇게 만들면서 즐거웠을까요?」

「더 이상 그 일에 대해 생각하지 마시오.」

「대답해주세요.」

그녀의 목소리가 의도한 것보다 더 날카롭게 들렸지만, 코너는 전혀 신경 쓰지 않았다.

「그렇소. 난 그가 말을 도살하면서 즐거워했을 거라 확신하오.」

「난 질리가 빨리 죽었기를 바래요. 그랬을까요?」

그는 그녀를 똑바로 쳐다보면서 거짓말을 했다.

「그렇소.」

「어떻게 그렇게 확신을 하죠?」

「난 알 수 있소.」

「내가 질리의 갈기에 묶어놓은 리본을 없앴어야 했어요. 그 리본을 보고 질리가 내 말이라는 단서를 찾았을 거예요.」

「그렇지 않아도 알 수 있었을 거요. 질리는 우리들의 말보다 몸집이 작은 종류요.」

코너는 모든 일을 원만히 해결하고 있었다. 그녀는 몸을 빼고 그의 얼굴을 살펴보았지만, 그 어떤 분노도 발견할 수 없었다.

「당신은 매우 침착해 보이는군요. 소리치고 싶은 생각은 없나요?」

「그렇게 한다고 뭐가 달라지는 거요?」

그녀는 고개를 흔들었다. 그가 옳았다. 폭언을 퍼붓고, 고함을 친다고 해서 질리가 그녀에게 돌아오는 건 아니었다.

「왜 맥네어는 질리를 그렇게 만들어서 우리에게 보낸 건가요?」

「그가 해놓은 짓을 우리가 보길 원하는 거요. 자, 침대로 가서 좀 쉬시오.」

「그건 당신을 향한 메시진가요 아니면 날 향한 건가요?」

「나요.」

「질리는 내 말이에요.」

「당신은 내 사람이오.」

「뭘 전달하려는 거죠?」

「휴의 부하들이 전하기를 맥네어가 그것을 선물이라고 불렀다고 하더군.」

그는 브렌나를 가까이 잡아당긴 뒤 옷들을 벗기기 시작했다. 그리고 슈미즈를 벗기려 하자 브렌나는 저항했다.

「난 추울 거예요.」

그는 그만두지 않았다.

「내가 당신을 따뜻하게 해줄 거요. 아직까지도 당신 아버지가 준 목걸이를 하고 있군. 그걸 던져버리라고 한 것 같은데.」

솔직히 코너는 그 나무 메달에 관심이 없었다. 목걸이는 해가 되지 않았으니까.

「난 그러지 않을 거예요.」

「뭘 말이오?」

「버리지 않을 거라구요.」

「나 또한 당신이 그러지 않으리라는 것을 알고 있소.」

그가 재미있다는 듯이 말했다.

「당신 오늘밤에는 정말로 지친 것 같군, 안 그렇소?」

「그래요. 하지만 오늘밤 잠을 잘 수 있을지 모르겠어요. 너무나 화가 나 있고…….」

「그리고 뭐요?」

그녀는 아직 자신이 두려워하고 있다는 사실을 인정하고 싶지 않았다.

「당신도 나와 함께 침대로 가지 않을래요?」

「아직은 아니오. 아직 완수해야 할 의무가 하나 더 남아 있소」

「중요한 건가요?」

「그렇소」

「그럼 내 옆에서 휴식을 취해요. 아주 잠깐만이라도요」

그녀는 그가 동의할 때까지 침대로 가지 않을 것 같았다. 그래서 그는 자신의 부츠를 벗고, 등을 쭉 펴고 누워 머리 밑으로 팔베개를 한 뒤 천장을 바라보았다. 그런 모습이 브렌나에게는 한없이 태연하게만 보였다. 어떻게 저렇게 태연할 수 있을까?

브렌나는 문 쪽에 눕고 싶었으나 코너가 그녀를 창 쪽으로 눕게 만들었다. 그녀는 폐허를 바라보고 싶지도 않았고, 코너를 쳐다보고 싶지도 않았다. 왜냐하면 그의 차가운 태도는 달빛이 비치는 창 밖의 풍경만큼이나 그녀를 불안하게 만들었기 때문이었다.

브렌나는 남편의 무관심한 태도를 이해할 수 없었다. 코너가 질리를 내려다보았을 때 그의 표정은 무관심 그 자체였다. 혹시 전령들에게 당황하는 모습을 보이기 싫어 그런 건 아닐까? 그러나 지금은 그 사실을 확신할 수가 없었다.

그래, 물론 내가 말을 키우고 끔찍이 사랑했지만 질리는 동물이었어. 코너도 그의 부하들 중에 한 사람이 그런 식으로 끌려 왔을 때에는 다르게 행동할 거야!

침묵 속에서 시간이 지나가는 동안 그녀는 남편의 행동에 대해 생각했다.

「누가 그걸 보냈다고 했죠?」

「휴.」

「그는 맥네어의 동맹인가요?」

「만약 맥네어의 동맹이었다면 이미 오래 전에 죽었을 거요.」

「그럼 당신의 동맹인가요?」

「휴의 영지는 내 땅의 남쪽에 붙어 있소. 난 그가 내 길을 막지 않는 한 평화롭게 살도록 건드리지 않소.」

「난 그런 사람을 믿을 수가 없어요.」

「나도 그렇소.」

브렌나는 겨우 눈을 뜨고 있었지만, 틈틈이 하품을 하고 있었다. 그러나 잠에 빠지는 대신 그와 이야기를 하기로 결심한 것 같았다. 그는 브렌나를 꼭 끌어안고 등을 살살 토닥거렸다. 몸에서 발산되는 열기가 전해지자, 순식간에 그녀는 꾸벅꾸벅 졸기 시작했다.

「맥네어는 악마예요. 그리고 악마는 아무것도 두려운 게 없어요.」

브렌나가 말했다.

「악마는 다른 사람들을 괴롭히고 두려움에 떨게 만들어요.」

코너는 눈을 감고 그녀가 그 잡종을 두려워한다고 고백하기를 기다렸다. 그녀는 완곡한 방법으로 그 사실을 인정했다.

「특히 여자들은 그러한 존재를 두려워해요.」

「그러나 당신은 아니오. 당신은 내가 당신에게 어떠한 일도 일어나지 않게 하리라는 사실을 잘 알고 있소. 안 그렇소, 브렌나?」

「그래요. 당신도 내가 당신에게 어떠한 일도 일어나지 않게 막을 것이라는 사실을 알고 있죠? 그렇죠, 코너?」

그는 미소를 지으면서 이마에 키스를 해주었다.

「맥네어는 불사신이 아니오. 그리고 그 또한 다른 사람들처럼 두려워하는 것이 있소. 특히 한 사람을 두려워하고 있소.」

「당신은 그 사실을 확신하고 있군요.」

「그렇소.」

「여자들도 그 사람을 두려워할까요?」

「아니오.」

「누구지요?」

그녀의 목소리에는 힘이 없었다.

그녀는 그 악마가 두려워하는 남자의 이름을 남편이 대답해주기도 전에 잠이 들었다.

한 시간 정도 잠에 빠졌을까 했는데 갑자기 도개교가 내려가는 소리와 귀에 거슬리는 소리들 때문에 잠에서 깼다.

코너는 그녀와 함께 침대에 있지 않았다. 그녀는 플래드를 움켜쥐고는 창가를 향해 몸을 돌렸다.

밖의 풍경은 굉장히 기묘했다. 말을 탄 한 무리의 병사들이 한 손에는 활활 타는 횃불을 들고, 다른 한 손에는 노끈을 들고 천천히 다리를 건너고 있었고, 뼈만 남은 시체가 그들 뒤로 끌려가고 있었다. 말에 의해 끌려가는 소리가 나무로 만든 두꺼운 판자에 부딪혀 작은 메아리를 만들었다. 코너가 무리를 이끌고 있었다. 파괴된 건물에 도착하자, 모든 사람들이 말에서 내렸다. 그들은 둥글게 원을 만들더니, 가운데에서 네 명의 병사가 땅을 파기 시작했다. 그들의 그림자가 흔들리는 불빛에 반짝이고 있었다.

구덩이를 다 파자, 횃불과 시체를 그 안으로 던지고는 다시 흙으로 메웠다. 그리고 단 하나의 횃불만을 남겨놓은 채, 무리는 천둥과도 같은 소리를 내면서 다리를 건너왔다. 유일하게 남아 있는 횃불은 폐허 위에서 혼자 불침번을 서고 있는 것같이 보이더니, 곧 두어 번 깜박이고는 사라졌다.

브렌나는 창가에 서서 남편이 보이기를 기다렸다.

10분 정도의 시간이 흐른 뒤 퀸란과 크리스핀이 성안으로 돌아오자, 그녀는 뒤로 걸음을 옮겨 어둠 속으로 몸을 숨겼다. 병사들은 씻으러 호수로 갔다. 코너 또한 그들을 따라갔을 것이다.

한 시간 정도 흐른 뒤, 길 위로 코너의 모습이 보였다.

그의 모습이 눈에 들어오자 그녀는 숨이 넘어갈 뻔했다. 그가 다가오기 전까지 위험한 느낌을 받지는 못했지만 순간적으로 그녀는 변화를 눈치챌 수 있었다. 그는 지금 육식동물처럼 움직이고 있었다.

그는 이미 공격 준비가 되어 있었다. 그에게서 발산되는 힘은 브렌나의 심장을 빨리 뛰게 만들었다. 그녀는 갑작스러운 추위를 느끼면서 플래드를 꼭 감싸 둘렀다.

브렌나는 바로 앞에서 보는 것처럼 코너의 분노를 느낄 수 있었다. 질리가 끌려온 핏자국을 따라 움직이더니, 말이 누워 있던 장소에 머무르는 순간 움직임이 멈췄다. 그리고 몸을 한 번 떤 뒤 머리를 뒤로 젖히고 하늘을 쳐다보았다. 꽉 다문 아래턱에서 혈관이 요동을 쳤다. 그는 분노를 소진시키고 있었다. 그는 횃불을 공중으로 집어던지고 검을 두 손에 쥐더니, 머리 위로 들어올렸다가 피 묻은 땅에 깊이 꽂았다.

브렌나는 폐허를 쳐다보다가 갑자기 코너의 분노를 이해할 수가 있었다. 그는 그의 아버지가 폐허에서 죽었다고 말했다. 그러나 누가 그런 일을 저질렀는지 물어보지 않았다. 그러나 이제 누구에게 그 책임이 있는지 물어볼 필요가 있었다.

브렌나는 깊이 숨을 들이마시고, 남편에게 눈을 돌렸다. 그도 똑바로 브렌나를 쳐다보더니, 한참 뒤 땅에서 검을 뽑아 들고는 길을 따라 걷기 시작했다. 그의 표정은 살인을 저지를 것처럼 무서웠다.

그녀는 방 한가운데서 그를 기다렸다. 발소리가 점점 더 가까이 들려왔다. 코너가 돌아오면, 그녀는 상냥한 속삭임과 부드러운 애무로 그를 진정시킬 생각이었다.

그녀는 영주가 야만인으로 변하는 모습을 보았고, 코너야말로 맥네어가 두려워하는 유일한 사람이라는 것을 의심하지 않았다. 브렌나는 그 돼지에게 어떤 불쌍한 감정도 가질 수가 없었다.

코너는 자신의 일에 정신을 집중할 수가 없었다. 그의 아내에 대한 생각과 어제 저녁 그가 했던 일들이 자꾸 생각났다.

그는 짐승처럼 행동했다. 분을 삭이고 자제력을 찾을 때까지 호수에 머물러야 했다. 그러나 브렌나가 그를 부르며 오라고 유혹한 순간 저항할 수가 없었다.

그녀는 그를 만지지 말아야 했다. 그는 계단을 오른 순간부터 그녀를 가져야겠다는 생각만 했다. 하지만 야만인처럼 그녀를 가질 생각은 전혀 아니었다. 솔직히, 그는 알 수가 없었다. 물론 브렌나는 그에게 저항하지 않았고, 멈추라고 요청하지도 않았다. 그녀는 팔로 그를 감싸고 놓지 않았다. 당연히 그녀는 그가 어떤 일을 할지 전혀 예상하지 못하고 있었다. 아마도 그의 생각을 조금이라도 알았다면 그를 부르는 게 아니라 창문에서 뛰어내렸을 것이다.

브렌나는 그를 용서하지 않을 것이다. 그는 그녀를 수치스럽게 만들며, 한 번도 아닌 두 번이나 그녀가 이해할 수 없는 방식으로 그녀를 가졌다. 코너는 자신이 브렌나를 원하는 이유를 정확히 알고 있었다. 그는 오랜 세월을 분노 속에서 살아온 사람이었다. 그에게는 브렌나의 상냥함과 사랑이 필요했다. 그녀와 함께 숨쉬고, 그녀를 느끼고…….

「코너, 자네 피터를 질식시키고 있다네.」

크리스핀이 영주의 뒤로 걸어와서 어깨에 손을 얹고 말했다.

코너는 병사를 밀어냈다. 피터는 뒤로 물러서서 여러 번 깊은숨을 마시더니, 숨을 캑캑거리고 다시 똑바로 섰다.

「난 자네 검을 빼앗아야겠어. 더 이상 참을 수가 없구먼.」

「영주님, 저는…….」

피터가 말을 꺼냈다.

코너는 손을 들어 그를 침묵시켰다.

「내게 변명하지 말게. 퀸란이 자네와 어떤 일을 해야 할지 결정할 걸세.」

그는 두 명의 지휘관과 중요한 문제를 의논하기 위해, 피터가 자리를 뜰 때까지 기다렸다. 크리스핀과 퀸란이 그의 옆에 섰다.

크리스핀은 그가 병사로서는 부적당하고 희망이 없으니 집으로 돌려보내야겠다고 느꼈다. 퀸란도 그 생각에 동의했으나 자신의 분노가 어떤 결정에 영향을 주지 않을 때까지 기다리기로 약속했다.

크리스핀이 주제를 바꾸었다.

「맥네어에게 어떻게 보복할 건지 결정했나?」

「그렇다네. 자네와 나는 오늘 오후 늦게 떠날 거야. 여덟에서 열 명 정도, 나와 같이 떠날 사람들을 선택하게.」

「킨케이드에게 먼저 가야 하는 거 아닌가? 그는 보복하지 않겠다는 자네의 약속이 지켜지기를 원할 텐데…….」

「형에게 가서 설명을 해야겠지. 그러나 가지 않을 생각이야. 물론 화를 내겠지만, 맥네어의 메시지를 듣는 순간 맥네어에게 내 메시지를 전달해야만 했다는 사실을 그 또한 인정할 거라 확신해.」

「자네 혼자 맥네어를 죽여서는 안 되네. 그걸 기억하게.」

퀸란이 요구했다.

「자네는 우리가 책임을 교대할 때마다 똑같은 요청을 하는구먼.」

크리스핀이 상기시켰다.

「영주 또한 자네가 적에 대해 어떤 생각을 가지고 있는지 확실히 알고 있네.」

「그리고 자네도 내가 코너와 말을 타고 나갈 때면, 똑같은 부탁을 하지 않나, 크리스핀.」

코너는 친구들의 토닥거리는 싸움을 말리면서, 때가 되면 두 사람 모두 데리고 가겠다고 약속했다.

「난 필요한 증거를 모을 때까지 그를 죽이지 않을 거야. 다른 무엇보다도 아버지에게 했던 약속을 지킬 거야. 크리스핀, 말을 타고 함께 나갈 사람들을 해지기 전까지 뽑아놓도록 하게. 퀸란은 나와 함께 앞뜰로 가세. 그럼 그사이 내가 없는 동안 자네가 해야 할 일들을 설명해주겠네.」

코너는 그들이 목적했던 곳에 다다르기 전에 병사들이 해야 할 일들의 윤곽을 정해주고는 마지막으로 한 가지 더 부탁을 했다.

「아내가 침실을 옮기는 것을 보거든 도와주도록 하게.」

「맥네어를 괴롭히는 일로 부인과 싸웠나 보군?」

「아니, 난 그 문제를 그녀와 의논하지 않았어. 왜 자네는 내가 그랬을 거라 생각하는 거지?」

「그녀는 자네 아내야, 코너.」

「나도 잘 알고 있네.」

「그리고 그녀의 말이 도살당했다고.」

「그런 이유 때문에 자네는 내가 그녀에게 내 계획을 설명할 거라고 믿는 건가?」

퀸란은 코너가 당황하는 표정을 보고 웃음을 터뜨렸다. 코너는 자신의 계획을 아내에게 설명한다는 게 결코 일어날 수 없는 일이라고 생각하는 것 같았다.

「대부분의 아내들은 남편들이 무슨 생각을 하고 어떤 느낌을 가지고 있는지 알고 싶어하네.」

「그런가?」

「그럼 자네 아내가 방을 바꾸는 데는 다른 이유가 있다는 거군.」

「그 문제는 자네와 이야기할 종류가 아니야.」

「그렇겠지. 그러나 자네 친구로서 자네의 그 결심 때문에 부인이 깊은 상처를 받을 거란 사실을 충고해주고 싶네. 그녀는 결코 이해하지 못 할 거야. 그녀가 자네에게 감정을 품고 있다는 사실을 자네도 눈치챘잖은 가?」

「그건 그래. 하지만 그렇기 때문에 난 그녀에게 다른 방을 주려고 하는 거라네. 자네에게 아무런 일도 없을 거란 사실을 보증하지.」

코너는 그 주제에 대해 더 이상 말을 하지 못하도록 했다. 그는 퀸란에게 자신의 일을 하러 나가라고 말하고는 홀 안으로 들어갔다.

일층 청소를 담당하는 하녀인 네타는 영주를 보자마자 식탁을 닦다말고 행주를 떨어뜨렸다. 그녀는 뒤로 한 발 물러서서는 더듬거리면서 인사를 했다.

하녀는 단지 그를 쳐다보는 것만으로 신경과민이 되어버리곤 했다. 코너는 그 이유를 알 수가 없었다. 그 여인이 성에서 일을 한 지는 일 년 정도 지났는데, 그 동안 코너가 그녀에게 언성을 높인 적은 단 한 번도 없었다.

「네타, 위층으로 올라가서 아내에게 내가 이야기를 나누고 싶어한다고 전해주게.」

「부인께서 아직 자고 있으면 깨울까요, 영주님?」

코너는 머리를 흔들었다.

「아니, 그렇게 급한 일은 아니야. 만약 곧바로 대답하지 않으면, 그냥 놔두고 오게. 조용히 해야 하네.」

그가 덧붙여 물었다.

「내 아버지의 미망인은 아직 주무시겠지?」

하녀는 서둘러 홀을 떠나다가 두 번이나 넘어질 뻔했다. 코너는 텅 빈 방 안을 응시하면서 브렌나가 내려오면 할말들을 정리했다. 전날 밤 행동에 대해 사과를 해야 할 것 같았다. 하지만 그는 그러지 않을 생각이었다. 이유는 아주 단순했다. 그는 절대로 그런 것을 해본 적도, 하고 싶은 생각도 없었다. 또한 그 누구에게도 미안하다는 말을 하지 않을 거고, 어떻게 하는 건지 배운 적도 없었다.

네타가 맥칼리스터 부인이 방에 없다는 소식을 가져왔을 때, 코너는 벽난로의 반짝이는 불빛을 쳐다보고 있었다. 그는 네타에게 하인들을 밖으로 보내 그녀를 찾아보라고 명령한 뒤, 하던 생각을 계속 이어갔다. 아내와 정보를 나누라는 퀸란의 의견은 매우 놀라웠다. 그는 알렉도 제이미와 걱정거리들을 이야기하는지 궁금했다. 아니, 아마 그는 그러지 않을 것이다. 남자들은, 아니 어쩌면……

그는 넌더리가 난다는 듯이 머리를 흔들었다. 결혼이라는 것은 그의 인생을 복잡하게 만들었다. 결혼 전에 그 사실을 깨달았어야 했다. 이제 와서 그런 생각을 해봐야 무슨 소용이 있을까. 하지만 그는 결코 브렌나를 포기할 생각이 없었다. 다른 누군가가 그녀와 함께 있다는 상상만으로도 화가 났다. 그렇다면 자신은 그녀와의 결혼을 좋아한다는 것일까?

스스로 인정한 사실은 코너를 다소 화나게 했다. 그는 자신의 우두머리에게 좋은 인상을 주려고 노력하는 어린 병사들처럼 행동하고 있었다. 이미 아내를 터무니없이 부드럽게 대하고 있었고, 만약 주의하지 않는다면 그녀와 사랑에 빠질지도 모르는 일이었다. 그렇게 되면 어떤 일이 일어날지 정확하게 알고 있었다. 그녀는 그를 남겨두고 죽게 될 것이다.

브렌나를 사랑하는 일은 두통만큼이나 가치 없는 일이었다.

크리스핀이 킨케이드 영주가 도착했다는 전갈을 전하기 위해 안으로 들어왔지만, 이미 알렉은 옆에 서 있었다. 잠시 뒤 달려온 퀸란이 킨케이드 영주에게 절을 한 뒤 코너에게 시선을 돌렸다. 그는 코너가 자신의 형이 온 것을 아직까지 알지 못하고 있다는 사실이 재미있었다. 그렇게 무엇인가에 열중해 있는 것은 코너답지 않은 일이었다. 브렌나를 생각하고 있는 게 분명했다.

알렉은 동생이 정신을 빼놓고 있다는 사실이 마음에 들지 않았다.

잠시 후 코너는 자신을 쳐다보는 나이 많은 형의 눈을 보면서 정신을 되찾았다.

「지금 형이 왔다고 보고하려던 참인가, 크리스핀?」

「그는 네가 날 쳐다보기를 기다리고 있었다.」

알렉이 말을 가로챘다.

「사람들에게 등을 보여주는 건 자기를 죽여달라는 신호라고 말한 것 같은데…….」

「가족의 경우는 달라요, 알렉. 위험한 일이 아니라구요.」

그가 앞으로 나와 정식으로 알렉에게 절을 하고는 말했다.

「당신의 존재와 당신의 명예를 섬깁니다, 영주님.」

「네 예절은 아직도 멀었어.」

「제가 아는 모든 것을 형에게 배웠어요. 뭔가 또 형을 화나게 했군요. 검을 들고 있는 걸 보니 알겠어요.」

「난 매우 화가 나 있다. 내 부하들이 담 아래서 날 기다리고 있어. 우리는 감히 니를 거부한 남자를 사냥하러 갈 예정인데, 네가 같이 가주었으면 한다.」

「좋아요.」

알렉은 고개를 끄덕였다. 코너가 누구냐고 묻지도 않고 흔쾌히 동의했다는 사실이 그를 기쁘게 만들었다. 나이 많은 형은 그게 다 자신의 교육 덕이라는 오만한 결론을 내릴 수 있었다.

홀 안으로 걸어 들어오면서, 그는 식탁으로 가는 길에 동생의 어깨를 세게 쳤다. 그리고 홀 안의 의자 중 유일하게 등받이가 긴 의자에 앉으며 코너에게 옆자리에 앉으라는 몸짓을 했다.

「도슨은 내가 한 말의 의미를 알아듣지 못하는 것 같아. 여기 물 한 잔!」

알렉이 아치 모양의 문 아래서 서성거리고 있는 네타를 불렀다.

하녀는 절망적으로 자신의 주변을 돌아보았다. 그녀는 자신이 들고 있는 물건들을 놓아둘 만한 장소를 찾고 있었다. 그녀는 방을 가로질러 코너에게 인사를 하고 그의 옆 식탁에 물건들을 올려놓았다.

「전 부엌에 있던 하인 세 명에게 부인을 찾으라고 일렀습니다. 하지만 영주님, 부인은 물건들만 떨어뜨린 채 이미 어디론가 자리를 옮겼다고 합니다. 그들은 아직까지도 부인의 자취를 찾고 있어요. 킨케이드 영주님의 심부름을 한 뒤 제가 이 물건을 어디에다 놓아야 할지 알려주시겠습니까?」

코너는 아내에게 굉장히 화가 나서 고개를 거칠게 흔들었다.

「여기에다 놓고 가게, 네타.」

그녀는 다시 절을 하고는 알렉에게 물을 가져다주었다. 코너는 컵과 물주전자를 알렉 앞에 내려놓는 네타의 손이 떨리고 있다는 사실을 눈치챘지만 전혀 놀라지 않았다. 여자들은 그의 형에게 더욱더 위협을 느꼈다.

「아내를 잃어버린 거냐?」

알렉이 침착하게 물었다.

「물론 아니에요」

코너가 대답했다.

알렉은 손을 뻗어 네타가 놓고 간 물건 중 노란색 리본을 집어들었다.

「이것들은 다 뭐냐?」

「그건 리본이고 옆에 있는 건 동전지갑하고 단검. 솔직히 알렉, 난 그녀를 어떻게 해야 할지 모르겠어요. 브렌나는 걸어다니는 동안에도 자기 신발조차 제대로 간수할 줄 몰라요. 계속 물건을 흘리고 다닌다니까.」

알렉은 브렌나의 건망증이 매우 재미있었다. 그는 하녀들이 주운 물건을 집어넣을 수 있도록 홀 안에 상자를 하나 준비하라고 간단한 해결책을 제시했다.

「허락해주신다면, 전 업무를 계속할까 하는데요.」

크리스핀이 입구에서 소리쳤다.

「내가 자네 아내를 찾으러 갔으면 좋겠나?」

퀸란이 물었다.

「난 자네들 두 사람도 우리의 대화에 끼였으면 하네. 내가 토론하려는 것들은 자네들과도 관련이 있는 문제니까.」

알렉은 말을 하고 두 사람이 코너 맞은편에 앉기를 기다렸다.

「우리는 이주 정도 떠나 있을 것 같네. 도슨과 그의 부하들이 산에 숨어 있어서 그를 끌어내는 데 시간이 좀 걸릴 것 같아.」

「그런데도 출발을 서두르는 기색이 없군요.」

코너가 언급했다.

「도슨은 어디에도 가지 않을 테니까. 그 멍청이는 안전한 곳에 숨어 있다고 생각해.」

그가 머리를 흔들면서 대답했다.

「그의 부하들은 몇 명이나 됩니까?」

크리스핀이 물었다.

「확실한 숫자는 아직 모르고 있다네. 퀸란, 이번에 자네 영주가 자리를 비우면, 요새는 자네가 지키는가?」

「네, 영주님.」

「외곽과 성의 경비병 숫자를 지금의 두 배로 늘리게.」

「이미 지시를 내렸어요, 알렉. 형은 형 일이나 신경 쓰면 돼요.」

코너가 말했다.

「문제가 있으리라고 생각하십니까?」

크리스핀의 물음에 코너가 대답을 가로챘다.

「알렉은 항상 문제가 있을 경우에 대비하고 있어. 물론 우리도 그렇지만.」

「자네가 신부를 데려갔다는 사실을 알고 난 뒤, 맥네어는 거의 분노로 미쳤다고들 하더군. 그는 경호원들로부터 브렌나가 기꺼이 자네를 따라갔다고 확인한 모양이야. 이제는 자네만큼이나 브렌나를 비난하고 있으니까.」

「그녀는 책임이 없어요.」

코너의 대답에, 퀸란이 믿을 수 없다는 듯이 물었다.

「그녀의 병사들이 잉글랜드로 돌아가지 않고, 맥네어에게 갔다는 말인가? 그들의 어리석음에 한숨이 다 나오는군.」

「그들은 맥네어에게 어떤 해결책을 구하기로 했다더군.」

알렉이 설명했다.

「자네들은 맥네어가 어떤 곤경에 빠졌었는지 상상할 수 없을 거야. 결혼 축하를 위해 거의 백여 명의 하객이 와 있었다네. 그는 신부가 저녁 때쯤 도착할 것으로 예상했는데 말이야. 그는 추가 병력을 보내 서둘러 신부를 데려오라고 명령했네. 당연히 그는 손님들 앞에서 치욕을 당했지. 젠장, 퀸란, 감히 내가 말을 하는데 재미있어 하다니!」

「전 맥네어의 치욕이 너무 재미있는 이야기라고 생각했습니다.」

퀸란이 인정했다.

「저도 그런 걸요.」

코너가 맞장구를 쳤다.

「저도요.」

크리스핀이 말했다.

그들의 충성심은 완벽한 하나였다. 세 사람은 서로 형제 같았다. 알렉은 그들 사이에 존재하는 유대감을 이해했다.

「자네들이 맥네어에게 어떤 감정을 지니고 있는지 이해하네. 나 또한 그를 별로 좋아하지 않으니까. 하지만 그와 그의 아버지가 네 아버지의 죽음에 책임이 있다는 사실을 확인할 때까지 기다려야 해, 코너.」

그는 크리스핀이 끼여들려는 것을 손을 들어 막은 뒤 말을 이었다.

「네가 우리 집에 처음 발을 들여놓았을 때 말했을 거다. 적절한 증거를 찾을 때까지 도널드 맥칼리스터의 검은 계속해서 내 집 벽에 걸려 있을 거라고 말이야. 난 그 사실을 다시 한 번 상기시키려는 거야. 자네들도 마찬가지야. 어느 누구도 맥네어를 죽일 수는 없어. 내가 내 생각을 완벽하게 전한 건가?」

「그래요.」

코너가 대답했다.

「형은 우리의 영주님이시고, 당신이 희망하시는 것을 우리는 항상 명예롭게 기억하고 있을 거예요.」

「네 의견을 말해도 좋다.」

코너는 어렵사리 자신의 기분을 다스렸다. 그 맹세에 대해 어떻게 생각하는지 말하고 싶었지만, 퀸란과 크리스핀 앞에서 영주에게 대놓고 잘못을 지적하는 것은 잘못된 일이었고, 그것은 알렉의 지위를 손상시키는 행위였다.

「이제 우리의 의무를 상기시키는 일은 마친 겁니까?」

알렉은 엄한 시선으로 그를 보았다.

「난 오래 전에 내 손으로 맥네어를 죽이지 않겠다고 맹세했다. 왜냐하면 만일 맥네어가 유죄라는 사실을 증명하면 그의 생명은 네 것이기 때문이지. 신께서 내게 너희 세 사람의 생명을 지키라는 불가능한 의무를 지워주셨어. 난 널 내 집안으로 들이는 순간 그 의무를 받아들였지. 그때 너는 거의 죽은 목숨이었고, 내 아내는 일주일 동안 초조하게 너를 간호했다. 그리고 나는 그때 네가 날 불신하던 일을 아직까지 용서하지 못하고 있어.」

「나도 기억해요. 형은 나에게 날 죽게 내버려두지 않을 거라고 말씀하셨죠.」

알렉이 웃음을 터뜨렸다.

「그리고 넌 내게 다른 사람들을 데려오라고 명령을 내렸지.」

알렉이 크게 한숨을 내쉬었다.

「넌 그때부터 계속해서 내게 명령을 했어. 내게 퀸란과 크리스핀을 죽게 내버려두면 안 된다고 맹세를 시킨 것도 기억하니? 물론 넌 기억 못하겠지.」

알렉은 말을 하다가 문득 생각났다는 듯이 말을 이었다.

「그리고 넌 브렌나와 결혼하게 된 연유를 설명하면서 한 가지를 말하지 않았더구나.」

「어떤 거요?」

알렉은 그의 질문에 즉시 대답하지 않았다.

「맥네어의 부하 두 사람이 세 명의 잉글랜드 병사들과 함께 잉글랜드로 떠났다. 그들은 헤이네스워스 남작의 성으로 향하고 있다.」

「헤이네스워스 남작이 누굽니까, 킨케이드 영주님?」

크리스핀이 물었다.

「브렌나의 아버지네.」

「부인을 경호하던 사람들은 모두 열두 명이었습니다.」

퀸란이 말했다.

「그들 중 세 명만이 남았네. 맥네어는 그 나쁜 소식을 듣고 싶어하지 않아 했어. 그는 브렌나의 아버지에게 모든 책임을 전가했다네. 딸을 너무 독립적으로 키웠다는 거지. 그리고 즉각 보상을 요구할 예정인 것 같아. 난 남작을 잘 모르기 때문에 동맹이 깨졌다는 소식을 들었을 때 어떻게 행동할지 예상할 수는 없지만, 만약 내 딸이 어떤 남자와 결혼하려고 다른 남자와 파혼했다면 그때 내가 어떻게 행동할지는 예상할 수 있어. 아마도 내 딸을 쫓아가 진실이 무엇인지 물어보겠지.」

「다시 말해, 영주님은 남작이 군대를 이끌고 이곳으로 올 거라고 생각하신다는 거죠?」

「가능한 일이야.」

코너가 어깨를 으쓱해 보였다.

「일어날 수 있는 일이면 일어나라죠.」

「그녀의 아버지가 너에게 도전을 해오면 어떻게 할 거냐?」

「그 누구도 내게서 브렌나를 빼앗아갈 수 없어요.」

언성을 높이지는 않았지만, 그의 말 한마디 한마디에는 힘이 들어가 있었다.

「그럼 그녀의 아버지를 죽일 건가?」

크리스핀이 약간 호기심이 깃들인 목소리로 물었다.

「만약 그렇게 되면, 아마도 아내는 화를 내겠지.」

「아마도?」

알렉이 물었다.

「지금은 그냥 그녀의 아버지가 어떻게 행동할지 기다려볼래요.」

알렉은 동생이 성급한 결정을 내리지 않는다는 사실이 만족스러워서 고개를 끄덕였다.

「이 사실을 브렌나에게 말하지 말아라. 왜냐하면 여자들은 작은 일에도 너무 걱정하는 경향이 있으니까 말이야. 제이미는 맥네어가 브렌나의 말에게 한 짓을 듣고는 굉장히 화가 나 있어. 솔직히 말하면, 그 악의 있는 행동에는 나도 마음이 아팠다. 불행히도 제이미는 휴에게서 모든 사실들을 상세히 캐냈지.」

「휴 영주님이 당신에게 갔습니까?」

퀸란이 물었다.

「한밤중에 도착했겠군요?」

크리스핀도 한마디 던졌다.

「아니, 그는 저녁 늦게 도착했네. 우리 경비병 중 한 사람이 그에게 길을 안내했지. 코너, 휴는 굉장히 불안해하더구나. 맥주를 꽤 많이 들이 켜고 난 뒤에야 내게 흥미로운 일들을 설명해줄 수 있었다. 너도 알다시 피 그는 맥네어와 너 틈에서 동맹을 맺자는 괴롭힘을 당하고 있었어. 오 래 전에 그는 나에게 찾아와 네가 무력으로 자신의 마음을 바꾸지 못하 도록 막아달라는 부탁을 했거든. 난 그에게 내 동생은 결코 그런 일을 하지 않을 거라고 확신시켰단다. 하지만 맥네어에 대해서는 똑같은 확신을 할 수 없었지. 휴는 그저 평화롭게 살기를 원했을 뿐이야. 그의 할아버지와 아버지가 다스리던 땅을 한 뼘도 보태지도 빼지도 않고, 너와 네 적 사이에서 다스리고 있는 거지. 그에게는 그 영지를 유지하는 것만으로도 벅차. 왜냐하면 그의 부하들은 너의 두 동료 중 한 사람이 데리고 있는 사람들 수에도 미치지 못하니까 말이야. 휴는 그 어느 쪽의 손을 들어줄 생각도 없고 어느 쪽에게 불평등하게 대할 생각도 없어. 난 그에게 도움을 주겠다고 약속했다. 그는 해가 될 것이 없는 노인이고, 코너, 난 그를 괴롭힐 생각이 전혀 없어.」

「나 또한 그를 보호할 거예요, 알렉.」

「난 네가 그러리라고 생각했어. 그러나 만약 그가 네 보호를 받아들이면, 그의 부하들은 네가 등을 돌리는 순간 학살당하고 말 거야. 왕께서는 특별히 노인들을 공경하는 분이니 휴에게 어떤 불행한 일이 생기면 굉장히 실망하실 거야. 난 왕의 중재자로서 맥네어에게도 모든 상황을 설명하고 휴가 중립적인 위치에서 지낼 수 있도록 혼자 남겨두라고 부탁했어.」

「맥네어는 계속 그에게 압력을 행사하고 있는 겁니까?」

「그래.」

알렉이 대답했다.

「휴는 결혼식 피로연에 참석해달라는 초대를 받고 맥네어의 성에 갔어. 그러나 그 노인은 그 장소를 재빨리 벗어날 수가 없었나봐. 그래서 맥네어가 야만스러운 방법으로 그를 화나게 했던 사람들을 처분하는 방법을 어쩔 수 없이 목격하고 만 거야.」

「잉글랜드 병사들…….」

크리스핀이 상황을 분명하게 인지하고 말했다.

「아홉 명의 병사들이 부인의 말과 똑같은 방식으로 죽음을 당했군요.」

알렉은 코너를 쳐다보면서 천천히 고개를 끄덕였다.

「말할 필요 없이, 휴는 그가 본 것들 때문에 심하게 동요하기 시작했어. 난 브렌나가 그 병사들에 대해서는 아무것도 모르기를 바란다. 하나 님이 도우신다면, 그녀는 모르고 지나갈 수 있겠지.」

그가 말하는 것들은 정말로 희망으로 끝나고 말았다. 브렌나는 이미 그들이 말하는 모든 것들을 다 듣고 있었다. 그녀는 뒷문을 통해 성안으로 들어오던 중, 알렉의 목소리를 듣고 인사를 하기 위해 옷매무새를 가다듬었다. 자신의 이름이 언급되기 전까지 절대로 엿들을 생각은 없었다. 그녀는 왜 자신의 이름이 언급되고 있는지 알고 싶어서 멈춰 섰던 장소에서 살며시 걸음을 옮겼다. 그들의 낮은 목소리는 그들의 대화가 아주 중요하다는 사실을 암시했다. 브렌나는 자신의 행동이 옳지 않다고 생각하면서도 그 순간 전혀 신경을 쓰지 않았다.

알렉이 그녀 아버지의 부하 아홉 명에게 어떤 일이 생겼는지 설명하는 순간 그곳에서 달아나고 싶은 심정이었다. 그 끔찍한 광경을 그려보고는 몹시 마음이 아팠다. 브렌나는 뱃속에서 느껴지는 통증 때문에 몸을 반으로 꺾고는 죽은 병사들의 영혼을 위해 기도했다. 그리고 조금이라도 자제력을 찾을 수 있도록 기도했다. 나중에 혼자 침실에 있게 되면, 무릎을 꿇고 하나님에게 그들의 명복을 빌겠다는 맹세를 했다. 그 맹세를 마치자마자, 코너를 보내주신 하나님께 감사를 드렸다. 코너를 제시간에 보내주지 않았다면, 그녀는 지금쯤 사탄의 아내가 되어 있을 것이다.

커다란 홀에서 들리는 대화에 정신을 집중하면서 그녀는 울음을 멈췄다. 혼자 있게 되면 얼마든지 눈물을 흘릴 수 있다고 스스로에게 약속하면서 대화에 정신을 집중시켰다.

「수십 년 동안 그렇게 살아남았으면서도 휴는 아직도 어쩔 수 없이 천진한 사람이더군.」

알렉이 말했다.

「그는 굉장히 불안정한 상태에서 집에 도착했지. 바로 그 다음날 아침에 그의 부하 중 한 사람이, 처참하게 찢긴 브렌나의 말을 코너 네게 보내라는 메시지와 함께 그의 영지 경계선에 버려져 있다는 사실을 보고

한 거야. 휴는 네가 그것을 보고 싶어한다고 확신했다더군. 맥네어가 그 걸 선물이라고 불렀다면서.」

「네. 그리고 휴는 곧바로 말을 타고 형에게 간 거군요.」

코너가 대답했다.

「난 또 다른 문제를 너와 이야기하고 싶구나. 코너, 사실 우리가 지금 토론하고 있는 것보다 중요하지 않지만, 휴가 했던 말들을 되새기다가 발견한 사실이다.」

「그가 뭐라고 했는데요?」

「휴는 브렌나가 청혼했을 때 그녀가 어린아이였다고 하더구나. 잉글랜드 병사들 중 한 사람한테 들었다는 거야. 넌 그 이야기를 내게는 하지 않았지? 넌 맥네어를 건드리지 말라던 내 명령을 어긴 것 같은데…….」

알렉은 식탁을 주먹으로 쾅 내리치면서 소리를 쳤다. 그 순간 브렌나가 그를 향해 소리치면서 들어왔다.

「좋은 날이지요, 킨케이드 영주님? 이렇게 뵙게 되니 얼마나 좋은지 몰라요.」

눈 깜짝할 순간에 인상을 쓰고 있던 알렉의 표정이 진실한 미소로 바뀌며 그녀를 향해 웃어 보였다. 퀸란과 크리스펀도 안심한 듯한 표정으로 그녀를 쳐다보았다.

그녀는 곧바로 알렉에게 가면서 생각에 잠긴 코너의 눈동자를 흘깃 쳐다보았다. 그리고 그들의 손님에게로 몸을 돌렸다. 굉장한 열정으로 그녀는 알렉의 손을 꼭 잡고 그를 다시 보게 되어서 얼마나 행복한지를 알렸다. 그리고 순간 자신의 실수를 알아차리고는 손을 놓았다.

알렉은 그녀의 애정 어린 행동에 놀랐지만 동시에 매우 기분이 좋았다. 그는 다시 그녀의 손을 잡았다.

「오히려 내가 더 기쁘오, 브렌나. 오늘은 기분이 어떻소?」

그는 브렌나 이마의 실 자국을 쳐다보면서 물었다.

「덕분에 무척 좋아요. 어떻게 기분이 안 좋을 수가 있을까요? 날씨가 이렇게 좋은데…….」

「지금 비가 오고 있습니다, 부인.」

크리스펀이 그녀에게 상기시켰다.

「비는 이미 그쳤어요.」

그녀는 다시 알렉을 보며 말을 이었다.

「제발 다시 앉아요. 제가 중요한 회의를 방해한 것은 아니겠죠? 그랬다면 정말로 죄송해요. 제이미도 같이 오신 건가요, 영주님?」

알렉이 그녀의 손을 놓고 대답했다.

「그녀는 집에 있소.」

「정말로 유감이네요. 당신이 다음에 코너를 만나러 오실 때에는 제이미를 꼭 데리고 오셨으면 해요.」

다시 한 번 앉으라고 말한 뒤에야 남자들은 자리에 앉았다. 그녀는 코너 곁으로 가서 그가 자리에 앉을 때까지 기다렸다가 그의 어깨에 손을 얹었다. 그 행동은 애정을 보여주기 위해서가 아니라 알렉에게 코너에 대한 자신의 충성심을 보여주기 위한 행동이었다.

「부인은 잘 계시지요?」

「나 또한 그녀가 잘 있기를 바라오.」

알렉이 대답했다. 제이미에 대한 이야기를 하는 그의 눈에는 따뜻한 기운이 감돌고 있었다.

「아내는 나와 말을 하려 하질 않고 있소.」

「어머.」

「제이미는 그녀의 남편만큼이나 고집스러울 때가 있으니까⋯⋯.」

코너가 자신의 의견을 말했다.

「솔직히 틀린 말은 아니지.」

알렉이 미소를 지으면서 인정했다.

「그녀는 내가 메리 캐슬린에게 가는 것을 막았기 때문에 화가 나 있소. 내 딸의 출산일이 가까워지고 있거든.」

그는 브렌나가 알아듣기 쉽게 자세히 설명을 했다.

「첫아기이기 때문에, 아내는 자신의 존재가 메리의 출산을 도울 수 있다고 믿고 있소.」

「킨케이드 부인은 이곳에서는 치료사로 더 유명하시거든요.」

퀸란이 그녀에게 말했다.

「영주님, 전 왜 당신이 부인에게 메리 캐슬린에게 가는 것을 허락하지 않았는지 궁금한데요.」

코너는 그의 아내가 지금 설명을 요구했다는 사실에 놀랐다.

「바로 그걸 아내도 물어봤소. 나는 다른 의무들 때문에 전혀 시간을 비울 수가 없었소. 그리고 당연히 아내가 나 없이 여행하는 것을 원하지 않았고. 곧바로 그녀는 날 잡아 흔들 수 없다는 사실을 깨달았을 거요.」

「내 아내는 내 명령을 부정하지 않을 거예요.」

코너가 선언했다.

「그렇지 않소, 브렌나?」

「그런 경우, 당신은 내가 가게 놔둘 거라고 확신해요.」

「난 그러지 않을 거요.」

「글쎄, 그렇다면 내 딸의 안전을 위해 난 당신 명령을 거부하지 않고 내가 원하는 것을 얻을 수 있는 방법을 찾아야겠군요, 코너.」

알렉은 그녀의 말이 재미있었다.

「당신은 그럴 수 있을 정도로 영리하오?」

「전 그렇다고 생각해요, 영주님. 전 여덟 아이들 중 하나예요. 영리하게 행동하지 못하면, 아무것도 얻을 수 없다는 사실을 아주 어렸을 때 배웠답니다. 제 생각이 허풍이라고 생각하시나요?」

그녀가 질문을 하자 퀸란이 웃음을 터뜨렸다.

「제가 코너와 결혼할 수 있는 계기를 마련했고요, 만약 당신이 눈치채셨는지 모르겠지만, 전 이제 코너의 아내랍니다.」

코너를 제외한 모든 사람이 웃었다. 하지만 코너는 화가 난 것처럼 보였다.

긴장은 사라졌다. 회의를 계속할 수 있도록 그녀가 자리를 비워도 될 것 같았다. 그녀가 막 자리를 뜨기 위해 말을 꺼내려는 순간 알렉의 질문이 마음을 바꾸었다.

「난 당신의 친구라는 사람을 만났소, 브렌나. 그는 당신에 대해 꽤 잘 알고 있고, 자신이 당신의 보호자라고 말하더군.」

퀸란이 코너를 대신해서 화를 냈다. 그는 다른 사람이 그의 여주인에게 보호자로서의 감정을 가지는 것은 코너와 맥칼리스터 일족에 대한 모욕이라고 느꼈다.

「코너는 자신의 아내를 보호할 수 있는 능력이 있습니다. 감히 그의 권리에 도전하는 사람이 누굽니까?」

「이런, 코너 아내의 보호자라…….」

크리스핀이 중얼거렸다.

브렌나는 당혹스러운 감정을 숨기려 하지 않았다.

「고맙지만 난 스스로를 잘 돌볼 수 있어요.」

하지만 어떤 이유 때문인지 남자들은 그녀의 의견을 재미있어 할 뿐이었다. 그녀는 전혀 상처 입지 않은 것처럼 행동하기로 마음먹었다.

「어떤 친구가 그런 말을 했죠?」

「싱클레어 신부.」

퀸란은 기가 막힌다는 표정을 지었다.

「만약 당신이 말씀하시는 분이 신부님이라는 사실을 알았다면, 전 그렇게 화를 내지 않았을 겁니다, 킨케이드 영주님.」

알렉은 병사의 변명을 무시했다.

「그는 당신에 대한 찬송을 계속하고 있소, 브렌나.」

「왜 그가 형에게 온 거죠?」

코너가 물었다.

「그는 머독의 자리를 메우기 위해 왔어. 하지만 난 그를 곁에 머물게 할 수가 없어. 난 아직까지도 머독 신부님의 죽음을 애도하고 있으니까. 하지만 내가 돌아올 때까지 먹고 자는 것은 책임질 생각이야. 그리고 나서 돌려보낼 생각이지. 적어도 그게 내가 할 수 있는 최선이야.」

그가 어깨를 들썩여 보이면서 말했다.

「어떻게 그를 부정할 수가 있죠, 영주님?」

브렌나가 물었다.

그는 그러한 질문에 놀란 것 같았다.

「그건 어려운 일이 아니오.」

「하지만 왜 그를 멀리 보내려 하는 거죠?」

「왜냐하면 난 그를 원하지 않으니까. 솔직히 난 친절하게 행동하고 있소. 하지만 몇 가지 이유 때문에 그는 나와 같은 장소에 있다는 사실만으로도 안절부절못하더군요.」

「그분은 코너와 함께 있을 때도 신경질적으로 행동하세요.」

퀸란이 자신의 의견을 밝혔다.

「난 지금 내가 들은 말을 믿을 수가 없군요. 신부님은 하일랜드에서 가장 힘이 세신 분이에요. 코너가 그렇게 말했어요.」

「그들이 자신의 힘을 깨닫는다면 그럴 거요. 그렇게 되면 그는 이곳에 머무르는 다른 신부님들처럼 보호받고 혼자 남겨지게 될 거요.」

알렉이 설명했다.

「그렇다면 왜 그분을 멀리 보내려고 하시는 거죠?」

「왜냐하면 내가 그를 원하지 않으니까요.」

「전 그분을 원해요.」

브렌나가 불쑥 그에게 말했다.

「당신은 그를 가질 수가 없을 거요.」

코너가 말을 가로챘다.

「당신은 신부님이 이곳에 머무르기를 진심으로 원하는 거요?」

알렉이 브렌나에게 물었다.

「싫어요.」

「네.」

코너와 브렌나가 동시에 대답했다.

알렉이 씩 미소를 지었다.

「당신의 희망은 지금 받아들여졌소, 브렌나. 난 코너와 내가 돌아오는 즉시 신부님을 이곳으로 보내겠소.」

「알렉!」

코너가 경고를 했다.

「난 네 아내의 부탁을 거절할 수가 없구나.」

브렌나는 남편의 인상 쓴 얼굴을 전혀 못 본 척 행동했다. 그녀는 두 형제에게 요구를 들어주어 고맙다고 말한 뒤 코너가 딴소리를 하기 전에 서둘러 자리를 뜨려고 했다.

「중요한 회의를 계속하시도록 전 자리를 떠야겠군요. 이제 제 의무를 다하기 위해 나가봐야겠어요.」

「당신은 어떤 의무도 없소.」

코너가 말했다.

「아니요, 제겐 의무가 있어요. 전 밖으로 나가서 완벽한 장소를 찾아봐야겠어요.」

「무엇을 위해 완벽한 장소를 찾는다는 말이오?」

남편이 그녀에게 물었다.

「물론 교회 말이죠. 신부님들은 교회를 가지고 계셔야 해요.」

그녀는 자신의 계획을 밝히지 말았어야 했다는 사실을 깨달았다. 코너는 지금 그녀와 알렉에게 적의에 찬 표정을 짓고 있었다.

코너는 그녀가 계획을 진행할 수 없을 거라고 말하지 않았다. 소리를 치지 않고 부드럽게 말을 할 자신이 없기 때문이었다. 회의를 끝낼 때쯤이면 거기에 대해 잊어버릴지도 몰랐다. 어쩌면 그렇게 모든 것을 잊고 교회가 지어지기 전까지 아무것도 기억하지 못할 수 있었다.

「형은 내게 권력을 마구 휘둘러대는 게 즐거운가 보죠?」

그의 형이 미소를 지었다.

「굉장히…….」

「이제는 떠나도 되오, 브렌나.」

알렉은 홀을 반쯤 가로질러 걸어간 브렌나를 잠깐 불러 세웠다.

「당신은 아이 때도 영리했소?」

「그랬다고 들었어요.」

「당신이 아주 어린아이일 때 코너에게 결혼해달라고 청혼한 거요?」

브렌나는 그 질문에 대해 생각을 하는 척하면서 팔짱을 끼었다.

「그때 제 나이를 정확히 기억할 수는 없네요.」

「대충이라도.」

「그레이스 또래였거나 한두 살 많았을 거예요. 아마도 다섯이나 여섯 살쯤이라고 생각해요. 그래요, 코너에게 청혼했을 때에는 그 정도의 나이였어요. 당신도 기억하시겠지만, 전 세 번이나 청혼했답니다. 그리고 전 영리할 뿐만 아니라 집요한 구석이 있어서요. 뭔가 또 다른 음모가 있는 게 아닌가 싶네요. 처음 만났을 때도 이와 똑같은 대화를 한 것 같은데요? 전 강요를 당한 적도 없고, 또한 코너의 아내가 되었다는 게 너무나 행복해요. 왜 안 그렇겠어요, 그렇게 오랫동안 기다려서 드디어 결혼을 하게 되었는데…… 하나님 맙소사, 예절은 다 어디로 가버린 거지? 그레이스가 괜찮은지 먼저 물어봤어야 했는데…….」

「그레이스는 괜찮소.」

알렉이 대답했다.

「굉장히 놀랐을 거예요. 전 그 애가 악몽이나 꾸지 않았으면 하고 바랐답니다. 그거 아세요? 다시 생각해보니 그건 굉장한 사건이더라구요. 신은 당신의 딸을 위해 굉장한 계획을 세우고 계셨다니까요.」

알렉은 호기심에 찬 얼굴을 하고 물었다.

「왜 그렇게 생각한 거요?」

「주님께서 제가 당신 집에 들어가 제때에 그레이스를 잡을 수 있도록 만드신 거예요. 만약 제가 없었다면 지금쯤 굉장히 큰 상처로 고생하고 있을 거예요. 목이 부러져 죽었을지도 모르죠. 당신은 제가 어리석어서 모든 책임을 주님께로 돌린다고 하실지 몰라요. 하지만 전 이렇게 상상해본답니다. 만약 제가 코너가 아니라 맥네어와 결혼했다면 어떤 일이 벌어졌을까? 그레이스가 오늘 아침에 좋은 기분일 수 있을까? 오, 그냥 넋두리로 생각하세요. 그리고 하시던 회의를 계속하세요.」

그녀는 영주에게 절을 한 뒤 걸어나갔다. 그리고 식탁을 돌아나가면서 마지막으로 한마디 더 덧붙이는 것을 잊지 않았다.

「하나님은 신비한 방법으로 일을 하시기 때문에, 전 그분의 일에 의문을 제기하지 않는답니다.」

브렌나가 자리를 비운 뒤에도, 남자들은 잠시 동안 아무런 말도 하지 않았다. 모두들 텅 빈 입구 쪽을 바라보면서 그녀가 방금 전에 쏟아 부었던 말들을 생각해보았다.

알렉이 먼저 미소를 지었다.

「네 아내는 내게 생각해봐야 할 문제를 던져놓고 갔구나. 그녀는 일부러 그런 말을 던진 거야. 코너, 그녀가 우리 대화를 얼마나 엿들었다고 생각하지?」

코너가 주저하지 않고 대답했다.

「다요.」

「엿들어서는 안 되는데 말이야.」

「그래서는 안 되죠.」

「내가 지금 그녀에게 화를 내야 하는 거냐?」

「네.」

「그런데 왜 웃고 싶은 거지? 그녀의 말은 다 내 생각을 거부하는 거였는데 말이야. 하지만 네 아내의 말을 받아들이기로 결심했다. 넌 서로를 위해 좋은 일을 한 것이 분명해.」

「난 형을 거부하지 않아요. 더 이상의 분쟁을 저지르지 말라고 명령하신다면, 그대로 따르겠습니다. 하지만 지금은 약속을 지킬 수가 없어요. 형도 브렌나의 말이 어떻게 죽었는지 아시잖아요?」

알렉은 홀을 떠나기 전에 그의 의견에 동의했다.

「넌 굉장히 영리한 여자와 결혼했구나. 그 사실을 명심해야 한다, 코너.」

코너는 그의 말을 귀담아듣지 않았다가 시간이 흐른 뒤에야 그 사실을 후회 속에서 배우게 되었다. 하지만 그건 너무나 늦은 뒤였다. 그 실수는 그에게 너무나 끔찍한 시련을 가져다주었다.

10

브렌나는 자신의 짐이 다른 침실로 옮겨진다는 소식을 받아들일 수가 없었다. 코너는 그 결정을 미리 언급할 만한 생각조차 없었고, 퀸란은 그 일을 그녀에게 설명해야 한다는 불유쾌한 의무가 자신이 아닌 다른 사람의 어깨에 떨어지기만을 간절히 희망했다. 퀸란은 그녀가 이 광경을 보면 상처를 받게 될 거라고 고민하다가 사적인 장소에서 차근차근 설명하리라 계획했다. 하지만 그의 여주인이 옷이 없어졌다고 걱정하면서 돌아다니는 통에 그의 계획은 수포로 돌아가버리고 말았다. 코너의 의붓어머니 앞에서 브렌나는 그 소식을 듣게 되었다.

브렌나는 코너의 명령에 화를 내지는 않았다.

퀸란은 이 착한 부인에게 미안한 감정을 느꼈지만, 그녀의 고통을 전혀 눈치채지 못한 사람처럼 행동했다. 영주의 무감각한 행동이 퀸란을 화나게 했다. 브렌나에게 이런 실망스러운 소식을 전하느니 차라리 자신이 고통받는 편이 더 낫겠다는 말을 할까 심각하게 고려도 해보았다.

퀸란의 눈에서 동정심을 발견한 브렌나는 더욱더 수치심을 느꼈다. 유피미어는 친절하게도 즉시 몸을 돌려 그저 무언가를 가지러 왔다고 변명했다.

힘든 노력 끝에 브렌나는 자신을 추스르고는 물었다.

「제가 무엇을 가져다드릴까요, 맥칼리스터 부인?」

브렌나는 유피미어가 대답을 하지 않자, 자신이 하는 말을 듣지 못했다고 생각하고는 퀸란에게 몸을 돌렸다.

「설명해줘서 대단히 고마워요.」

필사적으로 브렌나의 기분을 좋게 할말을 찾던 퀸란은 갑자기 떠오른 생각을 불쑥 던졌다.

「보시다시피 당신이 의심하신 것과는 다르게 물건들은 버려지지 않았습니다, 부인. 안심하셔도 됩니다.」

「네, 물론 나는 안심이 돼요. 그런데 코너가 당신에게 왜 내 짐을 옮겨야 하는지 이유를 말했나요?」

「아니오, 부인. 그는 말하지 않았습니다.」

「그는 지금 어디에 있죠?」

「형님과 사냥하러 나갔습니다.」

「자리를 뜬 지 얼마나 된 거죠?」

「두 영주님은 이삼 분 전에 홀을 떠나셨지요.」

「그렇다면 내가 그들을 따라잡을 수 있을까요?」

「서두르신다면요.」

퀸란은 그녀를 따라 계단을 내려갔으나 앞뜰을 가로지르지는 않았다. 그는 그녀가 남편의 마음을 돌리러 간다고 생각했으니까.

그러나 퀸란의 예상은 빗나갔다. 브렌나는 남편에게 다시 생각해보라고 애원할 생각이 전혀 없었다. 그녀는 단순히 그의 결정에 자신이 어떤 생각을 품고 있는지 가르쳐줄 생각이었다. 그녀는 아이들을 데리고 산책 나온 부인들에게 쉴새없이 인사를 건네며 마구간을 향해 달려갔다.

알렉이 언덕 아래에서 말에 오를 준비를 하고 있었다. 브렌나는 그에게 손을 흔들어 보였다.

마구간 안은 그림자가 져서 어두웠다. 그녀는 얼굴에 억지 웃음을 지은 채 남편을 찾았다. 코너는 말에 안장을 얹고 있었다. 마구간 책임자는 그의 영주가 즐겨 타는 종마를 진정시키고 있었다. 말은 난리법석을 피우면서 말굽으로 마구간 뒷벽을 쳐대면서 금방이라도 마구간을 부숴 버릴 기세였다. 브렌나는 마구간을 관통하는 통로에 조심스럽게 서서, 코너가 자신을 지나지 않고는 밖으로 나갈 수 없는 곳에 자리를 잡은 뒤 천천히 앞으로 움직였다.

「제가 당신의 시간을 조금 빼앗아도 될까요?」

그녀는 벌꿀처럼 달콤한 목소리로 말하면서 그에 알맞은 미소를 지어 보였다.

그러나 코너는 대답을 하면서도 그녀에게 시선을 던지지 않았다.

「내가 돌아올 때까지 기다릴 수는 없는 거요?」

「그럴 수 없어요, 영주님. 오늘밤에 돌아오실 생각인가요?」

「아니오.」

브렌나의 미소는 거의 사라지려 하고 있었지만, 마구간 책임자가 가까이에서 쳐다보고 있었기 때문에 브렌나는 섣부른 행동을 삼가했다.

「데이비스, 종마가 잘못되기라도 한 건가?」

「어디가 잘못된 건지 잘 모르겠습니다, 영주님. 영주님이 들어오시기 전까지는 좋았거든요.」

「화가 난 것 같은데요.」

브렌나가 소리쳤다.

「우리도 저놈이 화가 났다는 사실쯤은 알고 있소, 브렌나.」

브렌나는 생색을 내는 듯한 코너의 태도에 아찔했다.

「물론 당신도 잘 아시겠죠. 말은 당신이 시선을 주지 않아서 화가 난 거라고요.」

그녀는 속으로 '나도 가끔 경험한 일이에요'라고 덧붙였다.

「당신이 가서 안장을 집어든다면, 말은 진정할 거예요.」

「전 그렇게 하면 어떤 일이 일어날지 궁금한데요, 영주님.」

데이비스가 스쳐 지나가는 듯한 미소를 여주인에게 던진 뒤에 말했다.

「부인께서 옳을 수도 있습니다.」

「나도 내가 옳기를 바래요.」

그녀가 괴로울 정도로 즐거운 목소리로 말했다.

「브렌나, 어디가 아픈 거요? 목소리가 매우 긴장된 것처럼 들리는데…….」

「제 기분은 무척 좋아요, 코너. 당신이 걱정해주시니 무척 고맙군요.」

계속 억지 미소를 짓고 있느라, 얼굴이 몹시 땅겼다. 그녀의 유일한 위안은 잠시 후면 모든 일을 끝내고 이 고통에 대한 보답을 얻을 수 있을 거라는 생각뿐이었다.

「난 그런 말도 안 되는 일에 낭비할 시간이 없소.」

그러나 그 말은 허세에 불과했다. 코너는 브렌나의 제안대로 행동했고, 상황은 그녀의 예상대로 돌아갔다. 종마는 금세 소란을 중지했고, 코너에게로 다가와 그의 손을 얼굴로 누르면서 쓰다듬어달라고 졸라댔다.

「당신은 그를 타고 가야 해요. 그렇지 않으면 말이 마음에 상처를 입을 거예요.」

「이놈은 휴식을 취해야 하오, 브렌나. 그리고 말은 감정이 없소.」

그는 항상 반박해야 한다고 생각하는 걸까? 브렌나는 그에게 소리치고 싶은 기분을 억제할 수 있게 해달라고 기도했다.

코너는 안장을 대못에 걸어두고는 데이비스에게 그가 선택한 말을 데리고 나가라고 명령했다. 그리고 마구간 벽에 기대어 팔짱을 끼고 황송하게도 그녀에게 시선을 돌렸다.

코너는 데이비스가 마구간을 떠나기 전까지 아무런 말도 하지 않았다.

「뭘 원하는 거요?」

그가 참을성 없이 물었다.

「난 왜 당신이 작별인사를 하지 않았는지 궁금해요. 지금 떠날 거예요?」

목소리의 떨림이 그녀가 화가 나 있다는 사실을 가르쳐주었다. 코너는 그 이유를 알고 있다고 생각했다. 브렌나는 아침에 그가 사과할 줄 알았을 것이다. 그러나 그러지 않았고, 그녀는 똑똑한 여자니까 결코 사과를 받아낼 수 없으리라는 사실을 깨달았을 것이다. 물론 브렌나의 결론은 정확했다. 아직까지 코너는 어젯밤에 그녀를 야만인처럼 다뤄서 유감이라고 말할 생각은 전혀 없었다. 그녀를 다른 방으로 옮겨주는 것이 그의 사과 방식이었다. 현명한 여인이라면 그 즉시 그 사실을 깨닫고 고마워할 텐데. 하지만 브렌나는 아직까지 고마워하지 않았다. 코너는 자신의 관대한 행동을 아직 그녀가 깨닫지 못했다고 결론을 내렸다. 하지만 지금은 알렉이 기다리고 있었기에 거기에 대해 설명할 시간이 없었다.

「난 성을 떠나기 전에 작별인사를 해본 적이 없소.」

「당신은 이제 결혼을 했고, 그러니 아내에게 작별인사를 해야 해요.」

「내게 해주고 싶은 또 다른 지시사항은 없소?」

「다시 돌아올 계획은 있는 건가요?」

「난 여기에 사오, 브렌나. 물론 돌아올 생각이오. 그런 이유로 날 이렇게 붙들고 있는 거요?」

「아니요, 다른 문제에 대해 이야기를 나누고 싶어요. 난 당신이 내가 말을 다 끝낼 때까지 끼여들지 말았으면 해요.」

「지금 이야기를 해야 하는 거요?」

코너가 괴롭다는 듯이 물었다.

브렌나는 따분하니 그만두라는 식의 목소리에 화가 났다.

「난 방금 전 당신이 내 방을 옮기라고 했다는 소식을 들었어요. 그래서 난 내가 그 사실을 어떻게 생각하는지 당신이 알고 싶어할 거라는 확신을 갖게 되었죠. 우선 난 자유롭게 내가 하고 싶은 말을 해도 괜찮다는 허락을 받고 싶어요.」

「단둘이 있을 때에는 그런 허락이 없어도 자유롭게 당신의 의견을 말할 수 있소. 그러니 뭐든지 하고 싶은 말을 하시오. 하지만 빨리 끝냈으면 좋겠소.」

「네, 빨리 끝내드리지요.」

브렌나는 귀에 거슬리는 목소리로 속삭였다.

「내가 돌아올 때까지 기다리면 안 되는 거요? 도대체 당신 눈꺼풀은 또 왜 그러는 거요? 어디 아픈 거요? 떨리고 있잖소」

브렌나는 그 순간 남편의 말을 무시했다. 그 대신 고개를 돌려 문과의 거리를 재보고는 문이 안전할 만큼 가까운 거리에 있는지 확인하면서 이제 숨을 쉴 기회는 없다는 듯이 깊이 숨을 들이마셨다. 그리고 가능한 한 빨리 달릴 수 있게 치맛자락을 움켜쥐고는, 남편에게 감정을 쏟아 부을 준비를 마쳤다. 분노 말이다.

「난 당신에게 감사하고 싶은 마음이 전혀 없어요, 코너. 어쨌든 날 다른 방으로 옮기겠다는 당신의 결정에 대한 내 의견을 말해야겠어요. 난 당신이 멸시받아 마땅한 인간이라고 생각해요. 당신은 악하고, 비열하고, 거만하고, 무심하고, 야비한 생각을 가진 돼지이자 말 뼈다귀예요. 어떻게 그런 방법으로 나에게 상처를 줄 수 있죠? 열정적이고 만족스러운 밤을 함께 공유한 뒤에 어떻게 이런 방법으로 날 수치스럽게 만드는 거죠? 난 호색한하고 결혼한 게 틀림없어요. 당신은 성을 떠나면서 이 일을 이렇게 끝낼 생각이죠? 마음대로 하세요. 난 당신에게 받은 모욕에서 영영 치료되지 않을 테니까요. 당신은 내 마음을 부숴버렸어요. 그러니 난 당신을 절대 용서하지 않을 거예요.」

그녀는 그 전에 말을 멈췄어야 했다. 적어도 돼지라고 소리쳤을 때 코너의 반응을 깨닫고는, 모욕을 그만두었어야 했다. 브렌나는 자신이 어떤 모욕을 던졌는지 기억할 수 없었다. 그녀는 말을 시작한 후 자신을 자제할 수가 없었다. 하지만 그를 비난하고 싶었고, 비록 그것이 그녀를 유치한 수준으로 떨어뜨린다고 해도 멈추고 싶지 않았다.

코너와의 거리만이 그녀에게 안전한 하루를 보증해주는 유일한 길이었다. 믿을 수 없다는 듯이 코너의 눈이 크게 떠졌다가—의심할 바도 없이 돼지라는 말 때문이겠지만—다시 반쯤 감겨서 활활 불타고 있었다.

브렌나는 몸을 돌리다가 그가 뒤로 소리 없이 걸어가 헛간의 문을 잠

그는 것을 보았다. 그녀의 소심한 계획은 날아가버린 것이다. 그녀는 문을 열기 위해 치맛자락을 놓고 있는 힘껏 밀었다. 순간 코너가 그녀의 손을 잡고 뒤로 끌어당겼다. 어떻게 그렇게 동작이 빠를 수 있는지 브렌나로서는 이해가 되지 않았다. 순식간에 그는 다시 말 우리로 돌아와 매우 긴장한 듯한 모습으로 그녀를 마구간 앞으로 밀었다.

하나님, 제발 자비를 내려주세요!

「만약 큰소리로 기도할 생각이라면, 우리 말로 하시오. 하나님은 게일어를 더 좋아하시니까.」

그는 브렌나의 팔목을 더 세게 움켜쥐고 다른 구석에 비어 있는 말우리로 그녀를 데리고 들어가 문을 등에 지고 서서 문을 잠갔다.

브렌나는 그의 눈을 쳐다본 뒤 말우리의 가장자리를 향해 뒷걸음질쳤다. 하지만 벽에 등이 부딪히자 걸음을 멈췄다. 즉시 그녀는 자신의 행동이 얼마나 겁쟁이로 보일지 깨달았다. 그녀는 더 이상 벽에 기대지 않고, 두 손을 마주잡고는 평온한 표정으로 죽음을 기다렸다. 줄행랑이 최상의 전략이었지만, 유일한 입구는 코너가 막고 있었다. 그가 모든 일을 마치기 전까지는 아무 곳도 갈 수가 없었다.

스스로를 지탱하고 마음을 굳게 먹을 필요가 있었다. 의심할 바 없이 남편은 굉장히 화가 나 있지만 화가 났다는 이유로 결코 그녀를 폭행하지는 않을 것이다. 그는 말로써 그녀를 짓뭉갤 거고, 아마 그 순간은 너무나 끔찍한 경험이 될 것이다.

「방금 당신이 했던 말들을 다시 해볼 생각이 있소?」

코너가 믿지 못할 만큼 차분한 말투로 천천히 말을 꺼냈다.

「고맙지만 싫어요.」

「난 그러고 싶소, 브렌나. 나는 모든 말들은 다시 한 번 듣고 싶단 말이오.」

그는 마구간에 등을 기대고 한 팔을 문 위에 얹은 채, 그녀에게 얼마든지 기다릴 수 있다는 사실을 알려주었다. 얼마나 시간이 걸리든지 그건 더 이상 상관없었다.

브렌나는 이런 상황에서 자신을 위협하는 방법이 마음에 들지 않았다. 용서받지 못할 폭언에 그가 화났다는 사실을 비난할 수는 없지만 말이다. 물론 상처를 먼저 준 쪽은 코너였기 때문에 사과할 생각은 전혀 없었다.

「난 내가 했던 말들을 기억할 수가 없어요. 따라서 당신이 원하는 부탁을 들어줄 수 없어서 유감스럽네요. 난 당신이 날 실망시켰다고 말한 것 같아요.」

코너는 그러한 핑계를 받아들이지 않았다.

「난 당신이 돼지라고 하는 말을 들었소.」

「당신에게요?」

「당신은 잘 알고 있을 거요. 그렇소, 나 말이오. 난 두 가지 언어로 돼지라고 불렸소.」

「당신을요?」

「그렇소, 나 말이오.」

「난 서두르다 보면 그렇게 말하는 경향이 있기는 해요. 아마 두 가지 언어로 말했다는 것은 사실일 거예요.」

「당신은 서두른 것이 아니라 화가 나 있었소.」

「내가 자유롭게 의견을 말해도 된다고 했잖아요.」

그의 목소리가 날카로워졌다.

「날 모욕해도 좋다고 허락한 적은 없소. 다시는 그런 식의 말투를 써서는 안 되오, 알겠소?」

「다시는 내게 상처 주지 않을 건가요?」

「이건 협상할 문제가 아니오, 부인.」

브렌나는 그의 반응에 움찔했지만 뭔가 거짓말이 아니면서 그의 기분을 풀어줄 만한 방법을 찾으려고 애를 썼다.

「만약 내가 했던 모든 말들을 기억하면…… 난 대부분의 말들을…… 그러니까 내가 했던…….」

그가 말을 잘랐다.

276

「내가 모든 말을 기억하고 있소. 어떤 언어로 다시 말해주길 원하는 거요? 당신 거요? 아니면 게일어요? 다시 들으면 더 이상 빠져나갈 곳이 없다는 사실을 깨달을 수 있을 거요.」

「난 정말로 듣고 싶지 않아……」

코너가 입을 열자 브렌나는 저항을 그만두었다. 그가 특별히 어떤 단어들을 강조하자 그녀는 주춤거렸다. 특히 돼지라든지, 호색한, 말 뼈다귀와 같은 단어들을 말이다. 그가 모든 말을 마쳤을 때 브렌나는 부끄러움과 수치심 때문에 머리를 푹 숙이고 말았다.

「그런 말들은 하지 말았어야 했어요.」

「하지만 당신은 했소.」

「왜 내 짐을 당신 침실에서 옮기는 거죠?」

「내가 그런 짓을 했는데도 당신은 내 침실에 머무르고 싶은 거요?」

「그럼 내가 왜 머물고 싶어하지 않는다고 생각하는 거죠?」

「내 질문에 질문으로 대답하는 방식은 그만두시오.」

「좋아요, 난 그냥 있고 싶어요. 난 당신의 아내지 캠프를 쫓아다니는 창녀가 아니라고요.」

「난 당신에게 상처를 줬소.」

코너가 자신에게 화가 나서 인정했다. 어젯밤에 그녀를 어떻게 다뤘는지 다시 생각이 났기 때문이었다.

「그래요, 당신은 내게 상처를 입혔어요. 난 이미 여러 번 당신에게 그렇게 말했어요. 내 말에 신경을 쓰지 않았군요. 당신의 그 굉장한 기억력은 내가 당신에게 한 모욕을 되풀이해 말하는 데 전혀 문제가 없었어요. 그러니 내가 어떻게 상처를 받지 않겠어요? 내가 아는 것은 내가 얼마나……」

「당신이 얼마나 뭐요?」

브렌나는 머리를 흔들었다. 그녀는 자신이 그에게 신경을 쓰기 시작했다는 사실을 인정하고 싶지 않았다. 그래서 그녀는 갑자기 마음속에 떠오른 말을 불쑥 내뱉었다.

「당신이 퀸란을 통해 그런 결정을 통보했다는 사실에 얼마나 수치스러웠는지 말이에요.」

「지금 무슨 이야기를 하는 거요?」

코너는 혼란스러워하면서 물었다.

브렌나의 손은 지금 그녀의 허리 위에 올려져 있었다. 감히 알아듣지 못하는 것처럼 행동하다니…… 그녀가 그렇게 쉽게 속아넘어갈 정도로 순진하다고 생각하는 것일까? 아니면 그녀는 그에게 중요한 존재가 아니기 때문에 자신이 했던 일들을 기억조차 하지 못하는 것일까?

「당신은 지금 교묘히 날 화나게 만들고 있군요, 안 그래요? 아, 이제야 진실을 알겠어요. 당신은 내가 당신을 사랑하고 있다고 생각하는군요? 그래서 내가 이런 방법으로 스스로 상처 주는 일을 그만두게 하려는 거군요. 글쎄요, 그렇게는 안 될 걸요? 어떤 방법으로든 난 당신이 날 돌보게 만들 거예요. 네, 그래요. 당신의 그 차가운 태도가 날 먼저 죽일지 모르겠지만, 그게 공정해요. 만일 내가 비참해진다면, 신에 의해 당신 또한 그렇게 될 테니까요. 난 평범한 계집아이가 아니라고요. 그리고 그렇게 다뤄져도 안 되구요. 나의 이러한 혐오스러운 상태를 어머니께서 아신다면 한 달이 넘게 우셨을 거예요. 당신은 내게 알려야겠다는 생각은 아예 하지 않고, 퀸란에게 그 일을 대신 부탁했죠. 그리고 지금 당신은 내게 어떤 경고나 작별의 인사도 없이 성을 비우려 하고 있고요. 난 당신을 위해 메달을 만들어주고 싶었어요. 그래서 내가 필요할 때, 당신이 그걸 내게 보낼 수 있게요. 물론 당신은 메달을 목에 걸지 않을 테죠? 내가 메달에 대한 이야기와 가족의 전통에 대한 이야기를 했을 때 당신이 뭐라고 말했는지 정확하게 기억하고 있어요. 당신은 내게 던져버리라고 명령했죠. 그것이 당신을 모욕하는 거라면서요. 내 부서진 마음은 이제 모든 것을 분명하게 볼 수 있어요. 내게 중요한 모든 것들이 당신에게는 전혀 가치가 없다는 거죠.」

브렌나는 더 이상 말하지 않기로 마음먹었지만, 금방 그 마음을 바꾸었다.

「내가 홀로 돌아가서 당신과 결혼하지 않은 것처럼 행동하기 전에 당신에게 해야 할말이 하나 더 있군요. 남편은 아내에게 집을 비우기 전에 반드시 작별인사를 해야 하는 거예요. 그리고 그들은 항상 적당히 작별의 키스를 해요」

말을 하면서 그녀는 자신이 울고 있다는 사실을 깨달았다. 자제심이 부족하다는 생각이 브렌나를 더욱더 아프게 했다. 그녀는 남편에게 끔찍한 말들을 쏟아냄으로써 자신을 더욱 수치스럽게 만들었을 뿐 아니라─그녀가 남편을 돼지라고 불렀다는 사실을 신이 용서하신다고 해도─코너 앞에서 자제력을 잃고 눈물을 보이고 있었다.

처음에는 잔소리 많은 여자처럼 행동한 뒤에 약한 모습까지 보였으니, 그는 더 이상 그녀를 돌봐주고 싶은 마음이 들지 않을 게 분명했다.

알렉의 외치는 소리가 그녀를 더 이상의 수치에서 벗어나게 만들었다. 그의 형은 기다리다가 지쳤는지 코너에게 서두르라고 소리를 지르고 있었다.

「내가 당신을 너무 지체하게 만들었군요」

코너는 그녀의 말에 긍정도 부정도 하지 않았다. 아니, 한마디의 말도 하지 않았다. 그렇다고 자리를 뜬 것은 아니었다. 그는 그 자리에 서서 브렌나를 응시하고 있었다. 그의 표정은 그녀의 머리에 갑자기 빨간 도깨비 뿔이라도 솟아난 것 같은 상상을 하게 만들었다.

코너는 지금까지 그녀가 했던 말들을 되새기고 있는 듯했다. 그녀는 다시 한바탕 퍼부었지만 이번만은 그를 돼지나 호색한이라고 부르지 않았다.

「코너, 만약에 내가 또 역겨운 말들을 했다면, 그건 그냥 마음 한구석에 잠자고 있던 말들이 갑자기 튀어나왔을 뿐이에요. 그냥 기억하고 있던 말들이, 그러니까 내가 아주 어렸을 때 오빠들이……」

브렌나는 자신이 횡설수설하고 있다는 사실을 깨닫고 그를 기쁘게 하고자 하는 생각은 버렸다.

「왜 떠나지 않는 거죠? 당신의 표정은 갑자기 내게 덤벼들 것같이 보여요. 만약 그러고 싶다면, 지금 당장 원하는 대로 하세요. 기다리는 것은 날 더 미치게 하니까요.」

「당신은 무슨 말을 했는지 기억하지 못하는 거요?」

그의 말이 기분을 더욱 나쁘게 만들었다.

「난 내가 한 말들 중 약간은 기억하고 있어요. 하지만 전부 다 기억하는 건 아니에요. 나는 화가 나면 말을 자제할 줄 모르고 함부로 하거든요. 그렇지만 자주 있는 일은 아니에요. 내가 해서는 안 될 말을 한 모양인데…… 내가 그랬어요?」

맙소사, 말을 삼갔어야 했는데.

「난 가봐야 하오.」

「그래요.」

브렌나는 다소 안심한 듯한 숨을 쉬면서 동의했다.

코너는 말우리의 문을 열고, 먼저 나가라는 몸짓을 했다.

그녀는 남편이 성을 떠나는 모습을 보고 싶지 않았다. 그렇게 된다면 마지막 남아 있던 자제력마저 잃어버리고 죄인처럼 그에게 매달려서 눈물을 흘리게 될 것 같았다. 그건 남편에게 그녀를 기억시키는 방법이 아니었다.

「잘 가요.」

그녀가 마구간 한가운데 서서 속삭였다.

「하나님의 가호가 함께 하기를 빌게요.」

코너는 그 어떤 말도 하지 않았다. 단순히 그녀 옆을 스쳐 밖으로 걸어나갔다. 그의 표정은 여전히 화가 나 있었다.

코너가 가버리자, 브렌나는 도개교가 내려지는 삐걱거림을 들으면서 혼자 마구간에 남아 있었다. 칼이 칼집과 부딪혀서 철거덕거리는 소리가 들렸고, 나무로 만든 다리 위로 말들이 걸어가는 소리가 뒤를 이었다. 그녀는 남편이 알렉 옆에서 절대로 입을 다물 줄 모르는 철없는 아내보다 더 즐겁고 중요한 이야기를 하면서 미소를 띤 채 말을 타고 있는 모습을 그려보았다.

멀리 떠나 있는 동안 아무 일 없도록 돌봐달라는 기도를 올린 뒤, 그녀는 더 이상 흘릴 눈물이 남아 있지 않다는 사실을 확인 한 후 얼굴을 닦고, 입가에 미소를 지은 채 밖으로 걸어나왔다. 그녀는 급한 일이 있어 서두르는 것처럼 행동했지만, 아무도 그녀를 건드리지 않았다. 브렌나가 앞뜰로 향하는 나지막한 경사로를 따라 걷고 있을 때, 뒤에서 천둥치는 소리가 들렸다. 그녀는 하늘을 한번 쳐다보고는 본능적으로 걷는 속도를 빨리 했다. 그러나 곧바로 걸음을 늦췄다. 하늘에는 회색 구름이라고는 보이지 않았다. 그녀에게는 주변을 둘러볼 만한 기운도 남아 있지 않았다.

병사들이 그녀에게 길에서 벗어나라고 소리쳤고, 천천히 걷던 그녀는 길 밖으로 서둘러 벗어났다. 천둥소리는 여전히 뒤에서 들렸지만, 점점 가까워지면서 이제는 땅이 울리는 소리로 변했다.

브렌나는 말 한 마리가 데이비스의 보살핌을 피해 달아나 길을 벗어나 달려오고 있다고 추측했다. 그녀는 서둘러 소나무들이 우거져 있는 곳으로 달려가 위험을 피하려고 했다. 바로 그 순간, 뭔가가 허리를 움켜잡았다. 브렌나는 너무 놀라 소리를 지르기 시작했다. 순간, 자신이 땅에서 들리는 것을 느꼈다.

코너가 그녀를 낚아챈 것이다. 그는 옆으로 몸을 기울여 팔로 브렌나의 허리를 꽉 잡은 뒤, 말의 속도를 줄이지도 않은 상태에서 그녀를 들어 무릎에 앉혔다.

브렌나는 놀라서 울음을 터뜨리다가 곧 진정하고 울음을 그쳤다.

코너는 아찔했다. 그는 이런 달콤한 행복은 겪어본 적이 없었고, 삶에서 이러한 기쁨을 누려본 적이 없었다. 그녀를 쳐다보고 있자니 마음속 깊은 곳에서 웃음이 넘쳤고 완전한 경이로움이 그를 사로잡았다. 브렌나는 그를 너무나 즐겁게 만들었다. 그는 말을 천천히 걷게 만든 뒤 경사진 언덕 꼭대기에서 멈춰 세웠다.

코너는 브렌나의 허리를 잡은 손을 천천히 놓으면서 그녀가 자신에게 모든 관심을 쏟을 때까지 기다렸다.

브렌나는 두 손으로 그의 목을 감싸 안고 그에게 기댔다. 코너의 이름을 부르면서 목에 키스를 했다. 브렌나의 입술은 나비의 날개처럼 부드럽고 달콤했다. 코너는 그녀의 애정 표현에 마음이 흔들렸다.

아무런 말도 하지 않고 얼마간의 시간이 흘러갔다. 그들 사이에는 어떤 긴장과 기대가 발산되고 있었다. 코너의 시선이 마치 작별의 말을 속삭이듯 브렌나의 입술로 내려가 머무르고 있었다. 그리고 머리를 비스듬히 젖힌 뒤 오랫동안 거칠고 완벽한 키스를 했다. 그 키스는 브렌나의 기억에 영원히 각인하고 싶은 그의 마음이었다. 그는 입술로 브렌나와 사랑을 나누고, 자신의 열정을, 그리고 용서를 전했다. 브렌나 또한 다정한 애무에서 그의 용서를 알 수 있었다.

코너가 알렉이 기다리고 있다는 사실과 그를 따라잡기 위해 달려야 한다는 사실을 깨달은 것은 자신의 엄청난 훈련과 자제력의 승리였다. 그가 고개를 들자, 많은 사람들이 모여 영주의 놀라운 행동의 증인이 되어주었다.

그들 중 누구도 영주가 그렇게 개방된 애정 표현을 하는 모습을 본 적이 없었다. 남자들 대부분은 그들의 지도자를 본받도록 훈련되어 있었기 때문에 그들의 영주가 이제 보통의 남편처럼 행동하게 되었다는 사실은 부인들에게 너무나 기쁜 일이었다. 만약 영주가 부인에게 작별 키스를 해주었으면, 그의 부하들도 똑같이 행동할 것이 분명했다.

도널드와 사냥을 나갔던 병사들이 돌아와서 믿을 수 없다는 표정으로 쳐다보고 있었다. 코너는 지금이 브렌나를 일족 사람들에게 소개할 적당한 시간임을 깨달았다.

그는 손을 들어 사람들에게 조용히 하라고 명령했다.

「맥칼리스터 부인이 여러분의 여주인이다. 온 마음을 다해 그녀를 섬기고, 여러분의 목숨과도 같이 그녀를 지키고, 내게 봉사하는 것같이 그녀에게 봉사하기 바란다. 왜냐하면 그녀는 내 아내이기 때문이다.」

그는 손을 내리고, 군중들의 격려와 함성에 만족스러운 듯이 고개를 끄덕였다. 그리고 브렌나가 땅으로 내려서도록 도와주었다.

키스는 브렌나를 혼란스럽게 만들었다. 브렌나는 비틀거리면서 뒤로 물러났다. 만약 두 명의 부인이 그녀를 부축하지 않았다면 그대로 넘어졌을 것이다.

코너는 자신을 쳐다보는 브렌나를 남겨두고 말을 출발시켰다.

브렌나는 아주 오랜 시간이 지나서야, 처음으로 모든 상황에 만족했다. 이제부터는 모든 일이 잘될 것이다.

11

브렌나에게 있어서 생활은 곧 깨어 있는 악몽이 되었고, 라엔이 그 모든 악몽의 시작과 끝이었다.

유피미어의 자랑이자 기쁨은 알렉과 사냥을 나가기로 한 코너가 출발한 지 몇 시간이 채 지나지 않아 도착했다. 브렌나는 부엌에 있었기 때문에 도개교가 내려지는 소리를 듣지 못했고, 따라서 라엔의 도착 소식을 가장 늦게 들을 수밖에 없었다.

모든 하인들이 그녀를 찾아 바쁘게 움직이고 있을 때, 브렌나는 요리사인 아다와 함께 부엌에 앉아 대화를 나누고 있었다. 브렌나는 유피미어와 갖는 첫 저녁식사를 자신의 어머니가 휴일의 대만찬으로 차리곤 했던 것처럼 완벽하게 준비하기로 결심하고, 30분이 넘도록 아다에게 언제 어떤 음식이 나오는 게 좋을지를 설명했다. 그녀의 목적은 유피미어에게 좋은 인상을 심어주어, 코너가 정말로 결혼을 잘 했다는 소리를 듣는 것이었다.

메뉴를 의논하는 일은 굉장히 힘든 작업이었다. 나이 많은 요리사는 기꺼이 그 일을 도울 것처럼 고개를 끄덕였지만, 그녀는 여주인의 지시 중 한두 마디밖에 알아듣지 못했다. 만약 네타가 그녀를 돕기 위해 오지 않았다면, 오늘 저녁 식탁에 어떤 음식이 올라왔을지는 하나님만이 아는 일이었다. 네타는 브렌나의 게일어를 이상하게 변형이 된, 그녀와 아다와 신만이 이해하는 사투리로 바꾸어 전해주었다.

네타는 분명히 보물이었다. 비록 브렌나보다 겨우 서너 살 많을 뿐이고, 영주의 저택에서 일하게 된 지는 일 년밖에 되지 않았지만, 그녀는 맥칼리스터 영지에서 코너만큼이나 오랫동안 살아왔기 때문에 일이 돌아가는 방향을 잘 알고 있었다. 더 중요한 사실은 네타가 여주인에게 필요한 물품들이 있는 곳을 잘 알고 있다는 사실이었다.

한 번은 브렌나가 중앙 홀을 사람들, 특히 그녀의 남편을 환영하는 듯한 분위기로 바꾸고 싶다고 설명하자, 네타는 하인들을 체계적으로 관리하는 일을 자신에게 맡겨달라고 청하고, 오후에 골풀을 엮는 일을 자원했다. 그리고 다음날 정오까지 홀 여기저기에 골풀을 뿌려놓겠다고 약속했다.

「난 그것들로 의자를 덮을 쿠션을 만들고, 홀을 꾸밀 몇 가지 물건들이 다 모일 때까지 숨겨놨으면 해요. 모든 것들이 다 준비가 되면, 한꺼번에 바꾸도록 해요.」

네타와 아다는 곧 여주인의 열정에 매혹되고 말았다. 네타에게는 제안할 것들이 굉장히 많았다.

「의자 말인데요, 영주님이 식사 때 앉으시는 그 의자랑 비슷한 크기의 의자가 있는 곳을 알고 있거든요. 영주님이 좋아하시는 의자 말이에요. 무두장이의 집에 잘 보관되어 있어요.」

그녀가 덧붙여 설명했다.

「로터는 여기저기 이사를 하고 빈 오두막에서 좋은 물건들을 가져다가 집에 쌓아놓곤 하거든요. 도둑질을 하는 건 아니고요. 그는 그런 의자들을 사용하지는 않아요. 저번에 들은 말에 따르면, 다른 물건들을 가져다놓기 위해 몇몇 의자를 태워야겠다구 했거든요. 만일 마님께서 달라고 하신다면 영광으로 알고 기꺼이 드릴 거예요. 하지만 하나 알고 가셔야 할 건 로터가 수다쟁이라는 거예요. 그러니 일이 급하다고 말씀하셔야 해요. 그렇지 않으면 눈치 없이 끝없는 이야기를 하려 할 겁니다. 마누라가 죽은 뒤로 낙이라고는 그 두 가지밖에 없는 사람이거든요.」

「그의 이야기를 들을 수 있다면 좋겠어요. 즐거운 시간이 되겠군요.」

브렌나는 예상보다 빨리 자신이 원하는 물건들을 얻을 수 있다는 기쁨에 어쩔 줄 몰라 하며 네타에게 로터의 집으로 가는 길을 가르쳐달라고 했다. 그러나 네타는 자신이 여주인을 찾으러 다녔던 중요한 이유를 생각해내고, 브렌나에게 그 중요한 소식을 전했다.

「유피미어 부인의 아드님이 지금 이곳에 도착하셨습니다, 마님.」

그 소식은 여주인을 놀라게 만들었고, 서둘러 문으로 향했다. 만약 아다가 네타의 옆구리를 꾹꾹 찌르지 않았다면, 그녀는 친구의 간절한 부탁을 잊어버릴 뻔했다.

「마님, 아다의 부탁이 있어서 그런데요, 조금만 더 시간을 내주시겠습니까?」

브렌나는 문 앞에서 멈춰 섰다.

「아다는 지금 마님이 그녀를 다른 사람으로 대신할까봐 걱정하고 있어요. 그녀에게는 말이 안 통한다는 문제가 있잖아요. 아다는…….」

네타는 브렌나가 아다에게 서둘러 가자 말을 멈췄다. 브렌나는 요리사의 손을 꼭 잡고 흔들고 있었다.

「아다, 당신이 원하는 한 이 부엌의 주인은 당신이에요.」

아다는 네타가 그 말을 통역해주는 동안 묵묵히 기다렸다.

「나는 나 자신의 행동조차 제대로 설명하지 못하는 경향이 있어요. 하지만 이런 나라도 참아줄 수 있다면 곧 나아지리라고 확신해요. 그러니 잘 좀 도와줘요.」

여주인이 그녀를 중요한 위치에 그냥 놔두리라는 것을 확인한 아다는 브렌나의 손을 꼭 잡고 자신이 얼마나 고마워하는지를 전달했다. 그리고 그들의 여주인이 부엌을 떠나자 네타가 전해준 수건으로 눈가에 맺힌 눈물을 닦아냈다.

밖으로 나오자 하늘은 어두운 구름으로 덮여 잿빛으로 변해 있었다. 이러한 광경은 브렌나에게 있어서 별로 달갑지 않았다. 그녀는 어렸을 때 비만 오면 가족들로부터 집안에서 지내도록 강요를 받았기 때문에 비가 싫었다. 다행히 비가 많이 내리기 전에 성의 뒷문에 닿을 수 있었다.

브렌나는 등뒤로 문을 닫으면서 가능한 한 소리를 내지 않으려고 노력했다. 그녀는 어머니와 아들의 상봉을 방해하고 싶지 않았고, 따라서 그들이 만족스러운 해후를 마칠 때까지 홀에서 기다렸다가 방으로 들어갈 생각이었다. 그녀는 자신을 소개하고, 유피미어와 라엔이 편하게 있는지, 그들이 원하는 것은 없는지 확인한 뒤 재빨리 자리를 뜰 생각이었다. 그녀는 유피미어의 속삭이는 소리를 들으면서 그녀가 라엔에게 말하고 있으리라 추측했다.

「난 코너가 결혼을 잘 한 건지 잘못 한 건지 모르겠다. 브렌나는 예쁘기는 하지만 아직 어린애에다 집안을 꾸려나갈 수 있는 기술이 없는 것 같아. 내가 관찰한 바에 따르면 그녀는 즐거운 생활을 원하는 것 같단다. 그녀에게 올바른 길을 보여줄 수 있는 나이 많은 여자가 없으니 안됐지 뭐니. 하지만 말이다, 이제 머지않아 그런 것은 전혀 문제가 되지 않을 게다. 이곳에는 단지 한 명의 여주인만이 필요하니까 말이야.」

「예쁘다고요? 그녀에 대해 설명 좀 해봐요.」

라엔이 요구했다.

「도대체가 말이다, 넌 어떻게 그렇게 중요하지 않은 것들만 물어보는 거니?」

유피미어가 꾸짖었다.

「만약 여자가 필요하다면 캠프에 따라다니는 창녀들이나 상대하거라. 다른 남자의 아내에게 음탕한 생각을 품는 일은 그만 좀 해! 지난 몇 년간 그렇게 고생을 하고도 아무것도 배운 게 없니? 그런 행동들 때문에 위험했던 일이 한두 번이냐구.」

「진정하세요, 어머니.」

라엔이 화가 난 듯이 날카로운 목소리로 소리쳤다.

「그저 궁금해서 하는 소리예요. 제가 유부녀와 잠자리를 할 거라고 생각하시면, 절 모욕하시는 거예요.」

「이미 전적이 있잖니, 라엔. 내가 기억하는 것만도 여러 번이다.」

「제가 아무것도 모르는 어릴 적의 일이죠. 코너는 결혼을 해서 틀림없이 기쁠 거예요. 그들이 행복해하던가요?」

「내가 본 바에 따르면 난 코너가 행복하지 않다는 결론을 내렸단다. 물론 브렌나가 코너에 대해 어떤 생각을 하고 있는지 알 수 있을 만큼 충분한 시간을 보내지는 못했지만 말이다.」

「만약 그녀가 침대에서 그를 만족시킨다면 그 이상 원하는 게 뭐가 있겠어요? 전 제 아내에게 그 이상의 다른 것은 원하지 않아요.」

「네가 생각하는 것이라고는 그저 그것뿐이구나.」

「대부분의 남자들이 생각하는 게 그건데요, 뭘. 저라고 다르지 않아요, 어머니. 절 향해 인상 쓰지 마세요.」

「물론 확실치는 않지만 침대에서 브렌나가 코너를 만족시키지 못한 게 틀림없어. 그가 오늘 아침 일찍 브렌나의 짐을 다른 침실로 옮기려 했거든. 그 애가 코너에게 달려가 애원을 했는지 어쨌는지…….」

「브렌나가 그를 설득했어요?」

「그래. 단 한 시간만에 그의 부하들이 옷을 다시 코너의 방으로 옮겼단다.」

「어머니 말에 따르면 코너는 매우 절망적인 상황에 몰린 것 같군요.」

라엔이 웃으면서 자신의 의견을 내세웠다.

「그렇게 믿을 수밖에. 물론 난 조금도 유감스럽게 느껴지지가 않는구나. 그는 앙갚음을 위해 브렌나와 결혼했으니 자신말고 누구를 비난하겠니! 더군다나 그 애가 자신이 원하던 여자를 훔치지 못했다는 사실을 넌 알고 있니?」

「그건 또 무슨 말도 안 되는 소리예요?」

「난 항상 네게 사실만을 이야기한단다. 브렌나의 아버지가 맥네어에게 주기로 한 딸이 아닌 다른 딸을 보냈다는 말이지.」

「잉글랜드인들이란…….」

라엔이 중얼거렸다. 그의 목소리에는 빈정대는 기색이 역력했다.

브렌나는 얼굴이 불타는 듯했다. 코너가 그녀와의 육체적인 관계에 만족했건 아니건 그런 것에 대한 유피미어의 확신은 브렌나를 부끄럽게 만들었다. 남편과 아내 사이의 기본적이고 친밀한 문제는 다른 사람들에 의해 논의될 만한 성질의 것이 아니었다. 코너의 친척들이 북쪽의 야만적인 땅에서 살고 있고 단지 잘 배우지 못했다는 이유만으로 이런 교양 없고 노골적인 대화를 나눌 수 있는 건지 이해가 되지 않았다.

말도 안 되는 소리이기는 하지만, 그녀의 수치심은 코너가 원하던 신부를 훔치지 못했다는 말을 듣는 순간 더욱 강렬해졌다.

유피미어의 생각과 달리, 코너는 언니가 맥네어에게 보내질 예정이었다는 사실을 모르고 있었다. 그는 단지 맥네어의 신부를 훔칠 생각이었다. 하지만 어떻게 유피미어가 그 내막을 그렇게 정확히 알고 있는지 궁금했다. 유피미어가 맥네어와 맥칼리스터 사이의 불화에 대한 은밀한 부분을 알고 있다는 사실이—물론 하일랜드 사람들 대부분이 알고 있는 사실이겠지만—굉장히 수단 좋은 여자라는 느낌을 받게 만들었다. 어쩌면 신부가 언니에서 동생으로 바뀌었다는 사실은 유피미어가 알아낸 게 아니라 단지 코너가 설명했는지도 모르는 일이었다.

그렇다면 코너가 왜 그랬을까? 그는 자신의 계획을 아무에게나 털어놓는 사람이 아니었다. 물론 알레이나 그의 절친한 친구인 퀸란과 크리스핀에게는 예외였지만……. 그러나 그들 또한 코너와 같은 성격의 사람들이었다. 그들이 유피미어에게 그런 불합리한 일들은 설명했을 리가 없었다.

브렌나는 모든 이성적인 이유들을 떠올리려 노력하면서 문에 몸을 기대고 섰다. 순간적으로 자신이 혐오스럽고 가치가 없다는 생각이 들었다. 그건 당연한 일일지도 몰랐다. 심지어 그녀의 아버지조차 그녀를 따뜻한 침대에서 *끄집어내* 성밖으로 내쫓듯이 맥네어에게 보내지 않았던가!

유피미어가 어떻게 그러한 사실들을 알고 있는지 오직 하나님만이 아실 것이다. 언젠가 유피미어와 사이가 좋아지고 우정이 돈독해지면, 물어볼 기회가 생길지도 모를 일이었다.

브렌나에게 닥친 당면 문제는 유피미어에게 그녀가 어리긴 하지만 코너의 집을 잘 꾸려나갈 수 있는 능력을 지녔다는 사실을 증명하는 일이었다. 유피미어 아직까지 그녀에 대해 어떤 불친절한 말을 한 적이 없었다. 그 사실이 가까운 시일 내에 그녀의 인정을 받을 수 있으리라는 희망을 품게 만들었다.

코너의 가족은 브렌나에게 매우 중요했다. 자신이 그의 가족들에게 인정받고 가족으로 받아들여졌다는 사실을 코너가 깨닫는다면, 그 또한 그녀의 가족들에게 똑같은 관심을 쏟아야 한다는 사실을 알게 되리라는 믿음이 있었다. 언젠가는 코너 또한 그녀의 언니, *오빠*들에 대한 이야기를 재미있게 들어줄 것이다. 지금은 비록 그들의 이름조차 모르고 있지만 말이다.

브렌나는 결코 도전을 회피해본 적이 없었다. 지금 또한 뒤로 물러설 생각이 없었다. 그녀의 궁극적인 목표는 감정이 메마르고 딱딱한 전사를 사랑스러운 남편으로 만드는 일이었다. 어떤 수단을 쓰든지 브렌나는 그 일을 이루어야 했다. 물론 곰에게 예절을 가르치는 것이 코너에게 따뜻한 마음을 불어넣는 것보다 더 쉬울지도 몰랐다. 하지만 언젠가는 이루어내야 했다.

브렌나는 문에서 떨어져 꼿꼿이 몸을 세운 뒤 결심을 새롭게 다지고는 천천히 깊은숨을 내쉬었다. 그리고 뒷문을 살며시 밀고는 유피미어와 라엔이 들을 수 있을 정도로 탁 소리를 내며 문을 닫고 얼굴에 미소를 지으면서 홀 안으로 들어갔다.

「안녕하세요, 맥칼리스터 부인.」

그녀는 복도에서부터 소리를 치면서 들어갔다.

「어서 오렴, 브렌나. 함께 이야기할 시간이 생기다니 기분이 좋구나. 우린 꽤 오랫동안 널 기다렸단다.」

「기다리게 했다면 죄송해요. 저녁식사 준비를 하느라 부엌에 있었거든요.」

「이리 오렴, 아가야. 내 아들을 소개할 수 있어서 기쁘구나.」

브렌나는 아가라 불리게 된 것에 화가 났지만 내색하지 않았다. 그리고 시키는 대로 걸음을 옮겼다. 라엔은 벽난로 옆에 서 있었다. 브렌나는 라엔에게 예의를 차려 절을 하기 위해 다가갈 생각이었지만, 유피미어의 아들은 벌써 그녀에게로 걸음을 옮겼다. 정확히 말하자면, 그는 거의 뛰다시피 했고, 그녀에게 부딪힐 정도로 다가와서야 걸음을 멈췄다. 브렌나는 재빨리 물러서서 적당한 거리를 유지했다.

「내 아들의 이름은 라엔이란다. 그리고 그 애의 얼굴을 보니, 네가 무척 좋은 인상을 심어주었다는 사실을 알겠구나. 아들아, 도대체 예의범절은 어디다 갖다 버린 거냐?」

아직까지 그는 한마디의 말도 하지 않았다. 라엔의 끈끈한 시선은 즉시 브렌나의 마음을 불편하게 만들었다. 도대체 뭐가 문제라는 거지?

「만나서 반갑습니다.」

브렌나는 라엔이 넋을 잃고 자신을 훑어보는 것을 멈추고, 뭔가 대답해주기 바라면서 불쑥 말을 꺼냈다.

솔직히 앞에 서 있는 남자가 유피미어의 아들이라는 사실에 적잖이 놀랐다. 두 사람은 전혀 닮지가 않았다. 라엔은 아버지 쪽을 닮은 게 분명했다. 그리고 라엔의 표정으로 보아 불행하게도 아버지는 다소 멍청해 보이는 사람이었던 것 같았다.

그의 외모가 불쾌한 건 아니었다. 오히려 그저 평범해 보이는 외모였다. 단지 약간 생기가 없어 보이는 얼굴과 창백한 피부에 약간 흐릿해 보이는 담갈색의 눈동자…… 그 정도였다. 그는 코너만큼이나 키가 크고 덩치가 있는 사람이었지만 근육이 아니라 대부분 살이었다.

브렌나를 쳐다보는 라엔의 시선은 그녀를 끔찍할 정도로 불편하게 만들었다. 그의 시선은 그녀의 입술에 한참 머무르더니 가슴으로, 그리고 그 밑으로 계속 내려갔다.

이건 적절한 행동이 아니었다. 하지만 브렌나는 라엔이 훨씬 더 북쪽에서 내려왔다는 사실을 스스로에게 상기시켰다. 어떻게 행동해야 하는지를 잘 모르고 있는 것이 분명했다.

「굉장히 아름다운 분이시군요, 브렌나.」

브렌나의 손을 꼭 움켜쥔 채 그가 속삭였다.

「난 코너가 당신의 아름다움을 깨달았기를 빕니다.」

「당신이 분명히 아셔야 할 것은 여성의 아름다움은 외모에 있는 것이 아니라 마음으로 평가되어야 한다는 점이죠. 물론 제 남편 또한 제 가치를 잘 알고 있으리라 확신해요. 칭찬해주셔서 감사합니다, 라엔.」

그녀는 서둘러 감사하다는 말을 덧붙였다. 그의 말에 약간 토를 단다는 것이 훈계하는 듯한 어투가 되어버렸다는 사실을 깨달았기 때문이었다.

「네, 당연하죠.」

라엔은 가볍게 머리를 숙여 보였고, 그녀가 얼마나 보고 싶었는지 모른다는 말을 계속하면서 엄지손가락으로 천천히 그녀의 손바닥을 문지르기 시작했다. 브렌나는 그가 왜 이런 짓을 하는지 이해할 수 없었고 느낌도 좋지 않았다. 그러나 손을 빼내려 하면 그는 더욱 힘을 주어 손을 꼭 붙들었다. 공손하게 대하기는 하겠지만 결코 좋아할 수 없는 종류의 인간이었다.

「이리 와서 의자에 앉거라. 이렇게 고개를 들고 너희들을 쳐다보고 있자니 등이 다 아프구나.」

유피미어가 그들에게 말했다.

기회를 붙잡은 브렌나는 즉시 손을 빼고 그녀에게로 몸을 돌렸다.

「부인, 높은 의자에 앉으시면 더 편안하지 않을까요?」

「코너가 떠나 있는 동안 나보고 상석에 앉으라고 제의하는 거니?」

하지만 유피미어는 대답을 기다리지 않았다. 그녀는 마루를 가로질러 권력의 상징인 상석으로 자리를 옮겼다.

「생각이 매우 깊은 아이구나.」

라엔이 브렌나의 등을 꼭 누르고 있다가 그녀가 살짝 움직이려고 하자 손으로 어깨를 꽉 움켜잡았다.

「어머니, 브렌나는 아이가 아니에요. 한번 보세요, 누가 아이라고 하겠어요?」

「자, 라엔, 그런 불평은 하지 말거라.」

유피미어가 애원했다.

아들은 모친의 부탁을 무시하고는 브렌나의 귀에 입술을 가까이 대고 입을 열었다.

「자, 내 옆에 앉아서 당신의 결혼식에 대해 모두 이야기해줘요.」

만약 그에게 고개를 돌리면 자신의 혐오감을 숨길 수 없다는 사실을 알고 있었기 때문에 브렌나는 그의 모친에게 말을 걸었다.

「제가 두 분의 만남을 방해한 건 아닌지 모르겠어요.」

「말도 안 돼요. 단지 일주일 정도 떨어져 있었는데요, 뭘.」

「어머, 전 왜 두 분이 한동안 떨어져 지냈다고 생각했을까요?」

유피미어는 지난밤 아들과 굉장히 오랫동안 떨어져 지냈다고 말했다.

「하지만 일주일이라도 어머님께는 굉장히 긴 시간이었을 거예요. 그렇죠, 맥칼리스터 부인?」

「정말로 그렇단다.」

「라엔, 브렌나에게 그렇게 가까이 붙어 있지 말거라. 더 이상 그런 모습을 무시힐 수가 없구니. 이리 와서 자리에 앉으려무나.」

「제가 그렇게 가까이 다가서 있었는지 몰랐는데요?」

그는 굉장히 놀랐다는 목소리로 말을 했고, 그의 모친은 그의 진지한 모습을 그대로 믿는 눈치였다. 하지만 브렌나는 그렇게 쉽게 속고 싶은 마음이 없었다. 그리고 그가 떨어져 나가자 한숨을 쉬고 싶은 충동을 자제하면서 테이블 근처로 서둘러 걸어갔다.

「브렌나, 이제 네 의무를 다하러 가도 좋아. 라엔, 네가 흥미로워할 만한 소식이 몇 가지 있단다.」

브렌나는 유피미어의 마음이 바뀌기 전에 서둘러 입구로 향했다. 하지만 라엔이 그녀를 불러 세웠다.

「들으니까 천둥이 치고 있는 것 같던데 들어올 때 비는 오지 않던가요?」

「비가 오고 있었죠.」

「그런데 어떻게 옷이 안 젖었죠?」

브렌나는 자신이 비가 떨어지기 몇 분 전에 이미 성안에 들어와 있었다는 사실을 인정하고 싶지 않았다. 그렇게 된다면 그녀는 그 시간 동안 무엇을 했는지 설명해야 할 테고 그들의 개인적인 대화를 몰래 엿들었다는 사실을 들킬지도 모르니까.

「친절한 하인 두 사람이 절 위해 머리 위에 코트를 씌워주었지요.」

그녀의 거짓말을 믿는지, 라엔은 고개를 끄덕였다.

「비가 빨리 그치기를 바래요. 난 집안에 갇혀 있는 걸 무척 싫어하거든요.」

브렌나는 라엔이 비로 인해 집에 머물러 있어야 한다는 게 이상하게 생각되었다. 코너의 부하들은 날씨에 상관없이 자신의 의무를 다했다. 어쨌든 라엔은 다른 사람들과 달랐다. 그는 제멋대로 자라서 자신이 얼마나 약하고 어리석어 보이는지 깨닫지 못하는 것 같았다.

라엔과 저녁식사 시간을 보낼 것을 생각하자 벌써 눈앞이 깜깜해졌다. 그녀는 하나님께 코너의 이복동생이 제발 옆에 앉지 않도록 해달라고 기도했다. 단순히 그가 자신의 옆에 앉을 가능성만 생각해도 식욕이 싹 달아났다.

그러나 걱정하던 것과는 달리 저녁식사는 매우 유쾌한 시간이 되었다. 유피미어가 가시 돋친 말들을 삼가 했을 뿐 아니라 라엔 또한 굉장히 매력적으로 행동했다. 라엔은 브렌나 맞은편에 앉아서 자신이 겪었던 이야기들을 재미있게 들려주었다. 마침내 침실로 올라갈 시간이 되자, 브

294

렌나는 다음 식사시간을 고대하게 되었다.

다음날에도 그와 함께 저녁 내내 즐거운 시간을 보냈다. 브렌나는 첫인상만 가지고 성급하게 판단했던 자신에게 죄책감을 느꼈다. 그녀는 라엔에 대해 최악의 상상을 했고, 이제 그런 것들이 얼마나 잘못되었는지 깨달았다. 라엔은 첫 만남에 너무나 열렬히 환영의 뜻을 나타냈을 뿐, 음탕한 행동을 한 것이 아니었다고 브렌나는 생각했다. 아마도 그는 어머니가 브렌나에게 불분명한 태도를 보이는 것이 싫어 그녀에게 전적인 지지를 표현했는지도 몰랐다.

브렌나는 다시는 첫인상만으로 사람을 판단하지 않겠다고 다짐하며 잠자리에 들었다.

코너가 떠난 지 사흘째 되던 날, 브렌나는 햇빛과 웃음소리에 잠에서 깨어났다. 이불을 젖히고 창문으로 달려가 밝게 빛나는 하늘을 쳐다보았다. 창 아래로 하인들이 분주하게 움직이고 있었다. 그들의 얼굴에 떠오른 즐거운 미소에서 그녀는 그들이 밖에서 일하는 것을 더 좋아한다는 사실을 알 수 있었다.

서둘러 옷을 입고 아래층으로 내려갔다. 홀에는 아무도 없었다. 묵직한 앞문을 열려고 애를 써봤지만 문은 열리지 않았다. 그녀는 뒷문을 통해 밖으로 나가기로 했다.

「좋은 아침이에요, 마님. 안녕히 주무셨어요?」

홀 저쪽에서 네타가 말을 걸었다.

「네, 잘 잤어요. 맥칼리스터 부인은 일어나셨나요?」

「아뇨, 아직이요. 라엔은 이미 하루 종일 말을 타겠다고 말씀하시고는 성밖으로 나가셨어요. 저녁때까지 들어오지 않으실 것 같대요.」

「코너의 병사들과 함께 나갔나요?」

「아뇨, 혼자서 말을 타신대요. 조금 위험할 것 같은데…… 안 그래요?」

「그렇게 생각하지 않나 보죠.」

브렌나가 어깨를 으쓱해 보이면서 대답했다.

「어디로 갔는지 궁금하군요」

「제가 그런 질문을 하는 것은 적절한 행동이 아닌 것 같아서요」

브렌나는 이미 하녀에게 주의를 기울이지 않고 있었다. 그녀의 모든 신경은 이미 입구에 가슴 높이로 쌓여 있는 여러 가지 물건들에게 집중되어 있었다. 네타는 그녀의 여주인에게 필요한 것들을 알자내자마자 모두 구해온 것이다.

저녁이 되자, 라엔이 저녁을 먹기 위해 시간에 맞춰 성안으로 들어왔다. 그는 승마로 인해 매우 지쳐 보였지만 여전히 유쾌하게 행동했고, 그날 저녁에도 별다른 부적절한 행동은 하지 않았다.

그는 브렌나와 같은 시각에 위층으로 올라갈 준비를 했다. 그녀의 팔꿈치를 잡고, 굉장히 위엄 있는 몸짓으로 걸으면서 두 사람이 같이 웃을 수 있는 이야기들을 들려주었다. 문의 빗장을 열어주면서 그의 손이 그녀의 가슴을 스쳤지만, 순수해 보이는 얼굴을 보면 그 사실을 깨닫지 못하고 있는 게 확실했다. 그의 곁을 떠나면서 브렌나는 왜 자신이 다시 그를 의심하게 되었는지 궁금해졌다.

잠자리를 준비하면서 그녀는 뭐가 잘못된 건지 곰곰이 생각해보았다. 그리고 마침내 유피미어의 인정을 받으려고 너무 긴장해 있었기 때문에 신경질적인 반응을 보이는 거라고 결론지었다. 솔직히 그녀는 브렌나가 이성을 잃을 정도로 힘들게 만들었다. 물론 브렌나는 어떤 경우에도 이성을 잃지 않을 자신이 있었다. 하지만 코너의 의붓어머니를 즐겁게 해주는 일은 너무 어려웠다. 유피미어는 비난을 위해 입을 열지 않을 때에는 끊임없이 그녀 행동에서 결점을 찾으려고 노력하는 것 같았다.

물론 그렇다고 포기할 수는 없었다. 브렌나는 지금보다 더 열심히 노력하기로 결심했다.

다음날 아침 브렌나가 일어나기도 전에 라엔은 또 혼자 말을 타고 성밖으로 나가고 없었다. 브렌나는 하루 종일 유피미어가 편안하게 지낼 수 있도록 노력하기 위해 돌아다녔고, 그 때문에 저녁식사 시간에는 완전히 녹초가 되어 있었다.

그러나 최악의 사태는 그 이후에 일어났다. 브렌나의 저녁식사는 전혀 즐겁지가 못했고, 오히려 끔찍스러웠다. 브렌나는 라엔을 대화에 참여시키려고 노력했지만 그는 음침하고 도전적으로 행동했다.

그는 다시 호색한처럼 행동했다. 라엔의 시선은 식사시간 내내 브렌나의 입술만 쳐다보고 있었다. 유피미어는 주변 상황을 모르는 체하기로 결심한 모양이었다. 만약 자신이 도와달라고 부탁한다고 해도 그녀가 도와줄지 의심스러웠다.

그날 저녁에도 유피미어는 식사를 제외한 모든 사람들과 모든 것들에 대해 불평을 늘어놓았다. 유피미어는 이전 식사 때와 마찬가지로 자신의 접시 위에 있는 음식을 모두 먹었다. 하지만 식탁이 치워지고 하인들이 모두 홀을 떠나자 유피미어는 불만족스러움을 털어놓았다.

「브렌나, 난 지난 며칠 동안의 만찬이 제대로 준비되지 않았다는 걸 깨달았단다. 너와 네 요리사는 저녁 메뉴에 대한 토론을 너무 성의없게 하는 게 아닌지 의심스럽구나. 그래서 말인데, 난 내 미각을 존중해서 더 이상 그런 사실들을 숨기지 않고 네게 모두 말해야겠다고 결심했다. 어쨌든 부엌에 있는 그 쓸모 없는 여자를 해고시키고 좀더 나은 사람으로 바꾸는 게 좋을 듯싶구나. 특히 오늘 저녁식사는 완전히 재앙이었다. 이렇게 먹다가는 닭보다 더 살이 찌게 될 거야. 그리고 과일파이는 왜 그렇게 씁쓸하고 끈적끈적한 거니. 접시에 다시 내려놓을 수조차 없을 정도로 말이다. 도대체 코너는 이렇게 형편없는 음식을 어떻게 먹고 사니?」

「어머니, 브렌나는 여기에 온 지 오래되지 않았어요. 그러니 코너가 이렇게 비디고 있는지 전혀 알 수기 없죠.」

라엔이 그녀의 말을 가로챘다.

유피미어는 계속 브렌나에게 인상을 쓰고 있었다.

「매우 힘들어 보이는구나, 아가야. 하루 종일 서 있었던 거니?」

「네, 부인.」

「그럼 침실로 가지 그러니? 라엔이 널 데려다줄 거다.」

브렌나는 혼자서 갈 수 있다고 말하려 했지만 불행하게도 라엔이 먼저 계단 입구까지 따라왔다. 그는 그녀의 팔을 움켜쥐고는 데려다주겠다면서 손에 힘을 주었다. 그녀는 난간에 몸을 기대고 그와 약간의 거리를 두려고 노력했다.

「라엔, 위층으로 올라가는 데는 어떤 도움도 필요치 않아요. 이런 일보다 더 중요한 일들이 많을 텐데요.」

「당신은 이미 한 번 굴러 떨어졌다면서요? 이런 계단은 너무 가팔라서 위험해요.」

그가 브렌나를 잡아끌면서 대답했다.

「내가 떨어졌다는 걸 어떻게 알았죠?」

「하인들 중 한 사람에게 이마의 상처에 대해 물어보았죠. 당신이 계단에서 떨어졌다고 하더군요. 형이 없는 동안 당신을 안전하게 지켜주지 못한다면 그건 형에 대한 의무를 소홀히 하는 거예요. 그럴 수는 없죠.」

「내가 넘어진 건 발 아래를 제대로 살피지 못해서 그런 것뿐이에요. 이제는 주의 깊게 살피고 있으니 걱정하실 필요 없어요.」

라엔은 브렌나의 팔을 놓고 잠시 기다렸다가 슬며시 그녀의 허리로 팔을 미끄러뜨렸다.

「제발 날 놔줘요.」

브렌나가 요청했다.

「코너가 보고 싶지요? 당신이 그를 그리워하고 있다는 걸 알아요. 특히 밤에 침대에 있으면 당신은 그를 당신의 허벅지 사이로 느끼고 싶을 거예요.」

「감히 내게 그런 식의 말을 하다니, 당장 그만둬요.」

브렌나가 명령했다. 그녀는 화가 나 정신을 차릴 수가 없었다.

라엔은 자신의 손을 그녀의 오른쪽 가슴에 갖다 댔다.

「코너가 없는 동안 내가 당신을 돌봐줄게요. 난 고통이 사라지게 만들 수 있어요. 그러니 브렌나, 오늘밤에는 문에 빗장을 걸지 말아요.」

라엔의 입에서 새어 나온 추잡스러운 말에 긴장해서 브렌나는 어떤 답변도 할 수가 없었다.

「만약 지금 당장 떨어지지 않는다면 소리를 지를 거예요.」

「도대체 왜 이러는 거죠?」

그는 굉장히 놀랐다는 듯이 물었다. 그러면서 브렌나의 가슴을 움켜쥐기 위해 손가락을 천천히 풀었다.

분노는 그녀에게 평소보다 더 많은 힘을 사용할 수 있게 했다. 브렌나는 자신의 팔꿈치로 그의 옆구리를 후려쳤다.

라엔은 심각한 고통에 신음 소리를 내면서 그녀를 놓아주었다. 브렌나는 침실이 있는 곳을 향해 달려가면서 단검을 꺼내려 했다. 하지만 허리에 검이 없다는 사실을 깨달았을 때 또 다른 공포를 느껴야 했다. 그러나 라엔은 더 이상 그녀를 잡으려 하지 않았다.

그는 브렌나를 위해 문을 열어준 뒤, 잘 자라는 인사를 하고는 휘적휘적 걸어갔다. 그가 아래층으로 내려가면서 휘파람을 부는 소리가 들렸다.

분노와 공포로 몸을 떨면서, 그녀는 침실 안으로 들어가 문을 닫고 빗장을 질렀다. 그리고 눈물을 흘렸다.

도대체 일이 어떻게 돌아가는 걸까?

또다시 그가 자신을 건드릴지도 모른다는 생각이 브렌나를 더욱 두렵게 만들었다. 그녀는 그날 밤 침대의 코너 자리에 누우면서 내일은 다른 때보다 좀 늦게 내려가기로 마음먹었다. 아무리 라엔이라고 해도 감히 사람들이 보는 앞에서는 부적절한 행동은 하지 못할 것이다.

남편이 오는 즉시 그녀에게 일어났던 모든 일들을 상세하게 말할 것이다. 그가 돌아와서 라엔을 멀리 보낼 때까지 그녀 스스로 자신을 지켜야만 했다.

코너가 가장 먼저 이 일을 알아야 했다. 라엔은 그의 이복동생이고 아무리 그럴 필요가 있다고는 해도 다른 사람들에게 말하는 것은 옳지 않다는 생각이 들었다.

브렌나는 그 악마 같은 인간의 추잡한 시선에 더 이상 고통받고 싶지 않았다. 만약 라엔이 곁에 다가온다면 그 즉시 추방해버릴 생각이었다. 그러기 위해서는 자신에게 그럴 수 있는 힘이 있는지 사전에 알아두어야 했다. 만약 퀸란이 그녀에게는 그럴 힘이 없다고 말한다면 브렌나는 퀸란에게 무슨 일이 있었는지 말하거나 아니면 당장 짐을 싸서 킨케이드의 성으로 피할 생각이었다. 알렉은 그녀를 위해 어떤 일이라도 해주겠다고 약속하지 않았던가.

브렌나는 그날 오후 내내 화가 난 상태로 주위를 걸어다녔다. 그리고 저녁식사 시간 내내 라엔을 무시하고는 유피미어에게 이야기해달라고 애원했다. 코너의 의붓어머니는 자신이 화제의 중심에 있다는 게 매우 즐거웠는지 끊임없이 자기 자랑을 늘어놓았다. 브렌나는 그녀가 하는 말들이 모두 흥미 있다는 듯이 행동했다. 그녀는 유피미어가 자리를 뜨기 전까지 홀을 떠나지 않을 생각이었다.

얼마 시간이 지나지 않아 따분했는지 라엔은 밖으로 나가려 했다. 라엔은 감히 브렌나에게, 밖으로 같이 나가지 않겠냐고, 마치 그녀가 원할 거라는 식으로 물어보았다.

「고맙지만 괜찮습니다.」

브렌나는 그를 쳐다보지 않고 대답했다.

「난 당신 어머님의 말씀을 듣는 게 더 재미있어요. 유피미어 부인, 그렇게 흥미진진한 삶을 살아오셨군요.」

「비극적인 삶을 산 게지!」

유피미어가 정정했다.

브렌나의 재촉에 유피미어는 자신의 부모가 죽은 뒤 느꼈던 상실감과 그때부터 시작된 고통, 그리고 그 이후의 세월에 대해 털어놓았다. 유피미어는 한 시간이 넘게 자신에 대한 이야기를 계속해나갔다. 브렌나는 그녀 옆자리에 앉아서 환상적이라는 듯이 이야기를 듣고 있었다.

마침내 유피미어가 잠자리에 들어야겠다고 선언했다. 브렌나는 그녀의 팔을 잡고 옆에 서서 걸음을 옮겼다.

「참, 저녁식사 건에 대해 말씀 드릴 것이 있는데요」

「나 또한 한마디 해야겠구나. 다시 말하지만 오늘 식사도 매우 실망스러웠다, 브렌나. 내 말대로 요리사를 바꾸지 않을 모양이지?」

「아니요, 물론 바꿨지요.」

브렌나는 거짓말을 했다.

「제게 좋은 생각이 나서요, 거기에 대해 말씀 드리려고요. 부인께서는 저보다 더 많은 지식을 갖고 계시니 충고에 따라야지요.」

「그렇게 자책할 필요는 없다. 그저 살림에 대해 모르는 것뿐이니까.」

브렌나는 반론하지도 그렇다고 동의하지도 않았다.

「제가 다섯 명의 여자들에게 저녁식사를 교대로 만들라고 시킬게요. 그럼 한 주가 끝나기 전에 입맛에 맞는 요리사를 선택하실 수 있으실 거예요.」

유피미어는 무관심하게 어깨를 으쓱해 보였다.

「그렇게 하려무나.」

「고맙습니다.」

그리고 유피미어의 침실까지 갔다 온 브렌나는 자신의 침실 문을 닫은 뒤 크게 한숨을 내쉬었다.

네타가 벽난로 옆에 서서 몸을 녹이며 그녀를 기다리고 있었다.

「유피미어 부인이 다섯 명의 요리사 건에 대한 마님의 의견을 따르시기로 하셨나요?」

「그래요. 아다에게 이번 주가 끝나기까지 유피미어 곁에는 얼씬도 하지 말라고 상기시켜줘요.」

「이다 또한 잘 알고 있답니다, 마님. 당신의 노력 또한 매우 고마워하고 있어요. 그녀는 이번 주 내내 모든 식사를 자신이 만든다는 사실을 유피미어가 알면 어떡하나 걱정하고 있어요. 이번 일에 대해 아무도 눈치채지 못할 거라고 확신하시는 거예요?」

「그래요, 네타. 확신해요. 아다는 훌륭한 요리사고, 영주님의 의붓어머니는 단지 까다롭게 행동하는 걸 좋아할 뿐이니까요. 우리의 이 작은 속임수가 영주님께 불충한 것도 아니고요. 우린 단순히 영주님의 친척 분들을 기쁘게 해드리려 노력하는 것뿐이에요.」

「누구도 유피미어 부인을 속이는 게 불충이라고 생각지 않아요. 그건 그렇고 그분들이 언제까지 성에 머무르실지 알고 계세요?」

「아니요. 하지만 분명한 것은 남편이 돌아오면 제일 먼저 물어볼 게 바로 그 질문이에요.」

「뭔가 괴로운 일이라도 있으세요? 저녁식사 때 보니 별로 음식도 안 드시던데…….」

브렌나는 그녀에게 라엔에 대해 말할 생각이 없었다. 영주의 이복동생을 비난하는 것은 엄청난 결과를 가져올 게 분명했다. 코너의 아내로서 다른 사람이 아닌 오직 남편에게만 말하고 도움을 요청해야 했다.

「그저 배가 고프지 않았을 뿐이에요.」

그녀는 네타의 질문에 그렇게 대답했다.

하인은 몇 분 후 자리를 떴다. 문에 빗장은 지른 뒤 브렌나는 침대에 앉아서 바느질을 시작했다. 네타는 그녀에게 식탁을 장식하기 위한 밝은 사프란 색 헝겊을 구해다주었다. 브렌나는 그 천의 한가운데 정사각형으로 코너의 플래드와 똑같은 색으로 수를 놓을 생각이었다. 그 모든 작업이 완벽하기를 원했기 때문에 매일 밤 바느질을 하면서 각각의 바늘땀이 똑바른지 계속해서 확인했다. 계획대로라면 며칠 안에 그 모든 작업을 끝낼 수 있었다.

브렌나는 양털로 속을 채운 네모난 방석들을 다 완성한 뒤에 그것들로 식탁을 장식할 생각이었다. 매일 아침 한 시간씩 바느질을 하고, 날씨가 좋다면 밖으로 나가 다른 여자들과 함께 앉아서 작업을 할 생각이었다. 그렇게 되면 일을 하면서 동시에 많은 여인들을 만날 수 있었다.

물론 하루 종일 앉아서 시간을 보낼 생각은 없었다. 특히 햇볕이 좋은 날에는 한 시간씩 말을 타자고 스스로 결정했다. 안장을 얹지 않고 말을 타는 법을 배울 생각이었다. 코너의 아내라면 그 정도는 해야 했다. 게다가 전혀 어렵지 않게 보였다.

12

브렌나는 안장 없이 말을 타려고 시도했던 날 오후에, 거의 죽을 뻔했다. 그것도 한두 번이 아니었다.

데이비스는 자신이 그녀의 의도를 알았다면, 영주님의 말을 돌보는 것조차 금지했을 거라고 퀸란에게 맹세했다. 브렌나는 영주님이 말을 남겨 두고 떠난 이유를 이해하지 못했다. 그래서 데이비스는 그 말은 오랫동안 영주님을 태웠기 때문에 충분한 영양섭취와 휴식이 필요하다고 설명해주었다. 그 설명에 브렌나는 말에게 충분히 응석을 부릴 수 있도록 해줘야 한다고 제안했고, 데이비스는 그 제안에 거절할 이유가 없었다.

브렌나가 종마와 함께 잠깐 산책을 할 수 있는지 물었을 때도, 그녀가 종마를 보살피면서 언덕을 오르내리는 약간의 운동을 시키겠다는 의미로 받아들였다. 더구나 종마는 그녀를 따랐다. 브렌나가 도착한 첫날, 그녀가 말을 이끌고 마구간으로 왔을 때 이미 확인한 사실이었다.

브렌나 옆에서 유순하게 언덕을 올라가는 말을 지켜보면서, 데이비스는 자신이 옳은 선택을 내렸다고 믿었다. 만일 브렌나가 안장을 달라고 했다면, 약간이라도 의심을 했겠지만 그런 소리는 전혀 없었다.

「전 여주인께서 거짓말을 했다고 말하는 게 아닙니다, 퀸란. 제가 말하고자 하는 건 너무나 감쪽같았다는 거죠. 전 의심조차 하지 않았습니다. 부인께서는 언덕을 올라가다가 마음을 바꾸신 게 틀림없습니다. 갑자기 그런 생각이 들자, 한 번 시도해보고 싶다는 유혹을 뿌리칠 수가 없었겠죠. 물론 걱정하지 마십시오. 다시는 쉽게 마음이 흔들리지 않을 겁니다. 물론 부인이 제게 거짓말을 했다고 생각하는 건 아닙니다.」

퀸란은 데이비스의 설명을 받아들였다. 마구간 책임자와 마찬가지로, 그 또한 여주인이 그런 기회를 다시 한 번 얻을 수 있으리라곤 생각하지 않았다. 왜냐하면 그녀가 갑자기 날개를 잃은 독수리처럼 말에서 날아올라 떨어졌을 때의 고통이 그녀를 제정신으로 돌려놓았으리라 생각했기 때문이었다.

바로 다음날, 퀸란이 성을 보수하고 있는 병사들을 살피고 있던 시각에, 브렌나는 다시 한 번 말과 함께 멋진 산책을 할 수 있었다. 왜냐하면 브렌나의 뻣뻣한 걸음걸이를 본 데이비스는 말을 타리라는 걱정은 한순간도 하지 않았기 때문이었다.

그러나 그는 자신의 여주인이 완전히 미쳤다는 사실을 깨닫지 못했다. 그리고 마침내 퀸란에게 그렇게 변명을 늘어놓았던 데이비스는 부인을 욕할 생각은 추호도 없다며 다시 끊임없이 용서를 빌었다.

「맥칼리스터 부인은 절 속였습니다. 그녀가 그랬어요.」

데이비스가 지휘관에게 말했다.

「물론 절 똑바로 쳐다보면서 거짓말을 했다는 건 아닙니다. 아니, 제가 말하려던 건 그게 아닙니다. 물론 비슷하기는 하지만…… 이번에는 정말로 확실하게 그녀에게 시선을 고정하고 말을 타지 않겠다는 약속을 해달라고 말했습니다. 부인께서는 천사처럼 순수하게 미소를 짓더군요. 제 규칙에 동의한다는 뜻으로 보였습니다. 상식적인 여인이라면 자신이 따를 생각이 없는 부탁을 받으면서 그렇게 미소를 지을 수 없는 거 아닙니까. 이제는 절대로 걱정할 필요가 없습니다, 퀸란. 전 이제 그녀의 의도를 알고 있습니다. 다시는 절 바보로 만드실 수 없을 겁니다.」

정확히 다음날 바로 그 시각에 브렌나는 데이비스를 다시 바보로 만들었다. 데이비스는 그의 여주인이 다시 종마를 탔다는 말을 듣자마자 편리하게도 몸을 숨겨버렸다.

그는 사실 숨을 필요도 없었다. 퀸란은 마침내 여주인이 스스로 죽음의 문턱까지 가기 전에, 문제를 해결하기로 결심했다. 데이비스는 그녀를 당해낼 수가 없었다.

재앙을 막아보기로 결심한 후, 퀸란은 브렌나가 그런 위험한 모험을 다시는 할 수 없도록 금지할 생각이었다. 퀸란은 언덕 꼭대기에서 소나무 숲의 공터로 향하는 도중에 그녀의 웃음소리를 듣고 걱정이 되기 시작했다. 잠시 후, 종마의 등에 앉아 있는 브렌나가 보였다. 브렌나의 얼굴에 떠오른 기쁜 표정이 미소를 짓게 만들었다. 즉시 달려가 위험한 곡예를 멈추게 해야 한다는 사실은 알고 있었지만, 퀸란은 잠시 동안 그곳에 서서 브렌나의 모습을 지켜보았다.

땅으로 내동댕이쳐지기 전 몇 분 동안, 정말로 아슬아슬하게 그녀는 말 등에 꼿꼿이 앉아 버텼다.

퀸란은 그녀가 일어나기를 기다렸지만 브렌나는 움직이지 않았다. 그는 경사면을 달려갔다. 나중에 크리스핀에게 고백하기를, 그때 자신의 심장이 멈춰버리는 것 같았다고 했다.

그가 막 그녀 곁에 다가갔을 때, 종마도 다가왔다. 퀸란은 말이 그녀를 짓밟아버릴 거라 확신했다. 하지만 덩치 큰 검은 종마는 마치 윙크를 하듯이 그녀를 꾹꾹 찔렀다. 그러자 브렌나는 몸을 돌려 말고삐를 잡으면서 웃음을 터뜨렸다.

퀸란은 고삐를 빼앗은 뒤, 말의 뒷다리를 세게 쳐 그녀에게서 떨어지게 만들었다. 그리고 몸을 굽혀 손을 뻗었다.

「움직이지 않고 계실 때는 정말로 이 세상 사람이 아닌 줄 알았습니다.」

「단지 게임이었어요. 만일 내가 미동도 않고 있으면, 윌리는 곧바로 내게 와요. 그럼 난 고삐를 움켜쥘 수가 있어요. 그렇지 않으면 종마는 내가 자기를 쫓아다니게 만들죠.」

퀸란은 너무나 심란해서 그녀가 하는 말에 귀를 기울일 수 없었다. 스스로 그녀에게 목소리를 높여서는 안 된다는 사실을 상기시켰다. 다행스럽게도 그녀는 자신의 여동생이 아니라 여주인이었다.

「상식을 다 잊으신 겁니까?」

「그렇게 생각지는 않아요.」

「만약 그렇게 죽고 싶으시다면, 크리스핀이 성을 지키고 있을 때 그러십시오. 제가 있을 때는 안 됩니다.」

브렌나에게 지시를 내린 후, 그는 그녀가 두 발로 설 수 있도록 도와주었다. 그리고 플래드에 묻은 먼지를 털어낼 수 있도록 몸을 돌렸다. 퀸란은 그녀가 다시는 이런 일을 저지르지 않도록 자신의 말에 귀기울이기를 원했다.

「다시는 이런 위험한 일을 하지 마십시오. 전 부인에게 다시는 안장 없이 말을 타지 않겠다는 약속을 받고 싶습니다. 미리 말씀 드리는데요, 웃음으로 때우실 생각은 하지 마십시오.」

「그럼요. 당신은 나보다 훨씬 영리한 걸요, 퀸란. 당신에게 속임수를 쓰지 않겠어요.」

다소 화해하듯이 그는 그녀에게 아직까지 약속하지 않았다는 사실을 상기시켰다.

「내게 소리치면 안 된다고 생각지는 않아요?」

퀸란은 자신의 행동에 깜짝 놀랐다.

「용서하십시오, 부인. 제가 흥분했다는 사실을 몰랐습니다.」

「이제 내가 뭘 잘못한 건지 설명해주실래요? 왜 난 윌리의 등에 오래 머무를 수가 없는 거죠?」

「검둥이의 등에 너무 가까이 당겨 앉았습니다. 약속에 대한……」

브렌나가 퀸란의 말을 잘랐다.

「어제는 확실하게 당신이 충고한 대로 했어요. 고삐 쥐는 법이 잘 되지 않았거든요. 하지만 그 문제는 이미 교정이 됐어요. 불쌍한 윌리, 잠깐 동안 두 다리로 서서 머리를 내게서 돌리더군요. 날 미쳤다고 생각한 게 틀림없어요.」

퀸란은 말이 그의 여주인보다 더 나은 상식을 가지고 있다고 생각했다. 그는 너무나 화가 나서 자신이 무자비한 생각들을 하고 있다는 사실에도 신경 쓰지 않았다.

「전 검둥이가 당신을 짓밟아 죽이지 않았다는 사실이 더 놀랍습니다.」

「좀 전에 검둥이라고 했어요?」

「네. 하지만 코너는 말에게 정식으로 이름을 붙이지 않았어요.」

「그래요……」

그 목소리가 점차 작아졌다.

「그렇다면 내가 윌리라고 부른다고 해서 코너가 신경 쓰지는 않겠네요.」

퀸란의 눈썹이 부들부들 떨렸다.

「왜 윌리입니까?」

「윌리엄의 줄인 말이에요.」

브렌나는 퀸란에게서 고삐를 돌려받은 뒤 마구간을 향해 걷기 시작했다. 퀸란은 그녀가 신발 한 짝을 놓고 갔다는 사실을 깨닫고는, 그것을 집어들어 건네주었다. 그녀는 고맙다고 말한 뒤, 그의 팔을 잡고 균형을 맞추면서 신을 신었다.

「윌리엄 오빠의 이름을 따서 붙인 거예요. 코너에게 말하지 않는다고 해도 신경 쓰지 않을 거예요. 코너는 내가 가족들에 대한 이야기를 하면 싫어하거든요.」

「왜 그가 싫어한다고 생각하는 겁니까?」

「인상을 쓰면서 주제를 바꾸려고 해요. 나는 왜 그가 그렇게 행동하는지 알 수가 없어요. 내 가족을 싫어할 이유가 없거든요. 왜냐하면 그들을 알지도 못하니까요. 아마도 관심이 없는 걸 거예요. 내 가족들에 대한 이야기가 그를 따분하게 만드는 거겠죠.」

「글쎄요, 그건 아닌 것 같은데요, 부인.」

「아닐지도 모르죠.」

그녀가 동의했다. 하지만 그건 퀸란의 말이 옳기 때문이 아니라 예의 바른 행동을 하기 위해 그런 것뿐이었다.

「코너에게 내가 말에게 이름을 붙였다는 말을 하지 마세요. 코너는 어떤 경우에는 특이한 반응을 보이더군요. 화를 낼 것 같지는 않지만, 그래도 그럴 가능성이 조금은 있거든요.」

「부인, 지금 제게 코너에게 말하지 말라고 말씀하시는 겁니까?」

「네.」

「제가 일부러 그 사실을 강조하지는 않겠지만, 만일 그가 묻는다면 전 대답할 수밖에 없습니다. 우리는 안장 없이는 말을 타지 않겠다는 약속을 하던 중이었다고 생각하는데요?」

「만일 내가 당신에게 약속을 한 뒤, 교묘하게 그 약속을 지키지 않으면 어떻게 하시겠어요?」

「남편이 돌아올 때까지 부인을 침실에 가둬두는 수밖에 없습니다.」

「그럴 수 있어요?」

「그러고 싶지는 않지만, 부인의 안전을 위해서는 당신의 감정을 무시할 수밖에 없습니다.」

「그럼 누군가를 추방할 수도 있어요?」

「당신을 추방할 생각은 없습니다.」

「당신은 코너가 성을 떠나 있는 동안, 다른 누군가를 추방시킬 수 있군요.」

「네, 영주님께 타당한 이유를 설명할 수 있는 한 그렇습니다.」

「내게도 그런 힘이 있나요? 그렇게 놀란 듯이 쳐다보지 마세요. 당신을 추방시키려는 건 아니니까요. 감히 절 방에 가둔다고 해도 말이죠. 물론 당신이 그러지 않으리라는 건 알고 있어요. 난 내가 누군가를 추방할 수 있는지 궁금할 뿐이에요」

「만약 다른 사람과 어려운 문제가 있다면 제게 말씀하시든지 영주님이 오시면 그때 하시면 됩니다.」

브렌나는 그의 설명을 자신에게는 그러한 힘이 없다는 사실로 해석했다. 그렇다면 궁지에 빠져도 라엔을 추방하겠다고 위협할 수 없었다. 그녀는 한숨을 쉬고는 바닥을 내려다보면서 길을 따라 걸었다.

브렌나의 실망은 계속되는 생각 속에서 누그러졌다. 만일 라엔이 다시 접근해오면 더 극적인 방법으로 도움을 청할 예정이었다. 고맙게도 그녀에게는 그를 견제할 수 있는 방법이 있었다.

퀸란은 왜 그의 여주인이 그렇게 상심해하는지 이해할 수가 없었다.

「부인께서는 그런 권한을 손에 쥐고 싶습니까?」

그녀는 아무런 대답도 하지 않았다.

「만약 문제가 생겨서 그 문제를 혼자 힘으로 해결할 수 없다면 제게 말씀해주십시오. 기쁘게 도와드리겠습니다.」

브렌나는 고개를 흔들었다.

「그저 가족 구성원들 사이에 발생한 개인적인 문제일 뿐이에요」

퀸란은 안심이 되어 웃음이 나오려 했다.

「유피미어 부인과 문제가 있다는 말을 들었습니다.」

그는 브렌나의 대답을 기다리지 않고 그녀의 걱정을 확실하게 해결할 수 있는 방법을 제시했다.

「라엔에게 그의 어머니에 대해 이야기해보십시오. 그가 자신의 모친에게 말을 잘 할 겁니다.」

그녀는 머리를 흔들었다.

「내가 이 문제를 해결해야 해요. 그리고 코너가 돌아오면 그와 함께 의논해보죠.」

「원한다면 그렇게 하시죠, 부인.」

그녀는 곧 주제를 바꾸었다.

「당신도 알고 있겠지만, 난 여기에 도착한 이래로 이곳이 어떻게 돌아가고 있는지 이해하려고 노력 중이에요. 그래도 모든 사람들이 다 알고 있는데 나만 모르고 있는 규칙들이 많은 것 같아요. 난 하일랜드 사람들에 대한 내 지식의 부족으로 저들에게 상처를 주지나 않을까 걱정이 돼요. 만일 당신이 조금씩 가르쳐준다면 많은 도움이 될 거라 생각해요.」

「어떤 방법으로든 제가 도움이 될 수 있다니 기쁘군요.」

「오늘밤에 당신이 선택한 병사 두 사람과 함께 저녁식사를 하러 오시지 않겠어요? 그럼 우리들은 계속해서 여러 가지 문제에 대해 토론을 하고, 난 맥칼리스터 일족에 대해 더 많은 것을 배울 수 있을 거예요. 난 이제 맥칼리스터 일족 사람이고 거기에 맞게 행동하고 싶어요.」

「같이 식사를 할 수 있게 되어서 영광입니다. 제가 데리고 가는 다른 두 사람도 저와 같은 생각일 거라 확신합니다.」

'난 또한 안심하고 시간을 보낼 수가 있죠.'

그녀가 속으로 되뇌었다.

「언제쯤 코너가 돌아올까요?」

「저도 확실하게는 모릅니다.」

「꽤 오래 떠나 있는 것 같네요. 난 그와 이야기를 나누고 싶어요.」

퀸란은 브렌나의 목소리에 담긴 절망을 읽어내고는, 코너의 의붓어머니가 그녀에게 매우 어려운 시간을 겪게 만들고 있다고 단정했다. 그리고 두 여자가 세력 다툼을 하는 모습을 상상하면서 브렌나 맥칼리스터 부인이 그렇게 쉽게 지쳐버렸다는 데에 조금 놀랐다. 아마도 남편의 부재가 그녀를 더 약하게 만든 것 같았다.

그날 오후, 퀸란은 자신이 처음에 생각했던 것보다 문제가 더욱 심각하다는 사실을 깨달았다. 병사들의 숙소로 들어가던 중, 네타가 그를 잡았다. 그리고 브렌나의 행동이 이상하다고 말했다.

「마님은 제가 노크를 해도 잘 듣지 못해요. 그리고 제가 방에 들어가면 펄쩍 뛰면서 비명을 지르시죠. 그리고 단검으로 손을 뻗어요. 마님이 겁에 질려 있는 것 같아요, 퀸란.」

요리사의 친구인 브로카가 그 대화를 듣고는 재빨리 끼여들었다.

「아다는 마님이 아픈 게 아닌지 걱정하더군요. 전혀 드시지 않는데요. 아직 아기를 가진 건 아닐 텐데.」

퀸란은 두 여자가 좀 과장을 하고 있다고 생각했다. 그래서 기다렸다가 자신이 직접 두 눈으로 확인하기로 결정했다. 여주인이 음식을 접시에 던 다음 아주 소량만 먹는 것을 확인한 퀸란은 여자들의 의견이 옳았다는 사실을 깨달았다. 그는 뭔가 그녀에게 잘못된 일이 있다는 사실을 발견하고 다음날 킨케이드 부인에게 데려가기로 마음먹었다. 만일 아픈 거라면, 킨케이드 부인이 치료해주리라.

브렌나는 퀸란이 자신에게 관심을 쏟고 있다는 사실을 알지 못했다. 여러 날 만에 처음으로, 그녀는 편안한 시간을 보내고 있었다. 퀸란이 식사를 같이 하기 위해 데려온 두 명의 병사는 병사들 중에서 가장 연장자들이었다. 그들은 과거에 있었던 이야기를 교대로 들려주었다. 유피미어도 굉장히 조용했다. 물론 그녀도 대화를 즐거워하는 것 같았다. 그녀는 또한 모든 주제에 대해 할말이 있는 듯했고, 자신이 기억하고 있는 재미있었던 사건에 관해 손님이 언급하면 혼자서 즐거워하거나 고개를 끄덕였다.

라엔은 자신에게 충분한 관심을 쏟지 않는다고 어린아이같이 멋대로 행동했다. 그는 식사시간 내내 입을 삐죽거리며 시선을 식탁 위에 고정시키고 있었다. 그리고 식사를 마치자마자 브렌나에게 인상을 쓴 뒤, 밖으로 나가버렸다.

아무도 라엔의 무례한 행동에 대해 걱정하는 사람이 없었다. 퀸란은 여주인이 굉장히 지쳐 보인다는 사실을 눈치채고는 저녁식사를 그만 마치기로 결정했다. 저녁 내내 기분 좋은 휴식을 취하면, 그녀의 식욕이 되돌아올지도 몰랐다.

나이 많은 병사 중 한 사람이 브렌나를 계단 위까지 데려다주었다. 그는 계단 난간에 서서 그녀가 침실로 들어가는 모습을 지켜보았다. 문 앞에 서서 작별인사를 하기 위해 몸을 돌리던 브렌나는 병사 뒤 그림자속에 숨어 있는 라엔을 보았다. 그러나 뭘 물어보기도 전에, 그는 서둘러 자신의 침실로 돌아갔다.

네타가 침실 안에서 기다리고 있었다. 그녀는 여주인이 들어오기 전에 그녀가 놀라지 않도록 소리쳐 인사를 했다. 네타는 유피미어의 침실에 미리 촛불을 밝혀놓고 잠잘 준비를 해놓으라는 명령을 받았는데, 자신이 영주님의 의붓어머니 시중을 들어야 한다면 영주님의 아내 시중도 들어야만 한다고 주장했다.

「너무 늦게 집에 들어가면, 남편이 싫어하지 않겠어요?」

「제가 영주님 침실에서 일하게 된 게 얼마나 영광스러운 일인데요. 남편은 왕처럼 거드름을 피우면서 만나는 사람들에게 아내 자랑이 이만저만이 아니랍니다. 제가 영주님 댁에서 중요한 역할을 맡는 바람에 자기도 중요한 사람이 되었다고 생각하나봐요.」

브렌나는 이렇게 생각 깊은 여인이 자신의 시중을 든다는 게 너무나 큰 축복처럼 느껴졌다.

「정말 마음이 따뜻하군요, 네타.」

「그렇게 칭찬을 해주시니 현기증이 다 날 지경이에요, 마님. 제가 잠자리를 준비할까요?」

「아니, 그럴 필요 없어요. 난 이제 안전하니까…… 내가 말하려는 건, 난 내 자신을 스스로 돌볼 수 있단 말이에요. 그보다 당신이 떠나기 전에 물어볼 게 하나 있어요. 날 위해 나무 목걸이를 만들어줄 수 있는 사람을 알아요?」

「알란의 손재주가 좋아요. 그가 마님께서 원하시는 걸 만들 만한 가장 실력 있는 사람이라고 생각해요. 원하신다면 내일 그를 성으로 데리고 올게요.」

브렌나는 다시 한 번 그녀에게 고맙다고 말하고, 네타가 떠나자마자 문을 잠갔다. 그리고 잠들기 전에 한 시간 정도 바느질을 했다.

그녀가 막 촛불을 끄고 침대 커버를 들추는 순간, 누군가가 자신의 방문을 두드렸다. 하지만 그녀는 대답하지 않았다.

13

코너는 마침내 그의 성으로 돌아오게 되었다. 그는 굉장히 오랫동안 집을 떠나 있었던 느낌이었다. 도개교를 건너면서 목과 어깨의 긴장이 풀리기 시작하자, 그는 자신이 집에 돌아오기를 갈망했다는 것을, 그리고 그 이유를 알 수 있었다.

코너는 브렌나가 다시 보고 싶었다. 말할 필요도 없이, 자신의 자제력 부족이 전혀 즐겁지 않았다. 브렌나에 대한 생각이 머릿속을 파고들면, 그는 더욱더 흔들렸다.

히니님, 제게 무슨 일이 생긴 겁니까?

잠시 동안이라도 휴식을 취하기 위해 눈을 감으면 아내의 모습이 떠올랐다.

물론 그다지 위안이 되지는 않았지만, 알렉 또한 비슷한 상태였다. 그러나 알렉은 자신의 아내에 대해 생각만 하는 게 아니라 제이미에 대해 계속 이야기를 했다.

알렉은 그들이 함께 있던 마지막 날 밤, 코너가 휴식을 취하지 못하는 것을 눈치챘다. 코너가 마침내 혼자가 되어 숲 근처 공터에서 자리를 잡을 때까지 알렉은 한 시간이 넘게 캠프 주변을 다니면서 코너의 얼굴을 살펴보았다. 알렉이 잠시 후 코너 옆에 자리를 잡았다. 형제는 나무에 등을 기대고, 한 손을 검 위에 비스듬히 얹어놓고는 휴식을 취했다.

알렉은 자신이 말하고 싶은 주제로 재빨리 들어갔다.

「널 보니 내가 제이미와 결혼했을 때가 생각나는구나.」

「뭘 봤는데요? 형은 내가 원하든 말든 하고 싶은 말을 다 할 생각이잖아요?」

「물론. 내 실수로부터 배울 것은 배우고, 고통을 겪는 일이 없기를 바란다.」

「아버지처럼 말하는군요. 아버지도 똑같이 말씀하셨는데.」

「아버지가 네 어머니에 대해 말씀하셨니?」

「그래요, 아버진 그녀를 사랑하는 나의 이사벨라라고 부르셨어요.」

알렉은 고개를 끄덕였다.

「너는 훌륭한 전쟁을 치른 거야. 하지만 싸움을 끝낼 시간이 됐어. 이제는 그저 고통스럽게 바라보기만 하면 돼.」

「알렉, 도대체 무슨 말을 하려는 거예요?」

그의 형은 웃었다.

「넌 내가 무슨 말을 하는지 잘 알고 있어. 넌 아내를 사랑하지 않으려고 노력하는 중이야, 안 그래? 난 그 이유도 이해하고 있어. 넌 두려운 거야.」

「주님이 형을 보살펴주시기를! 이제 형은 점점 참견쟁이 노파가 되어 가는군요.」

알렉은 그 모욕스런 말을 못들은 척했다.

「난 이사벨라에 대한 네 아버지 말씀이 널 다른 남자들보다 더 조심스럽게 만들었다고 생각하지는 않아. 그가 뭐라고 말씀하셨는지 기억하니?」

「모든 말을 기억해요. 아버지 역시 자신의 실수를 통해 배우라고 했죠. 그는 이사벨라를 사랑했지만, 그녀가 죽었을 때는 배신감을 느꼈다고 했어요. 그는 그녀를 절대로 용서하지 않겠다고 맹세했죠. 그건 모두 허세예요, 알렉. 아버지는 분노가 담기지 않은 목소리로 그런 종류의 감정을 말하기에는 너무 거친 사람이었을 뿐이라구요. 그는 날 위로하려 했던 거예요. 비록 어린 소년이었지만 난 이해하고 있었어요. 내가 이해하지 못하는 건 이런 우스꽝스러운 대화의 필요성이에요.」

오랫동안 알렉은 아무 말도 하지 않았다. 코너는 알렉이 했던 말들을 되새겨보고, 자신이 아직은 아내를 사랑하지 않는다고 스스로에게 확신시키고 있었다. 어리석은 남자들만이, 사랑이 자신들을 약하게 만든다는 정의를 끌어안고 사는 것이다.

「만약 제이미를 잃어버릴 뻔하지 않았더라도, 지금쯤 내가 그녀를 사랑하고 있다는 사실을 인정했을까 궁금해. 아마도 그랬을 거야. 왜냐하면 지금의 난 그때보다 더 나이가 들고 더 현명해졌으니까. 그렇지만 그때로 돌아간다고 더 나은 행동을 할 수 있을지는 모르겠어. 하지만 코너, 넌 내가 모든 것을 다 설명해주었으니까 저항을 그만두고 내가 시키는 대로 해. 그게 덜 고통받는 길이야.」

「난 단지 한 사람만을 두려워할 뿐이에요. 그리고 내가 여자를 두려워하고 있다는 사실을 깨닫게 되는 날에는 신께서 도와주시겠지요. 형은 지금 아내가 나보다 더 큰 힘을 가지고 있다고 말을 해 날 모욕하고 있어요.」

「네가 두려워하는 사람이 누구냐?」

알렉이 그의 말에 호기심을 표시하면시 물었다.

「형 말이에요. 난 형이 나와 내 친구들을 돕지 않을까봐 두려워요.」

「네 아버지는 내가 널 책임지리라는 걸 알고 계셨어. 넌 그런 확신조차 없는 거냐? 그렇다면 넌 너무 냉소적이야. 네 아내는 안 그렇더구나. 그녀는 네 앞을 가로막고 날 놀라게 만들었다. 만일 내가 널 잘 몰랐다면 그녀가 널 보호하고 있다고 생각했을 거야.」

「그녀는 날 보호하려고 한 거예요. 그 여자는 두려워하는 게 없어요. 만일 브렌나가 제명에 죽는다면 난 굉장히 놀라게 될 거예요.」

「그녀는 강해, 코너. 그리고 내 아내만큼 현명하지. 가끔 그들이 우리보다 더 현명하지 않을까 하는 생각을 한다. 왜 그런 눈빛을 하는 거냐? 내 생각이 틀렸다고 생각하는 거냐? 그럼 내 질문에 대답해봐라. 우리의 아내들은 오늘밤 어디서 자고 있을까?」

「우리 침대에서.」

「우린 지금 어디서 자고 있지?」

코너는 웃음을 터뜨렸다.

「늪지, 그것도 차가운 숲 한가운데 있는 늪이죠. 좀 쉬어요, 알렉. 그런 어리석은 대화로 날 방해하지 말고.」

알렉은 그 제안을 받아들이기로 했다.

「마지막으로 한 가지.」

알렉이 크게 하품을 한 뒤, 눈을 감기 전에 말했다.

「만일 오늘 이 대화를 다른 사람에게 말한다면, 널 죽여버릴 거다.」

크리스핀이 영주를 그의 회상으로부터 *끄집어내* 현실로 돌아오게 만들었다.

「뭐가 걱정되는 게 있나?」

코너가 인상을 쓰고 있는 것을 보고 크리스핀이 물었다.

「자네와 마찬가지로 그저 피곤할 뿐이야.」

「그리고 자네 또한 나처럼 먼지와 마른 피로 뒤범벅이 되어 있지. 우리에게 무슨 냄새가 나는지 오직 신만이 아실 거야. 난 말에서 내리자마자 호수로 갈 예정이네. 자네 또한 그러겠지?」

「뭐 특별한 인상을 주고 싶은 여자가 있는 건가?」

「몇 명이 마음속에 들어오기는 하는데…… 하지만 난 자네 부인이 자네를 본 순간 어떻게 반응할지 상상이 가는데…… 그녀는 반대 방향으로 도망칠 거야.」

그때 퀸란이 코너의 시선을 끌었다. 보통은 성 앞에서 영주를 기다리는 게 관습이었는데, 그는 마구간 앞에서 코너를 기다리고 있었다. 퀸란의 표정은 코너가 전에는 한번도 본 적이 없는 것이었다.

크리스핀도 같은 생각을 하고 있었다.

「문제가 뭐든 간에 좀 과장된 표정을 짓고 있는걸.」

퀸란은 그들이 말에서 내리는 것을 보고 앞으로 나왔다.

「모든 게 다 좋다네, 코너.」

「나도 그러길 바래.」

「자네 얼굴을 보면, 뭔가 잘못된 것 같은데? 자네가 우리를 보고 안심하는 것처럼 보였단 말일세.」

크리스핀이 자신의 의견을 말했다.

「안심? 만일 내가 남자가 아니었다면, 맹세컨대 기쁨을 이기지 못해 난리를 쳤을걸?」

「그럼 무슨 문제가 있는 건가?」

크리스핀이 물었다.

「난 방금 영주님께 아무런 문제도 없다고 보고했네. 그저 약간 불편한 일이 있을 뿐이야.」

퀸란이 다시 영주에게 고백하기 전에 말했다.

「코너, 하나님께 맹세컨대 난 절대 결혼하지 않을 거야.」

「그렇다면 내 아내가 그런 불편한 일의 원인이란 말인가?」

「자네의 아내가 불편하게 만들었다는 건 아니네.」

그는 웃지 않으려고 노력했다.

데이비스와 또 다른 젊은 병사가 밀을 데리러 밖으로 나왔다. 마구간 책임자는 영주에게 인사를 했다.

「집으로 돌아오시니 좋으시겠습니다, 영주님. 영주님의 검둥이는 녀석의 우리에 잘 있습니다. 궁금해하실까봐 말씀드리는 겁니다.」

「그럴 거라 생각했네.」

코너는 노인이 왜 말이 있는 곳을 말해주는지 이상해하면서 대답했다.

「그저, 전 지난 일주일 동안 굉장히 지쳤거든요.」

「내가 없는 사이에 그 녀석이 자네를 곤란하게 만들었나 보군.」

「아뇨, 아닙니다, 영주님. 검둥이가 절 골탕먹일 일이 뭐가 있겠습니까요.」

코너가 설명을 요구하기도 전에, 퀸란이 데이비드의 플래드를 움켜쥐고는 소리를 쳤다.

「자네 여주인은 거짓말을 하지 않았네.」

마구간 책임자는 퀸란이 멱살을 놓기 전에 그 사실을 인정하고 고개를 끄덕였다. 그러고 나서 영주에게 인사를 한 뒤 서둘러 안으로 들어가 버렸다.

「도대체, 뭘 하는 거야?」

크리스펀이 물었다.

「왜 데이비스가 저렇게 혼란스러워하는 거야?」

「모두 다 그렇게 혼란스러워하는 건 아니야. 좀 더 머리가 있는 사람들은 부인이 하고 있는 게임을 다 이해하고 곤경에 빠지지 않거든.」

「지금 우리 영주님의 아내에 대해 말하는 건가?」

크리스펀이 웃지 않으려 노력하면서 물었다.

「그래, 그녀는 아직 살아 있고 또 잘 있네. 지금까지는 말이야.」

「젠장, 나도 그러기를 희망하네.」

코너가 끼여들었다.

크리스펀은 싸움을 포기하고 웃음을 터뜨렸다. 퀸란은 친구의 그런 행동이 마음에 들지 않았다.

「원한다면 실컷 웃어두게. 하지만 기억해둬, 부인은 내가 성을 지키고 있는 동안에는 죽지 않았다고.」

브렌나가 일으킨 문제들에 대해 퀸란이 과장하고 있다고 추측한 코너는 자신이 그러한 소식을 들을 기분이 아니라는 사실을 알리기 위해 머리를 흔들어 보이고 성으로 향하는 길을 걸어 올라갔다. 호수로 가기 전에 잠시라도 브렌나를 보고 그녀가 무사한지 확인하고 싶었다.

「난 여자 때문에 생긴 하찮은 문제들에는 흥미가 없네.」

코너가 자신의 의견을 표시했다.

「내게 말해야 할 더 중요한 문제들이 있나?」

「없네. 이미 말한 것만으로도 날 불평 많은 사람으로 여기고 있잖나.」

퀸란이 대답했다.

「난 무엇이 우리의 친구를 이렇게 여자처럼 푸념하는 인물로 만들었는지 듣고 싶은데? 말을 해서 기분이 좋아진다면 모든 걸 다 말해보게, 퀸란.」

크리스핀의 제안에 퀸란이 껄껄거리며 웃었다.

「부인께서 남편에게 말하지 말라고 부탁했지.」

「내 아내가 정확히 뭘 말하지 말라고 했다는 건가?」

「놀라운 일들. 그녀는 자네가 돌아오기를 기다리면서 여러 가지를 준비했다네. 그리고 그것들을 없애지 말라고 부탁하더군. 그게 그녀의 지시라네. 그렇지만 만일 자네가 원한다면…….」

「아니, 아내가 말하도록 기다리겠네. 물론 난 그 놀라운 일들을 좋아하지 않게 되겠지, 안 그런가?」

「어쩌면.」

퀸란이 인정했다.

「그녀는 지금 어디에 있지?」

「측량 중이야.」

「무슨 말이지?」

「싱클레어 신부가 와 있거든. 자네 아내는 교회 크기는 신부님 마음에 들어야 한다며 신부의 참석을 요청했네.」

코너는 오랫동안 아무런 말도 하지 않았다.

「정확히 어디서 측량을 하고 있는 건가?」

「앞뜰.」

「농담이겠지.」

「아니, 농담이 아니야. 자네 부인은 교회를 성과 마주 보게 세우고 싶어하네.」

코너와 크리스핀은 믿어지지 않는다는 표정이었다. 퀸란은 그들의 반응이 굉장히 만족스러웠다. 마침내 둘 다 퀸란이 무엇과 싸워왔는지 이해하기 시작했다.

「자네가 그 일을 막았겠지, 그렇지?」

코너가 물었다.

「물론 그녀가 무엇을 하고 있는지 발견한 순간, 나는 기다렸다가 자네의 허락을 받으라고 말했네. 한번은 그녀를 침실에 가둔다고 협박한 적도 있다고.」

「교회 문제 때문에?」

코너가 고개를 끄덕이면서 물었다.

「사실 그런 협박을 하게 된 건 다른 이유 때문이라네.」

「자네의 그 경고에 어떻게 반응하던가?」

크리스핀이 물었다.

「그녀는 내가 허풍을 치고 있다는 걸 알고 있었어. 그건 그렇고 그녀는 요즘 쉽게 놀라곤 한다네. 아주 작은 소리에도 깜짝 놀라 펄쩍 뛰시지. 음식도 전혀 먹지 않아. 그래서 난 그녀를 킨케이드 부인에게 데리고 갔어. 하지만 자네 부인은 괜찮다고 하더군. 그녀가 옳았어. 싱클레어 신부님이 도착하자마자 그녀는 고해성사를 하러 갔는데, 그 뒤에는 기분이 좋아 보이더군. 난 그녀에게 자네가 해떨어지기 전까지는 집으로 돌아온다고 전해주었다네. 그 소식에 굉장히 기뻐하더군.」

「제이미가 그녀의 실밥을 뜯어주었나?」

「아니, 자네 부인 스스로 잘 치료하더군.」

코너는 주제를 바꾸기 전에 고개를 끄덕였다.

「난 자네가 이완을 성벽 뒤쪽에 세워둔 걸 보았네.」

「이유가 있었네.」

「무슨 이유인데?」

「난 이완이 자네 부인의 말에 흔들리지 않으리라 믿거든. 그녀가 호수로 가고 싶어했네.」

「데리고 가지는 않았겠지.」

「그래, 안 그랬어.」

「어쨌든 부인은 가려고 했을 텐데? 그게 자네가 문을 잠그겠다고 협박한 이유인가?」

크리스핀의 물음에 퀸란이 한숨을 쉬었다.

「아니야.」

「그럼 무엇이…….」

코너는 길 꼭대기에 도착해 앞뜰을 본 순간 모든 생각을 잃어버렸다.

앞뜰에는 도처에 깊은 구멍들이 널려 있었다. 브렌나가 그의 땅에 저질러놓은 신성모독에 기절할 지경이었다. 불행하게도 이 모든 일에 책임을 져야 할 여인은 뜰 반대쪽에 있었다.

브렌나는 남편이 그곳에 있다는 사실을 깨닫지 못했다. 그녀는 남편을 등진 채 꽤 먼 거리를 두고 있었다. 벽에 기대 그녀의 모습을 쳐다보고 있던 병사 두 명이 먼저 그를 발견했다.

그들은 코너를 보고 안심한 듯했다.

브렌나는 몇 초 동안 움직이지 않다가 돌개바람처럼 몸을 돌렸다. 그녀의 손에는 단검이 들려 있었다.

브렌나는 비명이라도 지를 듯한 표정이었다. 코너는 그녀의 눈 속에 담긴 공포를 보고 한 발짝 뒤로 물러섰다. 브렌나는 기쁨의 눈물을 흘리며 단검을 떨어뜨리고는 그에게로 달려왔다.

「그녀가 특이하게 행동할 거라고 말했지.」

퀸란이 말했다.

코너는 고개를 끄덕였다. 그는 그녀가 가까이 다가와서는 잠시 멈출 거라고 생각했지만 곧바로 그의 팔에 자신을 던지고 목에다 키스를 퍼부었다.

다른 사람들이 그들을 지켜보고 있었지만 코너 자신도 신경 쓰고 싶지 않았다. 그는 팔로 브렌나를 감싼 뒤, 꽉 끌어안았다.

「당신이 집으로 돌아와서 너무나 행복해요.」

코너는 그녀를 한 번 꼭 끌어안은 뒤 놔주었다.

「당신에게 하고 싶은 말이 너무나 많아요.」

「그런 것 같소. 당신은 오늘 저녁 모든 것을 설명해야 할 거요. 자, 얼굴을 씻으시오. 내 몸에서 더러운 것들이 묻었소.」

퀸란과 크리스펀은 호기심을 가지고 영주를 지켜보았다. 코너의 목소리는 긴장되어 있었지만 아직까지는 침착했다. 그는 자신의 분노를 아내에게 숨기고 있었다. 퀸란은 그런 면이 존경해야 할 점이라고 생각했다.

「당신은 어디로 갈 생각이죠?」

「호수요.」

「같이 가도 될까요?」

「아니, 그럴 수는 없소.」

「하지만 난…….」

「다른 사람들이 거기에 있소, 브렌나.」

「단지 몇 분 동안만, 저와 함께 안으로 들어가주신다면 기쁘겠는데요. 중앙 홀에 당신을 놀라게 할 만한 것들이 있거든요.」

「기다릴 수 없소?」

「그러죠, 뭐. 전 당신이 얼마나 늦게까지 바쁠 건지 궁금해요.」

그는 자신의 분노를 얼마나 오랫동안 숨길 수 있을지 궁금했다.

「오늘밤까지요.」

「코너, 절 봐서 기쁘기는 해요?」

「그렇소.」

찌푸린 그의 얼굴은 그 반대라고 말하고 있었다. 브렌나는 코너에게 인사를 한 뒤, 앞뜰을 가로질렀다.

「어두워지면 주변을 조심하세요. 땅에는 구멍들이 많거든요.」

「나도 눈치챘소.」

브렌나가 모서리를 돌아 부엌으로 가는 길로 접어들 때까지 세 사람은 침묵을 유지했다.

「그녀는 늘 칼을 들고 다니고, 항상 자신이 그걸 들고 있는지 확인한다네. 여전히 다른 물건들은 잃어버리면서 말이야. 자네는 정말 칭송 받아야 해.」

퀸란이 덧붙였다.

「자네는 이성을 잃지 않았네.」

「이건 재미있는 일이 아니야, 퀸란. 내 앞뜰에 스무 개가 넘는 구멍이 뚫려 있어. 즉시 그 구멍들을 메우라고.」

명령을 내린 뒤, 그와 크리스핀은 새 말을 가지러 마구간으로 향했다. 코너는 아내를 다시 보기 전까지 모든 분노가 사라지기를 희망했다. 브렌나에게 화를 내고 싶지 않았다. 비록 그의 성과 마주 보이는 곳에 교회를 지으려고 하는 여자일지라도 사려 깊게 대하고 싶었다.

「부인은 절 기쁘게 해주고 싶었던 것뿐입니다. 저는 항상 교회라는 말을 마음속에 숨겨두었어야 했습니다. 제 존재가 곧 교회를 상기시켰나 봅니다.」

「코너?」

퀸란이 소리쳐 불렀다.

「싱클레어 신부님과 잠시 시간을 내서 얘기를 좀 나누지 않겠는가?」

코너는 신부에게 곁으로 오라는 움직임을 보였다. 그리고 싱클레어가 말을 하기 전에 먼저 말을 시작했다.

「신부님은 내 아내가 왜 두려워하고 있는지 알고 있습니까?」

「말할 수 없습니다.」

「난 그녀가 이상하게 행동한다고 들었습니다. 당신과 대화를 나눈 뒤, 다시 행복해졌다고 하더군요. 그녀가 당신에게 모든 것을 털어놓았습니까?」

다시 한 번 신부는 그에게 불만족스러운 대답을 했다.

「말씀 드릴 수가 없습니다, 영주님.」

「그녀가 고해성사를 한 겁니까?」

「네.」

「그녀는 고해성사 때 당신에게 무엇을 두려워하는지 말했습니까?」

「만약 말했다고 해도 전 말할 수 없습니다. 그건 고해성사 동안에 있었던 일은 그 어느 것이든 결코 말하지 않겠다는 제 신성한 약속을 저버리는 행위입니다.」

코너는 인정한다는 듯이 고개를 끄덕이고는 다시 싱클레어 신부에게 강요하지 않았다.

「내게 말하고 싶은 것이 뭡니까?」

「제가 이곳에 머무를 수 있도록 허락하신 데에 대해 감사를 드립니다. 문제를 일으키지는 않을 겁니다. 그리고 여기에 그렇게 자주 머무르지는 못할 겁니다. 제가 봉사를 하는 지역이 굉장히 넓거든요.」

「당신은 그 모든 애정을 제 아내에게 쏟으면 됩니다, 신부님. 아직까지 당신을 위해 간청한 사람은 브렌나뿐이었습니다.」

「이미 그녀에게 감사를 드렸습니다. 전 그녀의 고마움을 영원히 간직할 것입니다. 그녀는 제가 영주님 성에 있는 침실을 하나 사용하기를 바라더군요. 그런 세심한 배려에 감사를 드리지만, 전 당신의 동료들 중 누군가가 개인적으로 저와 이야기를 나누고 싶어할 때를 대비해서 저만의 숙소를 갖는 것이 낫다고 생각합니다. 그렇게 할 수 있도록 허락해주시겠습니까?」

「그러십시오. 빈 오두막 하나를 청소시키고 당신을 위해 준비시켜 두겠습니다. 언제쯤 우리에게 합류하실 생각입니까?」

「킨케이드 영주님이 떠나는 것을 허락하시는 대로요. 전 또 며칠 안에 잉글랜드로 돌아가 다른 신부님들에게 이 변화를 알려드려야 합니다. 그러나 일주일 이상 걸리지는 않을 겁니다.」

「당신을 보호하기 위해 병사 두 명을 붙여두겠습니다.」

「그럴 필요는 없습니다, 영주님. 제가 이 검은색 사제복을 입고 있는 한 아무도 절 해치지 못합니다. 비록 그 영혼을 사탄에게 약속한 사람일지라도 말이죠.」

「야생동물들도 그 사제복을 알아볼까요?」

「전 큰 도로로만 다닐 겁니다.」

「원하는 대로 하십시오.」

「제가 잉글랜드에 전했으면 하는 소식이라도 있습니까?」

코너는 머리를 흔들고는 싱클레어 신부가 자리에서 일어나길 기다리면서 생각을 계속했다. 물론 아내에 대한 것이었다. 브렌나는 신부에게 매우 친절히 대해주었다. 언젠가는 그녀가 그런 똑같은 배려를 자신에게도 보여주기를 희망했다.

아마 이 지독한 앞뜰을 그냥 놔두는 일에서부터 시작할 수 있을 것이다.

주님, 제 집에 온화함을 베풀어주십시오.

14

놀라운 일들은 계속되고 있었다.

코너는 그녀가 그런 엄청난 일을 벌이는 데에는 또 다른 이유가 있을 거라고 추측했지만, 만일 그것이 사실일지라도 무덤에 들어갈 때까지 그 이유를 알아내지 못할 거라 생각했다.

단 하나 그에게 위안이 될 만한 건 더 나빠질 게 없다는 것이었다. 그녀가 준비한 그 어떤 놀라움도 교회 문제를 능가하지는 못할 것이다.

코너는 유피미어에게 인사를 하기 위해 성으로 들어가지 않았다. 왜냐하면 유피미어를 만나기 위해서는 앞뜰을 가로질러야 하는데, 그건 그가 구멍에 빠질 수도 있다는 것을 의미했다. 퀸란은 그 구멍들이 키 큰 남자의 머리까지 덮을 정도로 깊다고 확인시켜주면서, 자신은 운 좋게도 처음에 발목까지 올 때 한 번 빠진 적밖에 없다고 말했다.

점점 더 폐허에 가까워지면서 그의 분노는 명백히 한계를 넘어서고 있었다. 물론 뒷문을 통해 들어갈 수도 있었다. 하지만 그는 진정하기 전까지 성에서 멀리 떨어져 있을 필요가 있었다. 저녁때까지 앞뜰을 피하면, 분명히 그때까지는 구멍들이 메워질 수 있으리라 생각했다. 그리고 그 정도면 끔찍한 놀라움에서 회복하기에 충분한 시간이었다.

지난 2주 동안 묻히고 다녔던 오물을 씻어버리고 난 후, 그는 요새 벽의 나무 기둥들을 돌로 강화시키는 일이 얼마나 진척되었는지 알아보기 위해 성 북쪽으로 말을 몰았다. 한 가지 문제는 다른 문제로 계속 이어졌고, 그는 저녁 늦게까지 성안으로 돌아갈 수가 없었다.

해가 저물 무렵, 그는 마구간에 도착했다. 마구간 안으로 들어서자마자 두 가지 특이한 사실을 발견할 수 있었다. 그 첫 번째는 검둥이의 우리가 비어 있다는 것이었고, 두 번째는 데이비스가 뒷문을 통해 살금살금 걸어 나갔다는 것이었다.

코너의 차가운 명령이 데이비스의 발걸음을 멈춰 세웠다.

「검둥이는 어디에 있지, 데이비스?」

「밖에요, 영주님.」

그건 만족스러운 대답이 아니었다. 그는 마구간 책임자에게 앞으로 오라고 명령한 뒤에 다시 물었다.

「자네가 지금 뒷문을 통해 도망가려고 한 건가?」

「네…… 그렇습니다.」

「무슨 이유로?」

「영주님께서 검둥이가 없어졌다는 사실을 아시기 전에 도망가려고요.」

「알겠네.」

코너가 평온하게 통제된 목소리로 대답했다.

「그럼 내 종마는 정확히 어디에 있나?」

「충분한 공기를 마시고 있을 겁니다.」

「누구의 명령으로?」

데이비스는 대답을 두려워하는 눈치였다. 그는 황급히 뒤로 한 발 옮기면서 재빨리 스스로에게 용기를 불어넣고는 말했다.

「부인께서요.」

「그녀가 내 말을 우리에서 꺼내라고 명령했다는 말인가?」

「글쎄요, 저, 정확히 명령하지는 않으셨습니다.」

「그럼 그녀가 퀸란이나 크리스핀에게 종마를 밖으로 데려와 달라고 요청했다는 말인가?」

「아니요, 부인께서는 그 두 사람 중 아무에게도 부탁하지 않으셨습니다. 사실 제게도 부탁을 하지 않으셨습니다.」

코너는 스스로에게 참으라고 말했다.

「내가 이해할 수 있도록 도와주게, 데이비스. 자네는 내가 원하는 대답을 다 들을 때까지 아무 데도 갈 수가 없네. 그녀 곁에 누가 있었거나 아니면 그녀 스스로 말과 함께 걷겠다고 시도한 건가?」

「지금쯤이면 퀸란이 아마도 그녀를 따라잡았을 겁니다. 전 왜 영주님이 걷는다는 생각을 하셨는지 모르겠습니다. 제게 설명해주시겠습니까? 제 생각에 그 어떤 사람도 말과 그냥 걷지는 않습니다. 특히 영주님의 검둥이와 같이는 말이죠.」

갑작스러운 가능성이 코너의 마음 한 부분에서 떠올랐다.

「누가 내 말을 타고 있나?」

대답을 하기 전에, 데이비스는 영주의 목소리에 담겨 있는 분노를 알아채고는 얼굴을 찌푸렸다.

「글쎄요, 지금은 부인께서 타고 계시겠죠. 어쩌면 아닐 수도 있고요.」

만일 데이비스가 미리 그녀가 퀸란과 함께 있다는 말을 하지 않았다면, 코너는 모든 자제력을 잃어버렸을 것이다.

도대체 브렌나가 그런 위험한 일을 하도록 하다니, 퀸란은 무슨 생각을 하는 거야?

신경질적인 종마는 대부분의 남자들도 다루기 어려운 존재였다. 코너는 그의 아내가 말을 타려고 시도하는 것 자체가 상상이 가지 않았다.

「만일 퀸란으로부터 야수가 도망치면 아내가 짓밟힐 수도 있어. 그들은 어디에 있나?」

「영주님, 전 제가 무슨 말씀을 드려도 영주님이 납득하실 수 없을 거라 생각합니다. 검둥이는 퀸란으로부터 도망치지 않습니다. 왜냐하면 그놈은 퀸란 곁에 가까이 서 있지 않으니까요. 그는 단지 부인을 지켜보기만 할 뿐입니다.」

「오, 하나님! 그녀는 아마…….」

「부인에게는 어떤 해도 없을 겁니다. 전 그 사실을 알고 있습니다.」

코너는 거의 문 근처에 도착했다가 데이비스의 말을 듣고 걸음을 멈췄다.

「어떻게 그녀가 안전한지 아닌지를 안다는 거지?」

「만일 친애하는 부인께 무슨 일이 생긴다면, 무리 중 누군가가 영주님을 찾을 겁니다.」

「무리? 무슨 무리?」

「부인을 지켜보는 무리요. 한 6일이나 7일 전부터 그들은 때가 되면 한자리에 모입니다. 그 누구도 부인을 싫어하지 않아요. 거기에 대해서는 마음을 놓으셔도 됩니다. 그리고 퀸란이 항상 그녀를 지켜보고 있지요. 저는 그냥 밖에서 일을 하면서 사람들이 지르는 소리를 듣고 부인이 무엇을 하는지 즉시 알죠. 그녀가 내동댕이쳐질 때면 그들은 정말로 큰 소리로 비명을 지릅니다. 그리고 그녀가 똑바로 지탱하고 있으면, 당연히 환호성을 지릅니다. 방금 전 이전에는 없었던 큰 환호성을 들었으니, 부인께서 어떻게 말을 타는지 드디어 알아내신 모양입니다.」

「그들은 어디에 있나?」

「부엌 뒤 경사면 맞은편에요. 그냥 소리를 따라가십시오.」

영주가 날려나가사 그가 소리를 쳤다.

「저 소리가 들립니까? 저건, 저 소리가 의미하는 것은…….」

데이비스는 설명을 계속해야 할 이유를 찾지 못했다. 그의 영주는 이미 언덕을 넘어 사라지고 없었다.

코너는 부엌을 지나다가, 우레와 같은 사람들의 환호성을 들었다.

이 소리는 브렌나가 안전하다는 의미야…….

맥칼리스터 사람들이 언덕 한편에 모여 있었다. 엄마들은 아기들을 무릎에 앉힌 채 땅에 앉아 있었고, 아버지들은 그 뒤에 서서 다른 사람과 이야기를 나누고 있었다. 늙은 부인들은 바느질거리를 가지고 나와 맥칼리스터 부인을 쳐다보느라 바빴다. 그들 모두 굉장히 즐거운 미소를 띠고는 브렌나를 쳐다보면서 꼼짝도 하지 않았다.

저 사람들 모두 미쳤군.

코너는 마침내 산꼭대기에 도착했다. 일족 사람들을 잘 볼 수 있을 만큼 가까운 거리에 도착하자, 갑자기 걸음을 멈추고 앞에 펼쳐진 광경을 내려다보았다.

그의 아내는 그의 종마를 타고 있을 뿐 아니라, 안장이 없는 맨등에 타고 있었다.

하나님, 축복하소서!

말을 타는 솜씨가 제법이었다.

아니, 아니, 제법이 아니야.

그녀는 굉장했다. 브렌나의 등과 어깨는 막대기처럼 똑바로 펴져 있었고, 머리는 하늘을 향해 있었다. 그녀는 맥칼리스터 전사들의 기술과 지식을 지니고 동시에 여신과 같은 우아함과 아름다움을 가지고 말을 타고 있었다. 그녀의 황금빛 머리카락은 야수가 땅을 박차고 미끄러질 때마다 등뒤로 휘날렸다. 브렌나의 웃음소리를 듣자 알 수 없는 자부심이 가슴속을 가득 메웠다. 순간 코너는 진실을 깨달았다. 자신 또한 다른 사람들만큼이나 미친 것이다.

주변에는 건초더미가 놓여 있었다. 그녀가 말에서 떨어질 경우에 대비해 퀸란이 미리 준비해둔 게 틀림없었다. 좋은 생각이긴 하지만 코너는 아직도 그를 갈기갈기 찢어버리고 싶은 심정이었다. 브렌나 곁에 있는 사람들은 환호성을 지르며 그녀를 충동하고 있었고, 심지어 퀸란은 브렌나에게 열심히 손을 흔들어주고 있었다. 미친 듯이 머리를 흔들면서 코너는 가까스로 망연자실한 상태에서 빠져나왔다. 그리고 그녀가 자신을 재앙으로 몰고 가기 전에 이 미친 짓을 끝내기로 마음먹었다.

검둥이가 첫 번째 건초더미를 뛰어넘자, 코너는 언덕 아래를 향해 달리기 시작했다. 브렌나는 첫 번째 도약에 아무런 흔들림도 없었다. 하지만 종마가 두 번째 도약을 하자 거의 땅에 처박힐 뻔했다.

코너는 더 이상 두고 볼 수가 없었다. 그는 걸음을 멈추고 두 발을 벌리고 서서 날카로운 휘파람을 불었다. 검둥이의 머리가 즉시 세워졌다.

브렌나는 윌리가 방향을 바꾼 이유를 알지 못했다. 아무리 시도를 해봐도, 말은 방향을 다시 돌리지 않았다. 그는 언덕을 향해 곧장 가더니 올라가기 시작했다.

잠시 후에야 브렌나는 그 이유를 알 수 있었다. 코너가 꼭대기 근처에 두 팔을 허리에 얹고 발을 넓게 편 상태로 서 있었다. 코너의 표정은 그녀의 행동에 대해 그가 무슨 생각을 하는지 전혀 의심할 필요가 없게 만들었다. 그녀는 즉시 말을 반대 방향으로 돌리려고 아까보다 배로 노력했다.

고집스러운 말은 아무리 그녀가 애원을 하고 고삐를 잡아당겨도 복종을 거부했다. 그는 자신의 주인 앞으로 곧장 거칠게 달려갔다. 그녀는 몸을 숙여 말의 귀에다 대고 속삭였다.

「배신자!」

코너도 그 소리를 들었다. 하지만 지금 브렌나에게 한마디하는 것이 어리석은 짓임을 알고 있었다. 지금 자신의 상태로 보았을 때, 만일 한마디라도 시작한다면, 그녀의 감정을 짓뭉개버릴 때까지 자신을 멈출 수 없을 것 같았다.

브렌나는 남편의 눈에서 완고한 표정을 읽었다. 그녀가 그를 심하게 놀라게 한 게 분명했다. 그녀는 모든 것이 괜찮다고 말하고 싶었다. 하지만 감히 그럴 수가 없었다. 그의 표정에 들어 있는 무언가가 그가 진정하기 전까지는 어떤 시도도 하지 말라고 말하고 있었다.

브렌나는 코너의 분노를 눈치채지 못한 사람처럼 행동하기로 마음먹었다.

브렌나는 몸을 쭉 펴고 즐거운 표정을 지으려고 노력했다.

「내 놀라운 선물에 기뻤어요?」

코너가 전혀 기쁘지 않았다는 것을 잘 알고 있으면서도 그녀는 그렇게 물었다. 그는 화가 나 있었다. 그것도 굉장히 많이. 하지만 언제나 희망은 있었다. 비록 아주 희미하기는 했지만……. 그녀는 남편의 마음속에 폭풍이 불고 있는 것을 알았지만 허세를 부릴 수밖에 없었다.

당장 말에서 내리라고 호통을 칠 줄 알았는데, 예상과 달리 코너는 고삐조차 건드리지 않고 몸을 돌려 마구간을 향해 걷기 시작했다. 윈리는 온순하게 그의 뒤를 따랐고 크리스핀이 갑자기 그녀의 오른편에 나타났다. 크리스핀은 방금 뭔가 무시무시한 광경을 본 표정이었다. 그때 퀸란이 숨을 헐떡이면서 브렌나 왼쪽에 나타났다. 하지만 그의 표정은 아주 밉살맞았다. 퀸란 또한 그녀에게 시선을 주지 않았다. 그래서 왜 그렇게 즐거운 표정을 짓고 있는지 물어볼 수가 없었다.

그들이 마구간에 도착하고 난 후에야, 코너가 마침내 입을 열었다. 그는 크리스핀에게 아내를 말에서 내리게 하고, 퀸란과 이야기를 하는 동안 그녀 옆에서 기다리라고 명령했다.

뒷문이 닫히자 코너가 데이비스에게 소리를 쳐 명령했다.

「자네는 있던 곳에 그냥 서 있게.」

「제가 영주님의 종마를 안에다 들여놓으면 안 되겠습니까?」

코너는 퀸란에게 몸을 돌리기 전에 데이비스가 고삐를 끌고 가는 것을 허락했다.

「이제 설명해보라고.」

「내 행위를 정당화시킬 수 있는 말은 아무것도 없네, 코너. 자네는 단지 스스로를 믿어야 해. 그리고 날 이 지위에서 박탈하고 싶다면 서둘러 그렇게 하게.」

「난 화가 난 거지, 바보가 된 게 아니야.」

코너가 말허리를 잘랐다.

「도대체 여자 하나를 다룰 수가 없었나? 젠장, 어떻게 배운 거야? 자네 차례가 와서 책임을 지고 맡은 거 아닌가? 자, 말해보게. 내 아내가 그런 위험한 짓을 하게 놔두다니 미친 거 아닌가? 모두 다 제정신이 아닌 것 같더군. 어떻게 이런 일이 일어나도록 놔둘 수가 있는 건가!」

「놔두다니, 코너. 농담하지 말라고. 자네 아내에게 협조를 구하느니 차라리 비를 멈추게 하는 게 더 쉬울 걸세. 나는 지난 두 주간 자네 아내의 다음 행동은 무엇일지 추측하고 선수를 쳐 그녀 행동을 막아볼 생각만 했다고. 내 모든 노력이 허사가 되기는 했지만.」

코너는 데이비스가 검둥이의 우리에서 나와 문을 열고 도망가려는 것을 눈치채고, 손을 들어 퀸란의 말을 가로막았다.

「데이비스! 만일 자네가 문을 열고 나간다면, 자네는 편하게 죽을 수 없을 거네. 이리 오게.」

그는 으르렁거리듯이 말했다.

마구간 책임자는 재빠르게 복종했다.

「전 그저 두 분에게 약간의 사적인 자유를 드리려고요. 뭐 원하시는 게 있습니까?」

「그렇네. 난 자네가 내 질문 몇 가지에 대답해주기를 바래!」

「내가 만일 자네라면 아무것도 질문하지 않을 거야.」

퀸란이 제안했다.

「그래봐야 화만 더 커질 테니까.」

「말도 안 돼. 자, 데이비스, 자네가 아는 대로 설명하게. 난 다 들어보고 난 뒤에 행동하네.」

「잘 알고 있습니다.」

「내 아내가 검둥이의 우리에 들어가 직접 마구를 씌웠나?」

「아니오.」

「누가 했지?」

「제가 했습니다.」

코너의 눈썹이 떨리기 시작했다.

「알겠네. 그렇다면 자네는 내 아내가 종마를 데리고 나갈 계획이라는 사실을 알았나?」

「네.」

코너는 퀸란이 미소를 짓는 것을 보고, 자신이 어떤 생각을 하는지 알리기 위해 엄격한 시선으로 쏘아보았다. 그리고 다시 시선을 데이비스에게로 돌렸다.

퀸란은 앞으로 무슨 일이 일어날지 알고 있었기 때문에 웃음을 참을 수가 없었다.

「왜 그런 일을 했는지 설명해주겠나? 그렇지 않는다면 난 자네가 미친 거라고 생각할 수밖에 없군.」

「부인의 미소요, 영주님. 그건 유감스러운 사실입니다.」

코너가 눈을 깜박거렸다.

「미소?」

데이비스는 고개를 끄덕였다.

「부인의 미소가 처음부터 끝까지 제 이유입니다. 명백한 속임수죠. 전 그렇게 생각했지만 절대로 입 밖에 내지는 않았습니다. 왜냐하면 그건 충성스럽지 않게 들리거든요. 전 정말로 충실한 사람입니다. 단지 솔직할 뿐이고요. 부인의 마음 때문이었죠.」

「마음?」

「부인의 마음은 천사처럼 순결하지요. 미소도요. 그러나 부인의 생각은 영주님도 아시다시피 저에게 문젯거리를 준답니다. 전 뭔가 잘못됐다고 생각했습니다. 하지만 그 즉시 말을 할 수가 없었죠. 부인은 이곳의 다른 숙녀들과는 달라요. 남자처럼 생각합니다. 그것도 영리한 남자처럼요. 그러니 제가 어떻게 감당하겠습니까? 하지만 부인은 제게 거짓말을 하지 않았습니다, 영주님. 절대로 그러지 않았습니다.」

「그럼 왜 자네는 검둥이를 끌고 나가는 것을 허락했나?」

「미소 때문이죠.」

「자네가 데이비스에게 질문을 해봐야 대답은 되풀이될 뿐일세. 모든 것은 부인의 미소로 귀결되거든.」

퀸란이 말했다.

「그리고 부인의 마음이요. 물론 그녀가 미소를 지을 때 말이죠. 전 천사처럼 순결한 미소를 보고……」

코너가 그의 말을 잘랐다.

「데이비스, 당장 마구간을 떠날 것을 제의하겠네. 그리고 내가 떠나기 전까지는 돌아오게. 그 전에는 안 돼.」

노인은 더 이상 아무 말도 하지 않았다. 그는 마치 자신의 바지에 불이라도 붙은 사람처럼 재빨리 밖으로 뛰어나갔다.

「내가 아내에게 미소를 짓지 말라고 명령해야 하는 건가?」

「도움이 될 걸세. 또한 남자처럼 생각하지 말라고 명령해야 할 것일세.」

퀸란이 긴장된 얼굴로 제안했다.

「도대체 그건 무슨 말이야?」

「브렌나는 데이비스보다 더 영리해.」

「자네보다도 더 영리하지. 안 그런가, 퀸란?」

퀸란은 한숨을 쉬었다.

「나도 확신할 수가 없네. 어쨌든 굉장히 영리해.」

「그녀는 날 지옥에 밀어넣을 뻔했어.」

「나도 비슷한 감정을 느꼈다네.」

두 사람 중 누가 먼저 웃음을 터뜨렸는지는 알 수가 없었다. 하지만 그들은 웃음을 참을 수가 없었다. 코너는 아내로 인해 자신이 죽지 않았다는 사실에 안심이 되어 웃었다. 퀸란은 자신이 왜 웃는지 더 정확한 이유를 알고 있었다. 다음 번에 영주가 성을 떠나게 될 때는 크리스핀이 그들의 여주인과 부딪히게 될 것이다.

브렌나는 자신이 그들의 웃음소리의 원인이라는 사실을 생각하지 않을 수 없었다. 크리스핀은 그녀의 얼굴이 구겨지자마자 쾌활하게 말했다.

「신경 쓰지 마십시오, 부인. 코너나 퀸란 두 사람 다 데이비스 때문에 웃는 거거나 아니면 또 다른 우스운 일이 있어서 그럴 겁니다. 가치 없는 어떤 것 말입니다.」

「당신은 지금 그들이 나를 비웃는다고 생각할까봐 걱정하는 거예요, 그래요?」

그녀는 크리스핀이 대답을 할 시간을 주지 않았다.

「난 저들이 왜 저렇게 즐거운 시간을 보내고 있는지 알아요.」

「뭐라고 생각하십니까, 부인?」

「비록 코너는 인정하고 있지 않지만 난 그가 내가 벌여놓은 놀라운 일들을 즐긴다고 생각해요. 그가 다른 것들을 볼 때까지 기다릴 거예요.」

「다른 것들이요?」

크리스핀이 귀에 거슬리는 목소리로 속삭이듯 물었다.

「물론 다른 놀라운 일들이요.」

몇몇 이유 때문에 그녀는 크리스핀이 자신의 말에 재미있어 하는 것을 이해할 수 없었다. 아마도 안에서 들려오는 웃음소리에 자극을 받아 크리스핀 또한 웃는 거라고 생각했다.

모든 남자들 중에서, 코너가 가장 먼저 자제력을 되찾았다.

「나중에 아내에게 한마디하겠네.」

그가 친구에게 약속했다.

「밖으로 나가기 전에 마지막으로 질문 하나만 더 하세. 또 뭔가가 있나?」

「뭐 말인가?」

「놀랄 만한 일.」

「내가 알기로는 하나 남았네.」

코너는 무릎을 꿇고 기도를 할 것 같은 표정이었다. 퀸란이 재빨리 설명을 덧붙였다.

「걱정할 만한 건 아니네. 부인이 중앙 홀을 꾸미려고 작은 것들을 모아놓았을 뿐이야. 해가 되는 건 없어. 나도 오늘 아침에 방을 보았네.」

「자네가 더 잘 알겠지. 검둥이 위에 앉아 있는 아내의 모습을 극복해내는 데 아마 일주일은 넘게 걸릴 거야. 난 그녀가 목초지를 가로질러 날아가는 모습을 그려보고는…….」

그는 계속할 수가 없었다. 그는 그런 생각들을 지워버리기 위해 머리를 흔들었고, 자신의 손이 아직까지도 떨리고 있다는 것을 깨닫고는 절망에 찬 한숨을 내쉬었다.

퀸란 또한 그의 여주인이 종마를 타고 있는 모습을 그려보았다. 그리고 그 또한 회복이 되는 데 오랜 시간이 걸렸음을 인정했다.

코너는 막 문을 열려다가, 퀸란을 향해 속삭였다.

「그래도 잘 타더군, 안 그래?」

15

브렌나는 어쩔 도리가 없었다.

마구간에서 나오자마자 남편의 입에서 나온 첫 번째 말은 만져서 될 것과 안 될 것의 한계를 명확히 인지하고 있어야 한다는 지시였다. 코너는 검은 종마를 오직 자신만의 것이라고 생각하는 게 분명했다.

물론 브렌나의 생각은 달랐지만, 그가 화를 가라앉힐 때까지 기다릴 수 있을 정도로 현명했다.

「당신하고 개인적으로 나눌 이야기가 있소, 브렌나.」

「그렇겠죠.」

브렌나는 온순하게 행동하면서 약간의 호기심과 흥분을 담은 표정을 보이려고 노력했지만, 그는 전혀 관심이 없었다.

「매우 기쁘군요, 코너. 드디어 당신 부인에게 나눠줄 수 있는 시간이 생겼다니. 저와 말하는 시간이 당신에게 불편을 주는 건 아닌지 모르겠군요.」

그녀의 엉뚱한 행동은 전혀 효과가 없었다.

「당신이 불안해하고 있다는 사실을 알릴 생각이 아니라면, 내게서 뒷걸음질치지 마시오. 그리고 도망갈 생각으로 등뒤를 흘끔흘끔 살피는 일도 멈추시오.」

그녀는 영주의 모욕적인 언사에 크리스핀이 어떤 반응을 보이는지 시선을 돌렸다. 하지만 그는 아무것도 못 들었다는 듯이 행동했다. 반면에 퀸란은 코너의 말 한마디 한마디에 호응하고 있었다. 그는 브렌나가 처해 있는 상황을 무척 즐거워하는 것 같았다.

도대체 퀸란에게는 그녀의 모든 일들을 남편에게 보고하는 일 말고는할 일이 없는 걸까?

분명히 그래 보였다. 물론 자신의 생각이 매우 심술궂다는 사실을 인정하기는 했지만 브렌나는 퀸란과 유모인 엘스페스 사이에서 미묘한 공통점을 발견할 수 있었다. 둘 다 브렌나에게 잔소리하는 것을 즐겼다.

「당신과 둘이서 개인적인 대화를 나눴으면 좋겠군.」

코너가 다시 말했다.

코너는 브렌나가 동의하기를 기다린 뒤에 크리스핀과 퀸란에게 저녁식사를 같이하자고 말하고는 브렌나를 데리고 언덕을 다시 올라 성을향해 걷기 시작했다.

「내 깜짝 선물이 당신을 행복하게 만들지 못했군요?」

대답 대신 그는 콧소리를 냈다.

「당신 말 윌리를 당신 아닌 다른 사람이 탔다는 이유로 화가 난 거예요, 그래요?」

「몇 번이나 떨어진 거요?」

퀸란이 그 동안의 일을 자세하게 보고했으리라는 생각에 브렌나는 정직해지기로 마음먹었다.

「몇 번인지 셀 수가 없네요.」

「도대체 뱃속에 아이라도 가지고 있으면 어쩌려고 그런 거요? 무슨생각을 하는 거요?」

브렌나는 이제까지 한번도 생각하지 못했던 사실을 깨닫고 그 가능성에 번개를 맞은 듯이 놀랐다.

「아니에요, 끝난 지 얼마 안 됐어요……, 그러니 아니에요」

「뭐가 끝났다는 거요?」

「아직 당신 아이를 가지지 않았다는 사실을 깨달은 지 얼마 안 됐다는 소리예요. 난 결코 내 아이가 위험에 빠질 만한 일은 하지 않아요. 그 정도의 머리는 있다고요」

「다시는 검둥이를 타지 마시오, 알겠소?」

「안장을 얹고도 안 돼요?」

「내 말에는 결코 안장을 얹지 않을 거요. 그리고 확실히 말하는데, 내 말 또한 안장을 싫어하오. 그러니 말도 안 되는 소리하지 마시오」

「좋아요, 그렇다면. 또 다른 할말은 없어요? 아니면…… 행동이나」

「그리고 윌리라고 부르지 마시오」

브렌나는 코너가 마음을 바꾸지 않을 것임을 알았다.

「알았어요」

그녀는 약속하고 불쑥 소리를 쳤다.

「당신 돌아온 다음 아직까지 내게 키스하지 않았다는 사실을 알아요? 아니, 그럴 생각이라도 있는지 의심스럽군요」

물론 그렇게 많이 생각해보지는 않았으나 코너도 그런 생각을 했지만 그렇다고 그 사실을 인정할 생각은 전혀 없었다.

「단둘이 있는 게 아니잖소. 그러니 밤에 내게 그 사실을 상기시키시오. 그러면 당신이 원하는 방법으로 키스해주겠소」

브렌나는 그가 자신을 놀리고 있다는 사실을 깨닫지 못했다.

「어쩌면 잊어버릴 수도 있어요. 그러니 어떤 방법이든 상관없어요」

「그건 그렇고, 당신이 어디로 가고 있는지 보시오. 구덩이 중 몇 개는 아직까지 흙을 채우지 못했소」

「이 구덩이에 대해 말하면요……」

「아직은 아니오」

「뭐라고요?」

「난 교회에 대한 이야기를 듣고 싶지 않소. 아직은 안 되오. 아니 앞으로 당분간은…… 알겠소?」

「네, 당신이 굉장히 고집스러운 사람이라는 사실은 알겠어요.」

그녀는 교회 뒤에 성을 숨기고 싶다는 자신의 계획 때문에 그가 화났다는 사실을 알고 있었다. 아직까지 그는 '할 수 없다'는 말은 하지 않았다. 그 사실이 브렌나에게 희망을 주었다. 아마 내일쯤이면 좀더 이성적으로 그 이유를 들을 준비가 되어 있을 것이다.

브렌나는 더욱 중요한 문제로 넘어갔다.

「오늘 위층으로 올라가게 되면 당신에게 할 매우 중요한 말이 있어요. 난 다른 무엇보다도 더 중요한 일이라고 생각해요. 당신은 그 이야기를 좋아하지 않을 거예요.」

그녀가 조용하게 속삭였다.

「지금 말하시오.」

「밤까지 기다릴래요. 그 전에 당신이 미리 마음의 준비를 했으면 해요. 내 이야기는 당신의 마음을 매우 아프게 할 테니까요.」

그러나 그녀가 기대했던 반응은 보이지 않았고 그는 웃기만 했다.

「매우 심각한 일이라니까요.」

그녀가 강조했다.

「확신하는데 그 어떤 심각한 소식을 듣는다고 해도 내 심장은 예전처럼 움직일 거요. 왜 지금 말하지 않는 거요? 도대체 무슨 일이오? 당신 말투를 들어보니 무척 두려워하는 것 같은데.」

「네, 무척 겁이 나요. 하지만 오늘밤끼지 기다리고 싶어요. 어쩌면 당신은 무척 놀라게 되겠죠. 난 나쁜 소식 때문에 당신의 행복이 깨어지는 것을 원치 않아요.」

브렌나는 아직 코너에게 말할 준비가 되어 있지 않았다. 위가 매듭처럼 꼬여 아프기 시작했다. 그녀는 형제들 사이에 전쟁을 일으키려 하고 있었다.

하나님 절 용서해주세요.

선택의 여지가 없었다. 브렌나는 싱클레어 신부에게 고해성사를 하면서 이 문제에 대해 물어보았다. 신부는 남편이 돌아오는 대로 이야기를 해야 한다는 그녀의 의견에 전적으로 동의했다. 또한 남편의 병사들에게도 그 이야기를 해야 한다고 생각했다. 그래서 다른 사람보다 코너가 먼저 알아야 하는 것이 얼마나 중요한지 신부에게 설명하는 데 꽤 많은 시간이 걸렸다. 결국 신부는 라엔과 단둘이 있지 않게 피해 다니라고 신신당부를 한 뒤에야 브렌나의 의견을 따르기로 했다.

신부는 다음날 코너가 어떤 반응을 보였는지 알아보기 위해 반드시 돌아오겠다고 브렌나를 안심시켰다. 그녀는 신부의 진짜 동기가 자신이 괜찮은지 알아보기 위한 것이라고 의심했다. 그리고 신부가 집으로 돌아올 때쯤이면 라엔이 추방당했다는 소식을 알려줄 수 있으리라 기대했다.

앞을 잘 살피면서 걸으라는 코너의 말이 그녀를 다시 현실로 돌아오게 했다.

「보카의 남편은 당신이 사냥개 새끼를 갖고 싶어하는지 알고 싶어하오.」

「왜 제게 강아지를 주려는 거죠?」

「그게 자신이 가진 전부니까.」

「그런데 왜 그걸…….」

「선물이오, 브렌나. 당신이 보카에게 친절하게 행동했고, 그래서 보답을 하고 싶어하는 거요.」

「매우 좋은 사람이군요. 성안에 개를 들여놔도 괜찮겠어요?」

그는 고개를 끄덕였다.

「괜찮소. 당신이 강아지를 받게 되어서 행복해한다고 전하겠소. 그를 기분 나쁘게 만들지 마시오, 알겠소?」

「당연하죠. 당신은 날 기분 나쁘게 만들기 위해 최선을 다하고 있군요, 안 그래요?」

코너는 대답하지 않았다. 대신 그녀를 옆으로 끌어당겨 어깨에 팔을 없는 바람에 그녀를 놀라게 만들었다.

「사냥개라서 실망한 거요?」

그녀는 혼란스러운 시선을 던졌다.

「물론 아니에요. 왜 내가 그러리라 생각한 거죠?」

「새끼돼지가 아니잖소.」

대답하는 목소리에 웃음이 묻어 있었다.

「당신, 날 만났던 날 있었던 일들은 전부 기억하는군요.」

그녀가 소리쳤다.

그는 설명을 하기 전에 문을 열어주었다.

「물론 기억하오. 또 당신을 내 팔에 안았던 일도 기억하고 있소. 당신은 내 플래드보다도 더 가벼웠거든. 내 생각에는 그레이스 정도의 나이였다고 기억하는데…….」

「그보다는 컸어요.」

「그때 당신한테서는 치맛자락에 둘둘 말려 있던 새끼돼지와 똑같은 냄새가 났소.」

「그럴 리 없어요. 그때 막 목욕한 직후였는걸요.」

「그러고 보니 당신은 아기였을 때조차 내게 무엇을 해야 하는지 지시하려 했소. 그때 눈치챘어야 했는데…….」

그녀는 더 이상 대화에 신경을 쓰기가 힘들었다. 코너의 눈에 담겨 있는 따스함 때문에 아무것도 생각할 수가 없었다. 그는 너무나 잘생긴 사람이었다.

「뭘 말이에요?」

그녀는 숨을 죽이고 조용히 속삭였다.

「당신이 문젯거리가 될 거란 사실을 말이오.」

브렌나는 그가 이제껏 했던 말 중에 그 말이 가장 좋은 말이라고 생각했으나, 곧 칭찬이 아니라는 사실을 깨닫고 고맙다는 말로 대신했다.

그는 웃는 대신 그녀를 끌어안고 속삭였다.

「천만에 말씀이오.」

키스를 하기 전까지 브렌나는 그가 뭘 하려는지 알지 못했다. 그의 입술은 놀라울 정도로 부드럽게 다가왔다. 그의 혀가 깊숙이 들어오면서, 그녀가 전혀 예상하지 못했던 반응들이 일어났다.

모든 것들이 한순간에 변해버렸다. 브렌나는 살아 있는 모든 날을 코너와 함께 보내고 싶었고 그의 곁에 있고 싶었다. 그 이유가 오직 그가 집으로 돌아와 라엔의 문제를 처리해줄 것이라 안심했기 때문이라고 믿고 싶었지만 또 다른 이유가 있음을 스스로 인정할 수밖에 없었다.

브렌나는 코너를 사랑하고 있었다.

하지만 그 깨달음이 그녀를 행복하게 만들지는 않았다. 오히려 절망하고 말았다. 어떻게 그런 멍청한 실수를 저지를 수가 있었을까. 코너는 자신을 사랑하지 않았다. 단지 참고 있을 뿐이었다. 그가 브렌나에게 요구하는 건 오직 상속자였다.

그는 브렌나를 가까이 지켜보다가, 그녀의 눈에 맺힌 눈물을 보고는 인상을 찌푸렸다.

「왜 우는지 말해줄 수 있겠소?」

「너무나 갑작스럽게 일어났어요.」

그녀는 더듬거리면서 말했다.

「더 잘 알고 있어야 했는데, 코너, 솔직히 그래야 했다고요.」

「브렌나, 지금 무슨 이야기를 하는 거요? 뭐가 갑작스럽다는 거요?」

마침내 그녀는 정신을 차렸다. 자신이 그를 사랑한다는 사실을 인정하고 싶지 않았다. 아니, 자신의 실수를 인정하느니 차라리 수백 명의 낯선 사람이 있는 교회 앞에서 벌거벗고 서 있는 편이 더 나을 것 같았다.

코너에게 그 사실을 설명한다고 해도 이해하지 못할 것이다. 그녀는 그가 자신을 사랑할 수 있는지조차 의심스러웠다. 그는 과거에 사로잡혀 있는 사람이었고, 그 때문에 그의 마음속에는 다른 감정이 파고들 공간이 없었다.

「대답해주지 않겠소?」

「당신이 그리웠어요. 그러고 싶지 않았는데 어쩔 수가 없었어요. 당신이 너무 오랫동안 집을 비웠잖아요?」

그 말을 듣고 코너는 다시 한 번 키스를 했다. 아주 짧은 키스였지만 그 속에는 깊은 열정이 숨겨져 있었다. 그런 뒤 브렌나를 끌어당겨 문 안으로 들어오게 한 뒤 중앙 홀로 통하는 계단으로 올라갔다.

「당신이 집을 비운 사이에, 나는 나이 드신 분들께 이것저것 정보를 얻을 수 있었어요. 그리고 마침내 그것들을 하나로 엮을 수가 있었죠.」

「뭘 하나로 엮었다는 거요?」

「당신의 과거요. 이젠 당신 아버지께 무슨 일이 일어났는지 알고 있어요. 왜 폐허가 여전히 그대로 남아 있는지 나도 이해하고 있다는 사실을 알리려는 거예요. 당신은 아버님의 이름을 걸고 복수를 하기 위해 그 흔적을 그대로 두고 싶은 거죠?」

「만일 내게 물었다면 대답을 해주었을 거요.」

「그럼 다른 문제로 넘어가죠. 인상 쓰지 말아요, 코너. 난 당신이 내가 만들어놓은 것들을 보고 기분이 좋았으면 좋겠어요.」

코너는 자신이 무엇을 보든 기뻐하는 모습을 보이리라 다짐했기 때문에 고개를 끄덕였다.

「퀸란이 내게 보증해주었소. 음…… 더 이상의 파괴 행위는 없을 거라고.」

「파괴요? 오, 맙소사! 도대체 뭘 생각하는 거예요?」

순간 그녀는 앞뜰에 파놓은 구멍을 기억해냈다.

「난 그저 내가 만들어놓은 그 혼란스런 것들을 곧바로 덮을 계획이었어요. 그 안에 건물을 지탱할 수 있는 기둥들을 세운 다음에 병사들이 다시 흙으로 덮고…… 내 생각에…….」

「브렌나?」

그의 눈과 목소리에는 경고의 울림이 들어 있었다.

「우리는 그 문제에 대해 지금 이야기하지 않을 거요.」

「네, 물론 지금은 아니죠. 웃어요, 코너. 집에 돌아온 거라고요. 게다가, 유피미어 부인이 집에 계시다구요. 난 그녀가 우리의 결혼이 불행하다고 생각하는 걸 원치 않는다구요.」

코너의 웃음소리가 그녀를 놀라게 만들었다.

「그녀가 어떻게 생각을 하든지 무슨 상관이오?」

이렇게 둔할 수가 있을까?

「그녀가 날 좋아했으면 좋겠어요. 그녀는 당신의 의붓어머니잖아요. 그리고 당신도 내게 그녀를 존경하라고 말했고요.」

「내가?」

「네, 분명히 당신에게 들었던 걸로 기억하는데. 뭐, 중요한 문제는 아니지만. 어쨌든 그녀는 존경받아야 할 분이에요.」

「그렇소.」

코너는 문을 열어놓고 그녀가 자신을 지나쳐 안으로 들어가기를 기다렸다. 하지만 브렌나는 움직이지 않았다.

「당신에게 부탁이 있는데, 오늘밤 우리가 식탁에 함께 앉으면 말이에요…….」

「계속하시오.」

그녀는 부탁을 하면서 얼굴이 붉어졌다.

「부탁인데, 날 자주 쳐다보세요. 그리고 내게 인상 쓰지 말고요. 또 내가 하는 모든 말에 주의를 기울여줘요. 그래줄 수 있죠?」

그녀는 대답을 요구하지 않고 서둘러 입구를 지나 안으로 들어갔다. 한 무리의 병사들이 영주를 기다리고 있다 그녀를 보자마자 고개를 숙여 인사를 했다. 브렌나는 병사들의 이름을 부르면서 인사를 해 그녀의 남편을 기쁘고 놀라게 만들었다.

「브렌나, 몇 가지 문제들을 처리하는 동안 홀에서 기다리시오.」

브렌나는 그가 일족 사람들과 일을 처리할 수 있도록 인사를 한 뒤 서둘러 홀 안으로 들어갔다. 브렌나는 벽난로 앞에 서서 코너가 홀 안으로 들어와 그녀가 꾸며놓은 방을 본 순간 보일 반응을 기다릴 생각이었다. 그녀는 방 한가운데를 가로질러 걷다가 뭔가가 잘못되었음을 깨달았다. 믿을 수가 없었다. 응접실은 다시 황량하고 불길한 예전 그대로의 모습으로 돌아가 있었다. 심지어 마룻바닥에 깔아놓은 골풀까지도 사라지고 없었다.

도대체 무슨 일이 있었던 거지? 코너가 돌아오기를 바라면서 그렇게 힘들게 만들어놓은 사랑스러운 물건들이 다 어디로 간 거지?

「마님?」

네타가 뒷문으로 연결된 난간 쪽에서 걸어오며 속삭였다.

브렌나는 재빠르게 시선을 입구 쪽으로 돌려 코너가 여전히 병사들의 탄원에 귀기울이는 모습을 바라본 뒤에 서둘러 하인을 향해 다가갔다.

「무슨 일이에요, 네타? 쿠션들이 다 어디로 간 거죠?」

「유피미어 부인이 쿠션에 앉아보시더니, 너무 불편해서 오히려 더 고통스럽다고 말씀하셨어요. 그리고 다른 것도 다 앉아보시더니, 즉시 전부 없애버리라고 명령하셨어요. 다 태워버리라고요. 그래야 마님께서 주인님 앞에서 창피 당하는 일이 없을 거라구요.」

「그럼 식탁보는…… 우리가 식탁 위에 깔았잖아요.」

네타는 고개를 흔들었다.

「그건 실수였대요.」

네타가 속삭였다.

「유피미어 부인이 그렇게 말씀하셨어요. 점심식사 때 포도주를 한 잔 하시겠다고 주문하셨죠. 붉은 포도주를요. 그 붉은색이…… 상상하시겠어요? 유피미어 부인이 술잔을 잘못 얹어놓아, 잔이 미끄러지면서 사방으로 술이 튀었어요. 그녀는 받침이 잘못 놓여 있었다고 주장하셨어요. 오, 마님, 완전히 물들어버렸어요. 그걸 만드시려고 영주님이 안 계시는 동안 자정 너머까지 바느질을 하셨는데…… 너무나 아름다웠다고요. 그건 퀸란까지도 좋다고 인정을 했는데…….」

실망을 감추며 그녀는 네타를 안심시켰다.

「사고는 언제든지 일어나는데요, 뭐. 쿠션이 불편하다는 사실을 깨닫지 못했어요. 모두 다 사용해봤지만 다 괜찮았는데…… 하지만 유피미어 부인이…….」

「그녀는 그것들이 다 딱딱하다고 말씀하셨어요.」

「아, 알겠어요. 그렇다면 다음에는 더 잘하면 되겠네요. 그럼 골풀들은 어떻게 된 거죠? 그건 괜찮았잖아요, 안 그래요? 방 안에 신선한 향기를 뿌려주었는데…… 그리고 꽃들은?」

「유피미어 부인도 골풀은 매우 좋아하셨어요. 하지만 식탁으로 걸음을 옮기는 순간 발에 걸려서 마룻바닥에 넘어지실 뻔하셨어요 눈이 예전 같지가 않다면서 가능하면 빨리 다 치워버리라고 하셨어요 마님께서도 이해하실 거라면서요.」

「물론 이해해요.」

「그리고 꽃은 좋아하지 않으신대요.」

「이유를 설명해주시던가요?」

「그분께서는 꽃이 죽음을 상징하는 것 같다고……, 조문객들이 무덤으로 꽃을 가져가잖아요. 그게 생각나신다고요.」

브렌나의 어깨가 축 늘어졌다. 유피미어가 자신을 어떻게 생각하고 있을까?

「미망인한테 꽃을 보여주다니, 내가 너무 생각이 짧았어요, 네타. 난 그녀가 그렇게 생각하실지 몰랐는데. 내 실수를 이해시킬 방도를 찾아야 겠는데…….」

그녀는 고개를 끄덕이면서 말했다.

「마님, 아직 모르시나 본데요…… 로터가 준 의자 말이에요, 다시 돌려보냈어요. 지금쯤 그 의자들을 부숴서 태워버리고 있는 게 아닌지 모르겠어요.」

「왜 돌려보냈는데요?」

「유피미어 부인께서 고백하시기를 의자에 앉기가 겁이 난대요 의자가 너무 불안정해 보인다고 하시더군요. 몇 번이나 안전하다고 말씀 드렸지만 마음을 바꾸지 않았어요 아마도 의자에서 떨어지는 게 두려우셨나 봐요. 어쩌면 그렇게 다친 적이 있어서 만약 다시 뼈라도 부러지면 고칠 수 없을 거라 생각하는지도 몰라요. 노인이나 젊은이나 뼈가 부러지면

낫기가 힘들잖아요」

네타는 그 분야의 전문가라도 되는 듯 고개를 끄덕이면서 여주인에게 말했다.

「나이가 드셔서 더 걱정을 하시는 거예요.」

「그리고 마지막으로, 이건 정말 말하고 싶지 않았는데…… 아마 굉장히 실망하실 거예요.」

「뭔데요?」

「그분이 제게 거실을 꾸미려고 준비해둔 뭔가 다른 것이 있는지 물으셨어요. 그래서 전 마님이 벽에 걸어놓으려고 만들고 계신 담요에 대해 말씀 드렸죠. 그 그림이 얼마나 잘 되었는지 자랑했어요.」

그녀는 생각에 잠겨 덧붙였다.

「물론 유피미어 부인도 그것을 보고 싶어하셨어요. 제가 마님이 바느질이나 뜨개질에 재능을 지니고 있다고, 굉장히 영리하신 분이라고 말씀 드리니까 무척 기뻐하시는 것 같았어요.」

「그걸 보여드렸어요?」

네타가 고개를 끄덕였다.

「마님, 부인은 그 물건을 보더니 굉장히 실망하셨어요. 혀를 쯧쯧 차시면서 고개를 흔드셨지요.」

브렌나는 다시 얼굴이 붉어졌다.

「그분은 바늘땀이 다 한쪽으로 기울어졌다고 말씀하시고 제게 마님께서 잘 모르고 하신 일이니 이해하라고 말씀하셨어요.」

「그럼 태피스트리는 지금 어디에 있죠?」

「유피미어 부인은 영주님과 일족 사람들 앞에서 마님이 창피 당하는 것을 원하지 않으셨어요.」

네타의 눈에 가득 고인 동정의 눈물이 브렌나를 더욱 혐오스럽고 창피하게 만들었다. 그녀는 자신이 실패자처럼 느껴졌고, 동시에 화를 내는 자신에 대해 죄책감을 느꼈다. 잘 모르고 하는 일이라는 말은 유피미어를 기쁘게 해주려고 할 때마다 듣는 말이었다. 브렌나에게 있어 그 말은 곧 자신의 어머니가 딸을 제대로 가르치지 못했다는 공격으로 인식되었다.

「없애버렸군요, 그렇죠?」

실망에 비해 브렌나의 목소리는 오히려 단조롭게 들렸다.

「네, 마님. 유피미어 부인은 점심때쯤부터 실밥을 뜯기 시작하셨어요. 그래서 저녁식사를 위해 씻으시러 방으로 돌아가셨을 때에는 마루에 실만 뒹굴고 있었죠.」

코너가 성큼성큼 걸어 홀 안으로 들어오면서 브렌나의 이름을 불렀다. 그리고 흥미를 가지고 홀 안을 둘러보았다.

브렌나는 한숨을 쉬고는 그를 향해 몸을 돌렸다. 네타가 그녀의 손을 꼭 붙들었다.

「제 생각에는 모두 다 너무 아름다웠는데…….」

네타가 속삭였다.

브렌나는 동정을 싫어했다. 그녀는 네타의 감정이 상하지 않도록 미소를 지어 보인 뒤에 입을 열었다.

「다음에는 더 잘 만들 수 있을 거예요.」

하인은 여주인에게 미소를 지어 보인 뒤, 자리를 떠났다.

「병사들과 토론은 다 마치신 거예요?」

아내의 질문이 그를 미소짓게 만들었다. 일족 사람들 모두가 그에게 물건을 돌려달라고 찾아왔다. 코너는 그들 중 한 사람이 상자 안에 담겨 있는 물건을 보여주기 전까지, 무슨 말을 하는지 이해할 수가 없었다. 상자 안에 들어 있는 단검 중 하나가 아내가 쓰던 단검이랑 똑같은 모양이라는 사실이 단서가 되었다. 일족 사람들은 모두 브렌나가 서두르거나 시간이 없을 때면 물건을 깜박하고 다닌다는 사실을 알고 있었다.

에미트가 영주에게 모든 일을 설명했다.

「부인께서는 어떤 일에 신경을 쓰시면 다른 일에는 관심이 없어집니다. 하지만 우리의 아내들을 매우 중요한 인물로 생각하게 만들죠. 그래서 모두들 마님께 빠져 있답니다. 그러니 그분이 물건을 가져가신 뒤 돌려주지 않으셨다는 사실 때문에 벌이라도 받게 된다면, 여자들 모두가 화를 낼 겁니다. 그 대신에 그분은 가져오셨던 물건들을 거의 다 놓고 가시니까요.」

코너는 아내를 비난하지 않겠다고 약속하고 앞으로는 물건을 잃어버리면 누구든지 성안으로 들어와 상자 속을 찾아본 뒤 가져가라고 말했다.

「당신이 미소를 짓는 걸 보니 회의는 잘 끝났나 보군요.」

「그렇소. 문제는 해결했지만, 그 근원까지 해결한 건 아니오.」

「당신은 충분히 해낼 수 있을 거예요.」

브렌나의 대답에 그의 웃음소리가 홀을 가득 메웠다.

「그럴지 의심스럽소. 게다가 내가 그러길 원하지 않으니까.」

「왜 해결을 원치 않는 거죠?」

「난 그 원인이 마음에 들기 때문이오. 설명해달라고 말하지는 마시오. 대신 당신의 그 놀라운 일들을 보여주시오. 난 충분히 기다린 것 같은데…….」

「그럴 수가 없어요.」

「기다릴 수가 없다는 거요?」

「당신을 놀라게 할 수가 없다는 뜻이에요.」

「무슨 일이오? 마음을 바꾼 거요?」

「네, 그래요. 마음을 바꿨어요.」

「왜 그랬소?」

「왜냐고요?」

브렌나는 다른 변명을 찾아내서 그에게 자신이 노력이 부족했다는 사실을 알리지 않을 생각이었다. 만일 사실대로 말했다가는 자신의 무능력이 그대로 드러나고 말 테니까.

다행히 그녀는 코너를 위해 만들어놓은 나무 메달이 생각났다. 그건 그 중요성을 함께 설명하기 위해 따로 남겨둔 것이었다.

「침실에 있어요. 지금 보고 싶어요? 그럼 내가 가서…….」

「당신은 어떻게 했으면 좋겠소?」

「좀더 기다려요.」

「그럼 기다리겠소.」

「고마워요.」

그녀는 대답을 한 뒤, 그에게 의붓어머니를 만나봤냐고 물었다.

「아니.」

「이제 몇 분 안에 아래층으로 내려오실 거예요. 라엔과 이야기를 해봤어요?」

「아니오. 퀸란 말에 따르면 한두 시간 안에 돌아올 거라 하더군. 오늘 하루를 더 묵고 내일 떠난다고 하던데.」

「떠나요?」

라엔이 떠난다는 소식에 기뻐하는 모습을 보이고 싶지 않았지만 어쩔 수가 없었다.

코너는 그녀의 반응에 눈썹을 치켜 올렸다.

「내일 자신의 영주에게로 돌아간다던데.」

「거기가 어딘데요?」

브렌나는 그 영주가 잉글랜드 반대편에 살기를 바라면서 신중하게 물어보았다.

「여기서 꽤 먼 곳이오. 아마 이번에 헤어진다면 거의 5년에서 10년은 얼굴 보기 힘들 거요. 브렌나, 뭐가 문제요?」

「오, 아무것도 아니에요. 아무 문제도 없어요.」

「그럼 왜 날 이렇게 꽉 붙들고 있는 거요?」

누가 봐도 브렌나는 놀란 사람처럼 보였다. 그녀는 재빨리 남편의 허리에 둘렀던 팔을 풀고 거리를 두었다. 단지 라엔을 언급한 것만으로, 그녀는 본능적으로 남편 곁으로 다가섰던 것이다.

그녀는 얼른 코너가 너무 그리웠다는 궁색한 변명을 늘어놓았다.

「그 말은 이미 했소.」

「네, 하지만 또 말하고 싶어요. 이제 부엌으로 가서 요리사와 이야기를 좀 해도 될까요?」

그가 허락하자, 그녀는 코너 얼굴에 키스를 하고 자리를 떴다.

「이건 또 무슨 일이지, 코너?」

퀸란이 성큼성큼 홀 안으로 들어오면서 질문을 던졌다. 크리스핀이 뒤를 따르고 있었다.

「무슨 일이냐니?」

「거실 말이야…… 다시 예전으로 돌아왔군. 뭐가 부인 마음을 바꾸게 만든 거야?」

코너는 그가 무슨 말을 하는지 알 수가 없었다. 그는 등뒤로 손을 움켜쥐고 서서, 퀸란의 설명을 들었다.

「부인께서 왜 마음을 바꿨는지 설명하던가?」

코너는 머리를 흔들었다.

「그녀는 놀랄 일이 위층에 있다고 하더군.」

「왜 쿠션하고 식탁보와 의자를 위층으로 옮겼지?」

「아마도 마음을 바꾼 걸 거야.」

크리스핀이 다시 말했다.

「내가 그녀가 이상하게 행동한다고 말했지? 그럼 골풀도 위층으로 옮긴 건가?」

「그런 것 같은데……」

크리스핀이 대답했다.

「그건 그렇게 특별한 것이 아닌데……. 이 문제는 여기서 끝냈으면 좋겠군.」

코너가 말을 가로챘다.

「내 아내에게 특별히 잘못된 건 없어. 그녀는 단지 마음을 바꿨을 뿐이야. 만약 또 다른 이유가 있다면, 내게 말할 테니 걱정하지 말라고.」

코너의 말로 이야기는 끝이 났다. 퀸란은 도슨을 포획한 일에 대해 모두 알고 싶어했고, 크리스핀이 그 일을 설명하는 동안 코너는 아내에 대해 생각했다. 코너는 집에 있는 동안 아내에게 더욱 신경을 써야겠다고 결심했다.

잠시 후 유피미어가 그들과 합류했다. 코너는 의붓어머니에게 인사를
한 뒤 테이블 상석에 서서 그녀가 옆에 앉기를 기다렸다가 자신도 앉았
다. 그는 한 시간 정도 그녀 옆자리에 앉아서 유피미어의 이야기를 들었
다. 아버지와 지난 일에 대한 이야기들이었다. 크리스핀과 퀸란은 벽난
로 옆에 서서 계속 이야기하고 있었다.

라엔은 식탁에 음식들이 올라옴과 동시에 집으로 들어왔으며 때맞춰
네타와 브렌나가 뒷문으로 들어왔다.

「코너!」

라엔이 코너를 큰소리로 불렀다.

「드디어 이렇게 만나는군. 진짜 오랜만이야.」

「그래, 꽤 오래되었지.」

코너가 동의했다.

라엔은 그를 끌어안았다.

「좋아 보이는군. 결혼생활이 형한테는 잘 맞나봐?」

어머니에게 키스를 한 뒤 라엔은 그녀 맞은편에 앉았다. 코너는 양쪽
다 친척들에게 둘러싸이게 되자, 아내가 자신의 곁에 앉을 수 있도록 이
복동생에게 자리를 옮기라고 명령하려 했다. 하지만 브렌나가 서둘러 식
탁 반대편으로 가자 말을 꺼내지 않았다.

「난 오랫동안 이렇게 가족이 다시 모이기를 기다렸어. 이제야 내 인생
이 완전해지는 느낌이 드는군.」

두 아들과 함께 시간을 보낸다는 사실에 가슴이 벅찬 노부인의 눈에
눈물이 고였다.

브렌나도 감정에 취해 있었다. 그녀는 즐거움 때문이 아니라 슬픔 때
문이었다. 두 형제가 보여주는 애정 표현에 그녀는 울고 싶은 기분이었
다. 코너는 자신의 동생을 만나서 기뻐하는 기색이 역력했다. 그런데 어
떻게 그의 이복동생이 자신에게 한 일을 고자질한단 말인가.

코너는 식사 중에 많은 말을 하지 않았다. 그는 자신의 두 지휘관 때

문에 기분이 좋았다. 그들은 여주인 곁에 자리를 잡고 앉아서 이야기 상대가 되어주었다.

브렌나는 남편이 똑바로 자신을 쳐다보는 것을 느끼고 재빨리 그에게 미소를 보냈다.

코너에게 있어서 오늘 저녁식사 시간은 모든 비밀이 밝혀지는 순간이었다. 그는 네타가 매순간마다 브렌나에게 호의를 베풀고 있음을 눈치챘다. 브렌나가 칭찬을 할 때마다 그녀의 얼굴이 환해졌다. 반대로 그녀는 유피미어의 시중을 드는 것을 마음에 들어하지 않았다.

코너는 자신이 모든 상황을 파악했다고 생각하고 웃음을 터뜨릴 뻔했다. 문제는 생각 외로 단순했다. 퀸란은 브렌나가 유피미어와의 관계에 있어서 힘들어한다고 언급한 적이 있었다. 두 여자가 지휘권을 놓고 암투를 벌이고 있는 게 분명했다. 그 권리는 당연히 브렌나의 것이었다. 브렌나가 왜 그 사실을 깨닫지 못하는지 이해할 수 없었지만 두 사람의 싸움에 간섭할 생각은 없었다. 그녀만의 방식으로 문제를 해결할 수 있도록 기다릴 생각이었다.

크리스핀이 그녀에게 앞뜰에서 떨어뜨렸던 단검을 건네주자 그녀는 단검이 깨끗하게 닦여 있고 날이 세워져 있다는 사실을 눈치채고 고맙다고 말했다. 그리고 자신의 접시에 음식을 담았지만, 한 입도 먹지 않았다. 퀸란은 브렌나가 식사를 별로 하지 않는다고 지적한 적이 있었다. 라엔이 재미있는 이야기로 사람들을 웃겼지만, 브렌나는 웃지 않았다. 라엔이 또 다른 이야기를 꺼내기 전에 코너는 아내에게 기분이 괜찮은지 물었다.

「네, 좋아요. 그냥 피곤할 뿐이에요. 오늘도 굉장히 긴 하루였어요.」

코너는 그녀에게 위층으로 올라갈 것을 제의했다.

「나도 몇 분 안에 올라갈 거요.」

라엔 또한 일어났다.

「내가 형의 아내를 계단 위까지 모셔다드릴 수 있다면 기쁘겠군. 그녀가 킨케이드의 계단에서 굴러 떨어졌다는 말을 들었거든.」

브렌나는 거절의 말이 목까지 올라왔지만 가까스로 참을 수 있었다.

「감사하지만 크리스핀과 할말이 있어요.」

크리스핀을 선택한 이유는 퀸란보다 그가 먼저 자리에서 일어났기 때문이었다.

「내일까지 기다리다가는 잊어버릴 게 분명하거든요. 좋은 시간들 보내세요.」

인사를 한 뒤 브렌나는 크리스핀의 팔을 움켜쥐고 밖으로 나왔다.

크리스핀은 자신의 의무를 명예롭게 수행했다. 그는 자신에게 하려는 말이 무엇인지 기다렸다가, 영주의 침실 문 앞에 이르자 마침내 브렌나에게 그 사실을 상기시켰다.

「제게 하실 말씀이 있다고 하셨는데요, 부인.」

「내가 그랬나요?」

그녀는 크리스핀에게 할 만한 중요한 말이 있는지 생각하면서 되물었다. 불행하게도 그녀의 마음속은 너무나 암담했다.

「생각나지 않아요.」

「제게 말씀하시기 싫으신 겁니까?」

「사실 라엔이 데려다주는 게 싫어서 거짓말을 했어요.」

「왜 라엔의 호의를 거절하셨습니까?」

「라엔이 그런 제의를 하자 난 그의 호의를 거절할 수 있는 방법을 찾아야만 했어요. 이제 이해가 돼요?」

크리스핀은 자신의 머리를 흔들면서 문을 열어주었다.

「아직 그 이유를 말씀하지 않으셨습니다.」

크리스핀 또한 퀸란만큼 집요한 사람이었다.

「그럼 내가 하는 이야기를 코너에게 하지 않겠다고 약속해줘요. 이삼 일 안에 그에게도 이야기할 용기가 생길 거예요.」

그녀가 덧붙였다.

「사실 오늘밤에 그에게 말하려고 해요.」

「무슨 말을 한다는 겁니까, 부인?」

「내가 그의 이복형제를 싫어한다는 사실이요.」

그녀는 완곡하게 말했다. 라엔은 맥네어만큼이나 나쁜 사람이고, 악마만큼 교활하고, 물때를 기다리면서 나무 그림자 속에 숨어 있는 뱀만큼이나 사악한 사람이었다.

「코너가 라엔을 높이 평가하고 있다는 사실을 알아요. 당신도 오늘 그가 자신의 동생을 만나 얼마나 행복해하는지 알았을 거예요.」

「코너가 자신의 진짜 감정을 숨기는 데에 능숙하다는 건 알죠. 물론 당신이 원하시는 대로 침묵을 지키겠습니다.」

「고마워요, 크리스핀.」

「부인, 제 물음에 대답을 해주실 수 있습니까?」

그녀는 이미 방안으로 들어갔지만, 문에 등을 기대고 서서 대답했다.

「네, 그러지요.」

「퀸란은 부인께서 홀에 걸어놓았던 장식물들을 떼어낸 것에 대해 이해할 수 없다고 하던데요. 그는 매우 당황해하고 있습니다.」

「모든 것들이 다 만족스럽지 못했어요. 그래서 다 없애버렸어요.」

브렌나는 크리스핀이 또 다른 질문을 할 수 있도록 잠시 시간을 준 뒤, 아무 말이 없자 잘 자라는 말과 함께 재빨리 문을 닫았다.

남편이 올라오기 전에 할 일이 많았다. 그녀는 문을 꼭 잠그고는 네타가 피워놓은 난로 앞에서 옷을 모두 벗었다. 장미향이 나는 비누로 목욕을 한 뒤 로브를 걸치고 슬리퍼를 신었다. 그리고 코너를 기다리면서 그의 마음을 아프게 하지 않고 라엔에 대해 이야기할 수 있는 방법을 궁리했다.

이세 그 악마 같은 인간이 띠닌다고 하는데, 코너에게 사실을 말할 필요가 있을까?

브렌나는 자신이 침묵을 지키고 있어도 아무런 해가 없을 거라고 믿고 싶었다. 하지만 아무리 그 사실이 코너에게 고통을 준다고 해도 그 또한 알고 있어야 한다는 것을 깨달았다. 감히 그녀를 건드리려 한 것만으로도 라엔은 형을 배반한 것이다. 코너에게 그 사실을 숨길 필요가 없었다.

기다리는 시간은 너무나 고통스러웠다. 벽에 기대고 앉아, 그녀는 가까스로 깨어 있을 수 있었다. 침대로 갈 수는 없었다. 침대에 눕자마자 잠이 들고 말 것이다.

코너의 낮은 목소리와 계단을 올라오는 무거운 발소리가 들렸다. 그녀는 문을 열고, 창문으로 걸어가서 그가 들어오기를 기다렸다. 키스로 그를 환영한 다음, 그가 침대에 들어갈 수 있도록 도와주고 선물을 줄 것이다. 그러고 나서 라엔에 대해 이야기할 생각이었다.

잠시 후, 남편이 침실로 들어오자 브렌나는 달려가 그의 얼굴을 움켜쥐고는 자신의 모든 사랑과 열정을 담아 키스했다. 브렌나의 거침없는 애정 표현에 감동을 받아, 그는 브렌나를 꼭 끌어안았다. 코너는 자신이 이렇게 관대하고 사랑스러운 여자와 결혼했다는 사실을 발견하고 경이로움을 느꼈다. 그녀가 목에 팔을 감고 수줍게 사랑을 나누자고 속삭이자, 코너는 그녀만큼이나 아니, 그녀보다 더 몸이 달아올랐다. 떠나 있는 동안, 시간은 그에게 영원처럼 길었다.

「만약 다시는 그렇게 오랫동안 집을 떠나지 않겠다고 약속한다면 문을 닫을 수 있도록 날 놓아주겠소?」

내키지 않는다는 듯, 브렌나는 손을 놓기 전에 한 차례 더 키스를 퍼부었다.

「아무도 방해할 수 없도록 잠그세요.」

브렌나는 남편에 대한 존경과 믿음을 지니고 그를 쳐다보았다. 코너의 어깨와 가슴은 근육으로 이루어져 있었다. 앞으로 진행될 상황에 대한 기대로 심장이 뛰었다. 그녀는 날카로운 숨을 내쉬며 뚫어질 듯 그의 얼굴을 올려다보았다.

「내가 어떻게 생겼는지 잊어버리기라도 한 거요?」

코너가 왼쪽 눈썹을 살짝 치켜 올리면서 물었다.

「그랬나봐요. 머리카락에서 물이 뚝뚝 떨어지는 걸 보니, 또 나 없이 호수에 간 게 분명하군요. 수건을 가져다줄게요.」

브렌나는 움직일 생각이 없는 것 같았다. 코너는 문에 기대어 서서 끈기 있게 그녀가 수줍음을 떨쳐버리기를 기다렸다. 오랜 시간이 걸린다고 해도 상관없었다. 아니, 오히려 그러기를 바랐다. 그는 브렌나를 바라보는 것만으로도 즐거웠다. 그녀는 손을 뒤로 돌려 움켜쥐고는 드러난 가슴과 가냘픈 허리의 매혹적인 자태를 선보이고 있었다. 코너의 기대는 이제 갈망으로 바뀌었고, 몇 분 지나지 않아 그는 상처 입은 손으로 그녀의 매끄럽고 흠 없는 피부를 어루만지고 싶은 욕구에 휘말렸다.

브렌나는 냉정을 잃어버린 자신 때문에 놀라면서 코너의 회색 눈동자를 응시했다. 그리고 또다시 날카로운 숨을 몰아쉬면서 자신이 뭘 하려 했는지 기억했다.

「수건.」

브렌나는 자신이 완전히 이성을 잃고 있었다는 사실에 미소를 지었다.

「당신은 내게 수건을 가져다줄 생각이었소.」

수건을 가지러 가는 브렌나를 따라 코너의 웃음소리가 울려 퍼졌다.

코너는 그녀가 원하면 뭐든지 다 할 수 있을 것 같은 기분으로 침대 한쪽으로 가 앉았다. 브렌나가 가까이 다가오자 이제 곧 무슨 일이 일어날지 정확히 알 수 있었다. 두 팔로 그녀를 감싸 안고 침대에 쓰러뜨린 뒤 열정적으로 사랑을 나눌 것이다.

브렌나는 다른 생각을 하고 있었다. 코너의 다리 사이에 서서 수건으로 그의 머리카락을 말리기 시작했다. 하지만 자신이 하고 있는 일에 정신을 쏟을 수가 없었다. 코너가 그녀의 로브 벨트를 풀고 가슴을 어루만지고 있었다. 그는 브렌나의 가슴을 두 손으로 감싸쥐고는 엄지손가락으로 유두를 살며시 문질렀다. 그리고 입술과 혀로 정신을 잃을 정도로 브렌나를 몰아붙였다.

그는 브렌나에게 숨을 쉬라고 명령을 내려야 했다. 그는 자신이 그녀의 몸 속으로 들어가기 전에 열정적인 쾌락을 나누고 싶었다. 하지만 그녀가 로브를 벗고 어깨로 그를 밀어 침대로 눕히자 자제력은 한순간에 사라져버렸다.

두 사람은 더 이상 하나가 되는 일을 참을 수가 없었다. 코너는 그녀의 다리 사이로 몸을 움직여 천천히 안으로 들어가면서 눈을 똑바로 쳐다보았다. 쾌락이 그녀를 지배하고 있었다.

브렌나는 코너를 꼭 끌어안고 키스를 했다. 쾌락이 더욱 강렬해지면서, 그녀는 자신의 몸이 찬란한 광채 속에서 산산이 부서지는 느낌을 받았다.

「사랑해요.」

하지만 그녀의 마음속에서 울려 나온 절망적인 애원의 소리는 곧 사랑의 밀어로 바뀌었다. 코너가 목에 얼굴을 묻자, 그녀는 되풀이해서 사랑의 맹세를 속삭였다.

코너는 자신에게 일어난 이토록 아름답고 절묘한 기적에 전율했다.

잠시 동안 그들은 서로를 끌어안은 채 만족스러움 속에서 시간을 흘려보냈다. 침묵 속에서 그들은 서로를 향한 심장의 고동소리를 들을 수 있었다.

브렌나는 그들의 사랑 만들기의 전율과 놀라움 때문에 눈물을 흘렸다. 마침내 다시 진정이 되자 두 팔을 모은 채, 그를 향해 미소를 지었다.

「어쩌면 당신이 없는 동안 이게 가장 그리웠는지도 몰라요.」

그는 거만한 만족감에 고개를 끄덕였다.

「그럴지도…….」

코너가 동의했다. 그는 그녀에게 기대어 키스를 한 뒤 옆으로 몸을 굴렸다.

「당신은 내일도 똑같은 놀라움을 선물해도 되오.」

브렌나의 웃음소리가 그를 기쁘게 만들었다.

「내가 말한 놀라운 일은 이걸 의미한 게 아니에요. 당신을 위해 그 이상의 것을 준비했어요.」

잠시 동안 여러 번의 키스를 나눈 뒤, 그녀는 선물을 가지러 갈 동안만 자신을 놔달라고 부탁했다. 그리고 플래드로 몸을 감싼 채 돌아와 침대 발치에 그와 얼굴을 마주하고 앉았다.

코너는 선물이 무엇이 됐든, 그걸 행복하게 받아들이기로 이미 결심한 상태였다. 비록 그렇지 못할지라도 기쁜 척하며 받을 생각이었다. 브렌나는 분명 그를 기쁘게 해주기 위해 많은 노력을 기울였을 테니까. 그는 몸을 일으켜 벽에 기대앉았다. 그리고 한쪽 다리를 올리고 그 위에 팔을 얹었다.

「더 가까이 오시오.」

브렌나는 시키는 대로 몸을 움직인 뒤, 다리를 꼬고 앉아서 몸을 플래드로 꼭 감쌌다.

「더 가까이.」

코너가 거친 목소리로 되풀이했다.

브렌나는 고개를 흔들어 그의 요구를 거절했다.

「난 당신의 눈에서 모든 것을 느낄 수 있어요, 코너. 만일 내가 더 가까이 다가간다면 당신은 날 휘어잡을 거예요.」

인정한다는 듯, 그가 고개를 끄덕였다.

「나는 전에 선물을 받아본 적이 없소. 더구나 하루에 두 가지 선물을 받는다는 건 상상해본 적도 없소.」

「두 가지요? 또 선물을 받았어요?」

「내가 당신 몸 속으로 들어갔을 때, 당신이 뭐라고 했는지 기억이 나지 않소?」

그녀는 그 물음에 대해 생각하느라 정신을 집중하고 인상을 썼다.

「좀더?」

그녀가 농담을 했다.

「그것 밀고.」

「기억이 나지 않아요. 내가 뭔가 중요한 말을 했나요?」

'그렇소 부인. 당신은 내게 사랑한다고 말했소.'

그는 속으로 생각했다.

아마 그들이 처음 만난 날, 코너 자신이 큰소리로 기도하고 있었다는 사실을 몰랐던 것처럼 그녀도 사랑의 열기에 도취되어 자신이 뭐라고 말했는지 기억하지 못하는 모양이었다. 하지만 그녀가 무의식중에 그렇게 말했다는 건 평소 감정이 그렇다는 것이리라.

「왜 웃죠? 난 아직 당신에게 선물을 주지 않았다고요.」

「오늘 당신이 내게 원했던 모든 것들이 내가 원하는 선물이오.」

「하지만 그것 말고 더 있어요.」

「만일 당신이 내게 더 가까이 온다면, 더 많은 것들을 얻을 수 있을 거요.」

그녀는 다시 고개를 흔들어 보였다.

「당신은 좀더 기다려야 해요. 난 당신에게 두 가지 이야기를 하려고 해요.」

「하나만.」

「아뇨, 두 개요.」

그의 한숨소리는 일부러 과장한 것처럼 들렸다.

「좋소.」

「첫 번째 이야기는 내가 아주 어린 소녀였을 때 일어난 일이에요. 그때 난 너무나 어려서 자세하게 기억하지는 못하지만 굉장히 겁이 났다는 것만은 기억해요. 아버지께서는 날 무릎에 앉히시고 내게 무슨 일이 있었는지 말씀해주셨죠. 오, 인상 쓰지 말아요, 코너. 이제부턴 싫든 좋든 내 가족에 대한 이야기를 들어야 해요.」

「난 인상을 쓰는 게 아니오.」

「당신은 그렇게 생각하고 싶겠지만 인상을 쓰고 있어요.」

그가 웃음을 터뜨렸다.

「아니오. 이제는 당신 가족에 대해 이야기해도 아무런 상관이 없소. 전에는 그렇게 하지 못했던 것뿐이오.」

「왜요?」

'왜냐하면 이제 당신의 마음과 충성심은 모두 내게 속해 있기 때문이오.'

「나중에 설명해주겠소. 당신 이야기를 계속하시오.」

「아버지는 나 때문에 가족의 새로운 전통이 생겨났다고 말씀하셨죠. 그때 우리는 삼촌의 성으로 여행하고 있었는데, 점심식사를 위해 잠시 마차를 세웠죠. 모두들 다리를 쭉 펴고 신선한 공기도 마시고 싶었고요. 떠나야 될 시간이 되었을 때, 아버지는 수를 세어보는 걸 잊으셨어요.」

「세다니?」

「아이가 여덟이라구요, 코너. 아버지는 아이들이 모두 있나 확인하기 위해 늘 수를 세어보시곤 했거든요.」

「하지만 그날은 세어보지 않았다는 거군.」

「예, 그랬어요. 아버지는 내가 큰오빠 질리안이랑 함께 있다고 생각했고, 질리안은 아서랑 함께 있다고 생각한 거죠. 다들 그런 식이었어요. 하지만 아니었죠. 그날도 난 습관처럼 여기저기 떠돌아다니다 길을 잃었는데 가족들은 그 사실을 모르고 날 남겨둔 채 길을 떠났어요.」

코너는 인상을 쓰고 있었다. 그는 그레이스 정도 나이의 브렌나를 그려볼 수 있었고, 그녀에게 그런 공포를 겪게 했다는 사실을 이해할 수가 없었다.

「질리안이 가장 먼저 그 사실을 발견했어요. 오빠 말로는 내 울부짖는 소리가 너무나 커서, 국왕께서 그날 창가에 기대어 계셨다면 그 울부짖는 소리를 들었을 거라고 했죠. 바로 그날 밤 아버지는 새로운 전통을 만드셨죠.」

「그 목걸이 메달 말이군.」

그녀가 고개를 끄덕였다.

「나이 든 형제자매들은 그 생각에 찬성을 하고 항상 목걸이를 지니고 다니기로 맹세했어요. 동생과 나는 목걸이를 걸고 있다가 질식사라도 하지 않을까 하는 생각 때문에, 우리 둘은 성을 떠날 때에만 메달을 할 수 있도록 허락을 받았죠.」

브렌나는 한참 동안 그와 눈을 마주한 채로 있다가 그의 손을 꼭 붙들고 손을 뒤집어 자신의 얼굴에 가져다 댔다. 그녀의 손가락이 살며시 코너의 살갗에 있는 화상 자국을 어루만졌다. 그는 그녀의 눈 속에서 혐오나 동정이 아니라 슬픔을 보았다.

「당신은 매우 겁에 질렸을 거요.」

코너가 몸을 빼려 하자 그녀는 그의 허리를 꽉 움켜쥐었다.

「난 다 회복됐어요. 그러나 당신은 아니에요. 그렇죠, 코너?」

그녀의 목소리에서 슬픔이 묻어 나왔다.

「왜냐하면 아직 모든 일이 끝나지 않았기 때문이오. 당신은 내가 어떻게 상처를 얻었는지 듣기 원하는 거요? 그렇소?」

「아뇨.」

그는 안도와 실망이 어우러진 묘한 감정을 느꼈다.

「이 흔적들은 당신의 과거를 의미하죠.」

그녀가 속삭이면서 코너의 손을 살며시 들었다.

다시 한 번 그는 손을 빼내려고 했지만 그녀가 가만있지 않았다.

「그렇소.」

그는 지금 화가 나 있었다. 브렌나는 몸을 숙이고 각각의 흔적들에 키스를 했다. 코너는 그녀가 자신의 마음과 영혼을 애무하는 듯한 느낌을 받았다. 브렌나의 애무는 그를 산산조각 내고 있었고, 동시에 그의 마음속에 따뜻함을 채우고 있었다. 새롭게 태어나는 느낌이었다. 그는 어떻게, 그리고 왜 이런 일이 일어나는지 알 수가 없었다. 고통 속에서 점점 더 커지던 공허함은 사라지고 오직 그녀의 사랑만이 자리잡고 있었다.

브렌나는 양 손바닥의 모든 흉터에 키스를 한 뒤 자신에게로 잡아당겨서 손에 메달을 쥐여주었다.

코너는 눈을 뜨고 나무에 새겨져 있는 곡선들을 내려다보았다.

「옛날 옛날에, 다윗이라는 이름의 소년이 살았어요.」

브렌나가 조용히 이야기를 시작했다.

「그와 가족 그리고 친구들이 살고 있던 땅이 골리앗이라는 이름의 끔찍한 거인에 의해 공격을 받았죠. 다윗도 적과 싸우기 위해 전쟁터로 나갔어요. 그는 검을 사용하기에는 너무나 어렸죠. 그 또한 당신처럼 아버지의 검을 들고 싸우러 나갔을 거예요. 두 사람 다 위대하리만큼 용기를 지니고 있었어요.」

코너는 어떠한 말도 꺼낼 수가 없었다. 그녀는 모든 사실을 알고 있으면서도 그를 용기 있고 고귀한 사람이라 생각하고 있었다. 그는 그러한 칭송을 받을 만한 가치가 없었다. 아직까지도 수년간 찾고 있는 정의를 찾지 못하고 있었다.

코너는 그녀를 향해 고개를 흔들었다. 하지만 그녀는 고개를 끄덕였다. 그리고 손가락 끝으로 다윗의 윤곽을 새겨놓은 흔적을 따라 그림을 그리기 시작했다.

「소년은 단지 투석기를 자신의 무기로 사용했죠. 골리앗과 마주치게 되자 그는 돌을 집어들었어요.」

그녀는 다윗의 발 밑에 놓여 있는 작은 원을 따라 손가락을 움직였다.

「당신은 당신 아버지의 검이 당신의 힘이라고 믿죠? 그렇죠, 코너?」

그는 대답하지 않았다.

「그렇지 않아요, 코너. 당신의 힘은 당신 안에서 나오는 거예요. 당신의 결정, 당신의 인내심, 당신의 기술, 다른 무엇보다도 정의에 대한 당신의 끊임없는 갈망은 모두 당신의 것이에요. 다윗은 거인을 쓰러뜨리고 사람들을 구했어요. 그리고 당신 또한 당신의 동료들을 구했죠.」

「그러나 아직까지 적을 쓰러뜨리지는 못했소.」

「주위를 둘러보세요. 그리고 당신이 이뤄놓은 것들을 보세요. 다윗은 언제나 과거의 당신을 나타내는 거예요. 그리고 당신이 누구인지, 얼마나 가치 있는 사람인지 의미하죠.」

그녀는 그가 더욱 분명하게 볼 수 있도록 메달을 들어올렸다.

「이것이 당신의 과거라면 이것이 당신의 미래예요.」

브렌나는 말을 하면서 메달을 뒤집었다.

브렌나는 그 상징물을 알아볼 수 있었다. 그건 아내의 메달에 그려져 있는 것과 똑같았다.

「태양이군.」

브렌나는 자신의 사랑을 그에게 주었고, 이제 코너가 그의 사랑을 자신에게 줄 수 있기를 기도했다.

그는 어떠한 말도 하지 않았다. 하지만 브렌나는 그의 눈에서 물기를 보았고, 이미 그의 단단한 마음 한구석이 열리는 듯한 느낌을 받았다.

「당신은 그저 마음을 열고 이것을 받아들이면 돼요」

그녀는 메달을 그의 손바닥에 다시 놓고는 그에게 기대어 키스를 했다.

그는 대답 대신 브렌나를 팔로 감싸 안고 필사적이리만큼 강렬하게 키스를 퍼부었다.

그들의 사랑은 거칠고 무절제하며 야만적이었다. 그리고 두 차례나 격정이 휩쓸고 지나간 뒤에야, 그녀는 코너 위에 쓰러져 잠이 들었다.

그 순간 코너는 자신의 가장 큰 약점이 무엇인지를 깨달았다.

16

코너는 가버리고 없었다.

다음날 아침 늦게 브렌나는 네타가 문을 두드리는 소리를 듣고 잠에서 깨어났다. 그녀는 잠시만 기다리라고 소리친 뒤 침대에서 일어나 로브를 집어들었다.

남편의 메달은 그 아래에 있었다. 순간적으로 실망했지만, 그녀의 의식은 코너가 메달을 찾다가 그녀를 깨울까봐 그냥 놓고 나갔다고 말했다. 멀리 가지 않았기 때문에 두고 갔을 수도 있었다. 그녀는 메달을 침대 옆에 놓여 있는 상자에 집어넣은 뒤 서둘러 문으로 향하면서 로브를 입었다.

네타는 안으로 들어오지 않았다.

「싱클레어 신부님이 오셨어요. 그러나 그분을 환영하기 위해 서두르실 필요는 없어요. 지금 담 밑에서 고해성사를 하고 계실 테니까요. 아마도 여기 오시기까지 한 시간은 넘게 걸릴 거예요.」

「확실해요? 난 그분을 기다리시게 하고 싶지 않아요.」

「만일 피오나가 고해성사를 하겠다는 약속을 지킨다면, 확실한 일이죠. 그녀는 신부님을 한나절 이상 바쁘게 만들 수 있을 테니까요.」

「그렇게 말하는 것은 커다란 죄악이에요, 네타.」

「전 단지 진실을 말했을 뿐이에요. 그러니 죄가 될 것도 없어요. 옷 입는 것을 도와드릴까요, 마님?」

「아니, 괜찮아요.」

네타는 실망한 것처럼 보였다.

「그렇다면 홀로 내려가야 해요. 그러나 그건 너무 끔찍한 일이에요. 홀 식탁에 여왕처럼 행동하는 누군가가 앉아 있거든요.」

「지금 맥칼리스터 부인을 말하는 거예요?」

네타가 고개를 끄덕이자, 브렌나는 즉시 그녀를 꾸짖었다.

「그녀를 존중하고 예의바르게 대해야 해요. 기억해요, 그분은 영주님의 의붓어머니예요.」

「원하신다면요, 마님.」

「네타, 나도 그녀가 대하기 어렵다는 건 알고 있어요.」

「네, 매우 어려워요. 특히 그분이 마님의 아름다운 장식품들을 없애버린 뒤에는 더욱 그래요. 그 쿠션은 전혀 딱딱하지 않았어요, 정말로 완벽했다고요.」

브렌나는 그녀의 친절한 의견에 고마움을 표하고는 옷을 갈아입을 수 있도록 내보냈다. 그리고 오늘 해야 할 일들을 정리했다. 가장 중요한 일은 남편을 만나 라엔에 대한 이야기를 하는 것이었다. 그건 피할 수 없는 의무였다. 만약 기회가 있다면 유피미어가 언제까지 머무를지도 물어볼 예정이었다.

매일 아침이면, 침실을 떠나기 전에 습관처럼 유피미어가 자신을 좋아할 수 있는 날이 오기를 도와달라고 기도를 올렸다.

하나님의 가호가 있다면, 오늘이 바로 그날일지도 몰랐다.

어쨌든 코너와 이야기를 나누는 게 가장 중요했다. 유피미어의 불평을 들는 데 지체할 시간이 없었고, 만약 잡힌다면 수치심에 죽고 싶을지도 모르기 때문에 브렌나는 조심스럽게 움직였다. 운은 그녀의 편이었다. 노부인은 입구 쪽으로 얼굴을 향하고 있어서 그녀를 볼 수가 없었다.

브렌나는 특별히 라엔과 마주치는 일에 대해서는 걱정하지 않았다. 왜냐하면 그는 말을 타고 나가면 늘 성밖에서 시간을 보내다가 저녁이 다 되어서야 돌아왔기 때문이었다. 그것도 오늘이 마지막이었다. 그는 오늘 갈 것이다…… 영원히.

코너는 어디에 있는 걸까? 그녀는 남편을 찾아 여기저기 돌아다녔다. 브렌나 곁을 떠나지 않겠다고 약속했으니 약속을 어기지는 않을 것이다. 아마도 호수나 폐허에 갔을 거라 생각하고 우선 크리스핀을 찾아보기로 결심했다. 운 좋게도 그는 담 근처에 있었다.

브렌나는 길옆에 서서 크리스핀이 병사와 대화를 마치기를 기다렸다가 그의 이름을 불렀다.

「내가 잠시만 시간을 빼앗아도 될까요, 크리스핀?」

「물론입니다, 부인.」

그는 서둘러 다가와 고개를 숙여 인사했다.

「남편을 찾아서 여기저기 돌아다녔는데요, 찾을 수가 없네요. 어디에 계신지 알아요?」

「그는 떠났습니다, 부인. 언제 돌아오실지는 정확히 모르겠습니다.」

「호수로 떠났다고요?」

「코너는 휴 영주님의 성으로 갔습니다. 적어도 삼사 일은 거기에 계실 테고, 어쩌면 그 이상 걸릴지도 모릅니다.」

브렌나의 반응은 완전히 수수께끼였다. 그녀의 얼굴이 죽어가는 사람처럼 핏기가 싹 가셨다.

「라엔은 어디 있죠?」

그녀는 주변을 미친 듯이 살피고 있었다.

「아침 일찍 떠났습니다. 핀레이 영주님의 성에서 온 사람들 셋과 함께 말을 타고 갔죠. 그 사람들도 북쪽으로 가고 있거든요. 아무래도 사람

수가 많으면 공격을 받아도 더 낫잖아요.」

브렌나는 안도감에 눈물이 나올 것만 같았다.

「그렇다면 라엔은 돌아오지 않겠군요, 그렇죠?」

「네, 부인. 돌아오지 않을 겁니다.」

「하나님, 고맙습니다. 코너에게 말하고 싶었는데, 내가 말하기도 전에…… 코너가 떠나요? 왜 떠난 거죠? 그는 내게 떠나지 않겠다고 했어요.」

크리스핀은 그녀의 손을 다독거리면서 그가 떠난 이유를 설명했다. 「휴 영주가 지난밤에 돌아가셨기 때문에 영주님은 그분을 애도하러 갔습니다. 킨케이드 영주님도 그렇게 하실 거구요.」

갑자기 모든 것이 제대로 돌아왔다. 코너가 그녀에게 거짓말을 한 것이 아니었다. 그는 단지 동료의 죽음을 예상하지 못했던 것이다.

「휴의 가족들이 불쌍하군요. 그분이 평화롭게 돌아가셨으면 좋겠어요.」

「그분은 잠자듯이 죽었다고 하더군요. 부인은 이 소식 때문에 기뻐하시는 겁니까? 지금 미소를 짓고 계십니다.」

그녀는 자신이 바보 같다는 생각이 들었다.

「난 남편이 떠난 이유 때문에 기쁜 거예요. 하지만 휴 영주에 대한 소식은 전혀 기쁘지가 않아요. 신부님을 찾아가 죽은 이의 영혼을 위해 기도해달라고 부탁해야겠어요.」

「싱클레어 신부님은 지금 고해성사 중이십니다. 다 마치시면 부인께로 보내드리겠습니다.」

브렌나는 크리스핀에게 고개를 숙인 뒤 언덕 위로 올라가기 시작했다.

「부인, 라엔을 두려워하시는 겁니까? 그래요?」

브렌나는 그의 말을 못 들은 척했지만, 그는 계속 따라오면서 질문을 되풀이했다. 그녀는 돌아서서 미소를 지으면서 말했다.

「두려워하는 게 아니에요.」

크리스핀은 실망했다. 브렌나가 자신에게 진실을 털어놓지 않는다는 건 자신을 그만큼 믿지 못한다는 소리였다.

「난 단지 무서웠던 것뿐이에요」

그는 눈을 껌벅였다.

「왜요, 부인?」

「그건 코너가 돌아오면 그에게 먼저 말해야 한다고 생각해요. 하지만 크리스핀 당신을 믿어요. 그리고 설마 그럴 리는 없겠지만 그 전에 라엔이 돌아오게 된다면, 난 당신에게 모두 다 말할 생각이에요. 괜찮죠? 이해하죠?」

「네, 그러죠. 라엔은 코너의 이복형제입니다. 그리고 무슨 말이 됐든지 간에 코너가 가장 먼저 들어야겠죠. 하지만 어제 그에게 말하지 못했다는 사실이 유감스럽네요」

「나도 그래요」

그녀는 다시 걸음을 옮기기 시작했다.

「부인, 오늘은 뭘 하실 생각입니까?」

그 질문에 브렌나는 웃을 수 없었다. 그의 목소리에서 그야말로 두려움을 느꼈기 때문이었다.

「걱정 말아요. 오늘은 검둥이를 탈 생각이 없으니까요」

그녀는 밖에 앉아 바느질을 하는 여러 명의 여인들을 방문하면서 그녀가 계획한 것보다 더 오래 성 밖에 머물렀다. 그리고 오후 늦게야 성으로 돌아갔다. 서둘러 성으로 들어가면서 그녀는 유피미어를 기쁘게 할 말들을 연습했다.

날 '아가야'라고 부르지 않았으면 좋겠어.

브렌나의 히세는 아주 잠시뿐이었고, 한숨과 함께 그녀는 노부인은 자신이 원하면 언제든 '아가야'라고 부를 수 있다는 사실을 인정했다. 그리고 거기에 대해 자신은 아무런 말도 할 자신이 없었다.

도대체 얼마나 오랫동안 머물 예정이지? 브렌나는 유피미어에게 완곡한 방법으로 그녀의 생각을 물어보고 싶었다. 하지만 어떤 방식을 취하든 간에 자신의 물음을 말로 표현한 순간 그 안에 작은 열망이 들어 있을 것 같아 두려웠다.

그녀는 문제를 한쪽으로 접어두고 홀 안으로 들어갔다.

「안녕하세요, 유피미어 부인? 오늘은 기분이 어떠세요?」

「브렌나, 이전에 네게 한 번 말한 것 같은데…… 다시 한 번 더 말해야겠구나. 난 맥칼리스터 부인이라고 불리는 게 좋구나. 네가 잘 모르고 있다는 사실은 알고 있다. 물론 아직은 어린애고 하니까. 하지만 좀더 노력해야 하지 않겠니?」

그녀는 깊게 숨을 내쉬었다.

「네, 맥칼리스터 부인. 좀더 노력할게요」

「휴에 대한 소식을 들었니?」

「네.」

「수치스러운 일이야. 안 그래? 그는 일생을 완전히 낭비했어. 아무것도 한 일도 없고 기억에 남을 만한 업적도 없으니.」

「그분의 가족들은 그렇게 생각지 않으실 거예요.」

「그는 결혼하지 않았다. 그와 결혼할 만한 여자가 없었어. 아, 그러고 보니 라엔이 들려준 이야기들을 코너에게 해줬어야 했는데…… 자꾸 잊어버린단다. 아마도 그가 돌아오기 전에 다 잊어버릴지도 모르겠다. 나이라는 것이 몸을 이렇게 만드는구나. 여러 가지 생각들을 다 잊게 만들어.」

「만일 제게 말씀해주신다면 기억하고 있다가 코너가 오면 말씀하시라고 일러드리겠습니다.」

그녀는 두 손을 맞잡고, 유피미어가 식탁으로 초대하기를 기다리고 있었다. 그녀는 감히 허락 없이 의자에 앉는 것은 생각도 할 수 없었다. 코너의 의붓어머니가 이틀 전 그 문제를 가지고 심하게 야단을 쳤던 것이다. 다시는 그런 실수를 하고 싶지 않았다. 노부인의 마음을 얻는다는 것은 굉장한 도전이었다.

「이리 와서 앉으렴. 그렇게 서서 내가 올려다보게 만들지 말아라. 라엔이 어제 저녁 말을 타러 갔다가 들은 이야기를 해주마. 난 그 애가 그렇게 혼자 다니는 것을 좋아하지 않는단다. 하지만 오늘은 전혀 걱정이 되지 않는구나. 북으로 가는 세 명의 병사들은 만났으니 안전한 여행이 될 거야.」

「말을 타러 갔다가 들은 이야기라뇨? 어제 혼자 말을 탔는데 어떻게 이야기를 들을 수 있었죠?」

유피미어는 잠시 동안 그녀의 질문에 대해 생각하더니 마침내 그 대답을 기억해냈다.

「운이 좋았던 거지. 라엔은 성 밖에서 남쪽으로 향하는 한 무리의 병사들을 만났는데, 아는 사람이 둘 있었다고 하더라. 그래서 멈춰 서서 잠시 이야기를 나눴다더구나. 내 생각에 맥네어가 결혼할 생각이라는 소식을 코녀가 들으면 재미있어 할 거라 생각하는데…… 그 여인이 안 됐기는 하지만.」

「저도 그 여인이 불쌍하게 느껴져요, 부인.」

브렌나는 불쌍한 한 여인의 미래를 생각하고 마음 아파하며 속삭였다.

「맥네어가 그녀에게 친절하게 굴지 의심스럽구나. 뭐, 누구나 희망을 품을 수는 있는 거니까. 그 여자의 이름이 뭐라고 했더라…… 잉글랜드인이라고 기억하는데.」

브렌나에게 그녀가 어디에서 온 사람인지는 전혀 중요하지 않았다. 문제는 누군가가 도와주지 않는다면 그 여인은 무시무시한 운명 속에서 고통받게 되리라는 것이었다.

「이미 늦었나요?」

「지금 내게 그 여자가 이미 맥네어와 결혼을 했는지 묻는 거니?」

「네.」

「그렇게 생각하지는 않아. 라엔 말에 따르면 몇 주 안에 결혼식이 치러질 것 같지는 않더라. 하지만 언제든지 맥네어가 마음을 바꾼다면 결과는 달라지겠지. 그저 사람을 보내 여잘 데려오면 되니까.」

「그렇다면 아직은 시간이 있군요. 아니, 어쩌면 맥네어가 마음을 바꿔 그 여자와 결혼하지 않을 수도 있구요.」

「그런 희망은 품지 마라. 맥네어는 심지가 굳은 인물이라고 하더라.」

「라엔은 그 여인이 누군지 아나요?」

「그래. 그런데 전혀 기억이 나지 않는구나. 나이란 게…… 너도 알겠지?」

브렌나가 고개를 끄덕였다.

「물론이죠.」

「매우 특이한 이름이었는데…… 라엔이 그 이름을 말했을 때 그런 생각을 했단다. 아마도 곧 기억이 나겠지.」

브렌나는 관심 없다는 듯 어깨를 으쓱해 보였다.

「라엔이 그렇게 일찍 떠나다니 안 됐지 뭐니. 그 애도 휴에게 조문을 하러 가길 원할 텐데 말이다. 내 아들은 굉장히 생각이 깊은 애거든. 소식이 닿는 대로 그렇게 하겠지.」

「그럼 다시 돌아온다는 말씀이세요?」

자신의 목소리에 묻어나는 공포를 없애려고 노력하면서 브렌나가 물었다.

「아마도 그럴 게다. 언제 그 소식을 듣느냐에 달렸지, 뭐. 그 애에게는 다른 영주들과 함께 휴의 무덤에 조의를 표해야 할 의무가 있잖니. 하지만 너무 늦지 않았으면 좋겠구나. 만일 다른 사람들이 다 돌아간 뒤라면…… 요점이 뭐였더라. 그래, 제시간에 소식을 들을 수 있으면 좋겠구나. 그 애가 아침 일찍 떠나지 않았으면 이렇게 길이 어긋나지는 않았을 텐데…….」

「하지만 라엔은 영주가 아니잖아요?」

「그 애는 곧 영주가 될 몸이야.」

그녀가 말을 가로챘다.

「아, 네.」

브렌나는 부인을 달래기 위해 재빨리 그녀 말에 동의했다.

「만일 제시간에 휴 영주 소식을 듣는다면, 가던 길을 멈추고 다시 돌아올 거예요.」

「그렇게 하는 것이 사려 깊은 행동이란다. 장례식 전에 시간이 됐으면 좋겠는데. 아마도 북으로 돌아가는 데 시간이 더 지체되겠구나. 왜, 이런 이야기들이 널 불안하게 만드니? 화가 난 것처럼 보이는구나.」

「그저 코너가 언제쯤 돌아올까 그런 생각을 했어요. 그와 의논할 일이 있거든요.」

「브렌나, 만일 뭔가 잘못되었다 해도, 그런 일로 코너를 괴롭혀서는 안 된다. 어떤 문제든 나에게 의논하면 되잖니? 안 그러니?」

그녀는 잔잔한 물에 돌을 던지는 기분으로 말했다.

「그게 당신 아드님과 관련된 일이라도 말입니까?」

「그렇다면 더욱 내게 왔어야지. 난 그 애의 엄마고…… 그리고 아마 문제를 고려해본 뒤 해결할 수 있을 거야……, 문제가 커지기 전에 말이지.」

「부인, 전 라엔과 단둘이 있게 될 걸 걱정하고 있어요. 그러니까 문제는…….」

유피미어가 그녀의 말허리를 잘랐다.

「라엔과 단둘이? 무슨 의미인지 설명해주겠니? 지금 내 아들이 두렵다고 말하는 거니?」

브렌나는 주저하면서 고개를 끄덕였다.

「라엔이 기회를 노려서 절 붙들고…… 절 만지면서…… 그리고 놔달라고 해도 말을 듣지 않았어요. 또 온당치 않은 말들을…….」

「됐다.」

유피미어가 말을 가로챘다. 그녀의 눈동자는 분노로 반짝이고 있었다. 하지만 브렌나는 그녀의 분노가 자신을 향한 건지 그녀의 아들을 향한 건지 알 수가 없었다.

잠시 시간이 지나자, 유피미어의 태도가 갑작스럽게 변했다. 유피미어의 입가에 묘한 미소가 걸려 있었다.

「내 아들이 너로 인해 힘들어하는 모양이구나. 애야, 아주 단순한 일이란다. 라엔은 항상 불쌍하고 불행한 것들을 동정했거든. 어렸을 때 그 애는 버려진 작은 동물들을 기르려 했단다. 뭐, 네가 불행하다는 말은 아니란다. 단지 라엔과 난 널 대하는 코너의 냉담한 태도를 눈치채고 있어. 난 언젠가 너 또한 훌륭한 아내의 모습을 갖추게 될 거고, 네 남편 또한 널 부드럽게 대할 거라고 믿는단다. 지난밤에 보니 코너 또한 행복해하는 것 같더구나.」

브렌나는 코너에게 애정 있는 행동을 보여달라고 자신이 부탁했다는 사실을 유피미어가 알면 어떻게 생각할지 궁금했다. 유피미어가 코너가 행복하지 않다고 생각하는 이유를 알 수 있었다. 이전에 코너는 그녀에게 약간의 거리를 두고 있었다. 하지만 이미 그의 태도는 많이 바뀌었고, 솔직히 말하면 동료들이 보는 장소에서도 여러 차례 키스를 해주었다. 그러나 유피미어는 아직 코너의 심경 변화를 눈치채지 못했을 것이다.

「라엔은 어떻죠?」

유피미어는 자신의 손을 어루만졌다.

「넌 네가 이 문제를 과장해서 말하고 있지 않다고 확신하는 거니?」

「네, 절대로 과장이 아니에요.」

유피미어는 잠시 동안 그 문제에 신경을 쏟더니 입을 열었다.

「라엔이 네 남편의 동생이라는 사실을 분명히 알아줬으면 좋겠구나. 그 애는 그만큼 중요한 인물이지. 그러니 그 애가 원하는 것은 뭐든지 들어주라고 제안하고 싶구나. 여주인으로서 넌 그 애의 모든 요구를 들어주어야 해. 코너가 성밖으로 나가고 없을 때, 이 성의 주인은 바로 그 애니까.」

브렌나는 화가 났다.

「지금 하신 말씀은 제게……」

유피미어가 다시 그녀 말을 잘랐다.

「항상 그 애가 원하는 것을 존중해야 해. 넌 라엔의 관심을 명예스럽게 생각해야 한다. 만약 잉글랜드 왕이 너에게 호감을 가지고 있다고 해서, 그에게 등을 돌릴 수 있겠니? 물론 그럴 수 없겠지. 네가 혼란스러위하는 것을 알겠다. 넌 아직 너무 어려서 과민 반응을 보이는 것뿐이란다. 난 이 이야기를 코너에게 하지 않는 게 나을 거라고 생각한다. 그 애가 자신의 남동생에 대한 험한 말들을 듣는다면 얼마나 화를 내겠니. 신념을 가지고…… 그래 신념, 페이스였어. 그런 이름이었다. 내가 말했잖니, 이상한 이름이라고.」

유피미어의 시선이 브렌나를 스치면서 눈이 가늘어졌다.

「헤이네스워스 남작의 딸 중 하나라고 알고 있단다.」

「맥네어가 페이스와 결혼할 계획이라고요? 헤이네스워스 남작의 딸이 확실해요? 그분은 제 아버지라고요.」

「그래.」

브렌나는 맹렬하게 고개를 흔들었다.

「지금쯤이면 아버지도 당신의 실수를 깨달으셨을 거라 생각했는데, 막내를 악마에게 보내신다니…….」

「그게 무슨 상관이니?」

유피미어가 물었다.

「이미 계약은 맺어졌고, 파기할 수는 없어. 맥네어가 그걸 거부하겠니? 그 사람도 보면 영리하더구나. 안 그러니? 아마 그는 지금쯤 코너만큼이나 널 증오하고 있겠지. 더구나 너만큼이나 귀중한 보물을 차지할 수 있는 좋은 방법이 아직까지 존재하고 있어. 그는 필요하다면 무력을 써서라도 페이스를 데려오겠지.」

유피미어가 고개를 끄덕이면서 덧붙였다.

「적어도 내가 생각하기에는 그렇단다.」

「안 돼요.」

유피미어는 또다시 자신의 손을 매만졌다.

「안 됐지만 네가 할 수 있는 일은 더 이상 없단다. 안 그러니?」

「페이스는 그와 결혼할 수 없어요. 그 어떤 여자도…….」

「목소리를 낮추거라, 브렌나. 점잖은 숙녀는 소리를 치지 않는단다. 그러다 네타가 홀 안으로 들어오기라도 하면 어쩌려고.」

유피미어가 한숨을 쉬면서 말했다.

「그녀는 부엌에 있어요.」

브렌나가 속삭였다.

「아니, 아니란다. 내 침실을 청소하라고 위층으로 보냈단다. 아, 거기 있었군, 네타. 내가 얼마나 많이 이야기를 했지? 내가 홀에 있을 때는 문 앞에 서서 내가 자넬 필요로 하는지 먼저 물으라고 했지?」

「네, 부인.」

네타가 대답했다. 그녀의 모든 관심은 지금 영주님의 아내에게 고정되어 있었다.

「뭐 잘못된 일이라도 있어요, 마님?」

「자넨 지금 저 광경이 보이지 않아? 자네 여주인이 눈물을 닦을 수 있도록 수건이나 가져오게. 정말이지 브렌나, 넌 어떻게 하인들 앞에서 울 생각을 하는 거지? 가장 볼썽사나운 일이야. 그저 아무 일도 아니라 생각하고 받아들이렴.」

「코너가 이 미친 짓을 모두 끝내줄 거예요.」

「그럴 수 있을지 모르겠구나. 얘야, 어떻게 그렇게 할 수 있을까? 그는 지금 이 순간에도 휴의 일족 사람들을 지키느라 정신을 쏟고 있단다. 그 애가 동시에 두 장소에 있을 수는 없잖니. 그가 잉글랜드로 가주길 바라는 건 아니겠지? 머리를 좀 쓰거라.」

「그는 조문을 하러 간 거예요. 싸우러 간 게 아니라고요.」

브렌나가 반박했다.

「맥네어는 조문을 할 생각이 없을 걸. 그는 코너가 영토를 차지하기 전에 휴의 영지를 갖기 위해 전쟁을 시작했단다. 휴의 영지는 두 사람의 영토 사이에 들어앉았으니 누가 가지든 확실하게 이득을 챙길 수 있는 장소니까 말이다.」

「어떻게 그런 것들을 그렇게 잘 아시는 거죠?」

「몇몇 병사들이 이번 분쟁에 대해 하는 말을 들었다. 모든 맥칼리스터 일족 사람들이 이 사실을 알고 있단다. 심지어는 하인들도 말이다. 그런데 너만 아직 몰랐구나. 아마 어젯밤 그렇게 일찍 자리를 떴기 때문이겠지. 참, 네타는 어디에 있는 거야. 수건을 가지러 가는 데 시간이 참 오래도 걸리는구나. 만약 여기를 떠날 준비를 하고 있지만 않았다면, 난 그녀를 바꿔치웠을 거다.」

「네타요?」

그녀가 무슨 말을 하는지 이해하려고 노력하면서 브렌나가 되물었다.

「신경을 좀 쓰거라. 네 여동생에 관한 문제는, 그저 없는 셈치면 되잖니. 그녀에게 해줄 수 있는 일은 아무것도 없으니까 말이다.」

「하지만 코너가 아버지에게 뭔가 말을 해…….」

「어떻게 넌 코너가 네 아버지에게 가기를 원하는 거니? 분명 그들 중 한 사람은 싸움을 하다 죽게 될 거란 사실을 좀 깨닫거라. 무엇보다도, 네 남편이 널 맥네어에게서 빼앗아옴으로써 이 문제가 시작된 거야. 네 여동생의 운명은 너희 두 사람의 결혼과 함께 이미 정해진 거지. 그러니 그냥 잊고 살면 되는 거야. 그러다 기분이 나아지면 동생을 위해 기도라도 올리든지.」

「네, 기도를 해야겠어요.」

그녀는 일어서서 유피미어에게 인사를 하고 몸을 돌려 자리를 떴다. 네타가 수건을 들고 뒷문을 통해 달려오고 있었다.

「다시 볼 때쯤이면, 네가 제정신을 찾고 있길 바라겠다. 그리고 어제 저녁식사 시간에는 사람들이 음식을 매우 좋아하더구나. 지금 당장, 그 요리사로 바꿨으면 좋겠는데, 괜찮겠니?」

브렌나는 믿을 수 없다는 시선으로 그 여자를 쳐다보았다. 어떻게 지금 이런 때 음식 이야기를 할 수 있을까?

네타는 아다를 바꾼 척하기로 했던 계획을 브렌나가 기억하지 못한다고 생각하고 서둘러 그녀를 찌르면서 뭔가 실수를 하기 전에 그 사실을 상기시켰다.

「아다를 내보내셨잖아요. 기억하세요, 부인?」

「네, 기억해요.」

「어제 요리한 그 여자로 바꾸렴, 지금 당장!」

유피미어가 명령했다.

「네가 너무 처져 보이니까 나도 기분이 안 좋구나. 어서 가렴.」

브렌나는 밖으로 달렸다. 순간, 완벽히 혼자만의 시간을 보내려면 방으로 올라갔어야 했다는 사실을 깨달았다. 하지만 다시 안으로 들어가고 싶은 생각은 추호도 없었다. 만일 유피미어가 다시 한마디만 더 던진다면 그야말로 정신을 잃고 비명을 지르게 될 것이다.

그녀는 멀리 떨어진 나무숲에 다다랐다. 그곳에 무릎을 꿇고 마음이 찢어지는 듯한 눈물을 흘렸다.

하나님…… 코너, 그녀는 지금 코너가 필요했다. 그는 무엇을 해야 할지 알 것이다. 그리고 악마에게서 이 모든 해결의 실마리를 빼앗을 만큼 강하고 힘있는 사람이었다.

그러나 어떻게 이 일을 그에게 부탁할 수 있단 말인가? 많은 사람들이 살아남기 위해 그에게 의지하고 있었다. 휴의 일족이 처해 있는 위험스러운 상황에 대한 말은 유피미어의 과장이 아니었다. 맥네어가 질리를 어떻게 했나 생각해보면 다음 일은 보지 않아도 뻔했다.

만일 코너를 보낼 수 있는 상황이라 할지라도, 그를 사지로 보낼 수 있을까? 아니면 아버지가 위험할 수도 있었다. 대답은 '아니다'였다. 그녀는 남편을 보낼 수 없었다. 이 미치광이 놀음을 끝낼 수 있는 다른 누군가를 보내야만 했다.

탐욕, 모든 것이 탐욕에서 시작해 탐욕으로 끝나려 하고 있었다. 그녀의 아버지는 맥네어와 마찬가지로 동맹을 얻기 위해 이 계약에 승인했고, 두 사람 다 그에 따른 결과는 전혀 신경 쓰지 않았다. 권력을 향한 끊임없는 욕망과 탐욕 때문에 순수한 사람들이 희생당하고 있었다.

페이스는 안 돼. 브렌나는 맥네어가 자신의 동생을 건드리기 전에 죽어버렸으면 하고 생각했다. 제발, 하나님! 누군가가…… 도와줄 수 있는 누군가가 생각나게…… 도와주세요, 제발!

그녀는 눈물을 흘리다가 기도에 대한 대답을 들었다.

그녀가 보낼 수 있는 사람이 있었다. 그는 코너보다 더 큰 힘을 가지고 있었다.

분명 그는 브렌나의 부탁을 거절하지 않을 것이다.

전쟁은 시작되었다.

코너는 휴의 성 위에 서서 언덕 너머를 쳐다보고 있었다. 그의 생각은 지난 수년 동안 풀리지 않는 대답을 찾기 위해 노력해왔던 자신의 과거 한가운데를 휘젓고 있었다.

퀸란이 잠시 후 그에게 합류했다.

「맥네어는 우리와 게임을 하고 싶어하네, 코너. 그의 진정한 목적이 뭐라고 생각하나?」

「그는 우리가 휴와 그의 영지 경계선에서 바쁘게 지내길 원하겠지. 그들의 동맹자가 합류할 때까지 말이야.」

「확실히 그는 자네가 어떻게 행동할지 잘 알고 있는 것 같아.」

「그래, 그는 작은 수의 병사들을 희생해 매번 공격을 감행하고 있어. 모두가 죽을 거란 사실을 잘 알면서 말이야. 이 땅이 그의 최종적인 목적은 아닐 거야.」

「자네는 자네 처제에 대해 병사들이 떠들어대는 말이 사실이라고 생각하나? 아니면 단순히 우리의 힘을 분산시키기 위해서?」

「죽어가는 사람들은 보통 사실을 말하지 않나? 그런 건 문제가 되지 않아. 난 맥네어로부터 페이스를 확실하게 보호해야 해.」

퀸란이 침묵 속에서 동의했다.

「자넨 이날이 오기를 꽹상히 오랫동안 기다려왔데. 닌 킨게이드 영주에게 자네 아버지의 검을 요구할 때라고 생각하네. 이제 이 모든 것들을 끝낼 때가 온 거야.」

코너가 그에게 얼굴을 돌렸다.

「하지만 그게 왜 지금이지? 맥네어는 내가 공격하지 않을 거라 생각하는 걸까? 우리는 그들의 일족과 동료들을 전부 죽일 수 있어. 그는 어리석은 놈이 아니야. 우리 병사들의 수를 알고 있지. 하지만 지난 수년 동안 소수의 병사들로 날 괴롭혀오던 겁쟁이가 왜 갑자기 이렇게 호전 적으로, 이유도 불명확한 공격을 감행하는 거지?」

「나도 잘 모르겠네. 난 내일까지는 모든 일이 끝났으면 해. 그놈이 우 릴 공격하기 전에 우리가 먼저 그의 성을 쳐야 한다고.」

「침착하라구, 퀸란. 난 단 한 명의 맥칼리스터도 위험에 빠지게 할 생 각이 없어. 난 모든 예방책을 다 준비할 생각이야. 신이 도와주신다면, 맥네어를 죽이기 전까지 또 다른 배후세력을 찾게 될 거야.」

「자네는 누군가가 맥네어를 움직이고 있다고 생각하는 건가?」

「그래. 그가 누구든 그놈은 굉장히 영리한 놈이야.」

「그럼 페이스는 어떻게 할 건가. 자넨 지금 잉글랜드로 갈 수 없잖 나.」

「그래. 하지만 자넨 어떤가? 내일 새벽에 열 명의 병사들은 데리고 떠 나게. 지금 이 침입은 함정일 수도 있어.」

「그럴 수도 있지. 그런데 내가 그 아가씨를 만나서 무엇을 할 수 있단 말인가?」

「자네가 원하는 건 뭐든지. 하지만 그녀를 안전하게 지켜야 하네.」

코너의 미소가 그의 친구를 혼란스럽게 만들었다.

「무슨 생각을 하는 거지?」

「이제 자네도 결혼할 때가 됐어, 안 그런가?」

경계 지역을 공격하는 강도는 더욱 세졌지만, 그의 위치를 지키는 데 에는 별다른 노력이 필요하지 않았다. 하지만 코너는 예상했던 것보다 더 오랫동안 집을 떠나 있었다.

그는 매일 적은 시간만 잠을 자고 나머지 시간은 어둠 속에서 휴 일 족 사람들을 안전한 곳으로 대피시키는 데 보냈다. 만약 그의 계획대로 일이 성사된다면, 모든 사람이 이틀 뒤까지는 맥네어의 마수에서 벗어나 안전해질 수 있었다. 그는 그 계획을 거부하는 연장자들을 만나서 아버지의 이름을 걸고 분쟁이 끝나는 대로 가능한 한 빨리 그들의 영토를 되찾아주겠다는 맹세를 한 후에야 그들의 협력을 얻어낼 수 있었다.

나머지는 다 알렉의 몫이었다. 코너는 알렉이 누가 맥네어와 맹약을 맺었는지를 조사하는 동안 아무리 오랜 시간이 걸리더라도 기다려야만 했다. 오늘로 일주일째 끌고 있는 전쟁 속에서 진실이 또다시 그를 회피하려 하는 것이 분명했다.

모든 것이 또다시 되풀이되려 하고 있었다. 누군가가 맥네어가 항복할 수 없도록 조종하고 있었다. 코너가 끔찍하게 두려워하는 것은 그의 적이 누군지 알지 못한 채 죽게 되는 것이었다……. 그의 아버지가 죽었던 것처럼 말이다.

여러 날 동안 브렌나는 안정을 찾고 모든 정신을 일상적인 일들에 쏟아 붓기 위해 노력했다.

브렌나가 로터를 방문하고 돌아오는 길에 네타는 그녀를 따라왔다. 그 하녀는 곧바로 여주인이 가죽끈으로 엮은 목걸이를 하고 있지 않다는 사실을 눈치챘다.

「메달을 걸고 계시지 않군요, 마님.」

「그래요, 네타.」

「하지만 항상 그걸 하고 계셨잖아요. 만일 오늘 머리를 올리지 않으셨다면, 그 사실을 깨닫지 못했을 거예요. 잃어버리신 거예요?」

브렌나는 머리의 리본을 풀어 곱슬곱슬한 머리카락들이 목 주위로 흘러내리도록 했다. 만일 네타가 그 사실을 눈치챘다면, 크리스핀 또한 눈치챘을 것이다. 어떤 이유에서든지 코니의 친한 친구를 속이는 일은 히고 싶지 않았다.

「메달을 곧 찾을 수 있을 거예요. 걱정 말아요.」

네타는 그 문제에 대한 토론을 끝내려 하지 않았다.

「그게 마님의 방에 없는 건 분명해요. 지금 막 방 청소를 하고 왔거든요. 만일 방에 있었다면 제가 발견했을 거예요. 영주님 메달은 어제 있던 그대로 상자 안에 있었어요. 하지만 마님은 절대로 그걸 풀지 않았을 텐데…… 홀에 있는 상자 안을 살펴보셨어요?」

「아직.」

그녀는 주제를 바꾸기 전에 짧게 대답했다.

「어떻게 유피미어 부인으로부터 빠져나온 거예요?」

「지금 휴식 중이에요. 일어나시는 대로 내가 짐을 싸길 원하신다고 했어요.」

「떠나요?」

그녀는 가까스로 웃음을 참는 눈치였다.

「저한테 더 이상 영주님을 기다릴 수 없다고 말씀하셨어요. 그래서 내일 아침에 떠나신대요. 제 생각에 영주님께 무시당했다고 생각하시는 게 틀림없어요.」

「코너가 유피미어를 무시한 적은 없어요. 분명히 그분 또한 그가 얼마나 바쁜지 알고 계실 거예요.」

「영주님이 오늘도 전언을 보내셨나요?」

「네, 잘 계신다고 안심하라고 보냈어요. 그리고 곧 돌아오신다고요.」

「하지만 매일 똑같은 소식이잖아요.」

「그만큼 사려가 깊다는 거죠, 네타. 그걸로 난 충분해요.」

「마님, 한 가지 부탁을 드려도 될까요?」

「물론이죠.」

「유피미어 부인이 떠나시면, 지난주에 왜 눈물을 흘리셨는지 말씀해주시겠어요? 이런 질문을 해선 안 된다는 걸 알지만 마님이 걱정이 돼요. 아다도 그렇고요. 우리는 당신을 매우 좋아하게 됐답니다.」

「나 또한 당신을 무척 좋아해요, 네타. 머지않아 모든 문제가 잘 풀린 뒤에 그녀가 내게 무슨 말을 했는지 다 말해줄게요.」

「고맙습니다, 마님. 안으로 들어가실 거예요?」

「그래요.」

「제게 뭐 시키실 일이라도 있나요?」

「아니, 아무것도 없어요. 오후의 자유시간을 실컷 누려요. 난 신발을 바꿔 신고 승마를 하러 나갈 생각이니까.」

「크리스핀에게 미리 경고하셨나요?」

네타가 살짝 웃으면서 물었다.

「그는 성 외벽을 둘러보고 있을 거예요. 당신은 내가 검둥이를 탈까봐 걱정할 필요가 없어요. 보나마나 데이비스가 말을 숨겼을 테니까.」

네타가 웃음을 터뜨렸다.

「데이비스는 아직도 마님께서 마구간에 들어가면 눈을 꼭 감고 있나요?」

「그래요, 하지만 왠지 내게 그 이유를 말하길 거부하고 있어요.」

네타가 앞뜰을 가로질러 집안으로 들어서는 동안 그녀의 생각은 내내 여동생인 페이스에게 쏠려 있었다. 페이스가 안전하게 있다는 소식을 기다리고 있기란 굉장히 힘든 일이었다. 어떻게든 브렌나가 잠깐이라도 잠이 들기 위해서는 하나님의 손길이 필요했다. 그녀는 자신이 할 수 있는 일을 모두 했다. 나머지는 다 그분의 뜻에 달려 있었다.

그녀는 문을 열고 서둘러 침실을 가로질러 갔다. 그녀는 침대 위에 있는 단검을 상자 위로 옮겨놓다가 자신의 건망증을 생각하고는 머리를 흔들었다. 그녀는 계속 스스로에게 신경을 써서, 물건을 놓고 다니는 일이 없도록 해야 했다. 그녀는 재빨리 검을 집어 칼집에 꽂아넣었다.

브렌나는 등뒤로 문이 삐걱거리는 소리를 듣고는 창문으로부터 들어오는 바람에 문이 흔들린다고 생각했다. 막 침대에 앉아 신발을 벗는 순간, 방 안에서 문 잠기는 소리가 들렸다. 순간 누군가 그녀와 함께 방안에 있다는 사실을 알 수 있었다.

그는 다름 아닌 라엔이었고, 그녀가 모든 힘을 모아 비명을 지르는 순간 그는 천천히 자신의 셔츠를 벗기 시작했다.

크리스핀은 도개교의 책임을 맡고 있는 병사에게서 라엔의 도착 소식을 들었다.

「그와 세 명의 병사가 몇 분 전에 돌아왔는데, 라엔만이 다리를 건너서 들어왔습니다. 그의 동료들은 아래쪽 목초지에서 기다리고 있습니다. 전 여기서 그 사람들을 지켜볼 수 있습니다.」

그가 아래를 향해 소리쳤다.

「라엔이 제게 휴 영주님에게 조의를 표하기 위해 돌아왔다고 말했습니다. 그리고 길을 떠나기 전에 모친께 다시 한 번 작별인사를 하고 싶다고 하더군요. 그는 제게 도개교를 내려놓은 채 기다리라고 했지만 전 그 제안을 거절했습니다. 그의 말이 아직 안장을 얹고 있는 것으로 보아 곧 떠날 것 같습니다.」

크리스핀은 자신의 말을 데이비스에게 넘기고 언덕을 오르기 시작했다. 그의 여주인은 자신에게 그녀가 라엔을 두려워한다고 말했다. 크리스핀은 코너의 이복형제가 떠나기 전까지 그녀 곁에 붙어 있을 생각이었다.

성에 가까워질수록 그의 발걸음을 더욱 빨라졌다. 이유를 설명할 수는 없지만, 갑작스럽게 그의 여주인이 위험에 빠져 있다는 생각이 들었고, 그 느낌은 더욱 강해졌다. 크리스핀은 뛰기 시작했다.

그때 브렌나의 비명 소리가 들렸다. 그는 자신의 검을 꺼내 들었다.

「개자식!」

사람들이 앞뜰을 향해 달리고 있었다. 고통스러운 비명이 들린 후 흐르는 침묵이 그들 모두를 겁에 질리게 만들었다.

크리스핀이 성으로 통하는 길의 끝에 섰을 때, 그는 남자의 비명 소리를 들었다. 귀에 거슬리는 소리에 위를 올려다보았다. 도끼질에 흔들리는 나무처럼 라엔이 창문에 어깨까지 걸려 있는 상태로 흔들거리더니 곧 허공으로 떨어져 내렸다. 그는 두 발로 땅을 디디려고 온몸을 꼬면서 움직였지만, 얼굴부터 짓뭉개지면서 땅 위에 철썩 떨어졌다.

그 순간 크리스핀은 달렸다. 하나님, 그녀가 살아 있게 해주세요. 그는 라엔을 뛰어넘어 문을 향해 달렸다. 문을 열자, 밖으로 달려오는 브렌나의 모습이 보였다.

크리스펀은 걸음을 멈췄다. 그녀의 얼굴에 나타난 표정이 오히려 도와 달라고 눈물을 흘리는 것보다 그를 더 겁나게 만들었다. 브렌나의 얼굴은 질식할 듯이 하얗게 질려 있었다. 그리고 여기저기에 피가 묻어 있었다. 왼쪽 팔은 완전히 피범벅이었고, 어깨 위부터 손목까지 보기 흉하게 찢어져 있었다. 옷은 마치 야생동물이 발톱으로 긁어놓은 듯, 갈기갈기 찢어져 있었다.

크리스펀은 어떻게 그녀가 살아 있는지 알 수가 없었다.

「서둘러요. 크리스펀, 서둘러요. 당신이 도와줘야 해요. 우리가 그를 숨겨야 해요.」

한 무리의 병사들이 시체 옆에 서 있었다. 그들은 브렌나가 가까이 달려오자 뒤로 한 발 물러섰다.

「내가 그를 창으로 민 게 아니에요. 아니에요, 아니라고요. 무릎으로 그의 다리 사이를 치자, 발이 플래드에 걸려서…… 난 그저 그가 날 건드리지 못하도록 상처를 줄…… 그가 날 붙잡았는데…… 내 손에 단검이 있어서 몸을 돌리다가……. 그러니까…… 뛰어내렸어요. 그가 그랬어요. 뛰어내렸다고요…… 그리고 떨어졌어요.」

브렌나는 눈물을 흘리면서 크리스펀의 손을 잡고 그를 앞으로 끌어당겼다.

「이해 못 하는 거예요? 우리가 숨겨야 된다니까요……. 그녀에게 아들의 이런 모습을 보여선 안 돼요. 오, 하나님! 코너에게 말을 해야 했는데…… 그가 날 건드렸어요. 그의 입술이 내 피부에…… 크리스펀 난 참을 수가 없었어요. 그녀는 내가 허락해야 한다고 했는데…… 난 그럴 수가 없었어요. 난 안 돼요.」

그녀가 비명을 질렀다.

「유피미어가 당신에게 몸을 허락하라고 했단 말입니까?」

「그래요, 하지만 난 할 수가……. 하지만 그 전에 떨어졌어요.」

그녀는 중얼거림을 멈추고 허리를 굽혀 라엔의 한쪽 발을 움켜쥐었다. 그리고 끌고 가려 했다.

「부인, 그를 놓으십시오. 우리가 도와드리겠습니다.」

크리스펀이 말했다.

「그래요, 날 도와줘요. 유피미어에게 라엔이 돌아왔다는 사실을 숨겨야 해요. 알았어요?」

「네, 우리가 그를 숨기겠습니다.」

그가 침착한 목소리로 약속했다.

「부인, 부인의 단검이 그의 등에 꽂혀 있는데요」

오웬이 속삭였다.

「이걸 다시 갖겠습니까?」

「오, 싫어요」

크리스펀이 오웬에게 머리를 흔들어 보였다. 그는 한마디 말없이 입을 다물었다.

「코너는 날 절대로 용서하지 않을 거예요. 오 하나님, 내게 무슨 일이 생긴 거죠? 내가 그의 형제를 죽였어요……. 안 돼요. 유피미어가 그를 보면 안 돼요. 도와줘요, 크리스펀. 난 코너를 원해요.」

그는 천천히 손을 내밀었다. 그녀는 크리스펀을 향해 미친 듯이 고개를 흔들었다.

「아뇨, 난 깨끗하지가 않아요. 그의 손과 입이 날 건드렸어요」

그러고 나서 그녀는 그의 팔 안으로 몸을 던졌다.

「날 호수로 데려가 줘요. 그래줄래요?」

「네, 부인. 호수로 모셔다드리겠습니다.」

「고마워요. 내가 그런 거예요, 그렇죠?」

「뭘 말입니까?」

「내가 그를 죽였어요」

「아닙니다. 그는 스스로를 파멸시켰습니다. 그는 죽어 마땅했습니다. 안 그랬다면 코너가 당신을 위해 그놈을 죽였을 테니까요.」

「그가 날 미워할까요?」

그가 대답을 하기도 전에 브렌나의 몸은 스러지고 있었다.

도널드가 앞으로 나왔다. 그는 자신의 어깨에서 플래드를 벗겨내 길게 두 조각으로 갈랐다. 크리스핀은 브렌나를 팔에 안고 도널드가 상처를 감쌀 수 있도록 몸을 돌렸다.

「내가 없으면 자네가 모든 경비 업무를 관리하게. 난 부인을 킨케이드 부인에게 데려가겠네. 상처를 꿰매야만 해.」

그가 덧붙였다.

「기릭, 자네는 사람들을 데리고 이 쓰레기 같은 놈을 기다리고 있는 세 명을 붙잡게. 그들을 성안으로 끌고 와서 마구간에 머물게 해.」

「코너의 의붓어머니는 어떻게 하죠?」

「도널드, 자네는 그녀에게 무슨 일이 일어났는지 낱낱이 말하게. 그리고 그녀가 아들의 시체를 집으로 가져가고 싶어한다면 그렇게 하라고 해. 하지만 코너의 부하는 단 한 명도 그녀를 보호할 필요가 없네. 알겠나?」

「네.」

「에이덴, 코너에게 가서 무슨 일이 있었는지 설명하게. 그에게 그의 아내가 괜찮다는 사실을 꼭 확신시켜야 하네. 이미 일어난 일 이상은 말하지 말도록.」

「부인이 죽을까요?」

「아니, 죽지 않아. 도널드, 코너나 알렉, 퀸란이 돌아오기 전까지는 그 누구도 요새 안으로 못 들어오도록 해.」

「그녀를 킨케이드 성에 모셔놓고 돌아오실 겁니까?」

오웬이 물었다.

「아니, 코너가 부인을 데리러 올 때까지 닌 곁에 미물겠네.」

「라엔과 함께 있던 세 명의 병사들은 유피미어가 떠난 뒤에도 머물게 할까요?」

「그들은 그녀와 함께 떠날 걸세.」

도널드는 브렌나의 상처를 감싸는 일을 마치고 크리스핀에게 고개를 끄덕였다. 그리고 지휘관의 말을 가지러 마구간으로 갔다.

「그의 등에서 단검을 빼게.」

크리스핀이 명령했다. 그는 지금 매우 화가 나 있었고, 목소리는 분노로 인해 떨리고 있었다.

「그녀는 코너의 아내가 자신의 아들에게 몸을 허락해야 한다고 말했네. 영주님이 그녀를 발견하지 않길 바라야겠지.」

「제가 그런 일까지 영주님께 말하기를 원하십니까?」

에이덴이 물었다.

「코너에게 모두 말하게. 하지만 여주인이 죽지 않았다는 사실은 확실히 해야 하네. 그는 자신의 아내를 굉장히 좋아하고 있으니까.」

크리스핀은 앞뜰을 가로질러 걷다가 걸음을 멈췄다. 그리고 라엔을 향해 돌아서서는 그에게 침을 뱉었다.

운 좋게도, 브렌나는 킨케이드 영지에 도착해 말에서 내릴 때까지 깨어나지 않았다. 알렉과 제이미가 문가에 서 있었다. 알렉은 브렌나의 상태를 보자 얼굴이 창백해졌다. 제이미는 눈물을 흘리며 손을 자신의 입에 가져가 새어 나오는 비명을 막았다.

브렌나는 크리스핀에게 걸어갈 수 있도록 자신을 놔달라고 했다.

브렌나는 알렉 앞에서 걸음을 멈췄다.

「내가 코너의 이복형제를 죽였어요.」

그러고 나서 제이미에게로 몸을 돌렸다.

「이제 유피미어는 결코 날 좋아하지 않을 거예요.」

알렉이 그녀를 두 팔에 안고 안으로 옮겼다.

「괜찮아요, 브렌나. 그래도 당신 남편은 당신을 좋아해요. 우리도 그렇고요.」

「알렉, 너무 미안해요!」

17

퀸란은 잉글랜드에서 빈손으로 돌아왔다.

완전히 절망스럽고 당황스러운 기분으로 그는 영주에게 이유를 설명했다.

「맥네어가 이미 군대를 잉글랜드에 보냈더군. 우리는 로우랜드에서부터 그들의 자취를 추적해가면서, 그들의 수를 조사했다네. 그리고 그만큼의 인원이 헤이네스워스 남작의 성에서 되돌아왔네.」

「얼마나 되던가?」

「완전무장한 병사만 스물다섯 명.」

「그런데 그들이 페이스를 데리고 있지 않던가?」

「그래!」

「확신하는 건가?」

「우리는 그들이 떠나는 모습을 지켜봤네, 코너. 확실한 사실이라고.」

「그럼 자네들은 거기서 뭘 한 건가?」

「뭘 했을 것 같나?」

코너는 알겠다는 듯이 고개를 끄덕였다.

「우리측은 이 싸움에 얼마나 가담한 거지?」

「열한 명.」

「해볼 만한 싸움이었는걸? 부상자는?」

「도노반의 허벅지가 길게 잘려나갔네. 하지만 그게 가장 큰 부상이야. 다른 사람들은 그저 조금씩 베이고 다친 것뿐이네. 솔직히 말하자면, 도노반이 다시 그곳으로 돌아갈 건지…… 아마 다시는…….」

「다시는 뭐?」

「상처를 입게 된 배경이 조금 색다르거든. 남작의 부하들이 성안에서 싸움을 지켜보고 있더군. 난 페이스가 어디 있는지 알아내기 위해 성으로 들어가야겠다고 결심했지. 그때 도개교가 내려오고 성의 병사들이 나오더군. 자네 부인의 어머님께서 병사들을 지휘하고 계셨다네.」

퀸란은 미소를 지으면서 잠시 말을 멈췄다.

「그녀의 게일어는 브렌나 부인보다 더 심해. 병사들은 모두 완전무장을 하고 있었는데, 단지 그들의 여주인을 지키기 위해서였다네. 자네 부인의 용기가 어디서 나온 건지 알겠더군. 그녀는 말에서 내려 누가 책임자인지 알고 싶다고 물었네. 내가 앞으로 나서기도 전에 그녀는 도노반을 지목하고는 순식간에 공격했네. 말할 필요 없이 자네 부하는 그녀가 손을 대는 것조차 싫어했지만, 그녀는 스스로 책임을 지고 그의 상처를 깨끗이 닦고 꿰매주었네.」

「그럼 자네는 거기서 뭘 했나?」

「자네 부인에 대한 그녀의 질문에 대답하고 있었지. 난 그녀가 브렌나에 대해 걱정하고 있을 거라고 추측했는데, 그녀는 전혀 걱정하지 않았다고 하더군. 만약 자네 부인이 심각한 상황에 빠져 있다면 그녀가 형제자매들 중 한 명에게 메달을 보냈을 거라나……. 대신 자네에 대해 걱정하고 있더군. 자네에게 전갈을 보냈다네.」

「무슨?」

「브렌나에게 잘 대해주고, 가끔 가족들에게 안부를 전해달라고. 그들 또한 브렌나 부인의 경호원들에게 일어난 일들을 알고 있더군. 하지만 남작은 아직까지 맥네어가 그런 괴물이라는 사실을 모르고 있다고 하더군. 아, 그리고 자네가 딸을 구해준 데에 대해 남작의 감사와 호의를 받아 마땅하다고 하더군.」

코너는 머리를 흔들었다. 잉글랜드인의 감사라…… 뭐가 뭔지 알 수 없는 일이었다.

「페이스는?」

「그녀는 사라지고 없었다네. 그녀의 어머니는 맥네어의 병사들이 나타나기까지 그 사실을 걱정하고 있었다고 하더군. 그들은 어떠한 경고도 없이 나타나서는 그녀를 찾기 위해 성안 여기저기를 쑤시고 돌아다녔다고 하더군. 자네 장모는 어떤 도움의 손길이 그녀를 구출해갔다고 믿고 있어. 그리고 그 도움이 누구의 것인지도 알고 있다고 생각하던데?」

「누가 그런 건가?」

「자네.」

「그럼 그녀는 왜 나 대신에 자네가 그곳에 있는지 궁금해하지는 않던가?」

「그래 보이지 않던데…….」

「도대체 아내에게 뭐라고 설명해야 하는 거지, 퀸란? 여동생에 대한 이야기를 계속 비밀에 부칠 수는 없는 거 아닌가. 결국 다른 누군가에게서 이 사실을 알게 될 거야. 하일랜드에서 소문이라는 건 바람보다 더 빠르게 움직이니까.」

「그렇게 걱정할 일이 아니라고 생각하네. 우리보다 먼저 이 모는 상황에 대한 설명을 듣고 페이스를 데리고 갈 만한 사람이 누가 있을까 생각해봐야지. 그녀의 형제들 중 한 사람이라고 생각하면 어떨까? 아니야, 그럼 자신의 어머니를 그렇게 걱정하게 만들지는 않았을 거야.」

「나도 그렇게 생각해. 그럼 브렌나의 자매를 곤경에서 구해줄 사람은 아무리 생각해도 단 한 사람밖에 없는 것 같군.」

「누구?」

「알렉 말일세. 모든 상황이 알렉이 도왔다고밖에 설명이 되지 않아.」

「그는 잉글랜드인을 싫어해.」

「하지만 내 아내는 좋아하지. 브렌나에게 어떤 사실을 전하기 전에 알렉하고 먼저 이야기를 해봐야겠군. 알렉이 처제를 어딘가에다 숨겨놓았을 거야. 또 다른 보고할 사항은 없나?」

그가 어깨를 들썩거렸다.

「우리 여주인의 어머니께서 딸에게 선물을 보냈네. 그녀는……」

「그녀는 뭐?」

퀸란이 머뭇거리는 것을 이상하게 여기면서 물었다.

「내 볼에 키스를 해주면서…… 내가 원했던 일은 아니지만…… 어쨌든…… 웃을 일이 아니야, 코너. 이건 당혹스러운 일이라고. 그녀는 내게 이 키스는 딸에게 보내는 거라면서 내가 그걸…… 그녀에게 주었으면 좋겠다고 말했다네.」

「자네가 내 아내에게 키스를 해주길 원한다고?」

코너가 웃음을 멈추고 물었다.

「그래.」

「자넨 그러지 않을 거지?」

「당연하지. 물론 아니야.」

두 명의 병사가 최근에 공격을 받았던 경계선 남서쪽에서부터 말을 몰고 달려오고 있었기 때문에 대화는 더 이상 진전되지 않았다.

에이덴은 도착하자마자 그의 영주를 부르면서 말에서 뛰어내려 그에게로 달려왔다.

「부인께서는 무사하십니다만, 문제가 있었습니다.」

코너는 굉장히 침착하게 서 있었고, 에이덴이 무슨 일이 있었는지 모든 상황을 설명할 때까지 한마디도 하지 않았다. 병사는 브렌나가 했던 모든 말들을 되풀이해서 전했다. 모든 설명이 끝나자 코너는 굉장히 분노해 있었고, 몹시 흔들리고 있었다.

「지금 아내는 어디에 있나?」

「킨케이드 성에 계십니다. 크리스핀이 그녀와 함께 떠났습니다. 그는 도널드에게 성의 경비 책임을 맡겼습니다.」

「브렌나는 괜찮은가?」

「네.」

「확신하는 건가?」

「네, 그렇습니다.」

코너는 자신의 두려움을 숨기고 문제에 집중했다.

「그럼 유피미어는?」

코너의 태도는 끔찍할 정도로 차분했고, 표면적으로 그는 완전하게 자제력을 발휘하고 있는 것처럼 보였다.

「크리스핀은 그녀가 아들의 장례를 위해 북쪽으로 갈 거라고 예상했습니다.」

「브렌나는…….」

「부인은 무사합니다.」

에이덴이 다시 한 번 말했다.

「거짓말을 하고 있는 게 아닙니다. 그녀는 상처를 꿰매야 했습니다.」

그는 브렌나와 함께 있어야 했다. 무슨 일이 일어날지 미리 예상했어야 했다. 잡종 같으니라구…… 감히 브렌나에게 손을 대다니!

「영주님, 이제 제가 무슨 일을 하면 될까요?」

에이덴이 물었다.

코너는 가까이 닥친 문제들을 푸는 데 생각을 기울이라고 스스로에게 명령했다. 에이덴이 다시 한 빈 질문을 되풀이한 뒤에야 영주는 그에게 명령을 내렸다.

코너는 경계선을 지키는 고참 병사인 더글러스를 불러 그에게 모든 책임을 맡겼다.

「오늘밤 휴의 성에 있는 모든 사람들을 다 이동시키도록 하게. 가능한 한 빨리 일을 마친 뒤, 모든 맥칼리스터 병사들은 성으로 돌아갈 것이네. 에이덴이 자네를 도울 거야.」

「그럼 영주님은요?」

병사가 물었다.

「난 아내에게 가겠네. 퀸란, 내가 돌아갈 때까지 성을 책임지도록 하게.」

퀸란은 코너가 다른 병사들에게 명령을 하달하는 동안 그의 옆에 붙어 서 있었다. 코너가 갑자기 에이덴을 불렀다.

「유피미어가 내 아내에게 라엔을 받아들이라고 말했다고?」

그는 으르렁거리고 있었다. 재차 확인할 필요도 없이, 말고삐를 움켜쥐고는 말 위에 뛰어오른 뒤 최대 속력으로 말을 몰았다.

퀸란이 뒤를 따랐다. 그는 집으로 가는 북쪽 경계가 나오기 전까지 영주의 뒤를 따르면서 그를 보호할 생각이었다. 그 이후 코너는 킨케이드의 영지로 계속해 말을 몰게 될 것이고 퀸란은 집으로 향하게 될 것이었다.

코너는 가장 빠른 길을 따라 달리고 있었다. 그는 다른 병사들과 얼마간의 거리를 두게 되자, 상처 입은 동물같이 신음과 함께 울음을 터뜨렸다.

유피미어, 그는 그 이름을 떠올릴 때마다 검을 꺼내 휘두르고 싶은 심정이었다. 그녀는 다시는 맥칼리스터라는 이름을 쓸 수 없을 것이고, 다시는 그녀가 죄로 물들인 그 플래드를 입을 수 없을 것이다. 그리고 다시는 이 근처에 얼씬도 못 하게 될 것이다.

퀸란은 영주가 동쪽 길로 방향을 바꾸리라 예상했다. 그런데 코너가 갑작스럽게 말을 멈추자 무척 놀랐다.

「코너, 자네는 부인을 보기 전까지 자네의 분노를 진정시킬 필요가 있네. 자네가 그녀를 버려두었다고 생각하는 기분은 알지만, 자네에겐 다른 선택의 여지가 없었어. 그녀는 자네를 사랑한다고.」

그는 고개를 끄덕이면서 덧붙였다.

「땅 좀 그만 내려다보고 날 좀 보라고.」

「밑을 봐.」

코너가 말을 가로챘다.

영주의 심각한 어조에 퀸란은 그가 시키는 대로 했다. 그리고 순간적으로 낮게 감탄사를 내뱉었다.

「방금 생긴 것 같은데?」

「네 마리의 말…… 아니, 다섯 마리의 말 발자국이야.」

코너가 말을 이었다.

「매우 천천히 한 줄로 움직이고 있는데…… 도대체 누가…….」

「에이덴이 좀 전에 우리에게 라엔이 몇 명의 병사들과 같이 돌아왔다고 했지?」

「셋.」

코너가 대답했다. 그리고 턱을 꽉 다물었다.

「그 잡종놈의 모친이 집으로 가는가 보군. 안 됐지만 나 또한 그녀와 할 이야기가 있다네.」

「죽일 생각인가?」

코너는 고개를 흔들었다.

「아니, 죽음은 너무나 가벼운 형벌이야. 난 그녀가 앞으로 남아 있는 날 동안 내내 괴로워하면서 살기를 바래.」

「그런데 만약 라엔의 장례 행렬이라면 왜 반대쪽으로 가고 있는 거지? 자신들이 잘못된 길로 가고 있다는 사실을 알 거 아니야.」

「나도 모르겠네.」

「발자국은 바로 얼마 전에 생긴 거야. 아마 그들을 따라잡는 데 전혀 시간이 걸리지 않을 거야. 우린 이들이 어디로 가고 있는지 알아내야 해. 안 그런가?」

코너는 고개를 끄덕였다.

「발자국을 추격해보기로 하세. 하지만 시간이 많이 걸려서는 안 돼. 난 브렌나에게 가봐야 하거든.」

「알고 있네. 나도 연습을 시작해야지.」

그는 자신의 말을 다시 재촉해 속도를 올리면서 말했다.

「무슨 연습?」

「그녀에게 자네가 그녀를 사랑한다고 말하는 것.」

코너는 앞에서 달리면서 거리를 단축시키기 위해 산꼭대기에서 경사면을 그대로 통과해 달렸다. 얼마 달리지 않아 그들은 멀리 유피미어의 모습을 볼 수 있었다. 나무들 사이를 지나 그는 말에서 내린 뒤, 경비병들이 서 있는 장소를 향해 조용히 달려갔다.

길고 가파른 목초지가 산기슭 아래에 펼쳐져 있었다. 라엔은 천에 말린 채 맨 마지막 말 위에 올려진 상태로 행렬을 따라가고 있었다.

코너의 시선은 나무 아래쪽을 향해 있었다. 무엇인가가 그곳에서 움직이고 있었다. 그는 잠시 동안 아무런 움직임 없이 기다렸다. 다섯 마리의 말이 평평한 풀밭 가장자리에 도착하자, 그 형체는 숨어 있던 곳에서 모습을 드러냈다. 그와 퀸란은 즉시 맥네어의 모습을 알아볼 수 있었다.

그리고 유피미어가 말에서 내려 달려가 동료를 끌어안는 모습을 바라보았다. 놀랍고 분노가 치밀어 올랐지만 드디어 그들은 배신자가 누구인지 알아낸 것이다.

그는 목이 부러질 듯한 속력으로 킨케이드 성을 향해 말을 달렸다. 그리고 성 앞에 도착하자 말에서 뛰어내린 뒤 거친 기색으로 안으로 들어갔다.

이층으로 향하는 난간 계단을 한꺼번에 두 개씩 뛰어오르면서, 브렌나는 괜찮을 거라고, 이제 그녀를 보게 된다고 미친 듯이 스스로에게 되뇌었다. 크리스핀이 그녀 방 앞에서 보초를 서고 있었다. 코너는 빠르게 그를 스쳐 지나가 문을 열고 방 안으로 들어섰다.

코너는 자신이 미친 사람처럼 행동하고 있다는 사실을 알고 있었지만 어쩔 수가 없었다. 자신이 지켜주지 못해 얼마나 미안해하고 있는지 말해야 했다. 만약 그녀가 자신을 용서하지 않는다면…… 그는 어떤 말을 계속 해야 할지 알 수가 없었다.

방 한가운데로 들어서자 브렌나가 제이미와 함께 창가에 서 있었다. 코너는 죽은 듯이 걸음을 멈췄다. 아무도 이러한 상황을 말해주지 않았다. 그의 작고 상냥한 아내는 매우 심한 상처를 입은 상태였다. 어떻게 아직까지 살아 있는지 이해가 되지 않았다. 그녀는 야생동물에 의해 구석에 몰린 듯한 꼴을 하고 있었다. 얼굴에는 멍들이 여기저기 흩어져 있고, 한쪽 팔에는 어깨부터 손가락까지 붕대가 칭칭 감겨 있었다.

그러나 그녀는 아직 살아 있었다. 코너는 그 말을 속으로 되뇌면서 침착을 되찾기 위해 노력했다.

브렌나는 죽지 않았어. 만약 죽었다면 이렇게 서 있을 수가 없을 테니까.

「그래요, 난 죽지 않았어요.」

브렌나가 말했다. 순간 코너는 자신이 그러한 생각을 소리내서 말했다는 사실을 깨달았다.

밖으로 나가는 길에 제이미는 잠시 멈춰서 코너에게 속삭였다.

「그녀는 오래 깨어 있지 못할 거예요. 내가 잠잘 수 있는 약을 조금 먹였거든요. 지금 잠 속으로 빠져들지 않으려고 싸우는 중이에요. 잠들기 전에 당신에게 사과를 해야 한다고 생각하는 모양이에요. 그러니 잠을 잘 수 있도록 그녀를 진정시켜요.」

코너는 서둘러서 브렌나가 쓰러지면 곧 안을 수 있도록 그녀 곁으로 다가갔다. 그는 브렌나가 겁먹는 것을 원하지 않았다. 그리고 자신이 끔찍하게 보인다는 사실 또한 알고 있었다. 자신의 얼굴에는 전투화장이 여전히 남아 있었고, 무장을 한 상태였고, 숨길 수 없는 분노가 자신의 눈 속에 담겨 있었다.

그는 브렌나가 자신에게 다가오기를 원했다. 하지만 어떻게 해야 그녀가 다시 그에게로 다가올 수 있을지 상상이 되지 않았다. 그까짓 필요도 없는 작은 땅을 방어하기 위해 떠나 있는 사이에, 그녀는 혼자 성에 남아 공격을 받았던 것이다.

「내가 얼굴에 묻은 칠을 지우고 오기를 바라오? 당신이 이러한 모습을 좋아하지 않는다는 걸 알고 있소.」

그의 목소리는 잔뜩 잠겨 있었다.

「난 신경 쓰지 않아요.」

「그렇소?」

「당신에게 할말이 있어요, 코너.」

「우선 누우시오.」

「제이미가 마실 것에다가 뭔가를 탔어요. 날 자게 하려고요. 내가 내일까지 잠들어 있을 거라고 하더군요.」

「알고 있소.」

「만약 내가 침대로 가 눕는다면…….」

「좋소.」

그녀는 움직이지 않았다.

「라엔이 창가에서 떨어졌어요.」

「나도 들었소, 내 사랑!」

「내가 그를 밀친 게 아니에요 또 그를 찌르려고 한 거사도 아니에요 그가 자신의 플래드에 걸려서 넘어진 거예요 그리고 만약 마루에서 내 허리를 잡으려고 하지 않았다면, 그런 일들은 일어나지 않았을 거예요 난 그냥 그의 팔에 상처를 입혀 내 입술에서 멀어지게 하려고 한 것뿐인데…… 그래야 도와달라고 비명을 지를 수가 있으니까요. 제발 믿어줘야 해요. 난 그를 죽이려고 한 게 아니에요. 그냥 내 곁에서 떨어뜨리고 싶었을 뿐이에요.」

「미안하오, 당신을 지켜주지 못했소 내가 거기에 있었어야 했는데.」

「그럼 무엇을 했을까요?」

「당신을 위해 내가 그놈을 창 밖으로 던져버렸을 거요.」

코너가 방금 한 말 때문에 혼란스러워져서, 그녀는 머리를 흔들었다.

「잠들기 전에 당신에게 해야 할 말들이 더 있어요 난 당신 어머님을 존경하고 사랑하려고 했지만, 더 이상 그럴 수가 없어요 당신과 당신의 가족들 사이를 내가 더 나쁘게 만들었어요 그녀는 당신 과거의 일부분이고, 그래서 그녀가 당신에게 매우 중요하다는 것을 알고 있어요. 하지만 이제 그녀는 다시는 날 보려고 하지 않을 거예요. 아마 내가 여기에 머무르고 있는 한, 다시는 이곳을 방문하려고도 하지 않겠죠. 라엔이 죽었다는 사실을 알게 되면, 오 코너, 그녀는 날 증오할 거예요. 크리스핀이 날 위해 그를 숨겨준다고 했는데…… 당신 어머니는 내게 라엔이 원하는 것은 뭐든지 해야 한다고 말씀하셨어요. 하지만 난 그럴 수가 없었어요. 그리고 그건 미안하지 않아요. 그 말은 틀렸으니까요.」

「그렇소, 틀린 거요. 내가 당신을 침대로 옮겨주겠소.」

브렌나는 그의 말을 듣지 못한 것처럼 행동하고 있었다.

「그녀는 결코 날 용서하지 않을 거예요. 나 또한 더 이상 그녀와 같이 있는 건 싫어요, 난 그녀를 좋아할 수가 없어요. 그러니 당신은 우리들 중 누가 더 소중한지 결정해야 할 거예요. 이런 선택을 강요하는 게 잘못됐다는 건 알아요. 하지만 난…….」

「브렌나…….」

「아뇨, 아직 설명할 게 많아요.」

그녀는 울음을 터뜨렸다.

「당신이 화가 나 있다는 걸 알 수 있어요. 그리고 난…….」

그녀는 깨어 있으려고 노력했지만, 제이미가 준 약은 그녀를 몹시 혼미하게 만들었다. 두어 번 고개가 떨궈지자, 코너는 브렌나를 살며시 안아 든 뒤 꼭 끌어안았다. 그녀는 잠으로 빠져들었다. 그는 그녀를 자기 쪽으로 기대게 한 뒤, 이마에 키스를 했다. 그리고 한 시간이 넘게 그녀를 안고 그렇게 서 있었다.

제이미는 브렌나 곁에 앉아 있기 위해 방으로 들어왔다가 코너의 모습을 보았다. 코너의 얼굴에 담겨 있는 고통이 그녀에게 눈물을 흘리게 만들었다.

「브렌나에게는 휴식이 필요해요, 코너. 그녀를 침대 위에 내려놔요.」

그는 움직이지 않았다. 그에게 아내가 괜찮을 거라는 사실을 확신시키는 데에는 많은 시간이 걸렸다. 여전히 그는 아내 곁을 떠나지 못하고 주저했다.

「다시는 그녀를 혼자 두고 싶지 않아요.」

「브렌나는 혼자가 아니에요.」

제이미가 약속했다.

「방금 싱클레어 신부님이 이쪽으로 출발했다는 전갈을 받았어요. 오, 코너, 그가 종부성사를 집도하기 위해 오는 게 아니에요. 브렌나는 죽지 않아요. 그는 싱클레어 신부의 친구예요. 신부님 또한 그녀와 함께 계실 거예요.」

「만약 상태가 나빠지거나, 내가 필요하다고 하면 곧 내게 전갈을 주십시오.」

「네, 당연히 그래야죠.」

코너는 지금 당장 이 자리를 뜨지 않는다면, 자제력을 완전히 잃고 이곳에서 분노를 터뜨리고 말 거라는 사실을 알고 있었다.

제이미는 그를 따라 문 밖으로 나왔다.

「어디로 가는 거예요?」

「모든 것을 끝내러요.」

「브렌나에게는 뭐라고 말할까요?」

그는 머리를 흔들었다. 아내가 걱정하는 것을 원치 않았다. 자신이 맥네어에게 간다는 사실을 알면 전전긍긍할 게 틀림없었다. 하지만 그는 거짓말 또한 하고 싶지 않았다.

그래서 그는 아주 단순했지만 진실을 말했다.

「난 지금 계모에게 갑니다.」

그의 표정이 홀 계단으로 향하면서 점차 바뀌었다. 사랑스럽던 한 남편의 모습은 사라지고 대신 야만인 전사의 모습만이 남아 있었다. 그는 자신의 검을 빼 크리스펜에게 건네준 뒤 아래층으로 내려갔다. 그의 넓은 걸음걸이에는 자신감이 가득했고, 차가운 표정에는 무시무시한 의도가 그대로 드러났다.

알렉이 홀 건너편에서 동생을 쳐다보고 있었고, 그의 시선 또한 긴장

되어 있었다.

코너는 아무런 말도 하지 않았다. 분노에 가득 찬 모습으로 홀을 거침 없이 가로질러 그의 아버지의 검이 걸려 있는 벽으로 다가갔다.

어떤 명령도 필요가 없었다. 퀸란과 크리스핀이 자신들의 영주 뒤를 똑같은 걸음걸이로 따르고 있었다. 알렉 또한 주저하지 않았다. 그도 자 신의 검을 들고 당장에 살인이라도 할 듯한 표정으로 동생 뒤를 따라나 섰다.

오랜 시간이 지나, 드디어 도널드 맥칼리스터는 정의를 얻을 수 있었 다.

그들은 어떠한 자비도 보이지 않았다. 맥네어 성을 둘러싼 전쟁은 매 우 힘든 싸움이었고, 시간을 거듭할수록 그들의 검은 더욱 빛을 발했다. 알렉의 군대는 커다란 반원을 그리면서 남쪽에서 전진해 들어갔고, 반면 코너와 그의 동료들은 북쪽에서 견고한 호를 이루면서 내려와 알렉의 군대와 완전한 원을 그리고 있었다.

적들이 그들의 복수 계획으로부터 벗어나기란 불가능했다. 놀라움이라 는 감정은 모두 그들의 몫이었다. 그들이 공격을 퍼붓는 순간까지 맥네 어는 자신의 변절과 계획이 탄로났다는 사실을 깨닫지 못하고 있었다. 북쪽의 동맹 세력이 이틀 후 새벽 코너의 일족을 습격하기로 되어 있었 다. 하지만 어리석은 노파가 안전을 위해 계획보다 이틀 먼저 일족을 빠 져나와 맥네어에게 오는 바람에 계획은 틀어지고 말았다.

맥네어는 싸움에 참가하지 않고, 굳게 닫힌 성문 뒤에 몸을 숨기고 있 었다. 모든 방향에서 맹렬한 공격이 퍼부어지고 있었고, 겁쟁이 영주는 미친 듯이 자신의 보물을 모아 비밀통로로 빠져나가기 위해 서둘렀다. 날카롭게 앞으로 튀어나온 이빨과 앞뒤를 정신없이 살피는 작은 눈 덕 분에 마치 생쥐 같아 보이는 맥네어는 자신의 보물이 담긴 또 하나의 자루를 옮기기 위해 종종걸음으로 달리고 있었고, 유피미어가 그에게 분 노를 퍼붓고 있었다.

「나가서 싸우라고! 당신이 할 일이라고는 코너와 알렉을 죽이고 그들의 동료들을 뿔뿔이 흩어놓는 거야.」

「입다물어, 이 늙은이야!」

그가 소리쳤다.

「안 그러면 칼을 네 뱃속에 찔러줄 테니까. 네 아들의 욕망이 코너를 이곳으로 끌고왔잖아.」

「그는 내가 아들의 시체를 이곳으로 가져온 사실을 몰라. 그는 내가 북쪽으로 돌아갔다고 생각할 거야.」

「그렇다면 왜 그가 공격을 하는 거지?」

「당신이 휴의 영토를 급습해 화가 났나 보지. 여러 말 말고 여기에 머물러 싸워.」

「왜 여기에서 일어나는 일에 신경을 쓰는 거야? 이미 당신의 아들은 죽었단 말이야. 죽은 사람이 맥칼리스터의 영주가 된다는 것은 말이 안 되고, 넌 이미 모든 것을 잃었어.」

외곽의 문을 공격하는 소리가 천천히 홀을 가득 메우며 울려 퍼졌다. 문 밖으로는 희미한 불빛들이 반짝이고 있었고, 발 밑으로는 자욱한 회색 연기가 소용돌이치고 있었다.

「이 자루들을 채우는 거나 도우라고. 서둘러, 사람들이 곧 도착할 거야.」

성이 부서지는 소리가 났다. 방어벽이 무너진 모양이었다. 적들이 곧 들이닥칠 것이다. 문 밖 돌 마루 위로 사람들의 발소리가 울렸다. 점점 더 가까이, 가까이……

손이 덜덜 떨렸다. 그는 마지막 자루를 떨어뜨리고 더 이상 가져갈 수 없는 금과 보물에 대한 아쉬움으로 훌쩍이면서, 손에는 검을 쥐고 비밀 통로를 향해 뛰어갔다.

유피미어가 그의 앞을 가로막았다.

「어리석게 굴지 마.」

그녀는 비명을 질렀다.

「알렉이나 코너는 뷰캐넌 일족이 우리 일족과 연합한 사실을 알지 못해. 이틀이면 그들이 산을 가로질러 넘어올 거고, 그럼 맥칼리스터의 영지를 공격할 수 있단 말이야. 만약 계속 머물러서 싸운다면 아직 당신 몫이 남아 있어. 자, 날 위해 코너를 죽이라고. 그러지 않는다면, 난 코너에게 비밀통로를 알려주고 당신이 숨을 곳을 알려줄 거야.」

네 명의 전사가 입구 밖에 서서 유피미어의 처절한 애원을 듣고 있었다. 알렉은 그들의 계획을 듣기 전까지 자신과 동맹을 맺은 뷰캐넌 일족이 배신을 했으리라고는 상상도 하지 못하고 있었다.

코너가 문으로 다가서자 알렉은 그를 밀쳐내고는 문을 향해 자신의 어깨로 돌진했다. 두 차례 계속해서 세차게 치자 문은 완전히 부서졌다.

그는 뒤로 물러서서 코너가 칼집에서 아버지의 피 묻은 검을 꺼내들기를 기다렸다. 그리고 그의 어깨에 손을 가져다대고 밀었다.

「자, 네 아버지에게 정의가 이루어졌음을 알리고, 저 배신자에게 그에 따르는 보상을 치르게 해라.」

영주가 무기를 들고 안으로 들어가자 퀸란과 크리스펀도 자신들의 무기를 들고 뒤를 따랐다. 알렉은 부하들과 함께 세 사람의 등뒤를 지켜주었다.

「내 길을 방해하지 마.」

맥네어가 날카로운 소리로 유피미어에게 명령했다.

그녀는 움직이지 않았다. 맥네어는 여전히 도망갈 수 있는 시간이 남아 있다고 생각했다. 코너가 안으로 막 들어선 순간, 맥네어는 한 걸음 뒤로 물러서면서 검으로 유피미어의 배를 찔렀다.

그녀는 계모의 소름끼치는 비명 소리에도 별다른 반응을 보이지 않았다.

맥네어는 코너가 홀 안에 들어와 있다는 사실을 깨닫지 못했다. 그는 유피미어를 발로 치워내고는 미친 듯이 비밀통로를 막아놓은 판자를 더듬기 시작했다.

「어디 가시려고?」

코너의 목소리에 맥네어는 급히 몸을 돌렸다.

「넌 여기를 공격할 권리가 없어, 맥칼리스터. 전혀 없다고. 킨케이드가 이 소식을 들으면 어떤 반응을 보일까?」

「나 또한 여기에 있다, 이 얼간이야!」

알렉이 분노에 차 나지막한 목소리로 말했다.

맥네어의 얼굴이 하얗게 변했다. 그는 자기 앞에 사신이라도 서 있는 듯한 반응을 보였다.

「난 그 자리에 없었어. 난 자네 아버지의 죽음과 아무런 상관이 없다고, 맥칼리스터. 난 자네처럼 어린아이였어, 그래, 그땐 어렸다고.」

「넌 스물이 넘은 나이였잖아!」

알렉이 소리쳤다.

「넌 그 자리에 있었어. 안 그래? 캐른의 플래드를 걸치고. 네가 침략자였어. 도널드 맥칼리스터는 내 친구였다고.」

알렉이 코너의 등을 밀었다.

「저런 불결한 족속을 없애는 건 죄악이 아니야. 자, 가서 모든 일을 끝내.」

「내가 널 먼저 죽이겠다!」

맥네어가 으스댔다. 그는 검을 휘두르면서 코너를 향해 돌진했다. 코너가 아버지의 검으로 그의 검을 쳐내지 않았다면 얼굴에 상처를 입었을 것이다.

「날 좀 도와다오, 코너.」

유피미어가 고통 속에서 뒤척이며 소리를 질렀다.

코너는 그녀를 못 본 척했다.

맥네어는 펄쩍 뛰더니 비밀통로를 향해 달렸다. 순간 코너의 검이 공기를 가르며 휙 소리를 냈다. 도널드 맥칼리스터의 검은 맥네어의 목 한가운데를 뚫고 계속 허공을 가르며 벽에 가 꽂혔으며, 맥네어의 몸도 함께 통로가 있는 벽으로 날아가 꽂혔다.

이제 그곳은 단지 통로를 지나가는 바람소리와 죽어가는 맥네어의 가르랑거리는 신음 소리만 들릴 뿐이었다.

「제발 나 좀 도와주렴, 아들아.」

유피미어가 다시 그를 불렀다.

「제발, 네 어미에게 자비를 베풀렴.」

전사들 중 그 누구도 그녀를 거들떠보는 사람이 없었다. 크리스핀은 코너에게 아버지의 검을 회수하기 원하느냐고 물었다. 그러나 그의 영주는 고개를 흔들었다.

「아버지가 원하시는 장소에 검이 있게 그냥 나두게.」

「코너!」

유피미어가 비명을 질렀다.

「제발…… 제발…….」

단 한 번 뒤를 돌아보는 일없이 코너는 홀 밖으로 걸음을 옮겼다. 그와 함께 유피미어의 비명 소리도 천천히 사라졌다.

18

마침내 코너가 선택을 한 모양이었다.

남편이 남겨놓은 메시지를 받았을 때, 브렌나는 패배감에 기절할 것 같았다. 그는 유피미어에게 갔다. 이제 두 사람 사이에는 미래에 대한 어떤 희망도 없었다. 그는 자신의 과거로 돌아가 분명하게 빗장을 질러 버렸다.

브렌나의 반응을 보자마자, 제이미는 자신이 전해준 말 때문에 미안해 했다. 코너가 있는 곳을 말해주기 전까지, 브렌나는 굉장히 빠른 속도로 상처를 회복해가고 있었다.

그러나 코너의 단순한 전갈이 그녀를 동요시키고 있었다. 내리 사흘 동안 브렌나에게서 뭐가 잘못되었는지 알아내려고 애쓰던 제이미는 남편들이 돌아와서 문제가 뭔지 알아내기까지 기다리기로 마음먹었다.

시간이 흐를수록 브렌나의 상처도 나아졌다. 그녀의 외모는 그 짧은 시간 동안에도 극적인 변화를 보여주었다. 얼굴과 어깻죽지의 붓기는 거의 가라앉았고, 멍은 이미 다 사라졌다. 팔의 상처도 빠르게 아물어가고 있었다.

병상에 누운 지 나흘째 되는 날, 브렌나는 자리에서 일어나 옷을 입었다. 제이미가 점심식사 후에 그녀에게 잠깐 들렀다. 그녀는 브렌나가 창문 옆 의자에 앉아 있는 모습을 보면서 무척 즐거워했다.

「기분이 좀 어때요?」

「훨씬 나아졌어요.」

그녀는 활기차 보이려고 노력 중이었다. 그러나 제이미가 서둘러 다가와 이마에 손을 얹자, 자신의 그런 노력이 허사였음을 알았다.

「열은 없어요. 지금은 좋아요, 정말이에요.」

「빠르게 아물고는 있어요. 하지만 우리 두 사람 다 당신의 마음은 여전히 아파하고 있다는 사실을 알죠. 마침 내가 당신을 웃게 만들 수 있는 놀라운 소식을 가져왔어요. 싱클레어 신부님이 당신을 만나 이야기를 해야만 한다고 주장하고 계세요. 만약 그분이 당신 어머님과 이야기를 나눴다는 사실을 더 빨리 말씀하셨으면, 나 또한 그분을 올라오게 했을 거예요.」

그녀가 웃으면서 덧붙였다.

「몇 분 전까지만 해도, 그 사실을 말씀하시지 않으셨다구요.」

브렌나는 너무나 기뻤다.

「여기 계세요? 정말로 여기에?」

「아, 드디어 웃는군요. 어제 저녁부터 계셨어요. 그분은 지난밤에 오랫동안 당신 옆에 앉아 계셨는걸요. 그 동안 당신은 잠들어 있었지만요. 들어오시라고 할까요?」

「네, 그래줘요.」

브렌나는 싱클레어 신부가 침실 안으로 들어서자 두 발로 벌떡 일어섰다.

「신부님을 뵙게 되어서 너무나 행복해요.」

그녀가 소리쳤다.

「앉아서 행복해요.」

제이미가 환자 주변을 어미 닭처럼 맴돌면서 말했다.

브렌나는 그녀가 시키는 대로 했다. 그리고 싱클레어 신부가 그녀 맞은편에 있는 의자에 앉기를 기다렸다.

「여행은 성공적이었나요?」

「네, 매우 좋았습니다.」

신부가 고개를 끄덕이면서 대답했다.

브렌나는 그의 말을 믿기가 두려웠다.

「확실해요?」

대답과 함께, 그는 브렌나의 메달을 그녀의 손에 얹어주었다.

「네, 확실합니다.」

브렌나는 눈물을 떨구기 시작했다.

「좋은 소식이 아닌가요?」

제이미가 물었다.

「어디 아파요? 뭐가 잘못됐는지 내게 말해요, 제발요.」

「그녀는 너무나 행복해서 그러는 겁니다.」

신부가 말했다.

「네, 전 너무 행복해요.」

브렌나가 더듬거리면서 말했다.

「난 당신이 메달을 잃어버렸는지조차 몰랐어요.」

「오, 잃어버린 게 아닙니다.」

신부의 말에 제이미는 완전히 혼란에 빠졌다.

「그럼 왜…….」

「저에 대해 걱정하지 않으셔도 돼요.」

「난 당신을 사랑하기 때문에 걱정이 돼요. 당신 남편도 그렇고요. 자, 이제 두 분만 남겨두고 자리를 떠야겠군요. 신부님, 신부님이 그녀에게 코너가 그녀를 포기하지 않을 거란 사실을 확신시켜 주세요.」

신부가 대답하기 전에, 브렌나가 머리를 흔들었다.

「저와 함께 앉아서, 집에서 온 소식들을 같이 들어요.」

제이미는 그 초대를 사양했다.

「그레이스가 낮잠을 자지 않으려고 탁자 밑에 숨어 있거든요. 물론 그 아이는 내가 홀 저쪽에서 자신을 볼 수 있다는 사실을 모르죠. 브렌나, 경고하는데요, 그 아이는 휴식을 취하고 나면 다시 당신과 함께 있으려고 안달할 거예요. 그 애는 당신이 이곳에 있는 동안은 자신의 것이라 생각하거든요.」

「나도 그레이스를 보면 너무 좋아요.」

싱클레어 신부에게 인사를 한 후, 제이미는 방을 떠났다.

「제게 모든 걸 다 말씀해주세요, 신부님.」

신부가 고개를 끄덕였다.

「들어간 즉시, 전 부인의 부모님 성에서 환대를 받았습니다. 그리고 페이스가 질리안의 성으로 가는 동안 입을 수 있도록 사제복 한 벌을 몰래 옮겼답니다. 그런데 질리안 또한 성에 계시지 않다는 소식을 들었죠. 그래서 페이스를 그 성으로 데리고 갈 수가 없었던 거예요. 운 좋게도, 곧 수도원이 생각났습니다. 수도원은 지친 여행객들을 위해 늘 여분의 방을 준비해두거든요. 페이스와 전 그날 저녁 목초지에서 만났습니다. 그녀는 사제복을 입고 왔습니다. 우리는 숲으로 향했죠. 그리고 큰길을 피해 여행을 계속했습니다.」

「어떻게 보답을 해야 하죠?」

「제게 보답할 필요는 없습니다. 주님은 늘 우리를 지켜보고 계시니까요. 그래서 우리가 어떤 고난에도 빠지지 않는 겁니다. 부인의 동생은 굉장히 사랑스러우신 분이더군요. 난 여러 가지 주제에 대한 그녀의 생각들 때문에 매우 즐거웠습니다.」

브렌나는 웃음을 터뜨렸고, 그 웃음소리는 신부의 마음을 따뜻하게 만들었다.

코너의 주변은 모두 놀랄 일들뿐이었다. 그들은 북쪽의 일족이 산길을 따라 밀려들 때, 이미 공격 준비를 마친 상태였다. 전쟁터 어디든지 피비린내 나는 싸움과 죽음이 함께 하고 있었다. 하지만 겨우 3일 만에 적들은 패배했다. 부상자들을 조심스럽게 옮기다 보니, 사실상 싸움보다 집으로 돌아가는 여행에 더 많은 시간을 빼앗기고 있었다. 알렉과 코너 두 사람 다 모든 일을 마무리 지을 때까지 움직일 수가 없었다.

병사들은 모두 제이미의 치료를 필요로 했고, 따라서 그녀는 이른 아침부터 밤늦게까지 상처를 치료하느라 정신이 없었다. 사흘이 넘도록 낙오병들이 속속들이 성안으로 들어왔다.

다행히도 그들 중 종부성사를 필요로 하는 사람은 없었다. 싱클레어 신부는 일찍 로우랜드에 있는 던카디 수도원에 마쳐야만 할 일이 있다며, 킨케이드 영지를 떠났다. 그는 2주 안에는 맥칼리스터 영지로 돌아갈 수 없을 거라고 말했다.

도개교는 늘 내려져 있고 사람들이 이리저리 돌아다녀 너무나 혼란스러웠기 때문에, 그 누구도 브렌나가 사라졌다는 사실을 눈치채지 못했다. 알렉이 돌아오기 한 시간쯤 전에야 제이미는 그녀가 사라졌다는 사실을 깨달았다. 성을 이 잡듯이 뒤졌지만 허사였다.

남편이 홀 안으로 들어왔을 때, 제이미는 걱정으로 미칠 지경이었다. 코너가 어떻게 반응할지 잘 알고 있었기 때문에, 그녀는 알렉에게 그 말을 전해달라고 말할 결심이었다. 그녀는 남편에게 키스할 시간도 주지 않고 몸을 던지면서 소리쳤다.

「드디어 집으로 돌아오셨군요! 오, 하나님, 브렌나가 없어졌어요. 당신이 그녀를 찾아줘요.」

알렉은 그러한 일이 일어날 수 있다는 걸 믿지 않으려 했다. 그의 성을 허락 없이 들어올 수 있는 사람도 없었지만 허락 없이 나갈 수 있는 사람도 없었다. 그는 자신의 가족을 지키라고 성에 남겨놓았던 사람들을 모두 죽여버리고 싶었다.

하지만 알렉은 코너에 비하면 온순한 편이었다.

「어떻게 브렌나가 없어질 수 있는 거죠, 알렉?」

그가 으르렁거렸다.

「집으로 돌아간 건 아닐까?」

「아내를 기쁘게 해줄 수 있는 물건이 있어서 집에 잠깐 들렀단 말이에요. 그런데 거기엔 없었어요.」

「미안해요, 코너.」

제이미는 식탁에 앉아 두 손에 얼굴을 묻고 있었다.

「브렌나를 지켜봤어야 했는데…… 난 매일 아침 아래층으로 내려가기 전에 그녀의 침실을 들여다봤거든요. 오늘은 그녀가 일찍 일어나기에 너무 이르다는 생각을 하긴 했어요. 그리고 오후 늦게까지 그녀에게 들르지를 않았어요. 브렌나의 방에 다시 들렀을 때, 난 그녀가 자고 있다고 생각했어요. 오, 그때 이불을 들춰봤어야 했는데. 그렇게 피곤하지만 않았다면…….」

「그럼 하인들은 아무도 브렌나의 방에 들어가지 않았다는 말씀입니까?」

코너가 물었다.

「내가 사람들에게 그녀를 괴롭히지 말라고 했어요. 오, 하나님! 난 그녀가 없어진 지 얼마나 됐는지조차 모르겠어요. 정말 미안해요.」

「알렉, 형수님을 침실로 모셔가요.」

코너는 형의 뒤를 따라 식탁으로 가 제이미가 일어설 수 있도록 의자를 뒤로 빼주었다.

「이건 형수님 잘못이 아니에요.」

알렉이 그녀를 팔로 안아 들었다.

「지난주 내내 잠을 거의 못 잔 모양이군, 안 그렇소?」

「부상병들을 돌보느라고 바빴어요. 알렉, 내일 자면 돼요. 그 전에 브렌나를 찾아야…….」

「코너와 내가 그녀를 찾아내겠소. 침실로 가시오.」

제이미는 그의 말에 반박하기에 너무나 지쳐 있었고, 더 이상 자신이 도움이 되지 않는다는 사실도 알고 있었다. 그리고 의식을 붙잡고 있기조차도 어려웠다. 제이미는 남편의 어깨에 머리를 기댔다.

「사랑해요, 알렉. 그녀를 찾을 좋은 계획이 있어요?」

「우리는 성을 이 잡듯이 뒤질 생각이오. 난 브렌나가 성밖으로 사라졌다고는 믿을 수가 없소.」

알렉은 퀸란 앞에 서서 자신이 돌아올 때까지 코너가 홀에 있도록 지키라고 명령을 내리고 아내를 침실로 옮겼다.

「아이들에게 아빠가 왔다는 사실을 알리는 걸 잊지 말아요.」

제이미가 말했다.

「그리고 알렉, 난 당신이 필요해요. 들어오면 날 깨워야 해요.」

그녀는 그가 대답을 하기도 전에 잠이 들었다. 알렉은 제이미의 옷을 벗기고 이불을 덮어준 뒤, 이마에 키스를 했다. 그리고 아래층으로 내려갔다.

알렉과 코너는 성에 있는 방들을 다 찾아보았다. 그리고 수색 반경을 점차 넓혀가다가 마침내는 도개교까지 수색이 끝나자 그녀가 떠났다는 사실을 확신할 수 있었다.

코너의 분노는 곧 공포로 바뀌었다.

「형도 그녀가 성밖에서 살아남을 확률이 얼마나 되는지 알죠? 만일 혼자 떠났다면 살아남을 수 없어요.」

「브렌나는 살아 있을 거다.」

알렉이 말을 가로챘다.

「그런 생각들만 계속 하게 된다면, 곧 너도 내게는 필요 없게 되어버릴 거다.」

홀로 다시 들어왔을 때쯤에는, 코너는 무척 상처를 입은 상태였다. 그는 브렌나가 어디로 사라졌는지 생각해내려고 머리를 쥐어짜면서 온 방을 휘젓고 다녔다.

「사람 둘을 시켜서 병사들 모두에게 내일 새벽 수색 임무를 마치고 돌아오라고 명령했다. 내일 해뜨기 전에 올 거야.」

「어딘지 장소를 말해줘요. 내가 직접 그들에게 가보겠어.」

「안 돼.」

알렉은 동생을 잘 알고 있었다. 준비가 되면 코너가 떠날 생각임을 알았기 때문에 팔을 올려 그를 막았다.

「난 열 명의 병사에게 네가 밤사이에 자리를 뜨지 못하도록 경계를 서라고 명령을 내리겠어. 사실을 받아들여. 그녀가 어디에 있는지 정확히 알기 전까지 넌 아무 곳에도 갈 수가 없어. 오늘밤에 자리를 뜬다면, 너나 네 말 둘 다 죽게 될 거야. 합리적으로 생각하라고.」

「형은 이해 못 해요. 난 브렌나를 찾아야 한단 말이에요. 그녀는 갈 곳을 정해놓지 않았을 거라구요.」

「그게 무슨 말이지?」

「브렌나는 단지 내 곁을 떠나고자 한 거예요. 내가 라엔으로부터 보호해주지 못했다고 날 비난하고 있어요. 내가 거기에 있어야 했어. 만일 무슨 일이라도 생기면…… 그 전에 찾아내지 못한다면…….」

「우린 찾을 수 있어.」

알렉과 퀸란은 자정이 지나도록 코너와 함께 머물렀다. 알렉은 잠깐이라도 눈을 붙이기 위해 위층으로 올라갔다.

코너는 사람들을 지금 당장 조사하고 싶었지만 퀸란이 거절했다.

「그들이 돌아오려면 적어도 한 시간은 더 걸릴 거야. 그리고 모든 지휘관들은 새벽에 이곳으로 모이라고 명령을 받았다고. 자네가 잠을 잘 수 없으리란 건 아네. 자네처럼 나 또한 걱정되기는 마찬가지니까. 하지만 부인을 찾기 위해서는 자네가 맑은 정신을 유지하고 있어야 하지 않겠나.」

퀸란의 말은 백번 옳았다. 눈을 감고 자기란 불가능했지만 결국은 자리에 앉았다. 퀸란은 입구 근처에 있는 의자에 앉아 잠이 들었다. 코너는 친구에게 위층으로 올라가 침대에서 자라고 했지만, 그는 홀을 떠나고 싶어하지 않았다. 결국 제안은 명령으로 바뀌었고, 그는 어쩔 수 없이 명령에 복종했다.

그날 밤 남은 시간 동안, 코너는 어둠 속의 식탁에 앉아 새벽이 되기만을 기다렸다. 가능한 모든 끔찍한 일들을 그려보면서 그러한 일들이 자신의 아내에게 일어날 수 있다는 생각에 몸서리를 쳤다.

그날은 생에 있어서 가장 긴 밤이었다.

다음날이라고 상황은 더 나아지지 않았다. 그와 알렉은 번갈아 성을 지키기 위해 남겨졌던 병사들 모두에게 질문을 던졌다. 하지만 그 누구도 도움이 되지 않았다.

코너는 집으로 돌아가, 자신의 일족 사람들에게 질문을 할 생각이었다. 어쩌면 브렌나가 가까운 하인에게 그녀를 찾을 수 있을 만한 단서를 남겼을지도 몰랐다. 우선은 인내심을 가지고, 킨케이드 병사들이 하는 말들을 다 귀담아 들을 필요가 있었다.

도개교를 지키는 병사가 막 홀로 들어온 순간, 퀸란이 앞으로 나오면서 질문을 던졌다.

「그녀가 페이스에게 간 건 아닐까?」

코너는 그 가능성을 생각해보고 고개를 흔들었다.

「그녀는 여동생이 위험에 처해 있다는 사실을 모를 거야. 그건 그렇고 페이스는 어디에 데려다놓은 거예요, 알렉?」

알렉은 코너가 무슨 말을 하는지 이해할 수 없었다. 퀸란은 코너가 방 안을 빙글빙글 돌고 있는 동안 그 일에 대해 설명했다.

제이미가 홀 안으로 들어와, 병사들이 남편에게 하는 말을 듣고 있었다.

「당연히 브렌나는 알았을 거예요. 나라도 형제자매들에게 무슨 일이 일어났다면 알고 있었을 테니까요. 그렇게 중요한 문제를 어떻게 모를 수가 있어요? 오, 주여, 그 메달!」

제이미는 소리치며 코너에게로 뛰어갔다.

「난 그녀가 그걸 잃어버렸다고 생각했어요. 하지만 신부님이 그녀에게 돌려주더군요. 또 브렌나는 메달을 잃어버린 적이 없다고 했어요. 모르겠어요? 브렌나는 싱클레어 신부님을 동생에게 보낸 게 틀림없어요. 아마 메달을 신부님께 드려 페이스에게 보이라고 했겠죠. 그러면 페이스는 신부님이 뭘 원하시든 간에 그 지시를 따를 테니까요. 난 브렌나가 영리하다는 사실을 알고 있었어요. 하지만 정말로 놀랍군요. 나라면 결코 생각할 수 없는 일이에요.」

알렉은 끈질긴 노력으로 인내하면서, 부하들에게 다시 질문을 던졌다. 왜냐하면 지금 코너는 욕설을 퍼부으며 잔뜩 흥분해 있었기 때문이었다. 얼마 시간이 흐르지 않아 그들은 브렌나가 어떻게 성을 빠져나갔는지 알 수 있었다.

더글러스가 경비를 설 때, 단지 신부 한 명만이 성안으로 들어왔다. 하지만 니엘이 경비를 설 때 두 명의 신부가 성을 떠났다는 것이다. 코너는 일시적인 쾌락이 자신의 영혼에 먹칠을 한다 해도, 할 수만 있다면 신부의 목을 졸라버리고 싶었다.

「한 말씀 드려도 될까요, 영주님?」

니엘이 물었다.

「뭔가?」

「전 신부님께서, 부인이 그분을 따라가신다는 사실을 알고 계셨다고 생각지 않습니다. 신부님은 점박이 거세마를 타고 뒤로 짐말의 고삐를 끌고 먼저 나가셨습니다. 그리고 두 번째 신부님이 그 말 뒤를 걸어가고 계셨죠.」

「자네 눈엔 그 모습이 특이해 보이지 않던가?」

알렉이 으르렁거리며 물었다.

「그 신부는 덩치가 작았습니다, 영주님. 그래서 전 아직 서품을 받지 않으신 분이구나 생각했죠. 그리고 고행을 위해 걷고 있다고 생각했습니다.」

「이제 신부가 어디로 갔는지만 알아보면 되겠군.」

「던카디 수도원!」

제이미가 불쑥 소리쳤다.

「확실해요?」

코너가 물었다.

「네.」

「만약 신부가 거짓말을 했다면…….」

알렉이 다시 토를 달았다.

「오, 맙소사, 알렉! 그분은 주님의 일꾼이에요. 당연히 진실을 말씀하셨어요.」

「전 지금 당장 떠나겠어요.」

코너가 말했다.

「나도!」

「나도 같이 갈래요.」

알렉과 제이미가 동시에 선언했다.

코너는 머리를 흔들었다.

「나 혼자 해야 하는 일이에요.」

「부하도 없이 혼자는 갈 수 없다.」

알렉이 경고했다.

그는 더 이상 형과 다투느라 시간을 허비하고 싶지 않았기 때문에, 퀸란에게 성으로 가 사람들을 데려오라고 명령했다.

「그리고 날 따라잡을 수 있을 거네.」

그의 계산에 따르면 수도원은 말을 타고 반나절 정도 걸릴 것이다. 만일 브렌나가 짐말을 타고 갔다면, 그곳까지 얼마나 걸릴지는 하나님만이 아실 것이다.

코너는 단 한가지 생각만 제외하고 다른 생각은 다 지워버리려 노력했다. 그는 사랑하는 브렌나를 찾아야만 했다. 그녀가 자신 곁에 없다면 다른 건 다 필요 없었다.

브렌나는 슬픔에 가득 차 있었다. 그녀는 먹지도 않고, 자지고 않고, 울음을 멈추지도 않았다.

페이스는 곧 절망에 차 두 손을 들고 말았다. 그녀는 브렌나에게 눈물을 닦도록 마른 수건을 건네주고는 침실의 간이침대에 앉으면서 이번이 마지막이라고 맹세했다.

「정말, 언니 이제는 그만 울어야 할 거야. 우린 이미 언니의 그 시끄러운 소음 때문에 성당 밖으로 쫓겨났다고.」

「쫓겨난 게 아니라, 방으로 돌아가겠냐는 제의를 받은 것뿐이야.」

「친애하는 싱클레어 신부님은 어쩌고? 그분은 언니 때문에 저녁기도에 전혀 집중하실 수가 없었다고. 왜 우리말을 듣지 않는 거야? 언니는 남편을 사랑한다고 말했잖아!」

「넌 그걸 이해하지 못하겠니? 그이는 날 떠날 때 이미 선택을 마친 거야. 그는 나나 내 사랑을 원하지 않아. 유피미어는 그의 과거의 일부분이고, 그는 어떤 일이 일어나도 과거를 놓아버릴 생각이 없어. 난 돌아가지 않을 거야. 또다시 그렇게 상처 입고 싶지는 않아.」

「언니는 결코 운 적이 없었잖아. 만일 사랑이 여자들을 절망하게 만든다면, 난 결코 사랑에 빠지지 않겠어. 난 다른 누구와도 결혼하고 싶은 생각이 없어. 제발, 울음을 멈출 수 없는 거야? 아마 언니가 집으로 돌아가 다시 한 번 시도해본다면…… 그러니까 언니가 어떻게 생각하고 있는지 형부에게 말한다면…….」

「아무 말 안 해도 그는 내가 어떻게 느끼고 있는지 다 알아. 그는 똑똑한 사람이야! 나도 그렇지만. 나도 내가 필요하지 않은 때를 잘 알아! 이제 이 주제에 대해서는 더 이상 말하고 싶지 않아.」

「만일 형부가 언니를 따라온다면 어떻게 할래?」

브렌나는 머리를 흔들었다.

「그런 일 없을 거야.」

「만일 그런다면?」

그녀는 한숨을 내쉬었다.

「코너가 여기에 온다면 단지 자존심이 시켜서 그럴 거야. 어쨌든 난 돌아가지 않아. 다른 이야기를 하지 않을래?」

페이스는 그녀의 제안을 무시했다.

「질리안이 우리 두 사람을 함께 데려가지 않는다면, 그럼 언니는 어떡해? 남은 인생 내내 성당에 머물면서 저 불쌍한 신부님들을 괴롭히며 지낼 거야?」

「오빠는 날 거부하지 않아. 참, 코너는 내게 몇 명의 형제자매가 있는지조차 모른다는 사실을 말했니?」

「이번이 백 번째야. 언니는 애들을 원하잖아. 만일 돌아가서……」

「애들을 원하기는 하지만, 그들을 코너에게 남겨두고 떠날 생각은 전혀 없어.」

「도대체 무슨 말을 하는 거야? 그에게로 돌아가. 제발, 늦기 전에. 그는 언니의 남편이야.」

「계속 잔소리할 거야?」

페이스는 충분히 언니를 몰아세웠다고 생각했다.

「아마 신선한 공기를 쐬면 기분이 좀 나아질 거야. 밖으로 나가서 정원을 좀 걷자고.」

「만일 우리가 길에서 벗어난다면, 우리는 더 이상 신성한 땅의 가호를 받을 수 없어.」

「잘 모르겠는걸?」

「교회 앞의 길 말이야. 거기 나무 십자가가 한쪽은 북쪽을 가리키고 있고 한쪽은 남쪽을 가리키고 있잖아. 만일 길에서 벗어난다면, 우린 안전하지 않아. 그러니 우린 여기에 그냥 있어야 해. 게다가 만일 신부님 계산이 옳다면 곧 질리안이 도착할 거야.」

「언니가 여기에 숨어 있어야 한다면 그러지 뭐. 하지만 적어도 이 창을 가린 가죽 덮개는 떼어버려야겠어. 그러면 햇빛이 안으로 들어올 수 있겠지. 여긴 마치 무덤 속 같아.」

페이스는 언니의 동의를 기다리지 않았다. 창문으로 뛰어가 고리를 떼어내고 두꺼운 가죽을 잡아당겼다. 밝은 햇빛에 눈을 감으면서 그녀는 머리를 뒤로 젖혔다.

「바람이 굉장히 시원해.」

페이스의 얼굴은 붉게 상기되어 있었다. 그녀는 두 팔을 들고 그림자를 만들어내면서 팔이 아플 때까지 그 상태로 서 있었다. 그리고 눈을 떠 바깥을 내다보았다.

「오, 난…… 하나님! 저기, 저기…… 굉장해!」

「뭐가 잘못됐니?」

브렌나가 물었다.

눈앞에 펼쳐진 광경에 홀려 페이스는 고개를 끄덕일 수조차 없었다. 수도원 북쪽 먼 곳으로부터 거인들이 오고 있었다. 적어도 40명은 넘을 것 같았다. 그리고 사나워 보이는 전사 한 명이 그들과 떨어져서 길을 따라 달려오고 있었다.

모든 사람들이 무릎 아래뿐만 아니라 가슴 위도 맨몸이었다. 한쪽 어깨에서 반대편 허리까지 흘러내린 천은 분명 찢어졌다고 밖에 말할 수 없었다. 또 그들 중 몇 명은 흉터가 있었다. 그들 모두 절박할 정도로 목욕과 머리 손질, 그리고 단정한 옷이 필요한 사람들이었다.

하나님, 저들은 야만인이야!

페이스는 급하게 몸을 돌렸다.

「언니는 돌아가지 않아도 돼. 주님, 언니가 제정신을 차리게 해주셔서 감사합니다. 아니, 안 돼, 언니는 남편에게 돌아가서는 안 돼. 언니는 질리안과 함께 살아. 오빠는 언니를 행복하게 해줄 거야. 언니를 끔찍할 정도로 사랑하잖아. 왜 내게 말하지 않았어? 그들이…… 오, 브렌나, 이제껏 어떻게 살아남은 거야?」

「뭐라고 중얼거리는 거니?」

브렌나는 밖을 내다보기 위해 창으로 다가갔다.

페이스는 미친 듯이 머리를 흔들었다. 그녀의 언니는 이미 남은 생애 동안 충분히 괴로워할 만한 고통을 겪었다. 지금 눈에 보이는 것들이 그 증거였다.

브렌나가 어떻게 지내왔는지에 대해 별다른 생각을 하지 않았기 때문에, 그녀는 서둘러 자신의 생각을 수정했다. 그리고 더듬거리면서 사과했다.

「미안해. 정말 몰랐어……. 내가 그들을 보기까지…… 아니, 이제 문제
도 되지 않아.」

「뭐가 문제가 아니라는 거니?」

브렌나가 물었다.

페이스는 그녀에게 달려와 그녀를 간이침대 반대편으로 밀었다. 그리
고 문으로 달려가 안에서 문을 잠가버렸다.

「뭐가 문제가 아니냐 하면…… 밖에 나가는 거 말이야. 어, 그럴 필요
가 없다는 거지. 난 오두막 안이 좀 추운 것 같아. 다시 가죽을 매달아
야겠어.」

페이스는 창가로 돌아가 밖을 흘끗 쳐다보면서 아까 자신이 본 야만
인이 그저 상상이었기를 희망했다. 하지만 그들은 여전히 그곳에 있었
다. 그리고 아까보다 더더욱 험상궂게 보였다. 끈을 매다는 손이 덜덜
떨렸다.

「브렌나, 언니 남편이 어떻게 생겼는지 말해주겠어?」

「왜?」

「그냥 궁금해서, 그뿐이야.」

페이스는 가죽을 다시 매달면서 동시에 그 우두머리를 응시했다. 그는
정말로 그녀를 겁나게 만들었다.

「잘생겼어.」

「농담이겠지.」

「아니, 그렇지 않아. 잘생겼어.」

「정확히 어떻게 생겼냐니까? 외모를 묘사해보라고.」

「검은머리에 검은 눈, 그리고 곧은 코……. 키가 커, 매우 강하고. 이
제 됐니?」

「머리카락이 길어?」

「맥칼리스터 일족 사람들은 다 머리가 길어. 뭘 쳐다보는 거야?」

「싱클레어 신부님.」

거짓말이 아니었다. 왜냐하면 싱클레어 신부가 다른 야만인들 앞에 서

있는 전사에게로 달려가고 있었다. 페이스 생각에 신부는 반대 방향으로 달렸어야 옳았다. 저들은 모두 완전무장을 하고 있었다.

브렌나는 물동이로 가 얼굴과 손을 씻었다.

「만일 신부님이 밖에 계시다면, 밖으로 나가도 안전할 거야. 네가 길 밖에서 방황하게 놔두지 않으실 테니까.」

「한 사람의 경호원도 없이 단둘이서 여기까지 오는 여행이 안전하기는 한 거야?」

「지금은 그렇지 않지만 그땐 그럴 필요가 없었어. 난 사제복을 입고 있었거든. 모든 하일랜드인들은 이 옷을 입은 사람들을 존경해. 아무도 그들을 해치지 않아. 어쨌든 지금은 네가 가장 신경 쓰여. 넌 뭐든지 결심하면 아무리 위험한 일이라도 하고야 말았잖니. 그래도 언덕에 올라가서 꽃을 꺾겠다고 결심해도 신부님이 가만두지 않으실 테니까 원하는 대로 해.」

「오, 안 돼, 방금 가죽천이 창에서 떨어졌어.」

덮개가 쉿 소리를 내면서 막 신부가 걸음을 옮기려는 돌바닥에 떨어졌다. 싱클레어 신부가 창문을 향해 시선을 던졌다.

「죄송해요, 신부님. 그게 미끄러졌어요.」

페이스는 뒤로 한 발짝 물러서기 전에 재빨리 소리쳤다. 그러지 않는다면 신부가 야만인들 앞에서 또 한 번 훈계를 할 게 틀림없었다.

신부와 맥칼리스터 사람들이 모두 그 소리를 들었지만, 퀸란을 제외한 모든 사람들은 모른 척했다. 퀸란은 분명한 호감을 표시하면서 씩 웃었다.

호기심에 크리스핀이 그에게 몸을 돌렸다.

「그녀에게서 뭐 재미있는 것을 발견했나?」

「매력적이라는 걸 알았네.」

크리스핀은 자신이 그를 미쳤다고 생각한다는 사실을 알리기 위해 고개를 흔들어 보였다. 퀸란은 고개를 끄덕이고는 자신의 의도를 설명했다.

「난 페이스를 가질 생각이야.」

「그녀는 자네로부터 도망칠걸.」

「그러길 바래. 그렇지 않으면 아무런 재미도 없을 거 아닌가. 그녀는 매우 쾌활해 보이는군, 안 그래?」

「결혼할 거야?」

「반드시!」

코너가 갑자기 자신의 손을 들어올렸다. 친구들은 그가 신부가 하는 말을 듣기 위해 조용히 하길 원한다고 생각했다. 그러자 영주는 그들 가까이 적이 출현했다는 신호를 보냈다.

잉글랜드인들이 다가오고 있었다. 질리안과 그의 부하들이었다. 말 발굽소리로 코너는 병사들이 대충 60여 명 정도 된다고 추측했다. 크리스펀과 퀸란이 즉시 자신들의 영주를 지키기 위해 양옆으로 다가왔다.

싱클레어 신부는 맥칼리스터들이 전투를 위해 긴장하고 있다는 사실을 깨닫지 못했다. 그는 다시 한 번 브렌나가 킨케이드 성을 떠나는 데, 자신은 아무런 도움을 주지 않았다고 설명했다. 또 브렌나가 자신의 계획을 암시한 적도 없어서 성을 떠나 숲으로 들어갈 때까지, 그리고 그녀가 자신을 부를 때까지 그녀가 따라오고 있다는 사실조차 몰랐다고 설명했다.

「등뒤를 한번도 돌아보지 않았다는 겁니까?」

코너가 물었다.

「당신의 영지와 킨케이드의 영지에서는요. 왜냐하면 그 장소에서는 제가 안전하다는 것을 믿거든요. 하지만 부인이 제게 존재를 드러내 보인 뒤에는, 매순간 경계를 했습니다. 전 그녀에게 돌아가시라고 계속 말씀드렸지만, 전혀 듣지 않으셨어요. 영주님, 그렇다고 그곳에 혼자 계시게 할 수는 없잖습니까?」

코너는 머리를 흔들었다.

「지금은 아내가 괜찮다는 것만 인정하시면 됩니다. 제가 신경 쓰고 있는 건 그게 전부이니까요. 그녀에게 이리 나오라고 전해주십시오.」

「그 요청을 거절하실 겁니다. 물론, 시도는 해보겠습니다만.」

「절 거절할 수 없을 겁니다.」

그는 벨트에서 단검을 꺼내 제이미가 플래드에 매달아준 메달의 실을 끊었다.

「이걸 가져가십시오.」

신부는 메달을 받으면서 고개를 끄덕였다.

「메시지는요?」

「그 메달이 저의 메시지입니다. 브렌나는 절 거절할 수 없을 겁니다.」

「만일 문 앞에 검을 놔두신다면, 안으로 들어오실 수 있습니다.」

코너는 대답 대신 신부에게 등뒤를 돌아보라고 제안했다.

「오, 하나님! 질리안이 오셨군요. 서둘러야겠어요. 제가 돌아오기까지 다른 성급한 행동은 하지 마십시오.」

「네, 알겠습니다.」

코너가 보장했다.

「물론 저들이 도발을 하면 문제는 다르지만.」

신부는 옷자락을 움켜쥐고, 수도원을 향해 달리기 시작했다.

「머리를 빗는 건 그만둬야겠어, 언니. 신부님이 안으로 들어오고 계셔. 사실대로 말하자면 달려오고 계셔. 내가 궁금한 건……, 어!」

「왜? 무슨 일이야?」

「질리안이 왔어.」

브렌나는 빗을 떨어뜨리고 간이의자에 앉았다. 드디어 하일랜드를 영원히 떠날 시간이 온 것이다. 오, 주님, 왜 이렇게 마음이 아픈 거죠?

눈에 눈물이 고였다. 브렌나는 머리를 숙여 온몸으로 기도했다.

「왜 이렇게 힘들지?」

브렌나는 몸을 구부리고 앞뒤로 흔들면서 내면의 고통이 밖으로 나올 수 있도록 갖은 노력을 다했다.

페이스는 자신이 무슨 말을 하는지 알지 못했다.

「난 몰랐어, 언니. 만일 내가 도와줄 수 있다면, 그렇게 하고 싶어. 형부가 언니를 더 편하게 만들어줄 수 있을 거야.」

「아니야.」

「형부가 여기 와 있어. 그건 분명 언니를……」

「자존심 때문에 온 거야.」

「언니가 그렇게 말할 줄 알았어.」

페이스는 창가에 기대서 그녀의 오빠에게 손을 흔들었다. 질리안과 그의 부하들은 갑옷과 투구 덕분에 눈부셔 보였다. 그녀는 몸을 돌려 맥칼리스터들을 다시 쳐다보았다. 그들의 모습은…….

「야만인 같아.」

「창문에서 떨어져.」

「난 언니 남편에게도 손을 흔들어야 한다고 생각해. 그를 무시하는 건 무례한 행동이야. 이미 질리안에게는 손을 흔들었단 말이야. 난 그를 화나게 하지 않을 거야.」

「그는 신경 쓰지 않아.」

어쨌든 그녀는 손을 흔들었다.

「그는 손을 흔들어주지 않아. 질리안은 흔들어줬는데……」

「제발 거기서 떨어져.」

브렌나가 명령했다.

「이리 와서 보라니까?」

문에서 노크소리가 나더니, 큰소리로 헐떡거리면서 싱클레어 신부가 계단을 올라 브렌나의 방으로 달려왔다.

「언니는 나가지 않으려 해요, 신부님. 제가 설득하고 있었지만, 그녀는 코너와 관계된 일은 전부 다 거절하고 있어요.」

간이침대로 돌진하기 전에 신부는 고개를 끄덕였다.

「남편께서 당신께 나오라고 말씀하셨습니다. 부인, 이거면 당신을 나오게 할 수 있다고 확신하시더군요.」

신부는 그녀의 무릎 위에 메달을 떨어뜨렸다.

브렌나는 한마디 말도 없이 오랫동안 나무 메달을 응시했다. 페이스는 더 가까이 보려고 몸을 숙여 집으려 했다. 그러나 브렌나가 동생보다 먼저 메달을 낚아챘다.

브렌나는 벌떡 일어서 창가로 돌진했다. 그 메달을 창 밖으로 던져버릴 생각이었다. 순간 코너가 보였다.

「매우 피곤해 보여.」

브렌나가 속삭였다.

「당신이 가야 합니다, 부인. 당신이 남편과 함께 가든, 질리안과 함께 떠나든 싸움을 피할 수는 없습니다.」

그녀는 창문에서 떨어져 문으로 걸어갔다.

「오빠는 내가 여기 있는 걸 몰라요.」

「그건 문제가 되지 않습니다.」

신부는 브렌나를 따라 문 밖으로 나와 계단을 내려갔다.

「당신의 남편은 부인이 이곳에 있는 걸 압니다. 그리고 질리안 또한 동생들을 데려가길 원할 겁니다.」

「내게 그를 자신의 요새로 돌려보낼 방법이 있을 거야.」

「말해봐.」

페이스가 언니를 따라잡으려고 달리면서 요구했다.

「단순하게 날 사랑하느냐고 묻겠어. 그렇다고는 말하지 못할 걸. 그러면 내가 잉글랜드로 돌아가야만 한다는 사실을 깨달을 수 있겠지.」

「그가 깨닫지 못하면?」

「그가 뭘 원하든 내가 싫다고 하면 그 또한 아무것도 할 수 없어.」

「언니는 형부가 얼마나 큰 사람인지 잊어버렸어? 그는 자신이 원하는 건 뭐든지 할 수 있어.」

「안 된다는 말은 그에게도 똑같은 의미야.」

「당신은 그분을 사랑합니다. 안 그래요, 부인?」

신부가 물었다.

「네, 그를 사랑해요. 하지만 그걸로 충분하지가 않아요.」

신부는 문으로 다가갔지만, 아직 문을 열지 않았다.

「페이스, 먼저 나가세요. 그리고 오빠에게 뛰어가 맥칼리스터가 전혀 위협적이지 않다는 사실을 알려요.」

「신부님은 질리안의 병사들이 하일랜드인들을 해칠 거라고 생각하세요?」

「아니, 제가 확신하는 건 맥칼리스터들이 땀 한 방울 흘리지 않고 저 사람들을 모두 죽일 거란 사실입니다. 저들은 원한다면 얼마든지 무자비해질 수 있는 사람들입니다. 하나님만이 아시겠지만, 쉽게 적들을 제압할 수 있어요.」

「하지만 수적으로도 두 배나…….」

「사람 수는 전혀 문제가 되지 않아요. 난 저들이 싸우는 걸 보았어요. 맹세컨대 전 제가 무슨 말을 하고 있는지 알고 있습니다.」

「말씀하신 대로 할게요.」

페이스는 약속하고 서둘러 오빠에게 달려갔다. 그리고 그를 꼭 끌어안았다. 그녀는 잠시 동안 브렌나의 남편이 그녀의 어머니에게 사람들을 보낸 이야기를 주의 깊게 들었다. 질리안은 코너가 맥네어로부터 페이스를 구하기 위해 부하들을 보냈다고 했다. 또한 그들의 어머니가 그 무리의 우두머리를 마음에 들어하시고 또다시 방문해주기를 바라고 있다고 덧붙였다.

페이스는 브렌나가 밖으로 나오는 동안 오빠의 시선을 끌고 있었다.

「내가 안으로 들어가 옷가지를 가지고 나온 뒤에 더 자세한 이야기를 해줘요.」

페이스는 그렇게 할 생각이었다. 하지만 그 대신 브렌나의 뒤를 따랐다. 언니는 너무 외로워 보였다. 페이스는 단지 그녀에게 더 이상 마음 아픈 일이 생기지 않도록 막을 생각이었다.

질리안은 좀더 기다릴 수 있을 것이다. 몇 분 정도 못 기다릴 건 뭐야.

「난 저리 가봐야겠어요, 질리안.」

페이스가 소리쳤다.

「그냥 먼저 언니의 남편을 만나보고 싶어요.」

오빠가 안 된다고 말하기 전에 그녀는 치맛자락을 들고 서둘러 맥칼리스터들이 있는 곳으로 향했다.

싱클레어 신부는 일층 창문에 있는 수도사들이 밖으로 나오지 못하도록 하느라 진땀을 빼고 있었다. 그는 모든 사람들 하나 하나에게 성스러운 땅에서 전쟁은 일어나지 않으리란 사실을 확신시키고, 아무런 일도 없을 테니 각자의 임무로 돌아가라고 설득했다.

「그저 가족들이 재결합하는 것뿐입니다.」

그리고 속으로 기도를 드리면서 설명했다.

페이스는 수도사들에게 아무런 설명도 하지 않고 그저 손만 흔들어주었다. 그들 중 몇 사람이 그녀의 열정적인 몸짓에 마주 손을 흔들어주었다. 페이스가 길 끝으로 점차 다가가자, 맥칼리스터들 중 한 사람이 그녀의 시선을 끌었다. 그녀는 그가 자신에게 뭔가를 기대하고 있거나 아니면 뭔가 말하려 한다는 특별한 느낌을 받았다. 하지만 그는 아무런 움직임도 아무런 표시도 하지 않았다. 그러나 그녀는 그가 자신에게 뭔가를 바라고 있다는 느낌을 떨칠 수가 없었다.

모든 병사들이 삼엄한 경계 태세로 그녀의 오빠와 병사들을 쳐다보고 있었다. 브렌나가 갑자기 걸음을 멈췄다. 페이스는 그녀가 남편에게 건넬 말들을 생각하기 위해 잠시 걸음을 멈췄다고 생각하고, 그녀가 마음을 결정할 수 있도록 돕기로 했다. 그녀는 언니에게 다가가 손을 잡고 다시 걸음을 떼도록 잡아끌었다.

브렌나는 여동생에게 전혀 관심이 없었다. 그녀의 시선은 남편을 향해 있었다. 사랑하는 남자를 이렇게 가까이 바라보는 것도, 그리고 다시는 함께 있을 수 없다는 사실도 그녀에게는 날카로운 고통을 주었다. 코너는 자신이 이곳으로 온 게 그녀에게 얼마나 고통을 주는 일인지 모르는 걸까? 브렌나의 심장은 두 쪽으로 갈라져 피를 흘리고 있었다.

그녀는 길 끝에 서서 다시 걸음을 멈췄다. 페이스도 손을 놓고 언니 뒤에 섰다.

　한참 동안 남편과 부인은 아무런 말도 없이 서로를 응시하고 있었다. 다시 한 번, 페이스는 도울 생각을 했다. 그리고 언니의 등을 가볍게 밀었다.

　브렌나는 깊게 숨을 내쉬고, 메달을 들고 말했다.

　「이게 당신에게 속해 있었죠.」

　「지금도 내 것이오, 브렌나. 당신도 마찬가지고. 지금도 그렇고 앞으로도 영원히.」

　그녀는 머리를 흔들었다.

　「너무 어려운 일이에요.」

　코너는 검을 빼어 크리스핀에게 건네준 뒤 말에서 내려 그녀 앞으로 걸어갔다.

　「내가 모든 일을 해결해주리다. 제발 울지 마시오. 내가 당신에게 상처를 주었다는 건 알고 있소.」

　신부가 브렌나에게 수건을 건네주기 위해 달려왔다. 하지만 코너의 시선에 마음을 바꾸고 몸을 돌려 질리안을 향해 걸어갔다.

　브렌나는 자신의 세계가 부서지는 느낌이었다. 코너가 그녀의 손을 잡고 정원을 향해 난 길을 걸어 내려가는 동안, 브렌나는 팔을 빼지 않았다. 그저 머리를 숙이고 안녕이라는 말을 하기 전에 두 사람만의 시간을 갖고 싶었다.

　개인적인 장소가 없다는 것이 그에게는 전혀 문제가 되지 않았다.

　「내가 당신에게 상처를 주었다는 건 알고 있소. 난 당신을 라엔으로부터 보호했어야 했소. 내 남은 생애 동안 나는 그 실수를 곱씹으면서 살게 될 거요. 당신이 날 용서해주리라고는 기대하지 않소, 브렌나. 하지만 난…….」

　「당신에게는 이번 일에 대한 책임이 없어요. 그가 무슨 짓을 하려 했는지 당신에게 말했어야 했어요. 그래야 했는데, 내가 그럴 용기를 얻기 전에 당신이 떠나고 말았죠. 그리고 라엔도 떠났고…… 난 그가 다시 돌아오지 않으리라고 생각했어요. 어쨌든 그건 문제가 되지 않아요. 당신은 유피미어에게 갔을 때 이미 선택을 했으니까요.」

코너는 깜짝 놀란 눈치였다.

「유피미어가 죽었다는 사실을 알면, 당신 기분이 더 나아질까?」

「오, 하나님, 안 돼요!」

「괜찮소. 내가 계획한 대로 그녀를 추방하지 않아도 되어 오히려 잘된 거요.」

브렌나는 돌아서서 그를 응시했다. 코너는 다시 그녀를 자신의 품에 안을 수 있게 될 때까지 얼마나 오랜 시간이 걸릴지 알 수가 없었다. 코너는 브렌나의 손을 놓고 돌벽에 기대앉아 그녀가 가까이 다가오기를 기다렸다.

그녀가 가까이 다가와 물었다.

「유피미어에게 무슨 일이 있었죠?」

「난 당신이 이해할 수 있도록 내 아버지의 유산에 대해 말해주겠소. 하지만 굉장히 긴 이야기요. 그 이야기를 듣고 싶소?」

코너를 감싸고 있는 슬픔이 브렌나의 마음을 잡아끌었다. 그를 둘러싸고 있던 강한 힘이 사라진 것 같았다. 머리는 숙여져 있고, 수년 동안 짊어지고 있었던 삶의 무게에 어깨가 눌린 듯한 자세였다.

「그 이야기를 내게 하고 싶어요?」

「그렇소.」

브렌나는 더 가까이 걸음을 옮겼다.

「그럼 이야기해주세요.」

코너의 얼굴이 다시 펴졌다.

「난 로터가 당신에게 폐허에 대한 이야기를 해주었다고 알고 있소. 그 것들은 내가 아버지의 복수를 한 뒤, 헐어버릴 생각이었소. 난 당신에게 그분이 어떻게 돌아가셨는지, 그리고 내게 무슨 말씀을 하셨는지 말해주고 싶소.」

「로터는 내게 그 대량학살 때 당신이 그곳에 있었다고, 그리고 아주 어린 소년이었다고 말해주었어요. 난 당신이 그 일에 대해 말해주었으면 해요. 하지만 그건 당신이 원할 때의 일이에요. 그러고 싶은 거예요?」

코너가 고개를 끄덕였다.

「그분은 쉽게 죽을 수가 없었소……」

그의 마음속에 묻혀 있던 과거가 거침없이 쏟아져 나왔다. 그는 자신이 느꼈던 좌절과 공포를 비롯해, 그 모든 것을 기억하고 있었다. 브렌나는 아주 어린 소년이었을 그가 잿더미 사이를 기어가 아버지의 무거운 검을 가슴에 품는 장면을 그려볼 수 있었다. 코너에 대한 경외의 마음이 들었다. 그는 백 명의 고귀한 기사들보다도 더한 명예와 용기를 지니고 있었다. 브렌나가 그를 사랑하는 건 전혀 이상한 일이 아니었다.

「복수를 해달라는 아버지의 바람은 항상 내게 강박관념으로 남아 있었소」

그녀는 자신이 이해한다는 사실을 알리기 위해 고개를 끄덕였다.

「물어보고 싶은 게 있어요」

「말하시오.」

「아버지가 당신에게 했던 것과 같은 요구를 당신의 아들에게도 할 건가요?」

그는 대답을 주저하지 않았다.

「만일 살인자들이 다시 돌아올 기회를 노린다면, 난 내 아들에게 조심하라고 경고할 거요. 그리고 적이 누군지 이름을 알고 있으라고 말할 거요. 난 가족이 두려움 속에서 살아가는 걸 원치 않소. 하지만 내 복수를 해달라고 요구하거나 부탁하지는 않을 거요」

그는 자신의 대답이 다시 브렌나와의 미래를 설계했다는 사실을 알지 못했다. 그는 자신의 손을 앞으로 들어올려, 브렌나가 손가락과 손바닥에 있는 흉터를 볼 수 있도록 했다.

「이것이 나의 유산이오. 나는 이 흉터들을 없앨 수가 없소. 그리고 지금의 내 모습을 바꿀 수도 없소」

브렌나는 그의 손을 붙들고 손바닥에 키스했다.

「당신 손은 아름다워요. 당신이 과중한 짐으로 고생할 때마다, 걱정을 할 때마다, 당신은 당신의 손을 보면서 당신이 명예롭고 용기가 있다는 사실을 기억했을 거예요. 그래서 이렇게 흉터가 존재하는 거예요.」

「명예로운 남자라면 아내가 도망하는 일이 없겠지. 내가 당신을 실망시켰소.」

그녀는 머리를 흔들었다.

「당신은 날 실망시키지 않았어요. 난 당신이 과거에서 벗어날 수 없을 거라 생각했어요. 그리고 우리의 아들에게도 그러한 짐을 떠넘길까 두려웠죠. 하지만 제가 당신을 포기했던 이유는 당신이 유피미어에게 갔기 때문이에요. 그때 난 당신이 그녀와 나 둘 중에 그녀를 선택했다고 생각했죠. 그런데 왜 그녀를 추방하려 했던 거예요?」

「왜냐하면 그녀가 당신을 아프게 했소. 당신이 내게 어떤 의미인지 정말 모르는 거요? 라엔이 한 짓을 들었을 때 난 너무나 화가 났소. 난 당신과 내가 집으로 돌아가기 전에 그런 인간 쓰레기들은 다 없애버리고 싶었소. 당신의 그 순수한 마음 한구석에 그런 더러운 존재에 대한 걱정이 자리잡는다는 생각만으로도 참을 수가 없었소. 난 그녀를 죽이고 싶었소.」

「하지만 맥칼리스터들은 여자를 죽이지 않죠.」

「그렇소. 난 그녀를 추방할 생각이었소. 앞으로는 결코 맥칼리스터란 이름을 사용할 수 없게 하고, 감히 내 플래드를 걸치지 못하게 하려 했소. 그녀가 성을 떠난 지 얼마 안 됐기에 그녀를 따라가 그렇게 말하려 했소. 그런데 그녀가 맥네어를 끌어안는 장면을 본 거요.」

「배신자였군요?」

「그렇소.」

「어떻게 그럴 수가 있죠?」

「나중에 설명해주겠소. 당신은 내가 할 일은 단지 마음을 열어보이는 거라 했소. 기억하고 있소?」

「네, 기억 나요.」

코너는 손을 들어 그녀의 허리를 잡고 자신 쪽으로 잡아당겼다.

「내게 당신을 사랑하느냐고 물었지? 그렇게 말했어야 했소」

「뭘요?」

「당신을 사랑하오.」

브렌나는 머리를 흔들었다.

「아뇨, 당신은 그저 아들을 원할……」

「당신을 사랑하오.」

눈물이 브렌나의 얼굴을 타고 흘렀다. 코너는 눈물을 다정하게 닦아주고는 다시 그녀를 꼭 끌어안았다.

「당신이 날 사랑하는 것도 알고 있소. 왜 내게 그 말을 해주지 않는 거요? 두려워하는 거요?」

「당신이 날 사랑하지 않는다고 생각했기 때문에 말하지 않은 거예요. 네, 두려웠어요. 하지만 당신은 두려워하지 않는군요? 그렇죠?」

「당신을 사랑한다면, 그건 내가 약해진다는 뜻이오. 하지만 나 자신을 당신으로부터 방어할 수가 없었소. 당신은 날 지옥으로부터 꺼내주었소. 당신을 사랑한다는 사실을 깨닫게 되자, 난 다시 태어난 기분을 느꼈소. 우리 둘 중 한 사람이 먼저 죽는다 해도, 남겨진 사람은 그 추억을 가지고 견뎌낼 수 있을 거요. 당신, 그거 아오?」

「뭐요?」

「난 당신이 떠나게 놔두지 않을 거요. 당신은 늘 내가 줄 수 있는 것보다 더 많은 것을 원하고 있소. 하지만 신경 쓰지 않을 거요. 당신은 내 거요.」

그녀는 그의 가슴에 기댔다.

「아직도 당신에게 키스하려면 허락을 받아야 하나요? 당신은 내게 사과부터 해야 해요.」

「왜? 당신을 보호하는 일에 실패했으니까……」

「아니, 그런 뜻이 아니었어요. 하지만 당신은 내 마음을 아프게 했어요. 어떻게 감히 아들을 낳아주면 잉글랜드로 보내주겠다는 말을 할 수 있죠? 그건 너무나 잔인한 일이에요. 그리고 난 아직도 왜 당신이 날 그렇게 잔인하게 대했는지 이해할 수가 없어요.」

「당신이 가족들을 너무 보고 싶어했잖소. 그래서 난……」

「당신이 뭐요?」

그는 자신의 죄를 인정하면서 뻔뻔스러운 미소를 지었다.

「거짓말을 했소.」

브렌나의 눈이 불신으로 커졌다.

「내게 거짓말을 했다고요?」

「당신을 잉글랜드로 돌려보낼 거라고 했던 말.」

「감히 그렇게 웃지 말아요. 난 당신을 믿었어요. 당신은 절대 거짓말을 하지 않는다고 생각했는데, 다 틀렸군요.」

반짝이는 눈으로 브렌나는 코너에게 죄책감을 심어주려 했다.

「또 다른 거짓말을 한 게 있나요?」

그는 어깨를 으쓱해 보였다.

「어쩌면……」

「다시는 그러지 말아요.」

「제이미에게 유피미어에게 간다고 했던 말도 거짓말이었소. 사실, 결과적으로는 거짓말이 아니었지만 말이오. 왜냐하면 그녀는 맥네어와 함께 있었거든.」

순간 브렌나의 온몸이 굳어버렸다.

「당신 그럼……」

「나중에, 내 사랑! 키스할 수 있도록 허락해주겠소?」

「아니요, 내가 당신에게 키스할 수 있도록 허락해주실래요? 모든 일이 다 변했어요. 지금 이 순간부터 말이죠. 당신이 집을 떠나게 될 때면 언제든 내게 그 이유를 말해주어야 해요. 만일 다시 아침에 눈을 떠서 당신이 없어졌다는 사실을 알게 된다면, 그때는 내가 가만두지 않겠어요. 하나님도 도와주실 거예요.」

「오, 당신은 날 사랑하고 있소, 안 그렇소?」

「당신은 당신의 메달을 꼭 달고 다니겠죠? 내가 그 의미를 말해주었잖아요.」

「그 메달을 목에 걸고 다닐 생각은 없소. 그건 무기가 되어버릴 거요. 만일 당신이 내 플래드에 메달을 붙여준다면, 그걸 입고 다니겠소. 그럼 만족하겠소?」

그의 아내는 눈부신 미소를 지었다.

「난 우리 집 앞문을 고쳤으면 좋겠어요. 당신에겐 그런 튼튼한 문이 안전할지 모르지만 난 그 문을 열 수가 없어 늘 뒷문으로 다녀야 하거든요.」

「좋소, 내가 곧 바꾸리다.」

「난 검둥이를 타고 싶어요.」

「그건 안 되오.」

브렌나는 그의 목에 팔을 두르고 온몸을 밀착시켰다.

「다시 생각해보실래요?」

「싫소.」

브렌나가 웃음을 터뜨리자 코너는 입술을 겹쳤다. 아주 오랫동안 열정적인 키스로 코너는 자신이 그녀를 얼마나 사랑하는지를 보여주었다. 브렌나가 너무 적극적으로 행동했기 때문에 그는 그녀에게 지금 있는 곳을 상기시켜 주어야 했다.

「오늘밤 우리는 야외에서 잠을 잘 건가요?」

「오늘밤 우린 잠을 자지 않을 거요. 하지만 당신이 원한다면 밖에서 지내게 될 거요.」

「당신 매우 피곤해 보여요.」

「당신도 그렇소, 브렌나. 다시는 이런 고통을 주지 마시오. 내 곁을 떠나지 않겠다고 약속하시오. 어떤 일이 일어난다고 해도.」

「약속해요, 코너. 이리 와서 내 여동생을 만나보세요. 어머나, 도대체 저게 무슨 일이야. 저 애는 지금 수도원 경계를 넘어가려 하고 있어요. 그 어떤 맥칼리스터도…….」

「퀸란이 있소」

「무슨 소리예요?」

「만일 그녀가 길에서 벗어난다면, 퀸란이 보호할 거요. 그게 내가 하려던 말이오.」

「그에게 저 애를 쳐다보지 말라고 하세요」

「당신 여동생은 별로 신경 쓰이지 않는 것처럼 보이는데? 그녀가 뒤를 돌아보았소. 그리고 다가가는군.」

「페이스, 이리 오렴.」

브렌나가 소리쳤다.

하지만 페이스는 그녀를 무시했다.

「코너, 퀸란과 크리스핀에게 이리 오라고 명령하세요」

「요청은 할 수 있지만, 저들이 그렇게 할지는 모르겠소」

오, 하나님! 그녀는 질리안에 대해 까마득히 잊고 있었다.

「당신도 이리 와서, 내 오빠를 만나봐요.」

「싫소」

「만일 그가 이쪽으로 온다면, 만나볼래요?」

코너는 어깨를 으쓱해 보이면서 자신의 심정을 전달했다.

「만일 그가 무장을 했다면, 난 그를 한쪽으로 데려가서 그와 함께 모욕이라는 말에 대해 논의해보고 싶소」

그가 무슨 말을 하는지 알 수 있었다.

「그는 무장하지 않았을 거예요. 내가 데려오겠어요」

「안 되오.」

그 거절의 말에 브렌나는 코너의 마음을 바꿀 수 없으리라는 사실을 깨달았다. 싱클레어 신부가 그녀의 목적을 이루기 위해 달려왔다. 잠시 후, 질리안이 그 길 한가운데까지 걸어와 그들에게 합류했다. 코너와 마찬가지로 그 또한 무장을 하고 있지 않았다.

브렌나가 질리안에게 페이스를 데리러 와준 데에 대해 감사의 말을 하는 동안, 싱클레어 신부는 페이스를 데리러 갔다. 신부가 그녀에게 다가간 순간, 퀸란이 페이스에게 윙크를 하고 있었다.

「몇 분 안에 맥칼리스터들에게 작별인사를 해야 합니다. 페이스, 당신 언니는 당신을 돕기 위해 와준 데 대해 질리안에게 감사를 하고 있습니다.」

「브렌나의 남편도 우호적으로 나왔나요?」

「오, 아닙니다. 브렌나나 나는 그가 결코 잉글랜드인과 우호적으로 지내지 않으리란 사실을 알고 있습니다. 물론 그가 저들을 죽인다는 뜻은 아닙니다.」

페이스는 머리를 흔들어 보인 뒤, 걸음을 빨리 했다.

「미안해요. 오래 기다렸죠, 질리안?」

질리안은 그녀를 자신의 뒤로 미는 것으로 대답을 대신했다. 그녀는 벽 쪽으로 달려가 언니 옆자리에 앉았다.

두 남자는 적을 마주하듯이 서로를 응시하고 있었다. 브렌나는 끈기 있게 기다릴 수가 없었다.

「질리안, 나를 봐서 기쁘지 않아요?」

마침내 그는 코너에게 고정되어 있던 눈길을 거두고, 여동생의 얼굴을 쳐다보았다.

「물론 기쁘단다. 나와 함께 집으로 가겠니?」

「아니요, 이제 제 집은 남편이 있는 곳이에요. 우리는 결혼했거든요. 제가 보장할게요. 전 무척 행복해요. 아버지께 절 맥네어에게 보내려 하신 걸 용서해드리겠다고 전해주세요.」

「아버지는 맥네어가 그렇게까지 나쁜 놈인지 모르셨단다. 또 네가 결혼한 사실도 모르고 계셔.」

그녀가 다른 질문을 하기 전에 페이스가 설명했다.

「아버지는 언니가 죄악을 행하면서 살고 있다고 생각하셔.」

페이스는 코너가 들을 수 없도록 조그만 목소리로 속삭였다.

싱클레어 신부가 앞으로 걸어나왔다.

「그런 대로 훌륭한 결혼식이었습니다. 질리안, 교회의 축복이 곁들여졌죠.」

「당신이 저들을 결혼시키셨습니까?」

「네.」

질리안의 푸른 눈이 신부를 뚫어지게 쳐다보았다. 신부를 믿어야 할지 말아야 할지 결정하려는 눈치였다.

「질리안, 부모님께 두 분을 결혼식에 초대하지 못해 죄송스러워한다고 전해주세요.」

질리안이 다시 그녀에게 몸을 돌렸다.

「교회에서 결혼했니?」

「우리는 주님의 아름다운 교회 중 한 곳에서 결혼했어요. 그 어떤 곳보다 아름다웠죠. 꽃들이 만발한 곳, 전 녹색 차양 아래를 지나 교회로 들어갔는데, 싱그럽고 신선한 향기가 가득 차 있었어요. 그리고 햇빛이 보석처럼 반짝이고 있었어요. 우리들이 서로에게 서약을 하는 동안 히스꽃 향기가 온 세상을 덮었죠. 저와 코너는 세상에서 가장 아름다운 장식을 한 옷을 입었어요. 그리고 결혼식은 굉장한 축복과 함께 이뤄졌고, 그 뒤 우리는 결혼 피로연에 참석했죠.」

그녀의 눈은 추억을 회상하느라 감상적으로 변했다. 브렌나는 단지 여자들만이 할 수 있는 방식으로 자신의 행복했던 결혼식을 설명하고 있었다. 그녀는 분명히 행복해 보였다.

「결혼이란 참으로 신비해요. 안 그래요, 신부님?」

신부는 낭송하는 듯한 브렌나의 이야기에 감동을 받았다.

「그렇습니다. 신비롭고 의미 있는 일이죠. 질리안, 당신도 아시다시피 맥칼리스터 영주님이 아니었다면, 동생분은 오늘까지 살아 계시지 못했을 겁니다.」

「네, 저도 압니다.」

질리안은 기꺼이 그 사실을 인정했으며, 그는 매우 만족해했다.

코너는 그들의 얘기에 거의 관심이 없었다. 아내의 결혼식에 대한 추억은 그를 아찔하게 만들었고, 그녀와 단둘이 남게 되면 자신이 얼마나 그녀를 자랑스럽게 여기는지 말해줄 작정이었다.

「브렌나, 집으로 돌아갈 시간이오.」

「네, 코너.」

그녀는 일어서서 오빠에게 걸어갔다. 그리고 뺨에 키스를 했다.

「사랑해요, 질리안.」

「나도 널 사랑한단다, 브렌나. 그가 널 잘 돌봐주리라 믿는다.」

「그럴 거예요. 코너는 절 사랑해요. 그리고 저도 그를 사랑하고요.」

「그래 보이는구나.」

코너와 질리안은 오랫동안 침묵 속에서 서로를 쳐다보았다. 브렌나는 그 사이에 서서 그들이 서로에게 작별인사를 하기를 기다렸다.

마침내 질리안이 양보를 했다. 그가 코너에게 먼저 고개를 숙여 보이자, 코너도 그를 향해 머리를 기울였다.

이제 모든 일이 잘 풀릴 것이다. 브렌나는 그 사실을 알 수 있었다. 두 사람 다 거만하고 고집이 센 성격이었지만, 그녀는 여전히 그들을 사랑했다.

코너는 자신의 아내에게 팔을 얹고 떠나기 위해 몸을 돌렸다.

「잠깐만 기다리세요, 영주님.」

페이스가 소리쳤다. 그녀는 오빠가 자신을 붙잡을 수 없도록 빙 돌아 코너와 브렌나를 쫓아왔다.

「영주님, 당신은 아내에게 몇 명의 형제자매가 있는지 아세요?」

「내 아내는 8남매 중 일곱째이고, 당신이 막내죠. 안 그렇소?」

「네, 그럼 이름은 다 알아요?」

「페이스, 이럴 필요까지는…….」

「아니, 이럴 필요가 있어. 우린 언니에게 중요한 사람들이야. 그러니 언니 남편에게도 중요한 사람이어야 해. 안 그래?」

「이리 와요, 페이스.」

코너의 요청에 페이스는 감히 거절할 생각도 못 했다. 그래서 서둘러 앞으로 나가 그의 눈을 쳐다보면서 대답했다.

「예.」

「예, 영주님!」

브렌나가 동생의 대답을 정정해주었다.

「이제 코너도 내 가족이야. 그런데도 내가 영주님이라고 불러야 해?」

「그래도 그가 네게 호칭을 떼도 좋다고 허락할 때까지는 안 돼. 너도 잘 알고 있을 텐데…… 우리는 똑같은 가정교육을 받으면서 자랐잖니.」

페이스가 웃었다.

「좋아. 제 질문에 대답하지 않으셨어요, 영주님. 제가 우리 남매들의 이름을 알려드릴까요?」

「그럴 필요는 없소. 질리안, 윌리엄, 아서, 당신들이 매티라고 부르는 마틸다 그리고 조안, 레이첼, 내 아내, 그리고 당신.」

「당신…… 그 동안 내내 알고 있었던 거예요?」

브렌나가 물었다.

「그렇소.」

「그럼 왜 내게 그들 이야기를 못 하게 한 거죠?」

「왜냐하면 당신은 그들을 그리워하고 있었소 그러니 그들에 대한 이야기를 한다 해도 기분이 더 나아지지 않았을 거요. 또한 당신이 내게 충실하기를 바랐소. 이미 이 사실을 설명했다고 생각하는데…….」

브렌나는 그에게 기대었다.

「집에 가서 다시 설명해주실래요? 페이스, 이제 작별인사를 할 시간이야. 널 그리워할 거야.」

「내가 더 언니를 그리워할걸, 영주님, 감사의 인사를 한다는 걸 깜빡 잊고 있었어요. 당신이 맥네어로부터 절 보호하기 위해 사람을 보냈다고 질리안이 말해주었어요.」

「당신이 병사들을 보냈어요? 그들이 잉글랜드를 방문했나요?」

브렌나가 더듬거리며 물었다.

「응, 그랬대.」

페이스가 확실하게 말했다.

「엄마는 그 병사들이 마음에 드셨대. 아버지는 그곳에 안 계셨거든. 하지만 아버지도 언니 남편이 날 보호하려 했다는 소식을 들으면 기뻐하실 거야. 내가 궁금한 것은……」

「뭐요?」

코너가 물었다.

아내나 여동생이나 지금 그들이 성역 끝까지 와 있다는 사실을 깨닫지 못하고 있었다. 퀸란은 확실하게 눈치챘고, 그의 미소가 그 사실을 명확히 보여주었다. 코너는 공정한 게임이 될 수 있도록, 페이스가 교회의 성역에서 벗어나게 되는 걸음 수를 세고 있었다.

「그 사람들이 여기에 있어요? 난 그들의 책임자에게 고맙다는 말을 전하고 싶어요. 하지만 아직 그의 이름을 모르고 있어요」

「그의 이름은 퀸란입니다. 퀸란 또한 곧 그의 삼촌 일족의 영주가 될 계획입니다. 이제 저에 대한 의무가 다 끝났거든요. 그리고 이곳에 있어요, 페이스. 그는 지금 당신을 바라보고 있습니다」

페이스는 즉시 퀸란을 올려다보고는 그를 향해 걸음을 옮겼다.

「당신이 어떤 일을 했는지 오빠가 말씀해주셨어요. 절 보호해주시기 위해 성을 방문해주신 데에 대해 아버지께서는 고마움을 표시하고 싶으실 거예요, 퀸란. 저도 마찬가지고요」

퀸란은 아무 말도 하지 않고 알았다는 듯이 고개를 숙여 보였다. 오, 하나님! 그녀가 미소를 짓자, 보조개가 생겼다.

「분명한 건, 어머니께서 당신을 굉장히 좋아하신다는 거예요. 언제 다시 잉글랜드를 방문하실지 궁금해하세요」

코너는 페이스가 하는 말을 듣고 그의 친구를 쳐다보았다.

「그녀가 자네의 일을 더 쉽게 만들어주는군, 안 그런가?」

퀸란이 웃음을 터뜨렸다.

「그래, 그렇다네.」

브렌나나 페이스 둘 다 코너가 하는 말의 의미를 알 수가 없었다. 뭐가 쉽다는 걸까?

페이스가 막 자리를 뜨려고 할 때, 퀸란이 말했다.

「어머님께 언제 한번 방문하겠다고 전해주십시오. 그녀에게 제가 원하는 것이 있거든요.」

페이스는 그것이 뭔지 궁금했지만, 그 이상의 질문을 던지는 게 왠지 무례하다 싶어 그만두었다.

「그렇다면 다시 만날 수 있겠군요. 전 적어도 2년 안에는 결혼할 생각이 없거든요. 아버지께서 원하시지 않는다고 해도요. 이미 나이는 찼지만, 전 제가 어리광으로 똘똘 뭉쳐 있다는 사실을 깨달았거든요. 그러니 별다른 변화가 없는 한, 제 마음대로 행동할 수 있도록 약속해주는 귀족을 만날 때까지 시간을 벌 거예요. 만일 당신이 방문하기 전에 제가 결혼을 했더라도, 제가 얼마나 당신께 고마운 마음을 가지고 있는지는 기억해주세요. 안녕히 가세요, 퀸란. 주님이 함께 하시기를 빌게요.」

페이스는 존경을 표시하기 위해 완벽한 모습으로 절을 한 뒤, 브렌나와 코너에게 작별키스를 했다. 깜짝 놀라는 코너를 뒤로 하고, 그녀는 몸을 돌려 인상을 쓰고 있는 오빠에게로 달려갔다.

「그 누구보다도 페이스가 보고 싶을 거예요」

「그녈 다시 볼 수 있을 거요」

코너가 브렌나를 달랬다.

「글쎄요. 그건 그렇고 퀸란이 우리 곁을 떠난다니 유감이군요. 그럼 당신이 성을 떠날 때마다 크리스펀이 책임을 맡게 되는 건가요?」

「아니, 그는 휴의 성으로 가게 될 것 같소. 휴 일족 사람들이 내게 그들의 지도자가 되어줄 만한 사람을 부탁했소. 그들은 그리스펀을 원하고 있고, 크리스펀도 그 사실에 기뻐할 거요.」

코너는 아내를 들어 검둥이의 등에 앉히고, 자신도 그녀 뒤로 뛰어올랐다. 그리고 그녀를 끌어안은 뒤, 귀에 대고 다시 한 번 얼마나 사랑하는지 말해주었다.

「우리는 또다시 시작하는군요, 그렇죠?」

「그렇게 생각하는 게 당신을 행복하게 만든다면, 별다른 반박은 하지 않겠소. 어쨌든 그렇게 하면 내가 얼마나 사려 깊은 사람인지 당신이 기억할 수 있겠지.」

「당신은 이미 사려 깊은 사람이에요, 왜 내가 당신을 사랑하는지 궁금하지 않아요? 내가 궁금한 것은…….」

「뭐요?」

「난 안장 없이 말을 타고 싶어요. 만일 당신과 함께라면 다른 말을 탈 수 있을까요?」

「안장 없는 말을 탈 때는 요새 안에만 머무르겠다고 약속하시오. 그럼 그 요구를 관대하게 허락하겠소. 당신은 내가 얼마나 양보를 하고 있는지 알고 있는 거요?」

「그럼요. 그리고 당신이 이렇게 놀라울 정도의 좋은 기분을 유지하고 있으니까…….」

「뭐요?」

「교회에 관한 건데요…….」

에필로그

황혼은 신비로운 시간이었다.

헝클어진 머리에 아장아장 걷고 있는, 장난기 가득한 어린아이는 엄마가 꽃을 심자마자 그것들을 땅에서 뽑아버렸다. 그게 아주 즐거운 놀이라는 사실을 발견한 모양이었다.

코너는 아이들과 어울리기 전에 침실로 가 검을 빼놓았다. 하지만 그럴 때면 항상 창문 앞에 서서 성벽 밖을 둘러보았다. 폐허가 허물어지자마자, 첫 번째 히스 꽃이 울창하게 피어났다. 이제 들판은 풍요롭고 아름다운 색으로 생생하게 살아 있었다. 아내는 그 풍요로운 들판이 이전에, 그곳에서 돌아가신 넋을 위한 적절한 신물이라고 믿고 있었다.

벌꿀 향기가 웃음소리와 함께 섞여 있는 그곳, 바로 그들의 보금자리였다.

Julie Garwood

The Gift

투명한 열정을 발하는 귀여운 여인, 그녀가 펼치는 사랑의 에피소드.
줄리 가우드의 재치 넘치는 글쓰기, 그 재미를 다시 한 번!

귀엽고 아름다운 여인으로 성장한 꼬마 신부 사라 윈체스터는 세인트 제임스 후작인 자신의 남편 네이던이 자기를 데리러 올 날을 고대한다.

사라는 자신의 앞에 서 있는 멋진 남자, 그 감촉만으로도 그녀 안에 감추어진 사랑의 즐거움을 일깨워주는 남편이 어릴 적 들었던 악명 높은 해적 페이건이라는 사실을 알지 못하며, 한편 어떤 여인에게도 마음을 주지 않았던 네이던은 깜찍하고 반항적인 사라로 인해 때로 웃고 때로 열 받기도 하면서 잔잔한 행복을 느낀다.

네이던의 배, 씨 호크호 선상에서 갖가지 소동을 벌여 선원들을 초긴장 하게 만드는 사라는 너무나 투명하고 솔직한 여인이다. 물살을 따라 흘러가는 에피소드 속에서 사라는 자신에 대한 네이던의 사랑을 확신하게 된다.

사랑이 무르익을 무렵 찾아온 사라의 아버지의 비열한 음모. 그로 인한 오해와 불신, 그리고 마음의 상처. 흔들리는 사랑은 어떻게 균형을 찾게 될까? 위기를 겪으면서 사라의 소중함을 깨닫는 네이던의 영혼을 읽어보자.

-9월에 여러분을 찾아갑니다.

아웃랜더 (가제)

Outlander

98년 최고의 로맨스로 뽑힌 작품!
전세계가 주목했던 그 소설이 마침내 한국에서 출간됩니다!

스코틀랜드의 풍부한 역사와 지식 속에 펼쳐지는
흥미진진하고 가슴 따뜻한 이야기.
—Publishers Weekly

캔버스 위에 그려놓은 열정과 모험의 대서사시.
환상과 모험, 로맨스, 그리고 성적 긴장, 이 모든 요소가 완벽하게 어우러져
한층 더 격조 높은 즐거움과 완벽한 읽을거리를 제공한다.
—San Francisco Chronicle

1945년, 야전 간호사 생활을 마치고 돌아온 클레어 랜들은
제2의 신혼여행을 즐기기 위해 스코틀랜드의 인버네스로 간다.
고대 입석을 만져보던 그녀가 알 수 없는 힘에 의해 마법처럼 빨려
들어간 외딴 세계.

서기 1743년의 스코틀랜드, 이방인의 땅!
외딴 세계에서 경험하게 된 또 하나의 인생. 그리고 그곳에서 만난
또 하나의 사랑, 제이미 프레이저.
두 남자를 사랑하지만 양립할 수 없는 두 현실, 팽팽한 균형을 유
지하는 사랑의 무게, 과연 천칭은 어느 남자를 향해 기울까! 음모의 와살을 피해 펼치는 숨
가쁜 모험, 그 안에서 깊어 가는 사랑의 끝은 과연……

저자 Diana Gabaldon은 해양생물학과 생태학을 전공
했으며, 12년간 교수 생활을 하다가 지금은 전업 작
가로 활동 중이다.
작품으로는 <Dragonfly in Amber> <Voyager> <Drums
of Autumn> 등이 있으며, 현재 애리조나 주의 스콧
데일에서 남편 그리고 세 자녀와 함께 살고 있다.

옮긴이 조 지 현

1973년 출생
세종대학교 교육학과 졸업
현재 프리랜서로 활동 중.

웨 딩

지은이: 줄리 가우드
옮긴이: 조지현
펴낸이: 양장목
펴낸곳: 현대문화센타 |
출판등록 | 1992년 11월 19일
등록번호 | 제3-448호
주소 | 서울특별시 은평구 대조동 191-1(122-842)
대표전화 | 384-0690~1 | 팩시밀리 | 384-0692
이메일 | hdpub@hanmail.net

초판 1쇄 인쇄일 | 1999년 8월 10일
초판 1쇄 발행일 | 1999년 8월 13일

ISBN 89-7428-119-8

값 12,000원